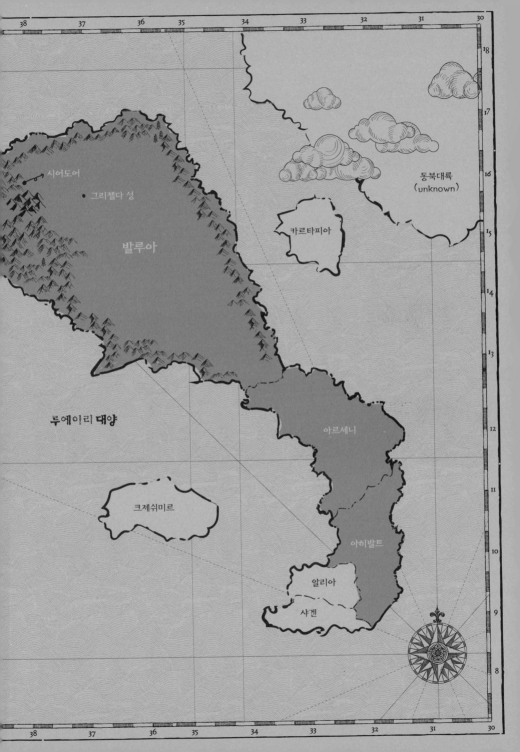

철이 흐르는
강물 앞에 서거든

2

철이 흐르는 강물 앞에 서거든

2

주연 장편소설

가하)

철이 흐르는 강물 앞에 서거든 **2**

지은이 주연
펴낸이 이형기
펴낸곳 도서출판 가하

초판인쇄 2019년 1월 23일
초판발행 2019년 1월 30일
출판등록 2008년 10월 15일 제 318-2008-00100호

주소 서울 영등포구 양평로 67, 1209 (당산동5가, 한강포스빌)
전화 02-2631-2846 **팩스** 02-2631-1846

www.ixbook.co.kr

ISBN 979-11-300-3360-0 04810
      979-11-300-3358-7 04810 (set)

값 13,800원

CONTENTS

Chapter 3

"사령관."

희미한 촛불에 의지하여 일지를 쓰고 있던 에르완이 고개를 들었다. 문간에 진 어스름한 그림자가 보였다. 해가 저문 지 오래인데 아직 갑주를 벗지 않은 채였다. 쇠와 쇠가 맞부딪치는 소리가 다가왔다. 에르완이 깃펜을 놓았다.

"반군의 상황이 심상치 않아서 왔습니다. 보고 받으셨습니까?"

"예."

"움직임이 수상합니다. 반군과 부르군트 원조군 사이에 갈등이 있어 조망대에 누군가 불을 놓은 거라는 소문이 들려오더군요. 내부적인 분열이 우리에게 유리하게 작용할 게 분명합니다. 이런 때에 왕은 대체 어디 가 있는 겁니까?"

바스티안을 담는 목소리에 짜증이 묻어났다. 에르완이 말끄러미 그녀를 올려다보았다.

"폐하가 걱정되는 모양이군요."

"제가 왕을 말입니까?"

표정이 일그러졌다. 생각만으로 끔찍하고 징그럽다는 듯, 얼굴 근육 하나하나가 미세하게 움직이며 경련을 일으켰다.

"대단히 큰 오해를 하고 계시는군요. 제가 염려하는 건 오로지 하나, 잘리어입니다. 통치자 없이 전쟁을 치르고 그 후를 감당해야 하는 이 나라가 걱정된다는 겁니다. 왕은 어디서 무얼 하고 있는 겁니까? 사령관께선 알고 계시지요? 대체 한 나라의 왕이 이런 시국에, 이렇게 긴 시간 동안 무책임하게 자리를 비울 수 있는 건지! 혹 옛날처럼 계집질이나 도박을 하고 있는 건 아닙니까?"

"대제께선 계셔야 할 곳에 계십니다."

"어디입니까, 그곳이? 왕에게 전쟁이 코앞인 잘리어보다 더 시급한 사안이 있습니까?"

도미니크의 언성이 점차 올라갔다. 에르완이 사령관으로서 뛰어난 지도력을 보여주는 것과는 별개로 대신들은 바스티안을 빈번하게 찾으며 귀환 시기를 물었다. 대제의 행방을 사실대로 알려줬다가는 혼란만 가중될 것이 뻔해 함구하고 있었으나, 적어도 그녀에게는 언질이라도 줘야겠다는 생각이 들었다.

"대제께선 외스타슈 방벽 안에 계십니다."

"그럴 줄 알았습니다, 그럴 줄…… 예?"

도미니크가 금세 멍한 표정이 되었다. 수습할 새를 주지 않고 에르완이 말을 이어나갔다.

"외스타슈가 봉쇄되기 바로 전, 안에서 아는 얼굴을 보았다고 하더군요. 데리고 나오겠다는 생각에 발을 들였다가 그대로 갇히셨나 봅니다. 반군에게 먹을 것을 배급하는 일을 하며 바깥과의 연락을 시도했지만 경계가 삼엄해 불가능했고, 후에 저와 연락이 되어……."

"잠깐, 잠깐! 대체…… 외스타슈 방벽 안이라니. 그런 위험한 곳에

8

무슨 생각으로……!"

"폐하의 신변은 제 보호하에 있습니다. 어떤 조치를 취하더라도 충분치 않겠지만, 믿을 만한 자들을 붙여두었습니다."

"지금이라도 데려와야 하는 거 아닙니까? 그러다 전투에 휘말려 죽기라도 하면!"

"외스타슈에서 이루고자 하는 것이 있었습니다. 다짐이 강하여 더는 권하지 못하였습니다."

"아무리 그렇다고 해도 너무 위험한…….”

"폐하는 중요한 국면을 맞이한 듯 보였습니다. 왕으로서도, 인간으로서도. 위험한 건 부정할 수 없지만, 그 벽을 깨뜨렸을 때 대제께서 보일 새로운 면모가 고대되는 것도 사실입니다. 성장한 왕이 통치하는 잘리어의 미래도 이 눈으로 보길 바라고 있습니다. 또한 대제께서 그리 쉽게 죽을 인물이 아님을 아시리라 생각합니다. 곁에서 오래 봐오시지 않았습니까."

굳은 신뢰. 에르완은 모호한 말은 담지 않는 만큼 말 한마디가 천 근 같은 여자였다. 한마디에 들어가 있는 생각은 가늠치 못할 만큼 복잡해서, 도미니크조차 혀를 내두르곤 했다. 거기에 개인적인 믿음까지 더해지니 더는 토를 달기 어려워졌다. 그리고 그의 신변에 위협이 생기면 그녀가 더 먼저 눈치채고 움직이리라는 이상한 확신마저 생겨버렸다.

부드럽지만 질긴 인내.

도미니크가 하릴없이 고개를 끄덕였다. 완벽히 수긍하지 못했지만, 안심은 됐다. 조금 더 태평하게 생각하면 바스티안이 없어도 전쟁은 잘 굴러가고 있긴 했다.

"그런데 아까 쓰고 계시던 그건…… 오늘치 일지입니까?"

호기심 가득한 눈이었다. 고개를 끄덕이기 전에 곧장 봐도 되냐는 질문을 던졌다. 그리고 또다시, 고개를 끄덕이기 전에 일지가 확 낚아 채였다. 총기 넘치는 눈이 그것을 빠르게 읽어 내려갔다. 그녀는 이것을 읽기 위해 일부러 긴수를 만들어 종종 방문하기도 했다.

일지에는 얼마 전부터 다시 사용하기 시작한 대포와 장전에 소요되는 시간, 하루에 최대한 쏠 수 있는 포탄 수가 정확하게 기술되어 있었다. 그에 대응하는 외스타슈 반군의 움직임까지. 방어병력 몇 부대가 어느 성벽부터 수리하기 위해 이동했는지, 바로 옆에서 지켜본 것처럼 정밀했다. 단지 일지일 뿐인데도 역사적으로 뛰어나다 전해져오는 전술서를 넘어설 정도라 매번 감탄하곤 했다. 야간 기습에 관한 대목에 이르렀을 때 그녀가 처음으로 입을 뗐다.

"그러고 보니 우리가 급습에서 거둔 이득이 상당한데, 저쪽에서는 이상할 정도로 잠잠하더군. 방심시키려는 걸로 보입니까?"

도미니크는 습관적으로 공대와 반말을 반복해 오갔다. 그래도 그녀의 정체에 대해 운을 뗀 다음부터는 공대를 쓰려고 애쓰는 게 느껴지긴 했다. 에르완이 가만히 고개를 저었다.

"아뇨. 지휘관은 급습이나 소규모 전투에서 본 피해를 실제보다 많이 낮추어 생각하고 있을 겁니다."

"결코 적지 않을 텐데. 전투에 왜 저렇게 소극적인가?"

"그 또한 반군과 원조군 사이에 갈등을 일으키는 요소였을 가능성이 큽니다. 부르군트의 속셈을 알아차린 시기와 맞물렸다면 결코 영향이 미미하진 않았을 겁니다."

"속셈이라면?"

"한 나라가 다른 나라의 내전에 끼어들었습니다. 절대 정의나 호의와 같은 단순한 목적으로 움직이진 않았을 겁니다. 부르군트같이 셈에 밝은 국가는 더욱 그렇습니다. 그들은 병합국가의 목표에 완전히 비껴나가는 바를 추구하고 있었을 테고 지금이라면 반군 또한 충분히 인지했겠지요."

"그럼 어찌 될 것이라 봅니까?"

"그들의 선택지는 명확합니다. 계속 함께할지, 떠나보낼 건지. 하지만 부르군트의 목적지는 처음부터 정해져 있었습니다. 이곳, 잘리어의 벨뷰 성."

"그렇다면 우리 잘리어의 적은 처음부터 부르군트였군요. 반군을 집어삼키고 비대해진 괴물, 부르군트."

"이미 반군은 그들과 맞서 싸우지도 도망치지도 못하는 상태일 겁니다. 그럼에도 지켜봐야 합니다. 괴물에게 잡아먹힌 채 눈을 감을지, 배를 가르고 과감히 뛰쳐나올지."

"어느 쪽이든 쉽지 않을 겁니다. 때에 따라 지도부의 목숨까지 걸어야 할 테니."

"……곧 폭우가 쏟아질 겁니다."

에르완이 막사 입구 사이에 가느다랗게 보이는 밤하늘을 보며 잠깐 침묵했다. 도미니크이 시선이 그녀를 따라갔다. 내전이 발발한 이후 유독 날씨가 안 좋긴 했다. 밤에 이슬이 맺히고 짙은 안개가 눈앞을 흐렸지만, 빗방울이 굵어진 적은 없었다. 그런데 폭우라니?

"외스타슈 군 저지선에 목책을 박아두는 작업을 서둘러야겠습니다. 새벽 동이 틀 때까지라도."

"오늘 새벽 말입니까? 그렇게 급하게 진행할 필요가 있겠습니까?"

"부르군트의 장교는 성격이 급하고 인내심이 짧아 기다릴 줄을 모르는 자입니다. 지지부진하다 판단하는 즉시 무리해서라도 일을 감행합니다. 우리 군은 예상치 못한 전면전에 언제나 대비하고 있어야 합니다. 이르면 내일 전투가 일어날 수도 있습니다."

"아무리 성격이 급해도 명색이 장교인데 설마하니 그렇게까지 하겠습니까. 시간이 지나 부르군트 본국의 원조선이 더 들어오면 유리해지는 건 저들일 텐데."

과한 반응이라 여겼지만, 사령관의 입에서 나온 것이니만큼 따르지 않을 수 없었다. 미리 대비해놓아 나쁠 것은 없겠지. 그렇게 생각하며 에르완에게 인사를 하고 막사를 나섰다. 굵은 빗방울이 기다렸다는 듯 볼을 톡 때렸다.

도미니크는 믿기지 않는 표정으로 빗물을 닦아내어 손가락으로 문질렀다. 투둑, 투두둑. 닦아낸 자리가 채 마르기 전에 다시 젖었다. 그녀는 번들거리는 손가락 끝을 응시하다가 픽 웃고 말았다. 그리고 곧 연대장을 불러 목책을 설치하라는 명을 내렸다.

✦ ✳ ✦

부우우―.

한바탕 폭우가 쏟아지고 난 다음 날이었다. 뿔피리 소리가 잘리어를 뒤흔든 건 아침햇살이 막사에 채 닿기 전이었다. 반군이 전면전을 선언했다고 누군가 고함을 치고 다녔다.

잘리어 군 대부분은 차분히 지시를 기다렸지만, 몇몇은 잔뜩 겁에 질린 채 모여 수군대며 어수선한 분위기를 만들어냈다.

부르군트가 잘리어 반군을 지원하고 있대. 무기부터 방어구, 식량까지 말이야. 그들이 자랑하는 무적함대가 해안에 빼곡하게 늘어와 있다던데. 우리 여기서 전부 개죽음 당하는 것 아닌가?

에르완은 금색 갑주를 입고 나섰다. 한낮의 태양 같은 갑옷 위로 빛살이 물결처럼 흘렀다. 금빛이 완연하여 어지러웠다. 그녀가 막사에서 나서자 구원병이라도 찾은 것처럼 모조리 몰려들었다. 외스타슈 성문이 열렸습니다. 어떻게 할까요? 어떻게 하면 좋을까요? 초조해하는 질문들이 화병의 꽃처럼 마구 내리꽂혔다. 그녀는 부사령관과 연대장을 모아놓고 그들에게 명했다.

첫째, 지금 즉시 공격에 투입할 수 있는 모든 연대를 소집할 것.

둘째, 중앙은 보병과 기병을 모으고 좌우 측면과 후방은 장궁병이 중앙을 호위하며 대형을 보호하도록 할 것.

셋째, 전선은 목책 바로 뒤로 둘 것.

마지막, 총지휘관은 중앙에서 기사들을, 우익과 좌익은 각 연대장이 지휘할 것.

깔끔하고 정확한 지시에 전 연대가 대장의 지휘 아래 일사불란하게 움직였다. 도미니크는 다소 늦게 출발했지만, 말을 빠르게 몰아 가장 선봉으로 달려나갔다. 그중 백마를 모는 이를 찾아 가까이 다가갔다.

"밤새 폭우가 쏟아진 탓에 목책 부근이 전부 진흙탕이 되었습니다. 이쪽도 저쪽도 힘든 싸움이 될 듯합니다. 다행인 건 걷기 힘들 정도로 깊은 건 목책 앞쪽에 형성되었습니다. 저쪽이 진격할 때 크게 방해될 겁니다."

"반군의 움직임을 살펴본 후, 우리 군이 사격을 가할 수 있는 거리까지 목책을 전진시키는 게 좋겠습니다."

13

말을 맺은 후 에르완이 외스타슈가 보이는 평야로 달려갔다. 얇게 흩날리는 머리카락 사이로 눈이 가느다랗게 좁혀졌다. 과연 잘리어 군에 유리한 지형이었다. 더군다나 목책 앞쪽에 형성된 진흙탕까지. 사격을 가할 수 있는 거리, 약 이백칠십오 미터 안으로 전선을 움직인다면 승률이 더할 나위 없겠지만, 위험한 도박이기도 했다. 그것을 뽑아 이동하는 사이 반군이 돌진하기라도 하면 장궁병들이 먼저 학살당하고 측면이 뚫리면서 본대도 위험해질 것이기 때문이다. 예비대도, 대비책도 없다. 패배할 경우 탈출할 경로가 없다. 전열이 얇고 부르군트에 비해 무기가 좋지 않아 후방에서 타격할 경우 뾰족한 방법이 없다. 명령 하나하나에 신중해야 할 전투였다.

에르완은 수많은 경우의 수를 머릿속에 전개하고, 계산을 마쳤다.

이윽고 외스타슈 방벽을 등진 반군과 잘리어 군이 정면으로 대치하고 섰다. 그녀가 얕게 숨을 몰아쉬었다. 이제껏 겪은 수많은 전쟁에 비해 분명 작은 전투였다. 칼과 칼을 맞대는 것이, 누군가가 피를 흘리며 쓰러지는 광경이 여왕에게는 익숙해질 때도 되었다. 하지만 익숙함은 나태를, 나태는 패배를 낳는 법. 에르완은 믿을 수 없는 냉정함으로 예봉에 섰다.

까마득히 멀리 있었지만, 그녀는 적의 선봉장을 볼 수 있었다. 그는 놀라울 만큼 똑같았다. 여전히 잔인했고 여전히 인간된 도리를 모르며 여전히, 오만했다. 휘이잉. 그가 제 팔뚝만큼 굵은 검으로 거대한 호를 그렸다. 승리를 예감하는 미소가 만면에 가득했다.

"용맹한 부르군트 군사들아! 우리는 세계 위에 군림하실 프리드리히 폐하의 명을 받잡고 먼 바닷길을 건너 이곳까지 왔다!"

거친 목소리가 땅을 뒤흔들었다. 부르군트 병사들이 잔뜩 흥분하여 무기와 방패로 땅을 찧었다.

에르완이 검을 뽑았다. 비올라기 기대한 위용을 뽐내며 날아와 그녀 곁을 수호하며 날았다. 단단한 목소리가 공기를 갈랐다.

"들어라! 잘리어의 백성들이여. 너희는 결코 약하지 않다. 오랜 시간 너희들이 수호해온 평화는 그 어떤 전쟁보다 강하고 굳건한 것이기 때문이다."

"다행히도 이 미개한 나라에 개화하려는 움직임이 있어, 이를 도와주러 왔다! 하지만 그들도 어쩔 수 없는 게으른 태생이라, 마지막 순간 주저앉고 말았다. 우리에겐 이 나라를 구할 의무가 있으며, 그만한 힘도 가지고 있다. 힘을 가지고 있는 자에겐 그것을 행사할 권리도 주어지는 법!"

"싸우고 죽이는 전투만이 전부가 아니다. 이 전투야말로 그대들의 선조가 이 땅에 처음 발을 들였을 때부터 지켜온 가치를, 오랜 시간 쌓아온 문명을 수호하기 위한 투쟁이다. 잘리어의 역사 한 칸에 남을 현장에 그대들이 있음을 훗날 자랑스러워하게 될 것이다!"

"싸우고, 죽여라! 연약하고 나태한 나라를 구원할 방법은 더 우월한 민족이 이끌어주는 것뿐이다! 어리석은 잘리어 인들을 프리드리히 폐하의 검과 싸우는 영광으로 절명케 하라!"

"저들에게 보여주어라, 평화가 그 어떤 무력보다 강하다는 것을! 잘리어가 스스로의 평화를 지키는 길을!"

부우우!

진격을 알리는 뿔피리 소리가 땅을 진동시켰다. 우레와 같은 함성이 병사들보다 먼저 질주해나갔다. 우두두두! 말 수백 마리가 오로지 앞만 보고 진격한다. 익숙하고 묵직한 울림이 발바닥을 두드렸다. 미

15

미한 술렁임이 잘리어 군을 휩쓸고 지나갔다.

"장궁병, 사격 준비!"

철컹. 흰 방패가 일제히 바닥에 내리꽂혔다. 장궁병들이 차례로 활을 들었다. 여왕 또한 활을 들었다.

"일세-"

세 개의 화살이 활대에 걸린 채 힘껏 당겨졌다. 바람의 방향과 세기를 가늠하며 각도를 조절하기를 잠깐, 이내 모든 계산을 마치고 움직임을 멈추었다. 예리한 촉이 구름을 꿰뚫을 것처럼 하늘을 향했다. 셀수 없이 많은 활대가 그녀를 따라 움직이는 장관이 연출되었다.

그리고 갑작스레 찾아온 침묵.

장궁병들이 살짝 떨며 서로 흘긋거렸다. 지금 쏘아야 하지 않나? 왜 명령을 내리지 않지? 이러다 우리 다 죽는 거 아냐? 부르군트 병사들이 벌써 코앞까지 다가와 있지 않나. 성큼성큼 다가오는 걸 가만히 지켜보고 있으려니 뱀 앞에서 옴짝달싹 못하는 개구리가 된 것 같았다. 차라리 뒤엉켜 싸우기라도 하면 조마조마한 기분은 들지 않을 텐데. 공포와 애국심, 모두가 그 사이 어디쯤을 헤매고 있었다.

"저, 사령관님."

"가만히."

에르완은 활대를 당긴 그대로 상대의 움직임을 지켜보았다. 모든 소음과 잡념으로부터 차단된 채로, 그저 판단했다.

아직 조금 더 기다려야 했다. 더 서둘러서도, 지체해서도 안 된다.

적군이 앞으로, 조금만 더 앞으로 온 바로 그때에.

"사격!"

가장 앞선 적군의 말이 진흙탕을 밟은 순간이다. 그녀의 호령에 수

천 개의 화살이 하늘을 향해 솟구쳤다. 한동안 바람을 가르는 소리만 이 가득했다. 구름 위로 떠올랐다가, 순식간에 지상으로 내리꽂혔다. 여왕이 쏘아올린 세 개의 화살은 정확하게, 세 부대장들의 투구 눈구멍에 꽂혀들었다.

"아아악!"

히히히힝!

가장 먼저 무너진 건 부대장들이었고, 말이든 사람이든 화살을 맞은 것들은 죄다 추풍낙엽처럼 쓰러져 진흙탕에서 허우적거렸다. 앞열에 이어 진격하던 기사들은 속도를 늦추지 못하고 그들에게 걸려 넘어져버렸다. 후속 부대의 부대장이 이 상황을 알고 다급히 소리 질렀다.

"전원 전열 유지! 전열 유지!"

"일제−"

여유를 줄 에르완이 아니었다. 이번에도 화살을 세 대 걸었다. 목표물은 명확했고 조준은 예리했다. 더 기회 볼 것이 없으니 명령 또한 빨랐다. 바람이 멎자 즉시 화살이 튀어올랐다.

"사격!"

다시 한 번, 화살비가 내렸다. 상황을 수습하러 나선 다른 부대장들에게 에르완이 쏜 화살이 꽂혀 들어갔다. 비명이 허우적거렸다.

말에서 내려! 말에서 내려야 돌격할 수 있다! 누가 내렸는지도 모를 명령에 기사들이 엉거주춤 말에서 내려 뛰었다. 하지만 진흙범벅인 발과 무거운 부르군트 산 갑옷 때문에 움직이기 어려운 건 여전했다.

흙탕물은 점점 피로 물들고 있었다. 명령을 내리는 이가 없으니 전부 혼란에 빠져버렸다. 계속 돌격해야 할지, 전열을 다듬어야 할지.

"정신 차려! 사격 준비! 조준!"

그때 뒤에서 칼을 휘두르며 달려오는 지휘관이 있었다. 리산더. 멀리서도 한눈에 알아볼 수 있을 만한 몸집과 존재감이었다. 추상같은 호령에 부르군트 병사들이 하나둘씩 정신을 차리기 시작했다. 흐트러졌던 진열이 순식간에 다시 제자리를 찾았다.

잘리어 장궁병들이 서둘러 그에게 화살을 쏘아댔지만 하나도 맞지 않았다. 휘잉, 휘잉. 거대한 힘으로 커다랗게 휘두르는 검이 모두 튕겨냈기 때문이다. 그는 마치 먹잇감을 향해 흉포하게 달려드는 야수였고, 그가 내지르는 고함은 동료를 부르는 포효였다.

"궁병!"

이번에는 반군으로부터 화살이 쏟아졌다. 거리가 멀어 채 닿지 못하고 바닥에 박힌 화살도 있었지만, 무시할 수 있을 정도는 아니었다. 잘리어 보병들이 방패를 겹쳐 세워 화살을 막았다. 그동안 부르군트 보병들은 꾸역꾸역 한 발짝씩 다가오고 있었다.

중앙에서 포진하고 있던 기병들이 움직이기 시작했다. 화살을 전부 소진한 장궁병들이 보병 사이에 섞여 달렸다. 채앵, 챙. 두 무리가 뒤섞이면서 방패와 창, 방패와 방패가 맞부딪치는 소리가 들렸다.

언덕 위에서 보아도 어느 쪽이 우세한지 가리기 어려운 상황이었다. 잘리어는 비교적 가벼운 가죽갑옷에 하반신 갑주를 갖추지 않아 기동성이 뛰어난 반면, 반군은 무기가 튼튼했고 병력이 많았다. 에르완 또한 그 안에 섞여 검을 휘둘렀다. 소란통에서 셀 수 없는 병사를 상대하다 크고 작은 상처가 생겼다. 화살이 팔 어디쯤 할퀴고 지나가기도 했다.

그녀는 뒷열에 남은 장궁병들에게 단검과 도끼, 나무망치를 들도록 했다. 장검과 장창으로 무장한 적군을 대항하기에는 너무나 조잡한 무기였지만, 진흙으로 움직이기 불편한 상황에선 오히려 유효했다.

"워, 워."

"사령관."

흥분하려는 말을 진정시키며 잠깐 전열에서 빠진 사이, 마침 도미니크가 가까이 왔다. 피와 먼지를 뒤집어쓴 꼴이었는데 눈은 스스로 살아 숨 쉬는 것처럼 생기가 가득했다.

"전부 우리 군에 유리한 대로 흘러가고 있습니다. 예상처럼 저들은 전력 외 요인들은 전혀 염두에 두지 않았더군요."

"지휘관이 외스타슈 방벽 밖으로 나온 적이 없으니 가늠하기 쉽지 않았을 겁니다."

"우리에겐 잘된 일입니다. 그런데 하나 예상치 못했던 것이……."

도미니크가 드물게 말끝을 흐렸다. 듣지 않아도 말뜻을 알 수 있었다. 실타래처럼 뒤엉켜 싸우는 가운데 유독 눈에 띄는 이가 하나 있었다.

리산더. 그는 오른손엔 검, 왼손엔 도끼를 들고 한 번에 두세 명씩 상대하고 있었다. 그런데도 지친 기색 하나 없이 전장을 누빈다. 지나가는 자리마다 목이 하나씩 날아갔다. 병사 몇이 달려들든 손톱으로 벌레를 눌러 터뜨리는 것보다 쉽게 죽였다. 핏물을 뒤집어쓴 채, 재미있어 견딜 수 없다는 듯 광소를 터뜨린다. 비로소 제가 있을 자리를 찾은 듯 신나게 날뛰었다.

"장궁병들을 모아 한 번에 그를 겨냥하는 게 어떻겠습니까?"

도미니크의 목소리에 현실로 돌아왔다. 에르완이 고개를 내저었다.

"활로 상대할 자가 아닙니다."

"검 좀 쓰는 기사 서넛을 붙여두면 먹히지 않겠습니까."

"그럼에도 그를 멈출 순 없을 겁니다."

대답과 함께 말 머리를 돌렸다.

"그는 내가 아니면, 멈추지 않을 겁니다."

확신으로 다가섰다. 기척을 감지했는지 리산더가 이쪽을 보았다. 거뭇한 눈동자가 의미 없이 스쳤다가 다시 돌아왔다. 두 사람의 시선이 사슬처럼 얽혔다.

제 눈을 믿지 못하겠다는 듯, 그가 그녀를 한참 응시했다. 이 낯선 땅에서 만날 수 없었던 사람을 마주해 일순 멍해진 채로 팔만 본능에 따라 움직였다. 달려드는 이들에겐 눈길도 주지 않았는데 벌써 너덧을 베어냈다.

그녀가 조금 더 다가갔다. 투구를 벗고 검을 내었다. 땀에 젖은 채라 우아하게 흩날리지는 않았지만, 태양처럼 눈부신 머리카락과 황금빛 검이 세상에 다시 있을 리 없었다.

투구 그늘 아래에서 섬광이 튀었다. 입매가 가로로 쭉 늘어졌다. 온몸이 가렵기라도 한 듯 경련을 일으켰다. 놀라움, 기쁨, 전율, 아쉬움이 눈빛 하나에 죄다 담겼다. 이내 그 머릿속에 내리꽂히는 확신.

리산더가 말을 돌렸다. 그리고 모든 것을 찢어발기며 질주했다. 터무니없는 맹목, 무차별한 정복욕으로 압살하며 다가왔다. 조금의 지체도 없었다. 방해되는 것은, 심지어 아군조차 허용치 않고 베어내고 짓밟아 치웠다. 폭풍은 전장을 휩쓸며 몰려왔다.

"저자가 지금 우리에게로 오는 겁니까? 우리를 알아보고?"

조금 당황한 투였다. 멀리서부터 뻗어온 살기에 소름이 돋아 목덜미를 문지르고 있었다.

에르완은 대답 없이 활을 버렸다. 아까 말했듯이 이런 무기로 상대할 자가 아니었다. 그렇다 하여 검으로 상대하기 수월하다 하면 만용이 될 것이다.

전쟁터는 리산더에게는 조금 다른 의미였다. 사람으로 태어난 사냥개가 스스로 걸어 들어간 투전판. 가장 합법적으로 사람을 죽일 수 있는 싸움터.

애초에 출세니 권력이니 장교니, 그에게는 허울 좋은 껍데기일 뿐이었다. 영광된 부르군트, 하늘의 부름을 받은 프리드리히 왕. 그럴듯한 말들을 입에 달고 살지만, 사실 명분 따위 아무래도 상관없을 거다. 약한 자들은 죽일 수 있고 더 강한 자들과 실력을 겨룰 수 있는 곳에 보내주기만 하면 국적 또한 큰 의미가 없는 자였다.

그래서인지 리산더는 에르완에게 집착했다. 정확히는 에르완의 강함에 집착했다. 오랜만에 호적수를 만났다며 경탄하면서 분노했다. 그녀가 출정하는 전투마다 저를 내보내달라고 난동을 피운 게 한두 번이 아니라 들었다. 기각될 때마다 애꿎은 병사 서넛씩은 목이 날아갔다고도 했다.

에르완은 적을 판단할 때 사사로운 감정은 배제하는 편이지만, 리산더에 대해선 그럴 수 없었다. 그를 마주했을 때의 절망을 뼈저리게 기억했다. 그 어떤 전술을 펼쳐도 사방이 가로막혔던 막막함. 허리춤의 문신, 뼛속까지 새겨 넣은 고통. 시어도어, 시어도어. 몰살당한 동료들. 쩌어엉. 검을 마주할 때의 깊고 커다란 울림. 말로 설명할 수 없는 것들이 배 속에서 끓는 듯 울컥울컥 올라올 때가 있었다.

"이곳에서⋯⋯."

이윽고 리산더가 도착했다. 이목구비가 또렷하게 보일 만큼 가까운 거리에서 그가 숨을 몰아쉬었다. 그를 마주한 도미니크는 기함하기 직전이었다. 지휘관끼리 독대하는 건 예상 못 했을뿐더러 생각보다 더 크고 압도적인 자였기 때문이다. 우리에서 탈출한 야수라는 표현이 놀라울 정도로 잘 들어맞았다. 수많은 해적을 만나온 그녀조차 등이 뻣뻣해질 정도였다.

"발루아의 폐하를, 이런 곳에서, 뵙는 영광을…… 감히…….”

고삐를 쥔 손이 덜덜 떨리고 있었다. 그가 느끼는 희열이 놀라울 만큼 선명하게 전해졌다. 도미니크가 홱 고개를 돌렸지만, 사소한 걸 돌볼 새가 없었다. 숨 막히는 정적이 이어졌다.

"경과는 항상 같은 곳에서 만나는군.”

에르완이 이윽고 입을 뗐다. 더없는 확신을 받은 것처럼 리산더의 눈에 불꽃이 튀었다.

그를 마주해, 부서지는 세계.

에르완은 무거운 손짓으로 검을 내었다. 평생 폐허를 누비고 다닌 검이었다. 항상 폐허의 그늘에서 만나게 되는 자가 웃었다.

전쟁이 만들어낸 악귀.

여왕은 그 또한 불쌍히 여겼지만, 짐승 된 자가 이해할 수 있을 리가 없었다.

"공작, 어서 가십시오.”

에르완이 어안이 벙벙해진 공작을 일깨워주었다.

"그건…… 안 됩니다.”

정신을 번쩍 차린 도미니크가 리산더를 돌아보며 머뭇거렸다. 둘만 남겨두었을 때 에르완의 안전을 장담할 수 없다고 판단한 것이다. 그녀가 아무리 출중해도 저런 한 치 앞 모를 남자와 둘만 덜렁 남겨두고 가버릴 수 없었다. 신분을 알게 된 지금은 더더욱 그랬다.

"일전에 당부드린 것을 먼저 부탁드립니다."

하지만 에르완은 뒤를 돌아보지 않고 말했다. 무언가를 각오한 등이었다.

"하지만."

"저의 안위보다 더 중한 걸 생각하십시오."

"……."

"어서 가십시오. 시간이 없습니다."

도미니크는 자리를 떠도 될지 한참 고민하다가 끝내 방향을 틀었다. 그녀가 향하는 곳은 잘리어와 반군이 뒤엉켜 싸우는 싸움터도, 외스타슈 방벽도 아니었다. 에르완과 도미니크만이 아는 곳. 뛰어가는 동안 몇 번이고 뒤를 돌아보았지만, 에르완의 뒷모습은 끝까지 단호했다.

"낯선 외국 땅에서 귀하신 폐하를 뵙다니……."

부사령관급 지도자가 그렇게 사라지는데도 리산더는 시선 한번 주지 않았다. 눈, 코, 입을 죄 잡아 뜯을 눈빛으로 그녀만 응시하고 있었다. 스르르, 고개가 비스듬히 기울어졌다. 뱀이 먹잇감을 옥죄기 전에 온몸을 뒤트는 듯한 모양새였다.

"제 행운에 탄복하지 않을 수 없군요. 너무나 놀라고 기쁜 나머지 충분한 예를 차리지 못함을…… 부디 용서해주십시오."

덜덜 떨리는 희열은 차라리 경외였다. 파도처럼 몰려오는 감정은 그조차 어찌할 수 없는 것처럼 보였다. 에르완은 고삐를 단단히 잡았다. 무감정한 눈이 서늘하게 내려갔다.

"경이 어찌 이곳에 있는가. 잘리어는 경이 발을 들일 곳이 아니다."

"발을 들일 곳이 아니라뇨? 이상하군요. 제 군함이 들어서자 잘리어 인들이 나서서 항구를 열어주던데 말입니다."

리산더가 마른 목을 축이듯 입맛을 다셨다.

"폐하를 뵙게 되다니 이처럼 기쁜 일이 또 있겠습니까. 이곳에 와 내내 따분하고 지루하기만 했는데, 오늘에서야 그간의 노고가 모두 씻겨 내려가는 기분입니다. 그런데 이곳에 대체 어인 일이신지. 폐하께서 직접 왕림하실 정도로 발루아와 잘리어 간 연대가 깊은 줄, 소신은 미처 몰랐습니다. 아니면 설마 저희와 같은 목적으로 걸음하신 건지."

"무슨 뜻인가."

"이 땅 말입니다. 우리 부르군트와 발루아의 오랜 싸움을 끝맺는 데 있어서 이용해먹기 딱 좋지 않습니까. 폐하도 그렇게 생각하여 왕림하신 게 아닌지요?"

그가 이를 드러내며 웃었다.

"대답은 들으나 마나라고 생각합니다. 짜증날 만큼 평화롭고, 어리석고 약한 애송이들만 모여 있는 곳이니, 금방 알아보신 거겠죠. 저는 이곳에 와 정말 놀랐습니다. 한심할 정도로 무방비해서요. 저희 폐하께서 내어주신 함대는 단 세 대였지만, 한 대로도 박살 내기엔 충분해 보이더군요! 이곳 왕은 벌써 겁을 먹고 성을 비웠다지요? 어쩌면 이 나라를 폐하께 넘기고 발루아로 도망쳤을 수도 있겠군요. 평화라니, 중립국이라니! 하, 하하!"

"경에게 잘리어는 그저 약소국으로 보이던가. 그들이 가진 문명, 문화, 그 어느 것도 눈에 들어오지 않던가?"

"그딴 건 배부른 자들의 사치일 뿐입니다. 허울뿐인 껍데기란 말입니다. 힘으로 누르면 너무나 쉽게 깨져버리죠. 그 승거로 보십시오. 부르군트가 발 내딛자마자 이 나라가 알아서 분열하고 있지 않습니까?"

리산더가 눈을 부릅떴다. 그의 사상과 신념에 완전히 어긋나는 궤변을 들은 것마냥 날카롭다. 살육에 익숙해져 어느새 사람의 도리마저 잃어버린 눈이었다. 에르완의 표정이 흐려졌다. 지극한 연민의 눈이 그를 담았다.

"우리는 짐승이 아니야, 리산더 경. 우리는 인간이네."

"그러니 이곳에서 물러나란 말을 하고 싶으신 겁니까? 아뇨, 폐하. 아뇨. 간곡히 거절하겠습니다. 폐하와 검을 겨룰 수 있다면 이 비루한 몸뚱이는…… 기꺼이 인간이길 포기할 테니까요."

낮게 으르렁거리며 그가 말에서 뛰어내렸다. 말은 엉덩이를 차서 저 멀리로 보내버리고 왼손에 들고 있던 기다란 창은 땅에 박아버렸다. 고대하는 결투에 있어서 거추장스러운 것들은 전부 없애고자 함이었다.

"그럼에도 영광된 짐승 아니겠습니까."

"……"

"이렇게 겨루게 되어 황홀합니다, 폐하. 시어도어 협곡에서 끝을 보지 못해 얼마나 아쉬웠는지, 일주일에도 몇 번씩 그때 꿈을 꾸곤 합니다. 말을 타고 떠나던, 어린 폐하의 뒷모습 말입니다. 눈발 속에서 펄럭이던 망토…… 굴곡 하나하나까지 뇌리에 쑤셔박은 듯 선명합니다. 이런 영예로운 순간을 제 검으로 맞이하지 못함을 용서해주십시오."

리산더에게 이미 잘리어는 안중에도 없었다. 여왕과의 결투, 강자와의 힘겨루기. 머릿속을 꽉 채웠다.

그가 노골적인 결투 신청을 했음에도 에르완은 아직 말에서 내리지 않고 있었다. 한데 뒤섞인 잘리어 군과 반군을 잠깐 살피는 듯했다.

이내 그녀가 말에서 내렸을 때였다. 앞뒤 없이 검이 쑥 다가왔다. 단지 한 호흡 내쉬었을 뿐인데 눈앞에 칼날이 있었다. 간발의 차로 상체를 휘어 목이 잘려나가는 것을 피했다. 예리하게 잘려나간 백금발이 하늘거리며 허공을 날았다. 칼날은 조금도 지체치 않고 모로 휘어져 들어왔다. 세로로 치켜든 여왕의 검이 그것을 아슬아슬하게 막아냈다.

챙! 막아내기는 했으나 몰아치는 힘에 두 발짝 물러났다. 검에 실리는 무게감이 가공할 만한 수준이었다. 보통 기사라도 두 합만 주고받으면 곧장 나가떨어질 법한 무력.

리산더가 호흡을 고르며 뒷걸음질 쳤다. 희열을 견디지 못하고 커다란 팔을 떨었다.

"예고 없이 검을 받아 놀라셨지요. 또다시 용서를 구합니다. 신과 달리 이 검은 무례하기 짝이 없어서 말입니다. 이 시간을 오래 즐기기 위해 소신, 본디 양손으로 쓰던 검을 하나만 쓰겠습니다. 너무 쉽게 죽으면 아까우니까."

그가 검을 붕 소리 나게 돌리고 입꼬리를 들어올렸다.

전조 하나 없는 공격을 받아내어 기쁘고, 죽지 않아 기쁘고, 곧장 평정을 되찾고 검을 세워 기뻐하는 얼굴이었다. 너무나 솔직한 환희라 오히려 어린아이처럼 순수했다. 순간순간을 음미하려는 것처럼 그가 천천히, 느릿하게 검을 세웠다.

"그러니 부디 저에게 좀 더 집중해주십시오, 폐하."

✦ ✳ ✦

난장판이었다.

잘리어 군과 반군의 전쟁이 그랬다. 흙탕물과 피로 범벅이 된 채 뒤섞이고 나뒹굴어, 누가 아군이고 적군인지 분간할 수 없었다. 제게 날아오는 창과 검날은 방패로 막고 그대로 돌려준다. 상대가 적군이었는지 확인할 여유 따위는 없었다. 막고, 찌르고, 다시 막고, 찌르기만 기계적으로 반복했다. 핏물이 눈앞을 가리고 진흙이 발을 잡고 끌어내려 한 발짝 옮기기에도 벅찬 때에, 유달리 경쾌하게 전쟁터를 누비는 한 사람이 있었다.

"빨리 오게, 빨리. 왜 이리 굼떠? 경은 벌써 힘이 빠진 건가?"

"잠깐…… 잠깐 기다려주십시오!"

에셀레드가 힘겹게 소리치며 앞서 나가는 이를 붙잡았다. 사람들이 뒤엉키고 쓰러지는 난장판을 얼마나 잘 빠져나가는지 능구렁이라는 별명이 정말이지 딱 들어맞았다. 본래는 전면전이 터진 즉시 대제를 데리고 빠져나가야 했지만, 갑자기 그가 전쟁터에 뛰어드는 통에 덩달아 고생 중이었다.

"어딜 가시는 겁니까, 폐하? 이 길은 아무래도 위험한데요."

그사이 에셀레드는 달려드는 병사 하나를 베어 쓰러뜨렸다. 그리고 바스티안에게 바짝 붙어 엄호하며 제 임무를 다했다.

"음, 배신자의 얼굴을 좀 보러."

간단하게 대답하는 바스티안을 향해 검이 날아왔다. 코가 베일 듯한 거리에서 내리찍는 칼날을 살짝 피한 후, 춤을 추듯 빙글 돌았다.

"흐아아, 무서워. 친구, 이런 무서운 건 휘두르지 마."

바스티안이 능청스럽게 검을 가로채고는 유유자적 떠났다. 얼결에 무기를 빼앗긴 병사는 황당해하며 제 빈 손과 떠나가는 그의 뒷모습을 번갈아 보았다.

"배신자요?"

"음. 뱃속에 시커먼 걸 품고 잘리어에 기어들어온 쥐새끼 말이야."

아아악! 뒤이은 비명을 뒤로하고 바스티안은 휘적휘적 잘도 걸어갔다. 빼앗아 든 검으로 적군 몇 명을 찌르면서 미꾸라지처럼 빠져나간다. 그러다 여럿이 달려들어 불리해질 때면 "항복, 항복!"이라고 상대를 당황하게 만들며 빈틈을 파고들었다. 진흙물 뿌리기, 다리 걸기 등 온갖 치사한 수는 다 쓰는 모습에 에셀레드는 덩달아 당황스러워졌다.

대제가 싸우는 방식은 희한했다. 검술은 출중하지 않은 편이지만, 단 한 번의 일격으로 급소를 노릴 줄 알았다. 어째서 저런 걸 알고 있는지 궁금하기 짝이 없었다. 아무리 사생아라도 왕의 피를 물려받았으면 스승 몇 명쯤은 두고 고귀하게 컸을 것 아닌가. 그런데 저 근본 없는 방어와 반격은 뭔가. 기사도 따위 한 줌도 찾아볼 수 없다. 애초에 기사가 아니니 상관없다 쳐도, 그는 평생 살기 위해 발버둥친 자만이 습득할 수 있는 무언가를 가지고 있었다. 에르완이 보통 기사들이 추구하는 양지의 검술을 구사한다면, 그는 암살자나 쓸 법한 음지의 공격을 썼다. 곱게 자란 귀족네들은 절대 알 수 없는 것들. 불완전하고 불안정한, 살아남는 기술.

"폐하, 지금 마음만 먹으면 잘리어 성에 귀환하실 수도 있습니다."

"글쎄, 내 주방을 휘저어놓은 쥐새끼를 잡으러 간대도."

"주방요? 아니, 잊으셨나 본데, 폐하께선 이 나라의 왕입니다. 왕이요. 반란군의 배식원 티안이 아니라요."

비유를 이해하지 못하고 에셀레드가 볼멘소리를 냈다. 막 달려드는 병사를 돌아보지도 않고 베어내던 참이었다. 바스티안이 그만 웃음을 터뜨리고 말았다.

"설마 정신이 아무리 없기로서니 왕이었던 걸 잊을까. 음, 아니지. 배식원일 때가 세상 편하긴 했군. 적성을 찾은 것 같기도 하고."

"엑, 정말입니까? 굳이 배식원을 하시겠다면 말리진 않겠습니다만, 저희는 좀 돌려보내주십쇼. 저 안에 갇혀 있을 때 얼마나 고생했습니까! 폼 안 나고! 더럽고! 폐하 따라 모자란 척해야 하고! 그러니까 쥐새끼 타령 그만하고 이만 돌아가요, 네?"

"하하, 조금만 기다려보게. 어차피 자네들의 왕이 전투를 훌륭하게 전개하고 있지 않아. 내가 가더라도 큰 도움이 안 될 테니 이곳에서 할 수 있는 일을 하자 이거야."

"주방에서 쥐새끼를 찾는 게 대체 무슨……."

"쥐새끼도 쥐새끼 나름이지. 아, 저기 있군."

촤악. 제게 덤벼든 또 한 명의 병사를 검날로 긁어 올렸다. 솟아오르는 피분수 사이로 항구에 정박해 있는 군함 세 대가 보였다. 한 대는 이미 바다 저 멀리까지 떠났고, 나머지 두 대 또한 곧 닻을 올리려는 듯 사람들이 모여 있었다. 특이한 건, 마치 누군가를 기다리는 것처럼 두리번거리고 있다는 점이다. 바스티안은 항구를 향해 뛰어가는 그림자를 보며 입꼬리를 올렸다.

"어? 저거, 보르본 아닙니까? 쟤가 쥐새끼예요?"

뒤에서 에셀레드가 불쑥 솟아올랐다. 바스티안이 쥐고 있던 검을 아무렇게나 던져버리고 대신 단검을 주워들었다.

"맞아. 병만 잔뜩 옮겨놓고 도망치려는 쥐새끼지."

"잡으실 거면 돕겠습니다. 안 그래도 저놈, 입 놀려대는 꼬락서니가 짜증나서 두들겨 패주고 싶었거든요."

저놈이야말로 진정한 쥐새끼죠. 소매까지 걷어붙이며 나서는 모습에 바스티안은 하릴없이 웃어버렸다. 보르본은 초조하게 사방을 돌아보며 배에 오르고 있었다. 그리고 한 발짝 옮길 때마다 연신 부하들을 닦달했다. 잘 들리진 않았지만, 리산더 장교에게 빨리 연통을 넣어 이곳으로 오도록 하라, 대충 그런 이야기였다.

"호오, 상황이 어떻게 돌아가는지 파악이 된 모양이군."

"저놈 머리 하난 좋으니까 말입니다."

한마디씩 주고받으며 나서려던 찰나였다. 티안, 티안! 근래 들어 익숙해진 목소리가 멀리서부터 울려 퍼졌다. 심기일전하며 항구로 들어서려던 걸음이 멈칫했다. 돌아보는 바스티안의 시야 속에 살바토레와 그의 측근 하나가 잡혔다. 반란군의 지도자라는 말이 무색하게 형편없는 꼴이었다. 굴러다니는 거적때기를 주워 입은 것처럼 찢겨진 옷과 생채기 가득한 얼굴과 팔. 다짜고짜 전면전을 선포한 부르군트에 항의하다 저리 당한 듯 보였다.

"티안, 도대체 왜 아직 여기 있는 건가? 분명 모든 잘리어 군에게 말을 전하라 했는데. 반란은 실패라고, 그러니 뿔뿔이 흩어져 부르군트로부터, 잘리어 본국으로부터 도망치라고. 못 들었나? 왜 아직 사지에 남아 있냐는 말이야!"

살바토레가 거의 울먹거리는 목소리로 질책했다. 그것 참 눈물겨운 우정이다. 저분이 누군지도 모르고……. 에셀레드가 무감정하게 생각했다.

바스티아운 전쟁터, 잘리어 성, 항구를 차례로 스쳐본 후 그에게 시선을 주었다. 그리고 되물었다.

"그러는 자네는 왜 아직 여기 있나. 이 전쟁이 끝나고 붙잡히면 가장 먼저 사형당할 텐데, 그걸 몰라?"

"내가 문제가 아니야, 이 사람아. 자네가…….."

"자네야말로 지금 남 걱정할 때가 아니야. 지금 꽁지가 빠져라 도망쳐야 할 시점이란 말일세. 아니면 저들과 함께 배를 타고 도망가 훗날을 노리든 말이야."

"말했지 않나, 나를 믿고 따라준 이들을 배신할 수 없다고…… 그런데 티안, 자네 말투가 원래 그랬었나?"

살바토레가 피딱지 앉은 눈을 둔하게 꿈벅거렸다. 반대쪽은 어디서 얻어맞았는지 퉁퉁 부어서 뜨이지조차 않았다. 누가 보더라도 동정과 연민을 느낄 겉모습이었지만, 바스티안의 눈은 서늘할 뿐이었다. 오히려 성가셨다. 알미란트 보르본이 바로 눈앞에서 도망치려는 지금, 그는 방해꾼에 불과했다. 하지만 이런 사실을 알 리 없는 살바토레는 바스티안의 팔을 잡고 쭉쭉 당기고만 있었다.

"아차, 그게 중요한 게 아니지. 빨리 이곳을 떠나. 우리 반군도, 외스타슈도 끝이니까. 보아하니 부르군트에 덤비기라도 할 작정으로 보이는데, 절대 그러지 말게. 책임을 져야 하는 건 나야. 그러니…….."

"실망인데. 자네 목숨 하나로는 책임질 수 없을 만큼 일이 커져버렸단 걸 아직 몰라?"

"뭐, 티안, 자네……?"

"잘 들어. 지금 당장 뛰어가서 잘리어 군에 투항해. 그리고 짐의 이름을 대게. 바스티안. 바스티안. 세상천지에 그 이름밖에 모르는 것처럼 외쳐대. 그러면 죽이진 않고 일단 구금해둘 거야. 거기서 가만히 처분을 기다리게. 살든 죽든 가장 곱게 가는 길일 테니까. 그래도 사태를 이 지경까지 끌고 온 책임은 져야 하네. 아까 말했듯, 자네 하나로는 충분치 않을 수도 있지만 원망하진 말게. 이 지경까지 번진 일을 수습하는 건 짐도 힘들어."

"……."

"이렇게까지 말했는데 아직 짐의 앞길을 가로막고 있어?"

아. 살바토레는 팔을 잡고 있던 손을 놓고, 바람벽에 떠밀리듯 물러났다. 따라서 움직인 가신은 당황해하는 기척도 없었다. 무언가를 느낄 엄두조차 못 내는 듯했다.

바스티안? 어디서 들어본 이름이 아닌가.

돌아가지 않는 머리로 더듬더듬 기억을 살리고 있으니, 불현듯 해변에서의 밤이 떠올랐다. 백성들을 탈출시키려다 실패한 그날, 무너진 지도자를 꾸짖던 그 눈과 표정이. 금방 증발하듯 사라졌지만, 그 순간만큼은 살바토레는 눈도 마주치지 못했으며 함부로 입을 떼지 못했다. 기분 탓이려니 넘어가면서도 찜찜한 건 여전했다. 어딘가 모자라 뵈는 평민에게 기세로 밀렸다는 데 자존심이 상한 것도 사실이었다.

그런데 그게…….

"잘리어의 폐하……이십니까?"

살바토레의 얼굴에서 핏기가 싹 빠졌다.

쉿. 바스티안이 입술을 지그시 눌렀다. 맙소사. 어떻게, 어떻게 이런 일이. 눈앞이 핑 돌았다. 가슴이 짓눌린 것처럼 숨 한번 뱉기가 힘겨웠다. 덜덜 떨리는 입술로 그가 물었다.

"이런…… 일이……."

믿기지 않았다. 그 말 외엔 아무것도 떠오르는 게 없었다. 그가 잘 리어의 대제라니. 오전에 전면전 소식을 들었을 때에도 이렇게 당황 하진 않았다.

보면 볼수록 눈이 가는 자이기는 했다. 반평생동안 허드렛일만 하 며 길바닥을 굴렀다는 게 안타까울 만큼 잠재력이 있는 자였다. 잠깐 잠깐 눈에 밟히는 예리함, 자연스러운 웃음 속에 스치는 냉정함은 배 움에서 나올 수 있는 게 아니었다. 제 옆에 두면 든든한 조력가로 키 울 수 있을 거란 확신이 들었다.

그런데 언제부터였을까. 확신이 옅어지기 시작했다. 앞에 있는 자 의 속내를 도무지 가늠할 수 없어진 것이다. '티안'은 알맹이 없는 얄 팍한 껍질 따위로 느껴질 만큼, 그에게선 아무것도 알아낼 수 없었다.

해변에서의 밤이 살바토레가 처음으로 왕과 조우한 날이었다. 말 투, 행동, 억양, 습관, 손짓, 몸짓, 전부 달랐다.

어째서 알아채지 못했을까, 그는 이미 그때 왕의 얼굴을 하고 있었 는데.

"짐도 일부러 갇힌 건 아니었어. 놀랐겠지만 생각을 좀 해보게. 세 상 어느 천치가 마을 하나를 봉쇄하라고 해두고 스스로 걸어 들어가 나? 그 바람에 직접 짠 작전까지 이 입으로 누설하고 말이야. 젠장, 그 것만 생각하면 아직도 밤에 잠이 안 와. 아무튼 모든 건 사고야. 짐이 거기 들어간 것도, 자네의 측근이 된 것도, 예상치 못한 사고."

"곁에서 지켜보며, 얼마나 비웃었을……."

"매일 죽을 고비를 넘기느라 바빴는데 그럴 시간이나 있었겠나? 거기다 어떻게 비웃을 수 있었겠나. 자네는…….”

“…….”

“잘리어의 흉터이자 곪은 상처인데.”

후. 바스티안이 깊은 한숨을 내쉬며 머리를 쓸어 넘겼다. 시커먼 눈
밑이 그간 쌓인 피로감을 보여주고 있었다.

“지금부터 말하는 건 자네의 처분과는 관련 없는 이야기니 가려서
듣게. 저 안에 갇힌 건 짐에게 큰 공부가 되었네. 막다른 곳에 몰리니
억지로라도 정신을 차리지 않고는 살아남을 수가 없더군. 계속 묻어
두고 외면했던 것을 마주하는 고통스러운 시간이었지만 말일세. 부디
이 전투가 잘리어의 훗날을 위한 토대가 되길 바랄 뿐이야.”

“…….”

“아, 그래도 짐이 우리 아버지와 형님보다 낫다고 해줘서 고마웠네.
자네도 그다지 나쁜 지도자는 아니었어.”

툭. 가볍게 어깨를 치고 가는 바스티안을 붙잡을 수도, 돌아볼 수도
없었다.

“살아서 만나세.”

왕이 마지막으로 남긴 말에 두 눈을 질끈 감았다. 살바토레는 고개
를 숙인 채 아주 오랫동안 못 박힌 듯이 그 자리에 서 있었다.

이 상황을 옆에서 지켜보고 있던 에셀레드는 냉큼 검을 쥐고 왕을
따라나섰다. 보르본의 움직임이 수상하게 빨라져 그들의 발걸음도 재
촉할 수밖에 없었다. 바스티안은 벌써 배에 오르고 있었다. 이런 긴급
한 상황에 사이러스는 그저 살바토레를 지켜보는 역할인가? 너무 쉽
잖아. 이건 직무유기야, 직무유기. 여왕님께 일러버릴 테다. 에셀레
드가 속으로 투덜거리며 재빨리 배에 올랐다. 갑판 위는 아직도 소란

스러웠다.

"장교에게선 아직 아무 소식 없단 말이냐!"

"그게…… 몇 번이나 전령을 보내었는데 돌아오질 않습니다."

"그럼 어서 닻을 올려! 이러다가는 죄다 죽게 생겼다!"

삐걱, 삐걱. 핏대 세워가며 난리 치던 보르본이 입을 닫았다. 나무 기둥이 흔들리는 소리가 귀를 거슬리게 했다. 더듬더듬 출처를 따라 가던 시선이 한곳에 모였다. 닻이 매인 기둥을 딛고 올라선 바스티안이 손을 흔들었다. 누군가 황당해하며 외쳤다.

"뭐, 뭐냐, 넌! 거기서……."

"폐…… 폐하? 어찌 여기에……."

먼 거리였지만, 보르본이 단박에 알아보고 더듬거렸다. 웅성거리던 갑판 위가 순식간에 찬물을 끼얹은 듯 조용해졌다. 저 사람이 이 나라의 왕이라고? 거짓말. 왕은 겁을 먹고 도망쳤다고 하지 않았던가. 하나같이 충격받은 표정들이라 바스티안은 실소를 금치 못했다. 오늘만 해도 제 신분으로 몇 사람을 놀라게 한 건지.

"그건 짐이 묻고 싶소, 알미란트 보르본 경. 나라가 이리 위급한 때에, 배까지 끌고 어딜 가려는 건지 말이야. 누가 보면 도망친다고 오해할 법도 한데."

"아닙니다, 폐하. 절대 아닙니다. 그건 오해입니다. 저희는, 그러니까, 규명하러 온 것입니다."

"호오. 보르본 경이 규명을."

바스티안이 단검을 빙빙 돌렸다. 보는 것만으로 기분 좋게 하는 미소가 지금만은 상대를 섬뜩하게 만들고 있었다. 보르본은 당황한 기색을 숨기지 못했다.

"예. 그, 있잖습니까. 잘리어와 부르군트의 협력을 위하여 어떤 일을 할지 고민하던 찰나에, 아주 이상한 소문이 들려오지 뭡니까. 폐하께서도 아시고 계실는지 모르겠지만, 부르군트가 반군에게 협력했다나 뭐라나. 말도 안 되는 소문이죠. 두 나라 사이를 음해하려는 세력이 퍼뜨린 게 분명합니다. 소신은 그저 그 소문의 진상을 알아보러 온 것일 뿐이고…… 그런데 폐하, 어인 일로 거기까지 올라가셨는지는 모르겠으나, 내려와서 오해를 푸는 게 어떻겠습니까. 혹여나 떨어져 큰 사고가 날까 조마조마하여 견딜 수가 없습니다."

그가 단검을 위태롭게 놀리자 보르본이 끙끙거렸다. 혹시나 돛을 매단 밧줄을 바스티안이 끊어버릴까 봐, 그리하여 배가 출항할 수 없을까 봐 미치기 일보 직전이었다. 하지만 애석하게도 단검은 밧줄로 다가가는 데 아무런 망설임이 없었다. 썩둑, 쿵. 마침내 밧줄을 끊자 돛 뭉치가 엄청난 소리를 내며 갑판 위로 떨어졌다. 아, 이런……. 부르군트 병사들의 비명과 탄식을 들으며 바스티안이 환하게 웃었다.

"그래, 정다운 이야기를 나눠보세. 벨뷰 성으로 가서 오붓하게 말이야."

✦ ✳ ✦

카앙!

날카로운 금속성과 함께 두 그림자가 교차했다. 둘 다 누가 먼저랄 것 없이 몸을 돌리고 자세를 잡았다. 거칠게 숨을 몰아쉬며 희열에 몸을 떠는 남자에 반해, 에르완은 더없이 냉정하게 제 상태를 가늠하고 있었다.

단 다섯 합. 리산더와 검을 나눈 횟수가 고작 그것뿐인데도 충격은 어마어마했다. 고된 훈련을 견뎌온 에르완의 팔과 손목소자 그 여파로 지끈거리고 있었다. 날을 부딪칠 때마다 밀고 들어오는 힘이 가히 가공할 만한 수준이었다.

보르본이 프리드리히 왕의 머리라면 리산더는 팔이며 몸통이다. 부르군트의 완전무결한 검이자 혹독한 창이었다. 보르본이 백성들에게 내리는 포상으로 신임을 사고 있다면 그는 잔인함과 무자비함으로 두려움의 대상이었다. 선망과 두려움. 완전히 상반되는 두 부하를 양쪽에 두는 것이 프리드리히 왕이 균형을 유지하는 방법이었다.

"과연 기대대로…… 훌륭한 검입니다, 폐하."

리산더가 혀를 내둘렀다.

"말이 많군. 그러니 검에서도 잡음이 끊이질 않는 거다."

"거슬리셨다면 무릎 꿇고 사죄드립니다. 하지만 여간 반가워야지요. 잘리어의 총지휘관이 누구인지 줄곧 궁금했지 않습니까. 제 예상대로라면 진작 무너져야 했을 약소국이 이상하게 계속 버티더군요. 어디서 배워왔는지 전술이라는 걸 쓰는데, 허, 도무지 허섭스레기들 머리에서 나올 게 아니었거든요."

카앙, 카아앙!

눈으로 따라잡지 못할 화려한 검술이 이어졌다. 대부분 리산더가 찌르고 에르완은 방어하며 허를 찌르는 식이었다. 서로의 몸엔 작은 상처들은 생겼지만, 목숨을 위협할 만큼 큰 치명타는 양쪽 다 방어하여 막고 있었다.

과연 리산더는 부르군트 최강의 전사답게 거의 모든 무기를 부릴수 있었다. 그는 주로 양손검 위주로 직선의 힘을 사용했는데, 그만이 가진 무게감을 최대한 활용한 검법을 썼다. 그에 대응하는 에르완은 비교적 짧은 길이와 가볍게 날아오르는 검술을 구사했다. 인간을 초월하는 힘에 힘으로 맞섰다간 십 분도 견디지 못할 걸 알기 때문이었다.

"정말 훌륭히 성장하셨군요. 무례한 말씀이지만, 소신 보람이 큽니다. 그 협곡에서 폐하를 살려 보내 보람 말입니다."

리산더가 감탄을 자아내며 옆을 찌르고 들어갔다. 완전히 비어 있었던 허점을 찌른 것인데 일부러 유도한 양 손쉽게 막아내었다. 방어할 뿐 아니라 오히려 더 날카로운 날로 반격한다. 그는 자신이 몇 번이고 치명타를 입히려고 공격했음에도 상대가 살아 있다는 사실에 놀랐다. 동시에 기뻤다. 이곳에 와 지루함을 참고 있던 보상을 이제야 받는 것만 같았다.

"가슴 떨리는군요. 폐하와 저 사이의 이 대결로 한 나라의 운명을 좌지우지한다는 게. 진정 강력한 통치국만이 가질 수 있는 권리 아니겠습니까."

"확실히 해두지만 리산더 경, 짐은 잘리어를 지배할 그 어떤 조치도 취하지 않을 생각이다. 이 나라에 처음 발을 내딛을 때부터 그랬고, 앞으로도 변하지 않을 거야."

"그게 무슨 말씀입니까. 정복을 하지 않는다니? 그럼 이 전투에 무슨 의미가 있습니까? 그저 지키기 위한 전투가?"

리산더의 언성이 갑자기 높아지면서 검이 거세게 쇄도했다. 에르완이 몸을 돌려 피한 자리를 잔인하게 긁어내렸다. 콰앙! 창만큼 긴 검이 뒤에 있던 바위를 부수었다. 먼지를 뒤집어쓴 검날이 곧장 그녀를 찾아갔다. 바람마저 쪼갤 기세였다.

"폐하께서도 아시지 않습니까. 오랜 시간 이어져온 전쟁에 결착을 지을 시기가 왔고, 결국 세계는 오로지 우리와 우리에게 속한 종속국으로 쪼개어질 것을. 우호국? 중립국? 지나가던 개나 웃을 일입니다. 이미 세계에는 부르군트와 발루아, 두 강대국만이 존립하고 있습니다. 나머지는 빌붙어 살아가는 기생충에 불과하지요. 후에 그들은 두 나라 아래로 기어들어올 겁니다. 약한 그들의 군주에게 지배받으나, 우리에게 지배받으나 똑같을 테니까요! 그런데 폐하께서 그들의 존재를 인정하신다?"

그는 감정이 격해질수록 힘이 강해졌다. 처음 검을 맞댔을 때부터 잔악하기 짝이 없던 힘이었다. 한데 그조차 온 힘을 다한 게 아니었다니.

카앙. 다시 받아쳤다. 커다란 바위덩어리를 오로지 쇠붙이 하나로만 막는 느낌이었다. 화끈거리는 열감이 손목에서부터 팔꿈치와 어깨까지 올라갔다. 최대한 유연하게 흘려보내는데도 충격이 어마어마했다. 얼얼한 손가락에선 피가 나고 있는데도 아픔이 느껴지지 않았다.

폭풍처럼 몰아치는 검날을 받아내며 에르완이 그의 어깨 너머로 시선을 넘겼다. 잘리어 군과 반군, 그들의 움직임을 보았다. 잘리어를 상징하는 하얀 깃대가 목책과 진흙탕을 넘어가 있었다.

"힘없는 국가가 어디 자립을 선언하며!"

카앙.

"그들이 논하는 정의가 어디 제대로 된 것이겠습니까!"

카아앙.

"약소국들은 복종의 습성이 남아 있어 누구에게 복종할지 결정하지 못합니다. 자유로운 삶을 영위하는 법도 몰라 설령 그들의 군주가 잘

못됐더라도 봉기하는 것도 망설이게 마련이죠. 부르군트가 지원해주지 않았다면 반군은 평생 반란을 일으킬 생각조차 하지 못했을 겁니다! 겨우 그것뿐인 미개한 국가들이기 때문에!"

"경에게는 잘리어 백성들이 사라진 왕을 기다리고 원하는 모습은 보이지 않던가?"

"그 기다림이 언제까지 가겠습니까? 새로운 지배자가 왕좌를 차지하면 지지를 얻는 건 쉬울 겁니다. 백성이란 자신의 몸과 재산에 해만 끼치지 않으면 쉽게 호의를 보이는 종자들이니까요."

"그런 방법으로 권력을 얻을 수는 있되 영광을 얻지는 못할 것이네. 경의 논리대로라면 우리는 왜 삶을 지속해야 하는 건가? 단지 싸우기 위해서라면."

"저는 그런 어려운 건 모릅니다. 미욱한 신에게 직접 가르침을 사해주심은 감사하나, 도무지 이해 못 할 사상을 갖고 계셔서 말을 섞기가 어렵군요. 사실 소인, 폐하의 나약한 면을 마주한 것 같아 무척 황송하고 화가 납니다. 더욱이 지금 폐하께서 제게 온전히 집중하지 않는 것 같아 화가 치밉니다!"

이번에 노린 빈틈을 미처 방어하지 못했다. 베이는 순간 간신히 몸을 틀었는데, 조금만 늦었더라도 뼈를 건드릴 만큼 깊은 공격이었다.

에르완이 처음으로 물러나며 거리를 벌렸다. 왈칵 쏟아진 피가 팔을 뜨끈하게 적셨다. 상대의 어깨 너머에 가 있던 시선이 천천히 돌아왔다. 처음과 달리 리산더는 침통한 얼굴이었다.

"이게 끝입니까, 폐하?"

그는 흡사 기대하던 선물을 받지 못한 어린아이 같았다. 기다란 한숨과 함께 검을 크게 휘두르며 핏물을 털어냈다. 그의 덩치에 맞게 창처럼 기다란 검은 땅에 닿을 만큼 아래로 떨어졌다.

"이 정도까지 버티신 것만으로도 칭찬힐 만하시난, 시어도어 협곡에서의 허무했던 전투가 떠오르지 않을 수 없군요."

"……."

"스펜서였던가요? 방어군 대장의 이름 말입니다. 오래되었지만 그이름만은 또렷하군요. 그자도 이러했습니다. 당시 왕녀였던 폐하께서 잘 도망가는지, 무사한지 돌아보느라 제 검을 두 번도 채 받지 못하고 쓰러졌죠. 세 번째 공격에 손목이 완전히 나갔는데 꽤 거추장스러워 보이지 뭡니까. 하여 그것부터 잘라주었습니다."

흔들, 흔들. 리산더가 보란 듯이 손목을 들어 그를 흉내 냈다. 낄낄거리는 웃음소리가 천박하게 스며들었다.

"그다음은 귀를 잘라주었고, 다음은 눈을 파내었습니다. 천천히, 하나씩. 옹이구멍처럼 남은 눈으로도 돌아보더군요. 왕녀 전하가 잘 가시고 계시는지, 붙잡히진 않았는지, 어디까지 가셨는지, 혹시 왕성에서 왕녀 전하를 모실 지원부대를 보내주진 않았는지…… 쉴 새 없이 묻더군요. 대답해줄 부하들이 죄다 뒈진 줄도 모르고 말입니다. 하하!"

"……."

"피를 눈물처럼 흘려대는 채로 꽤 오래 살아 있었습니다. 그게 신기해 부르군트까지 데려가려고 했는데, 결국 못 버티고 죽어버리더군요. 약해 빠진 인간들이란. 그런데 지금…… 폐하의 그 팔도, 꽤 거추장스러워 보이는군요."

섬뜩한 시선이 에르완의 어깨부터 손까지 훑었다. 리산더는 그녀의 최후를 아쉬워하면서도 순순히 인정했다. 전투판에 섞여 입은 상처를 감안하면 꽤 버틴 것이라고. 부르군트에서조차 그의 검을 받고 다섯 합 이상 버틴 자가 드물지 않은가.

거기다 그녀의 최약점이나 다름없는 시어도어 협곡을 들먹였는데 표정변화 하나 없다. 역시 그녀는 충분한 예우를 받을 자격이 있었다. 그녀의 목은 직접 거두어 부르군트로 옮길 것이며, 남은 몸은 발루아로 보내 그 혼을 달랠 것이다.

그럼에도 온전히 우아할 여왕이라, 등줄기가 오싹 달아올랐다.

"장교, 리산더 장교님!"

그가 검을 정리하고 다가서려던 순간이었다. 말굽 소리와 함께 다급한 부름이 귀를 잡아끌었다. 뒤돌아보니 부르군트 갑주를 입은 전령병이었다.

"뭐지?"

물어뜯듯이 물었다. 허튼 일로 저를 부른 거라면 곧장 참수할 기세였다. 전령병은 급히 말에서 뛰어내렸다.

"보르본 경께서 급히 전하라 하셨습니다. 남은 군사를 모조리 수습하여 퇴각하라는 명이십니다. 장교님께서도 즉시 항구로 복귀하라고 하셨습니다."

"명? 감히 보르본이 뭔데 내게 명령을 내리지?"

"분명 그리 따질 거라 했지만, 그런 말씀할 때가 아니라고 전하라고도 하셨습니다. 지금 당장 잘리어를 떠나야 한다고. 그렇지 않으면……."

"시끄러워."

리산더는 보르본의 서신으로 보이는 것을 잡아채 짓밟아버리고는 몸을 돌렸다. 전령병이 다급하게 다가섰다.

"지금 가셔야 합니다. 장교님, 상황이 좋지 않습니다."

"시끄러워! 시끄러워! 방해하면 당장 네놈부터 죽어버리겠다!"

"전령병의 말을 곧이듣는 게 좋을 것이네, 경."

천둥처럼 울리던 목소리가 끊겼다. 핏발 선 눈으로 에르완을 보았다. 죽음의 문턱에 서 있는 것치고 그녀는 거짓말처럼 의연했다. 의아함이 잠깐 그를 멈칫하게 했다. 확고한 목소리가 귀를 꿰뚫을 때까지, 잠깐 그렇게 있었다.

"부르군트는 패했네."

"……"

"부르군트 군은 분명 강인하지만, 이곳에서는 기량을 발휘하기가 충분치 않아. 당장 이곳을 떠나지 않으면 자네뿐 아니라 남은 병력마저 무사하지 못하겠지."

둔기에 얻어맞은 듯이 말을 듣고 있던 그가 천천히 뒤돌아보았다. 목책까지 전진하는 데 성공했던 부르군트 군이 외스타슈 성벽 끝까지 몰려 있었다. 반란군으로 보이는 이들까지 잘리어 군에 합세하여 공격하는데, 부르군트 군은 속수무책으로 밀릴 수밖에 없었다.

이게 대체 어찌 된 일인가.

리산더가 밀려나는 부르군트 국기를 충혈된 눈으로 노려보았다.

세상을 호령하는 부르군트 군이다. 오합지졸이 모인 잘리어 군에게 밀릴 리가 없다. 끊임없는 현실부정 끝에 리산더는 조금 전을 기억해냈다. 리산더는 등지고 있어 미처 보지 못했지만, 에르완은 끊임없이 그의 어깨 너머를 관찰하고 있었다. 그러느라 몇 번 빈틈을 보여 부상을 입기도 했다.

그게…… 전투판이 어떻게 흘러가는지를 지켜보고 있던 거였나.

"제 주의를 돌리신 겁니까."

그가 거칠게 이를 갈았다.

"소신을 빼내어 시간을 끌고, 미리 짜둔 작전으로 잘리어가 승기를 잡게 하신 겁니까. 그래서 조금 전 결투에 제대로 임하지 않은 겁니까. 결정타를 날릴 수 있는데도 기회를 일부러 넘겼습니까. 소신을…… 제대로 상대해주시지 않은 겁니까?"

뜨거운 분노가 부글부글 끓어올랐다. 손잡이를 부서뜨릴 만큼 들어가는 힘을 주체할 수 없었다. 오랜만에 만난 호적수였다. 제대로 겨루어볼 열망에 전투판까지 버리고 뛰쳐나왔다. 청혼을 하러 간대도 느끼지 못할 설렘으로 가슴이 달음박질쳤다. 일생일대에 남을 결투라 여겼는데 상대의 머릿속은 온통 잘리어가 자리 잡고 있었다.

내가 아닌 잘리어. 내가 아닌, 잘리어!

터무니없는 배신감이 숨통을 짓눌렀다. 잔인하게 베인 가슴이 형편없이 너덜거렸다.

"짐은 이 자리에 기사가 아니라 총사령관으로 섰네. 경도 마찬가지로 군대를 이끄는 지휘자였지. 어떤 상황에서도 조직과 병사를 잊어서는 안 됐던."

세상이 온통, 죽어버린 잿빛이다.

"짐이 원하는 건 짐의 승리가 아니네. 잘리어의 승리이자, 잘리어 동료들의 승리야. 짐이 발루아를 위해 검을 드는 이유도 마찬가지야. 짐이 염원하는 건 발루아 백성들의 평화와 삶이다."

"이 치욕을…… 도저히…….."

"그대가 짐에게 집중하라 했지."

여왕은 바닥에 아무렇게나 내던져진 검 하나를 들었다. 바꿔드나

했더니 그게 아니었다. 리산더의 눈이 서서히 벌어졌다. 숨통이 조이는 것처럼 한 호흡도 내뱉지 못했다.

여왕은 이제껏 한손검만 썼는데……?

"이제 원하는 대로 해줄 수 있을 것 같군."

스르릉. 검 끝이 바닥을 스치는 소리가 허공을 긁었다. 두 개의 검을 천천히 교차해서 올렸다 내리는 손짓이 거룩하기까지 하다.

"양손검은 경만 쓸 수 있는 게 아니야."

확고한 음성이 귀를 쑤셨다. 그 순간 검이 쇄도했고 본능적으로 팔을 들어 막아냈다.

카아앙! 이전과는 비교할 수 없을 만큼 거세게 맞부딪친다. 막아내기를 이미 예상한 움직임으로 한 바퀴 돌아 다시 내리친다. 하나를 받아내면 곧장 다른 검날을 받아내야 했다. 빙글빙글 돌아 쉴 새 없이 파고드는 공격은 소름 끼칠 만큼 부드럽고 강했다.

양손잡이였나? 그런 보고는 듣지 못했는데.

리산더는 보기 드물게 당황하며 물러났다. 비척비척 느릿하게 움직이는 걸음을 에르완이 금세 따라잡았다. 빈틈을 파고들어 허리께를 깊숙이 베어내고, 무서울 만큼 빠르고 정갈하게 물러난다. 군더더기라곤 찾아볼 수 없는 순백.

우위를 점한 상황에도 그녀는 깊고 고요했다. 승리를 거두어도 흔들림 없을 거란 생각이 그에게 더욱 큰 수치심을 안겨주었다. 크나큰 배신감이 분노로 옮겨붙었다. 리산더는 한 손만 쓰겠다는 애초의 약속을 무시하고 창을 거머쥐었다. 짐승 같은 소리를 내지르며 달려든다.

이성을 잃은 검은 여왕의 상대가 되지 못했다. 그녀는 먼저 내지르는 검을 두 개의 검 사이에 끼워 아래로 내친 후, 뒤따라오는 창을 상대했다. 그그그그극. 가파르게 세워진 날과 날이 힘을 겨루며 버틴다. 손잡이까지 가깝게 다가간 둘은 어느새 검과 창을 바꿔 들게 되었다. 검을 고쳐 잡으며 리산더가 물었다.

"창을 쓸 줄 아십니까?"

"보는 대로."

창은 검과는 완전히 다른 움직임으로 다가왔다. 양손검이 꽃잎 휘날리듯 몸을 중심으로 흩날렸다면, 창은 몰아치는 회오리였다. 막대가 길어 움직이는 범위가 좁은 반면 깊숙이 치고 들어온다. 쑤욱. 한번에 가슴까지 다가오는 날을 피해 허리를 젖혔다. 내리치는 날을 겨우 검으로 막았다. 치명상은 면했지만 상처는 하나씩 늘어가고 있었다. 처음에는 별것 아닌 것 같았던 부상이 둘, 셋, 그 이상이 되니 지독한 피로와 고통을 호소했다.

그녀는 자그마한 손실이 쌓였을 때 낼 수 있는 효과를 알고 있었다. 그렇게 전술에 녹아든 게 야간 기습이나 약탈이었다. 리산더는 무시했지만, 결국 군 내부에 불안을 일으켜 패배를 일으켰던.

허억, 헉. 숨이 거칠게 흐트러졌다. 왜 이렇게 일방적인가 스스로 물었다. 말문이 막혔다. 대답이 떠오르지 않아 더욱 화가 났다. 호적수라 여기는 상대를 조금도 동요시키지 못하는 게 분했다. 부르군트는 물론이고 세계 어느 나라에서도 질 리 없다 생각했던 제 검이 자만이고 오만이었음을 인정할 수 없었다. 분노한 나머지 차라리 스스로를 죽이고 싶었다. 그러고도 지켜지지 않을 자존심이 바짝바짝 타들어갔다.

그녀를 보았다. 한 치의 흔들림이 없다. 까마득히 높은 곳에 앉아

지상에 있는 자신을 관조하는 눈빛이었다. 바로 앞에서 목숨을 끊어도 눈 한번 깜박하지 않을 것 같다. 어느 쪽으로도 치우지지 않을 평정심. 까마득히 깊다.

무릎 꿇지 않았다 뿐이지 그는 이미 패배했다.

리산더는 패배했다. 부르군트도 패배했다.

부르군트가…….

"으아아!"

발악처럼 검을 내었다. 잡념 가득한 검이 상대를 찌를 수 있을 리 없었다. 잔상만이 남은 허공을 찌른 검이 다른 검에 의해 튕겨나갔다. 맨손이 되어도 공격은 할 수 있었다. 주먹을 내지르자 팔이 사정없이 베였다.

으윽, 으으. 리산더는 신음을 삼키며 비척비척 물러서서 다시 검을 쥐었다. 생전 처음 느껴보는 열패감이 그의 어깨를 둔하게 눌렀다.

아무렇게나 내지른 검은 허공을 찔렀고, 균형을 잡지 못한 괴력이 주인마저 땅으로 끌어내렸다. 형편없이 땅을 구른 그가 다시 몸을 일으켰다. 산만 한 몸이 죄다 무게를 실은 덕에 지반이 쿵쿵 울렸다.

"폐하의 올곧음으로 발루아가 위험에 처할 날이 올 겁니다, 분명히!"

앞뒤 없이 생각나는 대로 뱉은 말이었다. 방향을 잃은 채 흔들리는 검이었다. 에르완은 조금 전보다 수월하게 쳐냈다.

"처음에 얘기했을 텐데, 경은 너무 말이 많다고."

카앙, 카앙. 두 개의 검이 눈앞에서 현란하게 휘둘러졌다. 리산더는 우월한 신체능력이 무색하게 손도 써보지 못하고 밀려났다.

그의 검이 몰아치는 불길이라면 에르완은 솟구치는 폭포였다. 차가운 파도이며 떠밀어내는 잔물결이다. 어딜 찌르든 검이 기다리고 있었다. 파도가 요동친다. 얕은 줄 알고 발을 들였다가 푹 빠져 헤어나지 못했다.

하. 허탈함에 틈을 둔 찰나의 순간이었다. 아래에서부터 쇄도한 검이 일시에 왼눈을 베고 순식간에 뒤로 빠졌다. 극심한 통증과 함께 시야에 직조가 번진다.

툭, 툭툭. 핏방울 떨어지는 속도가 빨라질수록 성큼성큼 젖어들었다. 지독한 붉음 속에 있는 것도 잠시, 어귀에서부터 새까매졌다. 그러다 촛불이 꺼지듯 훅, 반쪽이 사라졌다.

그녀가 검을 겨누었다. 잔상이 두 개로 나뉘었다가 하나로 합쳐지길 반복했다. 거리감이 완전히 소실되어 헛손질이 잦았다. 거친 호흡으로 낮게 으르렁거렸다. 잠시 눈이 내리는 것 같은 환각이 어슴어슴 보였다. 어렴풋한 시야 속에 그녀가 입을 열었다.

"다음으로, 경에게 거추장스러운 곳은 어디인가."

"으하……하하! 하하하!"

"……."

정신이 나가버린 것마냥 웃음이 터졌다. 겉으론 의연해도 역시 시어도어 협곡을 마음에 둔 것이다. 불순물 하나 없던 백사자가 분노로 더럽혀졌다. 리산더는 이 일이 여왕 평생 처음 있는 일이 아닌지 감히 점쳐보았다.

평화를 운운하는 나약한 거죽을 찢어내리면 저토록 강인한 짐승이 모습을 드러낸다. 비로소, 날 완성시킬 수 있는.

미칠 듯한 짜릿함이 온몸을 지배했다. 눈을 잃어버린 고통과 두려움은 완전히 배제되어 밀려났다. 몸이 조금만 가벼웠더라도 방방 날뛰었을지도 모를 정도였다.

"시어도어! 시어도어 협곡! 여왕이 이끌다 전멸한 방어부대!"

있는 힘껏 울부짖는다. 발버둥 같은 노여움이었다. 주체치 못하고 끼어드는 웃음에 여왕의 눈썹이 휘어 올라갔다.

"그들의 죽음이 노여우십니까? 화가 납니까? 안타깝습니까? 저에게 복수하고 싶습니까?"

"⋯⋯."

"이제 와 그들이 불쌍하십니까? 가엽습니까? 당신이 버리고 간 부하들이! 그들을 죽인 저를 경멸하십니까? 저를 최대한 잔인하게 죽이고 싶으십니까?"

"짐은 그대가 가엽다."

"⋯⋯."

"처음부터 그 마음엔 변함이 없었어."

무감동한 목소리에 리산더의 표정이 돌연 악귀처럼 변했다. 선연한 분노가 흘러넘쳐 턱 밑으로 뚝뚝 흘렀다.

"가엽다고? 제가 말입니까? 제가 죽인 자들처럼 저를 불쌍히 여긴단 말씀이십니까? 하, 하하. 그렇다면 폐하, 부디 제 손에 죽어주십시오. 죽은 폐하를 모실 자리는 소신이 성의껏 찾아두었으니!"

이미 한계에 다다른 팔이 내지르는 공격이 먹힐 리 없었다. 에르완은 간단하게 받아치고 그를 굽어 내려다보았다. 부르군트 군의 지배자다운, 죽일 듯한 투지였다. 무도한 힘으로 모든 것을 부수고 찍어누르는, 광기 어린 욕망이다. 패배를 인정치 않는 맹금의 눈동자가 새파랗게 불타올랐다.

그에 반해 에르완의 검은 고요한 태산이다. 내려앉는 새벽이다. 아무리 발악해도 흔들 수 없었다.

"짐이 죽을 곳을 정하는 건 경이 될 수 없네."

숨소리 하나 흐트러지지 않은 평정심으로 겨누었다.

"그건 경의 능력 밖이야."

"흐, 하하."

리산더는 터질 것만 같은 광소를 내리누르며 시선을 내렸다. 장교님, 지금 바로 가셔야 합니다. 잘리어 군이 승기를 잡고 이리로 오고 있습니다. 시간이 없습니다. 이대로라면 잘리어에 포로로 붙잡히실지도 모릅니다. 전투는 패배했습니다. 장교님, 지금이라도……! 뒤에서 전령병이 목청이 터져라 외치고 있었다.

패배?

어렴풋한 시선에 바닥에서 덜걱거리는 검이 보였다. 멀리서부터의 진동으로 흔들리는 것이다. 반쪽뿐인 눈을 돌려 이쪽을 향해 돌진하는 군대를 보았다. 얼핏, 검은 표범의 깃발이 비치는 것도 잠시, 이내 잘리어 국기가 하늘을 새하얗게 물들인 것을 보았다.

턱이 부서지도록 당겨 물었다. 이럴 수는 없다. 부르군트가 패자일 수 없다. 부르군트가 패배할 리 없다. 강대국의 장교가 중립국의 반군을 도우다 붙잡혔다? 그는 포로로 잡혀 부르군트와의 협상에서 미끼로 사용될 것이며 프리드리히 왕은 그를 외면하지 못할 것이다. 고국으로 돌아간다 하여도 더할 수 없는 치욕이었다. 수십 번 고쳐 죽어도 씻을 수 없는 수치.

프리드리히 왕과 부르군트에 대고 한 맹세가 있다. 그 맹세의 뿌리를, 근간을 흔드는 것이 다름 아닌 자신이라니. 용납할 수 없었다.

"내가…… 이 내가…… 부르군트의 패배를……."

터무니없는 맹목이 그를 끌어올렸다. 곧 죽어도 이상치 않을 상태에서 몸을 일으키자 전령조차 얼굴이 새파래졌다. 아무리 다쳐도 괴물처럼 일어나는 모습에 기가 질린 것이다. 리산더가 고통을 삼키며 고개를 들었다. 검에 기대어 겨우 일어나 여왕을 잠깐 바라보았지만, 그녀를 향하진 않았다. 오히려 몸을 돌려 전령병에게 다가갔다. 어, 어. 겁에 질려 뒷걸음질 치는 전령병에게 빠르게 다가가 목을 베었다. 그의 말에 올라 채찍질을 한 건 순식간이었다.

"사령관님! 사령관님!"

잘리어 군대는 리산더가 자리를 뜬 그 직후 도착했다. 쫓아라, 쫓아! 소부대가 리산더를 쫓아가는 모습을 망연히 지켜보았다. 진두지휘하던 몬드가 백마를 끌고 여왕 곁으로 왔다.

"사령관님, 말에 오르십…… 아니, 괜찮으십니까?"

몬드는 고삐를 받아드는 그녀의 팔 전체가 핏물에 잠겨 있는 것을 보았다. 보기보다 부상이 깊은지 얼굴마저 창백하다. 멀리서 검을 휘두르는 모습을 볼 때는 상상 못 할 상태였다.

그는 그녀의 손끝에 흐르는 가느다란 떨림을 보았다. 그녀가 얼마나 강한지 몸소 겪어본 몬드이기에 충격은 더욱 컸다. 도대체 어떤 상대기에 여왕이 이렇게까지 된단 말인가. 보통 사람이었으면 이미 과다출혈로 쓰러지고도 남았을 부상이라, 조마조마하여 견딜 수 없었다. 그런데도 말릴 수 없는 것은, 흔들림 없는 태도와 단단한 표정 때문이었다.

"사령관님……."

"길을 트게."

그녀는 사방에서 몰려들며 안위를 묻는 자들을 물리치고 말에 올랐다. 제가 대신 가겠다는 몬드의 간곡한 청도 무시한 채, 누구보다도 빨리 항구를 향해 질주했다. 전투를 아직 끝낼 수 없었다.

✦ ✳ ✦

"조금 전 그대 입에서 리산더 장교 이름이 나오는 걸 들었네. 반군에게 군수품을 지원했을 뿐 아니라 금일 아침, 외스타슈 방벽 너머로 군을 전진시킨 그자 말이야."

"오해임이 분명합니다. 이미 오랜 전쟁으로 지쳐 있는 부르군트가 어째서 중립국인 잘리어를 건드리겠습니까?"

"짐이, 저 외스타슈 방벽 안에서 그자가 저지른 모든 것을 보았네. 그런데도 아니다? 서로 다 아는 사실을 눈 가리면 그만인가? 이제 짐에게 증거라도 요구할 텐가?"

날 선 말을 들으며 보르본이 재빨리 시선을 돌렸다. 잘리어 왕을 속이는 건 이미 물 건너갔으니 주동자들만이라도 빠져나가야 하는데, 항구 저 멀리까지 건너보아도 리산더는 코빼기도 보이지 않았다. 귀환하라는 전언을 보낸 지가 언제인데 아직까지도. 전쟁통에 겨뤄볼 만한 상대를 만나 승부를 내야 한다며 고집을 피우고 있을 것이 틀림없었다. 보르본은 이를 악물며, 그가 올 때까지 얼마나 버틸 수 있을지 가늠했다. 한 가지 다행인 점은 왕이 단지 기사 하나만을 동반한 채 혈혈단신으로 왔다는 거였다.

예기치 못한 이를 좋지 않은 타이밍에 만나게 되어 당황했던 보르본이 천천히 냉정을 찾아갔다. 리산더는 곧 올 것이다. 아무리 멍청해도 전투에서 패배했는데 끝까지 고집부릴 수 있을 리 없다. 자신이 사로잡히면 부르군트에 어떤 영향을 끼칠지 정도는 파악하고 있는 자였다. 보르본은 그를 인간으로서 믿지 않았지만, 군통수권자로서는 신의했다.

괜찮다, 아직 버틸 만했다.

"폐하께서 다른 부분에서 오해하고 계시다는 말이었습니다. 이 전쟁이 신과 관련돼 있지 않다는 부정은 한 번도 하지 않았는데 말입니다."

"재미있는 소리를 하는군. 외교대신으로 와 있는 경이 관련되어 있지 않다니. 부르군트 왕은 모르는 단독행동을 했다는 소리로 들리는데."

"바로 그겁니다."

보르본의 얼굴에 미소가 흐물흐물 떠올랐다. 바스티안의 웃음도 싸늘해졌다.

"뭐라?"

"우리들이 부르군트의 한낱 장교가 아니라 한 나라의 우두머리가 되고자 했다면."

"이봐, 무슨 개소리를 지껄이고 있어? 이만한 병력이 움직이는데 프리드리히 왕이 몰랐다고? 너는 지금 너희 왕이 장님이라고 떠벌리고 있는 거야, 알아?"

에셀레드가 참지 못하고 끼어들었다. 은근한, 유도신문을 닮은 화법은 체질적으로 거부감이 드는 듯했다. 보르본은 웃었다. 제 말에 흥분하며 달려들수록 미소가 짙어졌다.

"리산더 장교와 저, 프리드리히 왕이 신임하는 두 장교라면 이 정도 군대와 군함을 몰아오는 것은 그리 어려운 일이 아닙니다. 잘리어에서 보기엔 이마저도 많겠지만, 부르군트 전체 전력과 비교하면 미약할 만큼 작은 부대지요. 부르군트 주축이 되는 부대는 움직이지조차 않은 걸, 에셀레드 경이 보아서 더 잘 알고 계시지 않습니까?"

"지금 네 장황한 헛소리를 믿으라고 말하고 있는 거냐? 그래?"

"저야말로 묻고 싶군요. 에셀레드 경은 어째서 여기 계십니까? 당연히 발루아에 계셔야 할 분께서."

당연하지만 허를 찌르는 질문이 돌아왔다. 어, 음, 그게. 에셀레드가 당혹감을 숨기지 못하고 말을 더듬었다. 공교롭게도 그는 표정을 잘 숨기지 못했고, 보르본은 숨겨진 표정도 읽을 줄 알았다. 보르본이 묘하게 입가를 뒤틀었다.

"설마 발루아의 왕께서도 여기에 와 계시다든지."

"그럴 리가! 절대로, 절대로!"

"하, 하하. 가볍게 던진 말에 그렇게 화들짝 놀라면 오히려 더 의심하게 되잖습니까. 설마 우리가 물러나면 잘리어를 지배할 획책이라도 꾸며두신 게 아닐는지."

"뭐가 어째? 이봐, 힘자랑하러 다니느라 세상에 죄다 너희 같은 놈들만 있는 줄 아나 본데, 저 바닷물에 뛰어들어서 제정신 좀 차리지그래? 외교대신이라는 놈이 우호적 외교 방문도 모르나?"

"그걸 제가 믿지 않는다면 어쩌시겠습니까?"

"뭘 믿고 말고야, 사실이 그런데. 거기에 네놈 사견이 필요한가?"

"그것 보십시오."

보르본이 마침내 해답에 도달했다는 듯 말을 끊었다. 에셀레드가 아차 하며 입을 다물었다. 어떤 함정에 빠졌는지 뒤늦게 깨달은 것이다.

"저도 같습니다. 제가 말한 이유를 믿을지 말지 경이 정하는 게 아닌 것처럼."

"저게 말이면 단 줄 아나."

"백번 양보해 독단이라고 해도, 타국에 영향을 행사하려는 자를 외교대신으로 보낸 부르군트에 책임을 묻지 않을 수 없군."

잠자코 있던 바스티안이 간단하게 상황을 정리했다. 보르본은 이 일을 어디까지나 두 장교의 독단으로 덮고 부르군트와의 연결고리는 끊을 심산이었다. 부르군트가 완전히 책임을 면하지는 못하겠지만 상당히 축소될 것이다. 잘리어와 같은 피해를 입었다는 주장도 조심스레 제기하며 양국의 친선을 도모할 수도 있었다. 그들은 그만큼 뻔뻔할 수 있었다.

"폐하의 심기를 어지럽힌 건 깊이 사죄드립니다. 하지만 소신 또한 이런 곳에서 폐하를 뵙게 되어 상당히 놀랐습니다만. 아마 이대로 벨뷰 성으로 돌아가면 직접 추궁하고 치죄하실 요량이시겠지요. 저희를 두고 부르군트에 합당한 요구를 하실 테고."

"그게 올바른 절차겠지."

닻이 달려 있던 기둥에서 갑판으로 훌쩍 뛰어내리며 바스티안이 대꾸했다.

"하지만 소신은 그게 마음에 들지 않습니다만."

"경이 마음에 안 들면 어쩌게. 짐으로선 자네가 이러니 더더욱 부르군트의 개입을 의심할 수밖에 없는데."

"지금 이 상황을 아는 건 아직 폐하뿐이지 않습니까. 저희에 대한 처분을 내릴 분도 폐하시고……."

이야기가 점점 좋지 않은 쪽으로 흘러가고 있었다. 잘리어의 왕이 직접 나타났다는 것에 놀라 웅성거리던 부르군트 병사들은 어느새 냉정을 되찾아가고 있었다. 아무리 잘리어 왕이라 하나 그를 지킬 병사들이 없지 않은가. 군함은 부르군트 병사로만 꽉 차 있으며 저쪽은 왕을 포함하여 단 두 명뿐이다. 거기다 뒤쪽은 까마득히 넓고 깊은 바다. 누군가 빠져서 실종되어도 이상하지 않을 공간이었다.

"뭐야, 그럼 뭐, 죽이기라도 하겠다는 거야? 바다에 밀어넣기라도 하게?"

험상궂게 변해가는 분위기에 물러나는 바스티안에 반해 에셀레드가 떵떵거렸다. 뒤늦게 그들을 향한 눈빛을 보았다. 어, 이게 아닌데. 본능적으로 검을 찾아들며 바스티안 옆으로 갔다. 보르본이 신기하다는 눈으로 그를 지켜보고 있었다.

"신기하군요, 경이 폐하와 저의 대화를 이해했다는 게. 경에게도 굴릴 수 있는 머리가 있는 걸 깜박했습니다."

"저게 진짜 누굴 바보로 아나!"

"에셀레드 경."

바스티안의 부름에 맞추어 검을 내었다. 마침 달려들던 병사 둘을 동시에 해치웠다. 그사이 바스티안은 솜씨 좋게 부르군트 검을 빼앗기까지 했다. 잘리어에서 만들어진 것보다 훨씬 단단하고 손바닥 한가득 들어오는 무게감이 마음에 들었다. 둘을 해치웠으나 빈틈을 노리며 다가오는 이는 얼마든지 더 있었다. 보르본은 맨 뒤로 물러나 상황을 지켜보기만 했다. 진짜 죽여서 은폐하겠다, 이거군. 많이 불리한 상황이지만 크게 걱정되지는 않았다. 옆에 있는 이가 누군가, 발루아의 여왕 친위대 그레더니어에 소속된 기사가 아닌가.

"경, 요만큼은 짐이 상대할 테니 저어만큼은 자네가 상대하게."

슬금슬금 다가오는 부르군트 병사들을 두 무리로 나누었다. 한쪽은 적었고, 다른 한쪽은 비교저으로 많았다. 물론 많은 쪽은 에셀레드에게 주었다. 알겠다는 대답이 즉시 돌아올 줄 알았는데 어색한 침묵이 흘렀다. 잠시 후 에셀레드가 떨리는 목소리로 물었다.

"그러니까 요만큼은 제가 맡고 저어만큼은 폐하께서 맡는단 말씀이시지요?"

"아니, 그 반대야. 요만큼을 짐이 맡을 테니 저어만큼을 자네가 맡으라니까."

"폐하, 저희 그냥 바다에 뛰어들까요? 그게 살아남을 가능성이 더 높을 것 같은데."

마침 달려드는 병사를 에셀레드가 막아섰다. 하나는 겨우 상대했지만, 둘, 셋으로 늘어나자 눈에 띄게 힘겨워 보였다. 아니, 이게 뭐야. 바스티안이 어리둥절한 채 물었다.

"아니, 자네 왜 그래? 자네들 그레더니어는 전부 강한…… 그러니까 에르완이나 리산더 같은 거 아니었어?"

"절대 아닙니다, 절대요! 세상 모든 기사가 그처럼 일당백은 아닙니다! 제가 평범한 거라고요!"

바스티안은 이래서 익숙함을 경계했다. 비정상인들만 사방에 바글바글하니 사고도 점차 그들에게 맞춰져가게 된 것이다. '일당백이라니 대단하다'에서 '일당백은 당연한 것'으로 바뀌는 데는 석 달도 채 걸리지 않았다. 사람의 적응력이란 다른 의미에서 대단했고, 그 대단함이 지금 그를 난처하게 만든 주범이었다. 판단 실수에 대한 인정은 잠깐 접어두고 바스티안은 당장 코앞으로 들이닥친 상황을 정리해야 했다.

"폐하, 이번에 귀환하면 꼭 발루아로 돌려보내주시는 겁니다."

병사들이 사방에서 촘촘하게 포위하며 다가왔다. 에셀레드가 뒷걸음질 치며 다가와 바스티안의 등 뒤를 호위했다.

"몸 성히 귀환하면 말이야."

"젠장, 사이러스 경이라도 있었으면."

"그러잖아도 그를 떨어뜨린 걸 후회하고 있던 참이네."

말끝에 둘은 약속이라도 한 듯 피식 웃고 검을 들었다. 누가 먼저랄 것 없이 부르군트와 날을 섞었다. 바스티안은 미꾸라지처럼 쏙쏙 빠져나가는 특유의 검술을 썼고, 에셀레드는 해적 때의 습관이 남아 있는 기사의 검술을 썼다. 사방에서 찔러오는 날을 막으며 둘은 서로에게 등을 맡겼다. 서로 맞춰본 적이 없으니 다리도 꼬이고 어깨가 부딪치기도 했지만, 나름대로 잘 맞는 합이었다. 위태위태하게 막아가며 갑판 끝자락까지 밀려났을 때였다. 바스티안은 갑판 너머의 까마득한 바다를 흘긋 넘어다보았다.

"바다에 빠지는 것과 이들을 상대하는 것 중, 어느 게 더 살아남을 가능성이 클까?"

"선택하기 전에 제발 잘리어 군이 와줬으면 하는데 말입니다."

"하하, 그런데 어쩐지 하늘은 우리 편이 아닌 것 같은데."

"그게 무슨……."

목을 노리고 쇄도하는 칼날을 밀어내며 고개를 돌렸다가, 표정이 굳고 말았다. 잘리어 지원군이 와주길 바랐건만, 정작 항구에 모습을 드러낸 건 가장 감당하기 힘든 이였다. 리산더. 그가 나타나자 갑자기 공기가 무거워졌다. 중압감에 웃음기조차 싹 씻겨나갔다. 천성적인 여유를 잃지 않던 에셀레드마저 딱딱해졌다. 그가 바스티안 앞을 막아섰다.

"잠깐, 폐하, 부디 물러서 계십시오."

"이봐, 짐도 짐의 몫은 해. 보호할 상대가 아니란 말이네."

"폐하를 보필하는 건 오로지 제 임무이기 때문입니다. 그런데 지금은 제가…… 제가 자신이 없어서 그렇습니다. 저자를 상대하면서 제 목숨만을 부지하려고 할까 봐……."

아무리 기사도가 철저해도 살고자 하는 본능 앞에서 순간적으로 옅어질 수 있다. 에셀레드는 그것을 사전에 막고자 왕 앞을 가로막았다. 그만큼 상대가 압도적으로 강하다는 뜻도 되었다.

리산더는 온몸이 붉었다. 대부분 타인의 것이었지만 자신이 흘린 피도 상당해 보였다. 팔다리 가릴 것 없이 남아 있는 상흔과 무엇보다도 가장 깊어 보이는 눈의 부상. 누군가가 목숨을 걸고 남긴 일격일까. 저런 상처를 남기고도 상대가 온전히 살아 있을 거라는 추측이 불가능했다. 그만큼 군함에 오르는 그의 기세와 위압감이 대단했다.

리산더는 보르본과 한두 마디 나누며 으르렁거리더니, 곧 에셀레드에게 시선을 내리꽂았다. 부르군트 병사들이 양쪽으로 갈라서며 그들로 향하는 길을 만들었다. 명령 하나 받지 않고도 일제히 움직였다.

"그레더니어인가."

상처 입은 짐승이 잔뜩 털을 곤두세운 채 흘려내는 경고 같았다. 하나 남은 눈이 서슬 퍼런 독을 품었다. 끓어오르는 쇳물이다. 핏물처럼 번져버린 노여움이다. 천년을 끓인 뜨거움으로 분노한다. 언짢아한다는 말은 가벼웠다. 턱없이 못 미쳤다.

그는 손을 뻗어 아무거나 잡았다. 마침내 쥔 것은 도끼였으나 상대를 찢어발길 수 있다면 아무것이든 상관없어 보였다.

"여왕의 번견."

철컥, 철컥, 철컥, 갑판을 부서뜨릴 것 같은 발걸음이었다. 바스티안은 에셀레드의 어깨가 살짝 떨리는 것을 보았다. 수십 명을 상대해도 실실거리는 여유를 잃지 않던 그가, 두려움에 내몰려 있었다.

바스티안은 빠르게 상대편 동향을 파악했다. 더 이상 지체할 필요가 없어진 부르군트 인들은 닻이 멀쩡한 군함에 옮겨 타고 있었다. 이대로라면 잘리어 군이 도착했을 때 주동자들은 다 빠져나간 다음일 텐데. 시간을 끌려고 해도 두 사람의 힘으론 턱도 없었다.

리산더는 무지막지하게 도끼를 휘둘렀다. 부웅, 붕. 바람을 가르는 소리가 마치 낙하하는 단두대 날처럼 예리하다. 에셀레드는 힘겹게 공격을 막아냈다.

챙강! 두 번을 채 버티지 못하고 손에 든 검이 바다로 내던져졌다.

리산더는 낮게 낄낄거렸다. 피투성이인 채로 웃으니 진정 미치광이처럼 보였다. 그는 손에 든 도끼를 내던지고서 다짜고짜 주먹을 날렸다. 뻐억. 에셀레드의 고개가 홱 돌아가면서 뼈가 우그러지는 소리가 났다. 골이 통째로 흔들리는 힘이었다. 단 한 번의 가격으로 꺽꺽거리며 숨넘어가는 신음만 삼켰다. 대중없는 힘으로 말도 안 되게 후려 맞았다. 배를 얻어맞으니 내장이 터진 것 같은 고통이 엄습했다.

"끄으…… 윽……."

"이건 뭐, 죽이는 재미조차 없군."

숨통이 으스러질 듯 인정사정없이 짓밟혔다. 구부정하게 앞으로 기울자 머리채가 잡혀 강제로 붕 떴다. 비웃음 가득한 얼굴은 까마득한 절망에 가려 보이지 않았다.

"미친……놈……."

"미친놈에게 죽는 너는?"

"미친, 미친……."

"빌어먹을 여왕의 것은 모조리 불태워버리겠다."

너덜거리는 입에 주먹을 내리꽂고는 곧장 바다로 내팽개쳤다. 훈련으로 단련된 성인 남자가 걸레짝처럼 쉽게 내던져지는 광경은 보고도 믿기 힘들었다.

그때였다. 난간을 향해 처박히던 에셀레드를 바스티안이 몸을 던져 받아낸 것은. 워낙 거센 힘이 실려 있어, 그와 부딪쳤을 때는 숨이 턱하고 막혔다. 손을 쓸 도리 없이 난간에까지 확 떠밀렸다. 허리께에 무언가 와닿는 느낌이 들었을 때, 바스티안이 있는 힘껏 에셀레드를 밀쳐냈다. 난간 밖으로 튕겨나가는 반동은 감수해야 했다. 다리에 힘을 주지 않은 게 아닌데도 보이지 않는 손이 뒤에서 목덜미를 잡고 끌고 가는 듯했다. 걸레짝이 된 기사가 무사한지 확인해야 했으나 정작 그 자신이 배 위에 있지 않았다.

"폐……하! 폐하!"

갑판에서 비명이 울렸다. 그 목소리를 들으며 그대로 바다로 떨어졌다.

첨벙! 물살이 때리는 따귀를 온몸으로 맞았다. 쩡하고 울리듯 아팠다. 대리석에 떨어져 산산조각 나는 유리잔처럼 온몸이 고통스러웠다. 높은 산에 올라간 것처럼 고막이 먹먹하게 막히고 물소리만 가득 들어찼다. 손끝까지 마비된 건 물살 때문일까, 다리를 잡고 끌어내리는 무거운 바닷물 때문일까.

흐르는 푸른 바닷물 위로 빛이 보였다. 최대한 숨을 참고 팔다리를 허우적거렸다. 온갖 신변잡기에 능하면서 헤엄은 못 친다는 게 이렇게 아쉬울 수가 없었다. 그래도 이곳이 잘리어 땅이라 다행이다. 어떻게든 헤엄쳐 올라가기만 하면 살 수 있으니까.

그 생각을 비웃듯 수면 위에서부터 그의 머리로 무언가가 내려앉았다. 잘 보니 그물이었다. 그대로 가라앉힐 생각인지 네 모서리에는 무거운 돌이 달려 있었다. 바스티안은 그물을 뒤집어쓴 채, 끝없이 바닥으로 떨어졌다.

바다 속에 처넣은 것도 모자라 그물까지 던져 넣다니, 진짜 죽이려고 작정했군.

뒤늦게 사태 파악을 하고 이 악물고 온 힘을 다해 팔을 휘저어도 빛은 멀어져갔다. 돌을 매단 채 수면 위까지 헤엄치는 건 무리라는 생각에, 뒤늦게 그물을 찢어내려 했다. 밧줄을 당기고, 매듭을 풀려고 애썼으나 허사였다. 발버둥 칠수록 더욱더 깊은 곳으로 가라앉을 뿐이고 숨은 점점 막혀왔다.

머리가 핑 돌았다. 일시에 팔다리에서 힘이 쭉 빠져나갔다. 얼음장 같은 바닷물과 체온이 점점 엇비슷해져가는 게 느껴졌다. 스스로 한계에 부딪혔음을 인지했다. 바다 안은 차갑고 어둡고 지독히 외로웠다. 생명의 온기라곤 한 점 느껴지지 않았다.

낮게, 아래로, 끝으로 가라앉았다.

평생 살기 위해 발버둥 쳤는데 끝은 이토록 허무하다. 그걸 알기에 더 죽기 싫었는지도 모른다. 이렇게 두렵고, 이렇게 무서워하고, 이렇게 벌거벗은 겁쟁이가 될 걸 알아서. 스스로의 민낯을 마주하기 싫었다.

멀어져가는 의식 속에 바다 속으로 잠기는 또 다른 그림자가 보였다. 빠진 건지, 뛰어든 건지, 사람인지 아닌지 분간조차 되지 않았다.

희미한 불빛을 비집고 그것은 점점 가까워지고 있었다. 가라앉는 속도보다 더 빠르게, 그를 향해 헤엄쳐오고 있었다.

가물가물한 눈에 힘을 주어 치떴다. 만약 리산더가 에셀레드마저 잡아 던졌다면? 맙소사, 제발 그것만은 아니길 빌었다. 의도치 않은 희생이 허무해지기까지 하면 죽어서도 눈을 못 감을 거다…….

하지만 곧이어 시야에 잡힌 건 상상도 못 한 이였다. 그는 숨이 멎은 듯 그녀가 헤엄쳐 다가오는 모습을 지켜보고 있었다. 죽게 내버려두지 않겠다는 맹세를 지키러 온 것만 같았다.

그녀는 그에게 이르러 그물을 잡았다. 단번에 단검으로 끊어내고는 바스티안의 손을 잡았다. 훅 하고 끌어올려졌다. 바스티안은 그녀를 보며, 살고 싶은 나머지 스스로 만들어낸 환영이 아닌가 생각했다. 눈이 따끔거릴 정도로 끝없이 응시했다. 곧 홀연히 사라질 신기루일지라도 보지 않을 수 없었다.

그는 손길을 뿌리쳤다. 이미 헤엄칠 힘은 남아 있지 않았고, 조금 더 지나면 원초적인 본능에 사로잡혀 그녀까지 심해로 끌어내릴지도 모른다. 물에 빠진 사람은 구해주려는 사람을 누르고 올라가 숨을 쉬려 한다. 그러다 둘 다 죽는다.

그녀는 이미 저를 두 번이나 구했다. 더 이상 목숨을 빚지고 싶지 않았다.

어서 올라가.

이미 죽어버린 판단력을 쥐어짜내 그가 손짓했다. 평생 홀로 살아남기만 했던 게 믿기지 않을 만큼 그녀가 살길 절실히 원했다. 전쟁영웅으로 추앙받는 그녀가 전쟁을 끝내고 싶다고 했다. 백성이 살아갈 수 있는 평화로운 나라를 만들겠다고 했다.

처음엔 코웃음 쳤지만 지금은 믿는다. 믿게 되었다. 그 또한, 그녀가 만들어낼 발루아를 보고 싶었다. 찬란한 생이 그녀를 기다리고 있었다.

그러니 당신은 이런 밑바닥에서 죽으면 안 돼.

'같이 살아야 합니다.'

하지만 그녀는 완강했다. 뿌리친 손길을 다시는 놓치지 않도록 꽉 붙들었다.

훅, 하늘 위를 부유하듯 끌어올려진다. 그는 어느새 그녀와 마주 보고 있었다. 두 시선이 한 치의 어긋남 없이 얽혔다. 흐르는 백금발 사이로 보이는 눈은 언제나처럼 단단했다. 헤아릴 수 없을 만큼 깊은 눈빛이 계속해서 하강하려는 의지를 위로 끌어올렸다. 감각이 죄다 죽어버린 가슴 어딘가가 아릿했다.

'약속했습니다.'

그녀의 손이 목덜미를 감싸 당겼다. 옅은 온기마저 반가워 눈물이 났다.

'폐하를 죽게 내버려두지 않겠다고.'

힘없이 벌어진 입술에 입을 맞춘다. 얼마 남지 않은 따뜻한 숨결을 모두 불어넣는다. 갑작스레 맞이한 호흡에 눈앞이 시커멓게 변했다. 온전한 판단력은 소실되고 오로지 원초적인 욕망만이 자리했다. 사막 속 오아시스를 만난 것처럼 게걸스레, 헐떡거리며 받아먹었다.

숨이 다해가는데도 더, 조금만 더, 매달리며 호흡을 강탈했다. 입술을 뜯어내기라도 할 것처럼 격렬하고 간절했다.

아니, 내게서 떨어져. 당장 떨어져라. 한 줌 남은 이성으로 어깨를 잡아 밀쳤다. 갈기갈기 찢긴 본능으로 무슨 짓을 할지 두려워 견딜 수 없었다.

굶주린 아귀처럼 달려드는 그에 반해 에르완은 경건했다. 단 하나의 신을 맞이하는 사제처럼 고결했다. 부드러운 손짓으로 그의 허리를 감았다. 동공이 살짝 풀리긴 했지만, 위험한 고비는 넘긴 것으로 보여 안심할 수 있었다.

생명을 충분히 나눠준 후 그녀는 그를 안고 수면 위로 향했다. 기나긴 시간이었지만 그 또한 스스로 헤엄친 덕에 조금 더 빨리 도달할 수 있었다.

"허억!"

물 위로 떠오르자 도리어 숨이 막혔다. 밀려드는 공기를 감당치 못하고 정신을 잃었다. 마찬가지로 숨을 몰아쉬던 에르완은 급히 그의 상태를 확인했다. 미약하지만 숨은 이어지고 있었다. 그가 무사한 걸 확인하고 고개를 들자 항구를 떠나가는 부르군트 군함이 보였다.

먼 거리에서도 악귀 같은 눈빛은 선연하게 보였다. 리산더는 망망대해에 떠오른 에르완을 정확하게 찾아내어 응시하고 있었다. 끝내 군함 한 척은 버리고 다른 한 척에 몸을 싣고 있었다. 그는 잘리어를 보고 선 채, 한 줌의 호흡조차 분노로 흘려내었다.

조금 전 에르완이 항구에 도착했을 때 두 가지 선택지가 있었다. 부르군트 군함에 옮겨 타는 병사들과 리산더를 저지할지, 바다에 뛰어들어 바스티안을 구할지. 둘 중 그녀의 선택은 망설임 없었고, 제 선택을 실행해 옮기는 그녀를 리산더는 핏발 선 눈으로 응시하고 있었다. 떠나가는 마지막 순간까지 가시덤불 같은 시선으로 옭아매었다.

퍼엉, 퍼엉.

그 뒤에선 부르군트 군함과 해적선이 서로 화포를 쏘고 있었다. 해적들을 이끌고 호령하는 도미니크의 모습이 어렴풋이 보이는 듯했다.

"깃발이……."

검은 표범이 멀어져간다. 찢기고, 불타 없어지는 부르군트 깃발.

에르완은 이 전쟁에서 제 역할이 다했음을 느꼈다.

이제 그녀 몫이 아니었다. 끝맺지 못한 전투도, 달래지 못한 원혼도, 미완성된 판단도.

치열하게 전개되는 해상전으로부터 등을 돌렸다. 차게 식어가는 바스티안의 몸을 의식해 얼른 지상으로 올라갔다. 의무병들을 불러 구릉을 넘었다. 섬뜩하게 갈린 시선은 그때까지도 끝끝내 떨어질 줄 몰랐다.

✤ ✳ ✦

사이러스는 해가 뜨자마자 성 밖에 나갔다 왔다. 잘리어 내전에서 크게 부상을 입고 병상에 누운 에셀레드가 먹고 싶다 한 것을 사오기 위해서였다.

어느 한 군데 성한 곳 없으면서 오로지 입만 살아 나불대었다. "나 죽네, 나 죽어. 해적 살려."라며 끙끙대는 것부터 "내가 리산더에게 피떡이 되도록 맞고 있었던 건 자네가 늦게 도착했기 때문이야. 자넨 자네 죄를 알아야 해."라는 하소연도, "자네도 어디 아픈가? 거기가 바로 양심일 테니 똑똑히 기억해두게."라는 으름장도 들었다. 그러다 "죽기 전에 잘리어의 얼음과자는 먹어보고 싶군."을 듣기에 이르렀을 때, 더는 참지 못하고 자리를 박차고 나와버렸다. 다리는 멀쩡하지 않냐는 반문은 할 필요도 없었다.

아침이 밝자마자 치즈가 잔뜩 발린 빵, 얼음과자, 당도가 특히 높은 멜론 등, 잘리어에서 손꼽히는 특산물은 죄다 사서 돌아왔다. 입만 열면 이것들을 차례로 쑤셔넣고 말할 수 있는 시간을 최대한 줄일 생각이었다. 병동으로 막 올라가려는데 익숙한 뒷모습에 자연히 걸음을 멈추게 되었다.

"폐하."

그는 서둘러 올라가 에르완에게 예를 차렸다. 군것질거리를 양손 가득 든 채라 송구하기 그지없었다.

"여기까지 어쩐 일로 걸음 하셨습니까. 에셀레드 경을 보러 오신 겁니까."

"경을 피곤하게 하는 걸 보니 많이 나은 모양이야."

"아, 이것은…… 하도 먹고 싶다 어린애처럼 보채어서. 폐하의 옥체는 어떠신지요?"

"돌아가는 데 무리는 없다."

에르완 또한 부상이 깊었다. 응급처치 정도는 손쉽게 하는 분이라는 건 알지만 '그' 리산더와 정면으로 맞부딪쳤다. 겉으로 보이는 상처뿐 아니라 내상 또한 상당할까 염려스럽기만 하다. 그녀는 말버릇처럼 괜찮다고 대답할 테지만, 본국으로 돌아가면 당분간 친정은 결사반대하리라 다짐했다.

사이러스는 조심스레 문을 열고 왕이 들어가도 되는 상태인지부터 확인했다. 에셀레드 홀로 어떤 망측한 짓을 저지르고 있을지 알 수 없었다.

"어? 폐하!"

다행히 그는 정상적인 환자처럼 누워 있었다. 나가기 전까지는 팔에 대놓은 부목이 신기하다고 어디까지 버틸 수 있는지 실험해보고 있었다. 에르완을 보자 창백한 그의 얼굴이 활짝 피었다.

"웬일이십니까? 소인이 또 걱정되어 오신 것이군요!"

"틀렸어. 장례 치러야 하는 건 아닌지 확인하러 오신 거네."

사이러스가 두 팔 가득 안고 온 음식을 병상에 내던졌다. 에셀레드가 그중 하나를 솜씨 좋게 받아들며 능청을 떨었다.

"장례라니, 내 명줄이 얼마나 긴지 아나? 바닷길을 다닐 때에는 커다란 배를 산산조각 낼 정도의 폭풍우가 몰아쳐도 살아남은 적도 있다네."

"도대체 그 무용담은 진짜인지 알 수가 없군. 언제는 산산조각 났다고 하고, 언제는 작은 돛단배에 올라 대양을 건넜다고도 하고……."

"허, 지금 자네 사람을 거짓말쟁이로 만드는 건가? 그렇게 의심가면 발루아로 돌아가는 배에서 내 실력을 증명하면 되겠군!"

"됐네. 몸도 성치 않은 선장이 키를 잡은 배는 타고 싶지 않아. …… 그런데 폐하, 저희는 이제 발루아로 돌아가는 겁니까?"

줄곧 묻고 싶었지만, 차마 입 밖으로 내지 못했던 물음을 던졌다. 애초에 왕을 모시러 먼 길을 온 것이니 그녀와 함께 돌아갈 수 있을지가 관건이었다. 에르완이 고개를 돌렸다. 그녀의 시선을 받자 에셀레드가 잔뜩 긴장했다.

"소신은 많이 좋아졌습니다. 잘리어의 의료기술이 생각보다 훨씬 발전되어 있더군요. 어떻게 이럴 수 있을까 싶을 정도로 처치도 빠르기도 했습니다. 듣도 보도 못 한 치료기구가 한둘이 아니더군요. 덕분에 발루아로 가는 정도까지는 거뜬합니다."

"그렇다면 바로 떠나는 게 어떠십니까, 폐하. 애초에 잘리어 해협에

매복하여 부르군트의 허를 찌르는 작전을 위해 온 것 아닙니까. 부르
군트 또한 이 나라에 모습을 드러낸 걸 보면 같은 생각이었던 모양인
데, 서로의 목적을 파악한 이상 잘리어는 어떤 변수도 될 수 없을 겁
니다."

"군사적인 측면에서 형편없으니까요. 심지어 연맹국 중 가장 약소
한 알리아보다도 가진 병력이 적잖습니까."

에셀레드가 나무막대에 꽂힌 과자 하나를 쏙 뽑아먹었다.

"내전을 가장한 이번 전쟁에서 폐하께서 계셨기에 망정이지, 그렇
지 않았으면 완전히 쑥대밭이 됐을 겁니다. 전 병력을 모조리 쏟아붓
는, 리산더의 그 무식한 작전도 통했을걸요? 그가 간과한 건 오로지
하나였습니다. 폐하께서 여기 계시는 거요. 이제 중요한 건 잘리어가
어떻게 나오느냐인데요."

"설령 잘리어가 감사를 표하더라도 오로지 그뿐입니다. 감사한 마
음을 받는 그 이상은 아니었으면 합니다. 이제 벌어질 전쟁은 잘리어
는 꿈도 꾸지 못하는 규모입니다. 그들은 그 전쟁에서 어떠한 역할도
하지 못할 것이며, 만약 참전하더라도 거추장스럽기만 할 겁니다."

"제 생각은 좀 다릅니다."

에셀레드가 바로 반박하고 들어왔다.

"부르군트가 개입한 이상 잘리어는 더 이상 중립을 지킬 수 없습니
다. 여기까지 넘어가면 적국의 영향력이 너무 커져요. 이번 전쟁은 표
면상으로 내전이었지만, 사실상 발루아와 부르군트와의 충돌이었습
니다. 주요한 인물들은 전부 참전하지 않았습니까. 리산더, 보르본,
폐하, 그리고 저 말입니다."

"……나는 일부러 뺀 건가?"

"아, 사이러스. 자네도 있었지."

"……그래서 우호국으로 관계를 굳히고 자생력을 키울 때까지 보호해주자?"

"일단 내 생각은 그렇다는 거야. 우리가 손해만 보는 건 아니야. 반대로 이 나라에서 배울 점들도 많지 않나. 예를 들면 이렇게 부목과 석고를 대어 움직이지 못하게 하는 거라든지."

"그건…… 동의하지만."

"리산더를 생각해보십쇼, 폐하. 그놈이 그렇게 당하고 여기에 복수를 안 할 것 같습니까? 폐하께서 잘리어 왕을 구하러 바다에 뛰어들었을 때 그놈 눈 뒤집힌 거, 저만 본 게 아닐 겁니다."

에셀레드는 이미 잘리어가 우호국이 된 양 감정적으로 굴었지만, 사이러스는 굳이 지적하지 않고 입을 다물었다. 더 이상 잘리어와 엮이지 않기를 바랐다. 하지만 아무리 저들끼리 왈가왈부해봐야 결국 최종 결정은 왕의 몫. 그는 에르완의 용단을 기다릴 뿐이었다.

"짐 또한 에셀레드 경과 같은 판단이야. 비록 잘리어를 직접적으로 활용할 수 없다 해도, 부르군트로 넘기지 않고 견제하는 것만으로 간접적인 패를 가지게 되는 것이겠지. 이는 본국으로 돌아가 정확한 수를 추산하여 파견하는 걸로 잠정 결론 내도록 하지. 그리고 귀환 또한 더 미룰 수 없는 것도 사실. 부르군트도 소모전을 끌 필요가 없어졌으니 본격적으로 함대를 끌고 나올 거네. 채비되는 대로 떠나도록 하지."

후우. 사이러스는 저도 모르게 안도의 숨을 흘려보냈다. 본국으로 돌아가는 건 당연한 일이지만, 어찌 된 일인지 그녀고 에셀레드고 할 것 없이 이 나라에 매료되어 있어 우려된 게 사실이었다. 그는 도무지 이해할 수 없는, 타국에의 경애. 코앞으로 다가온 전투에 어떤 도움도 되지 않는 이 나라에 어쩌다 이렇게 마음을 주게 되신 건지. 꾀병으로 귀환을 늦춘 레이첼마저 원망스러워질 지경이다.

그는 더 머물다 가자는 에셀레드의 입을 틀어막으며 군주를 떠나보냈다.

✤ ✳ ✤

바스티안은 아직 심해 속에 있었다. 헤엄쳐 올라가려 해도 팔다리에 힘이 들어가지 않고 종잇장처럼 흐물거렸다. 짙푸른, 검은 바닥으로 하강했다. 시선을 가파르게 꺾어 내려도 어디가 끝인지 가늠조차할 수 없었다.

나는 저 아래가 무섭다.

있는 힘껏 버둥거렸다. 어떻게든 올가미에서 벗어나려 했으나 바닷물은 코로, 입으로 밀려들어 숨통을 조일 뿐이었다. 두려움이 휑한 등줄기를 긁어내렸다. 이토록 압도적인 죽음이라니. 허탈한 웃음이 터졌다. 그는 바다 안에서 아무것도 아니었다. 고요하게 밀려오는 물결에 그대로 쓸려나가는 모래알이다. 점멸하는 고통. 감각이 하나씩 꺼져갔다. 익사해 죽어가는 몸뚱이가 혼몽해진다. 악몽이라고 믿을 수 없을 만큼 선명한 공포였다.

"으으, 으⋯⋯."

"⋯⋯폐⋯⋯하!"

"폐하, 정신을 차리셨습니까? 폐하!"

사방에서 불러대는 목소리가 점점 선명해진다. 안개 속에서 길을 찾듯, 희미하던 의식이 떠올랐다. 발밑을 집어삼키던 어둠이 물러가고 햇살이 비친다. 그녀를 닮은, 황금색…….

"시……끄…….."

"폐하께서 깨어나셨다! 폐하께서! 깨어나셨다!"

"예, 말씀하십시오, 폐하! 듣고 있사옵니다!"

"시끄……러우니…… 제발 좀…… 닥쳐……."

"예? 폐하? 다시 한 번 말씀해주십시오! 잘 안 들리옵니다!"

안 들릴 만하지. 의원부터 시작해서 주변을 둘러싸고 있는 모든 인간이 환호성에 괴성을 지르고 있는데 들릴 리가 있겠나. 누워 있는 내내 악몽을 꾼 이유를 이제야 알았다. 저 많은 인간이 침대를 둘러싸고 노려보는데 편히 잘 수 있을 리가 있나. 전부 저리 안 꺼져?

"흐으……."

……라고 하고 싶은데, 말할 힘이 없다. 그는 영혼이 가진 힘까지 모조리 끌어모아 손을 들었다.

"오오오, 폐하께서 손을 드셨다! 손가락을 움직이셨어!"

또 한 번 난리법석 피우는 그들에게 살의를 품으며, 의원이 든 약병을 가리켰다. 닥치고 저거나 내놔. 왕의 눈빛을 읽은 의원이 화들짝 놀랐다.

"예? 폐하, 진통제는 더 투약할 수 없습니다. 이미 한계치까지 처방한 터라……."

까딱까딱. 잔말 말고 넣으라는 뜻으로 손가락을 움직여 보이고는 의원 뒤에 놓인 약병 하나를 더 가리켰다. 꽤 멀리 떨어져 있었지만, 약물 색과 불투명도 등으로 무엇인지 정확히 가려낼 수 있었다. 왕이 뜻하는 바를 깨달은 의원이 크게 난처해했다.

"폐하, 각성제까지 투여하면 옥체에 정말 무리가 갑니다."

바스티안우 다시 손가락을 움직였다.

한마디만, 더 하게 하면, 너부터, 뒈진다.

"예, 폐하. 지금 바로 투약하겠습니다."

의원은 입을 다물고선 명을 따랐다. 주사를 맞은 지 얼마 지나지 않아 고통이 줄어들고 의식이 또렷해졌다. 피로도 훨씬 덜했다. 잘리어가 문화, 예술과 더불어 의학 또한 많이 발전하긴 했지만, 뒷골목을 다니며 온갖 불법적인 약물의 쓰임새를 직접 파악한 그였다. 정석적인 의술만 익힌 의원보다 때론 훨씬 뛰어났다.

주먹을 쥐었다 폈다 하며 상태를 가늠해보던 그가 곧 몸을 일으켰다. 그러고는 "폐하께서 일어나셨다! 일어나셨어!"라며 또다시 한바탕 난리를 치는 이들에게 조용히 명했다.

"시끄러우니 입들 닥치고 가서 후베르트나 불러오게."

그의 한마디로, 그들은 단지 왕이 요구하는 약물 몇 개만 내려놓고 침소에서 쫓겨나듯이 나가야 했다. 문을 닫고 고요해진 공간 속에서 바스티안은 천천히 기억을 떠올렸다. 외스타슈, 살바토레, 부르군트, 리산더, 전면전, 보르본의 도주, 바다로의 추락, 그리고…… 에르완.

에르완.

그가 손끝으로 입술을 쓸었다. 마르고 갈라지고 부르텄다. 끝까지 더듬고 다시 처음부터 매만졌다. 결 하나하나를 세어가듯이 느릿하고 찬찬히. 이 입술로 그녀의 생명을 받았다. 그 입맞춤으로 그녀에게 목숨을 빚졌다. 힘이 풀린 혀를 짓누르고 목구멍 너머로 강제로 집어넣던 숨결. 그를 살리겠다는 의지 그 자체. 한 호흡에 깨달아, 도저히 살아남지 않을 수 없었다.

그런데 그 입맞춤이 오로지 저를 살리기 위해서였나? 다른 마음은 깃들지 않았다고 단정할 수 있어? 만약 없었더라도 그 후에 생기지 않았으리라는 확신이 있나?

하지만 만약 있다 해도 과연 에르완에게 유의미한 감정일까?

그녀는 나라를 떼놓고 생각할 수 없는 왕이다. 에르완이라는 인간을 이끌고, 버티게 하는 모든 것이 국가이며 백성이다. 불쌍할 정도로 저 자신을 뒤로하는 왕이, 개인적인 감정을 들어 그를 원한다? 너무나 어울리지 않는지라 비웃음마저 터졌다. 얼마나 간절하면 이런 희박한 가능성마저 점쳐보는 거냐며 스스로 조소했다.

바스티안은 그녀가 발루아와 더불어 빛나기를 바랐다. 이성적인 감정을 떠나 왕으로서 존경하고 그만한 예우를 받을 만한 인물이다. 더 훌륭할 수 있고 능력을 충분히 발휘할 수 있었다. 하지만 그와 동시에 왕이 아니었으면 하고 바라기도 했다. 제 행복을 더 중요시하는 이기적인 인물이기를 원했다. 이 양가적인 감정이 어떻게 함께 존재할 수 있는지 혼란스럽기만 했다.

"폐하……."

복잡하게 얽히고설키던 생각을 건드리는 목소리가 있었다. 고개를 드니 보고문건으로 보이는 문건을 한 아름 안고 있는 보좌관이 있다. 눈이 반쯤 감기고 표정이 삐뚤어졌다.

"깨어나셨다고…… 그런데 소인을 부르셨다 하셔서 한달음에 달려왔습니다. 안색이 좋지 않아 보이세요. 이렇게 앉아 계셔도 되는 겁니까?"

"자네, 왜, 왕의 보좌관이라는 게 왜 이제 나타나?"

"네, 네?"

바스티안의 상태에 눈시울을 붉히던 후베르트가 눈을 동그랗게 떴다.

"왕이 찾아야 나타나는 게 보좌관이야? 찾기 전에 대기해 있어야 하는 거 아닌가?"

"송구…… 송구합니다, 폐하."

"다 됐고, 지금 잘리어에 대해 짐이 알아야 할 것부터 읊어봐."

바스티안이 피곤하다는 듯이 손을 내저었다. 실제로 보좌관이었던 후베르트를 해임한 건 왕이고 그래서 곁에 없었던 게 당연한데도 양쪽 다 굳이 설명을 보태지 않았다. 후베르트는 경질당한 후에도 뒤에서 차기 보좌관을 도우며 왕을 지지했고, 그가 사라졌을 때 가장 크게 염려했으며 돌아온 후에도 그가 깨어났을 때를 대비해 잘리어의 현황을 틈틈이 정리하고 있었다. 먼 길을 돌아 겨우 왕의 곁에 다시 서게 되었다. 군주가 알아야 할 우선사항들을 가장 객관적이고 논리적으로 전하는 것. 그게 그의 임무이다.

그는 왕이 사라진 직후부터의 잘리어 이야기를 꺼냈다. 외스타슈 방벽이 닫힌 후 잘리어에 찾아온 혼란, 군권령을 위임받고 에르완이 내렸던 지시, 잘리어 군의 움직임, 방벽 너머에서 날아왔던 사람의 머리, 잘리어에 흐르던 무거운 기운. 그 모든 것들을 그저 듣고만 있던 바스티안은 잘리어와 부르군트, 양쪽의 피해 차이를 듣는 순간 눈을 떴다.

"잠깐, 우리 쪽 피해가 몇이라고?"

"백열세 명입니다. 외스타슈 반란군은 약 일만 명이고요."

"정말 압도적인 차이군. 군함은 어찌 됐지? 외스타슈에 총 세 척이 들어왔고, 그중 한 척이 떠나고 있던 건 이 눈으로 확인했었는데."

"가장 먼저 떠난 군함은 해적선에 붙잡혀 침몰당했고, 다른 하나는 화포를 맞아 너덜너덜해진 채 영해를 빠져나갔습니다. 아마 침몰했을 거라더군요. 닻이 없어 출항하지 못한 군함은 항구에 그대로 있습니다. 저희가 이용하기 용이할 것으로 보입니다. 그런데 문제는…… 전면전이 시작되기 전 이미 군함들이 일곱 척 더 들어오고 있었다고 합니다."

"뭐? 세 척이 이미 들어왔는데 일곱 척이 추가로?"

"예. 합쳐졌으면 어마어마했을 군대죠. 그런데 어떻게 알았는지 도미니크 공작께서 미리 해적선을 이끌고 잘리어 영해에 얼씬거리던 군함들을 모조리 내쫓아버렸다고 합니다."

"단순히 숫자만 보더라도 어마어마한 승리인데."

"믿을 수 없을 만큼의 승리로 보고 있습니다. 그리고 이제 붙잡힌 외스타슈 반란군에 대한 조치가 남았는데……."

당연히 전부 사형 아닙니까, 네? 오늘까진 폐하께서 눈을 못 뜨셔서 목숨을 부지했던 이들이지만, 이젠 살려둘 이유가 없습니다. 폐하의 옥체까지 상하게 한 이들이니 손속을 두어선 안 됩니다!

목구멍까지 올라온 말을 겨우 억눌렀다. 그는 어디까지 보좌관. 언제나 사실에 입각한 보고를 중요한 순대로 올려야 하며, 왕의 판단을 흩뜨릴 수 있는 의견은 덧붙이지 않는 게 원칙이다. 하지만 이번만큼은 꼭 한마디 올리고 싶었다. 답지 않은 잔인한 처형장면도 상상할 만큼 그는 반란군에 대한 분노를 불태우고 있었다. 그들이 일으킨 공포와 위기감, 딱 그만큼이었다.

"……그 부분은 잠시 미뤄둬. 짐조차 아직 결단을 내리지 못했으니까."

"예, 알겠…… 네?"

"이 문제에서만큼은 섣부르게 대신들을 불러들일 생각도 없어. 충분히 모든 것을 고려하고 잘리어에 최선이 되는 수를 찾을 거니까. 그건 그렇고, 너무 불공평하지 않아? 쓰러져 있다 방금 깨어난 사람이 이렇게 일해야 한다는 거 말이야. 도대체 대신들은 뭘 하는 건가? 짐이 쓰러져 있는 동안 뭘 했냐는 말이야. 이런 거 보면 이 나라에서 일하는 건 짐 혼자 같다니까."

후베르트는 투덜거리는 왕을 다소 멍하게 응시했다. 결단을 내리지 못하다니, 이상한 일이다. 반란을 일으킨 자들에게 내릴 수 있는 처분은 선택지가 그리 많지 않다. 원래라면 바스티안은 눈을 뜨자마자 형을 내렸을 것이다. 가장 가까이 지켜봐왔던 후베르트기에 그 정도는 예측할 수 있었다.

그런데 결단을 내리지 못했다? 모든 것을 고려하고 최선의 수를 내겠다? 설마 반란군을 살려주시기라도 하겠다는 걸까?

더없이 낯선 시선을 보내는 가운데, 바스티안이 잠에서 깨어나듯 고개를 들었다. 다소 풀려 있던 동공에 이채가 돌았다.

"아, 그보다 더 중요한 보고는 왜 올리지 않아?"

"더…… 중요한 보고요?"

그런 게 있던가? 아무리 머릿속을 뒤져도 딱히 떠오르는 게 없다. 답답하다는 시선에 자괴감이 몰려왔다. 허술해 보여도, 바스티안이 고려해야 할 만한 사안만은 매의 눈으로 가려내는 그였다. 그런데 놓친 게 있었다니. 문제는 그게 뭔지 아무리 생각해도 모르겠다는 거였다. 혼란스러워하는 그에게 바스티안이 짧게 덧붙였다.

"에르완 말일세, 에르완."

"……"

"그녀는 어디 있지?"

그렇게 말하면서 침대에서 다리를 내렸다. 딱딱한 바위를 옮기는 것처럼 무거운 움직임이었다.

"폐하, 지금 움직이실 때가 아니신데."

"아니, 지금은 기다릴 때가 아니야."

그는 우물쭈물하는 후베르트를 스쳐지나서 방을 나섰다. 한 번도 쓰러진 일 없는 것 같은 빠른 걸음이었다.

✤ ✳ ✤

"폐하."

바스티안이 일으킨 기척에 에르완이 먼저 알은척했다. 그는 계단 아래에서 잠깐 걸음을 멈추고 그녀를 올려다봤다. 어디 있는지 아는 사람이 없어 시계탑에 와보았더니 역시 비올라를 챙겨주고 있다.

삐이익. 전쟁통에 가까워진 비올라가 울음소리로 아는 체했다. 시계탑 한 바퀴를 크게 도는 묘기도 선보였지만, 녀석을 돌아볼 여유가 없었다. 그녀는 단정하게 머리를 올려 묶은, 격식은 차리되 움직이기 편한 차림이었다. 아직 다 회복되지 않은 몸을 이끌고 무겁게 올라가자 그녀가 내려오려 했다. 바스티안이 손을 저었다.

"아니, 오지 마."

"……"

"내가 당신 곁으로 가고 싶어."

텅, 텅. 다리가 통나무처럼 무겁다. 움직이긴 힘겹더라도 그는 지금이 무척 마음에 들었다. 뛰어가지 않겠다. 서두르지 않겠다. 급해지는 마음을 꾹 내리누르며, 둘뿐인 공간을 음미했다. 질리어의 햇살이 그녀에게 맺히는 순간은 그 어떤 절경보다 아름답다. 환하다. 달콤하다.

그는 마침내 그녀 앞에 닿았다. 신사적으로 자리를 권했다. 시계탑 꼭대기에 앉을 만한 데라고는 돌벽에 난 창뿐이라, 애매한 거리를 두고 나란히 앉았다. 둘 다 약속이라도 한 듯 한동안 말이 없었다. 비올라가 시계탑을 빙글빙글 돌며 묘기를 선보이다 바스티안을 툭툭 쪼았으나 시선 한 점 가지 않았다. 거의 강제적인 집중이었다.

"몸은 괜찮으십니까."

"아니, 아파. 그것도 엄청 아파. 에셀레드 경이랑 부딪치고 바다에 떨어지면서 온몸이 부서진 것 같아. 여기도 겨우겨우 온 거야."

"그럼 더 누워 계시지 그러셨습니까?"

"당신 곁에 있어야 안 아플 것 같았거든. 있잖아, 나 진짜 당신한테 검술이라도 정식으로 배울까 봐. 이번에 진짜 죽는 줄 알았다니까."

"……."

"……."

"저기."

"죄송합니다."

더럽게 할 말이 없다고 생각한 순간, 의외의 말이 돌아왔다. 당신이 뭐가 죄송하냐는 바스티안의 눈빛에 그녀가 입을 열었다.

"외스타슈에 계신 폐하를 일주일이나 방치해서 죄송합니다. 탐색할 때 그곳을 배제한 건 아니었으나 가능성이 작다 여겼습니다. 늦게 찾은 만큼 위험에 처하게 했습니다. 제 불찰이 큽니다."

"당신이 왜 미안해해? 당신은 결국 나를 찾아냈고, 그 덕에 내가 버틸 수 있었는데."

"……."

"하하. 우리 헤어질 때는 많은 이야기를 나누기로 약속했는데, 정작 만나니 할 말이 없네."

"처리하셔야 할 일이 많은 것으로 압니다."

"응. 반란군에 대한 게 골치가 좀 아프네."

바스티안이 나른하게 창가에 기대며 너른 해협으로 시선을 던졌다. 흐릿하지만 외스타슈도 보였다. 포격과 비명으로 가득했던 그곳은 놀라울 만큼 고요하고 평화로웠다.

"특히 반란군을 어떻게 하면 좋을지가 고민이야."

그가 무거운 한숨을 쉬었다.

"살바토레가 너무나 의외였지. 그냥 건방진 달변가인 줄로만 알았는데 인재를 배치하고 활용하는 법을 아는 인간이더라고. 의외의 순간에 저들의 목숨까지 내놓았어. 자기를 믿고 따라준 사람들, 그리고 무고한 잘리어 백성들을 희생시키고 싶지 않다고 말이야. 생각보다 정의로웠고 생각보다 쓸 만했어. 꼭 처형만이 답일까?"

"그건 제가 대답할 사안이 아닌 것 같군요."

"대답해줘. 당신은 지혜롭잖아."

"잘리어는 폐하께서 통치하는 나라입니다. 외스타슈 방벽 안에서 직접 그들을 보고 듣고 느낀 것도 폐하십니다. 저는 그런 폐하께서 내리실 결단을 지지할 겁니다. 구태여 제 의견을 보태어 심기를 어지럽히기 싫습니다."

"하, 갑자기 부담이 확 되는데."

부담 하나 없는 얼굴로 바스티안이 픽 웃었다.

"그리고 당신 문제도 있지. 부르군트 말이야."

"……."

"우리가 이번 개입을 꼬투리 잡더라도 그들은 발루아와의 전쟁을 그만두려 하진 않겠지?"

"부르군트에게 전쟁명분은 중요하지 않습니다. 오랜 세월이 지나며 명분이 존재하지 않는 싸움터로 변해버린 지 오래이기 때문입니다. 그들이 직접 군함을 끌고 잘리어에 온 행태로 더욱 확실해졌습니다. 그들은 그저 군림할 뿐입니다. 전쟁이 바로 그들이 내뱉는 언어입니다. 세상이 제 발 아래에 있으니 그들이 바라보는 시선 또한 중요하지 않은 겁니다."

"전쟁은 계속된다, 이런 말이군. 리산더 같은 자가 장교인 것만 보아도 부르군트가 어떤 나라인지 뻔하긴 하지만."

에르완은 떠나가는 군함 위에 서 있던 리산더를 기억해냈다. 전신을 붉게 물들인 핏물이 어색하지 않은 자였다. 독기가 깊이 고인 눈. 스스로를 학살하고 싶어 하는 분기를 읽었다.

리산더를 움직이는 건 오로지 잔인한 승부욕이다. 그에 이끌려 군대를 버리고 에르완을 찾아왔고, 그에 기반해 검을 휘둘렀다. 그가 무너뜨리려 한 것은 에르완의 강함뿐만이 아니었다. 그녀가 가진 이상, 숭고함, 우아함. 모든 것이 부서지고 재만 남은 왕을 제 눈으로 확인하고 싶었던 것이다.

그에게 패배란 곧 죽음이다. 수치스러운 삶 따위 당장 죽어도 받지 않을 짐승이었다. 그렇게 살아남은 인간을 가장 경멸하던 그였다.

그런데 마지막 순간 그가 택한 것은 삶이었다. 극적인 부활이었지만 그에게는 패배자의 비겁한 도주일 뿐이었다.

군함 난간에 서서 끝까지 그녀를 응시하던 리산더를 에셀레드는 그저 미친놈이라고 했지만, 에르완에게는 조금 달리 보였다. 너무나 수치스러워 이 나라에서 죽어 없어지고 싶은데, 조국 때문에 죽을 수는 없는 갈등 속에 있었다. 스스로를 가장 강한 왕좌에 앉혀두던 그다. 고고한 짐승의 자존심으로 그 굴욕을 언제까지 버틸 수 있을지 의심스러웠다.

돌아가는 뱃길에 바다로 뛰어들어도 전혀 이상치 않을 터다.

「당신을 무너뜨리고 싶습니다.」

「폐하 같은 이상주의자는 처음입니다. 폐하가 쓰는 전술, 정책······ 그것들을 보면 볼수록 어떤 생각이 드는지 아시는지요. 그 숭고함이 무너졌을 때 당신이 어떤 표정을 지을지, 얼마나 치가 떨리게 처절할지 무척 궁금하고 이 두 눈으로 확인하고 싶단 말입니다. 반드시.」

검을 맞댄 채 끓어오르던 투지. 새파랗게 달아오른 눈이 투구 속에서 빛을 발하고 있었다. 그와 검을 맞대는 순간순간이 생사를 넘나드는 것처럼 위태로웠다. 단 한 번도 쉽게 검을 내고 맞받아치지 못했다. 시어도어 협곡에서의 이야기를 들을 때엔, 어쩔 수 없는 노여움에 조금 흔들리기도 했다.

서로의 심장에 닿아야 멈출 칼날이다.

리산더와는 다시 마주할 것이다. 보르본과 함께 당했으니 더할 나위 없이 무장한 채 나타날 터다. 이제까지와는 비교도 안 될 큰 전투를 준비해야 할 것이다. 혼자 강해서는 승리가 불가능한, 거대한 전투를.

피로가 갑자기 몰려왔다. 목이 뻐근하고 머리가 핑 돌았다. 요 근래
하루에 한 시간 이상 잔 적이 없는 탓인지 눈이 침침했다. 아니, 눈 한
번 붙이지 않고 한 달 이상씩 거뜬히 버티기도 했으니 잠이 부족해서
는 아닐 거다. 그렇다면 당최 무엇 때문인지……

"리산더는 정말 미친놈이었지. 사실 내가 그 방벽 안에서 그놈 눈에
띌까 봐 기어다녔다니까. 아무리 왕이라도 거기선 장사 없더라고, 하
하. 그런데 그런 놈이랑 맞붙었다니 걱정이 안 될 수가 있냐고. 에르
완, 당신 듣고 있어?"

아무리 떠들어대도 대답 하나 돌아오지 않아 바스티안이 말을 멈추
었다. 슬쩍 돌아봤더니 눈을 감고 있는 그녀가 보였다. 설마 자는……
건가? 칼에 찔리기라도 한 것처럼 숨을 멈추었다가 고개를 저었다.
아니, 이 무슨 말도 안 되는 생각이야. 에르완이 이런 곳에서 갑자기
잠이 들다니. 그녀가 얼마나 철저한 인간인지 잘 알면서.

"에르완? 내 말 좀……."

조심스레 톡 건드린 순간 믿을 수 없는 일이 벌어졌다. 그녀의 몸이
느릿하게, 천천히 기울어지는 모습을 눈도 깜박하지 못하고 지켜보
았다. 툭. 그는 거의 넋을 잃은 채, 제 무릎 위에서 잠든 에르완을 응
시했다. 곱게 감긴 눈, 그림자를 드리운 기다란 속눈썹과 단단히 올려
묶은 머리 사이 삐져나온 백금색 머리카락, 규칙적으로 오르락내리락
하는 편안한 숨. 그 궤적에 눈이 홀렸다. 자연스레 옮겨갔다.

멀리서 바람이 불어왔다. 길게 삐져나온 머리카락이 손가락에 감겼
다. 쓰다듬어보고 싶은 마음은 남아도는데 그 끝자락만 만지작거렸
다. 눈 한 자락 내리지 않았는데 새하얗게 얼어버린 것 같다.

조심스레 어깨를 잡았다. 문득 그녀가 고되어 보였다. 많은 것이 얹힌 어깨가 버거워 보였다. 가슴이 쓸린 듯 안쓰럽기만 하다. 지금은 밤의 신이 그녀를 깊은 안식 속으로 끌고 들어갔길. 간절히 빌면서 그가 천천히 고개를 내렸다.

"그러니까 내가 하고 싶은 말은……."

듣지 못하더라도 전하고 싶은 마음이 있었다. 혹여 잠결에 들을까, 숨소리에 가까운 목소리였다.

"가더라도 인사는 하고 가."

이 말을 당신에게 직접 하게 해주어 고맙다.

"마지막 인사 안 하고 가면 나 쫓아간다. 이건 진심이야."

✦ ✳ ✦

왕이 살바토레를 불러들인 건 그로부터 이틀 후였다. 황금빛 왕좌에 뱀처럼 기다랗게 늘어져 있던 바스티안은 문을 열고 들어오는 기척에 고개를 돌렸다. 살바토레는 양손을 결박당한 채 삼엄한 감시를 당하며 들어오고 있었다. 그에게 병사가 몇 명이나 딸려 있는지 손가락으로 하나하나 세어보았다. 하나, 둘, 다섯, 일곱…… 세상에. 바스티안이 저도 모르게 헛웃음을 쳤다.

"반란군의 수괴도 꽤 할 만한 직업이군. 짐보다 훨씬 철저한 호위를 받고 있지 않아? 거기다 감옥에서 삼시세끼 꼬박꼬박 챙겨주고."

"폐하, 그 무슨 말씀입니까. 지금 당장 목을 쳐도 모자랄 놈입니다. 부디 위엄을 지키소서."

"……자네는 또 말투가 왜 그래? 거기다 조용히 불러오라고 했는데

이 병사들은 다 뭐야?"

"지놈이 누굽니까. 평화로웠던 잘리어에 전쟁을 몰고 온 간악한 지 아닙니까? 갑자기 폐하께 달려들지 누가 알아요."

후베르트는 답지 않은 근엄한 말투로 말하고는 꼿꼿하게 고개를 세웠다. 코끝으로 반역자를 내려다보는 눈빛이 꽤 오만하다. 독대를 뜯어말릴 때부터 익히 알아보았지만, 상대의 기를 확실히 눌러줘야 한다는 사명감에 불타는 듯했다.

바스티안은 그걸 그저 웃어넘기고 살바토레에게 시선을 두었다. 기사들에게 둘러싸인 채 강제로 꿇어앉혀진 그는 꽤 건강해 보였다. 총기 넘치는 눈빛도 여전하군. 바스티안은 까닭 모를 뿌듯함을 느끼며 상체를 세웠다.

"아이고, 살바토레 님 납시셨습니까?"

서서히 변하는 얼굴을 지켜보고 있으니 이렇게 재미있는 광경이 따로 없다. 배신감을 견디기 힘들어하면서도, 상대가 왕이라니 스스로도 기가 찬 모양이었다. 양쪽 다 우스운 꼴 아닌가. 약 올리려는 건 아닌데 웃음이 비집고 나왔다.

"귀한 분이 이렇게 누추한 곳에 납시다니."

"……."

"감옥 안은 어때? 내 특별히 신경 쓰라고 전했는데, 식사는 할 만한가? 그래도 외스타슈 방벽 안에서 먹던 것보다 낫지?"

빙긋 웃으면서 던진 말에도 살바토레는 침묵을 지켰다. 바스티안이 신경 쓰지 않는다는 듯 손을 휘휘 저었다.

"솔직히 그 안에서 먹은 건 쓰레기 수준이었지. 씹히지도 않는 마른 빵 말일세. 배식원일 뿐이었던 짐이 죄책감을 느낄 정도였지."

"소인을…… 왜 부르신 겁니까?"

"통성명 좀 하자니까 바로 본론으로 들어가자고 하는군. 좀 섭섭한데. 우리 며칠 전까지만 해도 사이좋았잖아?"

능글맞게 놀려대는 말에 살바토레가 얼굴을 확 붉혔다. 제가 왕이 되면 곁에서 뜻을 펼쳐보자며 야심차게 건넨 말까지 연이어 떠올랐다. 그가 가까스로 표정을 가다듬었다.

"왜 잘리어의 왕이나 되시는 분께서 소인을 속이신 겁니까? 도저히 이해가 되지 않습니다. 저 하나 속이러 외스타슈에까지 오신 걸……."

"외스타슈에 들어간 건 실수였다고 설명했을 텐데. 아니, 그 전에 짐이 자네한테 해명해야 하나? 아무래도 스스로를 지나치게 높게 치고 있는 모양인데, 짐이 고작 자네 하나 속이겠다고 움직일 사람으로 보여? 자네가 그렇게 대단한가?"

잔인하게 꼬집는 말에 살바토레의 눈에는 분기가 떠올랐다. 무언가를 말할 듯 입을 열었다가, 곧 고개를 숙였다. 쿠데타에 실패한 지도자의 말로만큼 초라한 건 세상에 없다.

"……죽이십시오."

"상황을 파악 못 하고 있군. 짐이 자네를 죽이지 못해 여기까지 끌고 온 것 같아? 영리한 사람이 멍청한 소리만 골라 하고 있군."

등을 기댄 채로 주르륵 내려가며 턱을 괴었다. 따분해하는 티가 역력했다.

"아무리 게으르다지만, 말 한마디로 끝날 일을 불필요하게 질질 끌지는 않아. 자네는 짐의 은인 아닌가. 덕분에 죽을 고비를 몇 번이나 넘기고 편히 지냈는데 보답을 해야지."

"소인을…… 조롱하기 위해 부르신 겁니까?"

"그럴 수도 있고."

놀리는 듯한 말투에 살바토레가 턱이 팽팽해지도록 이를 악물었다. 어쩔 수 없는 분기에 귀 끝까지 달아올라 있었다. 본래 말 한마디마다 발끈하는 성격이 아닌 걸 알기에, 그의 반응이 더욱 흥미롭게 다가왔다. 어리석게도 그는 아직 '티안'에 대한 옛정을 놓지 못하고 있었다. 어린아이가 들어도 비웃을 반역자와 왕의 우정을, 누구보다도 그가 잊지 못하고 있었다.

"자네는 원래 곧장 처형당했어야 했어. 이 나라를 쪼개려 드는 자를 처단하는 게 주인 된 자의 도리 아니겠나. 그런데 짐이 저 방벽 안에 갇혔더니 생각을 좀 달리 가지게 됐거든. 권력만 탐한다고 생각했는데 의외로 자기들 신념과 정의가 있더란 말일세."

암암, 그렇고말고. 처음에는 열렬히 고개를 끄덕이던 후베르트가 말끝에 이르자 눈을 휘둥그레 떴다. 생각을 달리 가지게 되었다니?

바스티안은 제 결정을 말하기 전, 잠깐 침묵을 지켰다. 하루 이틀 새에 내린 결정은 아니었다. 실제로는 방벽 안에 갇혀 있을 때부터 쭉 생각해왔던 것이지만, 선뜻 선언하기에는 훗날의 일을 고려하지 않을 수 없었다.

왕으로서 내리는 결정의 무게를 보았다. 명령을 내리는 자가 아니라 받는 자로서 느꼈다. 하여 더 신중해질 수밖에 없었다.

'반란군을 어떻게 하면 좋을까?'

이미 내린 결정을 속에 품고서 에르완에게 물었다. 그녀라면 제 잇속을 차리지 않고 공명정대하게 판단해줄 거라 믿었다. 그녀는 투명한 눈으로 그를 마주 보았다. 시선을 피하는 일 없는 올곧음에 오히려 마음이 흔들리곤 했다.

'저는 외스타슈 방벽 안에서 그들을 직접 보고, 느낀 폐하를 지지합니다. 당신이 내릴 결정 또한 지지합니다.'

그녀는 그가 결심한 걸 이미 눈치채고 있었다. 그의 실책을 옆에서 모두 보아왔으면서도 믿겠다 했다.

바스티안은 더 흔들릴 수 없었다. 그가 천천히 입을 열었다.

"잘리어는 국제적으로 가장 성공적인 병합국가로 알려져 있지. 하지만 이번 사태를 보고 짐은 이 잘리어가 안쪽에서 곪아 들어가는 상처를 안고 있다는 판단을 했어. 한번 터졌으니 당분간은 잠잠하겠지만, 또 곪을 거야. 또 터지겠지. 흙탕물이 잠시 가라앉는다고 맑은 물이 되겠나. 휘저으면 도로 흙탕물이 되는 것을. 해서 이런 생각을 해보았어. 외스타슈가 그들에게 어떤 상징이 되었으면 좋겠다고."

"그게 무슨…… 말씀이십니까?"

"외스타슈를 하나의 행정구역으로 인정하고 따로 떼기로 했다는 뜻이네. 광범위한 자치권을 부여해주는 대신 십 년 정도는 잘리어의 관리 하에 두는 게 조건이야. 짐은 그 자치령을 자네에게 맡기고 싶어."

왕의 말은 폭탄처럼 떨어졌다. 후베르트는 입을 쩍 벌렸고 주변을 지키고 있던 병사들조차 서로 눈빛을 주고받으며 술렁였다. 상상도 못한 제안에 살바토레는 숨도 쉬지 못하고 있었다.

바스티안이 태연하게 말을 이어갔다.

"잘리어의 관리라곤 하지만, 실질적으론 짐에게 감시받으라는 뜻이야. 지금 당장은 식민지처럼 느껴질 수도 있을 거네. 조약 체결과 같은 독자적인 외교는 물론이고 본국과 동등한 지위를 가질 수 없을 테니까. 나라로 인정되지 않기 때문에 외교사절이 아닌 판무관이 파견될 거네. 하지만 조금만 참아. 시간이 지날수록 합당한 권한 또한 따라갈 테니까."

"그건…… 반란을 인정히신다는 겁니꺼?"

"그건 절대 아니니 착각하지 말게. 어떤 일이 있어도 반란을 일으키고 외세와 결탁한 자네들의 행각은 인정되지 않을 거고, 용서할 수도 없는 일이야. 가져 마땅한 권력이란 없고 더러운 물에 담갔던 손은 아무리 씻어도 깨끗해지지 않지. 이건 그저 병합된 국가들이 만들어갈 그 무언가가 얼마나 대단한지 보고 싶어졌기 때문이야. 그들의 잘리어는 대체 어떤 모습일지."

"……."

"아, 자네가 저질렀으니 자네가 수습하라 이거야. 결자해지라는 말도 있지 않나. 이번 일에 애꿎게 연루된 루이즈안과 그녀의 남편으로 보이는 자는 돌려보내주었어. 다시는 원치 않는 싸움에 휘말리지 않기 위해 다른 나라로 망명한다더군. 자네는 평생 그녀에게 고마워해야 할 거야."

너무나 파격적인 제안이었다. 살아남는 건 일찌감치 단념하고 있었는데 자치령을 맡아 뜻을 펼쳐보라니.

혹시 함정이 아닌가, 가느다란 희망에 헐떡이고 있으면 다시 나락으로 떨어뜨리려는 게 아닌가.

하지만 아무리 생각해도 왕이 그럴 이유가 없다. 아까 설명한 대로 왕은 말 한마디로 그를 간단히 죽일 수 있었으니까.

"……한 가지 여쭙고 싶은 게 있습니다."

"딱 하나만이다."

그 이상은 귀찮다는 듯한 투다. 거기서 또다시 티안의 모습이 보였다. 위장을 하면서도 저런 부분은 숨기지 못했구나 싶었다.

살바토레는 잠깐 생각에 잠겼다가 입을 열었다.

"만약 제가 자치령을 맡았다가 또다시 반란을 일으키면 어쩌시려고, 이런 결정을 내리신 겁니까?"

"그럴 위험성이 전혀 없다고는 할 수 없지."

바스티안이 턱을 슬슬 쓸었다.

"그것뿐인가. 이 결정을 들은 영감들은 뒷목 잡고 쓰러질 테고, 짐은 통촉해달라는 요청만 수도 없이 들어야겠지. 잘리어라는 나라 구조를 변화시키는 거니까. 소위 짐의 가장 큰 업적이라는 병합국가의 통일에 정면으로 반박하는 것이기도 하고. 짐도 함께 심판대에 서는 거네. 똑같이 긴가민가하고, 똑같이 우려스러워. 그러니 적당히 물어봐. 머리 아프니까."

"저는 이미 잘못된 길을 걸었습니다. 실패한 지도자죠."

"그러니까 이번엔 보란 듯이 성공해보라고."

"자치령의 우두머리는 무척 욕심나고 영광스러운 자리이나, 송구하게도 소신은 그를 감당할 그릇이 못 되는 듯합니다. 그 대신 추천하고 싶은 분은 있습니다."

"그 자리가 추천제는 아니네만, 말해봐. 들어주는 건 어렵지 않지."

"몇십 년 동안 병합된 국가들을 재건하고자 했고 그 후손들이 깊게 믿고 따르는 분입니다. 우리들의 정신적 지주이자 저의 친아버지이기도 합니다. 이번 반란을 무척 반대하셨고 제가 강행하자 크게 실망하시며 은둔생활을 시작하셨죠. 그분이라면 아직 잘리어에 반발심을 가진 잔여세력까지 전부 흡수할 수 있을 거라 확신합니다. 폐하께서 그들을 다루시기에 용이한 통로가 되어주기도 할 겁니다. 다음은 저를 이용하십시오. 이곳 수도, 폐하 밑에 저를 두시고 그들을 견제하는 데

쓰십시오."

"……그러니까 지네는 지금 스스로 볼모가 되어 이 왕성에 들어오겠다, 그 뜻인가?"

"부디 받아주십시오, 폐하."

"허."

이번에는 바스티안이 작게 감탄하며 간격을 두었다. 아예 생각지 않은 건 아니었지만, 어디까지나 자발적이어야 의미가 있다는 점에서 실현 가능성을 낮게 친 방안이었다.

살바토레가 던진 제안이 호수 위에 내던져진 돌멩이처럼 파문을 일으켰다. 수십 개의 길이 일시에 가지를 치고 뻗어나갔다. 신중한 눈이 상대를 면밀히 뜯어보았다. 그러면서 실없는 말로 방심시키는 건 잊지 않았다.

"짐 밑에 있으면 힘들 텐데."

"저를 살려 곁에 두는 건 또한 그 자체로 위험일 것입니다. 하여 저는 제 누이를 폐하께 바칠까 합니다."

"자네 여동생도 있었나? 그건 몰랐군."

아버지도 여동생도 있는 자가 반란을 일으키다니, 대담하기도 하지. 무미건조하게 중얼거리며 그가 찻잔을 들었다. 이야기를 오래 나누었더니 목이 칼칼하던 참이었다.

"후비(后妃)로 들여주십시오."

푸웃. 조금 들이켠 찻물을 그대로 뱉어냈다. 그가 거칠게 콜록대며 살바토레를 다시 바라보았다. 불행히도 진지한 표정이었다.

"뭐…… 뭐? 뭐라고?"

"저로 하여금 아버지의 손발을 묶으시고 누이로 하여금 저를 견제케 하십시오. 혈육을 잡아두는 것만큼 효과적인 수가 없습니다."

"……제정신인가? 솔직히 말해봐. 감옥에서 혹시 뭔가, 그래, 가혹행위라도 하던가?"

"저는 그 어느 때보다 멀쩡합니다."

"웃기는군. 잘못은 자네가 저질러놓고 왜 애꿏은 짐한테 혹을 달려고 그러나."

"폐하."

"그만, 그만하게. 그런 눈으로 보지 마. 그리고 나중에라도 짐 가까이로는 오지 말게. 자네 좀 무서워지려고 그래."

"비로 들이기 저어되시면 시녀의 신분으로라도 곁에 두십시오. 그리하게 해주십시오."

결연하게 말을 끝맺은 살바토레가 왕을 올려다봤다. 대체 무슨 속셈인지 가늠하는 눈이다. 의심하는 건 당연했다. 이전에 저지른 죄가 있는 데다 스스로 볼모로 들어가겠다고 했다. 제 입으로 누이까지 거론한 건 과했다. 아무 여지도 남기지 않고 손발을 꽁꽁 묶어달라는 청이나 다름없었다.

이로써 제가 가진 패는 모두 내놓았다. 더한 의혹을 불러일으킬 수 있을 만큼 과한 제안이었음을 안다. 속내를 파헤치려는 시선들이 얼굴에 따갑게 꽂혀들었다. 그들은 아마 살아 있는 한 끝없이 그를 의심하고 몰아세울 테지만, 외부의 시선 따위 의식했다면 여기까지 오지도 않았을 터다.

반란군의 우두머리는 이미 잘리어 군에 항복하던 날 죽었다. 죽어 사라졌다. 그가 사라지지 않은 건 오로지 잘리어 왕을 마주하기 위해서였다. 그날 밤 해변에서 만났던 바스티안, 그때 느꼈던 바를 확인하고 싶었다.

그리고 지금 다시 한 번 왕에게 압도당했다. 그가 내놓은 제안에, 배포에 탄복할 수밖에 없었다.

왕은 분명 외스타슈 방벽 안에서 변했다. 백성과 반란군 사이에 섞여 보고 듣고 느끼며 스스로를 성장시켰다. 그렇게 변한 왕이라면, 앞으로 변해갈 왕이라면 곁에서 보고 싶어졌다. 병합국가 세력이 만들어갈 나라를 보고 싶어 한 바스티안처럼, 살바토레 또한 그랬다.

주사위는 던져졌고 이제 말이 움직이는 일만 남았다. 살바토레는 말을 손에 쥔 이를 올려다보았다. 과한 제안에 속내가 의심스러워도 그가 빈손인 건 왕이 더 잘 알 것이다.

아무것도 남지 않았다. 지켜야 할 신념도, 백성도, 군사도.

"됐네, 됐어. 짐이 내린 결정을 후회하기 전에 그런 말은 하지 말게. 그리고 혹시나 일러두는 건데 다시 반란을 일으킨다면 그때는 정말 봐주는 거 없다. 이 일이 성사된다면 그대는 명이 끊어질 때까지 짐 곁에서 직분을 다해야 할 거야."

"명심하고 있겠습니다."

"그거 알아? 짐은 자네가 정말 싫네. 자꾸 번거로운 숙제를 주거든. 후우, 머리야……."

그는 편식하는 어린아이처럼 투덜거리며 자리에서 스르르 일어났다. 입만 쩍 벌리고 있던 보좌관이 어찌할 바 모르며 옆에 따라붙었다.

"폐하, 폐하. 어찌합니까? 설마 저자의 말을 들어주시려는 건 아니시죠? 네?"

바스티안의 측근이 된다는 건 곧 보좌관과의 교류도 많아진다는 걸

뜻한다. 살바토레가 왕 아래로 들어오게 된다면 당분간 함께 지내야 한다는 걸 알기에 더 다급해졌다. 저런 반역자 놈과 함께 일하라니, 말도 안 된다. 불길한 기운이 엄습하는데 왕은 느릿느릿 문을 향해 걸어가고 있었다. 바짓가랑이라도 붙들고 싶은 심정인 걸 몰라주시는 게 야속하기만 하다.

"몰라. 짐은 너무 열심히 일한 거 같으니 이만 좀 쉬어야겠네. 참, 조만간 특별 의사기구로 의회를 구성할 예정이니 각 가문에 기별 넣도록 해. 그들도 밥값 할 때가 됐지."

"의……회요?"

"그래. 짐이 자리를 비워도 나라가 굴러가기는 해야 할 거 아닌가. 아무래도 이 나라에서 짐 혼자 일하는 것 같아. 억울하기 짝이 없어."

따라오지 말라는 말도 잊지 않고 덧붙인 바스티안은 문밖으로 휙 나가버렸다. 후베르트가 전전긍긍하며 맴도는 사이 살바토레는 들어왔을 때처럼 연행되어 나갔다. 왕의 목소리가 계속해서 귓가에 울렸다.

「자네도 그다지 나쁜 지도자는 아니었어.」

실패한 지도자에 대한 헌사.
살바토레는 진심으로 감사했다.

✤ ✳ ✤

레이첼은 깜짝 놀랐다. 어두운 복도를 지나 방으로 들어가려는데 반대편에서 커다란 그림자가 불쑥 튀어나왔기 때문이다. 그녀들의 거처는 사람들 발길이 유난히 느문 곳에 있는 데다 밤이 깊어 더욱 놀란 것이다. 그녀는 벌렁거리는 가슴을 진정시키며 상대방을 보았다. 희미하게 드러난 윤곽은 분명 아는 사람의 것이었다. 웃음기 하나 없는 무표정이 등골을 서늘하게 했다. 레이첼이 서둘러 허리를 숙였다.

"폐하."

"에르완은? 문을 두드려봐도 기척이 없던데."

거의 반사적으로 튀어나오는 질문에 잠깐 멈칫했다. 하지만 눈치채기에는 짧은 시간이라 금세 수습했다. 그녀가 닫힌 문을 흘끗 보았다.

"아까 나가신 뒤로 아직 돌아오지 않으셨습니다."

"어디 간다는 말은 없었고?"

"예."

"흠."

"전해드릴 말씀이 있을까요?"

그녀가 공손하게 물었다. 그는 잠깐 고민하는 듯하다가 "아냐, 됐어."라며 몸을 돌렸다. 반쯤 돌렸다 다시 돌아본다. 할 말이 있어 보이는 얼굴이었다. 레이첼은 인내심 있게 기다렸다. 그가 말을 몇 번 더 고르고 입을 열 때까지.

"혹시 에르완이 널 두고 발루아로 가버리진 않겠지?"

"예? 그 무슨 말씀이세요?"

"그러니까 네가 있다는 건 에르완이 아직 잘리어에 있다…… 아니다, 아니야."

괜한 말을 했다며 손을 내젓고 바스티안이 올라온 계단을 통해 내려갔다. 깊게 고개를 숙인 채 그를 보냈다. 돌벽을 두드리던 발소리가 잦아들었을 때에야 슬쩍 주변을 살폈다. 아무도 없는 것을 확인하고 문을 열고 들어가자 그녀의 왕이 보였다.

"다녀왔습니다, 폐하."

"앞에서 말소리가 들리던데."

"네, 샤른호르스트 폐하께서 오셔서 폐하를 찾으셨어요."

노크에 왜 응답이 없었는지는 레이첼이 감히 따져 물을 것이 아니었다. 불길한 정적이 흘렀다. 벽난로가 타닥타닥 타들어가는 소리만 가득했다. 그녀는 망토를 벗어 정리하면서 말을 이어나갔다.

"오늘 아침과 낮에도 다녀가셨는데, 정말 하루도 빠짐없이 오실 건가 봐요. 오셔서 묻는 건 항상 같아요. 폐하 계신지, 안 계시면 저라도 있는지 꼭 확인하고 가신다니까요. 인사도 없이 어느 날 훅 사라져버릴 것 같다고 하시면서요. 심지어 폐하께서 직접 방 앞을 지켜야겠다고도 하시던걸요."

"그래, 그랬니."

"설마 정말 그렇게 하진 않으시겠죠? 무척 불편할 것 같아요. 저도 잘리어가 무척 좋지만요. 복숭아 향이 나는 술이 있는 이곳을 어떻게 좋아하지 않을 수 있겠어요?"

술을 물처럼 들이켤 수 있는 그녀에겐 꽤 중요한 문제였다. 발루아와 마찬가지로 이곳에서도 술상대를 찾지 못했다는 건 애석한 일이지만, 귀 끝까지 새빨개진 채로도 버티려는 후베르트 보좌관이 있어 심심하진 않았다. 술에 취해 비틀거리면서도 꼭 데려다드리겠다는 그가 귀엽기도 했다. 후베르트 말고도 몬드, 바스티안처럼 정든 사람이 많았다. 떠날 채비를 하라는 명을 듣고 아쉽지 않다면 거짓말이다.

"하지만 말이죠, 저희도 발루아에서 해야 할 일이 있지 않겠어요?

저렇게 계속 오신다고 저희가 가지 않을 수 있는 것도 아니구요."

"……."

"그렇죠? 폐하. 저희는 발루아로 돌아가야…… 세상에, 폐하, 폐하! 손이!"

들고 있던 망토를 떨어뜨리고 한달음에 달려왔다. 불빛은 희미했지만 흰 날로 떨어지는 핏방울은 또렷했다. 급한 대로 천을 끌고 와 손 아래를 받쳤다. 검을 닦다가 손을 베이시다니, 곁에서 모신 지 수년째인데 처음 보는 일이었다. 요즘처럼 많이 다치신 적도 없었다. 게다가.

"……아."

손이 베였는데도 뒤늦게 알아차리신 것도.

"폐하, 혹시 노곤하시어요? 방이 너무 어둡나요? 불을 더 밝힐까요?"

급한 대로 천을 끌어다가 손을 받치며 레이첼이 물었다.

"지금 즉시 의원을 불러올게요. 치료부터 해야죠."

"아니, 그대로 두렴, 레이첼."

급하게 일어나는 레이첼을 에르완이 차분히 말렸다.

"아직 채 낫지 않은 상처를 나도 모르게 날에 갖다 댔단다. 상처가 깊지 않으니 걱정하지 않아도 된다."

"하지만 폐하, 피가 납니다. 그대로 두고 소녀가 어떻게 잠들 수 있나요."

"살짝 베인 것뿐이야. 이 정도는 금방 낫는단다. 밤이 늦었는데 어서 잘 채비를 하렴. 체력을 비축해놔야 한단다. 곧 긴 여정을 견뎌야 하잖니."

반쯤 일어나 있던 그녀가 다시 스르르 앉았다. 다소 초점 없던 눈에 총기가 돌아와 있었다. 다행이다. 평소대로의 폐하. 하지만 무척 착잡해하는 눈빛에 다시금 마음이 아팠다. 주군의 깊은 속내는 감히 짐작할 수 없지만, 혹시 잘리어를 떠나게 되어 서운하신 걸까. 겉으론 딱딱하고 엄격해 보이지만 실은 부하들을 하나하나 보살피는 인자하신 분이니까. 저조차 이 나라에 정이 들었는데 그녀가 덜할 리 없다.

"저, 그런데 폐하. 여쭙고 싶은 게 있습니다."

"물어보렴."

"저희가 잘리어의 협력을 구하러 이 나라에 온 거잖아요. 그 일은…… 잘 풀린 건가요?"

예전에 돌아간다고 했을 때 꾀병을 부려 일정을 늦춘 게 그녀였다. 협상이니 조약이니 복잡한 건 몰랐지만 제 노력이 결실을 보았는가는 중요한 문제였다. 아예 잘못 짚은 게 아니기만을 바라기도 했다.

"그래, 너도 긴 여정을 함께하느라 고되었을 테니 결과를 들을 권리가 있겠지."

에르완은 능숙하게 천을 손에 감고 있었다. 위아래로 몇 번 움직이자 금세 깔끔하게 마무리된다. 마저 닦은 검은 침대 옆에 두었다. 곧이어 흘러나오는 목소리는 비 맞은 뒤 굳은 땅처럼 단단했다.

"가장 처음 가졌던 목표는 안타깝게도 무산되었어. 그건 잘리어가 협력을 안 해서도 아니고 우리 발루아의 사정이 더 나아져서도 아니란다. 상황이 처음과는 달라졌을 뿐이지. 우리는 잘리어로 부르군트의 허점을 찌르려 했는데, 그들 또한 같은 생각을 가지고 있었더구나."

"그럼…… 잘리어의 협력은 구할 필요가 없어진 건가요? 이제 저흰 어떻게 해야 하나요? 또…… 전쟁인가요?"

"여러 가지 해결책은 생각하고 있으니 걱정하지 않아도 된다. 너와
의 약속은 지킬 테니까."

반드시 전쟁을 종결하여 고향 땅을 다시 밟을 수 있게 해주겠다는
약속. 너무나 오래되고 해묵은 맹세지만, 레이첼은 가끔 고향이 그리
울 때 떠올리면서 스스로를 달래곤 했다. 돌아가신 부모님이 그리울
때 초상화를 꺼내어 보는 것처럼, 모서리가 닳고 해지도록 되새겼다.

가끔 무섭고 불안해지기도 했다. 부르군트는 화포를 든 거인처럼
들이닥쳤다. 방어병력을 잔디처럼 짓밟으며 성큼성큼 다가와, 부지
불식간에 샤겐을 빼앗았다. 땅을 진동시키던 거대한 화포 소리, 거리
를 돌아다니는 군화와 문을 걷어차는 발길질, 사람들이 내지르는 비
명이 아직도 생생하여 잊을 만하면 악몽으로 되돌아왔다.

"얼른 자렴. 밤이 늦었다."

폐하, 저는 진심으로 폐하를 믿고 의지하지만, 고향땅을 살아 밟을
수 있을 것 같지 않아요.

차마 입 밖으로 내지 못한 말을 삼키며 슬픈 눈으로 에르완을 보았
다.

전쟁은 통로 같았다. 끝이 보이지 않는, 방향감각마저 상실시키는
기나긴 통로.

어디로 향하는지 모른 채로 걷다 보니 어느새 터널 밖 세상이 있는
지도, 언젠간 그곳에 도달할 수 있다는 희망도 잊게 되었다. 영원히,
죽을 때까지 이 안에서 걷고 있을 것만 같다.

그날이 올 것 같지 않아요, 폐하. 올 거라는 희망조차 품지 못하겠
어요.

✤ ✴ ✤

바스티안의 결정은 일파만파 퍼져나갔다. 반란군에 대한 대규모 숙청이 이루어질 거라고 대부분이 예상하고 있던 중 완전히 판을 뒤집는 소식이었다. 소문은 무성했고 반발은 거셌다. 잘리어에 그토록 큰 혼란을 가져온 세력, 그중에서도 주축이 되었던 자를 살려두는 것부터 반대가 극심했다. 바스티안이 자리를 여러 번 마련해 그들을 설득하려 했으나 쉽지 않았다. 하루가 멀다 하고 올라오는 탄원서에 그가 집무실 쳐다보기도 싫어졌을 즈음 살바토레가 찾아왔다.

"폐하."

조용한 목소리에 바스티안이 서류뭉치에 박고 있던 얼굴을 들었다. 턱밑까지 쌓인 것들을 치우기 번거로워 베개로 삼고 있던 참이다. 침울한 사내놈 얼굴을 보니 덩달아 우울해졌다. 바스티안이 빨리 말하라는 눈빛을 보냈다.

"폐하의 뜻을 전한 후 중신들의 반발이 거세다 들었습니다."

"그런데?"

"소신 때문에 무리한 관철을 하실 필요는 없다고 말씀드리러 왔습니다."

"무리?"

"필요시 소신을 성 밖으로 내치시고 반역자에 대한 적절한 벌을 받게 하십시오. 지금으로썬 한 명이 사라지는 것만으로도 많은 것들이 바뀔 겁니다."

"옛날이라면 그렇게 했겠지. 가차 없이 그렇게 했을 거네. 옛날의 나라면."

"……."

"자네는 짐에게 옛날로 돌아가라고 하는 건가?"

살바토레는 잠깐 입을 다물었다. 잘리어 왕은 여러 분야 기술에 대해 선구적이고 개방적이지만, 죄인들에게는 조금의 자비도 없는 처벌을 내렸다. 전대처럼 사람을 짐승 다루듯 대하진 않았다 뿐이다.

그렇기에 이번 바스티안이 내놓은 결정은 더욱 의외였다. 이전까지의 그라면 으레 해왔던 것들을 통째로 뒤집으려 하니 반발이 따르는 것이다.

"하지만 소신 하나 때문에 폐하께서."

"짐은 자네를 위해 이런 결정을 내린 게 아니네. 효용가치를 보고 살려둔 건데 그렇게 말하면 꼭 어여삐 여긴 것 같잖아. 소름 돋게."

"그렇다면…… 다행이지만…… 솔직히 다소 민망하군요."

"자네야말로 멀쩡한가? 듣기로는 후베르트가 많이 괴롭힌다던데. 일을 엄청나게 몰아준다며?"

이 소식을 알려준 건 다름 아닌 후베르트 본인이었다. 살바토레를 자신이 맡아야 한다는 사실에 처음에는 펄펄 뛰었지만, 끝까지 왕의 결정에 반발할 수는 없는 노릇이었다. 어쩔 수 없이 화살은 살바토레에게 돌아갔고 가장 합법적인 방법으로 괴롭혔다. 도저히 감당할 수 없는 양의 일을 던져주는 것이었다.

제 입으로 못 한다는 말을 하도록 하기 위함인데 살바토레는 놀랍게도 그 모든 걸 해냈다. 너무 끈질기게 잘해내서 얄밉다, 후베르트가 그렇게까지 이야기했다. 마뜩잖지만 서서히 인정할 수밖에 없을 것이다.

"필요한 과정일 뿐입니다."

그의 담담함이 마음에 들었다. 바스티안이 입꼬리를 휘어올렸다.

"그래. 그렇게 거기서, 그 자리에서 견디게."

"저는 아직 잘 납득되지 않습니다."

"짐이 완전무결한 인간으로 보이나?"

"세상에 그런 사람은 없습니다."

"그래, 맞아. 그런 사람은 없지. 하지만 이 자리가 말이야, 그렇게 되기를 요구하거든. 불가능한 걸 가능하게 하라고 강요한단 말이야. 그래서 왕 옆에 사람이 필요한 거네. 부족한 점을 보완할 수 있는 인재. 그런 인재를 알아보고 적재적소에 두는 것도 왕에게 필요한 자질이지. 짐은 자네의 신념이고 뭐고 모르겠고 단 하나만 보고 살려둔 거야. 뒤늦게 잘못된 길임을 알고 목숨을 걸고 돌아가려고 했던 것, 그럼으로써 잘리어 백성들을 살리려 했던 것. 별거 아닌 것 같지만 내리기 힘든 결정이거든. 적어도 잘리어 집권층에는 없다는 건 확신하고 자네를 데려온 거야."

"가진 게 많을수록 놓기 힘든 법입니다. 아무것도 얻은 게 없었기에 내릴 수 있었던 결정입니다."

"어디까지나 결과론적인 이야기지. 정 미안하거든 이 책상 좀 치워봐. 아주 꼴도 보기 싫군."

그 말에 살바토레가 엉거주춤 책상으로 다가섰다. 정리는 남에게 맡겨두고 잠깐 쉬려던 바스티안은 이내 무언가를 떠올리고 손을 내저었다.

"아니, 아니! 하지 마! 하지 말게! 그만!"

"예?"

"됐어, 그만해. 그러고 보니 자네, 정리정돈은 지지리 못 하지 않았나. 그래서 짐이 개고생했었지. 어떻게 그걸 잊어버릴 수가 있겠나."

그렇지, 외스타슈 방벽 안에 갇혀 있을 때 집무실 청소 담당이 티안이었다. 그를 배정한 건 다름 아닌 살바토레 자신이었다. 지금 돌이켜 보면 총애한다는 이유를 들어 이것저것 일을 떠맡겼던 것 같다. 그것도 죄다 잡일로만.

다소 어색한 정적이 흘렀다. 먼저 웃음을 터뜨린 건 바스티안이다. 살바토레가 따라 웃었다. 한동안 마주 보고 기분 좋게 웃음을 터뜨린 그들은 서로의 직분을 다하기로 결의하고 헤어졌다. 누구도 이해 못할 묘한 우정이었다.

그렇게 바스티안이 내정에 신경 쓰는 사이 잘리어는 또 다른 화두로 뜨겁게 달아오르고 있었다.

대제가 자리를 비운 사이 군을 이끌었던 여인은 누군가?

재야에 숨어 있던 인재, 외국인, 전대 왕의 사생아. 수많은 말이 떠돌았으나 어느 것 하나 확실하지 않았다. 소문만 무성하던 새에 슬그머니, 바스티안은 알지 않겠느냐는 의견이 튀어나왔다. 설마하니 근본도 모르는 이에게 국가의 군권령을 통째로 넘겼겠냐는 거다.

"폐하, 대체 누구인지 여쭈어도 되겠습니까?"

서로 눈치만 보던 귀족 중 하나가 결국 총대를 멨다. 바스티안은 의회의 기틀을 잡는 데 골몰하며 서류에 코를 박고 있었다.

"뭐, 누구?"

"그 여인 말입니다. 폐하께서 자리를 비우셨을 때 군을 이끌었던, 명령을 내리기가 철과 같고 적군과 맞설 때에는 맹금 같았던 분. 그분이 뉘신지 궁금합니다."

"힐데가르드······ 아니지, 에르완을 말하는 건가?"

왕이 눈썹을 들었다. 질문이 더욱 조심스러워졌다.

"낯선 이름이군요. 잘리어 인이 맞는지 여쭈어도 되겠습니까?"

"아, 자네들은 그 이름을 모를 수도 있겠군. 그럼, 음, 실드베르 4세라고 하면 친숙하겠나?"

그 한마디에 공기가 얼어붙었다. 실드베르······ 4세? 누군가 신음처럼 흘려내다가 입을 흡 다물었다. 전쟁의 살인귀로 검을 휘두르면 지나가는 자리마다 시체가 쌓이고 무섭도록 치밀하다는, 발루아의 영웅 말인가?

"바빠서 소개하는 걸 늦었네. 에르완 실드베르 르 블랑, 실드베르 4세. 발루아의 칭송받는 여왕이지. 알다시피 전쟁에는 아주 도가 텄네. 노출되면 다소 곤란해지는 신분이라 여기서는 힐데가르드라는 이름으로 머물렀어. 이번엔 짐뿐만 아니라 잘리어를 구해준 은인이기도 하네. 곧 자리를 만들 참이야. 잘리어 전체가 빚을 졌으니 감사를 표해야지."

그들은 숨소리 한번 내지 못했다. 실드베르 4세가 처음 인장을 가져와 군을 지휘하려 했을 때 그들이 얼마나 무례하게 굴었던가. 물론 전쟁 중에는 토를 달지 않았지만 그건 그녀의 능력을 확인한 후였다.

얼굴이 새하얗게 변한 이들에게 바스티안은 "그런데 그녀가 전쟁터에 직접 나섰나? 검을 뽑았어? 어땠나?"라며 거듭 물었다. 하지만 그 누구도 떳떳하게 나서지는 못했다. 요즘 잘리어 정세는 요동치는 파도 같았고, 그들은 남루한 돛단배에 몸을 싣고 대양을 건너는 것마냥 위태롭게 느끼고 있었다.

"도저히 믿을 수 없군."

누군가 작게 뱉은 속삭임에 모두가 동의했다.

바스티안이 예고한 대로 자리는 곧 마련되었다. 두 왕은 물론이고 잘리어의 고위 집권층, 그리고 그녀의 명을 받들었던 연대장, 부연대장 급 인원이 모두 참석했다.

자리의 주인공은 당연히 에르완이었다.

그녀는 바스티안이 특별히 마련해준 드레스를 입었는데, 발루아뿐 아니라 다른 나라에 비해서 월등히 화려하고 관능적인 잘리어 의복을 다소 편하게 변형한 것이었다. 잘리어에는 요즘 특히 가슴을 깊이 파고 허리를 졸라매어 여성적인 곡선미를 강조하는 유행이 불고 있었는데, 가볍고 날아갈 것 같은 옷감에 프릴, 러플, 깃털, 레이스, 리본, 꽃을 경쟁적으로 달곤 했다.

처음 재단사가 가져온 의복도 그러한 경향을 충실히 따른 화려한 드레스였고 에르완의 외모와도 썩 잘 어울릴 것 같았다. 하지만 굽이치는 곡선 대신 품위 있는 직선을 추구하는 발루아 의복에 익숙할 것을 고려하여 조금 더 자유롭게 움직일 수 있도록 바꾸게 했다. 소매에 서너 겹으로 층층이 덧댄 레이스를 없애고 가냘픈 여성미를 강조하기 위한 코르셋도 뺐다. 잘리어의 사교회에서는 흔히 볼 수 없는 간소함과 간결함이었다.

「폐하, 이렇게 되면 전혀 아름답지 않습니다.」

재단사가 울상을 지었다. 바스티안이 고개를 저었다.

「아냐, 이대로 하게. 가뜩이나 편하지 않은 자리일 텐데 옷차림마저 불편하게 하고 싶진 않아.」

보석 박힌 장신구를 하고 레이스와 프릴을 덧대면 물론 아름답겠지만, 바스티안은 그녀를 어떤 규격 안에 구겨넣고 싶지 않았다. 그렇게 대하고 싶지 않았다.

그리고 바스티안은 지금 이 순간 그 결정을 무척 자랑스럽게 여겼다. 어깨와 가슴을 강조하고 중심선에 토머커를 달아놓지 않아도 그녀는 충분한 존재감을 자랑했다. 바스티안은 그것 또한 강점이라고 생각했다.

"폐하, 이제야 인사를 올립니다. 제1연대를 맡았던 연대장, 마르코 아돌프입니다."

"폐하, 저는……."

누가 신호라도 준 듯이, 눈치만 보다가 그녀에게 몰려들었다. 삽시간에 둘러싸인 그녀를 지켜보다 바스티안은 불편하지 않을까 염려했다. 평생 전쟁터에서 살아오지 않았나. 정치적 뒷공작이 난무하는 이런 사교회가 편할 리 없는데.

"반갑소, 아돌프 경. 경의 창술을 눈여겨보고 있었소. 날카롭게 공격하면서 사각 없이 방어하는 기술이 놀랍던데, 한두 해 훈련하여 나올 실력이 아닌 것으로 보였소."

"소신의 가문에 대대로 내려오는 창술입니다. 폐하께서 눈여겨보셨다니 몸 둘 바를 모르겠습니다. 저 또한 폐하의 검술에 깊은 감명을 받은 차였는데, 혹 원하시면 연무장에서 창술을 보여드릴 수 있을 것 같습니다."

"그렇다면 정말 즐거운 시간이 될 것 같소."

"가문의 영광입니다, 폐하."

에르완은 가벼운 미소를 띠며 익숙하게 손등에 키스를 받았다. 멀리서 그 모습을 지켜보던 바스티안은 제 경솔한 추측을 가볍게 질책했다. 평생을 싸움터에서 보냈다고 해도 그녀는 왕이다. 이런 자리가 익숙할 수밖에 없고 그러도록 훈련과 교육을 받았을 터였다.

설령 불편하다 해도 속내를 드러낼 리 없는데.

"폐하."

곁에서 부르는 목소리에 상념에서 깨어났다. 브누아 베르트랑 백작. 찢어지고 붙길 반복하는 잘리어에서 몇 안 되게 상위층에서 자리를 굳건히 지킨 가문이었다. 옆에는 몇 살인지 가늠하기 어려워 보이는 소녀가 서 있었다.

"제 여식입니다. 인사 올리거라."

"안녕하세요, 폐하. 클로티드 베르트랑입니다."

손끝으로 드레스자락을 잡아 올려 예를 차리는 모습이 꽤 품위 있었다. 가벼운 고갯짓으로 인사를 받았다. 브누아가 기다렸다는 듯 입을 열었다.

"올해 나이가 열여덟인데, 세상에 부쩍 관심이 커지는 나이가 아닙니까. 폐하께서 오시는 자리에 간다 하니 따라가겠다고 어찌나 떼를 쓰던지요. 여식을 데려올 만한 자리는 아닌 건 알지만, 자식 이기는 부모 없다고, 어쩔 수 없이 동행하였습니다."

"아아, 그런가."

대충 흘려들으면서 흘끗 시선을 옮겼다. 에르완은 여전히 그 자리에 있었다. 인사는 정중하게 응대는 간결하게, 하지만 그리 차갑지는 않게. 이쪽으로는 시선도 주지 않는 게 어쩐지 떨떠름했다. 내가 여기 있는 건 아는 거지?

"아무래도 폐하에 관한 이야기를 듣기만 하다 보니 호기심이 커졌던 모양입니다. 너그러이 봐주십시오."

"……."

"……폐하? 폐하?"

잠깐 놓쳐버린 대화에 어쩔 수 없이 시선을 돌릴 수밖에 없었다. 갈색 머리카락에 맑은 눈망울을 가진 소녀였다. 어깨가 훤히 드러나는 드레스는 사슴처럼 쭉 뻗은 목을 돋보이게 해주었다. 귀엽고 사랑스러웠다. 또래 영식들이 한 번씩 눈을 팔 정도로.

"그렇소? 이리 아름다운 여식이 호기심이 많으면 아비 된 자로서 걱정이 많겠소."

대충 던진 말이었지만, 듣는 이에게는 그렇게 와닿지 않은 모양이었다. 클로티드의 볼이 장밋빛으로 물들었고 브누아가 흐뭇한 웃음을 흘렸다.

"그리 봐주시다니 감사합니다. 요새는 고대역사학에 관심을 많이 가지고 있지요. 폐하께서 적적하실 때 말동무가 되어드리면 어떨까 싶습니다만."

"배려는 고맙지만, 그보다 짐이 추진하고 있는 사안에 더 관심을 기울여줬으면 하는데."

바스티안이 목소리를 낮추었다. 브누아의 목소리가 에르완에게까지 들리지 않을까 거리를 가늠해보았다. 듣고 오해할까 염려되었다.

"여부가 있겠습니까, 폐하. 제 여식 또한 폐하께서 업무를 수행하시는 데에 많은 도움을 드릴 수 있을 것 같습니다."

화제를 돌려보아도 제 여식과 왕을 어떻게라도 엮어보려는 속셈이 따라왔다. 바스티안은 이린 자리에까지 숭숭이를 숨기고 온 백작이 괘씸했지만, 옆에 수줍어하며 서 있는 순진한 소녀를 보고 누그러뜨렸다. 아무 결정권 없이 끌려와 안쓰러운 건 저쪽이었으니까.

바스티안은 언제나 권력을 가진 자들이 비정하다 여겨왔지만, 브누아의 효율성을 보고 감탄할 수밖에 없었다. 아직 미혼인 왕에게 여식을 보이려는 귀족들은 손으로 꼽지 못할 만큼 많지만, 그럴 기회를 가질 수 있는 건 지극히 소수다. 오늘은 상식적으로 딸을 들이밀기에 부적절한 자리였고 다들 그걸 알기에 대동하지 않았다. 뻔히 예측되는 상황을 브누아는 역으로 이용해 기회를 만들어냈다. 바람직하진 않지만, 인정할 만했다.

바스티안은 다소 피곤한 숨을 내쉬며 시선을 돌렸다. 아까 있던 자리에 그녀가 보이지 않았다. 어디 있지? 더듬더듬 사방을 살펴보아도, 잔뜩 모인 무리 속에서도 찾을 수 없었다. 심장이 쿵 내려앉았다. 갑자기 입안이 바싹 말라왔다.

"어디…… 어디 있지?"

"폐하? 괜찮으십니까? 폐하?"

걱정스러운 말을 뿌리치고 바스티안이 회장 안을 돌았다. 앉아 있어 보지 못했나? 사람들에게 가려 있었던 건가? 넋이 나간 사람처럼 떠돌아다니다 급기야 서 있는 사람들을 밀치기 시작했다. 아니, 폐하, 왜 그러십니까. 대중없는 힘에 불쾌하게 돌아봤다가 새파래진 왕의 얼굴을 보고 모두가 당황했다.

"에르완은?"

불특정 다수에게 바스티안이 물었다.

"에르완은 어디 있지?"

"아, 실드베르 폐하라면 잠깐 정원을 구경하시고 싶다 하시어 나가셨습니다."

정원.

말이 채 끝나기도 전에 바스티안은 회장을 뛰쳐나갔다. 당황한 바누아가 딸과 함께 따라붙었지만, 정신없이 내쳤다. 뭐라고 하는지 들리지 않았다. 문을 다짜고짜 밀어젖히고서 밖으로 나갔다.

"에르완, 어디 있지? 에르완?"

가눌 새 없이 목소리가 떨렸다. 제가 듣기에도 볼썽사나웠지만 돌아볼 여유가 없었다. 유령처럼 어둠 속을 헤맸다. 사박사박 잔디를 밟는 소리, 작은 풀벌레 소리 말고는 잠잠한 밤이었다. 갔어? 가버린 건가? 끝내, 인사도 없이?

"내 이럴 줄 알았지!"

인사 없이 가버릴 줄 알았다. 분통이 터졌다. 발걸음이 급하여 이슬 맺힌 바위를 밟고 넘어질 뻔했다. 어딘가를 거세게 노려보았다. 감정이 조금도 조절되지 않은 채 머리끝까지 화가 치밀었다. 브누아 때문이다. 그자가 되도 않게 딸을 데려와 시야를 가리지만 않았어도 그녀를 지켜보았을 테고, 자리를 떠나는 걸 보았을 테고, 능히 붙잡았을 터였다.

"폐하?"

갑자기 들려오는 평온한 목소리에 신경줄이 뚝 끊겼다.

"폐하십니까?"

목소리가 들리는 방향으로 홀린 듯 걸었다. 어느 깊은 어둠 속, 수풀이 우거진 틈 사이에 그녀가 서 있었다. 기다란 의자가 뒤에 있는 것을 보아 정원을 거닐다가 앉아 잠깐 휴식을 취하고 있었던 모양이었다.

그녀의 모습이 시야에 맺히자 눈가가 확 달아올랐다. 목울대가 뜨거워졌다. 그는 무슨 말이라도 해야 했다.

"오해하지 마."

정말 형편없군. 스스로 생각했다. 그녀가 보았는지 확신도 없으면서, 브누아의 여식을 소개받은 걸 변명하고 있었다. 그녀에게 계속 변명하고 싶었던 자신을 발견하자 몹시 부끄러워졌다. 에르완은 멀뚱히 그를 보았다.

"오해하지 않습니다."

"원래 자식을 가지면 왕에게 어떻게든 붙여두려고 안간힘을 쓰지 않나. 단지 그것뿐이었어."

"충분히 인지했습니다, 폐하."

간결한 대답이 돌아왔다. 그는 작게 심호흡을 하고 성큼성큼 다가갔다. 에르완이 사라진 걸 알았을 때 몰려왔던 위기감이 아직도 심장을 두드리고 있었다. 두 팔을 벌렸지만 그녀는 여전히 미동 없었다. 와락, 껴안았다.

"말도 없이 사라지지 마."

"송구합니다. 중한 이야기를 나누고 계신 것으로 보였습니다."

"전혀 중요하지 않았어. 아니, 어떤 이야기도 중요하지 않을 거야. 당신에 비하면."

"……."

"나 좀 미치게 하지 마."

"……."

"죽을 뻔했다고. 알아?"

얇은 천 너머로 온기가 느껴졌다. 이 체온을 품고 나서야 안심이 되었다. 불안정하던 숨소리와 거친 심장박동이 차츰 제 박자를 찾아갔다.

그는 세차게 떠밀린 사람처럼 호흡했다. 차마 더 세게 껴안지는 못하고 애꿎은 옷만 꽉 쥐었다. 놓아준 후에도 큰 주름이 남을 것이 분명한 힘이었다. 하지만 도저히 이렇게 하지 않고서는 그녀가 여기 존재한다는 사실을 인정할 수 없을 것 같았다.

그녀가 흔들리지 않을 것을 안다. 설령 무릎을 꿇고 빈대도, 갑자기 열렬한 사랑을 고백해도 뒤돌아 가버릴 것이다. 그들 사이엔 처음부터 아무것도 없었던 듯, 손쉽게 그의 애정을 박탈할 테지. 우느라 녹슬어버린 그에게 그녀는 기껏해야 예의 바른 안타까움만 표할 것을 알아, 더욱 비참해졌다.

그럼에도 바스티안은 끊임없이 두드렸다. 말로 긁어내고 새겨넣었다. 그녀 속에 작은 파문이라도 남기고 싶었다.

"폐하, 저는 발루아로 곧 떠나야 합니다."

"알아."

"가지 않기를 바라십니까."

"응."

두드리고, 또 두드리고.

"수십 번, 백번을 물어도 명백한 긍정이야. 응. 가지 않길 바라. 전쟁 따위, 나라 따위 모른다고 하고 싶어. 하지만 안 되는 걸 아니까 화가 나. 안 되는 걸 아는데 간절히 원하게 돼서 화가 나. 지금 이 자리에 당신이 있는 것도 충분히 지체한 걸 알아. 당신이 결국 떠나버릴 것도 알아. 그렇지만, 그런데도 더 머물렀으면 좋겠어."

이렇게, 쉴 새 없이.

"에셀레드 경 치료가 끝나면 가. 당신도 이번에 부상이 심했잖아. 부르군트도 피해가 극심했으니 당분간 대책 세우느라 바쁠 것 아냐. 잘리어에서 다 치료하고 가. 이곳 의학기술은 어느 나라도 따라올 수 없을 정도니까……."

"도움은 이미 충분합니다. 외려 과합니다."

"아니, 아직이야. 턱없이 부족해. ……우습지, 이런 두서없는 말들. 당신은 이해 못 할 거야."

"이해합니다. 인간의 감정은 효율로 따질 수 없고, 단칼에 잘라 끊어낼 수도 없습니다. 그건 저 역시 마찬가지니까요."

"뭐? 그 말은……."

"진정하고 먼저 앉으시지요."

차분한 목소리를 들으니 사뭇 부끄러워졌다. 제발, 상상하는 것만큼 자신이 형편없는 표정을 짓고 있지 않기만을 바랐다. 온 힘을 끌어모아 표정을 다스렸다. 지금 와 돌아보면 정말이지 어처구니없는 발작이었다. 에르완이 그 자리에서 발루아로 돌아갈 리가 없지 않은가. 조금만 냉정했더라도 알 수 있었던 일인데 이런 난장을 부리다니. 타고난 뻔뻔함으로도 덮기 힘든 쑥스러움이었다.

에르완이 이것저것 따져 묻지 않는 성격이 아니라 천만다행이었다. 한참 정적이 흘렀다. 그동안 머릿속에서 수없이 많은 변명거리를 조형했다 깨부수길 반복했다. 깨진 조각마저 형편없는 실패작이었다. 틀렸어, 아무것도 떠오르지 않아. 노력이 실패로 돌아가자 그는 결국 좀 더 뻔뻔해지기로 했다.

"폐하, 그러고 보니 이걸 돌려드리는 걸 잊었습니다."

"아, 인장인가."

잘리어 군권령을 상징하는 인장이 어둠 속에서 빛나고 있었다. 바스티안은 인장을 받아들지 않은 채 물끄러미 바라보았다.

"계속 가지고 있어도 괜찮은데."

돌려줄 때까진 적어도 잘리어에 머물 텐데. 그가 절박하게 생각했다.

"그건 옳지 않습니다."

"무슨 상관이야."

"그보다 폐하, 반란군의 우두머리에게 어떤 처분을 내리셨는지 전해 들었습니다."

"그러잖아도 그 결정 때문에 골치를 앓고 있지. 당신은 어떻게 생각해?"

"제가 감히 평가할 판단이 아닙니다. 다만 소식을 들었을 때는 외려 기뻤습니다. 폐하께서 보이지 않는 무언가를 극복하신 것만 같아 뿌듯했습니다."

"당신 덕이야. 당신 덕에 내가 변할 수 있었고 잘리어가 살았어. 이 나라의 왕으로서 어떤 말로도 감사한 마음을 다 전할 수 없을 거야."

"아뇨, 아닙니다. 저는 이미 폐하께서 내리신 처분으로 모든 걸 보상받았습니다. 그 이상은 과합니다."

바스티안은 다소 겸연쩍은 얼굴이었으나 에르완은 진심이었다. 외스타슈 학살 명령을 내렸을 때, 그리고 밀렵꾼들을 잔혹하게 처형할 때 그의 처참함을 떠올렸다. 밤마다 악몽에 시달렸으며 술과 약을 들이부었다. 잠들기 싫어 자해까지 서슴지 않았다. 죽기 싫어 죽이기를 택했던 그였다. 그를 왕좌에서 끌어내리려 칼을 들이밀었던 이의 목숨을 보전해준 결성이 결코 쉬운 게 아님을 알았다.

그래서 에르완은 더욱 자랑스러웠다. 어두운 과거로부터 스스로 걸어나와 미래를 향하기 시작한 그를 응원해주고 싶었다. 마음속 깊이 존중하는 동료가 어떻게 변해갈지 더욱 기대가 되었다.

변모한 왕을 깨달은 건, 저뿐만이 아니었다. 조금 전 회장에서 만난 도미니크도 그랬다.

「힐데가르드…… 아니, 이젠 실드베르 폐하라고 불러야 합니까?」

「미리 언질을 주지 못해 미안합니다, 공. 상황이 여의치 않았습니다.」

「폐하께서 사과하실 일이 못 됩니다. 다만 제가 이번 전쟁의 일지를 받을 수 있다면 폐하의 그 마음을 활용하고 싶군요. 폐하와 전쟁을 함께 했던 영광된 증거로, 제가 받아도 되겠습니까.」

「애초에 공께 드리기 위해 써둔 것이니 부담 없이 갖도록 하십시오. 마지막 전투에서 공께서 뒤처리하느라 고생이 많으셨다 들었습니다.」

「제가 한 게 뭐가 있겠습니까. 해적들에게 부르군트 군함이 나타날 거라 하니 알아서들 날뛰던걸요. 쓸 만한 군수품을 모두 털어 재미도 제법 본 모양입니다.」

「폐하는 그 후로 뵈었습니까.」

「이후 사태에 대해 직접 보고를 올린 일이 있습니다. 그런데 반란군에 내린 처벌은 다소 의외더군요. 틀림없이 전부 처형할 거로 생각했는데 오판이었습니다. 폐하께서 이번에 조금…… 바뀌신 것 같더군요.」

그렇게 말하는 도미니크 또한 묘한 표정을 짓고 있었다. 좋아하는데 좋아할 수 없는, 쉽게 믿기지 않는, 확언하기 어려운 그런 얼굴.

"처음엔 당신이 날 포기하길 바랐어."

고해성사라도 하는 듯한 고요함이었다. 에르완은 잠자코 그 목소리에 귀를 기울였다.

"형편없던 나를 스스로도 감당할 수 없던 때였거든. 약한 게 싫다고 하면서 실은 내가 가장 약하단 걸 알고 있었어. 그럴싸한 왕의 껍데기만 뒤집어쓴 겁쟁이였어. 하지만 당신은 끝까지 포기하지 않고 뒤를 쫓았고 옆에 섰어. 내가 다시 생각하고 선택할 수 있을 때까지. 갈림길에 서서 갈등하던 나를 기다려줬어. 그때는 당신을 만난 게 실수라고까지 생각했었어."

"그러셨습니까."

"당신을 만난 게 실수라면 당신을 마음에 들인 것도 실수겠지. 하지만 내 진심은 실수가 아니니까, 우리가 만난 것도 실수가 아니야. 실수라고 생각하기 싫다."

"……."

"나는 여전히 약한 게 싫다. 하지만 당신이 강해서 좋은 건 아냐. 약하지도, 무능력하지도 않은 당신이지만 그래도 좋다고 생각해. 약해도 괜찮아. 무너져도 괜찮아. 그냥 당신이라서 다 되는 것 같아. 당신이 없는 미래는 더 이상 상상할 수 없다. 당신이 있으면 난."

"폐하."

"난, 뭐든 할 수 있을 것 같아."

"……."

"……."

"알겠습니다."

간결한 대답과 함께 정적이 찾아왔다. 바스티안은 한참 동안 그녀의 대답을 곱씹었다. 알겠다고? 무얼 알겠다는 걸까? 그는 방금 간접적으로 청혼을 한 것이나 다름없었다. 그런데 대답이 좋다, 싫다도 아닌 알았다? 머리가 복잡해졌다. 그녀가 받아줄 거라는 기대는 애초에 접어두었지만 일말의 가능성도 놓칠 수 없었다. 희망을 품을 수 있을 만한 기회를 필사적으로 쥐어짜내는 자신을 발견했다.

"폐하, 폐하와 함께 가고 싶은 곳이 있습니다."

"응?"

선잠에서 깨어나듯이 대답했다. 눈만 꿈벅거리는 그에게 에르완이 다시 말했다.

"내일 아침에 시간을 좀 내주시지요."

✦ ✳ ✦

"함께 오고 싶은 곳이 여기였어?"

바스티안은 아침 댓바람부터 끌려온 곳을 황망한 눈으로 올려다보았다. 에르완이 문 옆에 수북이 쌓여 있는 나무판자를 가볍게 들어올렸다.

"외스타슈에서 쏜 포탄에 문이 날아갔습니다. 지붕은 비가 와도 새지 않게끔 보수해두었으니 오늘 창문과 문만 고치면 운영에 문제는 없을 겁니다."

"요즘 낮에 잠깐씩 사라졌던 게…… 이것 때문이었어?"

"폐하께서 내정을 살피는 동안 저 또한 나름대로 할 수 있는 것을 하고 있었습니다."

포격에 의해 붕괴된 수도 곳곳은 보수작업이 한창이었다. 잘리어 군은 무너진 벽과 다리 등 공용시설을 수리했고 백성들은 십시일반 힘을 합쳐 집과 가게를 고쳐나갔다. 하지만 주인인 루이즈안이 사라지면서 차질이 빚어졌고 에르완은 이를 알고 공역을 돕기 시작했다. 잘리어 내정에 더는 관여하지 않으려고 일부러 밖으로 나도는 것이기도 했다.

"앗, 힐데가르드 님 오셨군요."

"티안 씨! 티안 씨다!"

"뭐! 티안이라고!"

쟝과 마르셀로가 문을 나서다 소리를 지르자 할아범이 나타났다. 그는 들고 있던 지팡이로 다짜고짜 머리를 가격했다. 따악! 경쾌한 소리와 함께 바스티안이 머리를 붙잡고 비틀거렸다.

"이놈이, 이놈이! 여기가 쑥대밭이 된 지가 언젠데 이제야 슬그머니 나타나? 꼼짝없이 네놈이 죽은 줄로만 알았잖냐!"

"아, 아야야. 할아범, 반가운 건 알겠는데 머리 좀 그만 때리지그래?"

딱딱딱딱딱! 마구 허공에서 휘둘리는 지팡이를 피해 한동안 뛰어다녔다. 저걸 전부 맞고 있다간 이마에 볼록한 혹을 단 채 벨뷰 성으로 돌아가야 할 거다.

"반갑긴 지랄, 전쟁통에 뒈졌으면 속이 시원했겠구만. 얼른 창문 안 고쳐? 네놈이 안 보이는 사이 에르완 님이 얼마나 고생했는지 알긴혀?"

"아니, 영감은 에르완은 왜 에르윈 님이라 부르고, 나는 이렇게 막 대하지?"

"비교할 데를 비교해야지, 눈이 있으면 봐라. 이곳 아니었으면 어디 우리랑 동석할 분이겠냐?"

맞는 말이긴 한데, 사실 그건 나도 마찬가지야, 영감.

그 말은 차마 내뱉지 못한 채 바스티안이 망치와 못을 들었다. 손재 주가 좋은 편인 그에게 창문 하나 고치는 건 큰 일이 아니라, 한 시간 도 채 안 걸려서 마무리할 수 있었다. 옆에서 매의 눈으로 지켜보고 있던 노인은 기다렸다는 듯 다음 숙제를 내주었다. 창문 다음은 지붕, 그다음은 부엌, 테이블, 의자……. 수없이 밀려오는 일거리에 기진맥 진해진 바스티안이 망치를 내려놓으며 털썩 주저앉았다.

"아이고, 힘들어. 영감, 솔직히 말해봐. 보수하고 있었던 거 거짓말 이지? 나 올 때까지 기다리다 왕창 몰아주는 거지?"

"흠, 흠흠. 그럴 리가."

공연한 헛기침과 함께 노인이 훈련소 안으로 쏙 사라졌다. 맞구만, 맞아. 바스티안이 이를 갈다가 한숨 돌리고 있는데, 사다리를 타고 누 군가 올라오는 기척이 느껴졌다. 에르완이었다.

"많이 고되십니까."

"아냐, 이리 올라와. 누추하지만."

지붕 위 옆자리를 툭툭 털어내며 제안했다. 에르완은 잠깐 그 자리 를 응시하더니 훌쩍 위로 올라왔다. 손바닥만 한 거리를 두고 앉았다. 미풍이 땀을 식히며 지나갈 수 있는 충분한 간격이었다.

"그래도 오랜만에 나와 바람을 쐬니 옛날 생각도 나고 좋네. 고마워.”

“폐하께선 연일 일에만 몰두하여 노곤해 보이셨고, 이쪽은 폐하께
서 오랜 시간 보이지 않아 걱정하고 있더군요. 양쪽에 좋은 전환이 될
거라 생각했습니다. 잘리어가 이렇게 회복되고 있다는 것 또한 보여
드리고 싶었습니다.”

전쟁 전과는 확연히 다른 거리였다. 죽음의 공포가 채 가시지 않아
어수선하고 건물이 부서진 잔재가 지저분하게 길바닥에 널려 있다.
황폐한 공기를 밀어내는 건 오로지 잘리어 백성들의 생기였다. 그들
은 자진하여 이웃을 도우러 나섰고 밤낮 없이 보수하는 병사들에게
먹을 것을 나누어주었다. 바스티안은 말을 이을 수 없었다. 익히 서면
으로 보고받아 알고 있었지만, 책상에 앉아 활자로 읽는 것과 직접 눈
으로 확인하는 건 감회가 달랐다.

“부끄럽게도 한때, 내가 없으면 잘리어가 돌아가지 않을 거라고 착
각한 적이 있었지.”

그가 먹을 것을 나누는 백성들을 흐뭇한 눈으로 내려다보았다.

“내가 없으면 누가 백성들을 위한 정책을 펴겠어? 내가 없으면 누
가 유사시에 나라를 통제하겠어? 내가 없으면, 내가 없으면. 마치 나
라와 백성들을 걷지도 못하는 어린아이처럼 생각했지. 그런데 그게
아닌 걸 오늘 확실히 알았어. 마치 살아 있기라도 한 것처럼, 사람들
이 마을의 구성체이기라도 한 것처럼 움직이고 있잖아. 그들은 자생
력이 있어. 꼭 지도자가 돌보지 않아도 스스로 부활할 수 있는 힘이
분명히 있어. 이건 정말 감탄스러운데.”

“아는 만큼, 보고 싶은 만큼 보는 게 사람입니다. 잘리어를 바라보
는 폐하의 눈도 달라진 부분이 분명 있을 겁니다.”

"어지간히 큰일이었어야지. 부르군트라니, 나 참. 평생 부딪칠 일 없다고 생각해왔는데 말이야."

평생 잊을 수 없는 기억이 되겠다며 바스티안이 실없이 웃은 때였다. 아래서 두셋씩 짝지어 오가던 여인 중 하나가 그와 눈이 마주쳤다. 바스티안이 급하게 숨을 삼키며 얼굴을 가렸지만, 이미 상대가 알아본 후였다. 그녀가 걸음을 멈추고 지붕 위를 가리켰다.

"저거 티안 아니니?"

"티안이라고? 어디? 어디?"

"어머, 티안? 티안이라고 했니?"

이름에 꿀이라도 바른 건지 다른 구역까지 뿔뿔이 흩어져 있던 여인들까지 순식간에 몰려들었다. 겉옷 사이로 살짝살짝 보이는 관능적인 옷과 진한 화장, 향수냄새는 그들의 정체를 쉬이 짐작케 했다. 수도에서 내로라할 화류계 여인들이 갑자기 몰려들자 훈련소 안도 술렁거렸다. 창밖으로 고개를 빼고 그녀들을 구경하는 마을 주민도 있었다.

바스티안은 엉덩이를 뒤로 끌어 얼굴을 최대한 가렸다. 우글대는 여인들을 보니 숨이 막혔다.

"사람 잘못 보셨습니다."

"아니, 무슨 소리야, 티안! 생김새도 목소리도 티안 맞는데!"

"요새 소식도 없고 통 안 보이더니, 이제 와서 우리들을 모른 척하는 거야? 너도 이제 우리가 창피하니?"

"정말 기억 안 나? 우리 같이 호레이샤 술도 마시고 카드놀이도 하고 아침 햇살을 맞으며 침대에서 뒹굴고 몸도……."

"아! 아아! 아! 그만, 그만! 기억나니까 그만해!"

"정말? 이제 우리가 기억난 거니?"

아래에서부터 수십 쌍의 시선이 초롱초롱 올라왔다. 그중 몇 명은 가까이서 보겠다며 사다리를 타고 올라오려 하기도 했다. 바스티안이 실수인 척 사다리를 넘어뜨리지 않았다면 정말 올라왔을지도 모르는 일이었다. 더 모르는 척했다간 어떤 말이 더 나올지 가늠할 수 없었다. 바스티안은 곁에서 느껴지는 침묵에 입안이 바짝바짝 마르는 걸 느꼈다.

"그, 그래. 기억나지. 너희를 기억하지 못할 리가 있을까. 설마."

"그치, 정말 못 알아보는 줄 알고 섭섭할 뻔했어. 기억 못 할 리가 없지. 우리가 어디 보통 사이여야지. 솔직히 볼 거 못 볼 거 다……."

"하! 하하하, 그런데 여긴 어쩐 일로 온 거야? 화류항(花柳巷)은 여기서부터 꽤 멀리 있잖아?"

"어머, 장난 좀 친 것 가지고 당황하는 거 봐. 더 귀여워졌네."

까르르 터지는 웃음소리에 따라 웃을 수가 없었다.

바스티안은 눈을 질끈 감고 간절히 빌었다. 맙소사, 신이여. 평생 무교로 살았습니다만 그녀들을 물러가게만 해주신다면, 저 입만 다물게 해주신다면 평생 받들겠습니다. 기도도 착실히 할게요. 에르완의 귀를 잠시나마 먹게 해주셔도 좋습니다. 제가 당신을 섬기면 나라 하나가 통째로 당신을 받드는 셈이니 손해 보는 장사는 아닐 겁니다…….

"알다시피 마을이 엉망이잖니. 우리도 유곽 창고를 열고 힘껏 돕는 중이야. 주로 가게나 밭이 망가져 일을 못하는 사람들에게 먹을 것을 나눠주고 있단다."

"하, 하하. 그것 참…… 좋은 일을 하고 있네. 후, 훌륭해."

이렇게 마주칠까 봐 일부러 홍등가는 근처도 가지 않았던 건데, 노력이 모조리 수포가 된 꼴이다.

"그런데 바스티안, 왜 요즘에는 우리를 만나러 오지 않아? 지금도 그래. 별로 기뻐 보이지 않는구나. 너도 이제 우리가 창피하니?"

"그……럴 리가. 오해하지 마. 여유가 없었을 뿐이야."

"네가 마음이 떠난 줄 알고 눈물 흘린 여자아이들이 한둘이 아니란다. 아는 건 네 이름뿐이니 찾아갈 수도 없고 말이야."

찾아오려고까지 했단 말인가……. 망치질할 때는 한 방울도 나지 않았던 땀이 비 오듯 쏟아졌다. 이 대화를 들으며 에르완이 어떤 생각과 짐작을 할지 가늠이 되지 않았다. 바스티안은 지금 이 순간, 리산더와 맞붙을 때보다도 더한 공포와 위기감에 시달리고 있었다.

"보아하니 우리에게서 마음이 떠난 모양이구나. 그래, 좋아. 우리는 떠난 남자는 붙잡을 수 없으니까."

가장 앞에 선 이가 싸늘하게 말했다. 유곽 여인들의 맏언니이자 주인이었다. 바스티안은 어디까지 변명을 해야 할지 몰랐다.

"그런 거 아냐. 오해하지 마."

"그래? 그럼 조만간 우리에게 와서 마음의 상처를 달래주기라도 하렴. 그럼 어쩌면 오해라고 생각을 고쳐먹을 수도 있을 것 같구나. 가자, 얘들아. 우리는 오늘의 할 일을 해야지."

여인이 가차 없이 몸을 돌리자 나머지도 어쩔 수 없이 그 뒤를 따랐다. 아쉬움 섞인 눈동자들이 몇 번이고 뒤를 돌아보았다. 바스티안은 꿈쩍도 않고 있었다. 폭풍이 휘젓고 간 뒤 남은 폐허를 어떻게 복원할지 엄두도 내지 못한 채로.

"……저기, 에르완. 조금 전 일 말인데, 오해하지 마."

"……."

"내가 왕이 되기 전에, 그러니까 매일같이 목숨이 위태로웠을 적에 말이야, 형님이 보낸 자객들에게 칼을 맞고 도망친 적이 있었어. 피투성이가 된 채 아무 데나 들어갔는데 저들이 날 숨겨주었지. 조금 전에 짓궂은 말을 많이 했지만, 그저 보답하기 위해 취객을 상대해주었을 뿐이야. 술이 들어가면 손버릇이 나빠지는 인간들이 정말 많거든. 그이상의 관계는 없었어."

"괜찮습니다. 변명하실 필요 없습니다."

"저기……."

"괜찮습니다."

짧게 자르는 반응에 머릿속에 적색등이 켜졌다. 경험상 괜찮다는 말 뒤에는 언제나 괜찮지 않은 아픔이 존재했다. 안 되겠다, 조금 더 해명할 필요가 있다. 마음을 다잡았으나 이미 에르완은 지붕 아래로 내려가 말에 오른 후였다.

어서 따라오라는 눈짓에, 하던 일을 모조리 내던지고 그녀를 따라갔다.

한참 말을 몰아 도착한 곳은 언젠가 그들이 경주하여 함께 온 적 있는 언덕이었다. 잘리어 전체를 조망할 수 있는 최적의 위치와 높이라 그 후로도 종종 들른 곳이었다.

먼저 도착한 에르완은 언덕에서 바람을 맞고 있었다. 투레질하는 말 옆에 제 말도 묶어두고 그가 허겁지겁 곁으로 갔다. 먼 곳에서 불어온 실바람이 뜨겁게 달아오른 땀을 단번에 식혔다.

언제 꺾어들었는지 그녀의 손에는 연한 보랏빛 꽃이 들려 있었다. 작은 꽃잎이 동그랗게 말린 모양의, 일 년 내내 온화한 잘리어에서만

볼 수 있는 종이다. 언젠가 후베르트가 늦은 사춘기를 맞았을 때 꺾어 와서는 예쁘지 않느냐며 난리 친 적이 있어 기억하고 있었다.

"비덴트에 가보셨습니까?"

질문은 갑작스레 들어왔다. 바스티안이 가볍게 긍정했다.

"응, 예전에 한 번 가본 적 있어. 건조한 공기라 고생을 좀 했지. 덥고 비가 거의 내리지 않는 나라인데도 농사로 먹고사는 나라라니, 신기했지."

"그곳에도 이 꽃이 피어 있던 걸 보았습니다."

"그래? 그건 보지 못했는데."

에르완은 말없이 바닥에 그림을 그리기 시작했다. 세계를 메운 세 개의 대륙. 발루아와 잘리어, 오토리노, 아르세니 등 가장 많은 국가가 있는 중앙대륙, 부르군트가 대부분을 지배한 서대륙, 미지의 동북대륙. 그 세 대륙을 마치 하늘 위에서 지켜본 것처럼 정교하게 그려두었다. 이번에는 그녀가 잘리어로부터 위로 더 멀어졌다.

"스칸더르벡은 독수리가 많은 나라였습니다. 그들의 음악은 서정적이면서 항상 역사적인 아픔을 가사로 담고 있는데, 항상 부르군트의 위협을 받아 백성의 고단함이 그대로 드러나 있었습니다. 그리고 자주 하천이 범람하여 선박으로 들어가기가 무척 힘들었지요."

"오, 그러잖아도 작년에 비가 많이 와 해안지방에 피해가 컸다는 소식을 들었네. 그거 아나? 스칸더르벡의 너도밤나무 숲에는 발을 들이지 않는 게 좋아. 한번 발을 들였다가 온갖 산짐승들을 다 만났다니까. 밀렵이 도저히 성행할 수 없을 만큼 미지의 생물들이 나온다더군. 그 옆에는 몬베테오. 광산업으로 먹고살고 전 세계 잎담배와 옥수수 생산량 중 대부분을 이곳에서 수확한다고 보면 돼. 고마운 일이지."

"웨일즈는 유목민이 많은 나라였습니다. 넓게 펼쳐진 구릉성 저지대 위로 말과 양 떼가 빼곡히 자리 잡은 모습이 인상 깊었죠."

"나는 카르타피아에 가고 싶어. 발루아와 가까이 있지? 거기도 더럽게 춥겠군."

혼자 그려나가던 작은 지도는 어느새 두 명의 손이 닿아 더 크고 넓게 전개되어갔다. 양쪽 다 방문해본 곳, 한 명만 방문해본 곳, 아무도 가보지 않은 곳…… 퍼즐 맞추듯 이야기를 엮고 그려나가다 보니 어느새 세계가 한눈에 들어왔다.

바스티안은 가장 먼저 잘리어를 응시했다. 부르군트로 통하는 해로에 맞닿은 나라. 그로부터 발루아까지의 거리는 까마득하다. 멀다. 가벼운 마음으로는 결코 찾아갈 수 없을 정도다. 아니, 지도를 과장되게 그린 것 같은데. 발루아를 아래로, 잘리어를 오른쪽으로 옮기면 조금 더 가까워질 수도…….

"멀군요."

속내를 들킨 것 같아 깜짝 놀랐다. 에르완 또한 발루아와 잘리어 사이의 거리를 가늠하고 있다는 데 조금 놀라고 말았다.

"돌아가더라도 잘리어의 풍경은 한동안 잊지 못할 겁니다. 하얀 조개 같은 도시, 물보라, 그들의 건축, 의료, 문화, 철학, 기술. 많은 걸 배우고 많은 걸 느꼈습니다. 언젠가 제가 발루아 백성들에게 주고 싶었던 많은 것들이 이곳에 있었습니다. 마치 전쟁이 종결된 후의 발루아를 보는 듯해 꿈속에서 헤어 나올 수 없었습니다."

"잘리어가 발루아의 미래라니, 그건…… 놀라운 과찬인데. 과대평가야."

뻔뻔하기론 둘째가라면 서러울 그지만 조금 쑥스러워져서 이마를 붉적였다.

"발루아는 아직 걸음마도 못 뗀 갓난아기와 같습니다. 전쟁이 끝나면 비로소 한 발짝 떼게 되겠지요. 하나 그때도 크게 달라지지 않을 겁니다. 저는 폐하께 어떤 것도 약속할 수 없을 테고 어떤 선택에서도 절대 폐하가 우선시되진 않을 겁니다."

"……그래, 그런 대답을 할 거라고 생각했어. 하지만 충분히 이해해. 당신과 나는 그래야만 하는 왕이잖아."

한마디, 한마디가 떫다. 스스로도 고개 끄덕일 만한 지극한 사실이라 더 그랬다.

"처음엔 폐하의 능력에 감탄했습니다. 폐하의 나라를 마음에 두고 귀애하게 되었습니다. 그런데 시간이 갈수록 잘리어 왕과 바스티안, 둘 중 누구를 향한 마음인지 알 수 없어졌습니다."

예상치 못한 말에 놀란 눈으로 그녀를 보았다. 뭐야, 그 말은 마치…… 마치 그녀도 같은 마음이라는 것 같지 않나. 만에 하나 그렇대도 입 밖으로 꺼내는 일은 없으리라 생각해왔는데. 어안이 벙벙했다. 바늘처럼 솟은 얄팍한 희망이 옆구리를 찌르는 것 같았다.

그래서 다음은? 다음 말은?

잔뜩 애가 타서 그녀의 말을 기다렸다. 기대와 두려움이 한데 모였다.

"왕에게 혼인은 가장 강력한 정치적 수단입니다. 상대에 따라 판을 뒤집을 수도 있습니다. 저 또한 그 수단을 적절히 활용할 생각이었고, 발루아에 가장 유리하게 작용할 수 있는 수를 골라내고 있었습니다. 하여 솔직히 말씀드리자면 당신과 혼인하겠다고 약속드릴 수 없습니다."

"……그래, 이해해. 아무것도 약속할 수 없고 약속될 수도 없는 관계지, 우린."

그 부분에 대해서는 순순히 인정했다. 에셀레드에게서도 일찍이 전해 들은 말이었다. 그녀의 혼인을 두고 논의가 한창이라고. 이 잘리어에서조차 미혼인 왕은 악어 떼에 내던져진 먹잇감처럼 물어뜯기는데 발루아에서는 훨씬 심할 터다. 이제껏 버틸 수 있었던 건 오로지 전쟁터를 전전하던 중이기 때문이리라.

"하지만 단 하나 약속드릴 수 있는 건, 당신이 아닌 다른 사람과는 절대 혼인하지 않겠다는 것입니다."

예상외의 대답에 바스티안의 눈이 휘둥그레졌다. 냉정하고자 노력했으나 번번이 실패했다. 손이 제멋대로 떨리고 있었다. 그가 말을 곱씹었다.

"그건……."

"당신이 아닌 사람과 혼인하지 않겠습니다."

"…….."

"또한 부부의 연으로 이어지지 않더라도 당신은 여전히 제 가장 친밀한 동료이며, 친구이며, 경애하는 왕일 겁니다. 잘리어는, 잘리어에서 본 발루아의 미래는, 그리고 폐하는 이 가슴속에 품어갈 것입니다. 지금은 이런 대답밖에 해드리지 못하는 걸 용서하십시오."

손에 들고 있던 보랏빛 꽃을 망가지지 않도록 귀하게 품에 넣었다. 안 돼, 지금 안으면 저 꽃이 뭉개질 것이다. 그녀가 품어간다 하였는데 그럴 순 없었다. 허락 없이 안는 건 한 번으로 족했다.

하지만 견딜 수 없었다. 그녀를 안지 않고는.

"이런 결정을 내렸는데도 폐하께 변함없는 우정을 바라도 되겠습니까."

가슴이 벅찼다. 모호한 답이지만 감사했다. 그러니까 허락인 거냐고, 당신도 나와 같았냐고 확실히 묻고 싶었지만 꾹꾹 담아 눌렀다. 침착하게 가라앉히는 데 온 힘을 다했다.

스스로를 간신히 어르고 달래어 손을 잡는 것으로 대신했다. 손가락 하나, 하나, 천천히, 빠르게 얽어넣는다. 손바닥 깊숙하게 온기가 스며들었다.

에르완은 맞잡은 손을 잠시 응시했다. 행여 놓지 않을까 불안해졌지만, 뿌리치지 않았다. 거기에 용기를 얻어 바스티안이 손을 조금 더 조였다. 처음부터 맞춰진 것처럼 한 치의 빈틈도 없이 들어맞았다. 말도 안 되는 충만감이 부풀어올랐다. 이 온기, 이 각도, 손가락의 길이, 굳은살, 손바닥 상처, 엷은 손금. 단단하게 새겨 넣고 어떤 것도 잊지 않을 것이다.

손끝에 심장이 매달린 것처럼 쿠웅쿠웅 뛰었다. 손 하나 잡는 것으로 이렇게 설렌 적이 있었나. 이렇게 순진한 적이 있었나. 절대 아니다. 그렇지도 않고, 그런 적도 없었다.

"세상은 이렇게나 넓은데 안 가본 곳도 너무나 많군."

바스티안이 그녀를 돌아보았다.

"언젠가 전부 가보고 싶어, 당신과 함께 말이야."

긍정의 답을 건네었다. 설령 거절하더라도 속은 쓰라리겠지만, 이해했을 것이다. 이해하려 노력했을 것이다. 그런데 예상을 완전히 뛰어넘는 대답을 들었으니 천금이라도 얻은 듯 만족스러웠다.

"저 또한 좋습니다."

찬찬히 대답하며 돌아보는데, 그녀가 웃는 것은 처음 보았다. 입가에 살짝 드리운 미소에 머릿속이 하얘졌다. 따뜻한 봄볕, 꿈결처럼 번지는 연초록. 눈가에 맺히는 햇살이 해사하다. 넋이 빠진 채로 보다가 어느 날의 기억이 덧칠되었다. 푸른 들판, 내려앉는 석양. 돌아보는 모습이 꿈결처럼 번진다. 당신이 바라보는 소리, 스치는 옷깃 소리, 모두가 제게로 다가왔다.

부디 이 시간이 멈추어 영원했으면.

그가 끔찍이 싫어하던 상투적이고 고루한 온갖 표현을 끌고 와, 진심으로 빌었다.

✦ ✳ ✦

이틀 뒤 새벽에 발루아로 향하는 선박이 띄워졌다.

에르완은 잘리어가 가장 가까이 보이는 후갑판에 서서 하늘을 올려다봤다. 발루아가 환영하는 것인지 잘리어가 배웅하는 것인지, 구름 한 점 없이 맑고 푸르렀다.

돛이 거대한 새처럼 커다랗게 날개를 펴고 바람을 품었다. 얕게 펄럭이는 소리, 부드럽게 스쳐가는 감촉과 함께 작은 기척이 다가왔다. 그녀 옆에 붙은 작은 그림자가 가늘게 흔들리고 있었다.

"레이첼, 우는 것이냐."

"아……뇨, 폐하. 제가, 흡, 끄윽, 울, 울다니 말도, 흐윽, 흑, 안 돼요."

"아쉬운 게 많나 보구나."

"아니에요, 아닙니다. 흐윽, 흑, 제가 좋아하는, 흐윽, 복숭아향 술도 두 박스나 실어가는걸요. 서운할 리가…… 끅, 끅. 그래도 후베르트 님한테는, 흐윽, 인사라도 하고 올 걸 그랬, 흐읍, 흑…… 죄송, 합니다, 폐하, 흑…… 끄윽."

레이첼은 결국 입을 틀어막고 선실로 뛰쳐들어갔다. 아닌 척 굴겠지만 아마 꽤 오랫동안 속앓이를 할 것이다. 당분간 더 살뜰히 챙겨줘야겠다고 생각하며 그녀가 시선을 돌렸다. 작게 휘파람을 불자 기다렸다는 듯 거대한 그림자가 머리 위를 덮었다.

"비올라."

큼직한 독수리가 날개를 접으며 난간에 내려앉았다.

비올라는 에르완에게 가장 가까워지도록 좌우로 왔다 갔다 거리더니 곧 자리를 잡았다. 불쑥 들이미는 부리는 그녀의 손길을 기다리고 있었다.

에르완이 그 위로 살짝 손을 얹어 쓰다듬었다. 나무껍질처럼 단단하고 거칠다. 부리 끝은 베일 듯 날카롭고 사람 손바닥으로 다 덮이지도 않을 만큼 컸다. 찬찬히 눈을 감고 손길을 음미한다. 잘리어 숲 속에서 우연히 만나 친구가 된 후로 둘은 밤마다 이렇게 인사를 나누곤 했다.

"이제 너와도 헤어질 시간이구나."

비올라가 무슨 말인지 모르겠다는 듯 고개를 갸웃거렸다.

"니세포르 뒤라스가 추위에 강한 종이지만, 어디까지나 보편적인 특성일 뿐 이미 온후한 기후에 적응한 너는 이곳에 남는 게 나아. 내가 가는 곳은 혹한과 전쟁이 몰아치는 나라다. 너는 여기 있는 게 안전해. 가거라."

커다란 눈으로 한참 응시하던 비올라가 날개를 활짝 펴며 날아올랐다. 거대한 포효가 거친 파도소리를 가볍게 짓눌러 삼켰다. 배를 중심으로 커다랗게 한 바퀴 도는 그림자를 따라 에르완이 시선을 옮겼다. 태양을 덮으며 위풍당당함을 뽐내던 비올라가 향한 곳은 잘리어가 아니었다.

"가거라, 비올라."

다시금 배 손잡이 위에 착지한 비올라를 향해 말했다. 쳐다보는 눈망울이 그렁그렁한 게 살짝 서운해하는 것처럼 보이기도 했다.

"섭섭하게 느끼는 것 안다. 하지만 나를 따라가면 네가 그 추위에 자칫 병이라도 앓을까 염려가 되어 그런다."

빠각, 빠각. 계속되는 권유에 심술이 났는지 발톱으로 난간에 구멍을 내었다.

"어어, 쟤 저러다 난간 다 부수겠네."

에셀레드가 뒤에서 놀리듯 말했다. 비올라는 잠깐 멈추고 에르완의 눈치를 살피더니 크게 날개를 펄럭거렸다. 거대하게 일어난 바람에 파도가 일렁였다.

"그런데도 같이 가고 싶으니."

비올라가 돌연 날갯짓을 멈추고 착지하더니 눈을 보석처럼 빛냈다. 에르완이 미간을 좁히는 건 순전한 안타까움이었다.

"발루아는 일 년 내내 춥지 않은 날이 없다. 눈보라가 몰아칠 때는 마을 전체가 얼어붙고 말아. 따뜻한 나라에서 온 외교대신들은 대부분 앓아눕는단다."

삐익.

"나 또한 정무가 바빠 이제까지처럼 들여다보지 못할지도 모른다. 그럼 다시 혼자가 될 텐데 너를 다시 외롭게 두기엔 내 마음이 너무나 아프구나."

그 즉시 날아올라 바다에 첨벙 빠졌다 나온다. 사람 팔뚝만 한 활어가 갑판에 보란 듯이 떨어졌다. 뒤에서 에셀레드가 "오늘 저녁끼니는 회다, 회!"라며 환호성을 내질렀다. 비올라가 얼른 난간에 다시 내려앉아 자랑스럽게 눈을 빛냈다. '챙겨주지 않아도 이만큼은 홀로 할 수 있어요.'라고 말하는 듯한 눈빛이었다.

에르완이 얕은 한숨을 내쉬었다.

"……그래, 정 그렇게까지 따라가고 싶다면 더 만류할 수는 없지."

삑!

"대신 상태가 안 좋다 싶으면 바로 신호를 줘야 한다. 알겠지?"

비올라는 부리를 딱딱거리며 고개를 끄덕거리더니 곧 힘차게 날아올랐다. 가파른 공기를 타고 놀라운 속도로 활승한다. 그로 인해 일어난 바람이 머리카락을 훅 떠밀었다. 에르완은 차양처럼 손을 이마에 갖다 대고 비행을 구경하였다. 비올라는 기분이 좋을 때나 칭찬을 받았을 때 저렇게 한동안 하늘을 노닐다 돌아오곤 했다.

"마음만 먹으면 가고 싶은 곳에 날아서 갈 수 있으니, 참으로 부럽구나."

비올라를 따라 수평선까지 시선을 옮겼다. 바람이 한 번 휘몰아치고 떠난 바다는 다시 사방이 고요했다. 파도가 밀려들어왔다 쓸려나가는 물소리가 잔잔하게 울렸다. 잘리어는 그사이 많이 멀어져 있었다.

그곳에 내려놓고 온 마음이 있었다.

품 안에 지니고 온 꽃을 꺼냈다. 이미 반쯤 시들어 눅눅해진 이파리로는 퇴색시킬 수 없는 기억이 있었다. 햇살이 알알이 맺혀 아름답던 꽃잎, 하얀 도시가 한눈에 들어오던 푸른 언덕, 세계지도, 염원, 그리고 그 사람.

가만히 눈꺼풀을 내렸다. 눈을 감아도 떠도 떠오르는 얼굴이 있었다. 눌러도 숨겨도 꾸역꾸역 치밀어 올랐다. 언젠가 그는 작별인사를 꼭 하고 가라 당부했었지만, 결국 건네지 못하고 떠났다. 이게 결코 끝은 아니라고 생각해 하지 않았다. 잘리어에서 보냈던 의미 있고 즐거웠던 시간을 아쉬움으로 맺기 싫었다.

그때였다. 선실에서 하품하며 나온 누군가의 목소리에 귀가 이끌린 건.

"하암, 비올라 때문에 잘 수가 없군, 잘 수가 없어."

처음에는 환청인 줄로만 알았다. 조금 전에 떠나온 땅에서나 들을 수 있는, 마침 그리워하던 목소리였으므로.

"당신은 푹 잤어? 이른 새벽부터 나오느라 그러지도 못했겠군."

귀를 의심한 채 서 있었다. 천천히 뒤로 돌았다. 목소리의 주인은 마실이라도 나온 것처럼 느긋하게 뒷짐 진 모습이었다.

"에르완, 혹시 비올라랑 싸웠나? 왜 저리 난리야? 바다를 뒤집어엎을 기세잖아."

어찌 반응해야 할지 감도 오지 않았다. 여기 있어선 안 될 사람은 정작 천하태평했다.

"폐하께서 어떻게 여기 계십니까?"

에르완은 최대한 침착해지려 목소리를 가다듬었다. 바스티안은 한 번 더 크게 하품했다.

"아, 그게 궁금한 거로군."

"폐하."

"그게 말이지, 인사하고 가라고 아무리 당부했어도 안심이 안 되지 뭐야. 역시나 나에게 일언반구 없이 오늘 새벽같이 떠난다는 첩보를 들었고 나도 따라가기로 마음먹은 거지.”

바스티안에게 첩보를 건네준 이야 누구일지 뻔했다. 에르완은 한숨 섞인 눈으로 에셀레드를 찾았다. 줄곧 할 말이 있는 것처럼 서성거리던 그가 보이지 않았다. 이실직고할 타이밍을 놓치고 숨어버린 게 분명했다.

바스티안은 난간에 몸을 기대며 느긋한 시선을 보내왔다.

“아무래도 리산더나 부르군트 놈들을 직접 보니 걱정돼서 견딜 수가 있어야지. 솔직한 심정으론 당신이 다시는 전쟁에 참여하지 않았으면 좋겠는데, 발루아는 그럴 수 있는 나라가 아니란 말이지. 해서 내가 직접 가려고.”

“저는 평생 부르군트와 검을 세웠습니다. 이유가 되지 못합니다.”

“당신도 우리 잘리어를 도와줬지 않아. 그래서 나도 도우러 가는 거야. 협력하러 가는 거라고.”

“보답은 충분히 받았습니다.”

“아니, 충분치 않아. 무려 목숨을 빚졌는데 고작 말 몇 마디로 보답이라니?”

“마음은 감사하나 돌아가시는 게 좋겠습니다. 발루아는 지금 폐하께서 방문하실 적정한 시기가 아닙니다. 나중에, 전쟁이 끝난 후에 공식적으로 방문하시는 게 낫습니다.”

비올라를 도닥일 때보다 훨씬 강경한 어조였다. 바스티안이 난간 밖으로 머리를 잠깐 빼더니 기겁하며 물러났다.

“와, 여기서 어떻게 돌아가? 이미 잘리어가 저렇게나 멀어졌는데, 헤엄쳐서라도 가라는 거야? 얼마 전에 바다에 빠져 죽을 뻔한 사람에게 너무한 거 아냐?"

"그렇다면 뱃머리를 틀도록 하겠습니다."

"지금 배를 틀면 나오기 쉽지 않을걸? 좀 있으면 밀물이 들어올 때라 운이 나쁘면 몇 주간 바다로 나오지 못할지도 몰라."

에르완은 입을 꾹 다물었다. 기세등등한 얼굴이 그녀를 더욱 곤혹스럽게 했다. 헤어지는 걸 바스티안이 많이 아쉬워하고 잘리어에 남아주기를 바라왔다는 건 익히 알고 있었다. 하지만 이렇게 무모하게 따라나설 줄이야.

"폐하께서 자리를 비우시면 잘리어에 큰 혼란이 올 것입니다."

"지금 돌아가도 큰 혼란이 올 거야. 후베르트한테 진짜 암살당할 거거든. 아니면 도미니크가 선수 칠지도 모르지."

"말장난할 주제가 아닙니다."

"알았어, 알았어. 하지만 정말 괜찮아. 나는 원래 당신 오기 전에도 서너 달씩 자리를 비우기도 했고, 언제 내가 집무실에 들어앉아 일만 하는 거 봤어? 최근을 제외하고 말이야."

"내전이 일어나 소란스러운 지금과 비교할 수 없다고 봅니다."

"정말 괜찮다니까. 반란군에 대해서는 이미 큰 조치를 끝내놓았고, 내가 자리를 비운 동안 큰 문제 없이 돌아가도록 의회를 구성해놓고 왔으니 말이야."

"하지만."

"임시로 의회의 장은 도미니크 공작이 맡아주기로 했어. 그들이 처리할 수 없는 안건은 그 즉시 내게로 송달될 거고. 안정적으로 정착할 때까지 시행착오가 많겠지. 하지만 모두 내 예상범위를 벗어나진 않을 거야. 이래도 걱정돼? 내 말을 신뢰하지 않아?"

상대가 그렇게까지 나오자 에르완은 할 말이 없어졌다. 국가의 총수인 그가 내린 결론에 대해 왈가왈부하는 것도 예의가 아니었다. 이전에 몇 달씩 자리를 비우기도 했던 데다 대비책까지 마련해두고 왔다면 더 그랬다.

그럼에도 에르완의 얼굴에 낀 먹구름은 걷히지 않았다. 바스티안은 그 이유를 알고 있었다.

"당신도 원하지? 내가 함께 가기를."

"그렇지 않습니다."

"와, 거짓말도 할 수 있는지 몰랐어. 새로운 점을 찾아냈군."

"저는……."

"원하잖아. 하지만 확신이 없어서 그러는 거잖아. 내가 가면 당신이 또 어떻게 변할지. 당신은 국가를 책임지는 국왕인데 나 때문에 흔들릴까 봐."

이미 혼인에 대한 약속을 한 순간부터 에르완은 충분히 무리했다. 부정할 수 없었다. 바스티안은 불빛을 밝힌 양 환하게 웃었다. 모든 번뇌가 사라진, 말갛게 갠 얼굴로 자신 있게 선언했다.

"복잡하게 생각하지 마. 그냥 마음에 둔 그대로 받아들이면 돼. 처음 그랬던 것처럼."

듣는 이가 더 민망해질 당당함이었다. 에르완의 눈빛이 더욱 막막해졌다.

"그리 간단한 문제가 아닙니다. 단순해질 수 없습니다. 저희 관계는 더더욱."

"왜? 당신과 내가 왕이라서? 나라를 짊어지고 있어서? 그래, 그건 인정해. 하지만 왕도 결국 사람 아닌가? 내가 당신 곁에 있고 싶어. 그런데 누가 뭐라 해?"

"마지막으로 고합니다. 잘리어로 돌아가주십시오. 잘리어엔 폐하가 필요합니다."

"필요한 조치는 모두 해두고 왔어. 날 못 믿어서 이러는 건가?"

"무리한 동행입니다. 말씀드렸듯이 저는 폐하께 어떤 확언도, 약속도 할 수 없는 입장입니다."

"괜찮아. 감수할게."

"폐하께선 그 정도를 아직 모르십니다."

"지금 내가 왜 따라나선다고 생각하는 거야?"

바스티안이 대화를 훌쩍 건너뛰었다. 그의 태도가 워낙 망설임 없고 단단하여 에르완이 도리어 입을 다물었다.

"잘 들어. 난 당신에게 어떤 위치를 공고히 하려는 게 아니야. 만약 그런 거라면 공식적인 절차를 따라 훨씬 간단하게 진행했겠지. 단지 당신이 잘못될까 봐 견딜 수 없을 뿐이야. 전쟁이 벌어졌는데도 잘리어에서 전전긍긍 소식만 기다리기 싫다고. 혹시 좋지 않은 소식이라도 받으면? 재수 없으면 두세 달 뒤에나 알게 될 텐데 그동안 넋 놓고 기다리고 있으라고? 지금 누구 고문해?"

"갈 길이 고되고 멀 겁니다."

"알고 있어. 하지만 걱정하지 마. 외스타슈 방벽 안에서 체력을 꽤 단련해두었으니까."

"후회하실 겁니다."

"난 내 인생 대부분을 후회해. 거기에 하나 더 더한다고 해서 뭐가 달라지겠어?"

"폐하."

"나를 돌려보내는 방법은 바다에 빠뜨리는 수밖에 없을 거야, 에르완."

자신만만하게 말하는 바스티안을 에르완은 그저 복잡한 시선으로 지켜보았다.

하지만 그 자신감이 무색하게도 바스티안은 그날 오후부터 뱃멀미를 앓았다. 차라리 비올라를 타고 가겠다며 난동 부리는 왕을 바다에 빠뜨려버릴까 고민했다며, 발루아에 도착했을 때 사이러스가 고백했다.

잘리어를 출발한 지 한 달하고도 사흘이 지났을 때, 바스티안은 난생처음으로 발루아 땅을 밟을 수 있었다.

PART 3

Rule the world

Chapter 1

프리드리히는 태어나기를 왕이었던 자다.

비록 여덟 동생을 두었지만, 장남이자 적통 후계자로 그는 스스로의 위치를 공고히 했다. 그는 아주 어렸을 적부터 말을 타고 성 밖으로 나갔다. 유일하게 바다 건너가 보이는 절벽 위에서 한참 동안 다른 대륙을 응시하곤 했다. 그리고 한 번도 밟아본 적 없는 북대륙을 욕구와 탐닉, 동경을 담은 시선으로 보았다.

부르군트는 예로부터 척박했다. 비옥한 땅, 풍요로운 농작물이라 곤 눈을 씻고 찾아봐도 없던 땅이 강대국으로 도약할 수 있었던 건 오로지 지리적 이점으로 수문장 역할을 할 수 있었기 때문이다. 그들은 인접한 바다를 지키며 타 대륙에서 들어오는 핵심 문명들을 흡수했다. 차근차근 발달시킨 군사력으로 해안가 도시들을 하나씩 집어삼켰고, 종국엔 곳곳에 식민지를 두었다.

부르군트는 그들의 고혈을 빨아 성장했다. 강해질수록 몸집을 더 부풀리고 이를 날카롭게 갈았다.

프리드리히는 일찍이 나라에 대한 이해가 깊었다. 부르군트의 근본이 약탈과 착취에 있음을 일찍이 깨닫고 정복 전쟁에 힘을 쏟았다. 군함을 키워 해상을 장악하고 칼을 갈아 식민지를 늘렸다. 그는 '부르군트 식'으로 나라를 키워나갔다.

프리드리히가 왕으로 오르기에 적절한 나이를 먹었을 무렵이었다. 병든 왕이 제위를 서계의 막내에게 주겠다는 선언을 하고 돌연사했다. 프리드리히가 아닌 다른 이가 왕위를 이어받는다고? 누구도 예상치 못한 상황에 극도의 혼란이 몰아닥쳤다.

다음 왕은 적통 후계자 프리드리히인가, 선대왕의 유언대로 서계막내 왕자인가?

어수선한 정국을 짓누르고 프리드리히는 당연한 듯이 제위에 올랐다.

선대왕의 피를 이어받은 자들에 대한 대대적인 숙청이 먼저였다. 누군가는 불치병, 또 누군가는 전염병. 수많은 이유로 죽어갔지만, 어느 하나 명확한 원인이 밝혀지지 않았다. 독살당한 게 분명하다, 그러고 보니 왕이 돌연사한 그날 밤 프리드리히가 방문했었다, 그가 모두를 죽인 게 아닌가 하는 무성한 소문이 돌았지만, 곧 물 맞은 먼지처럼 가라앉았다. 작은 돌멩이를 던진들 큰 물줄기를 바꿀 수는 없는 법이었다.

프리드리히의 행보는 거침없었고 그 발아래 모든 이들을 복종시켰다.

'싸워 이겨낸 만큼 나아갈 수 있으리라.'

마지막 승자이자 포식자.

그는 부하를 수족처럼 부렸으나 절대 신뢰하지 않았다. 부하들로 하여금 항상 서로 견제하고 싸우게 했고, 패배자는 버렸다. 이름도 출신도 알려진 바 없는 '그림자'들은, 왕의 비밀스러운 귀와 눈이 되어 그들을 감시했다.

그의 상징은 검은 표범이었다. 부르군트 군이 발을 들이는 어느 땅이든 검은 짐승이 그려진 깃발이 단단히 뿌리박았다. 대륙 전체를 집어삼킬 기세로, 굶주린 포식자는 미쳐 날뛰었다.

거침없이 뻗어나가던 검은 표범을 가로막은 건 발루아의 여왕이었다. 북극의 한기를 품은, 녹지 않는 얼음벽이 손아귀를 뻗는 족족 솟아올랐다.

프리드리히 왕은 싸움을 즐길 줄 알았다. 전쟁이 인간의 본성이라 믿었다. 그에게 발루아는 그저 부르군트를 강대국으로 성장시킬 양분에 불과했다. 디딤돌뿐인 나라에 패배할 리도 없었다.

그는 선대왕처럼 강력한 왕권을 유지하기 위해 전쟁을 지속하는 일엔 관심이 없었다. 단순한 전쟁을 넘어 부르군트의 전성기를 노렸다. 그는 더 넓은 땅을 통치할 자격이 있는 제왕이었고 부르군트는 이미 충분한 병력과 무기를 갖추었으니 대륙 정복을 더 지체할 이유가 없었다.

그런 그에게 이번에 꽤 실망스러운 소식이 전해졌다. 잘리어를 정복하러 간 군대가 반쪽이 되어 귀환 중이라는 소식이었다.

파발이 도착하기 전, '그림자'들로부터 먼저 전해 들은 왕은 드물게 인상을 찌푸렸다.

이상했다. 졌다고? 졌단 말인가? 부르군트가 잘리어에?

떠날 때부터 승리가 내정돼 있다시피 한 전투였다. 도저히 믿기지 않아 거듭 물었다.

리산더와 보르본이 이끄는 우리 군대가 잘리어에 창피를 당하고 돌아온다고? 비록 함대가 세 척뿐이었지만, 잘리어 상대로는 충분하지 않았나.

아무리 숙고해도 패배할 만한 계제가 떠오르지 않았다. 잘리어가 제대로 된 군사가 있기를 하나, 무기가 있기를 하나. 건장한 성인 남자가 헐벗은 어린아이에게 덤벼들어 진 것이나 다름없었다. 부아가 치밀었지만, 그 이상으로 의아했다.

"발루아가 기다리고 있었습니다."

리산더가 씨근거리며 답을 내놓았다.

프리드리히가 잔뜩 좁힌 미간을 슬슬 문질렀다. 오랜만에 만난 부하는 눈 한쪽이 날아가 있었다. 대체, 저 꼴이 다 뭔가.

"발루아가 기다리고 있었다고."

"정확히는 그 여왕입니다."

"혼자 있던가?"

"그레더니어 기사가 둘 정도 더 있었습니다."

"그들이 어떻게 알고?"

"우연인 듯합니다. 정보가 새어나갔는지 샅샅이 조사하였으나 뚜렷한 증거가 나오지 않았습니다. 또한, 미리 알고 거기 있었다기에는 원조군이 턱없이 부족했습니다."

보르본이 말을 받았다. 프리드리히가 손잡이를 꽉 쥐었다.

"그러니까 발루아 여왕이 친히 방문해서 평화로운 외교질을 하고 있었단 건가? 그 보잘것없는 나라에, 이런 시국에? 말이 되나?"

"조심스레 추측해보자면 잘리어의 의외성을 전쟁에 이용하려 한 게 아닐까 싶습니다."

"우리랑 같은 생각이었다?"

"양쪽 다 쓰지 못하는 패가 되었습니다. 똑같은 손실입니다."

"그들도 군함을 잃었나? 우리처럼 군대를 잃었어?"

"그건…… 그건 아닙니다."

"아니면 잘리어와의 관계가 완전히 틀어졌어?"

"그것……도 아닙니다."

"그런데도 똑같은 손실이라?"

"……."

"다행이군, 그 정도 파악할 이성은 남아 있어서. 이번에도 헛소리해 댔으면 지금쯤 문밖으로 끌려가고 있었을 텐데."

"……."

"가관이군, 가관이야."

못마땅한 기색이 역력한 채로 프리드리히가 눈을 좁혔다.

"심지어 이번 기회로 발루아는 잘리어와 친밀한 관계를 맺게 되겠어. 비공식적으로 여왕의 원조를 받아 제위를 지켰으니, 잘리어 왕이 실드베르 여왕이라면 아주 껌뻑 죽겠군. 그렇다면 그들 사이를 돈독히 하는 데 우리가 크게 일조한 셈이 되는데."

"……면목 없습니다."

왕의 친절한 지적에 보르본이 시선을 떨어뜨렸다. 프리드리히의 눈빛이 순식간에 싸늘해졌다. 추계를 해보니 웃기지도 않았다. 우선 잘리어를 이용해보려던, 이번 기회에 그들까지 정복하려던 계획이 좌절되었다. 거기다 부르군트 군의 중심을 지키는 리산더가 애꾸가 되었으며 군함과 군대를 잃었다. 그나마 돌아온 군함은 반쯤 부서져 있고 귀환병들은 상당수 부상자였으니, 잘리어에 들였던 모든 전력이 소실되었다는 편이 맞았다. 겉으론 아무렇지 않은 체했으나 속이 쓰렸다. 칼로 생살을 도려낸 듯 아렸다.

프리드리히가 입맛을 다셨다.

"군함을 내어주십시오. 군을 이끌고 발루아로 향하겠습니다."

잠잠하던 리산더가 으르렁거리며 말했다. 그 말에 짙은 눈썹이 휘어 올라갔다.

"발루아를 바로 치겠다?"

"발루아의 여왕이 자리를 비웠습니다. 지금이 적기입니다."

"그들이 잘도 아직 잘리어에 눌러앉아 있겠군. 그들은 바보가 아냐."

"그렇다면 곧 있을 전쟁에서 소신을 선봉장에 세워주십시오. 이번에 패하면 돌아오지 않을 각오로 임하겠습니다."

"검을 휘두를 수나 있나? 한쪽 눈을 잃었으니 거리 가늠이 되지 않을 텐데. 지난번에 보니 비르히니아 경은 삼 년은 족히 걸리더군."

"이미 적응했습니다. 문제없습니다. 오히려 투지를 다지는 데 도움이 되었습니다."

격양된 분노와 복수의 감정이 눈빛에 깃들어 있는 것을 보았다. 하. 들리지 않는 한숨을 쉬었다. 솔직히 짜증났다. 전쟁터에서 평생을 보냈다면서 어린아이 대하듯 하나하나 가르쳐줘야 하나 싶었다.

리산더와 보르본은 프리드리히가 왕자였던 아주 어렸을 적부터 가까이 둔 이들이다. 장점도 단점도 익히 파악하고 있기에 적재적소에 써먹을 수도 있었다. 만나기만 하면 으르렁대는 둘을 지켜보며 소소한 재미를 느끼기도 했다. 둘 사이를 개선해보겠다고 마련한 식사 자리에서 테이블을 통째로 뒤집고 우격다짐할 때는 솔직히 못 써먹겠다 싶었지만.

"리산더 경, 발루아와의 전쟁은 경의 힘겨루기 판이 아니네. 애꾸가 되더니 머리도 반토막이 난 건가?"

"보내주십시오, 폐하."

분위기를 읽은 보르본이 옆에서 주의를 주었으나 투지는 꺼지지 않았다. 이번에 패하면 목숨을 바치겠다는 말은 진심일 것이다. 잘리어에서도 가능했다면 그리했겠지. 설령 목숨을 잃을지언정 한번 물었으니 끝까지 놓으려 하지 않았을 거다. 오로지 생포되지 않기 위해 분을 삭이고 부르군트로 귀환한 건 높게 사줄 만했다. 그게 리산더라면 더더욱, 생살을 잡아뜯는 인내심을 발휘했을 것이다. 프리드리히는 그 의지를 읽었다. 하지만 보르본이 말했다시피 전쟁은 힘겨루기 판이 아니었다.

"경이 귀국하자마자 나서면 혼담을 기다리고 있는 수많은 영애들이 슬퍼하지 않겠나?"

왕이 눈 먼 사냥개에게 친절하게 말했다. 리산더는 탄탄하고 정통성 있는 가문에 속해 있진 않지만 전쟁영웅으로 사방에서 선망하는 대상이었다. 그와 연을 맺고 싶어 하는 가문을 줄 세우면 수도를 가로지를지도 모른다고, 농담 삼아 그렇게 말하기도 했다.

"소신이 관할하는 기사들이 더욱 애타게 출정을 기다리고 있습니다. 보내주십시오."

왕으로선 에둘러 뜻을 전한 것이었지만 리산더는 투지로 받아쳤다. 프리드리히가 혀를 찼다. 못 나가게 했다간 주인까지 물어뜯을 기세군.

"장교님, 말씀하시는 것처럼 기사들은 출정을 기다리고 있습니다만, 그들 또한 최상의 상태인 지휘관과 함께하고 싶지 않겠습니까?"

조심스러운 척 말을 꺼낸 건 뒷줄에 밀려나 있던 페드로 부장교였다. 리산더의 시선이 휙 돌아갔다. 무시무시한 눈과 마주쳤지만 그는 도리어 입꼬리를 올렸다.

"부디 제 말을 곡해하여 듣지 마십시오. 제가 만약 그들의 입장이라면 어떨까 생각하여 말씀드려본 겁니다. 부상당한 지휘관이 군의 사기를 어떻게 좌지우지할 수 있는지는 중요한 문제 아닙니까."

"폐하!"

리산더가 버럭 언성을 높였다.

프리드리히는 돌연 웃음을 터뜨렸다. 어디서 얻어맞고 온 개가 제게 와 낑낑거리는 것 같았다. 그러면서도 흘끗 페드로를 눈여겨보았다. 자신이 리산더와 보르본을 가까이 두는 만큼 뒤로 물러나는 이들이 있게 마련이다.

전쟁영웅의 참패는 누구에게는 기회였다. 페드로 또한 그렇게 여기고 있을 테고.

"페드로 경의 말이 맞네."

"폐하…… 그 말씀은."

"이번 기회에 좀 쉬는 게 어때? 자네의 상태를 고려하지 않고 쉴 새 없이 전장에 내돌린 짐의 처사가 너무하긴 했지. 경질이라 생각지 말고 이번에야말로 휴식기를 가진다고 생각하게. 다들 그렇게 지내."

"소신에겐 그런 휴식 따위 필요 없습니다."

"아니, 필요해 보여. 비이성적인 지금 자네의 상태로는 발루아의 왕과 겨루는 건 어불성설이네. 검사로서든, 지휘관으로서든 말이야."

핏발 선 눈으로 올려다본다. 상대가 주인이 아니었더라면, 제 군주가 아니었더라면 금세 달려들었을 독기였다. 어금니 뽑힌 짐승처럼 씨근거린다. 한참 동안 어깨가 위아래로 크게 오르락내리락거렸다. 못 박힌 듯 서 있던 그는 곧 휙 돌아 자리를 떠났다.

쿵, 쿵쿵. 발걸음 소리가 저 멀리 울려 퍼졌다.

더할 나위 없는 무례였으나 프리드리히는 기꺼이 눈감아주었다.

발루아의 여왕에게 그가 품은 투지를 안다. 생포당하지 않기 위해 쇠 같은 고집을 꺾은 것도, 상대를 내버려두고 싸움터를 스스로 떠난 것도, 그리하여 폭발한 투기를 억누르고 왕에게 복종한 것도 칭찬할 만했다. 부하를 오랫동안 곁에서 보아왔기에 보일 수 있는 관용이었다.

하지만 그를 용서하는 것과 다시 전장에 내보내는 건 철저히 다른 이야기였다. 그저 개인적인 살심에 가득 차 날뛰는 사냥개는 아군을 죽일 뿐이다. 써먹을 수 없는 졸은 군주에게 필요 없었다.

"그나저나 발루아 왕의 행보가 요새 썩 의심스럽군."

턱을 문지르는 프리드리히는 석연찮은 얼굴이었다.

"발루아 왕이 가진 권력은 전쟁을 근간으로 두고 있어. 거대한 거목처럼 뿌리박고 있지. 역대 왕들이 군사를 훈련시키고 육성하는 걸 힘겨워하면서도 전쟁을 멈추지 않았던 이유가 그거야. 그들이 취할 수 있는 이득이 놀라울 지경이거든. 절대적인 충성, 절대적인 왕정. 그런데 이번 대 왕은 특이해. 이전의 전쟁에서 하던 양을 보면 오히려 그쪽에서 전쟁을 끝내고 싶어서 안달 난 것 같거든. 강자일수록 본능적으로 권력을 탐하게 되는 법이지. 스스로 놓는다는 건 말도 안 되는데 말이야."

"그 속셈이 무어겠습니까."

"글쎄, 이 수수께끼는 짐도 얼른 풀고 싶네. 그런데 장교의 상태가 저 꼴이니……."

리산더가 나선 문을 흘끗 보며 왕이 혀를 찼다. 보르본이 민망해하며 입을 다물었다. 그러자 뒤에 물러나 있던 페드로가 나섰다.

"심려치 마십시오, 폐하. 장교님께서 많이 예민해지셨나 봅니다. 군함을 그만큼 쏟아붓고도 적장 하나 잡지 못하고 부상까지 입었으니 응당 그렇지 않겠습니까."

"페드로 경, 잘리어에서의 전투에 대해서는 이미 전부 보고가 되었네. 자네가 굳이 언급하지 않아도 돼. 그럴 자격도 없고."

"그렇습니까. 주제넘게 나섰군요. 황송합니다."

순순히 사과하며 물러났지만 보르본은 여전히 못마땅한 눈치였다. 프리드리히 또한 부장교가 에둘러 리산더를 질책했다는 걸 알아채지 못한 바는 아니나 그저 묵과했다. 위에 올라서는 자만 우월한 게 아니다. 빈틈을 노려 잡아 끌어내리는 것도 능력이다.

단순무식한 리산더만큼이나 보르본은 페드로의 협잡질을 경멸하는 듯했지만, 프리드리히는 달랐다. 어차피 모두 그가 부릴 수 있는 졸이다. 리산더를 쭉 곁에 두었다고는 하나 그에 대한 사사로운 정이나 의리는 따져 물을 것이 아니었다. 왕은 그저 쓸 수 있는 패가 하나라도 더 늘면 흡족할 뿐이다.

자, 이번엔 어떤 졸을 써볼까.

그의 눈이 뱀처럼 얇아졌다. 계략을 꾸밀 때 짓는 특유의 표정이었다.

'싸워 이겨낸 만큼 나아갈 수 있으리라.'

부르군트는 싸워 이겨왔고 그 이상 나아갔다. 부르군트는 그의 치세 동안 앞으로 나아갈 것이다. 쓸 수 있는 졸은 차고 넘친다. 절대 무너지지 않을 견고한 믿음으로 그렇게 생각했다.

✦ ✳ ✦

"흐아아, 추워, 추워! 에취! 에취!"

"……이제 그만 익숙해질 때도 되지 않았습니까? 사람은 어느 환경이든 적응하게 마련인데……."

에셀레드가 바스티안을 측은한 눈으로 바라보았다. 처음에는 쉴 새 없이 쏟아내는 기침이 성가셨는데, 이불에 돌돌 말린 채 한 발짝도 움직이지 못하는 모습을 계속 보다 보니 동정심이 들기 시작했다. 그 또한 처음 잘리어에 발을 들였을 때 따사로운 공기가 불볕더위처럼 느껴지지 않았나. 아무리 삼 주째 기침 소리 때문에 수면장애를 겪고 있다 해도, 기침은 미워하되 사람은 미워하면 안 된다. 에셀레드가 거듭 마음을 다잡았다.

"자네가, 흐에취! 잘리어에 살았어봐. 이만한 추위는, 쿨럭, 겪어볼 일이 평생 없단 말이네."

"평생까지요? 허어."

"당연하지! 눈이라는 것도 살면서 딱 한 번밖에 못 봤을 정도야. 그나저나 발루아도 이렇게 춥나? 응? 바닷바람이 심해서 이리 추운 거겠지?"

"……아뇨, 이런 날씨 정도는 따뜻한 편이에요. 발루아는 이보다 훨씬 춥습니다, 훨씬."

"발루아가…… 이보다 더 춥다고? 말이 돼?"

희망 가득했던 눈이 삽시간에 절망에 물들었다. 정말이지 이해할 수 없었다. 여기보다 더 춥다니, 대체 거기가 사람 살 곳인가? 에셀레드가 제게 옷을 다 내어주고 반소매 바람인데도 멀쩡한 까닭을 짐작하기 두려웠다.

옛날엔 바다에서 지냈다니 바닷바람에 익숙한 거겠지. 애써 현실을 외면하며 양손으로 이불을 꼬옥 쥐었다.

"가보면 아시겠지요. 벌써부터 걱정되는군요. 얼마나 야단법석을 피울지. 아니, 그런데 발루아는 일 년 중 눈이 펑펑 내리고 강추위가 몰아닥친다는 걸 모르셨습니까?"

"설마 그걸 몰랐을까. 하지만 아무리 추워도, 에취! 이 정도일 줄은 몰랐지. 가장 두껍고 따뜻한 것만 골라 가져왔는데도, 흐에치! 소용이 없을 줄은 상상도 못 했어."

먼 뱃길과 고된 멀미, 이제는 추위까지 몰아닥치니 당해낼 재간이 없다. 바스티안은 처음 탈 때와 달리 눈에 띄게 해쓱해져 있었다. 얼마나 불쌍해 보였는지 그 깐깐한 사이러스마저 두꺼운 모포를 내주기도 했다.

"그래서 후회하십니까? 따라오신 거 말입니다."

"응? 그건 다른 이야기지."

"저희 폐하께서도 툭하면 잘리어로 돌아가라고 권하지 않습니까. 그게 비단 잘리어에 대한 걱정만은 아닐 겁니다."

"흐음."

바스티안의 표정이 사뭇 진지해졌다가, 고개를 설레설레 흔들며 일어났다. 모포를 둘둘 두른 채로 문으로 걸어가는 그의 등 뒤에 대고 에셀레드가 물었다.

"나가시게요? 밖은 더 추울 텐데. 진짜 앓아누우시면 어쩌시려고요. 여긴 변변한 약도 없는데."

"슬슬 멀미기가 올라와서 그래. 아무리 그래도 토하는 모습은 보기

안 좋을 것 아닌가."

"어서 다녀오십쇼."

만류하던 손이 순식간에 돌변하여 바깥을 향해 휘휘 저어댔다. 괘씸한 배웅을 뒤로하고 선실에서 나오자 잔잔히 파도가 쓸려나가는 풍경이 그를 반겼다.

차디찬 한기에 더욱 이불을 꽁꽁 싸맸다. 그리고 광활한 바다 위를 출렁이는 어두운 소리에 귀를 기울였다. 쏴아아, 쏴아아……. 물줄기는 쉼 없이 흘러가며 파란 혈관을 만들어냈다. 접혔다, 구부러졌다, 다시 합쳐졌다. 수평선을 따라 짙게 번진 어둠은 언제 보아도 장관이었다.

바람이 잦아들자 파도도 천천히 멎어갔다. 혼자 남은 듯한 깊은 고요. 그는 잠시 눈을 감고 적막을 즐겼다. 뼈가 에일 만큼의 추위였지만 바람을 쐬니 울렁거림이 차츰 가라앉았다.

정말 평화롭군.

불과 한 달 전만 해도 전쟁터 한가운데 서 있었다는 걸 믿을 수 없는 고요함이다. 그 후엔 무슨 일이 있었더라. 반란을 수습하고 흐트러진 잘리어를 바로 세우느라 경황없었다. 물밀 듯이 쏟아지는 서류, 보고서, 핏발 세우며 달려드는 자들, 기회만 넘보는 자들과 신경전을 벌이는 데 진을 다 뺐다. 왕이 된 자로서의 숙명으로 일찍이 받아들였지만, 이런 잔잔함도 좋다. 나쁘지 않아. 기분 좋은 공기다. 그가 선천적인 낙천성으로 생각했다.

"폐하."

적막을 깨뜨리지 않는, 스며드는 목소리였다. 그녀에게 시선이 닿는 순간 미소가 해사해졌다.

"왜 더 자지 않고."

"폐하의 기척이 느껴졌습니다. 멀미에 아직 힘드십니까."

"참을 만해. 그래도 발루아에 어서 도착했으면 좋겠어. 더 추울지도 모르지만, 바닥이 흔들리지는 않을 테니까."

"……."

"당신도 옆에 앉아. 배에 오른 이후로는 질리도록 보아온 바다지만, 오늘 유독 달빛이 환하게 고여서 아름다워."

그가 난간 근처에 앉으며 옆자리를 툭툭 두드렸다. 물끄러미 바라보던 그녀 또한 따라 앉았다. 두 사람 사이의 애매한 간격만큼 물소리가 흐른 후, 그녀가 입을 뗐다.

"잘리어로 돌아가실 생각은 아직 없으십니까."

"또 그 소리야?"

"배에 오른 뒤 심신이 고단해 보이십니다."

"아냐, 나는 꽤 즐기고 있어. 한적한 귀뚜라미 소리 대신 물고기가 물 위로 튀어 오르는 소리를 듣는 것뿐이지."

에르완은 승선한 이후 꾸준히, 질리지도 않고 잘리어 귀환을 권유했다. 몸 상태가 안 좋아질 때마다, 잠깐 육지에 들를 때마다 꼬박꼬박. 성실한 사람이 고집을 부리면 얼마나 피곤한지 몸소 느낄 기회였다.

"발루아의 추위는 이와 비할 바가 아닐 겁니다. 폐하께서 방문하시려는 뜻, 깊이 느끼고 있으나 시기와 여건이 적절치 못합니다. 지금은……."

"지금은 왜? 전쟁 중이라서?"

"그 또한 무시 못 할 이유일 겁니다."

"그럼 당신은? 아니, 당신을 보낸 나는? 당신 혼자 보내놓고 내가 잘리어로 돌아가 발 뻗고 편하게 잘 수 있겠어? 이 추위보다, 지긋지긋한 멀미가 과연 그보다 더 힘들까?"

"발루아는 본래 전쟁의 화마 속에 있었습니다. 당연히 짊어져야 할 업이자 책임입니다. 하지만 폐하는 그렇지 않습니다. 굳이 불길 닿는 곳에 걸음 하실 이유가 없습니다."

처음에 바스티안은 에르완이 그저, 왕이 부재할 잘리어를 걱정하는 줄로만 알았다. 딱 그것뿐이라 생각했다. 그래서 자신이 잘리어에 하고 온 조치들에 대해 거듭 설명하면 될 거라 여겼다. 하지만 아니었다. 그녀 속에선 새로운 감정이 움터 자라나고 있었고, 바스티안은 그 실체를 얼마 전에야 깨달았다.

죄책감. 이 혼란한 정국에 그를 끌어들였다는 것에 대한 자책이다.

그것은 그녀가 처음 잘리어를 방문한 이유와도 맞닿아 있어, 바스티안을 서운하게 했다.

그는 아무 말 없이 그녀의 손을 잡아 올렸다. 곳곳에 단단한 굳은살이 배어 있는, 오래된 고목 같은 손이다. 누르는 감각이나 남아 있을까. 나무껍질처럼 거칠고 건조하다. 꾹 눌렀다가는 바스러질 것 같다. 새삼 놀라면서 조심스레 문지르고 올라갔다. 이윽고 부드러운 곡선. 손바닥을 길게 가로지르는 흉터까지 이르자 가슴 안쪽에 화인이 찍힌 듯했다.

"당신이 나를, 내 나라를 구했어. 그것도 몇 번이나."

"……."

"그런데 나는 한 번도 안 되나? 그래?"

애꿎은 제 손가락을 새하얗게 질리도록 눌렀다.

"알잖아. 당신이 아니었으면 난 진작 죽었을 거야. 무방비 상태였던 잘리어가 무슨 수로 부르군트의 원조를 받은 반란군을 진압해? 하지만 결국 잘리어를 통치하는 건 나도, 반란군도 아니었을 거야. 부르군트 속국으로 전락하여 착취당하고 있었겠지."

"제가 일찍이 전쟁을 종결했다면 그들이 잘리어에 손아귀를 뻗을 일도 없었을 겁니다."

"맙소사, 대체 어디까지 거슬러가는 거야? 이러다간 발루아가 건국될 때까지 올라가겠군."

바스티안이 크게 경악했다. 현명한 그녀가 그런 말을 하다니 믿을 수 없었다.

"잘리어는 무지했어. 계속되는 평화에 안주해 국방의 의무에 해이해졌지. 당신이 도와주지 않았다면 부르군트에게, 가장 야만적인 인간들에게 지배당하면서 그 대가를 치렀을 거야. 부르군트가 아니더라도 언젠가 터졌을 상처였다. 난 여전히 당신과 만날 수 있었던 데에 감사해."

"……."

"처음에 말했잖아. 언젠가 당신의 나라에 가보고 싶다고. 당신이 있을 곳에 내가 있을 거야. 잘리어 왕이라는 신분과 관계없는, 오로지 내 의지로."

그는 잡은 손을 들어올리고 짧게 입을 맞추었다. 선언 같은 키스였다.

잠시 후 한숨과 함께 그녀가 손을 거두었다. 정리되지 않은, 복잡한 감정들이 시선과 함께 내리깔렸다.

"발루아에 가면 폐하께 사람을 붙여드리겠습니다."

"하하, 내가 길이라도 잃을까 봐 그러는 거야? 괜찮아. 나도 내 몸 하나 건사할 정도는…… 에취!"

"바람이 찹니다. 들어가십시오."

"아니, 아냐. 이렇게 조금만 더 있자."

막 몸을 일으키는 그녀를 급히 만류했다. 배에 올라탄 후로는 시도 때도 없이 끼어드는 에셀레드, 왠지 모르게 매의 눈을 뜨고 있는 사이러스 때문에 둘만 남을 새가 없었는데, 이런 기회를 놓칠 수 없었다.

"폐하, 고집 부리실 때가 아닙니다."

"손이 따뜻해서 그래."

"……."

"모포 열 개 뒤집어쓰는 것보다 훨씬 따뜻한걸. 이렇게 잡고 있는 것 말이야."

눈에 뻔히 보이는 속셈으로 손을 잡았다. 내려다보는 눈이 복잡하다. 허공에서 잠깐 버텼다. 끈질기게 약한 힘으로 매달렸더니 하는 수 없이 내려왔다. 무너진 것처럼 느껴지기도 했다. 애매한 거리지만 옆에 머물러주는 것만으로 눈물 나게 고마웠다.

그녀는 아무것도 확답하지 못한다고 못 박았다. 그들의 관계를 무엇으로 정의하려고도, 빌미를 주려고도 하지 않았다. 그녀 나름대로 거리를 두려는 노력이리라 짐작했다. 하지만 그는 상심하지 않았다. 허술하게 생겨나는 틈새, 이처럼 어쩔 수 없이 곁에 머무르는 온기가 진심을 알려준다고 생각했다.

한때 부는 바람은 아무것도 남길 수 없지만, 스치고, 또 스치면 흔적이 남게 마련이다. 그는 놓치지 않을 생각이었다. 가물가물하지만, 끝까지 버티고 있는 작은 불씨를.

그들은 새벽 해가 뜰 때까지 함께 있었다.

✢ ✳ ✢

"곧 발루아에 도착합니다."

점점 더 추워져 견딜 수 없던 밤, 에셀레드가 문을 열고 말했다. 중간에 육지에 들러 샀던 두툼한 가죽털옷을 꽁꽁 싸맨 채 졸고 있던 바스티안이 화들짝 일어났다.

"뭐? 발루아에 도착한다고?"

눈이 휘둥그레진 채 일어나 갑판으로 나가보았다. 볼과 귀를 할퀴는 매서운 바람을 느낄 새도 없이, 새하얀 절경이 순식간에 시야를 물들였다. 말로만 듣던 만년설이었다. 뿌연 눈안개 너머로 보이는 절벽은 여기서부터 고개를 들어야 할 정도로 높고 가팔라, 그 높이를 감히 가늠할 수조차 없었다. 자연이 조형해놓은 위용에 압도되었다.

"폐하."

"……."

"바스티안, 폐하."

한 대 맞은 듯 멍해진 터라 부름에 한 박자 늦게 뒤돌아보았다. 초점이 또렷이 잡힐 때까지 조금 시간이 걸렸다. 그림으로 그려놓은 듯한 여자. 배 위에서는 가끔 풀어놓기도 하던 기다란 머리카락을 깔끔하게 올려 묶은 채였다. 백금색 머리카락에 눈이 멀 것 같았는데 정신을 차리니 그녀의 눈동자에 흠뻑 빠져 있었다.

"이제부터 호칭을 달리하여 존함을 입에 올려야 할 것 같습니다. 폐하의 안위와도 관련 있으니 양해해주시기 바랍니다."

"어? 어……."

"불편하시다면 임시 작위를 내리겠습니다."

"아냐. 나는 일찍이 당신을 이름으로 부르고 있었는걸."

그는 단 한 번도 그녀가 갑옷을 두른 모습을 본 적이 없었다. 외스타슈와의 내란에서 적절한 방어구를 착용했을 테지만, 물속에서 경황없이 마주한 게 다였으니 딱히 기억나지도 않았다. 하지만 그때 어떤 휘황찬란한 갑옷을 둘렀대도 지금만 못하리라. 태양이 쏟아지는 듯한 황금빛 갑주. 발루아에서 오로지 여왕을 위해 만들었을 그 갑옷은 그녀가 주인이라고밖에 생각할 수 없었다. 여명을 등지고 드러내는 자태는 어느 하나 남김없이 군주의 위용과 우아함, 그 자체였다.

언젠가 전해 들은 적이 있었다. 발루아의 왕족들은 항시 전쟁을 대비하는 군주의 모습을 보이기 위해 잠이 들 때를 제외하고 무장을 하고 산다고. 살이 평생 쇠에 짓눌리는 불편을 감수해야 한다고 전해 들었는데, 에르완은 조금 달라 보였다. 가슴과 어깨, 등, 팔등. 드러난 곳은 모두 무장했으면서도 오히려 움직이기 편해 보였다. 그 자체로 습관이 된 것처럼 보였다.

"발루아에 곧 도착합니다."

에르완과 바스티안의 시선이 동시에 한쪽에 몰렸다. 배가 속도를 낼수록 항구에 모여든 수많은 기사들의 윤곽이 뚜렷해졌다. 발루아의 새하얀 깃발이 바닷바람을 맞아 거칠게 펄럭이고 있었다. 철컥, 철컥. 군화가 나무 바닥을 밟고 앞으로 나아갔다. 항구에서도 배 위가 보일 정도로 가까워지자 그들이 일제히 에르완의 왕호를 외치며 무릎을 꿇었다. 온전히 서서 그녀를 맞는 것은 가장 앞에 서 있던 몇몇 기사뿐이었다.

이윽고 배가 항구에 정박하여 그녀가 첫 발을 내디뎠을 때였다.

"폐하."

"세베르 경."

발루아 여왕의 기사단, 그레더니어가 가장 앞에서 그녀를 맞이했다.

"긴 여정 얼마나 고되셨습니까. 지금부터 저희가 성까지 모시겠습니다."

뒤에서 지켜보던 바스티안은 그들의 얼굴에 아로새겨진 감격과 충정에 놀라고 있었다. 부지불식간에 그 까마득한 깊이를 헤아렸다.

"사이러스 경과 에셀레드 경의 수고로움이 컸으니 충분히 쉬게 하라."

"예."

"성으로 바로 갈 것이다. 지체 없게 하라."

"명 받잡겠습니다."

쉴 틈 없이 떨어지는 명령에도 개의치 않고 그는 뒤에서 말을 끌고 오라 명했다. 붉은 안장을 찬 백마가 인도자를 제치고 그녀에게 다가왔다. 투레질하며 들이미는 머리를 그녀가 가만히 쓰다듬었다.

"아스트리드 녀석이 폐하를 애타게 기다렸습니다. 저희가 폐하를 모시러 가는 걸 아는지 마구간을 박차고 따라오려고 하던걸요. 도저히 말릴 수 없어서 이렇게 데려왔습니다."

아스트리드는 말을 알아듣기라도 하듯 머리를 마구 들이밀며 애교를 부렸다.

"그래, 그랬구나."

에르완은 한동안 어리광을 받아주다가, 안장을 잡고 순식간에 올라

탔다. 금방이라도 달리고 싶어 하는 말굽질이 성급했다. 그녀는 흥분하려는 말을 고삐로 능숙하게 제지하면서 병사들을 둘러보았다.

"이처럼 몰려올 필요가 없었다, 세베르 경. 움직이는 인원은 최소화시키라고 서신으로도 일렀을 터."

"황송합니다, 폐하. 그러려 했으나 따라나서려는 기사들이 한둘이 아니라……."

궁색한 변명이지만, 이 또한 최선을 다한 것이라 변명하고 싶은 모양이었다.

바스티안은 짧은 순간 에르완과 눈이 마주쳤다. 그에게 잠깐 머문 시선이 스르르 움직여 에셀레드에게 닿았다. 무언의 눈신호를 알아듣고 에셀레드가 빠르게 바스티안 곁을 지켰다. 익숙하고 편한 상대를 붙여준 건 그녀의 배려인 셈이었다.

"이쪽으로 오십시오."

여왕에 이어 사이러스까지 말에 올라 선두로 빠지자 에셀레드가 바스티안을 인도했다. 그들이 타고 갈 말 두 필이 미리 준비되어 있었다. 에셀레드는 건네받은 고삐 중 하나를 바스티안에게 내미려다 주춤했다. 그러고 보니 그는 바스티안이 승마하는 모습을 본 일이 없었다.

바스티안은 고삐를 가로채 올라타며 대답을 대신했다.

"가지."

"급할 게 없으니 조금 천천히 가는 게 좋겠습니다."

바스티안이 먼저 출발하자 에셀레드는 금세 속도를 맞추어 따라붙었다.

"아직 발루아의 추위는 낯서시지요? 성에 도착하면 털 망토를 더 두꺼운 것으로 가져다드리겠습니다. 이미 지금 껴입으신 것만으로 굴러다닐 수 있을 것 같지만요."

"괜찮아. 바닷바람에 어느 정도 적응을 한 모양이야."

"귀가 떨어질 것처럼 빨개졌는데요."

"어, 사실 감각이 없어진 지 오래네."

"성에 도착하면 당분간 안에만 계십시오. 음…… 사람이 여럿 붙어서 불편하실지도 모르겠습니다. 입이 무거운 자들을 골라놓으라고 폐하께서 하도 신신당부를 하셔서. 제 수족까지 적어도 열 명은 족히 붙을 겁니다."

"자네 수족까지? 과한데. 누가 보면 감금이라도 하려는 줄 알겠어."

"저희 폐하께서 온통 신경을 쏟고 계시니까요. 군주께서 나랏일에 집중하실 수 있게끔 하는 것도 부하가 할 일 아닐까요? 거기다 폐하께선 생전 처음 발루아를 방문하신 것 아닙니까. 많은 게 다르고, 많은 게 낯설 겁니다."

"누가 보면 내가 철부지 아이인 줄 알겠어. 나도 이 한 몸 건사할 줄은 아니 걱정 말게."

"하하, 하지만 당장 추밀원이 누구인지는 모르시지 않습니까. 저는 우선적으로 그들의 시선이 폐하께 닿지 않게 조심할 겁니다."

"추밀원과 만나지 말라는 말처럼 들리는데."

에르완 곁은 이미 측근들로 보이는 기사들로 붐비고 있었다. 자신만큼 추위와 멀미에 시달리지는 않았지만, 배 위 여정이 길었던 만큼 그녀도 당연히 고단할 텐데. 잠시도 쉬지 않고 바로 정무를 돌보아도 괜찮을지 염려가 컸다.

"다 폐하를 위한 조치라 이해해주세요. 요새 특히 폐하의 혼인 문제에 핏발을 세우고 달려들고 있거든요. 그들이 무슨 짓을 벌일지 알 수 없어요. 뭐랄까, 그들은 모두 점잖은 체하는 살인자들이거든요."

"……."

"직접 손에 피를 묻히지 않았다뿐이지, 발루아를 위한 길이라면 아무런 죄책감 없을 자들입니다. 그 속에 대체 무슨 시커먼 걸 품고 있는 건지, 으, 저조차 학을 뗄 정도예요."

에셀레드가 소름 끼친다는 듯 팔을 부르르 떨었다. 그러니까 에르완이 혼인을 미루고 거부하면 그들은 어떻게든 원인을 찾으려 들 것이고, 갑자기 나타난 바스티안을 주목하기 시작하면 위험해질 수도 있다는 뜻이었다.

바스티안은 에셀레드가 한 번 더 마음에 들었다. 에르완과 나눴던 약속에 대해 일언반구하지 않았는데 알아서 움직였다. 그들 사이에 흐르는 미묘한 분위기에 꼬치꼬치 캐묻는 무례를 저지르지도 않았다. 말은 가벼우나 행동은 제법 무겁다. 융통성 없이 꽉 막힌 채 시키는 일만 할 줄 아는 이보다 믿음직한 부류였다.

「당신과 혼인하겠다고 약속드릴 수 없습니다. 단 하나 약속드릴 수 있는 건, 당신이 아닌 다른 사람과는 절대 혼인하지 않겠다는 것입니다.」

그는 다시금 약속을 떠올렸다.
그 눈, 그 목소리, 그 숨결, 찰나에 구부러지던 입술, 그녀가 그리는 모든 궤적이 조각으로 새겨 넣은 듯 생생하다. 그 말 한마디가 그를 그토록 들뜨고 감격케 했다.

그녀는 그를 살렸다. 몇 번이고 구했다. 시퍼렇게 날이 선 채 거부하고 실망만 안겨주던 그의 옆을 지켰다. 그 믿음이 버겁고 아니꼬웠던 때가 있었다.

당신이 대체 나의 무엇을 알기에?

무엇을 알아 그리 확신할 수가 있지?

하지만 그녀는 그의 가시가 세상과 타인을 향한 두려움이었음을 꿰뚫어 보았다. 비웃지도 탓하지도 않고 그저 믿었다. 그를 위해 할 수 있는 도리를 다했다.

그리하여 바스티안은 한 발짝 나아갔다. 사방을 둘러싼 얼음을 깨뜨렸다. 일평생 둘러싸고 있던 경계가 부서져 흘러내렸다. 미숙아처럼 웅크려 있던 몸을 일으켜, 절대 가지 않으려 했던 길을 걷기 시작했다. 그걸 오로지 홀로 해내었다고 한다면 만용이 될 것이다.

그녀를 손에 넣겠다, 제 사람으로 만들겠다, 저열한 감정으로 원한 적은 단 한 번도 없었다. 다만 가장 가까운 곳에서 동반자로서, 동료로서, 유일하게 이해하고 위할 수 있는 존재가 되고 싶다는 바람을 가지게 되었다.

서로의 밑바닥을 공유했다. 말로 단정 지을 수 있는 관계는 이미 초월하지 않았나.

바스티안은 그녀에게 '무엇'이 되려고 들지 않을 것이다. 언제나 저만을 우선시하던 그가 타인을 존중하며 내린 첫 번째 결단이었다.

"위정자들의 태생이 본래 그렇지. 제 손엔 절대 피를 묻히지 않거든."

"아니, 정말 폐하께 무슨 짓을 저지를지 모른다니까요. 저라면 그들과 마주치지 않기 위해서 최선을 다할 거예요. 이를테면 배정된 방에서 단 한 발짝도 나오지 않는다든지."

"알았네. 자네의 에두른 당부대로 최선을 다하도록 하지."

"……눈치채셨습니까?"

"아무렴."

정곡이 찔려 눈을 내리까는 에셀레드와 달리 바스티안은 가볍게 웃으며 속도를 올렸다. 영리하고 감 좋은 부하와 이야기를 나누는 것만큼 즐거운 일은 또 없었다.

두어 시간쯤 말을 타고 가자 성이 나왔다. 거대한 철문 사이로 걸어 들어가는 행렬 끝에서 바스티안은 잠깐 걸음을 멈추고 시선을 들었다. 아무리 따라 올라가도 끝이 없는 장대함을 한 시야에 담기가 어려웠다.

새하얀 설경을 등에 진 검은 성, 그리젤다. 순수한 흑과 백이 완벽히 대비되어 오히려 조화로웠다. 그리젤다는 왕이 칩거하며 그의 위엄을 보여주기 위한 건물이라기보다 전투하기 용이한 요새 같았다. 셀 수 없이 많은 문이 겹겹이 성을 둘러싸고 있었고 창문은 안을 들여다볼 수 없도록 새카맣게 빛났다. 섬세하고 심미적인 벨뷰 성과 달리 삭막하고 건조한 느낌이었다.

"저를 놓치지 말고 따라오셔야 합니다."

에셀레드가 곧장 옆으로 붙으며 신신당부했다.

"들어가면 아시겠지만, 성 안이 어마어마하게 복잡하거든요. 이 통로가 저 통로 같고, 저 방은 또 이 방 같고…… 한번 길을 잃으면 답이 없어요. 저도 이틀 동안 헤맨 적이 있는데, 이대로 갇혀서 어이없게 죽을 수도 있다는 생각까지 했다니까요."

"그건 마치…… 외부인을 완전히 거부하겠다는 것처럼 느껴지는

데.”

“오랜 전쟁을 견디다 보면 다들 그래요. 외부인은 모조리 침입자로 간주하게 되지요. 그 흔한 알현실도 저곳엔 없습니다.”

“허…… 그럼 대체 외교대신은 어디서 맞는단 말이야.”

“약식으로 가볍게 환대합니다. 그 후엔 성 밖의 관사를 제공해주어 기거하게 해줘요. 저 안에서 한두 번 길을 잃어보면 대부분 나가려고 들 하더군요. 그래도 저는 이 성이 좋아요. 겉으로는 삭막해 보이지만, 발루아를 가장 잘 보여주고 있다고 생각하거든요.”

바스티안은 말없이 성안으로 발을 들였다. 얼굴이 비칠 만큼 검고 투명한 벽, 바닥. 한기를 품고 돌아다니는 바람에 촛불이 일렁거린다. 고개를 완전히 젖혀 하늘을 보았다. 검게 쌓아올린 성 위로 뻥 뚫린 하늘은 얼음 안개에 휩싸여 있었다.

단지 내부를 한 바퀴 둘러보았을 뿐인데 조금 전에 들은 말을 완전히 이해했다. 성안을 돌아다니는 시종의 눈에서도 흘러내렸다. 외부로 향하는 철저한 방어, 외면, 배제, 적의. 그 모든 암울한 것들.

“폐하.”

에르완은 사방에서 몰려든 가신들에게 둘러싸인 채 계단을 타고 올라가고 있었다. 그 뒷모습을 보느라 한 박자 늦게 고개 돌렸다.

“이제부터 저희 폐하가 꽤 바빠지실 겁니다. 유감스럽지만 소신 또한 그리될 것이고요. 하여 황송하게도, 폐하께 큰 주의를 기울이지 못할 수도 있을 것 같습니다.”

“그래, 그래서 내게 사람을 붙이겠다며?”

“직접 모시지 못해 죄송합니다. 불편한 부분이 있으시면 그들에게 일러주십시오. 저희 폐하께서도 극진히 주의를 기울이실 겁니다.”

"됐네. 사람 붙여봐야 성가실 뿐이야."

"그래도……."

"됐다니까. 그나저나 폐하라는 호칭 좀 어떻게 해봐. 지금 주변에 아무도 없기에 망정이지. 그리고 동료들은 이미 한참 전에 주인 만난 강아지마냥 쪼르르 에르완을 따라간 지 오랜데, 자네도 얼른 가봐야지?"

에셀레드는 잠깐 입을 다물고 흘끗 위를 보았다. 그러다 바스티안이 다시 한 번 계단을 눈짓하자, 하는 수 없이 목례했다.

"곧 찾아뵐게요. 송구합니다."

그가 발 빠르게 사라지자 바스티안도 성안을 한 번 더 둘러보았다. 여전히 텅 비어 있다. 세 발짝마다 사람들이 들러붙던 벨뷰 성에서와 사뭇 다른 풍경이었다. 정신 시끄럽지 않아서 오히려 좋군.

삐이익.

성 밖을 나서자 친근한 울음소리가 머리 위에서 들렸다. 발루아 끄트머리가 보일 무렵부터 잔뜩 흥분해서 사라지더니 이제야 얼굴을 내민 것이다. 본래 추운 지방에 서식하는 종인만큼 신이 났겠거니 했는데, 실컷 활강하다 이제야 돌아온 모양이었다. 거대한 날개를 접으며 난간에 살짝 내려앉는다. 날갯짓에 일어난 커다란 바람에 공기가 혹 떠밀렸다.

"비올라, 이제 왔느냐."

날카로운 부리를 딱딱거리며 비올라가 고개를 갸웃거렸다. 아무리 봐도 주인을 찾는 모양새였다. 바스티안이 쓴웃음을 지으며 다가갔다. 엄청난 속도로 착륙하면서 흐트러진 깃털을 부드럽게 손질해주었다.

"너도 에르완을 보러 온 거겠지."

삐이이.

"참, 이렇게 경쟁자가 많아서야. 그래도 너는 날아서 그녀를 보러 갈 수라도 있지 않아. 네가 짐보다 처지가 훨씬 낫구나. 뭐 하느냐. 지금이라도 따라가지 않고. 네가 이곳으로 와서도 건강한 걸 알면 그녀가 무척 안심할 거다."

꾸르륵.

"왜 가지 않아? 내가 너라면 당장 날아올라 가보겠다만."

의아해하며 채근해도 비올라는 발톱으로 돌벽을 박박 긁을 뿐, 꿈쩍하지 않았다. 굳이 찾아가 방해하고 싶지는 않다는 뜻인 걸까. 바스티안은 새삼 녀석의 섬세함에 혀를 내둘렀다. 어떡하면 그녀를 만날 수 있을지에만 골몰하던 자신보다 훨씬 낫다는 생각마저 들었다.

"앞으로 함께 지내는 시간이 길어지겠다. 여기서 한가한 건 너와 나밖에 없는 것 같으니."

하릴없이 웃음을 터뜨렸다. 독수리를 쓰다듬는 손길이 더욱 갸륵해졌다.

삐이이…….

비올라가 천천히 고개를 떨어뜨렸다. 잔뜩 풀이 죽어 슬픈 얼굴이었다.

❖ ✳ ❖

발루아에 당도한 지 사흘째 되는 날, 바스티안은 참지 못하고 그리젤다 성을 뛰쳐나왔다. 에셀레드가 붙여둔 이들은 어떤 당부를 들었는지 사사건건 통제하고 방에 가두려 애썼고, 시중을 들겠다며 들러 붙은 이들도 셀 수 없이 많았다. 도무지 숨 쉴 새가 없다. 귀찮은 거머리들 같으니. 주인의 명령에 복종하는 충성심은 높게 쳐줄 만하나 상대가 나빴다. 바스티안은 그들을 손바닥처럼 훤히 들여다보며 장난감처럼 가지고 놀았고 눈 깜짝할 새에 따돌리곤 했다.

"이 강추위는…… 도무지 익숙해지질 않는군."

오늘도 가볍게 거머리들을 뒤로한 바스티안은 코를 훌쩍거리며 성을 나섰다. 마침 머리카락을 흩트리며 흘러간 바람에 재채기가 나왔다. 에셀레드가 하도 으름장을 놓아 일찍이 각오했지만, 아무리 그래도 비인간적인 혹한 아닌가. 어떻게 이런 땅에 나라를 세울 생각을 한 거지?

그는 쉼 없이 발루아 건국자를 욕하며 눈 위로 미끄러지지 않도록 조심하며 걸었다. 사실 처음에는 이마저도 힘들었다. 추위를 견디기 위해 마구잡이로 털옷을 껴입다 팔다리를 움직일 수 없는 지경에 이른 것이다. 결국 그는 직접 옷을 지어 입기에 이르렀고, 타고난 손재주 덕분에 가벼우면서도 체온을 유지해주게끔 옷을 만들어낼 수 있었다.

"후에취!"

그래봐야 추위에 약한 몸은 어찌할 수 없었지만.

"아, 그러고 보니 후베르트에게서 편지가 왔었지."

무심코 주머니에 손을 집어넣은 그가 종잇조각을 꺼냈다. 며칠 전에 받아놓고 대충 쑤셔넣었던 것들이었다. 어디 한번 읽어볼까. 중요한 사안이 있을 때에만 보내라고 신신당부했으니 보통 내용이 아닐 터다. 바스티안이 신중한 눈으로 편지를 읽어내렸다.

[폐하, 옥체 강녕하신지요? 폐하께서 자리를 비우신 지 벌써 보름하고도 반나절이 지나고 있습니다. 저는 아직도 폐하께서 떠나시던 새벽을 잊지 못해요. 잘리어는 폐하께서 안 계시더라도 잘 굴러가게 조치해놨으니 한동안 자리를 비우신다 하셨죠. 그 말씀이 마치 영원히 떠나시는 것 같아서 소신은 마음이 너무나 아팠습니다…….]

마지막엔 잉크가 잔뜩 번져 있었다. 눈물 때문인 것 같다.

아니, 보고할 건이 있으면 서신을 보내랬더니 되도 않은 연애편지가 왔어? 바스티안은 가차 없이 몇 장 넘겨버렸다. 그러고는 이쯤이면 끝났겠지, 생각되는 부근에서 멈추고 다시 들여다보았다.

[지금 생각해보아도 그때는 잊을 수 없어요. 폐하의 보좌관으로 처음 부임했을 때요. 들어가기 전부터 하도 다른 분들께서 조심하라, 폐하께 말려들어선 안 된다고 신신당부를 해서 저는 폐하께서 지옥에서 올라온 악마쯤이 아닐까 막연히 상상하고 있었죠.

이 정도 평판이면 이마에 뿔 정도는 달고 있어도 놀랍지 않을 거라 생각했는데 폐하께서는 저에게 정말 친절하셨죠. 천사가 따로 없으셨어요. 도대체 사람들이 왜 그런 말을 했던 건지 이해할 수 없었죠. 폐하께서 많은 오해를 사고 계신 모양이구나, 왕의 숙명이겠지, 이런 생각을 했습니다.

시간이 지날수록 확신하게 되었죠. 폐하는 악마가 아닌 게 확실하다. 다만 악마를 죽이고 올라온 사탄이다! 그렇지 않고서야 어리바리한 보좌관을 그렇게 갖고 노실 수는 없었어요!]

허어, 아직도 안 끝난 건가. 그는 서너 장을 더 넘겼다.

[……하지만 몇 년이 지나자 폐하의 진정한 깊은 뜻을 이해할 수 있었어요. 폐하를 뵙다 보니 내로라할 외교대신들의 말장난에는 결코 넘어가지 않는 경지에 이르게 되더라고요. 그때 깨달았죠. 폐하께선 새끼를 강하게 만들기 위해 절벽에서 밀어뜨리는 사자와 같은 분이라는 걸, 그 참뜻을……! 결론은 폐하, 정말 보고 싶습…….]

바스티안은 더 읽지 않고 편지를 구겨 내던져버렸다. 또 다른 편지는 도미니크에게서 온 것이었는데, 살바토레에 대한 면밀한 조사가 주를 이루고 있었다.

[수상한 동향 없음.]

눈물 없이 볼 수 없는 구구절절한 후베르트의 편지와 달리 도미니크의 서신은 무척 간결했다. 불필요한 감상 따위를 더하지 않고 지극한 사실만을 늘어놓았다. 살바토레는 관대히 봐주었다곤 하나 집행유예 기간이다. 사람은 무척 복잡한 동물이라, 외스타슈에서 보낸 고작 몇 주의 시간으로 그 속을 파악할 수는 없다.

수많은 시험을 해볼 생각이다. 달콤한 권력도 쥐여주어 마치 반란이 성공한 듯한 착각에 빠뜨리기도, 감시하는 눈 없이 휘두를 시간을 주기도, 다시 빼앗기도 할 것이다. 충분히 시험하고 검증하고 단련시킬 것이다. 그 후에야 제대로 써먹을 수 있으리라.

어쨌든 잘리어는 여전히 평화로운 모양이군.

그는 나라를 두고 가버린 왕에 대한 질책과 협박을 무시하고 마구간으로 향했다. 오늘도 발루아를 크게 한 바퀴 돌아볼 생각이었다.

"워, 워."

성을 나서리라는 걸 일찍이 고려했는지 에르완은 그를 위해 미리 말을 준비해주었다. 한창 힘이 좋을 시기의 명마였는데, 갈기가 억세고 다릿심이 대단해 놈에게 먹이를 주다가 발길질 당해 크게 다친 이가 한둘이 아니라 전해 들었다. 그게 헛소문은 아니었는지 바스티안 또한 안장에 오를 때마다 놈과 힘겨루기를 해야 했다. 등에 뭔가 얹히기만 하면 발악을 해대니 다루기가 쉽지 않았다.

오늘도 마찬가지였다. 놈이 바스티안을 보자마자 슬금슬금 도망치는 통에 성을 나서기까지 한 시간이 넘게 걸렸다. 억지로 끌려나온 게 못마땅한 듯 기회만 노리던 녀석은, 결국 바스티안이 한눈팔자마자 헌신짝처럼 내동댕이쳤다. 목적지까지 정확히 반 남은 지점이었다.

"아야야…… 네놈이 그리 나온단 말이지?"

바닥를 뒹굴다 일어난 바스티안이 이를 갈았다.

푸르르. 그를 비웃듯이 내려다보던 놈은 다른 말보다 훨씬 큰 몸집을 뽐내며 유유히 성으로 돌아갔다. 도대체 에르완은 왜 내게 저런 놈을 준 거야? 혹시 성 밖으로 나가지 말라는 뜻인가? 두고 봐라. 언젠가 온전히 놈을 타고야 말 테니.

"에취!"

엉덩이를 툭툭 털고 일어나다 말고 바스티안이 어깨를 움츠렸다. 때마침 눈을 싣고 흘러온 바람이 꽤 매서웠다. 전쟁만큼이나 이 혹한의 추위를 견뎌내지 못해 병을 얻거나 명을 달리하는 백성도 많지 않을까. 스치듯 그런 생각이 들었다.

우리 명예로운 전사들은 오랜 적을 물리칠 것이다.
여왕께서 전사들을 역사적인 승리로 이끌어주실 것이다.
여왕께 지엄한 영광을!
발루아엔 장엄한 승리를!
적에게는 영원한 안식을!

바스티안은 잠깐 걸음을 멈추고 거리에 덕지덕지 붙어 있는 선전
문구를 응시했다. 우리 여왕께서 가장 원대한 승리를 가져다주실 것
이다. 발루아 곳곳에서 흔히 들을 수 있는 말이었다.

발루아는 마치 살아 있는 신을 숭배하는 듯했다. 그녀의 왕호를 입
에 올릴 때에는 과하리만치 엄숙했다. 골목 하나하나 깊숙이 에르완
을 칭송하는 목소리로 가득했고 그에 대항하는 부르군트에 대한 저주
와 울분으로 끓어올랐다.

그들에게 왕이란, 오랜 전쟁이 만들어낸 절대적인 종교였다. 전쟁
의 종결이라는 낙원으로 이끌 수 있는 유일한 구원자.

이곳에 와서야 바스티안은 에르완이 깨뜨리려는 게 무엇인지 깨달
았다. 전쟁의 종결이란 즉 종교의 폐지다. 환상으로 가꾸어진 정원에
서 신이 스스로 내려오려는 것이다. 그리하여 그들에게 말할 수 있으
리라.

나 또한, 그대들과 같은 사람이라고.

그는 그녀가 기울인 노력의 흔적을 발견할 때마다 마음이 쓰렸다.
시장터를 중심으로 열리는 오일장. 발루아에서 유일하게 사람이 많이

모이는 시장터는 선왕 대까지는 존재하지 않던 곳이었다. 놀랍게도, 발루아에서 물건이 정직하게 거래되는 건 하늘의 별 따기였다.

「서로에 대한 불신이 크기 때문입니다.」

그에 대해 에르완의 대답은 간결했다.

「전쟁을 오래 지속한 나라일수록 품고 있는 역설이 있지요. 전쟁 중 사망률보다 전쟁 후 사망률이 높다는 겁니다.」

「그건 어떻게 그렇게 되지?」

「전쟁 후 급격히 늘어난 부상자와 환자를 국가의 의료보건 체계가 감당하지 못할 때 흔히 일어나는 혼란입니다. 적절한 치료를 받거나 약을 구하기 힘들어지니 암거래와 사기가 성행하고, 그로 인해 서로 간의 믿음을 상실하게 됩니다. 절도와 살인에 대해 엄벌을 내리고 있으나 한계가 있는 게 사실입니다. 그나마 선왕 때 세워진 보호시설과 구조물자로 연명하고 있지만, 턱없이 부족하지요.」

「그럼 백성들은 병에 걸리면 더 혼란스럽겠군.」

「발루아 인들은 불신과 배척이 깊습니다. 평범해 보이는 사람조차 집안에 흉기 두어 개는 지니고 삽니다. 단 한 번 휘두르는 것으로 사람 목숨은 우습게 앗아갈 수 있는 것으로 말입니다. 거기다 꽤 잘 다루지요.」

「허어…… 그런 걸 아무렇지 않게 휘두르게 된단 말인가?」

「그래서인지도 모르겠습니다, 폐하처럼 성 밖으로 나서서 그들의 생활을 가까이서 들여다볼 생각을 하지 못한 건. 저의 방문이 누군가에게 큰 위협이 될 수 있을 테니까요.」

덤덤한 목소리였지만 그 속에 깊이 묻은 안타까움이 보였다. 활발하고 생기 넘치는 잘리어의 골목 곳곳을 돌아보며 그녀가 처음에 얼마나 놀란 표정을 지었는가. 발루아에 직접 들어와본 지금에서야 온전히 그 반응을 이해할 수 있었다. 반대로 그 또한 이런 발루아의 모습에 놀라고 있었으니까.

바스티안은 찬 공기 속을 찬찬히 걸었다. 뛰다가 넘어진 어린아이에게 손을 내밀었다가 그 어미에게서 맹렬한 경계의 눈빛을 받고 말았다. 잔뜩 겁먹은 그림자 두 개가 종종걸음으로 떠나자 또다시 혼자가 되었다.

저런 어린아이까지 똑같은 눈을 하고 있다니.

왠지 모를 씁쓸함을 느끼며 걸음을 돌렸을 때였다. 이전엔 대수롭지 않게 스쳐지나갔던 골목길에서 진귀한 풍경이 벌어지고 있었다. 내가 잘못 보았나? 바스티안은 걸음을 뚝 멈추고 스르르 뒷걸음질 쳤다.

발루아에 온 뒤 단 한 번도 사람들이 모인 광경을 보지 못했다. 그런데 이 골목길 안에는 유독 사람들이 모여 있었고, 아닌 척하지만 모두가 한쪽을 흘끗흘끗 살피며 제 차례를 기다리고 있었다.

뭔가 냄새가 나는데?

바스티안은 최대한 위화감 없이 줄 끄트머리에 따라 섰다. 끝도 없이 이어진 줄을 보다 보니 하나의 공통점이 보였다. 눈이 새빨갛게 충혈된 사람, 다리가 다친 사람, 얼굴이 누렇게 뜬 사람…… 그렇다. 모두 어딘가 아픈 환자들이었다.

"누구시오? 못 보던 얼굴인데."

낯선 목소리에 고개를 돌렸다. 눈높이가 엇비슷한 청년이 경계 가득한 눈빛으로 바라보고 있었다. 바스티안은 당황하지 않고 몸을 돌렸다.

"아마 같은 목적으로 온 것 같은데."

"아, 당신도 진료받으러 온 거요?"

은밀하게 속삭이는 목소리는 거의 들리지 않을 정도로 작았다. 역시 저 골목 안쪽에 의원이 있는 거로군.

바스티안 또한 귓속말하듯 목소리를 낮추었다.

"예. 소개를 받고 왔습니다. 이곳에 계신 분이 명의라는 소문을 들어서요. 복통이 무척 심합니다."

"그래, 실력은 정말 확실하지. 우리 같은 가난한 백성들도 돈을 안 받고 돌봐주시고 말이야. 빨리 대기에 올리기나 하게. 지금이라면 사흘 뒤쯤 진료를 볼 수 있을 거네."

"아니, 복통에 사흘씩이나 걸립니까?"

바스티안이 놀라 묻자 그가 검지를 입술에 갖다 대며 쉿 소리를 냈다.

"조용히 좀 하게. 다 알면서 왜 이러나. 보호시설 외에 의료행위가 금지되어 있으니 이곳에 사람이 몰리는 건 당연하지."

"허어, 그럼 여기 줄 선 사람들은 전부 사흘씩 기다리는 겁니까?"

"당신, 소개받고 왔다더니 정말 아무것도 모르는군. 복통이라 해서 사흘로 쳐준 거지, 이 중에는 일주일 넘게 대기한 사람도 허다하다오. 전부 오늘 진료를 받기 위해 기다리는 중이지."

바스티안은 놀란 눈으로 다시 골목을 꽉 메운 줄을 훑었다. 도저히 한 명이 하루 안에 볼 수 있는 인원이 아니지 않나. 당최 납득이 가지 않아 더 물어보려다 괜한 의심을 살 것 같아 입을 다물었다.

조금 더 돌아보자 관계자처럼 보이는 이가 눈에 들어왔다. 바스티안이 다가가자 흘끗 올려다보곤 감추고 있던 종이뭉치를 꺼냈다. 대기순번을 기입해둔 수첩인 것 같았다.

"이름은?"

깃펜이 종이 위를 빠르게 스쳤다.

"바스티안입니다. 옆 동네 의원님의 소개로 왔습니다. 며칠 전부터 제 어린 동생이 복통을 호소하며 누워 있거든요. 어느 의원님께 진료 받을 수 있을까요?"

"원하는 분이 계시오?"

그가 흘긋 눈을 올리며 물었다. 의원이 한 명이라면 나올 수 없는 물음이었다. 적어도 두 명 이상이라는 뜻이군. 바스티안은 생각에 잠긴 것처럼 턱을 문질렀다.

"이름이…… 분명 들었는데 기억이 나지 않는군요."

"아마 카시어스 님일 겁니다. 알레테아 님은 뼈와 관절을 잘 보시지요."

"그렇습니까. 그럼 그분께 부탁 좀 드리겠습니다. 사흘 뒤에 오면 되겠습니까?"

"어린아이가 아픈데 그리 길어서야 되겠소. 내일 동이 트자마자 바로 오시오."

"감사합니다."

무언가를 빠르게 휘갈겨 넣은 남자가 뒤돌아 걸어갔다. 꽤 은밀하게 보는 진료인 듯한데 조금의 의심도 받지 않고 만날 기회를 얻게 되다니, 운이 좋았다. 바스티안은 만족스러워하며 골목을 나섰다. 국가의 허가를 받지 않고 빈민들을 치료하는 의원이라. 허세만 가득한 정의의 사도일지, 사명감을 타고난 진정한 의원일지는 직접 봐야 알겠지만, 발루아에서 만나고 싶은 이가 생겼다는 것만으로 충분히 의미 있었다.

"폐하!"

삐이익.

그때였다. 골목으로부터 멀어졌을 때 익숙한 목소리에 귀가 이끌린 건.

"오랜만이네, 에셀레드 경."

바스티안은 급하게 달려오는 낯익은 얼굴을 향해 손을 흔들어주었다. 에셀레드는 빠르게 달려와 겨우 숨을 돌렸다.

"하, 정말이지. 홀로 나오시면 어떡합니까. 성을 나설 때에는 제가 보낸 수하들을 반드시 대동해주십사 부탁드리지 않았습니까."

"도무지 쓸모가 없어서 말이야. 이렇게 나 홀로 나올 수 있었던 걸 보면 모르겠나? 챙겨야 할 혹이 더 늘어날 뿐이지."

에셀레드가 금세 말문 막힌 표정이 되었다. 바스티안이 잠깐 눈 떼는 사이 사라졌다며 발을 동동거리던 그들이 떠올랐다. 그래도 수하들 중에 눈치 빠르고 영민한 자들로 선별한 것인데, 천성이 고지식한 발루아 인들이라 바스티안을 감당하기엔 역부족이었던 모양이다. 그가 한숨을 푹 쉬는 사이 바스티안은 같이 온 독수리를 살피고 있었다.

"비올라가 데려다준 모양이로군. 오늘은 멀리 나가지 않았던 모양이지?"

"예. 폐하가 어디 계시느냐고 물어보았더니 곧장 안내해주었습니다. 정말 신기할 정도로 사람을 잘 찾는군요."

"명색이 니세포르 뒤라스가 아닌가. 그런데 어쩐지 기운이 없어 보이는데. 어디 아프기라도 한 것이냐?"

사뭇 다정한 안쓰러움이 묻은 말투였다. 비올라가 검고 큰 눈을 느리게 깜박거리다가 고개를 푹 숙였다. 엄살이라고 생각할 수 없을 정도로 생기가 없다. 손이 미끄러질 듯 부드럽던 깃털이 가을날의 낙엽처럼 퍼석거렸다. 막 발루아에 와서 신나게 날아다니던 모습은 도저히 떠올릴 수 없었다.

"몸살이나 열병 따위는 아니겠지요. 저들의 가죽은 날카로운 창으로도 꿰뚫지 못할 정도인데, 이 정도 추위에 굴복할 리가."

"일생을 잘리어에서 보내지 않았나. 체질은 태생적인 것일 뿐, 살아온 환경에 의해 얼마든지 바뀔 수 있지. 내 걱정은 하지 말고 먼저 가 있거라, 비올라."

몇 번이나 고개를 젓는 비올라를 채근하며 날려 보내고, 바스티안은 그제야 에셀레드를 보았다.

"그러고 보니 자네도 참 오랜만이군. 사흘 만인가? 많이 수척해졌는데."

"하하, 아무래도 휴전을 해제했으니 바쁜 시기지요."

"그런데 걱정했던 것과 달리 내게 관심을 가지는 이가 없군. 다행이라 해야 하는 건가?"

"그러게 말입니다. 폐하께서 이렇게 존재감이 없으실 줄은 몰랐습니다. 아예 안중에도 없던걸요. 정말 다행입니다."

"……이거 은근히 기분 나쁜데."

"그런데 뭘 보고 계셨습니까? 골목에서 나오시던데."

에셀레드가 거듭 뒤를 돌아보며 궁금해했다. 바스티안이 고개를 설레설레 저었다.

"자네가 알면 안 좋은 거."

"예? 제가 알면 좋지 않은 거라니. 더 궁금해지는데요."

"정확히는 자네가 아니라 자네 같은 왕성에 속한 자들 말이지. 그건 됐고, 에르완은 오늘도 회의인가?"

"예, 당연히. 새벽부터 진행하셨습니다."

"언제까지 하지?"

"아마 내일 새벽까지요."

"어이없군. 잠을 자기는 해?"

"글쎄요."

"……."

그 말인즉, 사람이 깨어나 움직이는 시간 동안은 절대 그녀를 만날 수 없다는 뜻이었다. 바스티안이 가볍게 한숨을 내쉬었다. 사실 그녀를 만나려고 시도하지 않은 건 아니었다. 일어나기 죽도록 힘들었던 아침, 점심, 따분하여 한 번쯤 쉴 법한 오후, 저녁, 일과를 마무리할 법한 밤…… 수없이 찾아가보았다. 물론 왕을 알현할 수 있냐는 바보 같은 물음을 던지지는 않았다. 다만 새로 들어온 시종인 척, 여왕에 대한 존경심에 가득 차 일과를 물어보는 척 캐내었을 뿐이다.

"그래서 언제까지 계속한다던가? 집무실에 틀어박혀서 종일 보고만 받는 거 말이네. 듣자하니 거의 뜬눈으로 식사를 거르면서까지 일하고 있다던데."

"한번 시작하면 언제 끝날지는 알 수 없어요. 저희 폐하께서는 대신급부터 말단들에 이르기까지 모두의 이야기를 다 들어보시거든요. 이런 시간이 왕왕 있는데, 말단들에게는 큰 기회지요. 평소에는 간언하고 싶은 일이 있어도 천장에 가로막히곤 하니까요."

"힘든 기색은 없어?"

"……아? 네?"

"그녀가 힘들어하지 않느냐고. 자네는 주변에 있었을 테니 잘 알 것 아닌가."

"……."

"왜 대답이 없어?"

갑작스레 찾아온 침묵 끝에 에셀레드가 어색하게 이마를 긁적거렸다.

"글쎄요, 인간이라면 물론 힘들겠죠. 그만한 일정은 정말 살인적이거든요. 그런데 저희 폐하께서 힘드실 거라는 생각은 별로 안 해봤네요. 일생 그런 생각은……."

"……."

"그래요, 저희 폐하께서도 힘드실…… 수 있겠군요."

모래알 씹듯이 어색한 투였다. 익히 예상했던 반응에 바스티안은 그리 놀라지도 않았다. 아마 여왕의 측근들 모두가 이 질문을 받으면 똑같으리라 생각했다. 모두가 왕인 그녀를 우러러보고 왕인 그녀를 원한다면, 바스티안은 감히 그녀 자체를 염려하고 바란다 하겠다. 왕의 책임이 막중하고 그 어깨에 걸린 것이 아무리 많다 해도 하나 정도는 있어도 괜찮지 않나. 왕이 아닌 에르완을 걱정하는 사람이 하나쯤은.

"내가 이리 감상적인 인간인지 처음 알았군."

바스티안이 헛웃음 치며 중얼거렸다. 발루아에서의 제 역할을 찾은 듯했다.

✦ ✳ ✦

다음 날 바스티안은 마을에서 어린아이 하나를 찾아 데리고 앨버트 의원이 있는 골목으로 찾아 들어갔다. 아침 이른 시각이라 어제와 같은 기나긴 대기줄은 보이지 않았다. 눈을 비비면서 나타난 남자가 그들을 보더니 얼른 길을 안내해주었다.

더럽고 구불구불한 통로 끝에, 판자를 대강 덧대어 만든 듯한 남루한 집이 나왔다. 바스티안이 잠깐 걸음을 멈추고 허름한 건물 외관을 훑어보았다.

"여깁니까? 환자를 치료한다는 곳이."

"그래요. 어서 들어가보오. 동생이 아주 아프다고 하지 않았소."

바스티안이 데려온 아이는 그가 시킨 대로 착실히 배를 감싼 채 끙끙거리는 연기를 하고 있었다. 들어가서 진료를 볼 때에도 마찬가지일 것이다.

문을 열고 들어가자 생각보다 젊은 남자가 기다리고 있었다. 암녹색 눈을 가진, 무표정할 때에는 화나 보이는 인상의 남자였다. 카시어스 앨버트라 했던가? 바스티안이 한 가지 특이한 점은, 그의 다리가…….

"앗, 절름발이다! 절름발이!"

아이가 신이 난 듯이 다리를 가리키며 외쳤다. 딱딱하게 굳어져 있던 카시어스의 얼굴이 마법처럼 풀어졌다.

"그래, 얘야. 아저씨가 다리가 좀 불편하단다. 우리 꼬마 숙녀분은 어디가 안 좋을까? 이리 앉아서 아저씨한테 이야기해주겠니?"

"네!"

"잘 좀 부탁드리겠습니다, 의원님."

아이가 쪼르르 가서 의자에 앉자 바스티안이 영락없는 보호자가 되어 허리를 굽실거렸다. 카시어스는 그에게 가볍게 목례한 다음 아이를 살피기 시작했다. 아이는 오기 전 바스티안이 가르쳐준 증상을 낭랑한 목소리로 읊었고, 카시어스는 그에 맞는 물음을 차례로 던졌다.

"배가 어느 쪽이 아픈지 말해줄 수 있느냐? 자, 봐라. 여기가 오른쪽, 여기가 왼쪽. 윗부분과 아랫부분 중 어디가 불편하지?"

"어…… 아래쪽이 아파요."

"찌르듯이 아픈 것이냐, 아니면 아팠다 안 아팠다 반복하는 것이냐?"

경비의 눈을 피해 불법적인 진료를 하는 것치고 카시어스는 꽤 정중하고 신사적이었다. 그사이 틈틈이 살펴본 결과 바스티안은 그가 은퇴한 지 별로 안 되는 군의관이리라 짐작했다. 물건을 정리하는 방식, 딱딱하고 각진 어투, 절도 있는 몸짓, 그리고 다친 다리.

발루아는 항시 전시 체제이기 때문에 곧장 실전에 투입할 수 있는 인력이 필요하다. 이런 부상자는 낙오될 수밖에 없다.

"아무래도 급체인 것 같군요. 영양실조인데 음식을 급하게 먹은 것 같습니다."

"그럼 어떻게 해야 합니까, 의원님."

바스티안이 금세 아이를 걱정하는 보호자가 되어 물었다.

"다행히 증상이 심하진 않습니다. 아이의 영양을 보충할 수 있게끔 약을 지어드리겠습니다. 잘 먹이고 재워주십시오. 혹시 열이 나거든 즉시 아이를 데리고 오셔야 합니다."

"저, 그런데 의원님. 정말 감사하고 죄송하지만, 저어, 제가 내어드릴 돈이 없습니다."

"괜찮습니다. 이곳에 찾는 사람들 대부분이 그러니까요. 감사한 마음으로 충분합니다."

카시어스는 어서 나가보라는 뜻으로 문을 가리켰다. 돈을 받지 않는다니? 땅이라도 팔아 운영하는 건가? 바스티안이 의아해하며 아이를 데리고 나가자 기다렸다는 듯 여자가 다가왔다.

"안녕하세요. 이쪽으로 따라오셔요."

"저어, 제가 안쪽에 계신 의원님께도 말씀드렸는데, 지불할 돈이 없는데 정말 괜찮습니까?"

"네, 괜찮아요. 저희 오빠가 원체 딱딱해서 걱정되신 거죠? 다들 나오면 그렇게 말씀하신답니다. 이 발루아에서 치료를 받은 것도 감사한 일인데 돈까지 안 낼 수는 없다며."

오빠와 달리 알레테아는 밝은 기운으로 넘치는 여인이었다. 아이를 앞혀두고 약을 제조하는 동안 바스티안이 은근슬쩍 말을 걸었다.

"저, 그런데 카시어스 님이 혹시 군의관으로 계셨었습니까?"

"어머! 그걸 어떻게 아셨어요?"

알레테아가 깜짝 놀라며 약을 빻다가 멈추었다. 바스티안이 쑥스럽다는 듯 이마를 긁적였다.

"그게, 군에서 잠깐 지냈었거든요. 언젠가 뵈었던 기억이 있어서."

"그러시군요! 이런 우연이!"

"뛰어난 분이셨는데 어떻게 군에서 나오시게 된 겁니까? 제가 있을 때만 해도 군의관으로서 활약하고 계셨는데."

"아, 그 뒷일은 모르시는군요. 적군의 공격을 피해야 하는데 다른 병사를 돕다가 그만 다리에 화살을 맞고 말았어요. 몸이 불편하여 잘 따라다니지 못한다는 이유로 군의관 자격을 박탈당했구요. 지금은 보시다시피 힘든 사람들을 위해 일하고 있답니다."

"그런데 왜 굳이 이런 곳에 계신 겁니까? 국가에서 운영하는 보호시설에 자원하셔도 될 것 같은데."

"발루아의 현실을 잘 모르시나 보군요."

알레테아의 입술에 자못 씁쓸한 미소가 스쳤다.

"발루아는 말예요, 전쟁 국가예요. 적군을 쓰러뜨리고 나라를 점령해야 하기 때문에 전쟁에서 쓸 수 있는 인력과 자원을 가장 귀하게 여기죠. 그렇지 못한 사람은 어쩔 수 없이 낙오되기 마련이고요. 여길 만든 이유는 단 하나예요. 아프지만 보호시설에 들어갈 수 없는 사람들을 도와주기 위해서."

"그럼 국가에 조금 더 도움을 요청해보는 건 어떻습니까? 적어도 위생적인 치료를 할 수 있는 건물과 기구만이라도 지원을 받으면 훨씬 나을 텐데요."

"군에 계시다 나오셔서 그런지, 발루아에 대한 믿음이 무척 큰 모양이에요."

알레테아가 다리를 굽혀 침대에 걸터앉은 아이와 눈높이를 맞췄다. 갈아 만든 약을 달콤한 잼에 섞어 주자 아이는 그릇까지 뺏어서 핥아 먹었다.

"안타깝게도 이곳이 발각되면 저흰 전부 죽은 목숨이에요. 발루아 법은 아주 옛날부터, 전투능력이 없는 백성은 완전히 배제시키고 있기 때문이에요."

"이상하군요. 발루아의 왕은 이런 곳이 있다는 걸 알면 무척 기뻐할 텐데."

"폐하를 무척 잘 아시는 것처럼 말씀하시네요."

웃음기 섞인 말에 뜨끔하여 입을 다물었다.

"그럴 리가 있겠습니까. 아닙니다, 아니에요."

"다행이에요. 폐하를 아는 사이라면 분명 높으신 분일 텐데, 저는 그런 분께 불법적인 의료행위를 고백한 거나 마찬가지거든요."

"여왕 폐하는 좋은 분이 아닙니까?"

"아뇨, 맞아요. 우리 여왕 폐하는 위대하고 상냥한 분이지만, 국가의 입장에선 우선순위가 있게 마련이니까요. 글쎄요, 직접 뵐 수 있다면 뭔가 달라질 수 있을지 모르지만……."

"대신이라기엔 뭣하지만, 제가 여기서 일을 도와드리는 게 어떻습니까?"

"네?"

알레테아가 눈을 동그랗게 뜨며 되물었다.

"괜찮다고는 하셨지만, 돈을 내지 않은 게 못내 죄송스러워서 말입니다. 몸으로 갚겠습니다."

"의료에 관심 있으신 건가요? 배우시기에 여기는 너무 열악한데……."

"저도 아예 문외한은 아닙니다. 아까 절구로 빻은 건 베첼 꽃이지요? 꽃잎, 줄기와 뿌리까지 전부 약용으로 쓰이는 식물 말입니다. 부족한 영양을 채워주지만 특유의 치즈 썩은 냄새 때문에 먹기가 쉽지 않죠. 그래서 딸기잼으로 냄새를 덮은 거지요?"

"아니, 그걸 어떻게……. 설마 오빠와 같은 군의관이셨나요?"

"그렇다고 해두죠. 어쨌든 허드렛일이라도 맡겨주시면 열심히 하겠습니다. 제 동생을 치료해주신 은혜를 갚게 해주세요."

"난처하군요. 저 혼자 정하기가 어려운 문제라서……."

"두 분만으로 진료하기 어렵지 않았습니까? 그래서 당신도 의원이면서 이렇게 약을 제조하여 먹이는 일을 동시에 하는 거고요."

문제점을 정확히 짚는 말에 알레테아의 고민이 더욱 깊어졌다. 그녀는 한참을 주저하다 조심스럽게 입을 열었다.

"그럼 좀 부탁드려도 될까요? 오빠에게는 나중에 이야기할게요. 일손이 많이 부족하긴 하거든요. 조금이라도 의료지식이 있는 분이 도와주시면 큰 힘이 될 거예요."

"그럼요. 영광입니다. 앞으로 잘 부탁드리겠습니다."

이와 같은 결정을 내린 건 비단 발루아를 위해서만은 아니었다. 눈대중으로 보아도 카시어스의 실력은 꽤 나쁘지 않았고 여동생인 알레테아의 솜씨 또한 궁금해졌기 때문이다.

잘리어의 의료체계가 우수하다곤 하지만, 혹한의 추위 속에서 질병과 부상을 다룬 발루아의 의술에서 분명 배울 것이 많을 것이다.

발루아와 잘리어는 많은 면에서 상반된 나라다. 두 나라를 맞춰 끼우면 본래 하나였던 것처럼 꼭 들어맞는다. 그만큼 서로에게서 배울 것도, 보완할 수 있는 점도 많다는 뜻이었다. 바스티안은 자신이 에르완을 만나 변한 만큼 두 나라 또한 그럴 수 있기를 바랐다.

✦ ✳ ✦

발루아로 온 지 보름. 에르완을 보지 못한 것도 보름째 되는 날이었다.

바스티안은 성을 나설 때마다 카시어스와 알레테아의 의원에 들러 일을 도와주었고, 그가 가지고 있는 지식과 잘리어에서 가져온 의료기구들을 나눠주었다. 국가에서 방치하는 백성들을 돌보겠다는 숭고

한 뜻이 갸륵하기도 하고 실력 또한 나쁘지 않아 은근히 가르치는 재미도 있었다. 처음엔 그저 놀라워하던 남매는 점점 바스티안의 정체에 대해 궁금해하기 시작했다. 평범한 군의관이라 하기엔 지식의 깊이가 상당했던 탓이다.

바스티안은 그들을 도와주는 한편, 에르완을 만나러 찾아가기를 게을리 하지 않았다. 하지만 그녀의 머리카락 한 올 보지 못하고 돌아오길 수십 번. 집무실로 불려오는 신하들의 발길이 끊이지 않고 그녀 또한 방에서 도통 나오지 않으니 얼굴 한 번 보기가 굉장히 어려웠다. 생사확인만이라도 하면 감지덕지할 상황이었다.

여왕의 집무실 앞에 지박령처럼 붙어 있다 보니 나라가 굴러가는 상황은 나름대로 파악할 수 있었다. 최근엔 세 가지 큰 변화가 있었다. 첫째, 부르군트와 발루아가 약속이라도 한 듯 휴전을 파기한 것. 둘째, 양측이 연맹국과 교류하며 전쟁 준비를 서두르는 것. 셋째, 에르완의 혼인 문제가 다시금 추밀원에서 불거진 것.

바스티안이 가지고 있던 사전 지식과 종합해보면 추밀원은 발루아 국왕의 정치 자문기관이자 귀족집단이다. 아홉 개의 가문으로 구성되어 있으며 정책부터 행정, 법, 재정 등 광범위한 영향을 행사하고 있었다. 일상적인 문제는 소수 측근 귀족들과의 상의만으로 처리되어 주로 다섯 가문이 참여하고, 나머지 네 개 가문은 지방에 산재해 있어 국가적 중대 사안을 다룰 때에만 입성한다.

중앙의 파르암 가(家), 바텐베르크 가, 헤이거 가, 에일스포드 가, 다트머스 가, 지방의 그레이 가, 캐번 가, 에롤 가, 허팅던 가, 웨스트미스 가.

바스티안이 보기에 추밀원은 여러모로 역설적인 존재였다. 태생이 정치 자문기관이지만, 필연적으로 왕권을 견제할 수밖에 없는 집단이다. 왕권이 가장 강한 나라에 존재하는 귀족무리라니, 이제까지 살아남은 게 신기하지 않은가. 발루아는 정세로 보나 민심으로 보나 국왕에게 모든 권력이 쏠려 있다. 왕의 입김이 센 만큼 추밀원을 찍어누를 필요는 없었겠지만, 유사시 국왕에게 위협이 될 수 있는지와는 다른 문제였다.

바스티안은 먼발치에서 그들의 모습을 지켜보며 안팎으로 발루아를 파악했다. 발루아를, 에르완을 이해하려는 작은 노력이었다.

하지만 때로 섭섭한 마음이 드는 건 사실이었다.

어떻게 나를! 한 번도 보러 오지 않을 수가 있어!

에르완은 보름째 코빼기도 비치지 않고 있었다. 그 튼튼하다는 니세포르 뒤라스조차 발루아의 찬 공기를 견디지 못하고 몸져누운 마당에 얼굴 한 번 들이밀지 않는 건 너무하지 않나. 물론 이런 불평을 입 밖으로 내는 일은 없겠지만.

며칠간 비실거리던 비올라는 앞서 말했던 것처럼 결국 앓아누웠다. 돌봐줄 사람이 없으니 아쉬운 대로 그가 맡았다. 낯선 땅에 홀로 남았다는 점에서 묘한 동지의식도 있었고.

에르완을 만나지 못하고 방으로 돌아오면 비올라는 힘없이 눈꺼풀을 들어올리며 작게 울었다. 몸체가 워낙 거대해 그의 침대까지 내준 차였다. 타고난 결벽을 생각하면 그로서는 영혼 밑바닥까지 끌어올려 마음을 써준 것이었다.

"약과 먹이는 확실히 챙겨 먹었겠지?"

침대 끝에 툭 걸터앉으며 건넨 말에 비올라가 작게 울음소리를 냈다. 함께 지낸 시간이 제법 되니 이제 어느 정도 의사소통도 가능해졌다. 무엇보다도 비올라가 사람 말을 알아들을 만큼 영리했다.

사실 그로서도 비올라의 병은 처치불능이었다. 아무리 선진화된 의료기술을 보유하고 있다곤 하나 어디까지나 사람에 국한된 지식일 뿐, 같은 약초라도 사람에게는 약, 동물에게는 독이 될 수 있었다. 니세포르 뒤라스처럼 사람과 접촉한 일 없는 희귀종이라 병을 다루기는 훨씬 까다로웠다. 고심하여 지은 약도 잘 들어먹질 않아 얼마나 애먹었던가.

"넌 대체 왜 갑자기 아프고 그러느냐. 잘리어에선 뜯어말려야 할 정도로 씩씩하던 녀석이."

그가 어두운 얼굴로 한숨을 내쉬었다.

"잘리어로 돌아가고 싶으냐. 같이 돌아갈까?"

동공이 보이지 않을 만큼 새까맣고 커다란 눈이 한동안 그를 응시했다. 눈꺼풀이 느릿하게 내렸다 올라갔다. 한참 후에 비올라가 힘없이 고개를 저었다. 아파도, 외로워도 이곳에 남아 있겠다는 뜻이었다. 왜인지 갸륵해져서 비올라를 부드럽게 쓰다듬어주었다.

"그렇지? 나 또한 그렇다. 그러니 최대한 낫도록 하자. 상태가 더 나빠지면 어쩔 수 없이 돌아가야 할지 모르니. 그건 너 또한 싫지 않겠느냐."

삐이익.

기분 탓일까. 녀석의 울음소리가 조금 더 생기 있게 들렸다.

✤ ✳ ✤

잠자리가 불편했던 탓에 바스티안은 밤새 뒤척거리며 잠을 설쳤다.

아무리 안쓰러웠다곤 하지만 역시 비올라에게 침대를 내어주는 건 과했다. 간호하는 동안만이라도 방을 따로 부탁하든, 잠자리는 사수하든 둘 중 하나는 어떻게든 해야겠군.

그렇게 생각하며 무거운 눈꺼풀을 들어보았을 때였다. 밤 어둠 깊이 내리 닿은 곳에 시선이 갔다. 흩날리는 머리카락, 숨죽인 기척, 녹아드는 윤곽, 파고드는 충동. 바스티안은 온 하늘로 퍼져나가는 듯한 황금빛을 안다. 그는 튕기듯 일어나 손을 뻗었다. 손가락을 휘어감아, 단단히 붙잡았다. 상대의 얕은 숨결이 잠깐 멎는 것을 느꼈다.

천천히, 돌아보았다. 시선이 마주쳤다. 검푸른 어둠 속이었지만 더욱 또렷이 보였다.

그녀가 살짝 놀라고 있다는 사실에 왠지 모르게 유쾌해졌다.

"얼마 만에 본 건데 말도 없이 가려고?"

"……일부러 깨울 생각은 없었습니다."

당장 자리를 뜰 생각도 사라진 듯 보였지만, 바스티안은 그녀를 놓지 않았다. 온기가 손바닥 안을 깊숙이 메웠다. 계속 그리던 체온이었다. 이대로 석 달쯤 잡고 있어도 부족할 것 같았다.

"이대로 갔으면 오해했을 거야. 날 계속 찾아오지 않는다고."

"……."

"너무한 거 아냐? 나 여기 와서 한동안 상태가 좋지 않았단 말이야. 니세포르 뒤라스조차 앓아눕는 상황이니 당연하겠지. 지금까지 멀쩡한 것만 해도 기적이라고, 알아? 목이 잔뜩 부어서는…… 목소리가 잠긴 것처럼 들리지 않아? 아아, 아아."

그가 일부러 쉰 목소리를 내며 헛기침을 쏟았다. 목을 부여잡는 꼴이 썩 과장되었으나 그는 뻔뻔하게 눈살을 찌푸리기까지 했다.

"죄송합니다. 사정이 여의치 않았습니다."

사실 에르완은 그에 대해 낱낱이 보고받아 그동안 아픈 기색조차 없었음을 알지만, 그럼에도 불찰을 인정했다. 그녀 또한 그를 더 많이 만나고 시간을 보내고 싶었다. 상대 또한 같은 마음이라 생각하면 그 섭섭함 또한 능히 짐작되는 것이다.

"비올라가 몸져누웠다 들었습니다."

"응, 이렇게 추운 곳은 처음 와봤으니 더 그런 것 같아. 워낙 튼튼한 종이니 금세 털고 일어나지 않을까 싶어."

"폐하께서 직접 돌보시고 계신 겁니까."

"응. 통 못 자는 거 같아서 오늘 잠을 깊이 자도록 도와주는 약초를 조금 넣어봤더니 깊게도 자는군. 내 숨소리에도 깨던 녀석이 당신이 왔는데도 곯아떨어진 걸 보면."

비올라는 사람 두 명은 족히 감싸안을 수 있을 만큼 커다란 날개에 파묻혀 자고 있었다. 물끄러미 새를 내려다보던 에르완이 다시 그를 돌아보았다.

"침대까지 내어주신 데다, 약까지 손수 지어 먹이시는 겁니까."

"으응, 별거 아냐. 그래도 저 녀석 스스로 먹이와 약을 집어 먹으니 다행이지. 만약 내 손으로 떠먹여줘야 했으면…… 상상도 하기 싫은 일이야."

"……."

"그나저나 아쉽게 됐네. 저 녀석이 당신을 봤으면 무척 기뻐했을 텐데."

원래대로라면 에르완이 왔을 때 가장 먼저 알아차리고 반겼을 녀석인데, 이걸 알면 꽤 섭섭해할 테니 비밀로 하는 게 좋겠어. 스치듯 생각한 바스티안이 손에 힘을 주었다.

"그사이 좀 마른 것 같네."

"……."

"잠도 통 못 자는 것 같던데."

결코 가늘다고 할 수 없는 몸이었다. 여성이 타고난 선이 있지만 그 것으로 감별하고 싶지 않았다. 오랜 근면이 배어나는 몸. 손가락, 손 마디마디마다 박여 있는 굳은살이 느껴진다. 제 생과는 완전히 다른 삶. 온몸이 그려내는 고단함에 안쓰러움이 앞섰으나 동정이나 연민이 제 몫이 아닌 건 알고 있었다.

"폐하."

"응."

그녀의 손을 꾹 쥐었다 놓아주었다, 문지르길 반복했다. 오랜만에 만나 기뻤다. 기척 없이 사라지기 전에 알아차리고 붙잡을 수 있어서 천만다행이었다.

"같이 가주실 곳이 있습니다."

그 말에 정신이 번쩍 들었다. 눈꺼풀을 계속 내리누르던 남은 졸음 이 한꺼번에 가셨다. 만나면 무슨 짓을 벌여서라도—심지어 납치까지 도 생각했다—바깥으로 끌고 나가리라 다짐했는데, 설마하니 먼저 말 할 줄은 몰랐던 것이다.

"어, 그럼, 그럼. 당연하지. 당신이 가자는데 내가 안 갈 리가……."

변변찮은 말을 주워섬기며 허겁지겁 따라나섰다.

에르완은 어둠 속에 깊숙이 삼켜진 통로로 안내했다. 며칠간 발루 아 성을 돌아다니며 세상에 이보다 복잡한 성은 존재하지 않을 거라 생각했는데, 지금 걸어가는 길은 상상을 초월했다. 유사시 왕의 도주로라도 되는 것인가. 사방이 검은 대리석으로 둘러싸여 있는데다 이렇다 할 지표조차 없으니 끝내 방향감각마저 상실하고 말았다. 길을 잃지 않기 위해 틈틈이 성 도면을 그려두던 수고가 소용없어질 지경이었다.

이윽고 들어선 좁은 통로는 성의 일부라고는 믿을 수 없을 만큼 습한 동굴이었다. 양쪽을 양분하여 잘라둔 것처럼 완전한 어둠이었다. 한 치 앞을 가늠할 수 없어 걸음을 멈출 수밖에 없었다.

땅, 땅……

까마득히 먼 안쪽에서 바닥을 치는 소리가 울려 퍼졌다. 뜨겁고 습한 공기가 얼굴에 들러붙었다.

"지금부터 길을 외워두십시오."

벽에 걸린 촛대에 불을 밝히며 에르완이 조용한 목소리로 말했다. 물 흐르는 소리에 귀를 기울이던 바스티안이 퍼뜩 정신을 차렸다. 칠흑 같은 어둠 속에서 초점을 잡기 위해 몇 번이나 눈을 감았다 떴다. 타고난 머리로 이미 성내 구조는 어느 정도 파악했지만, 이곳은 도저히 한 번 보고 외우기는 불가능할 만큼 복잡했다.

"대체 어딜 가기에 그래? 뭐, 잘리어로 순간 이동할 수 있는 통로라도 있는 거야?"

"가보시면 압니다."

실없는 농담에 간단히 응수하며 그녀가 걸음을 옮겼다. 거침없는 속도에 바스티안은 조바심을 낼 수밖에 없었다. 이 까마득한 어둠에 발이라도 헛디딜까 우려가 컸다. 이렇게 걱정하느라 바쁜 인간이 될 줄은 꿈에도 몰랐는데. 그는 반쯤 허탈해졌다.

"발밑을 조심하십시오. 다소 미끄럽습니다."

말을 듣기가 무섭게 휘청거리며 넘어질 뻔했다. 젖은 돌바닥이 빙판길처럼 미끄러워, 반사적으로 벽을 짚어 매달리지 않았다면 볼썽사나운 꼴을 보였을 것이다. 에르완은 철로 뒤덮인 군화를 신고 있으면서 어떻게 저리 멀쩡히 걸을 수 있는지 의아하기만 했다.

"괘, 괜찮아. 조심하지."

엉거주춤, 조심조심, 발밑만 보고 걸어가는 자세가 수치스럽다. 조금 더 내려가니 더욱 가팔라져, 손잡이에 매달리지 않고는 걷기 불가능할 정도가 되었다. 보는 눈이 없는 게 천만다행이었다.

"다 왔습니다."

절벽이나 다름없었던 통로 끝에 탁 트인 지하에 이르자 바스티안은 입을 다물 수 없었다. 낭창하게 흐르는 지하수와 그에 반사되어 짙푸르게 빛나는 돌벽. 오랜 세월이 깎고 조각한 천연 동굴이었다. 성이 거대한 산맥을 등지고 있었지만, 지하수로로 감쪽같이 연결돼 있을 줄은 몰랐다.

허어. 바스티안이 휘둥그레진 눈으로 사방을 둘러보았다. 동굴 안으로 발을 내디디는 건 마치 맑게 갠 밤하늘 속을 걷는 듯했다. 이름모를 광물이 촘촘하게 박힌 벽은 뚫린 천장 위로 보이는 밤하늘과 분간이 되지 않았다. 별똥별이 비처럼 퍼붓는 밤. 이윽고 섬세하게 빛나는 황금색 눈과 마주쳤다. 짧은 시간, 마치 꿈을 꾸는 듯했다.

"이곳은…… 대단하군."

감탄을 자아낼 새도 없었다. 한기를 담은 북풍이 신비롭게 메아리치고 지하수에 닿아 뭉그러졌다. 잘리어엔 세계적인 대문호와 천재적인 화가가 모여 있지만, 그중 누구도 이곳의 광경을 온전히 표현하거나 화폭에 옮길 수 있는 사람은 없으리라 확신할 수 있었다.

"폐하."

정신없이 돌아다니던 시선을 잡아끌었다. 미처 발견하지 못했는데, 지하수로 위에 웬 배가 떠 있었다. 대양으로 나가면 쉽게 발견하지 못할 만큼 적당한 크기였다.

바스티안의 표정이 묘해졌다. 타고난 예감이 발 빠르게 움직였다.

"뭐야, 그 배는? 내가 탈 배는 아니겠지?"

"당장은 아닙니다. 유사시에……."

"알고 있지? 혼자선 타지 않을 거야."

무슨 말이 이어질지 익히 짐작하고 단호하게 말을 끊었다. 에르완의 눈빛이 깊이 침잠했다. 잠시 후 흘러나오는 목소리는 조금 더 낮아져 있었다.

"……비상사태가 일어났을 때 곧장 이 배를 타러 오십시오. 두 달치 식량이 실려 있고 실력 좋은 사공이 항상 대기해 있을 테니 능히 발루아를 빠져나갈 수 있을 겁니다."

"그래서 조금 전 길을 외워두라고 한 거군."

"그리고 또 하나, 지금부터 이것을 몸에 항시 지니고 다니십시오."

바스티안은 제게 들이밀어지는 검을 보았다. 손잡이를 따라 검집까지 새겨진 섬세한 문양에 살짝 감탄했다. 무심코 받아들자 적당한 무게감이 더한 존재감으로 파고들었다. 손잡이를 살짝 쥐어보자 놀라움은 더욱 커졌다. 그의 손을 거푸집에 넣고 찍어낸 듯 꼭 들어맞는 것이 아닌가. 당장이라도 검을 빼보고 싶어졌다. 얼마나 근사한 모습을 드러낼지, 예술작품을 탐미하는 뱀처럼 꿈틀거렸다. 바스티안은 간신히 그 충동을 억누르며 에르완을 보았다.

"폐하를 위하여 특별히 제작한 검입니다. 변변찮은 물건은 드리기 싫은 욕심에 늦어지고 말았습니다. 다행히 손에 잘 맞는 모양입니다."

"이것을…… 챙겨주는 이유는?"

"폐하께서 직접 전장에 나설 일은 없을 테지만, 스스로 몸을 지켜야할 일은 있을지도 몰라 노파심에서 챙겨두었습니다."

"그 노파심에서, 잘리어로 향하는 배도 준비해두었다는 거지?"

"그렇습니다."

바스티안이 검을 들고 있던 손을 떨어뜨렸다.

"딱히 길을 기억해둘 필요는 없었겠어. 혼자 올 일은 없을 것 같거든. 내가 도망칠 때는 당신도 함께겠지."

"저 길을 인도해드릴 수는 있습니다. 하나 함께 발루아를 떠날 일은 없습니다."

"나 혼자 살아남으란 거야? 그럼 내가 여기 함께 온 게 무슨 의미가 있지? 곤경에 처한 당신을 버리고 떠날 거라면."

"폐하께선 사셔야 합니다."

"왜 내게 중요한 여자들은 항상 혼자 살아남으라고만 하지? 도망가라고만 하지? 몇 번을 말해야 알아? 내게 당신은, 위험해지면 버리고 안전할 때만 원하는 그런 존재가 아니라고."

"폐하라도 살아남으셔야 합니다. 타국 땅에서 돌아가시게 할 순 없습니다. 만일 그런 일이 벌어진다면 저는 죽어서도."

"잠깐, 그런 말……."

"죽어서도 눈을 감지 못할 겁니다."

"그런 말 하지 말아줘. 다시 겁쟁이가 되는 건 사양이니까."

"제 말을 꼭 들어주시겠다 확언하십시오."

"대답하지 않으면 여기에서 움직이지 않을 테지?"

"폐하."

한숨과 함께 털썩 주저앉았다. 바닥은 얼음장처럼 차고 축축했지만 조금도 개의치 않았다. 꼿꼿한 태도가 그저 암담했다. 그녀는 유사시에 그 혼자라도 떠나보낼 생각이었다. 가지 않는다고 버틴다면 멱살이라도 끌고 갈 것이 분명했다.

그녀는 그를 살릴 것이다.

그가 그녀를 살리고 싶어 하는 것만큼.

"생각해볼게."

"여지를 둘 문제가 아닙니다."

"당신도 죽어가는 나를 두고 보지 못했잖아. 같은 마음이야."

"……."

"나 혼자 살아남으라 하지 마. 당신도 그 요청이 얼마나 가혹한지 잘 알잖나."

"……준비할 시간은 드리겠습니다만."

간곡한 부탁에 그녀가 한발 물러났다. 그 한 걸음에 얼마나 많은 의미가 담겨 있는지 충분히 알고 있었다. 그래서 감사했다.

"당신이 근사한 걸 보여줬으니 나도 보답을 해야겠지. 아직은 시작도 않았지만."

그가 크게 심호흡하며 몸을 일으켰다. 다행히 그녀는 별다른 말을 붙이지 않고 그를 따라나서주었다.

성을 나서자 기다렸다는 듯 혹한의 바람이 들이닥쳤다. 얼음결정을 품은 북풍에 차가운 밤바람마저 더해지자 모피로는 막을 수 없는 추위가 몰아쳤다.

언젠가 발루아를 방문했던 외교대신이 코를 훌쩍이며 말한 적이 있었다. 발루아는 겨울여신이 전쟁보다 더 매서운 칼날을 휘두르는 나라라고, 사람이 살 만한 곳이 못 된다고. 그때는 외교대신이 말을 과장되게 꾸며낸다며 헛웃음 쳤지만, 이제는 이해할 수 있었다.

이 정도면 가히 살인적인 추위가 아닌가. 앞으로는 적국 부르군트, 뒤로는 동장군이 버티고 있으니 살기에 급급한 게 당연하다. 문화와 예술 따위 그저 사치일 터다. 전쟁을 종결하고 문화를 향유하는 나라를 꿈꾸는 여왕은 신기루를 좇는 것처럼 보였을 것이다.

"……도착했어. 여기야."

춥고 황폐한 거리의 끝자락, 주인 없는 폐허에 도착했다. 바스티안이 멋쩍은 얼굴로 이마를 긁적였다.

"말했다시피 아직 시작하진 않았어. 무너져가던 기둥을 어제 겨우 고쳤거든. 발루아판 직업훈련소인데, 잘됐으면 좋겠는데 말이야."

누군가 버리고 간 집 두 채를 수리하느라 요새 외출이 잦았던 모양이다. 급하게 수습한 창문과 나무를 덧대둔 기둥, 너덜거리지만 제법 쓸 만한 문을 스치듯 보고 이내 간판까지 이르렀다. '교육관' 그리고 '재활소'.

에르완이 입술을 살짝 벌렸다.

"이곳은……."

"보다시피, 백성들을 위한 장소야. 교육관은 누구나 와서 철학과 문학, 예술을 배우고 토론할 수 있고 재활소는 특별히 상이병만을 대상으로 기술을 가르쳐주기 위한 곳이지. 팔다리를 잃거나 해서 싸울 수 없다고 해도 평생 단련한 몸은 그대로잖아. 충분한 지원만 받으면 더 큰 역할로 나라에 기여할 수 있을 거라 생각해."

"이걸…… 혼자 운영하시는 겁니까?"

"같이 할 자들을 계속 찾아보는 중이지. 발루아에는 숨은 인재들이 많더군. 아! 솜씨 좋은 민간 의원도 찾았는데, 언젠가 만나보았으면 좋겠군. 당신이 보면 꽤 좋아할 거야. 그자에겐 재활소 옆에 생길 병원을 운영하게 할 생각이야. 어디까지나 백성들을 위해 말이야."

"……."

"열었는데 파리만 날리면 어쩌지? 민망해서 견딜 수 없을 거야."

유쾌한 웃음소리가 한 차례 높아졌다 사그라졌다. 하지만 에르완은 도저히 웃을 수 없었다. 이것을 두고 감히 보답이라고 생각할 수도 없었다. 요즈음 하루에 두 시간 넘게 잠에 든 적이 없어 눈이 시큰하다. 보통 사람이었다면 쓰러졌을 법한 극한 피로였다. 하지만 바스티안이 세워둔 두 건물을 보자 피로가 눈 녹듯 녹아내리며 형언할 수 없는 감정에 휩싸였다.

일찍이 느껴보았던 감정이었다. 잘리어 길가에 흔하게 놓인 의자가 대제의 고찰과 배려에서 나온 것임을 알았을 때 이러했다.

"에르완? 무슨 말이라도 해봐."

어색함을 견디지 못하고 바스티안이 팔을 툭 쳤다. 그녀는 오랫동안 입을 열지 않았다.

"제가 잘리어를 경애한 이유가 이것이었습니다."

잔잔한 목소리는 마치 고해와 같았다.

"전장을 전전하며 수없이 많은 고비에 부딪쳤습니다. 배신을 당했고 그로 인해 곤경에 처했습니다. 현실이 무너져 내려 암담하기만 했습니다. 끝없이 이어져온 전쟁이 앞으로도 끝없이 이어질 것만 같아서, 이 전쟁을 종결해도 또 다른 전쟁이 발발할 것이 보여서, 이 황량한 겨울에 익숙해진 군주가 되어버려서. 발버둥 친다 한들 어떤 것도 변하지 않을 수 있다고 희망을 내려놓기도 했습니다.”

“……”

“처음으로 연합군을 이끌고 나갔던 전쟁에서 이례적인 승기를 잡은 대신 수만의 아군을 내주었습니다. 그들이 무엇을 위해 죽었어야 했는지 이유를 찾지 못해, 남은 가족들이 가여워 눈물을 흘렸습니다. 사령관은 그보다 더 많은 목숨을 짊어지고 있으므로 한시라도 이성을 놓아버려선 안 되는데, 냉정을 놓치고 말았습니다. 그런데 그들을 위해 흘리던 눈물도 시간이 갈수록 점차 말라갔습니다. 전술을 짤 때에 사람을 사람으로 보지 않게 되었습니다. 그 무감각을 경계하기가 어려웠습니다. 죽음에 익숙해지면서 평화가 찾아올 거라던 믿음을 잊게 되었습니다. 무디고 더뎌졌습니다. 그러다 만나게 된 게 폐하와 잘리어였습니다.”

황금색 눈동자가 느릿하게 그를 돌아보았다. 고독하고 서글픈, 어둠을 밝히는 눈이었다.

“잘리어는 마치 제가 꿈꾸던 그대로를 조형해놓은 듯했습니다. 평화롭고 풍요로웠습니다. 모두가 아침 해를 맞이하며 눈을 떴고 신에게 감사하며 하루를 떠나보냈습니다. 마을 곳곳에서 맑고 높은 웃음소리가 들렸습니다. 너무나 아름다워서 차마 만지지 못하는 꽃과 같았고, 딱 그만큼 다가가지 못하는 신기루였습니다. 그리하여 떠올렸습니다. 전쟁을 끝내면 모든 사람이 한없이 선해지고 형제자매가 될 것이라 염원했던 그때를.”

“그래서 전쟁을 끝맺고자 하는 의지가 더…… 강해졌다는 듯 들리는군.”

“발루아의 백성들은 태어났을 때부터 증오를 배웁니다. 가까이는 가족과 친척, 멀리는 이웃까지 부르군트 군에게 목숨을 빼앗겨왔지요. 사방이 온통 적이니 싸우고 미워하는 법밖에 배우지 못했습니다. 피를 흘리고 탐닉하는 법, 전쟁으로부터 이득과 권력을 얻는 법…….발루아는 그 모든 것들에 익숙해질 수밖에 없었습니다."

"……어려운 문제네. 나는 머리 아픈 것에 약해."

"폐하."

진지한 목소리가 다시금 주의를 잡아끌었다.

"혹 원하시면 언제든지 이 발루아를."

"알아, 알아. 다음 말은 하지 않아도 안다고. 원하면 발루아를 떠나서 잘리어로 돌아가라는 거지? 당신 뜻은 충분히 알겠으니까 더 말하지 않아도 돼."

"아니, 그 말이 아닙니다. 저는 폐하께서 이곳에 머물러주시기를 바랍니다. 오늘로 분명히 깨달았습니다."

"……."

"저는 폐하와 함께 있기를 바랍니다."

바스티안이 순간 귀를 의심했다. 발루아에 온 이후, 아니, 배를 타고 잘리어를 떠난 이후 귀에 딱지가 앉도록 들은 게 돌아가라는 말이었다. 그런데 이제는 함께 있기를 바라? 머리가 다 얼얼했다.

"원하신다면 군무회의에 참석하셔도 좋습니다."

"어……."

"함께 가주셨으면 합니다. 위험하지 않은 경계선 내에서라면 어디든."

확고한 의지를 품은 말이었다. 바스티안은 여전히 이 상황을 믿지 못하고 눈도 깜박이지 못했다. 그녀가 스치듯 웃는 것처럼 보였으나 잔상처럼 빠르게 지나쳤다. 다시 성을 향해 방향을 트는 걸음에 그가 번쩍 정신을 차렸다.

"잠깐. 벌써 들어가려고? 조금 더 쉬다가."

"충분히 쉬었습니다."

"언제? 정신없이 돌아다녔는데 뭘 하며 쉬었다는 거야?"

"폐하와 함께 있지 않았습니까. 그것으로 충분한 휴식이었습니다."

"……."

"벌써 동이 텄습니다. 폐하와 함께 있을 때에는 시간이 무척이나 빨리 가는군요."

담담히 읊는 말은 달콤하고 야릇하게 속삭이는 목소리보다 더 깊숙이 파고든다. 그림자 하나 보이지 않는 고요함 속인데 가슴속은 요란스럽기 짝이 없다.

폐하, 폐하! 마침 골목 건너편에서 누군가의 외침이 울려 퍼졌다. 바스티안이 방향을 가늠하며 시선을 돌렸다.

"누가 찾는 모양인데. 나 숨을까?"

"여기 계십시오."

"그래도 돼? 당신이 곤란해질 텐데."

그녀의 혼인에 민감한 건 추밀원뿐 아니라 전 백성이라고 해도 과언이 아니었다. 이 새벽에 수행원이 아닌 남자와 함께 있었다는 것만으로 그녀를 얼마나 피곤하게 만들지, 우려가 컸다.

"상관없습니다."

자리를 피해주려는 바스티안을 오히려 에르완이 막았다. 멀리서부터 급하게 달려오는 부하들을 응시하며 잘됐다는 듯이 말했다.

"폐하를 처음 소개하는 자리가 되겠군요."

"저들의 반응이 무척 두려운데, 난."

"폐하!"

그들은 적당한 간격을 두고 말에서 내려 그녀 앞에 부복했다. 절도가 몸에 배어 있어 보는 이마저 자연스레 숙연하게 만들었다.

"폐하, 한참 찾아 헤맸습니다. 어찌 호위 병력도 동행치 않으시고 나와 계십니까. 무슨 변이라도 생길까 무척 걱정했습니다."

"잠시 밤마실을 나와 이제 막 들어가려던 참이다."

"그러십니까. 다음부터 성을 나서실 때에는 꼭 소신들을 불러주십시오. 방해되지 않는 선에서 엄호하겠습니다."

바스티안이 슬쩍 눈을 굴렸다. 기사는 총 넷, 그레더니어를 상징하는 문장이 선명히 새겨져 있었다. 숨이 거친 것을 보니 꽤 혼비백산하여 왕을 찾아 헤맨 모양이다. 하긴 원래라면 혼자 성을 나서는 일이 없었을 텐데, 잘리어에서부터 자신과 쭉 둘이서 밖에서 놀았으니 발루아에 돌아와서도 자연스레 나오게 된 것이다. 그로 인한 변화였다.

"그레더니어 기사들입니다. 단장 세베르, 사이러스, 노버트, 시빌 경입니다."

에르완은 부복해 있는 기사들을 하나하나 짚어가며 소개했다. 항구에서 멀리서나마 본 적 있는 세베르 단장은 우직하고 강인한 인상이었고 노버트와 시빌은 처음부터 흘끔흘끔 훔쳐보고 있었다. 세베르가 뒤늦게 고개를 들었다.

"그런데 폐하, 옆에 계신 분은 누구신지 여쭈어도 되겠습니까."

얼굴도 본 적이 없고 이 나라 사람도 아닌 것처럼 보인다. 그런데 사라진 여왕과 함께 있었던데다 자연스럽게 눈을 맞추고 이야기 나누는 모습을 보이니 의문이 생길 수밖에. 그 답을 알고 있는 사이러스만 제외하고 모두의 시선이 몰려들었다.

바스티안은 다짐했다. 그녀에게 저지른 몇몇 무례한 행각들은 무덤까지 가지고 가야겠다고. 잘하면 칼도 맞겠는걸.

"그는 잘리어의 왕으로, 발루아로 귀환할 때 동행했다. 피차 번거로울 것을 대비해 공식적으로 알리지 않았지만, 경들에게 언질을 주는 건 그의 안전을 당부하고 싶어서네."

"잘리어의 폐하께서 어찌……?"

세베르가 놀라움을 감추지 못했다.

"외람되오나 폐하, 혹시 잘리어도 우리 연맹국에 협력하는 것입니까?"

"아니, 그렇지 않다."

"그렇다면 이번 전투에 병력을 대기로 한 건지요?"

"그 또한 아니다. 이번 방문은 그 어떤 정치적, 외교적인 의미도 포함하고 있지 않아."

"죄송합니다. 소신의 짧은 생각으로는 이해가 어렵습니다."

"그는 짐의 벗이다."

"예?"

"바스티안 샤른호르스트. 따뜻한 나라의 햇살 같은 왕이다. 짐은 그가 이곳에 머물며 불편하지 않기를 바란다. 그의 신분 또한 이 자리 밖으로 누설되는 일이 없어야겠지."

"감히 여쭙기 송구하지만 폐하, 추밀원에는 말씀하지 않을 생각이신지요?"

"때가 되면 소개할 생각이다. 짐의 친애하는 벗이자 둘도 없을 동반자로."

세베르의 눈이 커졌다. 두 왕의 친밀한 사이를 알고 있던 사이러스마저 놀란 눈치였다. 왕의 벗. 바스티안은 묘한 감동에 휩싸여 그녀를 바라보았다. 말로 정의하기 복잡하고 어려우며 온갖 수식이 다 붙을 수 있는 관계임을 알면서도, 그 모든 감정과 마음을 갈무리하여 한 단어 안에 꾹꾹 눌러 담은 게 장하게 느껴지기도 했다.

바스티안은 그녀와 눈을 맞추었다. 감정 한 줌 느껴지지 않는 눈동자는 마치 은밀한 편지가 담긴 봉투 같았다. 안을 훔쳐보기 위해 햇빛에 비추어 보아도 단 한 글자도 보이지 않는, 하지만 두툼한.

"저희 그레더니어는 폐하께서 바라시는 대로 움직입니다."

"폐하의 바람이 곧 저희의 임무입니다."

충성 어린 맹세들이 이어졌다.

바스티안은 어쩔 수 없는 감격에 손으로 얼굴을 덮었다.

낭패다. 노력하면 생살을 찢어내는 심정으로라도 보내줄 수 있을 것 같았는데, 이제는 도저히 돌이킬 수 없는 마음이 되고 말았다.

✦ ✳ ✦

에르완이 열어준 덕에, 바스티안은 처음으로 그녀의 집무실을 들여다볼 수 있었다. 넓은 구조와 깨끗한 정돈에 놀랄 새도 없이 곧장 군무회의로 끌려갔다. 회의장엔 보좌관으로 보이는 이가 여럿 서 있었는데, 주 보좌관 하나만 두고 그 아래로 일을 하달한 바스티안과 달리 에르완은 직접 그들에게 업무를 분배해주었다. 갑작스레 나타난 바스티안이 누군지 다들 궁금해할 법했지만, 워낙 일이 바빠 신경 쓸 겨를이 없어 보였다.

잠시 후 추밀원과 연대장들이 차례로 들어왔다. 며칠간 바스티안이 집무실 근처를 맴돌며 눈여겨보았던 얼굴들이었다. 그들은 세계지도가 중심에 그려진 거대한 원탁 자리를 하나씩 채워나갔다. 조금 더 기다리자 그레더니어 단장과 부단장, 그리고 에셀레드가 들어왔다. 에셀레드는 뒤늦게 바스티안을 발견하고 눈을 휘둥그레 떴지만, 장소가 장소이니만큼 사적인 이야기는 건네지 못하고 자리를 찾아 앉았다.

그는 여전히 '폐하께서 왜 여기 계세요? 아무리 우리 폐하와 사이가 극진하시다 하나 엄연히 다른 나라 왕이신데 타국의 중차대한 회의에 이렇게 들어오셔도 되는 겁니까?'라는 눈빛을 보내고 있었다. 사실은 그랬다. 추밀원과 여왕의 친위대가 모두 참석하는 군무회의는 국가적 기밀을 다루는 자리이고, 에르완과는 가까울지언정 발루아에는 외부인일 뿐이었으니까. 보좌관을 비롯한 인원도 최소한으로 남긴 걸 보면 얼마나 중대한 군기(軍機)를 다룰지 짐작할 수 있었다.

"그대들이 올린 보고는 익히 검토하고 온 참이다. 더 이상의 휴전이 불필요함을 인지하였으므로 그에 따른 새로운 제반사항이 있다면 이 자리에서 마무리 지었으면 해."

"폐하, 그 전에 잘리어의 협력은 어찌 되었습니까?"

가장 먼저 입을 연 건 추밀원의 중심이라고도 할 수 있는 파르암 공작이었다. 노쇠한 몸에 눈가가 잔뜩 주름져 있었지만, 잿빛 눈동자만은 충정으로 가득했다. 슬쩍 둘러보니 추밀원 그 누구도 왕의 권위에 반할 만한 권력은 보이지 않았다. 바스티안은 왕권이 강력한 발루아에서 왕과 추밀원 세력이 어떻게 살아남고 있는지 납득했다.

"그것은 제가 대신 대답할 수 있을 것 같습니다. 아쉽게도 잘리어의 협력은 더 이상 구할 수 없게 되었습니다. 잘리어는 이번 전쟁에 어떠한 영향도 끼칠 수 없는 패가 되었습니다."

이번에 입을 연 것은 사이러스였다. 파르암이 손가락으로 책상을 두어 번 두드렸다.

"잘리어가 거부했단 말이오?"

"그건 아닙니다. 잘리어의 의지와는 무관한 문제입니다."

"잘리어 땅에서 우리 발루아와 부르군트 사이에 충돌이 있었소. 정확히는 짐, 사이러스 경, 에셀레드 경과 보르본 경, 리산더 경과의 대면이었지."

파르암이 여왕을 향해 고개를 조아리곤 다시 입을 열었다.

"그들이 잘리어에 왔단 말씀입니까?"

"아주 본격적으로, 군함까지 끌고 왔었지."

"잘리어와 어떤 작당을 한 것은 아닙니까?"

"그들과 결탁한 건 반역세력이었지, 왕실은 아니었다. 잘리어는 더 이상 어떤 변수도 될 수 없어 앞으로의 작전에서 모두 제해야 할 것이다."

"님펜 성 조약을 임의로 파기하고 군대를 내려 보낸 데 대해 정식으로 항의하였는데도 쉼 없이 움직이는군요. 그들이 요구한 알리아는 어떻게 할 생각이십니까?"

원래대로라면 알리아를 내어주고, 돌아가는 부르군트 함대를 급습할 작전을 세우고 있었다. 지나가는 길목이 잘리어의 도버 해협이라 이제까지 원조를 구했던 것이고. 그런데 잘리어가 계산에서 빠지게 되면⋯⋯.

에르완은 물끄러미 지도를 응시했다. 잘리어를 계산에서 빼더라도 부르군트 함대가 돌아갈 길은 여전히 하나였다. 그녀가 도버 해협으로부터 부르군트까지 이어지는 길에서 조금 비껴나는 해로를 가리켰다.

"매복장소를 이곳으로 바꾸는 것은?"

"폐하, 크제쉬미르의 도움을 받는 건 어떠십니까? 그들 또한 저희에게 협력하려는 뜻이 없지는 않아 보였습니다만."

바텐베르크 백작이 조심스레 말을 얹었다. 바스티안은 추밀원이 어떤 이야기를 엮어가려는지 의도를 알아차렸다. 크제쉬미르의 프레드리크 왕자, 에르완과의 혼사로 들은 적이 있던 이름이었다. 침묵을 지키고 있던 그레더니어의 세베르 단장이 입을 열었다.

"크제쉬미르는 배제하는 게 좋겠습니다. 원조를 들먹거리며 주위만 맴돌 뿐, 정작 연맹국에는 동조하지 않는 기회주의자들을 이런 중요한 작전에 끼울 순 없습니다. 어떻게 그들을 믿고 우리의 등을 맡기겠습니까."

"도버 해협에서 매복하지 못하는 건 아쉽지만, 전투가 일어날 때 썰물이 강할 테니 이쪽 해로로 부르군트 함대가 지나갈 가능성이 확실히 큽니다."

에셀레드가 원조를 하고 나섰다. 도버 해협을 빠져나가 부르군트로 향할 수 있는 해로 중 대륙 쪽으로 가장 가까운 지점을 손으로 짚었다. 정확히는 조금 전 에르완이 이용하고자 했던 지점이었다.

왕의 주장을 그레더니어가 뒷받침하니 추밀원들은 금세 잔잔해졌다. 에르완이 지도를 짚던 기다란 봉을 거두며 입을 열었다.

"크제쉬미르에는 친서를 보낼 생각이다. 왕자와의 혼사는 거절함과 동시에 연맹국의 일원이 될 것인지 마지막 의사를 묻는 내용으로."

"거절하신다면…… 따로 염두에 둔 나라가 있으십니까?"

어쩔 수 없는 술렁임이 추밀원들 사이를 휩쓸었다. 여왕의 혼인은 강력한 정치적 수단으로 이용될 수 있었고, 이제까지 여왕 또한 이에 반감이 없어 보였다. 오히려 더 크게 이용할 수 있는 상대를 물색하는 듯이 보였다. 왕자가 아무리 반병신이라 하나 곧장 대답을 돌려보내지 않은 데에서 더욱 확신을 가질 수 있었다. 그런데 이제 와 거절이라니, 생각지도 못한 좋은 패가 나오리라는 기대가 당연히 뒤따랐다.

"아니, 그렇지 않다."

예상을 완전히 빗나간 대답이 돌아왔다. 회장이 조용해졌다.

"짐은 짐의 혼인을 어떤 국가사와도 연관시키지 않을 것이다."

"폐하, 그 무슨……."

추밀원들은 청천벽력이라도 맞은 얼굴들이었다. 바스티안조차 저도 모르게 긴장하며 숨을 멈추었지만, 에르완은 눈 하나 꿈쩍하지 않았다.

"이번 전쟁뿐만 아니다. 앞으로 어떤 중대사가 있든, 짐의 혼인으로 얼마나 큰 이익을 취할 수 있든 그것만을 좇을 일은 없을 거라는 뜻이다."

"폐하, 발루아의 정점에 계신 군주께서 그 후계자를 생산하는 데에 소홀하실 수는 없는 법입니다."

"부디 다시 생각하여주십시오, 폐하. 폐하께선 발루아의 유일한 지존이십니다."

"폐하의 핏줄이 아니고서는 이 발루아 왕실의 명맥을 이을 수 없습니다."

"짐이 혼인을 아예 하지 않겠다고 선언한 적 없다."

너무나 당황해 들고 일어나려는 대신들을 에르완이 차분히 내리눌렀다.

"짐의 모든 것이 국가를 위한 것은 맞다. 이 머리, 몸뚱이, 머리털 하나, 몸속에 흘러다니는 피 마지막 한 방울까지 우리 발루아를 위해 바칠 생각이다. 왕위에 오를 때부터 그리 맹세하였으니 기꺼이 그리할 것이다. 하나 짐의 혼사는 어떤 경우에서도 국가적 난제를 해결하기 위한 수단으로 이용될 일은 없을 것이다. 타국의 왕족을 인질처럼 잡아두어 다지는 믿음이 얼마나 건실할 것이며, 이로 인한 연합은 얼마나 지속될 것인가. 대신 그에 따른 차선책은 짐이 책임지고 낼 것이다. 혹 짐의 판단이 흐려진다 하더라도 그를 바로잡을 이가 이 발루아에 아무도 없다고 생각지 않는다."

엄중히 선고한 에르완이 봉을 내려놓았다. 모두가 숨죽인 가운데 나무탁자를 두드리는 소리가 맑게 울렸다.

"금일 정해진 사안들은 곧장 시행될 것이다. 부르군트 또한 이미 휴전을 파기하는 파발을 이미 띄웠을 터. 굳이 그를 확인하여 보낼 필요가 있겠는가. 알리아는 내어주되 그 후방을 노린다. 매복작전 또한 즉시 수행토록 하라."

"받듭니다, 폐하."

에르완이 등을 돌리자 세베르가 가장 먼저 일어나 예를 차렸다. 그레더니어에 비해 추밀원들은 혼란스러운 낯이었다. 바스티안은 빠르게 그들의 표정을 읽었다. 반발이라기보다 당황스러움이 앞서는 상황은 충분히 납득되었다. 이제까지 보아온 에르완의 성격상, 혼인이 유용하게 쓰인다면 제가 먼저 나서서 이용하려 들었을 터. 안쓰러울 만큼 발루아를 생각하는 왕이니까. 하지만 조금 전에 있었던 일은 이제까지 그녀가 보였던 방식에 완전히 반대되는 흐름을 타고 있었다.

에르완이 저 자신과 국가를 분리하기 시작한 것이다.

"아니, 어떻게 이런 일이⋯⋯."

멍하게 있던 누군가 탄식을 내었다. 그들은 도저히 군주의 바뀐 태도를 납득하지도, 적응하지도 못하는 듯 보였다. 파르암은 심지어 에셀레드를 은밀히 불러 데려가고 있었다. 모르긴 몰라도 잘리어에서 무슨 일이 있었는지, 혹 마음에 두는 남자가 생긴 것인지 속내 밑바닥까지 긁어내려 할 것이다. 바스티안은 그가 앞뒤 분간 못 하는 말을 쏟아내지는 않으리라 생각했지만, 다소 우려는 되었다.

왕이 비혼을 선언할 수는 있다. 드물긴 했지만, 역사적으로 아예 없는 일은 아니었다. 발루아는 왕의 발언이 가장 강력한 힘을 발휘하는 나라이니 그녀의 의지를 관철하는 데도 그리 무리는 없을 것이다.

하지만 과연 지금의 발루아에 들이밀어도 문제없을 선언이었나.

모두가 국가를 위한 희생정신을 불태워야 할 때에, 왕으로서 내릴 수 있는 결정이었나.

그녀가 결코 생각 없이 던진 것은 아닐 것이다. 감당할 수 있는 선 내에서 선언한 것이겠지만, 지켜보는 이들에게는 일탈이라고도 느껴질 수 있는 발언이었다.

「당신과 혼인하겠다고 약속드릴 수 없습니다. 단 하나 약속드릴 수 있는 건, 당신이 아닌 다른 사람과는 절대 혼인하지 않겠다는 것입니다.」

두 사람의 세계가 합쳐지는 말이었다. 그녀가 전한 마음을 절절히 느끼느라 바빴다고 해서, 그 결단이 불러올 상황을 예상치 못했다면 책임방기가 될 것이다. 그는 충분히 이 혼돈을 예상하고 있었다. 그녀에게 얼마큼의 결단이 필요했는지 알면서도 여전히 확신이 필요했고, 더 큰 짐을 얹고 싶지 않지만 어떻게든 버텨주길 바랐다. 정말이지 말도 안 되는 모순이었다.

바스티안은 뒤늦게나마 꿈결에서 깨어나 현실을 마주했다.

자리가 사람을 만드는 법이다. 발루아 백성들 앞에 선 여왕은 잘리어에서 얼음과자를 나눠 먹던 그녀와 다른 사람이었다. 말을 타고 넓은 들판을 함께 내달리고, 사소한 내기 게임을 하거나 도서관에서 평화롭게 책장이나 넘기던 시간은 다시 돌아오지 않는다.

그녀는 수백만의 백성을 책임지는 여왕이었으며 다스리는 영토를 지켜낼 책임이 있었다. 그녀가 내린 결정은 개인을 떠나 국가를 짊어지고 있었다. 발루아 땅에 발을 들인지 수일이 지났지만, 이토록 실감한 건 처음이었다.

그는 현실적인 인간이었다. 흔한 사랑 이야기, 역경을 극복한 이야기를 찾는 사람들을 비웃는 한편 측은하게 여겼다. 아름다운 결말 따위 현실에서 찾아보기 힘드니 허상을 갈망하는 것 아닌가.

그런데 정작 그가 이 세상에서 가장 아름다운 결말을 바라게 되다니, 그는 누구보다도 차갑게 자신을 비웃었다.

✤ ✳ ✤

"우리 폐하께서 크제쉬르의 그, 그 꼽추 왕자와 혼인하지 않겠다고 하셨다면서? 열렬히 청혼해대는 꼴이 보기 싫었는데 잘됐군. 그 주제에 가당키나 한가."

"그뿐만 아니네. 폐하의 혼사를 정치적으로 이용할 일이 없다고 하셨어."

"우리 폐하도 참, 올곧으시지 말이야."

"그게 무슨 말인가?"

"솔직히는 말이야, 그 왕자와 혼인은 아니더라도 약혼이라도 해두고 이번 전쟁에 원조를 충분히 받은 다음에 파약하면 되는 거 아니냐 말이야. 구실이야 뭐라도 댈 수 있었겠지. 우리 머리 좋은 폐하께서 그런 생각을 못 하셨겠어? 우리 폐하께서는 사람을 사람으로 대할 줄 아는 분이시네. 적당히 이용해먹으며 단물만 빼먹고 내버리는 그런 분이 아니라는 걸 이번에 증명하신 셈이지."

"그건 맞아. 그리고 혼인으로 연합을 맺은 척하면서 뒤통수치는 경우가 어디 한두 번인가."

"대안은 있나?"

"무턱대고 이런 선언을 하실 분은 아니시지 않아."

"그런데 그럼 폐하는 평생 미혼이신 건가?"

"글쎄, 잠시 자리를 비우신 후에 이런 선언을 하셨으니 그사이 마음에 드는 이라도 생긴 거 아니냐는 소문이 돌던데."

"햐, 소문일 뿐이지만 꼭 한번 누군지 보고 싶군. 우리 폐하께서 사랑하는 분 말이네."

바스티안은 어느 나라든 성은 완전히 똑같다고 느꼈다. 발이라도 달린 것처럼 소문이 빠르게 퍼져나가 하루도 채 지나지 않았는데 모두가 알고 있었다. 예상대로 놀라움과 걱정이 뒤섞여 있었지만, 우호적인 목소리가 대부분이었다. 굳이 혼인을 이용하지 않더라도 여왕이 어떻게든 승리로 이끌어주리라고 믿기 때문이었다.

비올라가 차츰 기력을 회복해가자 바스티안도 슬슬 움직이기 시작했다. 잘리어로부터 날아오는 보고서는 도착하는 대로 착실히 살펴보았다. 후베르트의 눈물 젖은 서신도, 여러 가신들의 국정 보고도 있었지만 도미니크가 직접 매입한 부르군트의 채권이 지금으로썬 중요했다.

"프리드리히 왕은 지금 온통 전쟁에만 정신을 쏟고 있는 모양이야."

바스티안이 어느새 두툼하게 모인 채권을 만지작거렸다. 한두 장으론 턱도 없지만 여럿을 확보하면 국가 전체를 흔들 수도 있다. 리상드르, 제 형이 나라를 엉망으로 통치할 때 마구잡이로 분할되어버린 채권을 회수하느라 애를 많이 먹었기 때문에 그 위력을 더욱 잘 알았다.

바스티안은 잘리어를 떠날 무렵부터 물밑으로 부르군트 채권을 털었다. 경로는 다양했다. 가장 많이 회수한 건 도미니크가 관리하는 해적과 상인이었으며, 그가 발루아에 도착하여 거둬들인 양도 꽤 되었다. 부르군트는 군수물자를 마구잡이로 사들이는 실정이라 비교적 안전하게 진행할 수 있었다.

도미니크가 물심양면으로 돕고 있으니 모으는 거야 금방일 테고. 진짜 문제는 이것들을 파는 시기이다. 어마어마하게 모인 채권을 한꺼번에 팔면 경제적으로 거대한 포탄을 떨어뜨리는 위기를 가져올 수 있으니, 때를 잘 선택해야 했다.

"앗, 폐하."

친숙한 목소리에 상념에서 깨어났다. 바스티안은 검지로 입술을 누르며 쉿 소리를 냈다.

"너도 바스티안이라 부르거라. 누가 듣겠다."

"소녀가 어찌 감히 폐하의 존함을 입에 올릴 수 있을까요. 안심하세요. 주변에 아무도 없는 걸 확인하였어요."

레이첼이 손에 꽃병을 든 채 배시시 미소 지었다. 그런데 어딘가 파리한 안색에 바스티안의 고개가 기울어졌다.

"그런데 너, 어디 아픈 건가? 어째 발루아에 온 이후로 더 야윈 것 같구나. 설마하니 너도 비올라처럼 향수병에 걸린 건 아닐 테고."

"아닙니다."

"술을 못 마신 것이야?"

"아이 참, 폐하도."

"그럼 왜 그리 기운이 없어? 방금 건져 올린 생선마냥 잘리어를 돌아다니던 네가."

실없는 농담을 던져도 레이첼은 겉으로만 웃어 보였다. 기운이라곤 한 점 없는 쭉 빠진 몰골에 슬슬 장난기가 빠졌다.

"그냥, 두려워서요."

"뭐가 말이야?"

"전쟁이……."

눈을 내리깔며 말끝을 흐리는 모습에 바스티안은 살짝 의아해졌다. 이 시녀아이는 적지 않은 세월 동안 에르완 곁을 지키면서 전쟁을 많이 겪었을 텐데, 이제 와 새삼스레 무서워할 이유가 없었다. 모시는 주인에 대한 걱정이라고 하기엔, 매번 이랬을 리 없을 거고.

"어린아이들까지 군화를 끌고 다니는 이곳이지만 왕을 모시는 시녀까지 징집하지는 않을 테니 그리 울상 짓지 마라."

"하……하하. 그런 건…… 아니어요."

평소라면 손뼉을 짝짝 쳐주었을 시원찮은 농담에도 시녀는 힘없는 웃음만 흘리다 고개를 숙였다.

"송구합니다. 괜히 성심을 어지럽힌 듯하여요."

"상관없다. 요새 하는 게 있어야 성심이 어지럽든 하지. 너야말로 얼굴 좀 펴거라. 팔팔하게 뛰어다녀야 할 아이가 그리 울상으로 쪼그려 있으면 네 주군이 보고 참으로 좋아하겠다."

"명심하겠어요. 그런데 요새 비올라가 매우 아프다지요? 미처 알지 못했어요. 보살펴줘야 했는데."

"걱정 마라. 이 몸이 직접 간호하고 있으니."

"폐하께서 직접요?"

맑은 눈이 동그래졌다. 바스티안이 인상을 구겼다.

"이상한 오해 마라. 다들 바쁜 것 같아 대신 돌봐주고 있던 참이야."

"아이나르 님 도움은 안 받으시고 왜 직접 하셔요?"

"아이나르? 아이나르가 누구지?"

"저희 폐하가 곁에 붙여주신 경호기사 말이어요. 아직 이름도 모르셨던 거예요?"

"들은 적 있는 것 같기도 하군."

바스티안이 기억을 더듬으며 천천히 턱을 더듬었다. 에셀레드가 쓸데없이 붙여놓은 자들도 있다 보니 누가 누구인지 기억하는 게 번거롭기 짝이 없다. 턱이 각진, 고집스러운 인상의 한 남자가 잔상처럼 남아 있었다. 레이첼이 작은 어깨를 늘어뜨리며 한숨을 쉬었다.

"매일같이 폐하를 찾으러 다니시던데, 고충이 상당하신 것 같았어요. 저를 붙잡고 하소연까지 하셨다고요. 아무리 철저하게 경호해도 어느새엔가 사라져 계신다고. 폐하를 뵐 면목이 없다고 하셨어요."

"그래서 요새 나를 보기만 하면 약이 바짝 오른 표정을 지었던 거군. 나는 또, 내가 제 간식이라도 잘못 집어 먹은 줄 알았더랬지."

"아이, 참. 폐하. 자꾸 농만 치지 마시구요."

"알았다, 알았어. 그자가 자괴감에 빠지지 않도록 조금 더 성심성의
껏 따돌리도록 하마."

"그 말씀을 드린 게 아니온데."

"농이다, 농. 네 반응이 하도 귀여워 그렇다."

발그스름한 볼이 부풀었다. 바스티안은 팔을 뻗어 그 머리카락을
장난스레 흩트려놓고는, 난간에 비스듬히 기대어 산 너머를 바라보았
다.

발루아 성이 산을 가파르게 깎아 지어져 있어 위치만 이렇게 잘 잡
아도 까마득히 먼 설산까지 구경할 수 있었다. 눈을 잔뜩 머금은 구름
과 안개가 산을 휩싸고 장관을 만들어낸다. 공기를 가라앉히는 고요,
숨을 쉬면 하얗게 피어오르는 연기. 모든 게 마음에 들었다.

그는 이어서 다리 밑으로 시선을 내렸다. 끼리릭, 끼리릭. 지상에서
대포와 식량을 잔뜩 실은 수레가 연신 삐걱대며 굴러가고 그 뒤로는
병사들이 우르르 따라간다. 힘 좋고 발 빠른 병사, 기사, 궁수, 그리고
그들을 지원하는 취사병, 빨래병, 제빵병.

"이제 정말 전쟁이 시작되나 보군."

"예, 곧……."

"저들에게도 애타게 기다리는 가족이 있겠지."

"예? 예에. 아마도 그렇겠지요?"

"정말이지, 그들의 마음을 이토록 뼈저리게 느낄 거라고 상상도 하
지 못했는데."

"폐하께서도 기다리는 분이 계시어요?"

말끝에 묻어나오는 씁쓸함과 표정에 스쳐지나간 수많은 감정. 해석

치 못할 만큼 복잡한 속내를 뜻하지 않게 마주한 레이첼의 눈이 동그래졌다.

"아무것도 아니다, 아니야."

바스티안은 다시 한 번 머리를 흩트리며 장난을 걸어왔지만, 레이첼은 그 표정을 쉽게 잊을 수 없었다.

그로부터 한 달 후, 어느 눈발 가득 흩날리는 밤이었을 것이다.

도버 해협에서의 매복이 완전히 실패로 끝났다는 소식을 들은 건.

✤ ✳ ✤

"패했다뇨, 대체 어찌 된 일이란 말입니까!"

군무회의장은 그야말로 아수라장이었다. 가장 냉정하고 이성적이어야 할 수뇌부에서 큰 소리가 난다는 건 흔치 않은 일이었다. 바스티안은 건드리면 터질 것처럼 흐르는 긴장감과 초조함을 납득했다. 소식을 전해 들은 그조차 당황스러운데, 여왕과 직접 작전을 짜고 지휘했던 이들은 얼마나 정신이 없겠나.

알리아를 내어주었다. 최약소국을 내어준, 자칫하면 연맹국들의 신뢰에 금이 갈 수도 있는 살을 도려내는 작전이었다. 전선을 유지하며 소모전만 벌이던 군대와 군함을 돌아가게 하려면 꼭 필요한 협상이기도 했다. 부르군트로 귀환하는 군함을 급습하여 타격을 입힌다면 이어질 전쟁에서 유리한 고지를 점할 수 있었다.

급습 장소는 도버 해협의 골목에 있는 잘리어를 이용하는 게 최선이었겠지만, 어쩔 수 없이 차선을 택했다. 매복하고 있던 발루아 군함은 총 열 척. 해군이 비교적 약한 전력임을 감안하여 그보다 더 많은 수를 보내었는데 결과는 참혹했다.

잠복 중이던 열 척 모두가 공격당하고 가라앉았다. 생존자는 없었다.

이런 비보가 전해진 건 에르완이 직접 무기고를 둘러보겠다고 나선 오전께였다.

"이게, 이게, 이게! 대체!"

가장 흥분을 가라앉히지 못하는 이는 헤이거 가 차남이었다. 헤이거 가의 가주와 장남이 동시에 병환으로 몸져누우며 대신하여 참석한 이였다. 이번 매복작전에 가장 많은 사병을 내놓은 가문이라 더욱 민감하게 반응하는 듯했다.

바스티안은 이제껏 계속 그래왔던 것처럼 보좌관 두어 명과 함께 벽을 등진 채 이 광경을 지켜보고 있었다.

"흥분을 가라앉히고 기다리시지요. 폐하께서 오고 계시는 중이라고 하니."

가장 젊은 에일스포드가 차분하게 그를 말렸다.

"정보가 새어나간 것 아닙니까?"

"말조심하게, 헤이거 경."

"발루아는 크제쉬미르의 원조를 받았어야 했습니다. 그럼 적어도 매복한 사이 저희 군함을 숨기거나 퇴각할 때 도움을 주었을 거란 말입니다."

"혼인 문제는 다시는 의제에서 다뤄지지 않을 것이라고 폐하께서 선언하시지 않았나."

"그러니까, 제 말은, 그게 옳았냐는 겁니다. 고양이 손이라도 빌려야 하는 이 시기에 저희 쪽에서 원조를 거부하다니요."

"크제쉬미르가 우리를 원조하겠다고 뜻을 밝힌 지 이미 오래되었네. 그런데도 실질적으로 단 한 번도 나서지 않았지. 이번에도 어떻게 말을 바꾸었을지 모를 이들이야. 신의라곤 거의 찾아보기 힘든 나라니까."

"어찌 됐건 말입니다."

헤이거는 도무지 남의 말을 귀담아들을 생각이 없어 보였다. 흥분을 가라앉히고 차분히 의논하려 했던 에일스포드와 다트머스가 입을 다물었다. 추밀원의 수장으로 여겨지는 파르암은 굵게 주름진 눈을 감고 상념에 빠져 있었다.

"크제쉬미르는 변수가 될 수 있었습니다. 폐하께서 왕자와 혼인 약속만 하셨더라도요! 그렇게 생각하지 않습니까? 예? 예? 저희 아버님께서 깊은 병환만 아니셨어도 당장 폐하께 목숨을 걸고 충언을 드렸을 겁니다."

"……."

"제 가문에서는 영지를 지키는 수비 병력까지 빼내었단 말입니다. 이렇게 허무하게 끝장나다뇨. 말도 안 됩니다."

"……."

"얘기하다 보니 수상하군요. 정말로 정보가 새어나간 거 아닙니까? 이 군무회의에 참석할 수 있는 건 원칙적으로 저희 추밀원과 그레더니어잖습니까. 저들은 누가 들여보낸 겁니까?"

그가 고개를 휙 돌려 느닷없이 이곳을 보았다. 다른 두 보좌관은 귀신같이 고개를 푹 숙였지만, 바스티안은 들고 있던 바람에 헤이거와 눈이 마주쳤다. 그가 굵은 눈썹을 꿈틀거리며 올렸다. 얼른 시선을 내리깔지 않느냐는 눈빛이었다. 젊은 권력자 특유의 오만함이다.

"증거 없는 의심은 그만하십시오."

참다못한 바텐베르크가 한마디 던졌다. 헤이거가 혀를 길게 내어 입술을 핥았다. 바스티안이 먼저 시선을 피할 때까지 두고 보겠다는 눈빛이었다.

형형한 눈길을 바스티안은 세상 분간 못 하는 체하며 마주했다. 분위기 파악 못 하고 고약한 성미를 드러내는 귀족 자제는 질리도록 보았다. 닳고 닳은 왕에게 젊은 헤이거는 핏덩이로만 보일 뿐이었다.

"때로는 심증만으로 물증이 될 수 있는 법이지요. 우리 병사들을 수천, 수백 구할 수 있다면 저는 얼마든지 의심을 품겠습니다. 이 자리에 없어도 될 저자들을 들여보낸 게 대체 누구입니까? 누구라도 대답 좀 해주십시오!"

"폐하께서 납십니다!"

위태롭게 유지되던 긴장의 끈이 뚝 끊겼다. 나머지 추밀원들이 자리에서 일어났다. 헤이거도 제자리로 돌아가 군주에게 예를 갖추는 게 우선이었지만, 이 유치한 눈싸움을 멈추려는 생각이 도무지 없어 보였다.

"폐하."

에르완이 도착하고서야 그는 미적미적 제자리를 찾아갔다. 마지막까지 괘씸해하는 눈빛은 숨기지 않은 채.

"이게 어찌 된 일인가."

에르완이 인사를 생략한 채 곧장 지도 앞으로 향했다. 항상 냉정함을 잃지 않는 그녀답지 않게 창백하고 딱딱하게 굳은 얼굴이었다.

"온전히 돌아온 군함은?"

"단 한 척도 없습니다. 전령만 겨우 살아 돌아와 소식을 알린 정도입니다.”

“어찌 그런가.”

세베르가 상황을 간략히 정리한 보고문을 먼저 올린 후, 지휘봉으로 지도를 짚었다.

“우리 군함이 매복해 있던 지점은 일전에 논의됐던 대로입니다. 정확하게는, 통로를 빠져나가는 바로 여기였지요. 부르군트 군함은 무게와 크기가 상당해 뒤쪽에서 급습했을 때 전투태세를 갖추기 힘든 점을 노린 것이라, 성공할 가능성이 무척 컸지요. 하지만 우리가 부르군트 군함을 뒤쫓았을 때, 급습지점에서 기다리고 있었다더군요. 마치 우리가 오길 알고 있었던 것처럼 말입니다.”

기다란 지휘봉 끝이 전투가 일어났던 지점을 맴돌다 내려갔다. 에르완은 지도를 응시하며 잠시 침묵했다. 바스티안이 듣기에도 납득되지 않는 전개였다.

“작전은 무척 훌륭했는데 말입니다, 폐하.”

헤이거가 입을 열었다.

“부르군트가 미리 알고 기다리고 있었다면 정보가 새어나간 것 아니겠습니까.”

“경, 이 작전은 폐하와 추밀원, 군함을 이끈 수장과 이 자리에 있는 이들밖에 모르는 기밀임을 인지하십시오.”

“그러니 더욱 중대한 사안 아니겠습니까. 숙적 부르군트에게 협력하는 배신자가 발루아의 중추까지 스며들었다는 건데, 언제까지 쉬쉬하고만 있을 참입니까?”

“……”

“그렇지 않습니까, 폐하. 내부가 썩어들어가기 전에 종양은 빨리 칼로 도려내야지요."

잔뜩 흥분한 나머지 헤이거는 귀까지 빨개져 있었다.

왕이 직속으로 관할하는 참모진에 첩자가 있다. 자칫하면 내부분열로까지 이어질 수 있는 민감한 문제라 모두가 쉽게 입을 열지 못했다. 합당한 의혹이라 덮을 수도 없었다. 이미 군함 열 척이 침몰해 막대한 피해를 보았고, 중요한 전투를 눈앞에 두고 서로를 신뢰할 수 없는 악재에 맞닥뜨린 것이다.

에르완이 천천히 눈꺼풀을 내렸다. 보통 사람은 가늠할 수 없을 정도로 복잡한 계산들이 머릿속에 지나가고 있으리라.

"파르암 공의 생각은 어떤가."

"신의 생각을 물으신다면…… 이 의혹이 조금 더 조심스레 다뤄져야 했는데, 그렇지 않아 유감스럽습니다. 추밀원에 간자라뇨. 아시다시피 우리 추밀원은 서로를 견제하며 군주를 보좌하는 중책을 맡고 있습니다. 아홉 가문, 특히 지방을 제외한 다섯 가문은 발루아 역사를 떠받드는 기둥이었습니다. 이들을 의심하기 시작하면 뿌리부터 흔들릴 것입니다."

"황송하오나 신은 추밀원에 간자가 있다고는 말하지 않았습니다."

"그게 무슨 말인가."

헤이거에게 시선이 모여들었다. 즐기듯 그가 어깨를 으쓱였다.

"그게 말입니다, 못 보던 얼굴이 이 자리에 몇 있는데, 기억을 더듬어보니 도버 해협 급습작전을 세우던 바로 그날에 처음 나타난 이가 있었더군요."

"그게 누구인가?"

"바로 저자입니다."

믿을 수 없게도, 헤이거가 가리킨 사람은 바스티안이었다. 위정자들의 말놀이라며 하품을 쩍쩍 하고 있던 에셀레드가 무심코 고개를 돌렸다가 눈을 홉떴다.

"뭐? 아니, 네? 아니, 아니. 누가 뭐라고요?"

"옆에 있는 다른 보좌관들은 쭉 보던 얼굴인데, 도무지 눈에 익지 않은 자라서 말입니다. 그날 처음 보고 의아해했던 게 딱 기억이 났습니다. 부디 저자를 조사하라 명령을 내려주십시오, 폐하. 만일을 위해서라도 필요한 일일 겁니다."

헤이거가 자신만만하게 입을 닫았다. 그러고 보니 저자는 누구지? 못 보던 얼굴인데 어찌 군무회의에까지? 다른 추밀원들이 하나씩 돌아보며 똑같은 눈빛을 보냈다. 가장 당황한 건, 사정을 다 알고 있는 에셀레드와 사이러스였다. 어, 아니, 그게 아니라. 입술만 달싹거리던 에셀레드가 급하게 일어났다.

"아닙니다, 아니에요. 이자는 아닙니다."

"아는 자인가? 자네가 이자의 신원을 확인해줄 수 있는가 말이네."

잠자코 있던 바텐베르크마저 입을 열었다. 에셀레드가 곧장 고개를 내저었다.

"그건 아닙니다. 하지만 절대 말씀하시는 그런 일을 하지 않았다고 확신할 수 있습니다. 제 작위라도 걸고라도."

"신원을 밝힐 수는 없으나 보증할 수는 있다? 뭔가 이상하군."

"저자를 들인 게 에셀레드 경, 자네인가?"

"아닙니다. 단지 밝힐 수 없는 사정이 있을 뿐입니다."

예리한 화살이 사방에서 쏟아졌지만, 에셀레드는 앵무새처럼 같은 말만 반복했다. 그의 머릿속에는 수많은 생각이 스쳐가고 있을 것이다. 알고 있지만, 입 밖으로 꺼낼 수는 없는 사실들.

"자네 뭔가 이상하군. 아는 게 있는 것처럼 보이는데."

아무런 근거를 대지 못한 채 쩔쩔매는 그를 바라보는 시선들이 점점 변질되기 시작했다. 바스티안은 이대로 뒤로 물러나 있을 수만은 없다고 판단했다. 동시에 한숨이 절로 났다. 조용히 그녀 옆을 지키겠다는 계획이 이렇게 물거품이 되다니.

"감히 한 말씀 올려도 되겠습니까. 에셀레드 경께선 소인이 여기 있는 이유와 하등 관련 없으십니다. 모든 건 제게 하문해주십시오."

보좌관이 갑작스레 말을 내는 의외의 상황에 잠깐 침묵이 흘렀다. 헤이거가 가느다란 눈썹을 휘어올렸을 때, 바스티안이 선수를 쳤다.

"이런 상황에 소인이 어떻게 입 꾹 다물고 있겠습니까. 하지만 소인이 배반자로 지목받는 이유가 단지 그날 처음 모습을 드러냈기 때문이라면 그 사실을 홀로 파악하고 있던 분 또한 의심받아야 마땅하지 않겠습니까. 죄를 뒤집어씌우기 좋은 자를 미리 물색해둔 걸 수도 있으니까요."

"저, 저저, 보좌관 따위가 감히 어느 안전이라고!"

헤이거가 벌떡 일어나 손가락을 휘둘렀다. 잔뜩 달아오른 그와 달리 바스티안은 태연했으나, 그 기색을 최대한 죽이기 위해 노력했다. 수준 맞춰주기도 참으로 고단했다.

"보좌관 따위밖에 되지 않는 소인을 그다지도 눈여겨보신 이유가 무엇입니까? 언제부터 참석했는지 파악하고 계실 정도라면 이전부터 쭉 보좌관들을 관찰하고 계셨다는 뜻이온데, 그 까닭이 궁금합니다."

"관찰은 무슨 관찰이냐, 벽 가에 서 있는 놈이 둘에서 셋으로 늘었는데 모를 수가 있을까. 네가 지금 아무 증거 없이 입을 나불거리고 있다는 걸 분명히 알아야 할 것이다. 그에 따르는 책임이 있다는 것 또한!"

"아까 백작께서 심증만으로 물증이 될 수 있는 법이라 하지 않으셨습니까. 우리 병사들을 수천, 수백 구할 수 있다면 얼마든지 그리하시겠다기에 그 뜻에 탄복하여 말씀 올린 것이온데, 백작 자신께는 해당하지 않는 것입니까?"

"그건, 그건……."

"소인은 사실 아까부터 부르군트 입장에서 생각해보고 있었습니다. 그들이 과연 누구를 첩자로 들이려고 할까요? 흠, 얼마 전 처음으로 군무회의에 참석하여 아는 게 별로 없는 보좌관일지요, 아니면 오랫동안 발루아를 지지하는 기둥이었던 추밀원 가문 소속이자, 후계서열상 아래로 밀려 권력에 굶주린 백작가의 차남일지요."

"저런……!"

"설마 부르군트가 후자를 내버려두고 전자를 택했겠습니까. 발루아의 숙적이 그런 멍청이가 아니기만을 빕니다. 아, 물론 양쪽 다 배반하지 않는 게 훨씬 좋겠지만요."

혀에 기름칠이라도 한 듯 말이 술술 흘러나왔다. 말문이 막힌 건 헤이거만이 아니었다. 그런 추밀원을 보며 에셀레드가 지끈거리는 이마를 꾹 눌렀다. 이래서 먼저 나섰던 거다, 이렇게 노련하게 요리될 것 같아서.

원망하는 눈총이 볼에 따끔따끔하게 꽂혔지만, 바스티안은 여전히 태연했다. 일이 이 지경이 되었으니 조사를 피할 수는 없을 것이다. 아쉽지만 군무회의에 더는 참석하지도 못하겠지. 하지만 괜찮다. 그의 무죄는 에르완이 가장 잘 알고 있을 테니까.

에르완과는 나중에 따로 만나 할 이야기가 많았다. 조금 전 이야기를 나누는 동안 관찰했던 추밀원들의 반응을 하나도 빼놓지 않고 전해줄 생각이었다. 몸으로 나타나는 언어는 말보다 진실되다. 그것이 찰나의 순간, 본인도 모르는 사이 떠올랐다 가라앉는 표정이라면 더더욱.

그는 사람을 잘 파악한다. 관찰력이 뛰어나기도 했지만, 그보다 사람을 기본적으로 믿지 않기 때문이었다. 무슨 말을 듣든 감춰진 속내를 파헤쳤고 행동 하나하나를 눈여겨보았다. 사람을 관찰하는 건 예민하게 신경을 곤두세워야 하는 일이라 때로 피로감이 몰려오기도 했으나 이미 본능적으로 체득된 거라 멈추는 법을 몰랐다. 불신은 이미 그의 힘이었다.

하지만 그 순간이었다.

"보좌관을 포박하여 독방에 감금하라."

한 번도 들어보지 못한 차가운 목소리가 떨어진 건.

에셀레드가 조용히 숨을 삼키는 게 들렸다. 바스티안 또한 똑같은 심정이 되었다. 무언가로 얻어맞은 기분이었다. 지금, 뭐라고?

"저자의 신원은 면밀한 조사를 진행하여 밝혀낼 것이며, 중한 사안이니만큼 짐이 직접 신문할 것이다. 또한, 중요한 전투를 앞둔 시점에 추밀원 내부를 휘젓는 건 부적절하다 판단, 우리 군을 정비하는 데 주력해야 할 것이다."

심지어 에르완은 그를 쳐다보고 있지 않았다. 바스티안이 귀를 의심하는 사이 다른 추밀원들이 입을 열었다.

"폐하, 그럼 저희가 준비하고 있던 또 다른 급습은 어찌 되는 겁니까? 바로 코앞인데."

"당연히 접어야지요. 그들이 충분히 예상하지 않겠습니까."

"그대로 진행하는 게 오히려 허를 찌르는 전략 아니겠습니까?"

금세 웅성거리는 추밀원들에게 에르완은 시간을 두고 의논하자고 통보한 후 자리를 떴다. 에셀레드가 어찌할 바 모르고 발을 동동거리는 사이, 바스티안은 잇따라 들어온 두 기사에게 붙잡혀 어딘가로 인도당했다. 어딘지도 모르는 통로 어딘가로 끌려가 방에 갇혔다. 감금과 조사는 아주 은밀하게 진행된다는 말만 남겨두고 기사들은 사라져버렸다.

텅 빈 방에 남겨진 바스티안은 우두커니 서서 허공만 바라보았다. 햇빛에 훤히 내놓아져 말라 죽기만을 기다리는 식물이 된 느낌이었다. 입이 바짝바짝 말랐다. 어떻게 된 일인지 도저히 납득할 수 없었다.

✦ ✳ ✦

"나를 의심해?"

밤의 어둠이 깊숙이 들어섰을 때 나타난 그녀에게 바스티안이 물었다. 나를 의심해? 식사는커녕 물 한 모금도 삼키지 못한 채 수백 번, 수천 번 입안으로 굴렸다. 마침내 뱉은 말이 아팠다. 가시 가득한 식물 줄기를 삼켰다 토해낸 듯했다.

"나를 의심해?"

에르완은 말없이 문을 닫았다. 방 안은 오직 둘뿐이었다. 이어지는 침묵에 오한이 들었다.

"내가 아닌 거, 당신이 더 잘 알잖아. 당신도 그렇게……."

"폐하, 긴히 부탁드릴 것이 있습니다."

"뭘……."

"앞으로 군무회의에 참석하지 말아주십시오."

바스티안은 손이 하얗게 되도록 꽉 쥐면서 가까스로 마주 보았다. 에르완은 어둠 속에서 갑자기 마주친 괴한처럼 낯설었다. 잘리어의 봄볕에서 빛나던 눈은 어둠에 완전히 덮였고, 안색은 창백했다. 시리도록 차가운 공기에 동화된 듯, 속이 비칠 정도로 투명했다. 오해한 게 틀림없다고 나름대로 만들어보던 변명이 눈처럼 녹았다.

"그딴 곳에 평생 안 들어가도 상관없어. 전부 필요 없어. 상관없다고. 내게 중요한 건 단 하나야. 당신이 나를 의심하는 건지, 정말 이대로 끝내려는 건지."

"폐하."

"그 자리에 있던 모두가, 아니, 발루아의 모든 백성이 날 의심해도 코웃음 치며 넘길 수 있다. 하지만 당신은 달라."

목소리 끝이 갈라졌다. 바스티안은 입을 열려다 다물었다. 제가 구사하는 그 수많은 언어 중에서 이 심경을 전달할 수 있는 표현을 하나도 찾을 수 없었다. 꽉 틀어막힌 듯 답답했다.

"내가 아닌 거, 당신이 가장 잘 알잖아."

"……."

"이대로 마무리 지을 생각은 아니지?"

"중요한 전쟁을 앞두고 있습니다. 아군끼리의 의심과 불신은 외려 독입니다."

잠시 굳게 다물린 입이 더 낮아진 목소리를 흘려냈다. 다시 한 번 가슴을 빗겨맞았다.

바스티안은 한층 더 낯선 눈으로 그녀를 응시했다. 그가 아는 발루아의 왕은, 에르완은 목적을 위하여 부정을 덮고, 사람을 쓰고 버리는 이가 아니었다. 하지만 상황이, 자리가 사람을 바꿀 수 있다는 것 또한 잘 알고 있었다. 신뢰가 흔들리는 게 느껴졌다.

내가 알던 그녀가 맞나? 살갗에 못박아났던 맹세가 흔들렸다. 도저히 믿을 수 없었다.

"적과 결탁한 이가 추밀원에 남아 있어. 그걸 덮어버리기만 하면 의심과 불신이 생기지 않는 건가? 이미 생겨버린 균열을 부정하면 없어지는 거야? 당신은 진심으로 이대로 괜찮을 거라 생각해?"

"추밀원은 발루아 왕정을 받드는 기둥입니다. 그들을 의심하는 것은 나라의 근간을 흔드는 것이나 다름없습니다."

"에르완, 제발 다시 생각해봐."

"폐하와 이 이야기를 길게 끌고 싶지 않습니다."

"언젠가 내가 어리석은 판단을 했을 때가 있었지. 그때 당신은 내가 올바른 선택을 하도록 인내하고 설득하고 기다려주었어. 이번에는 내 차례라고 생각해."

"저는 최대한 상황을 객관적으로 판단했습니다."

"객관적? 내가 배반자일 가능성이 객관적으로 가장 높았다고 말하는 거야? 그래서 나를 이런 곳에 가두었다고? 그리고는 배반자가 섞인 추밀원 놈들과 계속해서 전략을 짜겠다고?"

"저는 언제나 왕으로서 내릴 수 있는 최선의 판단을 하려 애씁니다. 그리고 왕이란 결국 나라와 백성과 왕좌를 지키기 위해 사는 존재일 수밖에 없다고 생각했습니다. 제가 그렇듯, 폐하도 마찬가지겠지요."

"……잠깐, 그 말은."

바스티안은 애써 침착하려 몇 번이나 심호흡했다.

"그러니까 내가 잘리어에 조금이라도 도움이 된다면 부르군트와 진짜 작당했을 가능성도 배제하지 않겠다는 뜻으로 들리는데. 맞나?"

"언젠가 말씀하셨지요. 왕은 항상 의심하며 살아야 하는 존재라고."

순간 심장이 깨물려 피멍이 든 듯했다. 바스티안이 항상 입에 달고 다니던 말을, 한동안 잊고 있던 말을 지금 에르완이 하고 있었다. 의심해라, 끝없이 의심해라. 배를 갈라 그 속을 들여다보아도 의심해야 하는 것이 왕이다. 한 번의 잘못된 판단으로 수천만의 목숨이 왔다 갔다 하는 자리이니, 당연히 짊어지고 살아야 할 업이다.

여전히 그 말은 평생 가슴에 새기고 살아야 할 말이라고 생각하지만, 그녀에게서 듣고 싶진 않았다. 당신은 나 같은 겁쟁이가 아니잖아. 그녀에게 호소하듯 바라보았다.

"부르군트가 내 나라를 빼앗으려 했어. 그런데 내가 그자들과 작당을 했다고? 한통속이라고?"

"전쟁에는 영원한 아군도, 적군도 없는 법입니다."

"그래, 그럴지도 모르지. 하지만 지금은 아냐. 적어도 지금은 아니라고. 다른 사람은 몰라도 최소한 당신은 나를 믿어야 하는 거 아닌가? 내 마음을 의심하는 게 아니고서야, 이런……."

"……."

"이럴 수는 없다고."

그가 맥이 빠진 듯 숨을 탁 놓았다. 언젠가 믿게 되었다 했다. 믿게 만들려 했는데 도리어 믿게 되었다고. 그런데 이렇게 쉽게 깨질 줄 몰랐다. 그런 것이었다면 애초에 필요하지도 않았다.

“폐하.”

“괜찮다. 괜찮으니 아무 말 하지 마. 나는…… 당신을 이해해. 그런 결정을 한 당신의 마음을 존중해.”

바스티안이 잠깐 말을 멈추고 호흡을 골랐다.

“조금 허탈해서 그래. 사실 화도 나. 아주 많이. 당신이 아니라, 나에게.”

“……”

“언제부터 이렇게 공사 구분을 못 하게 되었는지…….”

어떤 이유로 자신을 감금하기로 했는지 안다. 하지만 똑같은 상황에 부닥쳤을 때 그는 과연 같은 결론을 낼 수 있었을까?

아니, 아니다. 자신 있게 단언할 수 있었다. 그에게 그녀는 이미 현실에서 분리된, 완전히 예외의 영역이니까. 공사 구분을 하기는커녕 실제로 배반을 했는지 중요하지도 않았을 테지.

아주 한심한 일이었다. 이 한심함을 설명할 길이 없어 결국 포기해 버렸다.

모든 것이 자로 잰 듯 칼 같은 그녀에게 이 생각은 모순덩어리일 것이다. 그의 완벽한 패배였다.

언젠가 그녀가 가슴에 품었던 보랏빛 꽃이 환상처럼 떠올랐다. 언젠가 온 세계를 함께 돌아보자는 약속을 나누며 꺾었던, 이름 모를 잘리어의 꽃. 누구도 특별하게 여겨주지 않았을, 몇 명의 발에 밟혔을지 모를 꽃이 기나긴 바닷길을 넘어, 검은 성의 가장 깊숙한 방에 남겨졌다. 꽃잎 한 장, 줄기 한 올 상하지 않은 채로 귀하게 번지는 연보랏 빛. 그것이야말로 그녀의 진심이라고 여겼다.

첫 물결이었다. 그녀에게 닿지 못한 채 뜻하지 않은 곳까지 떠밀릴 수 있었지만, 기다릴 수 있었다. 두 번째, 세 번째. 억만 겹으로 흐를 물결 끝에 그 손을 잡을 수만 있으면 충분했다.

그런데 모르겠다. 이제는 도저히 모르겠다. 서글픈 어둠 속에 낯선 그녀가 고였다.

✦ ✳ ✦

그로부터 보름이 지난 날이었다. 바스티안은 제 앞에 덩그러니 놓인 서신을 응시했다. 후베르트에게 보내려고 써둔 것인데 일주일이 넘은 지금까지 보내지 못하고 있다. 이제 곧 돌아가겠다는 가벼운 말이 서신을 이토록 무겁게 했다. 무거운 족쇄를 달고 있는 것처럼 도무지 잡아들질 못하겠다.

「앞으로 군무회의에는 참석하지 말아주십시오.」

그 말 한마디가 둘 사이의 땅을 무너뜨리고 거대한 절벽을 만들어냈다. 곁에 서 있다고 생각했던 그녀가 까마득히 멀어졌다. 어쩌면 처음부터 이 거리였는데 혼자만의 착각이었을 수 있다. 한 점 동요 없이 냉철하던 그녀를 떠올려보면 당연한 듯 느껴졌다.

작은 의혹도 가벼이 여기지 않는 건 군주로서 마땅히 해야 할 일이다. 나라도 그리했을 것이다. 나라도.

그때 되묻는 목소리가 있었다. 정말 너라도 그랬겠느냐고. 너라면 그럴 수 있겠느냐고. 그러자 일시에 깨달을 수 있었다.

아, 나라면 절대 그럴 수가 없구나.

그녀를 의심하는 일 따위 나는 할 수가 없구나…….

가슴속 어딘가가 또다시 뜨끔했다. 동요하지 않으려 해도 쉽지 않았다. 그녀가 열어놓고 가는 바람에 쏟아진 것들을 수습하는 데 한동안 허둥거리기만 했다. 그녀가 검을 들지 않았는데도 그는 상처 입고 헤집어졌다. 과거의 바스티안이 보았다면 거리낌 없이 비웃을 꼴이었다.

어쩌다 이렇게, 언제부터 이렇게.

황망한 웃음이 터졌다. 그녀에게 서운한 감정이 드는 자신이 낯선데 어쩔 수 없이 섭섭했다. 누군가를 마음에 두면 다들 반병신이 되는 건가. 유치하다, 유치하고 우습다. 지팡이 잃은 맹인이 된 기분이었다.

바스티안은 결국 서신을 부쳤다. 후베르트의 편지들을 배달하느라 잘리어에서 온 매가 벌써 열 마리가 넘었다. 그는 줄줄이 자리 잡은 매 중 가장 날쌔 보이는 녀석을 골라 다리에 서신을 묶어주었다. 매가 금세 날아올라 그리는 궤적을 따라가며, 저쪽이 잘리어겠거니 했다.

이제 언제든 돌아갈 수 있는 곳.

하얗게 핀 하늘을 물끄러미 바라보다가 머리를 벅벅 긁었다. 이 순간에도 머릿속에 떠오르는 건 온통 그녀뿐이니 짜증이 솟을 수밖에 없었다.

서신 내용대로 곧 떠나리라.

그때까지 머리나 식히고 있어야겠다고 생각하며 빈둥거리고 있는데 누군가 문을 두드렸다. 고개를 돌리자 어느새 문을 열고 들어온 자가 보였다. 누구더라? 바스티안이 눈을 가늘게 좁히자 그가 입을 열었다.

"아이나르입니다."

에르완이 붙여놨다는 경호기사였다. 혀에 가시가 돋았다.

"왜 왔지? 내가 어찌 지내는지 돌아보고 오라던가?"

"개인적으로 꼭 뵙고 드릴 말씀이 있어 출입을 주청 올렸습니다. 사안이 사안인지라 주위도 전부 물러달라고 부탁드렸고요. 저희 폐하와는 일절 관련 없는 일입니다."

"……개인적이라. 자네와 나 사이에 개인적인 일이 있던가?"

바스티안이 창틀에 비스듬히 누우며 느리게 물었다. 여왕 휘하의 기사가 제게 뭔가를 보고한다는 건 기이한 일이었지만, 일부러 찾아온 걸 보면 보통 일은 아니겠거니 싶었다.

"보름 전 밤, 제가 각하를 따라 성 밖을 나선 일이 있습니다. 매번 저를 따돌리고 사라지시는 각하의 뒤를 밟기 위해 성문 근처에 숨어 있었고, 때문에 각하께서 여기 갇히셨다는 소식을 듣지 못했지요."

"내가 아닌 다른 사람의 뒤를 밟았다?"

"예, 정확히는 바텐베르크 백작이셨습니다. 각하께서 성 밖을 나서실 때처럼 꽁꽁 감추고 계시는 바람에 착각하고 말았지요."

이야기가 예상외의 방향으로 흘러가고 있었다. 바스티안이 조금 더 들어보기로 결정하고 손짓하자 그가 말을 이어갔다.

"백작께서는 어둑한 골목에 숨어드셨습니다. 그때쯤 더 따라가야 하는지 고민했지만, 백작께서 어둠 속에서 누군가와 만나는 모습을 보게 되어 뒤쫓지 않을 수 없었습니다. 그들은, 그들은 부르군트 인처럼 보였습니다."

"……부르군트 인처럼 보였다? 확신은 없다는 뜻인가?"

"예. 하지만 스치듯 보아도 낯익은 자였습니다. 부르군트 연대장이 발루아에 숨어들었다며 한동안 떠들썩해 그의 초상화가 거리에 즐비했거든요."

"그게 진짜라면 헤이거는 그저 겁쟁이일 뿐이었군. 그런데 이걸 왜 여왕이 아닌 내게 말하나?"

"제 주군은 여왕 폐하지만, 지금 제 상관은 각하이시기 때문입니다."

바스티안은 아이나르의 강직한 표정을 물끄러미 응시하다가 손을 저었다. 나가보란 뜻을 정확히 알아들은 그가 조용히 묵례하고 물러났다.

생각지도 못했지만, 굳이 알고 싶지 않은 정보였다. 충직한 기사에겐 안됐지만, 그는 누가 배반자인지 관심이 없었다. 뭐, 할 수 있는 거라곤 기껏해야 떠나기 전 에르완에게 귀띔이나 해주는 정도겠지.

그렇게 생각한 지 얼마나 지났을까, 기회는 생각보다 일찍 찾아왔다. 에르완이 갑작스레 찾아온 것이다. 기별 없이 불쑥 찾아올 위인이 아니라, 바스티안은 조금 놀라고 말았다.

"무슨 일이야? 이렇게 갑자기."

"함께 갈 곳이 있어 모시러 왔습니다."

"갈 곳이라. 이렇게 갑작스레?"

"무례에 사과드립니다."

그녀는 여전히 동요 없이 침착했다. 바스티안은 잠시 말문이 막혔지만, 곧 정신을 차렸다.

"그래, 따라가지. 하지만 그 전에 할 말이 있어. 추밀원 내의 배반자 말이야. 바텐베르크 백작인 것 같아. 정확한 증거를 찾은 건 아니라 조금 더 조사는 해봐야겠지만."

"……그렇습니까."

그녀가 놀라거나 분노를 터뜨릴 거라곤 생각하지 않았지만, 생각보다 더 미지근했다. 조금 민망한 반응이기도 했다. 어색한 침묵이 흐른 후 먼저 입을 연 건 그녀였다.

"곧 군무회의가 열립니다. 그곳에 함께 참석해주셨으면 합니다."

"군무회의? 나는 더 이상 참석하지 않기로 하지 않았나."

"자세한 건 그곳에서 모두 설명해드리겠습니다."

"잠깐만, 갑자기 그게 무슨."

"시간이 부족한 탓에 상세히 설명해드리지 못함을 양해해주십시오."

말끝에 에르완은 먼저 문을 열고 기다렸다.

이게 무슨 상황이야? 바스티안은 넋 놓은 것처럼 그녀를 응시했다. 군무회의에서 보란 듯이 내쫓은 건 그녀인데, 그곳에서 설명해주겠다는 말은 무슨 뜻인지 알 수 없었다. 간략한 정중함은 큰 장점이지만, 때로는 상대를 이렇게 답답하게 만들기도 했다.

바스티안은 하는 수 없이 그녀를 따라나섰다. 오랜만에 맡은 바깥바람은 여전히 시리고 차가웠다. 온기 하나 없는 검은 계단을 통해 올라가자 대회의장 문이 보였다.

"폐하!"

추밀원이 일제히 일어나 왕을 맞이했다.

"폐하, 이게 어찌 된 일인지 설명이 필요합니다. 부르군트 뒤를 치는 작전이 대체 어떻게 된 것인지……."

그들은 하나같이 상기된 얼굴이었다. 그사이 무슨 일이 있었던 건지, 거기에 온 관심이 집중해 있어 뒤따라 들어간 바스티안은 보이지도 않는 모양이었다. 그저 애타는 눈으로 왕을 바라볼 뿐이었다.

"모두 착석하라."

에르완은 그 흥분에 휩쓸리지 않고 명령했다. 거대한 힘에 짓눌린 것처럼 추밀원들이 하나둘씩 의자로 끌려 내려갔다. 여전히 해명을 바라는 눈길을 거두지 않은 채로.

"알다시피 이틀 전 오전, 부르군트 함대 일곱 척이 플랑드르 앞 해안에 나타났다. 소규모 해상 전쟁에서 단 두세 척만 보내는 점을 감안하면 상당한 군량을 쏟아부은 것이지."

"하지만 저희 쪽에서는 정찰선 한 대만 움직였다고 전해 들었습니다. 이게 대체 어찌 된 일인지…… 분명 군무회의 때에는 작전을 시행하기로 결정되었었는데, 이행되지 않은 것입니까?"

"정찰선은 짐이 보낸 것이 맞다. 정확히는 정찰선 아홉 척이 각기 다른 장소를 지켜보고 있었지. 서로 다른 장소에서, 서로 다른 시간에."

"그 말씀은……?"

바스티안은 추밀원들 얼굴에 하나하나 깊이 새겨진 곤혹을 보았다. 부르군트를 급습하는 작전이 하나 더 준비되어 있다고 했는데 실제로는 행해지지 않았다는 말인가? 정찰선은 왜 보낸 거지? ……아, 설마. 바스티안은 살짝 입을 벌린 채 에르완이 품 안에서 양피지를 꺼내어 툭 던지는 모습을 지켜보았다.

"이게 바로 짐이 경들을 하나하나 불러 따로 알려준 우리 군의 급습 장소와 시간이다."

"이건, 이것은……."

파르암이 둘둘 말린 것을 펴 보더니 수염을 파르르 떨었다. 추밀원들의 얼굴이 새하얘지는 건 순식간이었다. 바텐베르크가 특히 그랬다.

"여기 있는 자들은 하나도 빠짐없이 짐에게 따로 불려왔을 것이다. 바뀐 급습 시간은 나머지에게도 똑같이 알렸고, 짐 앞에 선 그대는 그저 파발을 띄우라는 부탁을 하기 위해서 불렀다고 했지. 하지만 짐은 사실 아홉 모두에게 다른 장소와 다른 시간을 알려주었다. 부르군트 함대는 그중 하나를 미리 입수하고 모습을 드러냈지. 그들이 나타난 시각은 정확히 이틀 전 오전."

"누구입니까, 그 정보를 받았던 사람은?"

흔들림 없이 고정되어 있던 시선이 스르르 움직이더니 한 사람에 이르러 멈추었다. 그는 칼로 옆구리를 찔린 것처럼 크게 흠칫했다.

"……바텐베……르크 경?"

파르암이 믿을 수 없다는 듯 말을 끌었다. 모두의 시선이 한 사람에게 모여들었다. 바텐베르크는 새파랗게 질린 채 입을 뻐끔거리고 있었다. 터질 것 같은 고요가 공기를 짓눌렀다.

"그러니까 부르군트와 내통을 한 자가…… 바텐베르크 백작이란 말입니까?"

"아니, 어찌 이런…… 그때 내보냈던 보좌관이 아니고, 정말로 우리 추밀원에 내통한 자가 있었다니."

"그것도 이 수뇌부에 말입니다."

"백작! 이게 대체 어떻게 된 일입니까!"

"그게…… 그것이…….."

몰아치는 원성에 바텐베르크는 갈피를 잡지 못했다.

"폐하, 이것은 분명 소신을 모함하려는 사특한 세력이 있는 게 분명

합니다. 폐하께서 제게 알려주신 장소와 시간이 누설된 것이, 네, 그런 것이 분명합니다. 정말요."

"그렇다면 자네가 알던 장소와 시간을 알려준 상대를 말하면 되겠군."

"그건, 그것은……."

"아마 없을 거네. 모두에게 공유되는 정보를 굳이 언급할 필요도 없을뿐더러, 그렇기에 부르군트에 누설할 수 있었을 테니까."

"폐하, 소신은, 바텐베르크 가는……."

"이제 그만해도 되네, 백작."

더듬더듬 흘러나오려는 변명을 에르완이 부드럽게 분질렀다. 칼같이 자르는 냉랭함이라기보다 어루만지는 압박이었다.

바텐베르크는 지푸라기라도 잡는 심정으로 양피지를 집어 들었다. 펄럭거리는 소리가 들릴 정도로 손이 부들부들 떨리고 있었다. 어떻게든 돌파구를 찾으려 다시 읽고 읽어도 빠져나갈 구멍이 없었다. 함대를 끄는 데 시간차가 분명 존재할 것이다, 실낱같은 희망을 찾았지만, 아홉 귀족에게 분배된 시간 간격은 그러한 오차를 허용치 않을 정도로 충분히 길었다.

완벽하게 설계된 올가미다. 도저히 빠져나갈 수 없게 만들어진, 오직 그만을 위한 덫.

잠시 넋 나간 사람처럼 숨죽이고 서 있다, 꺾인 나뭇가지처럼 팔을 떨어뜨렸다. 그러다 비틀, 하마터면 주저앉을 뻔했다. 에르완의 눈짓에 그레더니어 기사 둘이 움직였다.

"얌전히 동행해주신다면 험하게 모시진 않겠습니다."

바텐베르크는 나라 잃은 눈으로 에르완을 보았다. 부르군트가 무엇을 약속했는지 몰라도 표정을 보면 익히 짐작 가능했다. 가시죠. 단두대 날처럼 떨어지는 말이었다. 잠시간 양피지에 두고 있던 시선을 거두고, 그가 천천히 걸음을 옮겼다. 추밀원 모두가 그의 등에서 눈을 떼지 못했다.

문이 닫히고 정적이 자리했다. 적국과 내통한 자가 유서 깊은 추밀원 일원인 바텐베르크 가라는 사실이 놀라울 뿐 아니라, 발루아 왕이 이런 방식을 쓰리라는 건 누구도 예상 못 한 전개였기 때문이다.

정의롭고 올바르다. 부하를 신임하며 헛되이 말을 뱉는 법이 없다. 언제나 정공법을 택했던 그녀였기에 이번 일은 의외일 수밖에 없었다.

그런 왕이 변했다. 조금 더 교활해지고 빈틈이 없어졌다. 정도만을 걸었던 고집에 유연함이 더해졌다. 흠잡을 곳 없는 군주였지만 언제나 조금은 아쉬웠던 부분이 완벽하게 메워진 것 같았다. 비밀리에 잘리어를 방문하고부터 저리 변한 듯한데, 대체 누구를 만나고 어떤 일을 겪었기에 사람이 저리 바뀐 것인지 궁금하기만 했다.

"폐하, 소신 감히 여쭙고 싶은 게 있습니다."

"말해보라."

"그때 혐의를 받고 군무회의에서 내쫓았던 보좌관이 있지 않았습니까. 그에게는 이번 일에 대한 언질을 주신 겁니까?"

그의 말은 정확히 바스티안을 가리키고 있었다. 대답은 왕이 대신했다.

"아니. 그는 추밀원에서 따로 붙여둔 사병은 물론이고 그레더니어 기사들에게 철저한 감시를 받고 있었다. 급습에 대하여 따로 언질을 받은 바가 없으니 부르군트로 전언을 보낼 기회 또한 없었겠지."

"하지만 조심해서 나쁠 것 없지 않겠습니까, 지고하신 폐하."

헤이거가 홀로 마뜩잖게 눈살을 찌푸렸으나, 진범까지 나온 마당에 말을 보탤 수 없는 상황이었다.

추밀원들이 하나같이 은밀하게 눈을 돌렸다. 적과 내통한 자가 하나이리란 법이 없지 않은가. 혹시 더 남아 있지 않을까? 왕의 최측근인 추밀원에서 간자가 나온 이상 아무도 믿을 수 없지 않나. 서로를 바라보는 눈이 점점 불신과 의심의 칼날을 품고 시커멓게 물들어갔다.

하지만 에르완은 이런 분위기를 익히 예상했던 듯 당황하지 않고 말을 이어갔다.

"그는 평범한 보좌관이 아니다. 이제껏 안전을 위해 비밀에 부쳐왔지만, 공표할 때가 온 것 같군."

"설명이 더 필요합니다, 폐하."

"그는 잘리어를 통치하는 왕, 샤른호르스트 2세이자 나의 친애하는 벗이다."

삽시간에 침묵이 찾아왔다. 경악과 놀라움의 시선이 바스티안에게 꽂혀들었다. 그가 민망해하며 시선을 피했다. 이거 원, 이렇게 얼굴 팔릴 일만 골라 해서야.

헤이거는 거의 졸도할 듯이 새파래졌지만, 에르완은 말을 이었다.

"이제부터 그의 신원은 짐이 전적으로 보증한다. 나의 벗에게 무례를 저지르거나 의혹을 품는 자가 있다면 그 또한 짐에 대한 의혹으로 여기겠다. 또한 발루아 군은 더 이상 급습 없이 전투를 전개할 것이다. 바텐베르크는 조사 후에 적절한 처분을 받을 것이지만, 그가 지휘하던 사병들이 전방에 나가 있는 현실을 고려한 바, 우선 사병들을 몰수하기로 결정했다. 시저에 주둔해 있는 연대는 파르암 공, 이냐스의 연대는 다트머스 경이 맡아 우선적으로 지휘하라."

"명을 받들겠습니다, 폐하."

"곧 폭설이 몰아닥칠 것이다. 전투를 치르러 이동하는 동선이 매우 험난할 터, 시기를 조금 더 앞당겨야 할 필요가 있으니 헤이거 가는 즉시……."

폭포처럼 쏟아지는 명령에 추밀원들은 잔뜩 긴장하는 모습이었다. 어수선해지기 쉬운 분위기를 줄로 묶듯 바짝 조였다. 그녀는 가문 각각에 하나도 빠짐없이 중대한 임무를 부과했다. 책임을 지우는 동시에 그들을 신임하고 있다는 증거이기도 했다.

빠르고 정확한 명령, 그리고 조금도 흔들리지 않는 군주의 모습에 차츰 안정을 찾아갔다. 수많은 전투에서 승리와 패배를 반복하면서도 아군을 승리로 이끌어야 했던 그녀였다. 몇천, 몇만 군사의 사기를 북돋워야 했던 것에 비하면 이 정도는 균열도 아니었으리라.

개운치 않은 구멍이 메워져갔다. 불안하게 떠돌던 공기도 차츰 안정을 찾아갔다.

"에르완."

모든 추밀원과 보좌관이 쓸려나갔다. 흘끔흘끔 몰래 훔쳐보는 눈길들은 말할 것도 없었다. 바스티안이 홀로 남아 그녀를 불렀다. 햇빛 아래 드러난 황금색 눈. 며칠 전과는 다른 의미로 낯설었다.

"당신이 부하들을 속인 건가?"

"……."

"다름 아닌 당신이…… 말이야."

"누군가 그러더군요. 왕은 끊임없이 의심해야 하는 존재라고."

"하……."

"저야말로 미리 귀띔하지 못해 송구합니다. 이 일이 칼같이 성사되려면 폐하와 추밀원 전원을 속여야 했습니다. 첫째로 성에서는 듣는 귀가 많아, 실제로 밀폐된 방 안에서 나눈 이야기도 새어나간 적이 있어 조심스러웠습니다. 둘째로 폐하께 붙은 자들 중 추밀원에서 보낸 자들이 섞여 있습니다."

"뭐? 그건 몰랐는데."

"폐하께선 발루아로 귀환할 때 저와 함께 계셨습니다. 정체를 파악하기 위해 사람을 붙여놓는 건 당연합니다."

"그럼 내게 붙었던 그 귀찮은 종자들이 전부 에셀레드가 보낸 게 아니었단 뜻이군."

"하여 이 작전을 공유하였을 때, 폐하의 행동에서 미묘하게 차이가 날까 우려되었습니다. 폐하께 붙은 자들은 특히 영민하고 눈치가 빨랐고, 행동 하나하나를 파고들어 분석하며 작은 단초로도 상대의 생각을 통찰하기 때문입니다. 추밀원에 숨어든 간첩을 색출하는 것도, 폐하의 누명을 벗기는 것도 수포가 될까 염려했습니다. 그 과정에서 폐하께 큰 무례를 저지르고 말았습니다. 진심으로 사과드립니다."

"……."

"도저히 용서가 안 되겠습니까."

"응? 아냐. 내가 가만히 있었던 건 그런 의미가 아니라……."

상념에서 깨어난 바스티안이 그녀를 응시했다.

"어쩐지 당신답지 않다 싶어서."

"……."

"마치 나 같아서, 이 방식이."

"……."

"그래, 이건 당신답지 않았어. 당신이 이런 방법을 택할 리 없어. 정말이지…… 예전의 나 같았어. 거리낌 없이 경계하고 남을 속이고 쳐내던 그때의 나 말이야."

"추밀원에 내통자가 있다는 걸 알았을 때 저 또한 많이 동요했습니다."

"당신이? 전혀 그렇게 보이지 않았는데."

무서우리만치 차분해, 위화감마저 들 정도였다. 그런데 속으로는 동요하고 있었다고?

바스티안이 놀라 묻자 에르완이 가볍게 고개를 끄덕였다.

"그렇습니다. 거듭 말씀드렸다시피 중요한 전투가 코앞이었고 무고한 이를 들쑤셨다간 반작용이 더욱 컸을 상황이었습니다. 가장 빠르고 정확하며 반발을 적게 살 방법이 절실했지만, 아무리 생각해도 떠오르지 않아 암담하기만 했습니다. 짐작 가는 이는 있었으나 어디까지나 알량한 직감일 뿐이었습니다. 그때 폐하라면 어찌하셨을지 생각했습니다. 제가 낼 수 없었던 답이 폐하의 시각에서 비추니 선명해졌습니다. 그러니 이번은 폐하께 감사드려야 할 일입니다."

아. 이제야 그녀에게서 느꼈던 감정의 정체를 알았다. 그녀에게는 위화감 있으나 제게는 어딘가 친근했던. 바스티안은 그 몇 마디 말로 모든 것을 수긍했다. 덫을 준비해두고 상대를 지켜본다. 도저히 에르완에게는 어울리지 않지만 바스티안이라면 능히 취했을 방법이었다.

그녀에게서 거울상 같은 자신을 보았다. 그러자 가슴속 어딘가 단단하게 응어리진 것이 풀렸다. 풀렸다기보단 납득했다. 녹아내려, 흔적 없이 사라졌다. 제가 평생 고수해왔던 방식을 스스로 비난할 수는 없는 노릇이었다.

"한심하군. 나까지 당신에게 꼼짝없이 속아…… 나를 믿지 못한다고 생각하고……."

"서운하셨습니까."

"창피하게도 그랬어."

바스티안은 숨기지 않고 인정하며 손을 잡아 올렸다. 유쾌하면서 애틋한 눈이 서로를 마주 보았다.

"당신을 변화시킨 게 나라서 기뻐. 나는 이런 당신도 나쁘지 않은 것 같아."

"……."

"아니, 오히려 좋아. 이건 진심이야."

그가 빠르게 말을 바꾸면서 그녀의 허리를 팔로 감쌌다. 그리고 당겼다. 갑옷으로 감싼 부분이 있어 완전히 밀착되기에는 어려움이 있었다. 껴안았다기에 어설픈 애매한 포옹. 바스티안은 그보다 살짝 낮은 눈높이의 황금색 눈을 바라보다가, 그 이마에 입술을 얹었다. 곱다랗게 긴 눈꺼풀이 내려가고 한없이 꼿꼿했던 이성이 느슨해졌다.

의심하기란 얼마나 쉬우며 사람을 믿기란 얼마나 어려운 일인가. 누군가를 사랑한다는 건 어쩌면 끝없는 불신에 대한 도전이었다. 가장 아픈 살갗을 내보이고 칼을 쥐여주는 일이었다. 그들은 전에 없던 여린 살점을 맞대고 오랫동안 안고 있었다.

그날 밤, 바스티안은 후베르트에게 다시 매를 보냈다. 서신 내용은 더없이 간단했다.

[앞에 한 말 취소.]

❖ ✳ ❖

휴전이라는 지극히 불안한 평화가 끝나고 발루아는 수많은 전투를 맞았다. 육지전과 해전이 하루에도 두세 번씩 동시에 발발했지만, 전쟁의 큰 흐름에 영향을 주지는 못하는 것들이었다. 거인들의 싸움은 따로 있었다.

발루아와 부르군트. 두 거인의 싸움만이 판도를 완전히 뒤집을 수 있었으며, 오랜 전쟁을 끝낼 수 있었다.

부르군트는 이번 기회에 발루아와의 전쟁을 끝맺고 대륙 너머 또 다른 세계와의 전쟁을 준비하고 있었고, 발루아는 모든 전쟁을 종결하고자 했다. 서로와의 전쟁을 마무리하는 것으로 합치되자 두 나라는 더 이상 망설이고 있을 필요가 없었다.

조약 파기 2일째, 노르 산맥을 따라 이동하고 있던 연맹국 병력과 노누스의 소수병이 맞닥뜨림. 대치 상황

3일째, 님펜 성 부근에서 급습 발발, 궁수병과 보병 3개 중대 출격하여 전투, 물자 조달이 시급함

4일째, 노누스의 소수병과 대치 상황 해제

5일째, 아르세니 영해에서 군함 세 척이 충돌, 마을에 불이 옮겨붙었으나 인명 피해 없음. 이동 중이던 아히발트 기사단 군물자 일부 소실

8일째, 마르티누스 앞바다에서 정찰용 선박 세 척 발견, 발포하였

으나 플랑드르 방향으로 사라짐

　9일째, 칼 군나르 리카르도 기사단과 소규모 전투 발발

　바스티안은 에르완의 집무실에 홀로 서서, 산더미처럼 올라온 보고문을 물끄러미 들여다봤다. 전면전 준비에 총력을 기울이고 있다고 전해 들었는데, 전투가 아무리 줄었다 해도 이 정도인 건가. 소전투라곤 해도 작은 나라 하나 정도는 뒤흔들 만한 규모였다.

　역사의 한 자락을 훔쳐보는 기분이군.

　그는 그로부터 두어 장 더 넘겨보다가 내려놓고 텅 빈 방 안을 돌아보았다.

　"그나저나 에르완은 언제 오는 거지? 오늘은 시간을 내줄 수 있다더니."

　창가에 빈둥빈둥 앉아 하얗게 눈 덮인 산을 구경하다가, 전술서를 뒤적이다가, 에르완을 위해 준비된 간식을 집어 먹으며 시간을 보냈다. 게으름을 피우는 건 그의 특기였으므로 그리 지루하지도 않았다.

　얼마나 지났을까. 문이 열리고 에르완이 나타났다. 따스한 햇살 아래 꾸벅꾸벅 졸고 있던 바스티안은 미끄러지려던 몸을 겨우 가누고 고개를 들었다. 에르완! 반갑게 부르려다, 그녀를 뒤따른 추밀원들을 보고 입을 다물었다.

　"폐하, 여기 계셨습니까."

　바스티안은 부드럽게 그녀의 시선을 받았다. 그를 바라볼 때엔 날카로운 얼음송곳이 불을 갖다 댄 것처럼 녹았다. 왕으로서 신하들 앞에 설 때와 사뭇 다른 표정. 아주 미묘한 변화지만, 바스티안은 이제 그것을 들여다볼 수 있게 되었다.

"기다리고 있었어. 보여주고픈 게 있어서."

"……."

"보여주고픈 게 있어서, 말입니다."

자연스러운 반말에 추밀원들의 눈이 휘둥그레졌다. 아차 하며 곧장 고쳤으나 이미 늦은 듯했다. 사실 왕이라는 사실이 밝혀진 이후 생활하기는 더욱 편해졌다. 더는 시시껄렁한 시비에 휘말리지 않아도 됐고, 친밀한 관계를 천명했으니 그녀를 만나러 오기도 수월했다. 물론 이제는 다른 쪽으로 묘하게 의심을 받기 시작했지만.

에르완이 몸을 반쯤 돌려 뒤를 보았다.

"남은 안건들은."

"어…… 세 개 정도 됩니다. 우선 알리아에서 보내온 공문과……."

"그건 내일 처리하도록 하지."

"예? 내일요?"

헤이거가 귀를 의심하며 고개를 번쩍 들었다. 왕의 지시에 반문을 하는 불경을 저질렀다는 건 그 후에야 깨달았다. 전혀 에르완답지 않은 명이라 당황스러움이 앞선 것이다. 다른 추밀원들의 반응도 별반 다르지 않았다.

그들의 왕은 제위한 이후 일을 다음 날로 미룬 적이 단 한 번도 없었다. 의식적으로 행해지기보단 습관처럼 몸에 배인 것이었다. 조금 전까지만 해도 오늘 밤을 지새워 남은 안건들을 정리하신다더니, 말을 번복하신 것도 모자라 하루 미루기까지 했다.

설마…….

추밀원들이 약속이라도 한 듯 동시에 바스티안에게 시선을 모았다. 잘리어 왕은 발루아 왕과는 사뭇 다른 인상이었다. 물과 기름, 얼음과 불꽃. 척 보기에도 닮은 점 하나 없는, 오히려 상반된 느낌. 오히려 그 래서 더 어울리기도 했다.

바스티안은 의심이 확신으로 변해가는 광경을 시시각각으로 볼 수 있었다.

"오늘은 이만 나가봐도 좋네."

둥둥 떠다니던 혼란을 끊어냈다. 가장 먼저 생각을 수습한 파르암 이 깊숙이 허리를 숙였다. 다른 추밀원들도 뒤이어 예를 갖추고 자리 를 떴다.

"미안, 내가 좋지 않은 시간에 온 것 같네. 좀 기다릴 걸 그랬나? 오 늘 조금은 여유가 있을 거라고 레이첼이 귀띔해주기에 찾아온 건데."

그들이 집무실에서 나간 후 바스티안이 고개를 기울였다.

"괜찮습니다. 무슨 일입니까."

"당신 곧 출정이잖아. 그 전에 만나게 해주고 싶은 사람이 있어서."

"어디로 가면 됩니까?"

에르완은 담담했다. 하지만 그녀가 제게 얼마나 집중하고 있는지는 익히 느낄 수 있었다. 가까워질수록 보이는 것들이 있었다. 제일 놀라 웠던 건 그와 가까워질 때면 그녀 또한 긴장한다는 거였다. 표정만으 로는 읽을 수 없었던 감정의 고조. 어느새엔가 숨소리와 눈빛마저 헤 아리게 되었다. 그가 다정하게 물었다.

"성 밖으로 나가야 하는데, 괜찮아?"

"출정 전, 병영을 점검해야 했을 뿐입니다. 대기 중인 병사는 모두 돌아보았으니 오늘은 이것으로 됐습니다."

"잠깐만, 잠깐. 나가기 전에 이것 좀 둘러."

바스티안은 미끄러지듯 일어나서 에르완에게 털목도리를 둘러주었다. 갑옷이 채 가리지 못해 훤히 드러난 목 부근이 맘에 걸렸던 차였다.

"밖은 무척 추우니까, 항상 하고 다니라고. 응? 은근히 사람 걱정시킨다니까."

"이보다 더한 추위도 맞아보았습니다. 목도리는 감사하지만, 추위로 인한 고충은 없습니다."

"계속 추운 데 살았다고 추위를 못 느끼는 건 아니지, 아니야. 나는 자도 자도 또 잠이 오거든. 특히 온종일 잤을 때는 다음 날 눈을 뜨고 있기가 고역이라니까. 하지만 왕이란 게 말이야, 언제까지나 잠만 자고 있을 수는 없지 않아. 신하들이 투덜대는 것도 들어줘야 하고 서명도 해야 하고 오늘 뭐 먹을지 골라야 하고 얼마나 바쁜 존재야. 이 귀찮은 걸 서로 하겠다고 어느 나라에선 칼부림도 난다던데. 선배 된 도리로 조언을 해주고 싶군. 좋은 것 하나 없는 자리이니 할 수 있을 때 도망치라고 말이야."

"……."

"내가 가장 부러운 게 뭔지 알아? 나무에 매달려 산다는 어떤 털짐승인데, 그놈은 세상에서 제일 행동이 느린데다 하는 일이라곤 자다가 나무 위에서 볼일을 보는 게 전부라더군. 맨날 자는 주제에 아직도 멸종이 안 됐잖아? 사람도 마찬가지야. 목숨이 얼마나 질긴지 쉽게 죽지 않는다니까. 그러니까 내 말은, 따뜻하게 입고 다니라는 거야."

명랑하게 말을 맺으며 바스티안이 목도리를 단단히 여며주었다. 좋아, 이거라면 조금은 안심할 수 있겠다. 뿌듯해하는 그를 에르완이 물끄러미 응시했다.

"폐하께서는 괜찮으십니까. 익숙지 않은 추위에 고되셨을 텐데."

"괜찮아. 그보다 요즘 당신이 시간을 일부러 많이 내줘서 기분 좋아."

에르완은 이전과는 달리 일정을 최대한 공유해주며, 시간이 날 때에는 방까지 찾아오기도 했다. 상냥한 말투에 속눈썹 아래 차분히 가라앉아 있던 눈동자가 내려갔다. 바스티안이 고개를 살짝 숙여 그녀의 이마에 이마를 맞댔다. 눈을 맞추어 시선을 끌어올렸다. 순금에서 뽑아낸 듯한 황금색 눈동자. 어디서도 본 적 없는 순수하고 우아한 색이다.

"혹시 출정을 앞둔 것과 관련이 있는 거야?"

"당분간 뵙지 못할 수도 있으니⋯⋯."

"그럴 줄 알았어. 날 두고 갈 생각이었군."

"개인적인 바람입니다."

"그 바람을 이뤄주지 못해 미안해. 난 당신이 뭐라 하든 곁에 있을 거거든."

바스티안이 단호하게 속삭였다.

"난 당신과 함께 갈 거야. 전쟁터든 어디든 상관없어. 잘리어에서 떠날 때부터 그렇게 결심했어."

"폐하의 안위를 위하여 그리할 수는 없습니다."

"내가 위험하다는 건 당신도 똑같이 위험하다는 뜻이겠지. 그래, 다칠 수 있어. 정말 운이 좋지 않으면 목숨을 잃을 수도 있겠지. 하지만 그렇다고 해서 당신을 혼자 보낼 수는 없어."

"발루아 성까지 모신 것은 오로지 이 성내에서는 폐하의 안전을 보장할 수 있기 때문입니다. 하지만 전장은 다릅니다. 군을 통솔하느라 폐하를 충분히 돌볼 수 없습니다."

"나는 돌봐야 할 어린애가 아니야, 에르완. 당신과 동등한 곳에서 세상을 보고, 이해하고 싶단 말이야. 또 알아? 데려갔는데 내가 엄청난 도움을 줄지."

"폐하를 위험에 빠뜨리면서까지 얻어야 하는 도움은 없습니다. 부디 이곳에서 자리를 지켜주셨으면 합니다."

"다른 거였다면 당신의 의견을 최대한 존중하겠지만, 에르완, 이것만큼은 그럴 수 없어. 내가 얼마나 끈질긴지는 여기까지 따라온 걸 보면 알겠지?"

발루아로 떠나는 날짜를 알려주지 않았는데도 귀신같이 알아내어 배에 숨어 있었다. 출항 시간이 새벽이었던 점을 감안하면 무서운 집념이었다. 결심한 이상, 아무리 떨어뜨려도 끝끝내 따라붙을 것이다. 온몸을 밧줄로 묶어 철장에 가두지 않는 한 그럴 것이다.

그 사실을 익히 인지한 에르완이 입을 다물자 바스티안이 이마를 떼었다. 부정하지 않는다고 해서 동의를 표한 건 아니라는 건 안다. 아마 출정길에 나선 다음에도 돌아가라, 돌아가지 않는다로 끊임없이 다투고 있을 것이다.

"폐하."

"바스티안."

"……."

"자, 이만 가자."

바스티안은 발루아 왕의 상징이나 다름없는 백금색 머리카락이 보이지 않도록 잘 가려준 다음, 손을 마주 잡았다. 망토가 드리운 그늘 아래서 물끄러미 그를 바라보던 에르완은 이내 발을 떼었다.

가장 먼저 안내한 곳은 앨버트 남매가 있는 골목길이었다. 말을 나란히 입구에 묶어두고 안쪽으로 안내하자 에르완이 의아하게 안을 살폈다.

"이곳은?"

"우리가 세울 병원을 운영할 의원들이 여기 있어."

"환자가…… 많군요."

안으로 들어가도 끊이지 않는 줄을 보고 그녀가 작게 말했다.

"이곳은 언제나 이래. 내가 처음 발견했을 때부터 쭉. 발루아가 운영하는 보호시설을 이용하지 못하는 사람들로 가득해."

"국가의 인가는 받지 못한 곳이겠군요."

"아쉽지만 그래. 발루아의 거의 모든 정책은 전쟁과 관련돼 있으니까. 우습게도, 인가를 받으면 이 사람들 대신 병사들을 치료해야 하거든. 그럼 여기 있는 환자들은 갈 곳이 없어지겠지."

"그렇겠군요."

더 이상 설명은 덧붙이지 않아도 됐다. 아마 그녀의 머릿속에서는 방대한 양의 관련법령이 펼쳐지고 있을 테니까.

바스티안은 이 처절한 나라의 흠결을 꼬집고자 하는 게 아니었다. 그저 그녀가 주로 보았을 단면을 반대편으로 돌려주고 싶었다. 눈앞을 투명하게 가로막은 유리를 깨버리고 싶었다. 공허하게 멈춰 있던 그를 그녀가 세계로 끌어내었던 것처럼.

"아, 알레테아 씨!"

마침 소독용 천 더미를 가득 안고 지나가던 여성이 저를 부르는 소리에 멈추었다. 바스티안을 보고서 놀란 듯 눈을 동그랗게 뜨더니 이내 가늘게 좁히며 휙 가버렸다. 이크, 역시 화났군. 그가 혀를 차며 그녀를 쫓아갔다. 에르완은 그 모습을 가만히 지켜보다가 조용히 뒤를 따랐다.

"미안합니다, 알레테아 씨. 아무 말 없이 나오지 않을 생각은 아니었는데, 사정이 있어 그렇게 됐습니다."

"됐어요. 저희는 책임감 없는 사람과는 일하지 않아요."

"고의가 아니었어요. 우선 무거워 보이는데 좀 나눠서 들죠."

"됐거든요! ……꺅!"

도움의 손길을 피하려고 몸을 휙 돌리다, 그만 중심을 잃고 넘어지고 말았다. 막 깨끗하게 빨아온 듯한 천들이 바닥에 폭삭 내려앉았다. 바스티안은 얼른 허리를 숙여 그녀에게 손을 내밀었다.

"괜찮습니까? 다친 덴 없어요?"

"으, 윽…… 전 괜, 괜찮은데 환자들이 덮을 이불이…… 꺅!"

엉덩이를 문지르던 알레테아가 다시 먼지투성이가 된 천을 보고 비명을 질렀다. 허겁지겁 주워 천을 털어대는 그녀를 바스티안이 같이 도왔다.

"괜찮아요. 땅에 닿은 천들만 골라내어 다시 소독하면 될 것 같으니까. 같이 하면 얼마 걸리지 않을 거예요. 늦었지만 도와줘도 괜찮겠죠?"

"으, 으으…… 좀 부탁드리겠습니다."

조금 전까지 화를 내고 있던 터라 말을 번복하기가 민망했지만, 진료를 기다리는 환자가 긴 줄을 이루고 있어 시간을 지체할 수는 없다. 알레테아가 고개를 푹 숙이며 부탁하자 바스티안은 먼지 묻은 천만을 솜씨 좋게 골라 들었다. 도와주려고 다가오는 에르완에게 "괜찮아, 나 혼자 할 수 있으니 여기서 잠깐만 기다려줘."라고 속삭이고는 한달음에 우물가로 쫓아갔다. 그가 일을 다 마치고 빈손으로 돌아오기까지는 삼십 분도 채 걸리지 않았다.

알레테아가 입술을 동그랗게 모았다.

"정말이지…… 처음 일하실 때도 생각했지만 손이 빠르세요. 저희 오빠가 마음에 들어할 만해요."

"그랬다니 영광이네요. 이제 화는 좀 풀리신 겁니까?"

연신 쏟아내던 감탄을 멈추고, 그녀가 흘끔 곁눈질했다.

"아까 화낸 건 죄송해요. 같이 일하기 좋은 사람을 찾은 지 얼마 안 돼서 사라져버려서 오빠도 저도 무척 속상했거든요."

"이것 참 죄송하게 됐군요. 제가 한동안 또 자리를 비우게 됐거든요. 그런데 혹시 카시어스 님도 함께 이야기 나눌 수 있을까요? 드릴 제안이 있어서 말입니다."

"무슨 제안입니까?"

낮은 목소리가 귀를 끌었다. 언제부터였는지 카시어스가 먼발치에서 지켜보고 있었다. 바스티안이 정중히 인사하는 사이 알레테아가 총총거리는 걸음으로 그 옆으로 뛰어갔다.

"처음부터 목적을 가지고 우리를 찾아오신 분이라고 느꼈습니다. 말씀해보십시오."

"불순한 의도는 아니었습니다. 그저 두 분이 이 나라에 꼭 필요한 재원이라는 생각에, 꼭 모시고 싶어져서 말입니다. 민간인들을 위한 병원을 차릴 예정인데 그곳에……."

"티안 씨는 저희가 왜 숨어서 치료를 하고 있는지 모르시는 모양이군요. 저희의 행위가 양지에 드러나게 되면 법의 처벌을 받습니다. 더 이상 환자들을 보지 못하게 될 수도 있습니다."

그가 조용히 말을 내리누르자 바스티안의 입가에 미소가 그려졌다.

"물론 그렇게 될 수도 있겠죠. 어디까지나 지금의 법이 당신들에게 그대로 적용된다는 전제하에서."

"무슨 말씀이세요? 저희를 위해 누군가 법을 바꿔주기라도 한다는 건가요?"

"이 나라를 통치하는 왕이라면 그럴 수도 있겠지요."

그가 가볍게 내뱉은 말에 두 사람의 얼굴이 묘하게 변했다. 알레테아는 반쯤 그의 정신상태를 의심하는 것처럼 보였다.

"그러니까…… 저희가 환자를 볼 수 있도록 티안 님께서 폐하께 허락이라도 받아오셨다는 건가요?"

"그럴 예정입니다. 당신들의 능력을 얼마간 옆에서 봐온 결과 꽤 쓸 만하다고 판단했거든요."

"아하, 하하하, 죄송하지만, 티안 님께서 폐하와 아는 사이라도 된다는 말씀이세요? 농담도 그런 농담을…… 만약 티안 님이 폐하와 아는 사이라면 저는 추밀원일 거랍니다! 하하!"

"알레테아, 그만해라."

"하지만 오빠, 진짜 웃기잖아! 그렇지 않아?"

알레테아는 눈물이 나도록 웃었고, 카시어스는 난감해하며 상대를 바라보았다. 이 이야기가 더 이어지지 않기를 바라는 눈치였다. 익히 예상한 반응에 바스티안은 놀라지 않았다. 어깨를 으쓱하며 이 상황을 종식시킬 수 있는 사람을 돌아볼 뿐이었다.

"에르완, 이 골목길에 당신의 정치자문단 중 하나가 있었던 모양인데, 혹시 알고 있었어?"

웃음이 뚝 멎었다. 에르완은 자연스레 제게 몰리는 시선을 마주하고 얕은 한숨을 쉬었다. 로브를 걷어내자 그늘로 덮였던 얼굴이 드러났다. 굽어보는 황금빛 눈.

땅을 짚은 카시어스의 지팡이가 심하게 떨렸다. 산사태처럼 무너졌다.

"폐…… 폐하."

"어? 오빠, 폐하라니, 무슨 말을…….."

카시어스는 겨우 손을 가누어 알레테아의 옷을 잡고 쭉 끌어내렸다. 어, 어 하며 엉겁결에 같이 바닥에 무릎 꿇게 된 그녀는 멍하니 고개를 들었다.

언젠가 들은 적이 있었다. 그들의 왕은 그 앞에 선 모든 이를 겸허하게 만드는 사람이라고. 온 천지에 날리는 눈발 속에서도, 강물처럼 흐르는 전장의 핏물 속에서도 녹슬지 않는 검이라고.

저절로 고개를 숙였다. 보이지 않는 손이 목덜미를 잡고 짓누르는 듯했다. 고삐가 채인 듯 제 뜻대로 움직일 수 없었다. 한편으론 무서워서 눈물이 다 났다. 언젠가 법을 어긴 걸 들켜 큰 형벌을 받을지도 모른다 생각했지만, 막상 맞닥뜨리니 온몸이 떨렸다. 환자들을 치료하며 느끼던 보람이 다 헛일같이 느껴졌다. 땅을 짚고 떨리는 손이, 새벽 서리가 내린 길바닥보다 더 차가워졌다.

"군의관이었다 들었다."

머리 위로 떨어지는 목소리가 천근같았다. 눈을 질끈 감았다. 카시어스는 불편한 다리를 억지로 구겨 꿇은 채로 이마를 땅에 박았다.

"다트머스 영지에서 차출되어 용병부대 후위에서 부상자들을 치료하였습니다. 사 년 전 전투에 합류하여 폐하를 처음 뵈었습니다."

"다리는 어쩌다가."

"……테런스 언덕에서 작전이 실패하였습니다. 저희 머리 위로 화살이 쏟아졌고 후위에 있던 저희들에게 먼저 퇴각명령이 내려져 도망쳤습니다. 그러다 부상이 심해 낙오된 이를 발견했고, 부축하여 도망가던 중 저 또한 화살을 맞았습니다."

"그게 언제인가."

"이 년 전입니다. 그 후로는 대열에 합류하지 못한 채로 최후방에서 대기하며 지원하다가, 다리가 나을 가망이 없다는 이유로 군에서 나오게 되었습니다."

"그 후로는 쭉 여기서 일한 건가."

"제 죄는 제가 더 잘 압니다. 죽여주십시오. 다만 여동생만은 용서해주십시오. 아무것도 모른 채로 제가 시킨 대로 했을 뿐입니다."

목소리의 떨림이 어느새 멎어 있었다. 가슴이 덜컹 내려앉았다. 알레테아는 그녀의 오빠가 어떤 상황에서 저런 목소리를 내는지 알았다. 죽음을 각오했을 때, 모두가 말리는데도 홀로 집을 나서 전장으로 향할 때.

알레테아는 다짜고짜 두 손을 뻗었다. 눈앞으로 날아오는 단두대 날을 그대로 맞고 있을 수만은 없었다.

"폐하, 살려주십시오."

"알레테아!"

카시어스가 깜짝 놀라며 그녀의 팔을 당겼으나, 망토자락을 붙들고 늘어진 악력이 만만찮았다. 바스티안이 흠칫 놀라며 다가왔지만, 눈물이 눈을 가득 채우며 시야를 흐릿하게 만들었다.

"법을 어기려던 건 절대 아니었습니다. 저희는 심지어 돈도 받지 않는걸요. 그냥, 그저 저희를 찾아오는 사람들을 거절하지 못했을 뿐이어요. 이 나라를 떠나라 명하시면 지체 않고 가겠습니다. 저는, 오빠는……."

입을 벌벌 떨었다. 환자들을 치료하느라 집도 장신구도 다 팔아버린 탓에 가난하게 살았지만, 매일 아침 오빠에게 하는 소리가 이렇게는 못 산다는 말이었지만, 지금은 아니었다. 목숨만 건질 수 있다면 썩어 문드러진 채 살아도 상관없을 것 같았다. 도망을 치고 싶어도 그들을 기다리는 환자들을 두고 그럴 수 없었다.

대체 어떻게 죽게 될까. 불에 타죽을까? 찢겨 죽을까? 목이 베여 죽을까? 목이 잘려 성 앞에 높이 효수될까? 생각하다 보니 더 무서워져서 알레테아는 결국 목 놓아 울고 말았다. 오빠마저 흠칫하며 놀라 떨어질 목청이었지만, 사람이 죽음을 앞에 두고 수치가 어디 있나 싶었다. 꺼이꺼이 울음을 터뜨리는 그녀를 커다란 그림자가 덮었다. 차갑게 얼어 부르튼 손 위를 따뜻한 온기가 덮었다.

"울지 말거라. 너희를 벌하러 온 것이 아니다."

알레테아가 눈물을 뚝 그쳤다. 제 구차함이 민망할 새도 없었다. 무엄하게도 왕의 얼굴을 똑바로 마주했다. 눈에 담기도 어려울 황금빛이다. 아름답다거나 곱다는 말은 무례가 될 것이다. 사람이 아니라 커다란 나무가 무성한 숲 같았다.

오빠는 전쟁이 끔찍한 무저갱이라 했다. 사람이 죽고, 다치고, 한쪽이 병신이 된 채 삶을 짊어지는 일이 많아 석 달 만에 무감각해진다 했다. 한 발만 내디뎌도 썩어들어가는 살점 냄새가 코를 찌르고 군화는 매양 피로 젖어 있다. 살아 숨 쉴 수 있는 지옥이었고 빠져나갈 수 없는 구렁텅이였다. 수많은 눈이 등 뒤를 노리고 팔을 뻗으면 손이 잘리는 곳. 사선(死線)의 감각을 견디다 보면 누구도 짐승이 될 수 있었다.

그녀가 물었다.

「그럼 우리 폐하는?」

카시어스가 돌아보며 답했다.

「무슨 말이냐.」

고개를 갸웃거렸다.

「우리 폐하는 어렸을 때부터 평생을 전장에서 보내셨잖아. 그럼 그 분도 짐승이야? 사람이 죽는 걸 아무렇지 않게 볼 만큼 비정해?」
「그건…… 잘 모르겠구나. 멀리서 어렴풋이만 뵈어서 말이다. 존경하고 따르는 부하들이 많은 분이셨지.」

　알레테아는 답을 듣지 못했지만, 아마 그럴 것이라 짐작했다. 거듭되는 경험이 사람을 참 쉽게 바꾸는 걸 안다. 저만 해도 피를 보고 덜덜 떨던 옛날과 달리 지금은 잘린 손가락을 멀쩡히 꿰매주게 되었으니까. 성군이라 칭송받아도 막상 만나면─만날 일도 없겠지만─무서운 분일 거라 생각했다.
　"짐 곁엔 딱 너만 한 시녀가 있다. 그 아이도 처음 짐을 만났을 때 이렇게 두려움에 떨었었지. 그때가 생각나 가슴이 아프구나. 그러니 울지 마라."
　볼을 감싸는 손은 믿을 수 없는 온기를 품고 있었다. 황폐한 전장과는 도저히 어울리지 않는, 어떤 초연하고 새하얀 빛.

심장이 너무 빠르게 뛰어 숨 쉬기조차 아팠다. 눈을 피할 용기가 나지 않았다.

"떨지 않아도 된다. 다만, 너희들의 이야기를 더 들려다오."

안타깝게 웃는다. 버려진 병사, 부상자, 나라를 잃은 사람들. 그 모두가 안고 가야 할 상처였다.

✦ ✳ ✦

앨버트 남매의 이야기를 듣는 데 반나절이 훌쩍 지나갔다. 바스티안이 에르완과 함께 골목길 밖으로 나선 건 노을이 하늘을 반쯤 삼킨 후였다.

"이런, 벌써 해가 졌잖아. 그래도 새로운 걸 보고 들은 시간이었어. 그렇지, 에르완?"

"그들이 많이 놀랐습니다."

큰길로 나서자마자 기지개를 쭉 켜는 그에게 그녀가 말했다. 무언가를 떠올린 듯 바스티안이 고개를 절레절레 저었다.

"그치. 여동생 쪽은 울음을 달래는 데 한참이 걸렸지. 그래도 당신이 잘 달래주던걸."

"그런 식으로 사람을 놀라게 하는 건 좋지 않은 방법입니다. 제가 접근할 수 있는 더 좋은 방법이 있었을 겁니다."

"왜, 난 이런 거 좋던데. 재미있잖아."

"폐하."

목소리가 한층 엄격해졌다. 이크, 바스티안이 입을 다물었다. 저런 목소리를 낼 때면, 한껏 진지하고 근엄한 연설이 이어지곤 했다. 어느 날은 해가 다 넘어갈 때까지 끝나지 않았고, 또 어떤 날은 한숨도 자지 못하기도 했다…… 거기까지 생각이 닿자 그가 얼른 항복을 선언했다.

"알았어, 알았어. 당신이 무슨 말 하는지 알아. 하지만 어쩔 수 없었잖아. 나는 곧 자리를 오래 비워야 하고, 내 제안은 그들 입장에선 믿기 어려웠을 테고. 그나마 오빠 쪽이 군의관이라 당신을 보여주는 게 가장 빠른 방법이었어. 얼마나 효과 있었는지는 조금 전에 같이 확인했잖아. 이번은 좀 봐줘."

"……폐하의 심정은 그들의 이야기를 들으며 이해할 수 있었던 게 사실입니다."

앨버트 남매는 어째서 그 골목길에서 숨어서 환자를 볼 수밖에 없었는지, 쫓겨나고 도망 다녀야 했던 과거를 겨우겨우 꺼냈다. 말 하나하나가 돌덩이처럼 떨어졌다. 전쟁 속에 켜켜이 쌓인 고통 앞에 에르완은 법의 잣대를 들이대고 싶지 않았다. 그저 듣고, 들었다. 그들은 물론 환자들에게 처벌을 내리지 않을 것이며 좀 더 좋은 환경을 제공해주리라 약속했다.

앨버트 남매는 그들의 방황과 고난을 왕이 가엾게 여긴다는 데 또다시 눈물을 보였다. 그들이 들인 세월을 인정받은 데 대한 어찌할 수 없는 감동이었다.

"그들이 바라는 대로 제도를 바꿀 수는 없을 겁니다. 국가가 오랜 시간 견고히 다져온 법에는 그만한 이유가 있으며, 그것이 곧 나라의 기틀이자 주춧돌이기 때문입니다."

"당장 지원해달라는 건 아니야. 시간이 오래 걸리겠지. 잘리어도 마찬가지야. 무엇 하나 바꾸기가 쉽지 않지. 우리는 왕이지만, 발루아와 잘리어는 우리가 태어나기 훨씬 이전의 유구한 세월 동안 존재해왔으니까. 자칫하면 근본을 건드려 나라가 무너질지도 모르는 일이니 신중해야 하지. 어쩌면 당신 대(代)에서 끝나지 않을지도 몰라. 다음, 그 다음까지 넘어갈지도 모르지. 하지만 당신이 그들의 존재를 인정해주었으면 됐어. 그게 큰 한 걸음이라고 생각해. 그들도 마찬가지겠지. 당장 개선되지 않더라도 다름 아닌 당신이, 왕이, 그들의 이야기에 귀를 기울여줬다는 위안을 평생 안고 갈 거야. 처지가 좋아지지 않더라도 당신을 원망하지 않을 거야. 내가 만났던 많은 이들이 그랬듯이."

"그렇겠……습니까."

"왕은 국가에서 가장 중요하고 큰 존재지만, 우리는 알잖아. 실은 아무것도 아니라는 거. 누구나와 똑같이 고민하고, 고뇌하고, 너무 힘들면 때로는 도망치고 싶기도 한 사람이라는 거. 무소불위의 권력으로 모든 걸 다 바꿀 수 있을 것 같지만, 사실 그렇지 않다는 거."

"……."

"적어도 나와 당신은 알잖아."

노을빛을 등진 채 돌아보는 얼굴이 꽤 서글퍼 보였다. 서로를 이해하는 시선이 사슬처럼 얽혔다. 그대로 엉켜, 풀리지도 끊기지도 않았다. 그들이 가진 근본적인 고독과 외로움이 있었다. 말로써 속내를 헤집지 않아도 충분히 같은 감정을 느끼고 공유했다. 밀어내려 해도 밀려들어왔다.

둘은 말이 없어졌다. 그런데도 빈 구멍에 무언가가 차올라 빼곡히 메운 듯 충만해졌다. 허전하고 메말라 있던 땅에 이슬비가 내린 듯 촉촉했다.

길고 긴 길을 걸어 우물가 근처, 말을 매어둔 곳에 가까이 갔을 때였다. 히히힝! 아주 멀리서부터 주인의 기척을 느끼고 있던 하얀 말이 발을 크게 구르며 주인을 반겼다.

"아스트리드."

금방이라도 밧줄을 끊어내고 달려갈 것 같던 놈이 얌전해졌다. 콧잔등을 쓸어주는 손길에 쉼 없이 구르던 발도 잠잠해졌다. 빛을 머금은 듯 반짝이는 갈기가 기다란 선을 그렸다. 바스티안은 그들의 눈물겨운 상봉을 다소 부러운 눈으로 지켜보았다. 저 아스트리드라는 놈은 좋은 혈통을 타고난 명마다. 어떤 전장에 나간다 하더라도 에르완이 부르면 모든 걸 뚫고 찾아올 충성으로 무장해있다. 그에 비해 이놈은…….

"너는 대체 뭘 하는 거냐?"

바스티안은 그 옆에 매인 또 다른 말에게 물었다. 야생에 있던 놈을 잡아다가 안장만 얹은 것처럼 천방지축인 놈이었다. 밧줄을 짓이기고, 제가 묶인 나무울타리를 발로 차기를 반복한다. 좀처럼 도망칠 수 없어 약이 올랐는지 발놀림이 거셌다. 푸르르르! 잔뜩 성난 투레질이 기가 막혔다. 주인을 버리고 가지 못해 성질부리는 말이라니.

"이만 돌아가시죠."

에르완이 일찌감치 안장에 올라갔는데도 바스티안은 놈이 하도 발광해대는 바람에 벌써 두어 번 떨어지고 말았다. 콧방귀를 뀌는 말을 향해 이를 갈며 그가 말했다.

"아니, 잠깐만. 당신이 만나야 할 사람이 하나 더 있어."

"이미 해가 졌습니다."

"그리 오래 걸리지 않을 거야. 이곳에 도착한 지는 꽤 됐는데, 당신이 워낙 바빴어야지."

"누구입니까?"

"흠, 누구라고 설명하기가 참 어려워서. 일단 가지. 여기서 그리 멀지 않아."

바스티안은 그렇게 말하면서 다시 말에 올라타길 시도했다. 미처 오르기도 전에 놈이 앞발을 치켜든 탓에 또 미끄러져 바닥을 굴렀다. 그는 아무렇지 않은 척 먼지를 털어내며 일어났다. 더는 볼썽사나운 꼴을 보일 수 없어 하는 수 없이 고삐를 잡아끌며 앞장섰다.

"알지, 에르완? 나 말 잘 다루는 거. 이놈이 특이한 거야, 이놈이."

"넘어진 곳은 괜찮으십니까."

"괜찮아! 괜찮다니까!"

실은 마지막은 좀 아팠지만, 민망해서 차마 티를 낼 수 없었다. 내가 말을 잘 못 다루는 게 절대 아니다. 잘리어의 고약한 말들조차 손만 대면 얌전해지지 않았나. 그런 의미에서 바스티안은 일생일대의 강적을 만난 셈이었다.

괘씸하게도 놈은 바스티안을 태우지 않은 것에 만족하지 못하고 계속 달아나려 고삐를 쭉쭉 당겼다. 이 줄다리기에서 패배해 놓친 적이 적지 않았다. 툭하면 도망가는 바람에 겨우겨우 걸어 성에 도착하면 놈은 얄밉게도 마구간에서 여물을 씹어넘기고 있었다. 주인을 비웃는 것처럼 검은 눈을 반들반들 빛내면서.

한 번은 몰라도 두 번은 당할 수 없지.

그가 단단한 힘으로 고삐를 당기자 놈이 매우 불만스러운 울음소리를 냈다. 정말이지 감당하기 힘든 놈이었다.

"다 왔어. 저기야."

그가 가리키는 곳은 어둑어둑한 밤을 밝히는 여관이었다. 또다시 도망가려 발버둥치는 말을 힘껏 당겨 매어두고는 에르완을 안내했다. 사람이 북적거리는 일 층에 비해 삼 층은 개미 그림자 하나 보이지 않았다. 방도 단 하나뿐이고. 누군가를 비밀리에 만나기엔 참 좋은 구조였다.

"에르완, 여기인 것 같아."

바스티안이 문을 열며 먼저 들어가라고 고갯짓했다. 잠시 그를 바라본 그녀가 안으로 들어서자 누군가 급하게 몸을 일으켰다. 여자였다.

"도미니크 공."

부른다기보다 감탄했다. 에르완은 놀란 나머지 걸음을 멈추기까지 했다.

"예, 폐하. 저입니다."

"공. 어떻게……."

"폐하를 뵈러 먼 길을 찾아왔습니다. 이제야 폐하께 정식으로 인사 드리는 불충을 용서하십시오."

"아니, 아닙니다. 제가 길이 바빠 작별인사도 제대로 하지 못하였습니다."

도미니크는 깊숙이 예를 갖추었다 올라왔다. 반가운 마음에 그녀의 손을 붙들고 놓아주지 않았다. 여왕치고는 꽤 큰 선의의 표시라 바스티안마저 눈을 휘둥그렇게 떴다. 도미니크가 온화하게 눈을 접었다.

"공대에 몸 둘 바를 모르겠습니다. 편하게 하대해주십시오."

"어찌 이 먼 길을 왔는가."

"아, 그게, 도미니크 공이 당신을 만나러 발루아로 오겠다고 내게 서신을 보냈지 뭐야. 만나게 해줘야 할 사람이 있다나. 문제는 그 서신이 도착한 게 고작 사흘 전이고, 공은 이틀 전에 도착했다는 거지. 정말 제멋대로인 신하가 아닌가."

바스티안이 느긋하게 자리에 먼저 앉으며 덧붙였다. 은근히 태도를 지적하는 말을 도미니크는 들은 척도 하지 않았다. 얼마 전까지는 매일같이 보았던, 익숙하고 그리운 광경에 에르완은 옅은 미소를 지었다.

"왜 성으로 오지 않고 이런 곳에 머무르고 있나. 오늘이라도 당장 들어오게."

"그게…… 도저히 성에 들어갈 수 없는 사람과 동행하고 있어서 말입니다. 먼저 앉으시지요, 폐하. 누추한 곳에 모시게 되어 황송합니다."

"와, 이건 무슨. 공이 그렇게 왕을 극진히 대할 수 있는지 정말 몰랐군."

바스티안이 작은 야유를 보냈다. 그녀는 들은 척도 하지 않고 에르완을 자리로 이끌어 앉혔다. 시선을 떼지 못하는 왕에게서 조심스럽게 손을 빼내고 옆에 있던 짐 중 책 몇 권을 꺼내었다.

"받으십시오. 폐하께 드리는 선물입니다."

"이것은?"

"제 가문은 대대로 해적을 부리고 그들과 물밑으로 거래를 해왔습니다. 바다를 호령하는 거물부터 잔챙이까지. 전 세계에서 만나지 않은 자가 없었죠. 처음 손을 잡았을 때부터 그들과 쌓인 세월을 기록해 놓은 교류서입니다."

"아니, 그런 게 있단 말이야? 짐에게 먼저 보여줬어야지!"

침대에 누워 빈둥거리던 바스티안이 튕기듯 일어났다. 해적과의 교류서라니, 어떤 유서 깊은 나라의 도서관을 뒤져도 절대 얻을 수 없는, 세상에 단 한 권뿐인 책이었다. 손을 대면 부스러질 정도로 낡고 오래된 표지였다. 염료를 덧칠해 발라가며 정성스럽게 보존해오지 않았더라면 일찍이 바스러졌을 것이 분명했다. 에르완은 받아든 그대로 도미니크를 응시했다.

"이런 귀한 것을 내가 받아도 되겠는가."

"물론입니다. 저희 잘리어를 지켜주신 데 대한 고마움의 표시인걸요. 폐하께 흥미롭기를 바랍니다."

"고맙네. 소중히 읽고 내 친히 왕실 문서고에 따로 보관해두도록 하겠네."

"그리 아껴주신다니 황송하기 그지없습니다. 더한 영광이 될 것입니다."

"거참, 재밌겠네. 흥미진진하겠어. 나도 읽어야겠군."

감동스러운 대화에 바스티안이 방정맞게 한마디 거들었다. 도미니크가 갑자기 눈을 깔았다.

"폐하를 만나겠다는 사람도 그 책과 무관하지 않사온데……."

"성에 들일 수 없는 이와 동행하고 있다고 했지. 대체 누군데 그러나."

"들어오게."

도미니크가 안쪽에 있는 방문을 향해 목소리를 높이자 인기척이 다가왔다. 나무로 된 바닥을 짓밟는 무거운 발소리였다. 오, 방이 하나더 있었어? 벌컥 열리는 방문 너머를 보기 위해 바스티안이 목을 쭉뺐다. 가장 먼저 눈에 보인 것은 오른쪽 안면을 크게 차지하고 있는 검은 흉터였다. 정체 모를 해양생물이 다리를 뻗고 자리를 잡은 것처럼 길고 흉측한 흉터. 타고난 듯한 잿빛 머리카락은 그가 등에 짊어진 늑대털 색과 비슷했다.

"드레이크라 합니다."

거친 목소리는 마치 짐승 울음소리처럼 들렸다. 인상과 몸집은 리산더와 비슷했지만, 그보다 훨씬 점잖은 자였다. 하얗고 굵은 눈썹 밑으로 쇠로 갈아낸 듯한 눈동자가 보였다. 쿵쿵거리며 다가와서 의자에 풀썩 앉는다. 어깨로부터 내려오는 붉은 천이 펄럭였다. 옷깃은 빳빳하고 물 한 방울 묻지 않았는데도 묘하게 바다 냄새가 났다.

"해적입니다."

그가 간단히 답을 주었다. 에르완의 눈이 천천히 가늘어졌다.

"드레이크."

"……."

"바다의 응징자, 드레이크가 자네인가."

"바로 알아보시는군요."

드레이크가 칭찬하듯 응수했다. 에르완은 도미니크에게 보이던 호의는 모두 갈무리한 채 그를 바라보고 있었다.

바다의 응징자, 드레이크라면 바스티안 또한 익히 들어본 이름이었다. 바다가 맞닿은 나라에서는 모르기가 더 어려운 이름이었다. 한때 바다를 점령하고 호령하며 해적들의 존경을 샀던, 수많은 나라에겐 골칫덩이였던 자였으니까.

드레이크가 이끄는 배가 무려 백 척이 넘었고, 사들이는 군수물은 강대국을 상대할 만큼 대단했다. 밀수, 약탈, 납치…… 수많은 범죄를 저질렀으나 누구 하나 저지할 수 없었다. 그는 바다의 제왕이었고, 강한 충성심으로 무장한 해적들을 거느리며 전 세계 곳곳에 손을 뻗었다.

발루아 또한 그들 때문에 심한 곤욕을 치른 나라 중 하나였다. 해상전을 치르러 가는 군함을 약탈당했을 땐 큰 위기에 몰리기도 했었다.

그 모든 짓을 저지른 장본인이 지금, 눈앞에 있었다.

"폐하를 직접 뵈오니 그 위대하신 위명이 허투루 붙은 게 아님을 알수 있겠군요. 과연 부르군트가 애먹을 만합니다."

드레이크가 입술을 쭉 찢으며 이를 드러냈다.

"그대가 어찌 살아 여기 있는가. 부르군트와의 해전에서 패배해 죽음을 맞이했다고 들었는데. 발루아는 범법자를 반기지 않는 땅이다."

"폐하, 이자는 부서진 나무판자에 몸을 맡긴 채 바다를 떠돌다가 해적들에게 잡혀 제게 왔습니다. 당장 목을 베어야 마땅한 줄은 아오나, 발루아에 꽤 유리한 말을 떠벌리기에 데려왔습니다. 심기가 불편하시다면 당장 이자를 내쫓고 저 또한 죄를 받겠습니다."

도미니크의 간곡한 청에 에르완이 눈꺼풀을 지그시 내렸다.

"……일단 이야기를 들어보지. 그대가 기꺼운 게 아니다. 오로지 그대를 여기까지 데려온 이를 신의하기 때문이야."

오랜 침묵 끝에 내린 결론이었다. 드레이크가 낄낄대며 고개를 숙였다.

"대단한 호의십니다. 폐하. 제 부하들이 발루아도 꽤나 괴롭혔던 걸생각하면 말입니다."

"뭐, 부르군트 함대까지 건드렸다면 제정신이 아니었을 테니까. 어느 나라도 대수롭지 않겠지."

침대에 자빠져 있던 바스티안이 점잔을 빼며 의자에 앉았다. 이런, 에르완 곁에 앉으려다 보니 드레이크의 흉터를 코앞에 두게 되었다.

으, 흉측하기 짝이 없군.

"그렇습니다. 부르군트 함대는 물정 모르는 부하 놈이 침몰시켰죠. 그런데 그게 하필이면 군수물자를 옮기던 운반선이었지 뭡니까. 프리드리히가 화가 단단히 나, 해적들을 모두 소탕하라는 지시를 내렸습죠."

"세계적인 위용을 자랑하는 부르군트 해군 아닌가. 화가 날 만하지. 그래서 그 뒤는 어떻게 됐지?"

"프리드리히 왕은 모든 함대를 쏟아부어 해상의 모든 해적을 소탕했습죠. 바다 위에 솟은 것은 모두 쳐내려는 것 같았습니다. 저희는 세상에 알려진 미친놈들이었지만 그놈들도 못지않았습니다. 그들은 어찌한 것인지 제가 있는 거점을 알아냈고 전방위로 포위했지요. 저희도 충분히 싸워볼 만했지만, 그럴 수 없었습니다. 제 유일한 혈육인 사촌동생을 포로로 잡고 있었거든요. 녀석은 피투성이가 된 채로 뱃머리에 매달려 있었죠. 죽은 줄로만 알았던 녀석이 살아 있는 걸 보니 도저히 포기할 수가 없었습니다."

"그래서? 항복한 건가?"

"그들이 요구한 건 우리가 빼앗아간 부르군트 함대였습니다. 그걸 내놓으면 포로도, 우리도 살려주겠다고 하더군요. 저는 당연히 그 요구를 승낙했지만…… 함대를 되찾는 순간 그들은 사촌의 머리를 자르며 대구경 주포를 쏘아댔지요."

"허."

"전부 침몰해 죽었습니다. 저는 부서진 나무판자에 매달린 채 한 달을 떠돌아다녀야 했습죠."

무거운 침묵이 공기를 내리눌렀다.

"도미니크가 왜 데려왔는지 알겠군. 그러니까 자네는 사촌과 부하들을 죽인 부르군트에 복수를 하고 싶고, 그들과 오랫동안 척을 져온 나라가 발루아이니 이쪽에 붙고 싶다?"

"같은 적을 가졌다 하여 모두 아군이 되는 건 아니네."

고요한 목소리는 그 무엇보다 큰 무게감을 담고 있었다.

"아군은 제 등을 맡길 수 있을 만큼 신의를 가져야 하네. 자네가 어떤 기지를 발휘할 수 있는지는 어디까지나 그다음 문제야. 우리 군이 과연 자네를 믿고 협력할 수 있을지, 짐은 오로지 그것만 생각하네."

"폐하, 제 능력은 폐하께서 짐작하시는 그 이상일 겁니다."

"……"

"속는 셈치고 소인을 부려보십시오. 적의 적은 아군 아닙니까, 폐하. 복수에 눈먼 사냥개를 풀어놓으면 어떤 사냥감을 잡아올지 기대되지 않습니까?"

분명 드레이크는 전장에 큰 변수를 가져올 만했다. 그가 대륙과 해상에 떨쳤던 위명이 어디 보통이었던가. 수천의 해적을 발밑에 두고 바다를 호령하던 황제다. 해상전에 약한 발루아에 크게 조력할 수 있음은 누가 보아도 명백했다.

하지만 요동치는 파도에 고삐를 채워둘 수는 없는 법. 제어할 수 없는 칼날은 오히려 아군을 찌르기도 한다. 에르완은 더더욱 신중해졌다.

"자네의 복수를 위해 우리 군과 물자를 내어줄 수는 없네. 이 땅에 발을 들인 죄는 묻지 않을 테니 당장 떠나도록 하게. 도미니크 공, 오늘은 자리가 아닌 듯하니 나중에 다시 보지."

단호하게 말을 맺은 에르완이 일어나 뒤돌았다. 문을 열고 떠나려는 그녀의 등 뒤로 낮은 웃음소리가 퍼졌다.

"알겠습니다, 폐하. 하지만 한 말씀 더 올리자면, 조만간 폐하께서 다시 저를 찾으실 것 같은 느낌이 드는군요. 아아, 이건 그저 소인의 직감입니다, 직감."

문을 닫기 전, 드레이크를 스치듯 보았다. 흉터 사이로 번뜩이는 눈이 복수심으로 신음하고 있다.

틈이 완전히 사라지자 바스티안은 걸음을 재촉해 에르완을 따라갔다.

"인상 한번 험상궂군그래. 그렇지? 그를 잘 이용할 수 있다면 참 좋을 텐데 말이야."

"저는 변수를 좋아하지 않습니다."

그녀다운 대답이 돌아왔다. 바스티안이 가볍게 수긍했다.

"그래, 당신은 한 치의 오차 없는 완벽한 전술을 계획하니까. 하지만 그런 변수를 이용하는 것도 전술 아닐까?"

"무엇보다도 곧 있을 전쟁에서 해상전을 치르지 않을 계획입니다."

"뭐? 하지만 부르군트는 해상전으로 이끌려고 할 텐데."

"해상으로는 최소한의 방어만 하면서 발루아가 강한 육지전을 전개할 예정입니다. 이미 연맹군이 이동하는 중입니다."

바스티안은 백금색 머리카락이 하늘하늘 흔들리는 등을 다소 멍한 눈으로 응시했다. 서로 유리한 싸움으로 이끌어가려는 의도는 이해가 간다. 자기라도 똑같은 결정을 내렸을 테니까. 그는 금방 수긍하며 먼저 지상으로 내려갔다.

"반가운 해후도 끝났고 이제 진짜 돌아가볼…… 아! 이 녀석이 결국!"

바스티안이 타고 온 말은 온데간데없고 강한 힘으로 끊긴 듯한 밧줄만이 대신 늘어져 있다. 여전히 충성스러운 아스트리드만이 말굽으로 바닥을 마구 긁으며 주인을 반기고 있었다.

"어째 오늘은 도망가지 않나 했어. 나 참."

"어쩔 수 없이 함께 타고 가야겠군요."

휑한 자리를 골칫덩이처럼 보고 있던 바스티안이 흡 하고 숨을 멈추었다.

"몰아보시겠습니까."

고삐가 눈앞에 들이밀어졌다. 사실 당연한 제안이었다. 하나만 말을 탈 수는 없는 노릇이고, 함께 탄다면 키가 더 큰 사람이 뒤에 앉아야 시야가 확보될 테니까. 그런데 자세가, 그 자세가 말이지…… 마른 목 너머로 침을 꿀꺽 삼키며 그것을 받아들었다. 저 혼자 의식하고 있는 건가 싶어 다소 민망했다.

"먼저 오르시면 따라 오르겠습니다."

"으, 응. 그래."

그가 안장을 잡고 발을 걸자 아스트리드가 투레질을 크게 했다. 주인이 아닌 자는 거부하려는지 엉덩이가 크게 흔들렸지만, 마침 에르완이 말 머리를 쓰다듬어준 덕에 다행히 떨어지는 건 면할 수 있었다. 자리를 잡고 손을 내어주자 그녀가 가볍게 올라왔다.

바스티안은 한품에 들어오는 온기를 믿을 수 없었다. 믿을 수 없어 눈으로 윤곽을 덧그리고, 또 그 위에 덧칠을 하고. 가슴 속에 벌새가 든 듯 간지러워졌다.

다각, 다각. 차분히 가라앉은 밤공기 속을 말굽 소리가 아스라이 채운다. 고삐를 잡으니 자연히 안는 것처럼 몸이 닿았다. 그녀는 시야를 방해하지 않도록 옆으로 앉아 있었고, 그리하여 더 가까이서 볼 수 있었다. 심지어 속눈썹 하나하나 셀 수도 있었다.

말을 재촉할 이유가 없어 고삐를 느슨하게 잡았다. 오히려 최대한 늦게 도착하기를 바라게 되었다.

"폐하께 맡긴 말은 아스트리드와 남매 사이입니다."

"그래? 그랬었군."

"다루기 힘들 것을 압니다. 아스트리드 또한 만만찮은 말괄량이였지만 겨우 저와 함께하게 되었지요. 이제껏 이름을 지어준 사람도, 길들인 사람도 없었지만 폐하께서 그 아이를 맡아주셨으면 했습니다. 당신이라면 길들이실 수 있을 거라 믿습니다. 그러면 기쁠 것 같기도 합니다."

그렇게 말하며 천천히 기대온다. 바스티안은 가슴팍에 느껴지는 온기 어린 무게감을 느꼈다. 머릿속이 점점 소란스러워진다. 진정시키기 위해 그는 허공을 떠도는 작은 먼지 하나하나를 세었다. 순식간에 백을 세었다. 그런데도 가라앉지 않았다.

"오늘 피곤했지? 미안해. 그렇지 않아도 지쳐 있을 텐데 하루 종일 끌고 다녔군."

"괜찮습니다. 전부 만나야 할 사람들이었습니다."

"그랬다면 다행이지만…… 아, 눈이 날리는데."

푸른 밤하늘 아래 하얀 눈송이가 꽃잎처럼 휘날리고 있었다. 그는 손을 뻗어, 바람이 품속을 파고들지 않도록 로브를 끌어올려주었다.

"춥긴 하지만 아름다운 나라야, 발루아는."

"……실망하지 않으셨습니까."

속삭임에 가까운 물음이었다. 짧은 침묵과 망설임이 그녀답지 않았다. 바스티안이 당황하여 물었다.

"실망이라니? 무슨 소리야?"

"잘리어는…… 아름다운 나라였습니다. 하얗게 피어난 물보라와 진주를 모아 조각한 듯, 따사롭고 눈부셨습니다."

그날을 회상하듯 말이 잠깐 멈추었다.

"폐하께선 제가 다스리는 나라가 어떤지 꼭 보고 싶다고 하셨지요. 춥고 척박한 이 땅이 큰 실망을 안겨드렸을지도 모르겠습니다. 따사로운 곳에서 오신 폐하께는, 이 땅이……."

"그게 무슨 섭섭한 소리야. 나는 내 나라에서 반란이 일어난 모습도 당신에게 보여줬어. 왕으로서 그런 수치와 창피가 없는데, 이제 와 실망이라니."

"……."

"발루아가 궁금하긴 했어. 하지만 당신의 나라가 어떤지 평가하고 싶었던 게 아니야. 당신이 바라보는 세상이 궁금했어. 그 곁에서 세상을 보고 싶었어. 내가 보는 세상보다 조금쯤은 더 정의롭고, 아름다울 것 같아서."

당연할 수 없는 것들이 당연하게 흘러가는 나라다. 이상하게 여기는 것은 오로지 자신이 이방인이기 때문일 것이다. 바스티안은 그러한 당연함에 의문을 품는 게 얼마나 어려운 일인지 알았다. 마치 팔이 왜 어깨에 붙어 있는지를 생각하게 된 것과 비슷한 수준일 것이다. 그래서 에르완이 어째서 종전을 바라게 되었는지, 정통의 피를 타고난 왕족이라면 더더욱 하기 힘든 결심이었을 텐데, 그 계기가 궁금해지기 시작했다.

혹시 죽은 자매들과 관련되어 있을까.

그러고 보니 그녀의 과거에 대해 제대로 들은 적이 없었다.

바스티안은 처음 에르완을 만났을 때 살인자라고 비꼬았던 일을 살짝 반성했다. 확인되지 않은 사실을 약점으로 삼으려 했던 제 치졸함을 전시한 것만 같았다.

"이곳에 온 걸 후회하지 않으십니까."

"전혀."

"……."

"오히려 잘했다고 생각해. 나는 이 나라, 발루아가 좋아. 뼈를 엘 듯이 춥고 전쟁으로 인해 척박하긴 하지만, 그럼에도 당신이 구석구석 돌아본 흔적들이 느껴져. 당신은 강하지만 인간적인 왕이야. 만나기 전에는 전혀 알지 못했지만."

"저는 자매들을 죽이고 왕위에 오른 왕입니다. 인간적이라는 말은 어울리지 않습니다."

속이 뜨끔하여 입을 다물었다. 전쟁을 끝내고 돌아와 자매들을 제 손으로 처단하고 스스로 왕위에 오른 여왕. 항간에 떠도는 이야기를 그 또한 믿고 있었다. 순식간에 눈 둘 데가 없어져 고삐만 만지작거리고 있는데, 그녀가 다시 입을 열었다.

"들어주시겠습니까, 무슨 일이 있었는지."

"아냐, 에르완. 저번에도 말했듯이 무슨 일이 일어났건 궁금하지 않아. 어느 쪽이든 상관없어."

"아닙니다, 들어주십시오."

"아니……."

"제가 이야기하고 싶은 욕심이 있어 그렇습니다."

그 말에 턱, 하려던 말이 도로 말려 들어갔다. 그녀가 실제로 자매를 죽였든 그렇지 않든 상관없었다. 옛날이라면 모르지만, 궁금하지 않았다. 하지만 그녀가 말하고 싶다면 이야기는 얼마든지 달라졌다. 잠깐의 침묵 끝에 그녀가 입을 열었다.

긴, 긴 세월을 담은 이야기였다.

✤ ✳ ✤

에르완은 처음부터 여왕으로 길러진 것이 아니었다. 계승서열로 치면 외려 가장 아래였다. 삼녀 중 막내. 나이 차가 꽤 나는 첫째와 둘째를 건너뛰어야 겨우 계승권에 손가락 하나 댈 수 있을 만큼 어린 왕녀였다.

발루아가 부르군트와 대대적인 전쟁을 치르고 있을 당시였다. 왕이 아군의 사기를 높이기 위해 전장으로 향할 때, 에르완이 태어났다. 본래 몸이 약했던 왕비는 그대로 오랫동안 몸져눕게 되었고 내정은 자연히 첫째인 오팔 왕녀가 맡게 되었다.

그녀는 셋째 왕녀에게 유모 하나와 하녀 둘을 붙여주었다. 왕가의 귀한 자손을 어두운 별궁에 가두어둔 데 대해 모두가 수군거렸지만, 성내에서 오팔의 권력은 절대적이었다. 왕좌에도 오르지 못할 셋째 왕녀를 위하여 나서는 이도 없을뿐더러 차츰 모두의 기억에서 잊혔다.

그녀는 별궁에 갇혀 제대로 된 교육 한번 받지 못했다. 그러다 네 살이 되었을 때, 처음으로 에르완의 생일을 축하하는 자리가 마련되었다. 없는 것처럼 취급되던 왕녀는 가장 구석진 자리를 배당받았다.

"저 아이가 에르완인가?"

이 자리의 실질적인 주인공, 오팔은 쇠처럼 차갑고 냉담했다. 에르완은 가만히 그녀를 관망하듯 바라보았다. 마침 유모가 그녀의 등을 톡톡 두드렸다. 어서 대답하라는 뜻이었다. 에르완이 입을 열지 않은 채 묵묵히 있자 오팔의 눈썹이 휘어 올라갔다.

"많이 컸군."

"예에, 예. 살뜰히 살펴주신 덕에."

"저 아이, 말할 줄 모르는가?"

"아, 아닙니다."

"나는 네게 묻지 않았다."

유모가 혀가 잘린 것처럼 입을 다물었다. 오팔의 시선이 다시 에르완에게 옮겨갔다.

"아직 인사를 올릴 생각도 않다니, 예의를 모르는 천둥벌거숭이로구나."

"저, 왕녀 전하. 저희 전하께선 아직……."

"입을 열지 말라는데도 못 알아듣는구나. 재갈을 물려줄까?"

"아이구, 아이고. 전하, 잘못했습니다. 잘못했습니다!"

유모는 금세 무릎을 꿇고 이마가 땅에 닿도록 잘못을 빌었다. 눈서리가 낀 오팔의 시선이 에르완의 머리부터 발까지 내려갔다, 올라갔다. 숨 쉬는 것조차 허락받아야 할 것 같은 강압이었다.

"아무 의무도, 권리도 없겠지만 왕실의 일원으로서 품위는 지켜야 하지. 어머님께 저 아이의 교육에 대해 논의를 드려야겠다."

"……."

"잘 배우고, 잘 익히도록 해라. 타국에 너를 들이밀 때 왕실에 누를 끼치는 일은 없어야 할 것이니."

오팔이 고개를 돌리자 그림자가 거두어졌다. 숨이 탁 트였다. 그녀의 관심이 떠나자 유모가 황급히 다가와 상태를 살폈다.

"죄송합니다, 왕녀 전하, 괜히 나서서 죄송해요."

쉼 없이 사죄하는 유모를 왕녀는 연민의 손으로 어루만졌다. 그녀를 위해 유모가 애썼다는 것만은 알고 있었기 때문이다. 유모는 크게 감격한 눈으로 왕녀를 올려다보았다. 겨울바람처럼 매서운 오팔 앞에서 올해 고작 네 살 먹은 왕녀가 조금도 짓눌리지 않은 것이 감탄스러울 뿐이었다. 어린 나이인데도 의젓하고 쉽게 당황하지 않아 범상치 않다 느꼈는데, 이 정도일 줄은 알지 못했다.

그때 뒤에서 누군가 살금살금 다가오는 기척이 느껴졌다.

"언니에게 인사를 올린 모양이구나, 에르완."

"어머나, 소피 전하."

"무섭지 않았니? 언니가 워낙 엄격하셔야지."

둘째 왕녀, 소피는 오팔과는 완전히 다른 인상이었다. 꿀을 발라놓은 듯한 금색 눈동자는 자비로움으로 가득했다. 그녀는 훨씬 어린 에르완 앞에 무릎 꿇고 앉아 두 손을 맞잡았다. 햇살처럼 맑고 부드러운 미소가 입가에 피어났다.

"많이 놀란 것 아니니? 아, 내 소개가 늦었구나. 내 이름은 소피. 네 둘째 언니야. 한 번도 보지 못해 모를 수도 있겠구나. 생일을 이제야 축하해주어 미안해. 매번 찾아가려 했는데 사정이 여의치 않았어. 만찬이 끝나고 너를 보러 가도 될까? 오, 이제야 언니 행세를 하려는 게 싫지만 않다면 말이야."

소피는 춥고 광활한 성에서 가장 따뜻한 사람이었다. 된서리 같은 오팔을 정중하게, 하지만 비굴하지 않게 대하는 유일한 사람이기도 했다. 그리 길지 않은 생일파티였으나 에르완에게 소피는 일생일대의 커다란 선물이었다. 그녀는 만찬 후에도 별궁에 매일 찾아오곤 했다.

"오셨습니까, 전하."

"에르완!"

어김없이 홀로 공부하던 에르완이 의자에서 내려오면 소피가 달려와 그녀를 안고 한 바퀴 빙그르르 돌았다. 고작 다섯 살 먹었을 뿐인 에르완에 비해 소피는 스무 살의 어엿한 왕녀였다. 숫자에 능해 이미 행정가로서 왕실 재정 일부를 관리하고 있었는데, 일할 때는 철두철미한 그녀가 동생만 보면 좋아 죽으려 했다. 에르완은 아직 부모의 얼굴 한 번 보지 못했지만, 가족의 사랑을 소피가 전부 채워주었다.

한참 에르완을 예뻐하던 소피가 그녀를 앉혀놓고 물었다.

"공부는 어떠니? 요새 일과가 새벽 4시에 시작한다고 들었는데. 힘들지 않아? 언니도 너무하시지. 너무 가혹해."

"아닙니다, 오히려 흥미롭습니다."

"참, 그래. 군주통치론을 특히 잘한다는 소리를 익히 들었단다. 정말 대견해. 스승께서 어찌나 너를 두고 입이 마르도록 칭찬하시던지, 나더러 네 반만 따라가라더라. 자존심 상하라고 비교하는데 나는 또 그 자리에서 엄청 좋아했지 뭐니. 웃기지? 어머, 잠깐만. 손이 왜 이러니?"

굳은살이 자리 잡기 시작한 손을 뒤늦게 발견한 소피가 깜짝 놀랐다. 둘의 모습을 흐뭇하게 지켜보고 있던 유모가 나서 대답했다.

"최근에 전하께선 검술도 배우기 시작하셨습니다."

"어머, 그렇구나…… 너무 힘들겠는걸. 에르완, 너무 힘들면 이 언니에게 말하렴. 내가 무슨 수를 써서라도 오팔 언니를 설득해 너를 좀 쉴 수 있도록 할게."

가여워하는 손길이 머리를 쓰다듬었다. 소피가 무슨 일이 있어도 그녀의 말을 지키기란 건 알고 있었지만, 에르완은 그러지 않았다. 가혹하리만치 엄격한 교육을 받으면서 그녀는 전혀 동요하거나 힘겨워하지 않았다.

그녀는 매일 새벽부터 일과를 시작했으며 하루에 열두 시간을 공부에 매진했다. 수많은 언어와 역사, 군주론, 군사학을 배우면서도 몸을 단련하는 걸 게을리 하지 않았다. 후에 기사들과도 말을 터 각종 군사 문제를 토론하며 독자적인 사고력을 키워나갔다. 어떤 엄격한 스승이라도 이 뛰어난 제자 앞에서는 함박웃음을 짓곤 했다.

하루가 다르게 군주로 커가는 그녀의 소식은 오팔에게도 가끔 전해졌으나 중요하게 다뤄지진 않았다. 동생을 오냐오냐하다가 방종하게 만들지 말라고 소피에게 주의를 주었을 뿐이었다.

에르완이 아홉이 되던 해, 발루아 왕이 전장에서 절명했다. 부고 소식을 들은 왕비는 슬픔을 이기지 못해 며칠 지나지 않아 왕의 뒤를 따랐다. 대대적으로 치러지는 국상(國喪)에 에르완 또한 참석했다.

모두가 크게 울고 있었다. 소피 또한 두 눈이 퉁퉁 붓도록 눈물을 쏟았다. 에르완은 어쩔 수 없이 슬펐다. 생애 처음으로 비통함을 느꼈다. 비록 크게 사랑을 주지 않았던 부모지만, 일생을 전장에서 보낸 아비와 기댈 곳 없이 혼자 죽어간 어미에 대한 측은함을 느꼈다. 그리고 죽은 이들을 그리워하는 가족이 가여웠다. 대관절 백성이 무엇인데, 그들을 지키느라 왕실이 이토록 큰 비극을 겪어야 하는지 이해할 수 없었다.

성 밖에는 백성들이 모여 왕과 왕비의 죽음을 함께 슬퍼하고 있다고 했다. 오팔이 먼저 나가 그들에게 응답하고 사라졌을 때, 소피가 손짓했다.

"에르완, 이리 오렴."

"……."

"너는 처음 보겠구나. 저들이 바로 우리가 지켜야 할 백성이란다, 에르완."

발코니 밖은 햇빛으로 가득해 안쪽에서는 잘 보이지 않았다. 에르완은 바깥으로 발을 내딛기 전에 잠시 주춤했다. 보이지 않는 손이 어깨를 붙잡아 앞으로 나아갈 수 없었다. 숨을 고르고 겨우 걸음을 옮겼다.

이윽고 폭포처럼 쏟아지는 광경.

지평선부터 턱밑까지 백성들로 가득했다. 끝 모를 검은 물결이 왕을 숭배하고 추모했다.

경이감.

무엇으로도 뛰어넘을 수 없는.

에르완이 평생토록 잊을 수 없게 된 절경이었다.

✦ ✳ ✦

에르완이 처음 전장의 바람을 맞은 건 검을 들기조차 버거운, 까마득히 어린 시절이었다.

열 살, 그녀는 사령관으로서 전쟁터로 나가게 되었다. 어린아이더러 전장에 나가라는 건 죽으라는 뜻이나 다름없다며 소피가 크게 반발하고 나섰으나 뜻을 거스를 수 없었다. 하루가 다르게 커가는 에르완을 오팔이 극도로 꺼리고 있다는 소문은 항간에 파다하게 퍼져 있었다.

에르완은 소피의 눈물겨운 배웅을 받고 성을 떠나, 부르군트와 피나는 싸움을 지속했다. 전장에 몸담은 후, 싸우다 죽어가는 백성들을 지켜보며 그녀의 머릿속엔 한 가지 의문이 자리 잡았다.

이 덧없는 싸움을 언제까지 지속해야 하는가?

슬픈 물음을 품었음에도 그녀의 검은 매서웠다. 뛰어난 지략에 실전경험이 더해지니 걸음 닿는 곳마다 승리로 가득했다. 처음엔 왕녀를 반기지 않던 지휘부는 어느새 저들보다 훨씬 어린 왕녀를 진심으로 따르게 되었다. 이는 의도치 않게 에르완의 힘을 키우게 되는 결과를 낳았고, 오팔이 둔 치명적인 자충수가 되었다.

오팔은 에르완이 승리를 거두고 돌아오면 득달같이 다시 전쟁터로 보냈다. 고작 하루도 성에 머무르게 내버려두지 않았다. 잠시 성에 발을 붙일라치면 다음 전장으로 나가라는 명령이 내려졌다.

열일곱. 최대 접전지인 시어도어 협곡의 총사로 임명한다는 명이 내려졌다. 카를 섭정과 오팔의 서명이 선명히 적힌 명령서를 가만히 보는 에르완에게 측근들이 몰려왔다.

"왕도로 돌아온 지 반나절도 되지 않았는데, 너무한 거 아닙니까. 거기다 전하 휘하의 군대는 성에 다 두고 가라고요?"

"전하, 부르군트의 신예 장교가 일만의 군사를 이끌고 온다는 시어도어 협곡입니다. 거기 있는 건 겨우 경비대뿐인데, 추가 병력도 없이 가서 협곡을 지키라고요? 이거야말로 가서 죽으라는 뜻이 아니고 뭐겠습니까. 왕도에 발붙이기 무섭게 다시 전장으로 내모는 게 설마 했는데……."

"특히 시어도어 협곡의 방어부대는 왕실에 큰 반감을 품고 있는 자들이 대부분입니다. 전쟁이 시작되기도 전에 그들에게 무슨 몹쓸 짓을 당할지 모릅니다."

"이건 오팔 전하께서 직접 손에 피 묻히지 않고 전하를 시해하려는……."

"조용."

강하고 낮은 목소리에 참새처럼 재잘거리던 목소리가 가라앉았다. 에르완은 명령서를 접고 멀리서 모습을 드러낸 소피를 보았다. 아, 둘째 왕녀 전하. 그녀 주변에 몰려 있던 기사들이 일제히 물러나 예를 차렸다. 오랜만에 본 소피는 조금 창백하고 퀭한 몰골이었다.

"에르완!"

"어찌 나오셨습니까, 전하."

"아니, 아니. 그러지 말렴. 우리가 남이니. 소식 들었다. 세상에, 시어도어 협곡이라니…… 말이 되니? 조금만 기다리렴, 내가 당장 오팔 언니를 설득할 테니. 저번처럼 그사이 휙 가버리지 말고 여기 있으렴, 응? 거기가 얼마나 무서운 덴 줄 알고!"

어디선가 소식을 듣고 온 것인지 이미 눈시울이 붉었다. 에르완이 허리를 숙여 예를 표하자 소피가 더 울먹거리며 고개를 저었다.

"많이 수척해지셨습니다. 혹 편찮으신 데가 있습니까."

"응? 아니다, 아니야. 요새 찬 바람을 많이 쐬어 그렇다. 세상에, 손이 이게 다 뭐니……."

오팔이 쇠 같은 사람이라면 소피는 강물 같은 사람이었다. 부드럽고 상냥하며 사람을 따뜻하게 감쌀 줄 알았다. 에르완에 대한 진심 어린 걱정과 염려로 눈물을 흘렸다. 하지만 에르완은 오히려 소피의 상태가 심상치 않다고 느꼈다.

생기 가득했던 볼은 움푹 파여 있고 눈 밑도 시커멨다. 마치 무언가에 중독된 사람 같았다.

"저는 염려치 마십시오. 다만……."

"응? 다만?"

언니의 상태가 더 좋지 않아 보입니다.

에르완은 그녀를 찬찬히 관찰하며 말을 삼켰다.

"시어도어 협곡에 가는 건 오로지 제 의지입니다. 그러니 그저 평소처럼 배웅하고 돌아왔을 때 반겨주십시오. 그래야 저 또한, 발루아 왕가의 영광을 위하여 온전히 전쟁에 임할 수 있을 것입니다."

"에르완……."

"전하는 이곳에서 전하의 일에 집중하십시오."

에르완, 자신 때문에 오팔에게 반기를 들다 소피에게 어떠한 위해가 가해지는 건 원치 않았다. 매정하게 들릴 수 있는 말에 소피의 눈이 그렁그렁해졌다.

그녀가 흘리는 눈물이 안타까웠다. 손을 들어 닦아주고 싶었지만, 에르완은 가슴속 깊이 간직한 애정을 표현하는 법을 몰랐다. 그래서 외면하듯 몸을 돌리고 전장으로 향했다. 시어도어 협곡으로 향하기 전, 소피의 시녀들에게 각별하게 신경 쓰라고 신신당부를 하는 건 잊지 않았다.

혈혈단신으로 떠난 전장길이었다. 오팔이 원하는 대로 그녀 휘하의 기사는 왕도에 남겨두고 갔다. 그들은 정말 홀로 가실 생각이냐며 성문까지 따라 나왔지만, 에르완은 뒤도 돌아보지 않았다.

보름이 꼬박 걸려 당도한 시어도어 협곡은 과연 듣던 대로였다. 발루아 중에서도 손에 꼽는 혹한의 땅인 데다 연중 내내 눈보라가 몰아 닥쳐 까딱하다간 눈에 묻혀 죽을 수 있을 정도였다. 눈폭풍을 간신히 넘어 요새에 도착했다. 섭정의 서명이 담긴 명령서를 전하자 대장이 라는 자가 한달음에 뛰어나왔다.

"어디 있나, 왕성에서 보냈다는 사령관은!"

그는 에르완이 보이지 않는 것처럼 한참 두리번거렸다. 왕녀를 가 장 먼저 맞이한 대원이 어찌할 바 모르고 눈짓했다.

"대장님, 여기 계시지 않습니까."

"어디? 어디 있단 말이냐."

"밑을 보십시오, 밑을."

한참 허공에서 배회하던 시선이 조금씩 아래로 미끄러지다 이내 닿 았다. 마른 시선이 발끝까지 쭉 훑어내렸다. 어처구니없어하는 표정 이 떠올랐다.

"이 여자애…… 말이냐?"

"그분이 왕녀 전하시라니까요, 왕녀 전하!"

"허…… 참내."

"……"

"왕녀 전하……시란 말씀입니까? 맙소사, 어디서 이런 어린애 가……."

그는 불편함을 숨기지 않은 채 이마를 짚었다. 우르르 몰려나온 대 원들도 에르완을 보더니 똑같이 망연자실한 표정을 지었다. 왕실에서 보낸 게 군대도, 노련한 지휘관도 아니고 달랑 여자애 하나라고? 한 동안 웅성거리던 그들은 성이 나 외쳤다.

"대장님, 저희더러 죽으라고 말하는 것 아니겠습니까?"

"그러면 그렇지, 왕실에서 제대로 된 총사를 보내줄 리가 있나!"

"대장! 이제 도저히 참을 수 없습니다! 여기서 부르군트를 막다가 억울하게 뒈지지 말고 그놈들을 깨부수러 왕도로 쳐들어갑시다! 그게 이미 죽어간 우리 동료들의 억울함을 푸는 길이 아닙니까! 우리가 여기서 부르군트와 싸울 때가 아닙니다!"

"왕실은 협곡을 지키기 위해 나를 보낸 것이다."

차분한 목소리에 삽시간에 조용해졌다. 저 어린애가 대체 무슨 소리를 하는 건지, 하나같이 가당찮게 여기는 눈빛이었다. 에르완이 후드를 내리자 그늘에 가려져 있던 얼굴이 드러났다. 그림자 속에 있을 때보다 훨씬 앳된 얼굴에 모두의 얼굴이 어두워졌다.

"네펠리, 애쥬라, 로위나, 아스트라."

"잠깐, 지금 무슨."

"내가 발 디뎠던 전장이다. 부르군트와 접전을 벌였고 모두 승리를 거두었지. 이번에도 그럴 것이다. 나는 승리를 쟁취하고 너희를 지킬 것이다. 왕실에서는 결코 그대들을……."

"푸핫! 아, 아, 죄송, 왕녀 전하, 그런데, 푸흡, 웃겨서 견딜 수가 있어야지."

"아, 설마 저희가, 큭! 웃어서 괘씸하다면 당장 왕도로 돌아가시죠. 그리고 섭정께 떼를 써보십쇼. 저희에게 엄한 벌을 내리라고 말입니다! 하지만 어쩌죠? 저희 말고는 이곳을 지킬 자가 없을 텐데 말입니다."

대장이 입을 틀어막으며 웃음을 터뜨리자 나머지 대원들도 따라 웃었다. 한차례 웃음이 터진 후 대장이 침을 닦으며 실실 웃었다.

"뭐, 그래요. 저희를 지키든 뭐든 마음대로 하시지요. 저희 같은 것들이 감히 왕녀 전하 명에 어찌 반발할까요.”

“그럼 요새부터 먼저 둘러보도록 하겠다.”

에르완은 겉옷을 벗어놓고 그를 똑바로 바라보았다.

“경의 이름은?”

“스펜서, 스펜서입니다.”

“스펜서 경, 앞장서라.”

수천 번 두드려 단련한 철처럼 단단한 눈매에 스펜서는 저도 모르게 긴장했다. 뭐지? 아까부터 노골적으로 비꼬고 비웃는데도 휘둘리는 기색 하나 없다. 그 의연함에 놀라워하다가 뒤늦게 정신을 차렸다.

기분 탓이겠지. 저런 어린애가 무슨. 왕실의 권위 따위에 취해 사령관 행세 좀 하다가 진짜 전쟁이 일어나면 구석에서 울음이나 터뜨리고 있겠지.

스펜서는 별다른 말을 덧붙이지 않고 요새 안을 둘러보게 해주었다. 지형이 가파르고 험난하다뿐이지 요새는 조촐하고 지키는 병력은 얼마 없어 오래 함께하지 않았다.

그녀는 그렇게 요새를 전부 둘러보더니 그날 밤, 병력배치안을 가지고 나타났다. 스펜서는 그것을 받아들고 한동안 말을 잇지 못했다. 그가 왕녀에게 물었다.

“혹시 이곳에 방문하신 적이 있으신지요.”

그럴 리가 없다. 왕녀는 고작 스물이 채 되지 않았고 스펜서는 이곳에 머문 지 이십 년이 넘었다. 왕족이 방문했으면 잊을 리 없지.

“병력은 이대로 배치한다. 오늘은 무기고를 보여다오.”

에르완은 스펜서의 질문에는 답하지 않았다. 필요가 없으면 굳이 입을 열지 않는다. 짧은 시간 동안 함께 머무르며 파악한 그녀의 성격이었다. 스펜서는 물론이고 대원들은 꿀 먹은 벙어리가 되어 지도를 보았다. 어디 숨겨져 있던 지도를 꺼내와 따라 그린 것이 아닌가? 그렇지 않고서야 단 한 번 둘러보고 어떻게 이렇게 완벽하게 그려낼 수가 있나. 반평생을 이곳에서 지내 제집처럼 훤히 꿰뚫고 있는 스펜서 정도나 되어야 그려낼까 말까일 텐데.

그날 무기고를 둘러본 에르완은 다음 날 병력에 무기까지 추가하여 배치도를 건넸다.

더는 완벽할 수 없는 배치도를 본 스펜서는 생각했다.

그녀는 진짜일지도 모르겠다고.

시어도어 협곡은 발루아 영토이면서도 왕실의 손길이 거의 닿지 않은 불모지였다. 발루아에 속해 있되 속해 있지 않은. 이곳의 경비대와 백성들에게는 왕실에 대한 혐오와 경멸이 깊숙이 뿌리박혀 있다. 아무리 에르완이 뛰어난 능력을 보여준다 한들 그들에게서 존경을 받을 수 없는 이유였다. 스펜서는 나날이 두각을 나타내는 군주로서의 자질에 감탄하면서도 여전히 전쟁은 암담하게 여겼다.

만 명의 군사를 이끌고 오는 지휘관은 리산더 장교라고 했다. 낯선 이름이지만, 발 디디는 곳마다 적을 궤멸하는 괴물이라고 전해 들었다. 그에 비해 이쪽은 겨우 방어부대 하나뿐. 에르완 하나 더해진다 해서 전세가 크게 역전되는 상황이 아니었다.

하지만 하나 이상한 점이 있었다. 이걸 왕실에서 모를 리가 없는데, 어째서 왕녀 혼자 보낸 것일까? 지원병력 하나 딸려 보내지도 않고 말이다.

답은 하나였다. 누군지는 몰라도 에르완을 사지로 내몬 사람이 있다는 것.

"이걸 쓸 줄 아나?"

에르완의 목소리에 정신이 번쩍 깼다. 스펜서는 떨떠름한 표정으로 그녀가 손에 들고 있는 것을 보았다.

"활 말씀입니까? 뭐, 예. 조금은."

"어떻게 쏘는 것이지?"

뭐든 알고 있을 것 같던 그녀가 처음으로 던진 질문이었다. 지휘관으로 궁수를 배치하는 법만 알지, 직접 쏘는 법은 모르나 보군. 스펜서는 그녀가 모르는 걸 알고 있다는 데에 조금 으쓱해졌다.

"제가 소싯적에 활을 좀 쏘았는데 말입니다. 자, 보십쇼. 이렇게 활대에 활을 걸고 다리를 단단하게 고정해서…… 쏘면 됩니다."

그 또한 정식으로 배운 적이 없지만 아무려면 어떤가. 엉터리로 가르쳐도 왕녀는 알아채지 못할 텐데. 다행히 그의 감은 뛰어났기 때문에 대강 자세를 잡고 활시위를 놓았는데도 과녁의 중간 어디쯤 맞힐 수 있었다. 스펜서가 허리에 손을 얹고 크게 웃었다.

"하하, 대충 쏘는 것같이 보여도 아무나 못 하는 겁니다. 못 하는 거예요. 왕녀 전하께선 재미로 가지고 놀다 관두십시오. 힘이 없어 활시위도 제대로 당기지 못할걸요? 어차피 왕녀 전하는 지휘관이지 병사가 아니지 않습니까."

그렇게 말했지만, 에르완은 욕심이 났는지 어느새 활시위를 당기고 있었다. 하지만 시위를 놓기가 무섭게 화살은 과녁까지 닿지도 못하고 바닥에 떨어졌다. 핑, 피잉. 헛손질하는 소리만 가득하고 어느 것 하나 제대로 쏘는 게 없었다.

"나 참, 안 될 거라니까요. 왕녀 전하께서 저 과녁에 활을 쏘아 맞히실 수만 있다면 제가 아우가 되겠습니다, 아우!"

그는 크게 웃으며 자리를 빠져나갔다.

에르완이 이곳에 와 전력상으론 아무런 변화가 없었지만, 웃음이 늘어난 건 분명했다. 진심이든 비웃음이든, 어느 쪽이든 말이다.

하지만 그렇게 지켜보는 스펜서와 달리 아직도 기껍지 않게 여기는 자들도 분명히 있었다. 유독 눈보라가 휘몰아치는 날이었다. 왕녀와 함께 나섰다는 대원이 혼자만 돌아왔다. 역대 가장 강한 눈보라가 몰아친다는 추운 밤이었다. 스펜서는 크게 노했다.

"그래서, 요새를 돌아보게 해준다고 속여서 데려가놓고 혼자 왔다고? 네놈이 정녕 죽고 싶으냐!"

"아니, 뭐 어떻습니까, 대장. 왕실에서 어차피 죽으라 보낸 왕녀 아닙니까. 후환이 두려울 게 뭐가 있습니까."

"그런 말이 아니잖아! 어디냐, 어디야! 왕녀를 버리고 온 곳이 어디냐고! 이 엄동설한이면 세 시간도 버티지 못하고 죽을 텐데! 당장 앞장서!"

"컥! 모릅, 모릅니다. 저도 앞뒤 없이 최대한 멀리 데려간 거라서, 어딘지 모릅니다!"

"젠장!"

스펜서가 욕설을 내뱉으며 대원을 바닥에 패대기쳤다. 방향감각을 완전히 잃어버리게 될 만큼 사방이 눈밭인 곳에서 살아남는 건 거의 불가능하다. 어차피 이곳에서 죄다 뒈져버릴 것, 애꿎게 사지로 내몰린 왕녀라도 돌려보낼 생각이었는데 이런 낭패가 있나.

"꼴도 보기 싫으니 전부 나가!"

격노하는 스펜서의 눈치를 보며 대원들이 도망쳤다.

"젠장!"

스펜서는 다시 한 번 테이블을 걷어찼다. 안타깝고 화가 나지만, 어찌할 도리가 없었다. 지금 구조대를 보냈다간 그들도 함께 죽으라는 뜻이나 다름없었다. 깊은 한숨이 새어나왔다. 정말 안됐지만, 왕녀, 이게 그대의 운명인 모양이다. 대신 무덤 하나는 거창하게 마련해줄 테니 그리 억울해하지는 마라. 우리 또한 곧 적군이 몰려오면 나란히 눕지 않겠는가.

하루, 이틀이 지나면서 스펜서는 슬슬 왕도에 알려야 되지 않을까 생각했다. 무엇 때문에 죽었다 해야 하나. 어떤 변명도 시원찮았다. 사실 왕실에서 죽으라 내몬 왕녀이니 병신 같은 이유만 아니면 묻고 넘어갈 테지만. 그렇게 생각하니 또 묘한 짜증이 일어났다.

"대장님! 대장님!"

"뭐가 이리 호들갑이야."

몇 시간쯤 지났을까, 잠자리에 들기 위해 준비하고 있는데 대원이 들이닥쳤다. 귀신이라도 본 것처럼 새하얗게 질린 낯이었다.

"왕녀가…… 왕녀가……."

"뭐?"

"왕녀가 돌아……왔습니다."

벌떡 일어났다. 의자가 쓰러져 나뒹굴었지만 뒤돌아볼 새 없이 뛰쳐나갔다. 왕녀를 찾는 건 순식간이었다. 모든 대원이 웅성거리며 모여 둘러싸고 있었으니까. 설마, 설마. 쿵쾅거리는 가슴을 억누르며 스펜서는 그들을 헤치고 나아갔다. 이윽고, 그녀를 보았다.

"왕녀 전하."

입술이 바르르 떨렸다.

환각을 보는가. 눈을 몇 번이나 비비고 다시 보아도 진짜 에르완이었다.

손끝이 덜덜 떨려왔다. 벌을 받을까 하는 두려움에서 오는 떨림이 아니었다. 사람의 사고로는 도저히 납득할 수 없는 기이한 현상을 맞닥뜨렸을 때 느끼는 경이감이었다. 대체 어떻게 살아 돌아온 건가? 머리부터 발까지 피를 왕창 뒤집어쓰고 있는데 상처 하나 보이지 않았다. 악취에 코가 매웠다.

"정말…… 왕녀 전하십니까?"

"그래."

"무사하십니까."

그는 겨우 다시 입을 뗐다. 날카로운 광풍이 불어왔다. 기다란 머리카락이 백금빛의 선을 그리며 휘날렸다. 기이하기도 하지. 한 손으로 밀어도 금세 쓰러질 것 같은 아이일 뿐인데도, 서 있는 자태가 태산 같다. 굳건한 군주 그 자체다.

가만히 그를 바라보던 에르완이 무언가를 내밀었다. 활이었다.

"그대가 가르쳐준 대로 해보니 되더구나. 큰 도움이 되었다."

"……."

"아우는 사양하마."

그녀는 그에게 가볍게 활을 넘기고 자리를 떴다. 경비대원 하나가 뒤늦게 나타나 그녀가 둘러쓰고 온 것이라며 늑대 가죽을 내려놓았다. 떠돌이 늑대를 잡아 내장을 떼어내고, 그 가죽을 둘러써 체온을 유지한 모양이었다. 그래서 왕녀가 그 꼴이었나.

눈앞이 핑 돌았다.

"그리고 대장님, 왕녀 전하가 오시자마자 활을 들어 저 과녁에 쏘셨는데요. 저희를 쏘는 줄 알고 얼마나 놀랐는지……."

누군가 한숨을 쉬며 가슴을 쓸어내렸지만, 스펜서는 기겁했다. 얼마 전 활을 가르쳐주며 그가 쏘았던 화살 위에 정확히 세 대의 화살이 꽂혀 있었다. 스펜서가 쏘아두었던 화살을 쪼개고 화살이 박혀 있었고, 그것을 쪼개고 또 다른 화살이 자리 잡고 있었다. 그가 입술을 떨며 말했다.

"왕녀 전하가 아니다."

"예?"

"이 시간부터 누구도 왕녀라는 호칭을 입 밖에 내서는 안 된다. 저분은…… 우리의 총사령관이시니까."

스펜서는 그 후 수일 동안 에르완을 설득했다. 이곳은 어떻게든 자기들끼리 알아서 할 테니 왕도로 얼른 돌아가시라고. 어차피 병력과 무기 배치, 작전은 다 짜놓으셨으니 지휘관으로서 역할은 다하신 것 아니냐고. 왕실의 권력 싸움이란 게 더럽고 추잡한 건 알았지만, 발루아의 미래를 밝힐 수도 있을 왕녀를 이런 불모지에서 목숨 잃게 할 수는 없었다.

하지만 에르완은 꿋꿋했다.

"나는 끝까지 남아 있을 생각이다."

"아, 사령관님, 제발, 부탁드립니다."

"너희를 지키기로 약속하지 않았나."

"약속 따위 언제든 번복할 수 있는 것입니다. 빨리 지금이라도 떠나십쇼. 적군이 지금 바로 코앞입니다."

왕녀만 아니었다면 궁둥짝을 몇 대 때리고 말에 태워 보냈을 텐데, 여간내기가 아니니 그럴 수도 없었다. 목덜미를 쳐서 기절시킬까? 물에 약이라도 타서 재워야 하나? 온갖 수가 다 떠올랐다. 왕족에게는 상상하지 못할 무례겠지만 정신 차린 후엔 이미 쑥대밭이 된 후일 테니까.

"이곳은 왕이 버린 땅입니다. 국가에서 버림받은 자들이 사는 폐허입니다. 이런 곳을 지키겠다고 목숨을 여럿 버릴 필요는 없습니다."

아니면 왕도로 돌아가기 두려우신 겁니까? 정말 왕도에 왕녀 전하를 죽이려는 사람이 있어요? 혹시 그게 첫째 왕녀 전하입니까? 하나같이 도를 넘는 질문이었지만, 목이 마구 근질거렸다.

"그래서 그렇다. 왕이 버린 땅이기에."

스펜서는 의문 어린 눈으로 에르완을 보았다. 그녀의 금빛 눈동자는 신념으로 강하게 빛나고 있었다.

"왕이 버린, 나라에서 버림받은 땅. 너희들은 왕실을 많이 원망했겠지. 나라도 그랬을 것이다. 그렇기에 더더욱 이곳에 남아 있을 것이다. 적어도 왕실에서 보낸 총사령관은 끝까지 너희 곁을 지켰노라고."

"……."

"그것이 또한 너희들과 나의 긍지가 되지 않겠는가."

"……."

"시어도어의 상황은 충분히 파악하여 왕도에 지원병력을 요청했다. 아직 답은 없다만 거듭 청하였으니 물리칠 이유가 없을 터."

왕녀는 포기하지 않고 있었다. 모두가 포기한 이 요새를, 조국마저 버리고 수십 년 지켜온 방어부대조차 손을 놓아버린 이 요새를. 일만의 부르군트 군대에 대한 두려움도 없이, 오로지 승리할 방법만 찾고 있었다.

스펜서가 얼굴을 일그러뜨렸다. 비참할 만큼 안타까웠다. 왜 아직 모르십니까. 발루아 왕실에서 버린 이 땅에 지원군이 올 리가 없잖습니까. 왜 전하 홀로 올곧으십니까. 모두 어떻게 도망치고 살아남을지 궁리만 하는데 왜 홀로.

누군가는 그녀가 왕실에 돌아갈 구실을 만들기 위해 승리를 갈구하는 거라 음해했다. 하지만 스펜서는 그렇지 않다는 걸 알고 있었다. 그녀는 병사가 단 하나라도 남아 있으면 살리려 들 것이다. 눈앞에 억만의 적이 쏟아지더라도, 그녀가 지킬 백성이 하나라도 있으면.

꼼짝하지 않고 서 있던 스펜서가 그녀 앞에 무릎 꿇었다. 예상외의 답에 채신머리없이 눈물이 돌았다. 대장이 무너지자 대원들 또한, 차례로 꿇었다.

스펜서는 생각했다.

감히 이 전쟁에서 살아남는 가당찮은 꿈을 꾼다고.

그렇게 살아남아, 그녀가 통치하는 국가에서 살고 싶다는 욕심을 품어본다고.

왕녀를 돌려보내기에 실패했다면 남은 건 승리하는 수밖에 없었다. 스펜서는 어떻게든 전쟁에서 이길 방도를 모색했지만, 가슴은 불탈지언정 머리로는 알고 있었다. 시어도어가 마침내 부르군트의 손아귀에 떨어질 것을. 마지막까지 용감하게 적군에 맞섰던 총사령관과 방어부대를 향해 왕실은 깊은 애도를 표할 테지. 아무리 변방에 배제되어 있다지만, 오팔 왕녀의 야심을 전해 듣지 못할 만큼은 아니었다. 그녀는 적장자가 누려야 할 권리를 너무나 잘 알고 있었다. 태어날 때부터 왕좌에 오르기를 기다려왔을 그녀에겐, 에르완이 전장을 누비며 얻게 된 명성과 인덕은 큰 방해물이었다. 둘째 왕녀보다 더 거슬리는 존재였을 테지. 이미 여러 번 죽으라고 사지로 내보냈을 테지만, 그때마다 큰 승리를 거두고 돌아왔을 것이다.

시어도어는 셋째 왕녀의 공개석인 처형장이었다.

아무리 머리를 굴려보아도, 변방의 방어부대에 틀어박혀 산 그가 왕녀를 살릴 방법은 없었다.

마침내 부르군트 군이 코앞까지 당도했을 땐 더 이상 고민하고 있을 시간이 없었다. 왕녀가 돌아갔을 때 왕성에서 또 무슨 짓을 벌일지 몰랐지만, 당장 수명을 늘이는 게 관건이었다.

에르완은 진심으로 시어도어의 마지막을 함께할 것처럼 보였다. 죽고자 함이 아니었다. 다 같이 살고자 버티는 것이었다. 짧은 시간이었지만, 곧디곧은 성정에서 우러나오는 진심은 충분히 느낄 수 있었다.

그녀는 일찍이 짜놓은 전술이 원활히 시행되도록 요새를 둘러보았고 무기 배치를 점검했다. 평원을 돌아다니는 것 같은 차분함이었다. 패배가 분명한 전쟁을 앞두고 있다고는 생각할 수 없었다.

"총사, 두렵지 않으십니까?"

"뭐가 말인가."

"저 하얀 산맥을 새까맣게 꽉 메운 적군이 말입니다."

"……."

"부르군트는 우리보다 훨씬 강한 무기와 방패를 가졌습니다. 갑주가 얼마나 단단한지 창으로 쑤실 수도 없다고 하더군요. 거미 떼처럼 요새를 기어오르면 막을 방법도 없을 텐데."

"적군이 무섭다면 전장에 나설 일도 없다. 스펜서 경, 지금은 눈앞의 전투에 집중해라."

"예에, 예."

재미있는 대답이 돌아오리라 기대한 자신이 바보였다. 그는 안개 구름과 함께 다가오는 부르군트 군을 보다가, 이내 까마득한 요새 아래를 보았다. 요새 뒤쪽으로 은밀히 준비해둔 말 한 필. 가장 젊고 발빠른 놈을 골라 오늘을 위해 며칠간 배불리 먹여두었다. 여자 한 명이 아껴먹으면 한 달은 족히 버틸 수 있는 식량을 실어두었으니 여기서 빠져나가게만 해주면 될 것이다.

"곧 적이 들이닥칩니다."

부르군트 군은 거인의 손아귀처럼 요새를 집어삼켰다. 아무리 화살을 쏟아붓고 사다리를 불태워도 병사들은 끝없이 쏟아졌고, 막아서기가 무섭게 들이닥쳤다. 철저하게 무장한 일만의 군사를 지원부대 하나 없는 소규모 방어부대로 막을 수는 없었다. 아무리 아군의 배치가 잘되고 전략을 훌륭하게 세워도 압도적인 수적 열세를 극복하지는 못하였다.

요새는 빠르게 무너져갔다. 방어부대는 이제 몇 남지 않았다. 하나씩 쓰러져가는 동료들을 보며 스펜서는 끝까지 총사를 지켰다. 죽은 동료를 애도하고 좌절감에 시달리는 시간조차 지금은 낭비였다.

"총사, 상황이 좋지 않습니다. 빠져나가시죠."

"퇴각명령부터 내려라."

요새 꼭대기에는 이미 검은 표범의 깃발이 자리 잡았다. 무리하여 승리를 고집할 상황은 아니었으므로 에르완이 재빠르게 움직였다. 스펜서는 힘겨운 미소를 지었다.

"예, 벌써 내렸습니다. 총사께서 먼저 움직이신다면 동료들 또한 따라 움직일 것입니다."

그에 에르완은 별 의심 없이 움직였다. 스펜서는 감쪽같이 요새 뒤편에 은밀히 마련해둔 장소로 그녀를 인도했다. 무언가 이상한 낌새를 알아차리기 전, 마지막 순간까지.

"말이 왜 한 필인가."

"말에 오르십쇼, 총사."

"말이 왜, 한 필인가 물었다."

"……불경을 용서하십시오."

하긴 여기까지 제 발로 따라와준 것만 해도 감사한 일이었다. 상상도 못 할 불경이었지만, 그는 두 눈을 질끈 감고 에르완을 훌쩍 들어 올려 말 위에 앉혔다. 동공이 당황으로 크게 열렸다.

"경, 무얼 하는 건가."

"살아남으셔야 합니다, 왕녀 전하. 염치없지만 부디 약조해주십시오. 왕도로 돌아가더라도 절대 죽지 않으시겠다고."

"경!"

"곁에서 제대로 보필하지도 못했는데, 이토록 무책임하게 보내드려 송구합니다."

에르완의 눈이 크게 열렸다. 스펜서는 가차 없이 말 엉덩이를 때렸다. 히히힝! 힘찬 투레질과 함께 말은 곧 설산을 내달리기 시작했다. 대지를 박찰 때마다 흰 눈가루가 흩뿌려졌다.

그는 최초로 안심했다. 한번 달리면 정신없는 놈이라 왕녀가 아무리 고삐를 당겨도 끝까지 멈추지 않을 테니, 다행이다.

"스펜서 경!"

목소리에 분노가 묻어나왔다. 무감정한 인형인 줄 알았더니 화를 낼 줄도 아는군. 이제 다시 볼 일은 없을 테니 그나마 다행인가.

"네가 총사인가?"

목소리는 암살자처럼 다가왔다. 덩치로는 누구에게도 쉽게 지지 않는 스펜서인데도, 뒤로 다가온 적은 그의 그림자를 충분히 덮고도 남았다. 낮은 목소리에서 묻어나오는 위압감에 본능적으로 손이 떨렸다. 눈을 내리뜨며 그림자의 움직임을 보았다. 거대하고 느리지만 둔하지 않다. 먹잇감이 도망치면 얼마든지 쫓아와 내리누를 수 있는 정복자의 여유다.

식은땀으로 등이 푹 젖었다. 그는 감히 뒤돌아보지조차 못하고 있었다.

"아니, 아니군. 저기 달아나는 여자가 총사겠군. 왕녀가 직접 왔다니 정말이었어."

그는 그렇게 말하면서 등에 멘 활과 화살을 동시에 뽑아들었다. 그는 에르완을 정면으로 노렸다. 틀림없이 맞힐 것이다. 섬뜩한 기운을 느끼고 스펜서는 몸을 돌렸다. 흡사 맹수를 마주친 듯한 긴장감으로 오금이 저렸다. 실력을 가늠하기도 전에 이미 죽음을 예견하고 있었다. 본능처럼 깨달았다.

이자가 리산더로구나. 이자와 겨루었다간…… 살아남기 힘들겠구나.

그가 활시위를 놓기 무섭게 스펜서가 팔을 길게 뻗었다. 활은 손바닥 정면에 깊숙이 꽂혔다. 터져나오는 비명을 참고 있는데 주먹이 날아왔다. 무지막지한 힘에 머리를 호되게 맞았다. 그대로 튕기듯 바닥을 구르다 겨우 일어나자 턱이 덜그럭거렸다.

"활을 쏘기엔 너무 멀리 갔군. 어쩐다, 총사의 목은 거두어야 하는

데.”

“내가, 내가…… 내 목을 거두어가라. 왕녀는 이곳에 잠시 기거했을 뿐, 시어도어 방어부대를 오랫동안 지킨 건 바로 나다.”

피를 한 움큼 토해내는 스펜서를 리산더는 무미건조한 눈으로 내려다보았다. 그러다 다시, 달아나는 왕녀의 등을 보았다. 이대로 그를 놓친다면 끝내는 왕녀를 찾아 목을 베어낼 것이다.

안 돼!

스펜서는 죽을 각오로 일어나 검을 뽑아들었다. 리산더는 무심히 한 번 받아치고는 그어올렸다. 피가 분수처럼 솟았다. 틈을 놓치지 않고 주먹이 날아들었다. 무뢰배 같은 싸움 방식이었으나 숨 쉴 틈도 찾기 힘들었다. 거대한 바위에 맨몸을 부딪치는 양, 맞설 때마다 뼈마디가 하나씩 무너져갔다.

“뭐, 이 혹한에선 살아남기도 힘들 테지.”

“허억, 헉…….”

“충성심 강한 개부터 죽여야 주인도 쉽게 잡겠지.”

그렇다면 그는 주인이 도망칠 수 있도록 충분한 시간을 벌어주면 되었다.

스펜서는 돌연 입술을 비틀어 올렸다. 나라에서 버린 불모지에서 이십 년을 버틴 노장은 죽음 앞에서 비굴해지고 싶지 않았다.

“내…… 이름은 스펜서다. 잘 기억해둬. 네 목을 가져갈 자의 이름이니까.”

“헛소리 실컷 해두시지. 죽으면 그마저도 못 할 테니.”

그가 무심하게 내지른 검을 가까스로 받아냈다. 카아앙! 단 한 번 맞부딪친 건데도 손목이 지끈거렸다. 날숨에 희망이 모두 빼앗겼다.

천천히 다가오는 거대한 그림자는 죽음 그 자체였다.

두 번 검을 맞부딪치자 팔과 다리가 사정없이 베였다. 같은 남자가 받아치기에도 버거운 무자비한 힘이었다. 이제 갓 장교 직위를 달았음에도 어째서 그 이름이 대륙에 퍼졌는지 여실히 알 수 있었다.

스펜서는 피투성이가 된 채 눈 위를 나뒹굴었다. 새하얀 눈 위로 짙은 피가 점점이 번졌다. 다 죽어갈 것처럼 비틀거리다가 리산더의 시선이 왕녀가 사라진 방향으로 움직이는 듯하면 다시 달려들었다. 비록 리산더에게 치명상은 입힐 수는 없었지만, 주의를 끌기엔 충분했다.

"과연 그 이름을 기억해둘 만하군. 꽤 성가신 충견으로 말이다."

무심히 평하는 리산더를 향해 스펜서가 이를 갈았다.

"성가시다니. 그런 말은 나를 한 번이라도 바라보며 공격하고 나서 지껄이지그래."

"이래도 들러붙을 텐가."

눈 깜짝할 사이 손이 잘려 바닥에 나뒹굴었다. 한 번 더 달려들자 이번엔 목이 잡혀 눈이 도려졌다. 옹이구멍처럼 남은 눈으론 이제 에르완이 잘 도망가고 있는지, 리산더가 따라가는지 확인할 수 없었다. 그는 개처럼 기어 그 다리에 죽자고 매달렸다. 등이 사정없이 베이고 검이 내리꽂혔지만, 끝이 뭉툭하게 남은 팔은 득달같이 다리를 휘어감았다.

"왕도까지 부디…… 폐하."

눈이 점점 무거워졌다. 몸을 날카롭게 찔러대는 아픔도 점점 둔감하고, 멀어졌다. 거죽이 벗겨졌다. 이미 인간의 형상이 아닐 것이다. 그럼에도 만족스러웠다. 평생 그가 모신 유일한 왕을 이렇게나마 지킬 수 있어 자랑스러웠다. 왕도로 돌아가 또 어떤 음모에 휩싸일지 몰랐지만, 그녀라면 어떻게든 헤쳐 나갈 수 있을 거라 믿을 수밖에 없었다.

다만 아쉬운 건, 왕위에 오른 왕녀를 보지 못한 것.

오직 하나였다.

'긴 전쟁을 치르느라 고되셨을 테니 충분히 휴식을 취하라 전하셨습니다.'

성에 돌아오자마자 에르완은 어두운 방 안에 갇혔다. 표면적으로는 쌓인 여독을 풀라는 배려였지만 실제로는 감금이었다. 시어도어 요새는 빼앗겼는지, 살아남은 병력은 얼마나 되었는지 기본적인 것조차 묻지 않고, 오로지 살아 돌아온 에르완을 보고 경악했다. 소피는 물론이고 성에 두고 간 부하들의 안부를 물었으나 철저히 차단당했다.

비가 짙게 내리던 그날 밤. 철저하게 잠긴 문을 누군가 두드렸다.

"전하."

문틈 사이로 흘러들어오는 목소리가 친숙했다.

"전하, 거기 계십니까."

"세베르 경인가."

"예, 그렇습니다. 하, 목소리를 들으니 정말 안심이 되는군요. 옥체 상하신 곳은 없으신지요."

"상황이 어찌 이런가."

"전하, 아무래도 심상찮습니다. 우선 문부터 열어드리겠습니다."

쾅쾅거리는 소리와 함께 문고리가 박살 났다. 겨우 만난 그레더니어 기사들의 행색도 초췌했다. 그들의 설명은 대강 이랬다. 최근에 왕녀 오팔이 제위를 물려받기 위해 박차를 가하고 있었고 그에 따라 그레더니어는 물론이고 소피, 돌아온 에르완까지 감금해두었다고. 아무래도 심상찮아 경비를 뚫고 나왔지만, 소피의 안전까지는 확인하지 못했다고.

에르완은 즉각 소피의 방으로 향했다. 상황을 방증하듯 문 앞에는 오팔이 대동한 기사들이 모여 있었다. 익숙하고 비릿한 냄새가 희미하게 코끝을 찔렀다.

제발 늦지 않았기를.

"들어가시면 안 됩니다."

에르완이 걸음을 멈추었다. 기사들이 앞을 막아서가 아니었다. 때마침 열린 문틈으로, 소피의 침대에 걸터앉아 있는 오팔이 보였기 때문이다.

"들어오거라."

기사들이 길을 터주었다. 그레더니어와 대치하는 삼엄한 경계 속에 에르완이 한 발짝씩 걸음을 들여놓았다. 코끝을 찌르던 냄새가 더욱 강해졌다. 죽은 듯이 누운 소피와 그녀가 마지막으로 쏟아냈을 핏덩이에 시선이 닿는 순간, 예감은 확실해졌다.

새파랗게 질린 채 침대에 다가가, 창백한 소피의 얼굴을 쓸었다. 따뜻하던 장밋빛 뺨은 생기를 잃은 지 오래고 입술은 새하얗게 떠 있다. 제발, 제발. 지푸라기라도 잡는 심정으로 코에 손가락을 갖다 대었으나 잠잠하다.

제발…….

지푸라기라도 잡는 심정으로 코에 손가락을 갖다 대었으나 잠잠하다. 실낱같은 호흡도 느껴지지 않았다.

"이 아이가 끝까지 너를 찾더구나."

얼어붙은 목소리에 이끌려 시선을 돌렸다. 어둠 속이었으나 오팔의 눈빛은 형형했다. 그녀는 태어날 때부터 제왕이었던 양 고고하게 일어났다.

"꽤 꼴사나운 죽음이었지. 너를 꼭 만나야겠다고 생떼를 쓰지 뭐니."

"……."

"그러고 보면 우리 자매는 어느 하나 쉽지 않구나. 소피는 도무지 죽으려 하지 않고 너는 사지에 내몰아도 매번 살아 돌아오고 말이다. 염치도 없이."

"……."

"죽으라는 뜻도 알아듣지 못하고, 천치도 아닌 것이."

메마른 눈이 에르완을 훑었다. 그녀가 선 자리는 이미 핏빛으로 물든 왕좌였다.

"전쟁에서 대패하고서 혼자 살아 돌아올 만큼 두꺼운 낯짝은 아니리라 믿었다만."

"시어도어를 지키지 않은 이유가 오로지 그것이었습니까."

시어도어의 방어부대가 떠올랐다. 나라에서 버림받은 자들의 좌절, 배신감, 짙게 깔린 패배의식. 그들은 마지막까지 발루아의 지원을 기다렸다. 누구도 입 밖에 내지 않았지만 서로 깊이 이해했다. 심지어 에르완조차 그러했으니까.

끝까지 지원군을 기다렸다.

끝까지 발루아를 믿었다.

백성을 돌보아줄 왕을 끝까지 믿었다…….

"한낱 저를 죽이기 위해 시어도어 요새, 그곳을 쭉 지켜온 방어부대를 버린 겁니까."

"추잡하구나. 패배에 대해 변명을 하는 것이냐."

"그들은 발루아에 버림받아 슬퍼하고 있었습니다. 그래도 마지막까지 조국을 믿고 싶어 검을 세우고 싸웠습니다. 그런데 전하께서는 그런 백성들을 사지에 몰아놓고 희생양으로 삼으신 겁니까. 오로지 저를 죽이기 위해."

"그러게 일찍이 죽어주었다면 좀 좋았겠느냐. 적어도 전장에서 죽었다면 명예로운 전사로 남았을 것을 굳이 패잔병마냥 돌아와 일을 이리 진창으로 만들어."

"……."

"마셔라."

"……."

"이번엔 네 차례다."

소피가 마지막으로 마셨던 찻잔이 들이밀어졌다. 어둠 속에서 오팔을 보았다. 그녀는 부당할 만큼 아름다웠고 비인간적으로 무감정했다. 그저 서 있는데도 왕좌에 올라 있는 것처럼 고고하다. 혹독한 겨울 속, 검은 옥좌. 내쉬는 숨에 서리가 얽혀 폐부까지 얼어붙었다. 시어도어 협곡에서 맞은 눈바람보다 더한 추위였다.

"저는 발루아를 깊이 사랑합니다."

"나라고 그렇지 않겠는가."

"전쟁에 나가 싸우라면 그리하겠습니다."

"발루아에 장수라면 차고 넘친다. 굳이 네가 나설 필요가 없다."

"돌아오지 말라고 명하시면 그리하겠습니다."

"우습구나. 내게 위협이 되는 건 소피와 너, 존재 그 자체이며 그 몸에 흐르는 피다. 섭정이 내게 왕위를 넘기지 않는 이유는 오로지 너희들 때문임을 모르지는 않을 것. 후계싸움은 한 나라를 멍들게 한다. 네가 검을 들고 전장에 나가 싸우는 것보다 이 차를 마시는 게 더욱 발루아를 위한 길일 터."

"……."

"입을 벌려라. 패전의 책임을 질 기회를 기꺼이 주마."

그림자가 성큼 다가왔다.

"억지로 벌려 직접 쑤셔넣어주랴."

묵묵히 닫힌 입술에 찻잔을 억지로 밀었다. 발루아를 위한 길이라면 응당 따랐을 권유다. 설령 죽음에 향하는 길일지라도. 그러한 각오가 없었다면 이미 겪어왔던 전쟁터에 나서지도 않았을 것이다.

처음으로 발루아의 백성들을 굽어보게 된 날, 왕녀는 발루아와 그 백성들을 깊이 사랑하게 되었다. 그리고 전장을 다니며 그들이 고통스럽고 슬픈 생을 마치는 모습을 보며 더욱 깊은 연민을 느꼈다. 잘 만나지 못했던 아버님과 어머님, 왕위에 오르기 위해 제 손에 자매의 피를 묻힌 오팔까지 모두 가여웠다.

결국 우리는 모두 같은 아픔을 가지고 있지 않은가.

죽음으로 이 끝없는 비극의 굴레를 끝낼 수 있었다면 기꺼이 내놓았을 것이다. 하지만 이제 목숨은 그녀만의 것이 아니었다. 세상의 빛을 볼 때부터 발루아에 속해 있었으며 그녀를 살리려 했던 모든 이들에게 빚진 목숨이다.

그리 절박한 스펜서는 처음 보았다. 그토록 절실하고 간절한 눈을 하고선 부탁했다. 살아남아야 한다고. 염치없지만 약조해달라고. 왕도로 돌아가더라도 절대 죽지 말아달라고.

눈물이 터졌다.

너희는 죽어가면서 왜 자꾸 나더러는 혼자 살라고 하나.

너희를 살릴 기회조차 주지 않고, 그토록 덧없이.

"……이걸 무슨 뜻으로 받아들여야 하지?"

에르완이 찻잔으로부터 멀어졌다. 오팔의 눈이 노여움으로 물들었다. 그녀를 내려다보는 시선이 오만하기 짝이 없게 느껴질 것이나 굳이 거두지 않았다. 지독히 익숙한 분노. 형태를 일그러뜨릴 칼날이다.

"저는 이미 시어도어의 백성을 지키겠단 약속을 어기고 말았습니다. 살아남겠다는, 두 번째 약속마저 저버릴 수는 없습니다."

"하하…… 하하!"

공허하게 울리는 웃음에 서리가 얽혀 폐부까지 얼어붙었다. 전장에서 맞은 눈바람보다 더한 추위였다.

"안타깝구나. 너는 부하를 모두 버리고 홀로 치욕스레 살아 돌아온 총사령관이자 자매의 피로 손을 더럽힌 왕녀일 뿐이다."

오팔이 손짓하자 숨어 있던 기사들이 하나둘씩 나왔다. 에르완은 다가오는 그들을 우울한 눈으로 지켜보았다. 낌새를 눈치챈 그레더니어가 경계를 뚫고 들이닥쳤고 오팔의 기사들과 대치했다. 에르완 또한 등을 기다랗게 가로지르는 검을 뽑았다.

그레더니어는 매번 생사를 넘나들며 날카롭게 벼려진 칼이었다. 줄곧 성을 지켜온 오팔의 기사를 상대로 무뎌질 날이 아니었다.

에르완의 검은 마침내 오팔의 가슴을 뚫었다. 오팔은 죽음을 예견하면서도 고고했다.

"에르완. 너는 이 나라 발루아에 가장 어울리지 않는 왕녀다."

피로 물든 입술이 속삭거렸다. 추위로 물든 공기 속으로 하얀 물결이 퍼졌다.

"내게 소피와 너는 자매가 아니었지. 태어날 때마다 왕위를 노릴 적이 늘어나는 것일 뿐. 그런데 이상하기도 하지. 네가 태어났을 때는 기분이 참으로 묘했어. 갓 태어난 핏덩이인데도 왕위에 오르기까지 큰 방해가 될 존재처럼 느껴졌지."

"……."

"기어이 네가 내 가슴을 꿰뚫는구나. 가장 성가시고 어린 적이여."

한 움큼 쏟아져 나온 붉은 핏덩이가 검은 대리석을 적셨다. 에르완은 자매의 가슴을 꿰뚫고 있는 검을 거두지 않았다. 쓰러진 오팔의 가슴 위에 처음 내리꽂았던 그대로 내려다볼 따름이었다.

에르완이 천천히 입을 열었다.

"전하, 저는 개인적인 명예와 부귀를 원하지 않았습니다. 그저 평화를 바랐습니다."

"하지만 너는 지금 그 검으로 나를 겨누고, 결국 목숨을 거두어가고 있지 않느냐."

"……."

"전쟁이 몰아치는 발루아에서 평화라니, 우습다. 우습기 짝이 없어."

우아하게 웃는 오팔은 그녀 자체로 발루아였다. 눈보라처럼 서늘했고 겨울처럼 혹독했다.

어둠 속에서도 선명히 조각된 그녀는 처음 본 그때로부터 조금도 변하지 않았다. 부당할 만큼 아름다웠고 비인간적으로 무감정했다. 죽음으로 다가가는 이 순간조차 왕좌에 올라있는 것처럼 고고하다.

"진정 그리 원한다면 더더욱 왕이 되어선 안 되는 것이지. 우리 발루아는 전쟁 없이는 살아나갈 수 없는 나라니까."

끊어질 듯 말 듯한 숨이 들러붙었다 떨어졌다. 이제는 삶보다 죽음이 확연히 더 가까웠다. 그런데도 오팔은 여전히 아름다운 포식자였다. 쏟아내는 핏방울은 만개한 꽃에서 떨어지는 꽃잎이었다. 지독히 고고한 눈동자가 에르완을 훑어내렸다.

"굳이 너를 반역자라 칭하지는 않으마."

붉디붉은 입술이 서늘하게 벌어졌다. 이해할 수 없는 미소였다.

"다만 이것만은 알아두어라. 너는 자매들의 피를 손에 묻히고 왕좌를 움켜쥔 여왕으로 역사에 오래 남게 될 것을. 언제 어디든 나와 소피의 이름이 나온다면 네 오점 또한 선명히 되새겨질 것을."

오팔이 눈을 뒤집어 침대에 누워 죽어 있는 또 다른 자매를 보았다. 하얗게 얼어붙은 숨을 내쉬었다. 온몸의 숨결을 모조리 쥐어짜내려는 것처럼 갈비뼈가 크게 벌어졌다.

"세상 모두가 비웃을 것이다. 자매를 죽이고 빼앗은 왕좌와 그런 자리에 앉아 운운할 평화를 말이다. 정말 궁금하구나. 네가 그 자리를 지킬 깜냥이 있을지."

말끝에 그녀가 온 힘을 다해 팔을 들었다. 피로 물든 검날을 연주하듯 하나씩 짚으며, 열 손가락이 거미처럼 기어올라왔다. 고통으로 눈살을 찌푸리면서도 악착같이 매달렸다.

아무리 손을 뻗어도 손잡이까지 닿기 어려웠으므로, 오팔은 검을 더욱더 제 안쪽으로 집어삼키며 상체를 일으켰다. 콱. 올가미처럼 손을 붙들었다. 어둠 속에서 마주친 두 눈은 죽어가는 자의 것이 아니었다. 소름 끼치도록 선연하게, 에르완을 향해 말을 걸었다.

발루아를 지켜라.

죽음으로 다가가는 공포를 넘어선 집념으로, 그녀가 말했다.

"……편히 가십시오."

자매에게 보이는 마지막 자비로 에르완은 최대한 고통 없이 숨통을 끊어주었다. 검을 뽑아내자 검붉은 피가 분수처럼 작게 솟았다. 매양 맡아온 냄새지만 유독 역했다. 오팔이 남긴 핏덩이는 검 끝에 집착적으로 들러붙었다. 죽은 자의 사념덩어리였다.

검이 대리석을 긁는 소리, 덜컥 들렸다 다시 바닥에 똑바로 세워지는 소리. 이내 잠잠해졌다.

오팔은 거짓말처럼 잔잔하게 죽었다. 잠든 것 같은 평온함. 그녀가 살아 있었다면 자신을 내려다보는 시선에 엄한 벌을 내렸을 것이다.

"전하, 갑자기 무얼 하시는……?"

자매의 피로 적신 검을 내리고 단검을 꺼내었다. 허리춤이 보이도록 윗옷을 들추자 그레더니어 기사들은 황송해하며 시선을 돌렸다. 전장에서 얻은 상흔이 옅게 자리 잡은 허리춤에 칼끝을 갖다 대자 금세 핏방울이 맺혔다.

짙은 눈물로 새겼다. 가장 큰 희망이자 아픔. 그녀가 지키지 못한 최초의 백성들을.

시어도어.

잊지 마라.

시어도어, 시어도어.

이름은 핏방울로 맺히고, 흉터로 자리 잡아, 가슴속에 남았다.

이어서 그녀는 또 다른 피에 무릎 꿇었다. 죽은 자매들의 피, 굳건한 검에 깊게 고개 숙이고 맹세했다.

가장 단단하고 강한 검을 들어 발루아와 백성들을 지키겠노라고. 그 의지가 흐트러지는 때가 오거든 오늘 이 희생자들을 되새기겠노라고.

다만 자매들이여. 발루아에 반하는 길로 제가 걸어가거든 부디 이 목을 쳐주소서.

발루아의 정의를 무너뜨리는 길이거든 제 몸을 분지르소서.

그러나 살아서 쓸모 있거든 발루아를 위해 온전히 쓰이게 하소서.

제 지식이 쓸모 있거든 학자로 쓰이게 하시고, 쇠를 다루는 솜씨가 있거든 대장장이로, 일개 병사로라도 쓰게 하소서.

죽어야 쓸모 있거든 이 몸을 잘게 쪼개어, 마지막 조각까지 발루아에 바치게 하소서.

죽는 순간까지 부디 이 몸을 발루아를 위하여 온전히 쓰게 하시고, 발루아를 지키게 하소서.

그녀는 천천히 몸을 일으켰다. 무거운 비구름을 흩뿌리고 간 구름이 기다란 그림자를 거두었다. 그늘이 걷히자 왕녀는 어느새 왕의 얼굴을 하고 있었다. 만년설에 묻힌 검은 성의 진정한 주인.

에르완 실드베르 르 블랑. 실드베르 4세는 그렇게 자매를 죽이고 왕위에 오른 여왕이자, 전장을 휩쓸고 다닌 살인귀로 불리게 되었다.

❖ ✳ ❖

고해성사하듯 깊은 목소리가 끝났다.

무거운 이야기에 짓눌려 숨을 쉬기 어려웠다. 옛날이었다면 왜 이런 이야기를 제게 하느냐고 반문했었겠지만, 지금은 고마웠다. 꺼내기 버거운 이야기를 해주어서, 같이 나눠 들 수 있게 해주어서 고마웠다. 그리고 몰라주어 미안했다.

한동안 침묵이 흘렀다. 어떤 말을 하든 그녀가 전한 이야기의 터럭만큼의 무게도 지니지 못할 것이다.

그녀는 더 이상 아무 말이 없었다. 품에 기대오는 무게감이 조금 더해졌다. 말로는 아니라 해도 역시 피곤한 듯했다.

"에르완, 졸려?"

작게 속삭였다. 거의 들리지 않는 목소리였는데도 그녀가 조금, 이라고 대답했다. 어쩌면 몸이 맞닿아 있어 들을 수 있는 건지도 몰랐다. 규칙적으로 오르내리는 숨소리를 보니 정말 조는 모양이었다. 에르완이 졸다니! 이보다 더 희귀한 일은 없었지만 제 하찮은 놀라움으로 그녀를 깨우고 싶지 않았다.

"성에 도착하면 깨워줄 테니 자도록 해."

"하지만."

"지금은 아무도 보지 않아. 둘뿐이니까, 잠시라도 마음 편히 자."

바스티안은 그녀가 진심으로 그럴 수 있기를 바랐다. 늘 긴장과 경계, 의심과 생사의 기로에 서 있어야 하는 그녀가 아닌가. 눈을 뜨면 깨어질 꿈일지라도 평온한 안식을 주고 싶었다. 제안을 받아들이기로 한 것인지 가슴에 느껴지는 무게감이 더해졌다. 이제는 완전히 안겨 있는 모양새였다. 편히 잠든 모습에 포만감마저 들었다. 목구멍은 침묵으로 조였다.

그가 고삐를 당겨 속도를 늦추며 방향을 틀었다. 착실하게 성을 향해 가고 있던 아스트리드는 이해치 못하고 계속 원래 가던 길을 가려했다.

히히힝!

도대체 왜? 낯선 자가 고삐를 당기는 것도 모자라 제가 아는 길을 가지 못하게 한다. 무척 불만이 있는 얼굴로 발을 몇 번이나 굴렀지만, 주인이 타고 있어 차마 내팽개치지는 못하고 있었다.

얌전히 말 들으라는 뜻으로 쯥 소리를 내며 고삐를 당겼다. 아스트리드가 다시 고개를 홱 돌렸다. 이런 걸 보면 날 버리고 간 그 녀석과 똑같다니까. 고삐를 당겨 반대쪽으로 향하게 했다. 녀석이 다시 반항했다. 그렇게 한참 실랑이를 벌인 후에 겨우 다른 길로 들어설 수 있었다.

그 새벽, 그들은 아주 멀리 돌아갔다. 성 반대편, 구부러지고 인적 드문 길을 영원처럼 돌았다. 끝을 붙잡고 싶은 밤이었다.

Chapter 2

　부르군트가 해상을 지배한 건 프리드리히 왕이 즉위하기 훨씬 전부터였다. 전 국가를 통틀어 함선의 수가 많지 않았던 시대에 세계에서 가장 긴 선체를 가진 전함을 바다에 띄우는 데 성공했다.

　그들은 선체를 원형으로 만들고 수많은 노를 달아 추진력을 얻었으며 압도적으로 큰 돛으로 바람을 타게 했다. 이 거대한 배는 수많은 대포를 싣고 적 군함과 해적을 침몰시키고 다니며 해상을 장악해나갔다.

　「바다 위에서 검은 표범이 그려진 깃발을 보거든 물살이든 바람이든 무엇이라도 이용하여 즉시 도망쳐라.」

　한때 전 해상에 통용되던 불문율이었다. 세계에서 유일하게 부르군트를 대적할 수 있다는 발루아마저 바다에서만큼은 예외였다. 해상전에서 호각을 이루기 위해 노력했지만, 왕좌는 쉽게 바뀌지 않았다. 선진화된 조선기술을 뒤늦게 받아들였으나 원조를 따라가기엔 턱없이 부족했다.

　부르군트는 바다의 신마저 거꾸러뜨릴 수 있는 위세였다.

이 강대국은 각 국가의 해상병력은 한껏 견제하는 한편, 제 나라 함대의 규모와 크기는 멈추지 않고 늘려갔다. 그들은 조선 장인들을 엄밀히 골라내어 이 년간 비밀리에 함대를 만들게 했으며, 한 척당 이백 톤이 넘는 대군함을 백삼십 척이나 건조하는 데 성공한다.

명실상부한 무적함대를 보유한 프리드리히 왕은 더 이상 두려울 것이 없었다.

'바다를 쥔 자가 모든 것을 거느리나니.'

부르군트 함대는 먹잇감을 사냥하는 포식자처럼 해상을 누볐다. 빠르기는 표범과 같았고 돛은 사자 갈기처럼 휘날렸다. 그들을 대적할 상대는 존재할 수 없었다. 가져야 마땅한 권력. 그 대상엔 발루아도 예외는 아니었다.

강한 육군을 가진 발루아는 무조건 부르군트를 육지로 끌어내는 전략을 세웠다.

에르완 또한 거기에 동의하며 해상으로는 최소한의 병력만 유지하여 수비하는 한편 육군으로 승리를 거머쥐는 방식을 택했다.

'서로 더 강한 패로 싸우려고 하는군. 당연하겠지만.'

이제까지의 군무회의를 지켜보며 바스티안이 감상을 내놓았다. 발루아는 주 병력을 집결시켜 세 연맹국 병력과 함께 적군의 주둔지로 향했다. 목적지는 버팅엄. 이번 전투로 부르군트 군의 허리를 끊고 분산된 병력을 각개격파하겠다는 목표였다.

이번 전투를 진두지휘하는 건 캐번 가의 장남이었다. 캐번 가는 줄곧 에르완을 든든하게 지지해온 명문가이기에 기대가 컸다. 움직이는 주 병력이 격파해야 할 대상보다 규모가 컸기에 그리 어렵지 않은 전투였다.

큰 변수만 없다면 승리의 깃발을 뽑아 그저 가져오기만 하면 되는 일이었다.

큰 변수만 없었더라면.

이슬비 내리던 새벽이었다. 급한 파발이 도착했다. 캐번의 전투는 일주일 뒤에나 예정돼 있어 소식이 전해지기엔 이른 때였다.

레이첼이 급하게 깨우러 왔다. 발루아에 큰일이 났다고 했다. 바스티안은 반쯤 흐트러진 채로 회의실로 뛰어들어갔다. 산맥을 타고 오르던 발루아 주 병력과 연맹국 병력 모두가 몰살당했다고 했다.

뭐라고? 무겁게 몰려오던 졸음이 확 깨버렸다.

"……발루아의 일만…… 병사, 그리고 연맹국…… 팔천이 모두…….”

"……캐번 경은.”

"남은 병력을 후퇴시키려다 화살에 맞고 그만…… 수급이 잘려 부르군트에 이송되는 것까지 확인하고 도망쳤습니다.”

"…….”

"완패했습니다.”

전령은 말을 끝맺지 못하고 고개를 떨어뜨렸다. 추밀원 누구 하나 감히 입을 열지 못했다. 숨소리 하나 들리지 않는 침묵이었다. 내리누르는 정적. 바스티안조차 호흡을 멈춘 채 에르완의 등을 바라보았다. 그녀가 무슨 말이라도 낼까 귀를 기울이고 경청했으나 꼼짝도 하지 않았다. 세계지도가 그려진 테이블을 두 손으로 짚은 그녀는 최선을 다해 버티고 있는 것처럼 보였다. 무너져버린 담벼락. 표정을 가늠할 수 없었다. 그 심정도, 그녀가 받았을 충격도, 도저히.

졌다고? 그게 정말인가? 바스티안은 아직도 믿기지 않아 속으로 되묻고 있는데, 말이 되는 소리냐며 전령의 어깨를 붙들고 흔들고 싶은 심정인데, 오죽하겠나 싶었다.

그녀가 천천히 왕좌에 앉았다. 옷깃 스치는 소리조차 나지 않는 고요한 움직임이었다. 모두가 지켜보는 가운데이므로 멀쩡한 얼굴이겠지만 속이 타들어가리라 여겼다. 범람한 채 수습되지 않는 홍수나 다름없으리라. 이번 전투에 전쟁의 사활을 걸고 있었으니까.

"폐하, 이제 어찌…… 합니까."

신음 같은 물음이었다. 침묵은 당연했다. 쥐고 휘둘러야 할 검이 꺾였는데 다른 수가 있을 리 없었다. 한참 뒤에 에르완이 입을 열었다.

"모두…… 물러가 있도록."

"폐하."

"명을 곧 내릴 터이니."

회의는 어수선하게 끝맺었다. 추밀원들의 얼굴에 드리운 짙은 그늘을 보았다. 보좌관들과 함께 그들을 따르는 척하다 바스티안은 빠졌다.

쿵. 둘만 남은 텅 빈 회의장이 묵직하게 울렸다. 그는 황급히 에르완에게 다가갔다.

"에르완."

"……."

"에르완."

그녀는 지도로 고개를 떨어뜨리고 있었다. 병력을 상징하는 말들이 버팅엄 위에 힘없이 쓰러져 있었다. 얼마 전까지만 해도 전략을 검토하며 지도 위를 수십 번 가로질렀던 말이었다. 지금은 오로지 부르군트를 상징하는 검은색 말과 함선만이 육지와 해상을 장악하고 있었다.

이번에 입은 중상을 상대에게도 똑같이 입히지 않으면 승리는 요원했다.

그는 감히 어떤 말로도 위로할 수 없다는 걸 깨달았다. 혼자 생각할 시간을 가지도록 배려해야 하는 게 아닌지 잠깐 고민했다.

"잠깐 곁에……."

그녀가 힘겹게 말을 내었다.

"곁에 머물러주십시오."

간곡했다. 무너진 산을 보는 공허함이었다. 바스티안은 어떻게든 그녀를 위로해주고 싶었으나 아무리 말을 고르고 골라도 도저히 찾지 못했다. 그가 구사하는 수많은 언어 속 수많은 표현 중 단 하나도 없었다. 감히 괜찮을 거라는 말조차 꺼내지 못했다.

그는 요새 조금 마른 듯한 손 위로 온기를 얹었다. 얹었다기보다 닿았다. 솟아오른 뼈. 그 가파른 단단함을 어루만졌다. 그렇게 몇 시간이고 곁에서 조용히, 침묵으로 위로했다.

그렇게 며칠을 보냈다. 겉보기에 에르완은 비교적 한가해 보였다. 하루 중 반나절은 벽에 그려진 지도를 응시했고 나머지 반은 도미니크가 가져다준 서책을 보았다. 추밀원들과 알현은 간단했다. 전쟁에 관한 이야기는 단 하나도 나오지 않았다.

바스티안은 집무실에 항상 함께 머물렀지만, 바깥 돌아가는 분위기 정도는 눈치껏 파악하고 있었다.

종전이 눈앞이라는 소문이 파다했다. 발루아의 패배이리라는 우울한 추측도 함께였다. 협상을 대비해 배상금을 최소화해야 할 방안을 짤 시기 아니냐는 목소리도 조심스럽게 흘러나오고 있었다.

"암담하죠."

우연히 만난 에셀레드가 말했다.

"이제껏 수많은 위기를 맞닥뜨리고, 도저히 넘을 수 없는 산을 기어 올라가기도 하고, 큰 승리를 거두고 또 큰 패배를 겪었지만요. 이렇게 불리한 상황은 처음입니다. 이러다 정말 협상 테이블에 앉게 되시는 건 아닌지……."

"부르군트라면 거액의 배상금을 물리겠지. 금전적 식민지나 다름없을 정도로."

"어휴, 이게 말이나 됩니까? 솔직히 말이에요, 저는 우리 폐하 같은 분을 살면서 본 적이 없어요. 그런데 장난감마냥 모아둔 함대 뒤에서 거들먹거리는 놈한테 고개를 숙여야 한다니요? 그 함대라도 박살 낼 수 있기만 하면 상황이 이렇게까지 나쁘지는 않을 텐데."

"어쩔 수 없지. 전쟁이란 누구 하나의 능력이 뛰어나거나, 함대나 병력이 절대적으로 많다고 해서 승리할 수 있는 게 아니니까."

"하…… 폐하께서도 전문가가 다 되셨군요."

"그런데 부르군트의 함대만 함락시키면 정말 승리할 수 있는 건가?"

바람 빠진 웃음기가 씻겨 내렸다. 에셀레드가 사뭇 진지해졌다.

"예, 아마 그렇겠죠. 하지만 그런 걸 왜 물으시는……."

"만약 해전을 전개하면?"

"예?"

"발루아를 보니 만만찮은 해상병력을 보유하고 있던데, 이상하게 에르완뿐만 아니라 추밀원, 그레더니어 자네들까지도 그에 대해선 입도 뻥긋 안 하더군. 덩치가 클수록 찌를 구멍도 많은데 말이야."

"그거 설마…… 농담이신 거죠? 예?"

넋이 나간 사람처럼 그가 입을 벌렸다.

"부르군트 함대는요, 질이 달라요, 질이. 그 무식한 덩치하며, 셀 수 없이 많은 대포는 또 어떻고요. 역사적으로 발루아가 부르군트를 해상전에서 이겨본 적은 단 한 번도 없습니다. 작은 소모전을 제외하고요."

"그러니까 이번에 이기면 큰 타격을 입힐 수 있지 않아?"

"아이고, 우리 폐하께서 전술서를 너무 많이 보셨네. 폐하, 현실은 현실이에요. 이길 수 있는지 견주어보는 건 서로 전력이 비슷할 때의 이야기죠. 저희는 선박 규모도, 숫자도 한참 부족하다고요."

"발루아는 육지전에 탁월했지만 이번에 크게 패배하지 않았나. 절대적인 우위는 세상에 없네. 절대적인 편견만 있을 뿐이지."

"부르군트에게 큰 운이 따라준 거죠. 하지만 지금 자칫 잘못하면 절벽 아래로 떨어질 상황인데 도박에 나라를 걸 순 없잖아요."

난감한 눈초리였지만 바스티안은 여전히 승산이 있다는 생각을 버릴 수 없었다. 발루아가 역사적으로 부르군트를 해상전에서 이겨본 적이 없고 전력상 크게 뒤지는 건 맞다. 하지만 그건 이번 육지전에서도 마찬가지 아니었나. 승률은 언제나 가능성일 뿐이다. 살아 숨 쉬는 생물 같은 전장에 '절대'라는 말은 어울리지 않았다.

너무나 익숙하고 아는 게 많아 오히려 보지 못하는 것.

때로는 편견 없는 초심자의 눈이 더 정확하기도 했다.

바스티안은 이에 굴하지 않고 생각을 정리하여 에르완에게 전했다. 도미니크가 잘리어로 돌아가기 전 인사와 함께 남긴 해상전술서를 보고 있다는 데 작은 희망이 생겼다.

"잘리어가 해상 전력이 한참 뒤지는 건 알고 있어. 달걀로 바위 깨는 격이겠지. 모르는 거 아냐. 하지만 당신이 예전에 얘기해줬잖아, 발루아의 함선은 크기가 작지만 속도가 두 배 이상 빠르다고. 진형을 잘 짜면 해볼 만한 싸움이라고 생각해. 때마침 부르군트에 앙심을 품은 해적이 우리에게 붙었고, 저들도 발루아가 적극적으로 해전을 전개하리라 생각지 않을 테니 의표를 찌를 절호의 기회라고 보이거든."

"……."

"당신에게도 이 계획이 허무맹랑하게만 들리나?"

호소하듯 끝맺은 말에 에르완은 한동안 물끄러미 바라보고만 있었다. 흥분으로 올렸던 팔을 서서히 내리며 바스티안이 길게 한숨을 내쉬었다. 그녀마저 고개를 내저을 정도면 정말 말도 안 되는 이야기인지도…….

"……아뇨. 아닙니다. 일리 있는 말씀입니다."

"뭐?"

"어쩌면 해볼 만할 수도 있다는 생각을 하고 있었습니다."

미약하게 꺼져가던 불씨가 다시 살아났다. 바스티안이 믿을 수 없다는 얼굴로 지켜보는 가운데 에르완은 곰곰이 생각하다 말고 일어나서 지도를 폈다. 발루아와 연맹국을 차례로 스친 손가락이 부르군트로 향하는 바닷길을 짚었다. 그러다 한 지점에서 우뚝 멈추었다.

묘하다 생각했다. 에르완의 시선은 아군이나 적의 진영의 애매한 경계이자 조류가 특히 거센 지점에 머물러 있었다. 잘리어의 몇몇 어선이 그 즈음에서 바다에 쓸려 사라졌다는 피해 보고를 받은 적이 있어 어렴풋이 기억하고 있었다. 저런 곳에서 전투가 가능할까 생각하며 시선을 들었다. 며칠간 완전히 죽어 있던, 병든 것처럼 어둡던 눈이 본연의 색을 되찾고 있었다.

에르완은 그 오후 급하게 군무회의를 열었다. 이렇게 일이 빠르게 진행될 줄 몰랐던 바스티안도 헐레벌떡 따라갔다. 왕의 부름에 곧장 달려온 듯한 그들은 모두 그녀가 어떤 용단을 내렸을지 긴장하는 기색이 역력했다.

"폐하, 결단을 내리셨나이까."

누군가 조심스레 물었다. 그녀는 찬찬히 손을 뻗어, 지도 위에 쓰러진 발루아의 말을 모두 거두었다. 얼마 전 버팅엄을 향해 가다 대파당한 지상군이었다. 거두어진 붉은 말들이 지도 한편으로 밀려나는 모습을 그레더니어가 착잡한 눈으로 지켜보았다.

좌중은 그다음에 왕이 어떤 수를 둘지 집중했다. 며칠간 심사숙고하며 내린 결론일 터인 까닭이었다. 지상군이나 연합군을 움직일 거라 생각했는데 의외로 다른 게 움직였다. 완전히 간과하고 있던 배 모양 말.

다그락. 그것이 마침내 루에이리 대양에 이르러 멈추었다. 누군가 참지 못하고 신음을 흘렸다.

"짐이 내린 결론은 이것이다."

"폐하……!"

대부분이 기함하는 가운데, 에셀레드만이 이마를 짚고 고개를 젓고 있었다. 그만은 이 작전이 누구의 머리에서 나왔는지 알고 있었다.

"어찌 이런…… 이건 너무 무모합니다."

"군함을 잃으면 저희는 해상으로 들어오는 병력에 대해 그 어떤 수비도 할 수 없게 됩니다."

"신중한 폐하께오서 허투루 이런 말씀을 하시진 않으리라는 건 알고 있습니다. 미욱한 소신들은 그 깊은 뜻을 헤아리기가 힘들어 조금 더 상세한 설명을 필요로 하옵니다. 저희 발루아는 처음부터 해상전을 최소화하는 쪽으로 전략을 세워오지 않았습니까."

모두가 당황한 가운데 그나마 이성적으로 질문을 던진 것이 파르암 공작이었다. 그는 어린 에르완이 성장하여 제위에 오르고 섭정에게서 완전히 왕권을 넘겨받는 과정을 가까이서 지켜본 이였다. 그녀가 내는 말의 무게를 가장 잘 알고 있기도 했다.

차분히 기다리는 그들을 향해 에르완이 대답했다.

"첫째는 부르군트의 허점을 찌르기 위함이며, 둘째는 불리한 판도를 뒤집는 유일한 방법이기 때문이다. 셋째는 부르군트 군함이 발루아로 오는 길목 중, 기동력이 뛰어난 우리 군함이 유리한 전술을 펼칠 수 있는 곳이 있기 때문이다."

"루에아리 대양 말씀이시군요."

"하오나 그곳은 바람이 강하고 물살이 거센 탓에 종종 배가 휩쓸려 침몰하는 곳입니다. 저희 선함이 가볍고 속도가 빠르다 하나 그만한 조류를 탈 수 있는 사람이 없습니다."

선함을 가장 많이 보유한 다트머스가 가장 난감해했다. 익히 예상한 반발이라 에르완이 가볍게 고개를 끄덕였다.

"하여 우리를 도와줄 이를 하나 소개하고자 한다. 백 척의 함대가 달려들어도 능히 상대할 수 있는 유일한 자지."

잠깐 간격을 두고 그녀가 눈을 감았다. 스스로 호흡을 정돈하는 듯싶었다.

"드레이크 경."

무거운 부름에 기다렸다는 듯 문이 열렸다. 여기서 새로운 인물이 나타날 줄 몰랐던 추밀원들은 시선을 돌렸다 크게 놀라고 말았다. 얼굴 반을 찢어내린 커다란 흉터, 그리고 제법 다듬었어도 채 가리지 못한 야생의 냄새.

바스티안은 살며시 인상을 찌푸렸다. 차려입은 붉은 제복이 맞지 않는 옷에 몸을 구겨 넣은 것처럼 지독히 안 어울렸다. 하인이 여럿 매달렸다고 들었는데 저 헝클어진 머리는 어찌 정돈 못 하는가.

"고귀한 피 냄새에 코가 마비될 지경이군요. 영광입니다, 여러분. 드레이크입니다."

전혀 영광스러워하지 않는 얼굴로 말을 마쳤다. 잠시 후에는 스스로의 말이 우스운 듯 낄낄거리기까지 했다. 붉은 흉터가 일그러지며 기괴하기까지 보였다.

저자는 뭐지?

모두가 의아해하는 가운데 에셀레드만이 그 익숙한 질감을 계속 곱씹었다.

"드레이크라면…… 폐하, 혹시?"

"바다의 응징자라고도 불리던 해적이다. 앞으로 있을 부르군트와의 전투에 참전하기를 자청했지."

말을 끝맺자마자 공기가 수선스러워졌다. 부르군트 함선을 건드려 바다에서 죽었다고 들었는데. 말이 좋아 바다의 응징자이지 약탈을 일삼던 해적 아닌가. 그를 바라보는 시선에 경악과 경멸이 단숨에 섞여들어갔다.

"같은 편을 약탈할 생각일랑 없으니 안심들 하십쇼. 해적이 무법자들 천지이긴 해도 동료 등에 칼을 꽂진 않는다니까. 발루아는 특히나 내 칼을 맞아 뒈진 귀족이 애초에 몇 안 되기도 하고. 많아야 서넛? 하하! 바다를 떠돌아다니며 마주친 해군 장교가 수십 명인데 그 안에 든다면 그거야말로 죽어야 할 이유 아니겠소? 한심하기 짝이 없잖나!"

"그중 내 아비도 들어가 있소. 말조심하시오."

잠자코 있던 그레이가 불쑥 입을 열었다.

"분명 해적의 칼에 맞아 불명예스럽게 돌아가셨지. 아버님의 유언에 따라 장례도 치르지 않았지만, 해적에게 아무렇게나 조롱당하실 분은 아니오."

"아, 그렇습니까? 이거 참, 유감스럽게 됐습니다."

드레이크가 뒷머리를 긁적거렸다. 긴장된 기류를 풀어보겠다고 한 농담에 분위기가 한층 더 얼어붙었다.

처음부터 살얼음판이잖아. 바스티안이 속으로 혀를 차며 드레이크가 나가는 모습을 지켜보았다.

그가 퇴장한 후에도, 무법자를 써먹는 게 괜찮겠냐는 우려의 목소리가 흘러나왔다.

워낙 파격적인 행보에 다들 불만 있는 눈치였지만, 그럼에도 아무 말 할 수 없는 건 독보적인 왕권, 왕에 대한 신의와 경배뿐 아니라, 드레이크의 존재 때문이었다. 아무리 부르군트 함대가 무적이라 하나 드레이크가 협력한다면 어떤 변수를 만들어낼지도 모른다. 역설적이게도 그가 전 세계적으로 떨친 악명이 믿음을 더한 것이다.

결과를 위한 수단을 정당화할 수 있는가.

철학적인 고민은 풀지 못한 채로 에르완은 직접 군함을 끌고 바다로 나갔다.

발루아를 위하여, 발루아의 백성들을 위하여, 이 전쟁을 끝내기 위하여.

비장한 다짐만이 목마른 가슴을 축였다.

✦ ✳ ✦

발루아를 떠난 지 열흘째, 왕이 이끄는 군함이 루에이리 대양 인근 연맹국에 도착했다. 에르완은 비밀리에 그곳에 머물면서 곳곳에 박아 놓은 정찰선들에게서 매일같이 첩보를 입수했다.

부르군트는 예상대로 발루아로 향하고 있었다. 다만 프리드리히가 구축해둔 함대 백삼십 척 모두 다 움직였다. 정보를 입수한 발루아 내부는 크게 동요했다. 경계를 목적으로 군함을 최소화하여 투입하고, 큰 승리를 거둔 육지전에 총력을 기울일 거라는 예측이 완전히 엎어진 것이다. 발루아 측에서 해상전으로 역습을 가하리라는 기밀이 누설된 게 아니냐는 우려도 크게 돌았다.

누구 하나 이 전투의 결과를 낙관적으로 바라보는 이는 없었다. 거대한 부르군트 군함 백삼십 척은 사병 약 이만삼천 명, 대포 이천오백 대를 실을 수 있었다. 그에 비해 발루아는 상선을 전함으로 빠르게 개조한 게 대부분이라 그 수가 백 척에 못 미쳤다. 이렇게 오랜 전쟁이 끝나는가. 패배의 어두운 그림자가 발루아 깃발 위에 드리우는 듯했다.

"군함 백삼십 척 중 전함은 마흔 척 정도 됩니다. 나머지는 대개 수송선과 정찰용으로 쓰이니 전함만 표적으로 삼으면 됩니다."

"전함에 그만한 병력을 실었다는 건 해상전을 치를 생각이 없을 가능성이 높다. 만에 하나 전투가 일어날 경우 상대편 전함에 올라타 무찌르려 할 테지. 우리 군과의 접점은 본래대로 루에이리 대양으로 정한다. 그곳의 강한 조류와 바람을 필히 우리 편으로 만들어야 한다. 그쪽 지휘관은 파악되었나.”

“예. 페드로 부장교입니다. 이제껏 후방지원만 하다 처음으로 선봉에 선지라 정보가 많지 않습니다.”

세베르가 말했다. 그는 발루아 다음으로 가장 오랫동안 부르군트와 반목한 나라, 이제는 식민지로 귀속된 이클린의 옛 총사로서 부르군트를 속속들이 파악하는 자였다. 옆에 있던 사이러스가 입을 열었다.

“어째서 리산더와 같은 장교급이 아니라 부장교를 보낸 것인지, 그 까닭이 궁금합니다. 보아하니 크게 작전을 짠 듯한데.”

“내부적인 알력싸움이겠지.”

세베르가 짤막하게 대답했다.

“리산더 장교가 지난 잘리어에서의 전투에서 큰 실책을 범하지 않았나. 무식하게 돌진해대지만 그만한 능력자도 드물지. 그에게 밀려 뒷선으로 물러난 채 기회만 기다리고 있던 자들이 허다했을 거야. 그리고 이번 일이 터지자 한꺼번에 덤벼들어 물어뜯었을 테고. 이번엔 페드로 부장교가 기회를 가로챘나 보군.”

“리산더가 그 성미에 절대 가만히 있지 않았을 텐데요.”

“어쩌겠나. 지위가 높고 능력이 출중해도 결국 지배자 아래인 것을.”

“그쵸, 까라면 까야죠…… 악! 왜 때립니까!”

“모든 군함에 대기하라 전하라.”

에르완의 목소리에 정신이 번쩍 들었다. 세베르는 철없이 구는 에셀레드를 한 대 더 쥐어박으려다 말고 다시 왕에게 절도 있게 예를 차렸다.

"명을 받듭니다."

사이러스가 왕의 명령을 기다리고 있을 다섯 연대장에게 소식을 전하러 사라졌다.

에르완은 지휘부가 일망타진되는 불상사가 생기지 않도록 다섯으로 나누었고, 명령이 가지처럼 뻗어나가는 방식을 취했다. 수뇌부가 탄 군함은 왕으로부터 가까이 두어 명령을 하달받는 시간차를 최소화했다. 그리하여 지금 배에 머무는 참모진은 다트머스 연대장과 부연대장 둘, 그리고 왕을 수호하기 위한 그레더니어가 전부였다.

나무갑판을 밟는 발소리가 멀어지자 에르완의 눈이 다시 지도 위로 떨어졌다. 조류와 바람을 아군으로 만들 방법을 찾아야 한다. 그것만이 병력을 무식하게 압도하는 부르군트를 흔들 수 있는 유일한 변수다.

"폐하, 지난번부터 쭉 말씀드리는데, 굳이 어려운 길을 택해 돌아갈 필요 있겠습니까? 소신에게 배 한 척만 내려주시죠. 지금이라도 내어주시면 당장이라도 달려가 부르군트, 그 늑대 새끼들의 정신을 쏙 빼놓고 오겠나이다."

드레이크가 갑자기 얼굴을 불쑥 들이밀었다. 그리 가까이 가진 못했다. 세 걸음도 채 다가가기 전에 그레더니어가 매섭게 막아섰다. 갑자기 앞을 가로막는 그림자에 그가 한 걸음 물러났다. 왕을 지키는 데에는 부르군트 성을 사방으로 둘러싼 철문보다 더한 이들이었다.

에르완이 물러나도 좋다는 손짓을 해도 간격을 조금 띄우는 정도였다. 상대가 상대이니만큼 경계가 삼엄했다.

"허락하지 않는다."

"이유가 무엇입니까?"

"부르군트 군함들을 경계하게 만들어서 좋을 일이 없다. 그리고 그대에게 짐의 명 모두를 설명할 필요 또한, 없다."

"예, 예. 압니다. 하지만 이렇게 주구장창 소신이 주청 드리는 까닭이 따로 있지 않겠습니까? 그들이 경계할 만한 여지조차 없도록 깨끗하게 처리할 수 있다고 말씀드리는 겁니다. 독이 시퍼렇게 오른 맹수를 목줄을 매어 묶어둔다고 얌전해지겠습니까? 예? 그 이를 뽑아버려도 남아 있는 발톱을 세우는 게 짐승입니다. 계속해서 묶어둔다면 그 줄을 끊고 도망갈지도 모릅니다."

드레이크가 급기야 씨근거렸다. 조금 있으면 폭발하겠군. 옆에서 지켜보던 바스티안이 뻐딱하게 다리를 꼬았다. 그는 발루아를 떠날 때부터 드레이크를 쭉 지켜보고 있었다.

발루아에 협력하기로 한 뒤 드레이크는 육지를 떠나기만을 기다렸을 것이다. 해상으로 나가면 곧장 군함을 넘겨받고 다시 바다를 호령하며 부르군트에 복수할 수 있을 테니까.

하지만 투지 가득한 개에게 발루아가 덧씌운 건 입마개와 목줄뿐. 복수는커녕 조종키를 잡는 일도 하늘에 별 따기였다. 기껏해야 거센 조류가 덮쳤을 때 잠깐 전함을 조종하는 게 다였다. 예상외로 흘러가는 상황을 드레이크는 오래 견디지 못했다. 누군가를 머리 위에 두어본 적이 없었으니 인내심은 더욱 짧아졌다.

바스티안은 목에 돋은 핏줄이 지금 그의 심정을 잘 보여준다는 생각을 했다. 새파란, 더는 지체 않고 터질 것 같은.

"그렇다면 발루아 군은 그대의 등을 표적으로 삼을 수밖에 없을 거네."

"발루아의 고귀한 왕께서 협박을 일삼으시다뇨."

"그것이 국가의 질서이며 위계다. 그대가 국가에 종속되기로 한 순간부터 각오했었어야 할."

서늘한 시선이 내리꽂혔다. 드레이크가 작게 이를 갈았다.

"저는 복수를 하기 위해 발루아에 협력하기로 한 겁니다. 내 사촌의 복수를 위해!"

"그대의 복수에 발루아를 이용하게 둘 생각은 없다. 발루아가 그대의 복수심을 이용할 일은 있을지언정."

"……."

"또한 짐은 그대에게 이곳에 더 머무르길 허락한 적이 없다. 물러가라."

위압에 떠밀려 드레이크가 물러났다. 멈칫하더니 이내 몸을 돌려 가버렸다. 문이 풍랑에 밀려 거세게 닫혔다. 단단하던 세베르의 표정이 걱정으로 허물어졌다.

"이대로 괜찮을지 모르겠습니다, 폐하. 이제껏 무법지대에서 살아온 자가 아닙니까. 개인적인 원한을 풀기 위해 임시적으로 협력하는 모양인데 막상 전투가 벌어지면 얼마나 천방지축으로 날뛸지, 심히 우려스럽습니다."

"지켜보도록 하지. 그는 분명 쓸모가 있을 거네."

"그랬으면 좋겠습니다만."

세베르는 흘끗 바스티안에게 시선을 돌렸다. 도와달라는 무언의 요청이 느껴졌지만, 그는 어깨를 으쓱거리는 것으로 대신 대답했다.

바스티안은 사실 여왕의 말에 전적으로 동의했다. 드레이크는 언제 터질지 모르는 폭탄이었지만, 한동안 지켜볼 생각이었다.

단, 언제나 그렇듯 그녀와는 조금 다른 방식으로.

이틀 정도 지난 밤이었을 것이다. 모두가 잠이 든 새까만 어둠 속, 잔잔한 파도와 함께 바람이 바다를 스치는 소리만이 전부인 그곳에 바스티안만이 깨어 있었다. 그는 갑판 가장자리에 앉고 눕기를 반복하며 졸기도 하고, 멍하니 시간을 죽이기도 했다. 그러다 배가 물을 몰래 가르는 소리가 귀에 잡혔을 때, 벌떡 일어났다.

끼릭, 끼릭, 끼리리릭. 귀에 거슬리는 작은 소음은 배 오른편에서 들려오고 있었다. 바다 위로 떨어지는 물소리마저 잔뜩 숨을 죽인 채였다. 바스티안은 발끝으로 걸어 소리가 들려오는 쪽, 난간 너머로 고개를 내밀었다. 누군가 작은 구명용 배에 몸을 실은 채 밧줄을 당기며 전함에 올라오고 있었다.

"내 이럴 줄 알았지."

예상하던 그대로였다. 바스티안이 입술을 끌어올렸다.

"간밤에 배를 끌고 어딜 다녀오십니까, 드레이크 경?"

덜커덩. 밧줄을 당기던 손이 우뚝 멈추자 작은 배가 흔들거리며 외벽에 부딪혔다. 한동안 숨을 죽이고 있던 그가 천천히 고개를 젖혔다. 달빛 아래 드러난 얼굴이 흉악하게 일그러져 있었다.

"너는…… 여왕 곁에 붙어 있던 자로군. 여왕이 날 감시하라고 하던가?"

"대단한 착각을 하고 있군. 안됐지만 자네에게 그럴 만한 가치가 없네. 이건 전적으로 내가 궁금해서 따라 나온 거거든. 자네, 발루아에 귀속되며 전적으로 왕의 명령에 복종하기로 했던 것 같은데. 내 기억이 틀렸나?"

"이건 다 발루아를 위한 일이다. 이해하지 못하겠지만."

"묻는 말에 대답부터 하게. 그 배를 내어준 게 발루아의 왕인가? 모두가 잠든 이 야심한 밤에 몰래 움직여도 된다고 허락했냐는 말이야."

"말이 안 통하는군. 살고 싶으면 이쯤에서 물러나는 게 좋을 거다."

굵은 눈썹 아래 눈이 위협적으로 번들거렸다. 바스티안의 눈이 가느스름하게 휘었다.

"독단적으로 움직였다는 말을 꽤 과격하게 하는군."

"당장 올라가 그 혀부터 잘라주마."

"해봐. 무사히 올라올 수 있다면 말이지."

밧줄을 힘껏 잡아당기려던 손이 멈칫했다. 어둠 속에서도 분명히 보였다. 배에 매달린 밧줄에 갖다 댄 은색 날.

그는 슬쩍 눈을 굴려 아래를 보았다. 까마득하다. 발루아의 몇몇 전함은 부르군트의 것과 비견될 정도로 커서 그렇다. 바스티안이 밧줄을 끊어 추락하면 충격이 작진 않을 것이다.

"솔직히 말해봐. 어딜 다녀왔지?"

"내가 말할 것 같으냐?"

드레이크가 배를 향해 침을 퉤 뱉었다.

"이런, 상황파악이 잘 안 되시나 봐."

그 순간 배가 크게 흔들렸다. 중심을 잃고 휘청거리던 드레이크는 밧줄을 잡고 가까스로 몸을 가누었다. 저 새끼, 진짜 밧줄을 끊을 생각인가.

"부르군트 전함을 정찰하고 온 건가?"

묻는 게 아니었다. 이미 알고 있는 사실을 확인하려는 의도가 분명했다. 드레이크가 나직하게 이를 갈았다.

"그래."

"겨우 그 구명함 하나 타고 부르군트를 정찰하고 왔다고? 그들을 너무 얕잡아 보는 게 아닌가? 정신 차려. 해상을 장악하던 바다의 응징자는 이제 없어. 자네는 혈혈단신 이빨 빠진 호랑이란 말이야."

"내가 대답을 했으니 이번엔 네 차례다. 내가 움직이는 걸 어떻게 알아채고 기다리고 있었지? 우연인가?"

"그렇게 생각하는 게 마음이 편하면 좋을 대로."

"개자식."

"며칠 전, 왕 앞에서 난동을 피운 일이 있었지."

그가 난간에 턱을 괸 채 웃었다. 즐거워하는 미소가 드레이크의 눈에는 더없이 악마적으로 보였다.

"신기하게 그 별것 아닌 연극에 모두가 속아 넘어간 채 안심하더군. 사지결박이라도 해둔 것처럼 말이야. 하지만 내게는 달리 보였어. 보란 듯이 일부러 큰 소리를 내는 것 같았거든. 나는 억눌려 있다, 이것 봐라, 억눌린 채 아무것도 못 하고 있다, 온몸으로 최면을 걸더라고. 깜빡하면 나도 속을 뻔했지."

"하."

"하지만 그럴 리가 없지. 너는 나무판자에 몸을 맡긴 채 대양을 떠다니며 살아난 놈이야. 그리 쉽게 단념할 리가 없지."

"대체 어떻게 알아차렸는지 모르겠군……."

"내가 원래 사람의 속마음을 좀 잘 읽지. 그래서 내가 보는 세상은 지옥이야."

얼이 빠진 드레이크가 재미있다는 듯 바스티안이 짙은 미소를 흘렸다.

"자, 다음 질문. 가서 뭘 하고 왔지? 이번이 처음이 아닌 듯한데."

"……나무통을 불태우고 왔다."

"나무통이라니?"

"바다를 끼고 육지를 오가는 원양항해를 할 때는 식량 보급이 무척 중요하다. 부르군트는 식품 보관 용기로 나무통을 쓰고 그것들을 실은 소함선들을 따로 보내지. 전쟁 시에 그보다 더 중요한 선박은 없을 거다."

"그러니까 그들의 식량을 불태우고 왔다는 건가?"

"못해도 한 달 치는 족히 넘을 테지."

"허어. 대단하군."

"이제 알겠나? 나는 이 발루아가 전쟁에서 유리한 고지를 점하게끔 만들고 왔단 말이다. 나는 이런 협박을 받을 게 아니라 오히려 표창을 받아야 마땅해. 그러니까 당장 밧줄을 내려."

'그래, 그래. 그 정도면 표창을 받아 마땅하지…….'라며 무의식적으로 고개를 끄덕이던 바스티안이 번쩍 정신을 차렸다.

"아니, 그게 아니지. 네가 홀로 나가서 어떤 업적을 세웠든 상관없지. 중요한 건 네가 누구도 명하지 않은 일을 누구에게도 보고하지 않고 벌였다는 거지."

"너는 부르군트가 우스워 보이나?"

드레이크가 빠득하게 이를 갈아붙였다.

"이렇게 소소한 피해를 계속해서 입히지 않으면 절대 못 이길 상대다. 괜히 무적이라 불리는 게 아니야. 전술에서 어떤 이에게도 뒤지지 않는다는 발루아 왕조차 애를 먹고 있지 않나."

"부르군트가 무식하게 세긴 하지. 하지만 발루아 왕이 이야기했듯 전쟁이란 모든 연대가 조직적으로 체계적으로 움직여야 하거든. 자

340

네처럼 유독 튀게 움직이는 종자 하나 때문에 전부 돼질 수도 있단 말이야. 혹 잡히기라도 했다면? 고문을 받다 우리의 작전을 누설이라도 하면?"

"바다에 잠겨 죽는 한이 있어도 그 씹어 먹을 부르군트에 붙잡힐 일 따윈 없다."

"그거야 자네 생각이고."

"빌어먹을. 도무지 말이 통하지 않는 놈이군."

"오, 동감이야. 마침 나도 그렇게 생각하고 있었거든. 흐음, 어쩌면 좋을까, 어떤 협박을 하든 자네는 또다시 배를 끌고 나설 것 같거든. 나중에 후회할 바엔 일찌감치 후환을 없애는 게 좋지 않을까?"

한 간격 떨어진 채 빛나던 은색 날이 다시 밧줄에 가까워졌다.

"다행히 줄곧 망나니처럼 굴어준 덕에, 간밤에 술에 취해 비틀거리다 바다에 빠져서 죽었대도 아무도 의심하지 않을 것 같거든. 어때? 이토록 경치 좋고 공기 맑은 밤에 죽는 거 말이야. 꽤 근사하지 않나?"

"내가 없으면 이 나라는 강력한 우군 하나를 잃는 걸 텐데."

"대단한 자신감이군. 주제넘게 오만해."

"제대로 생각해. 저 갑옷 두른 잔챙이들 모두를 합쳐도 해상에서는 나보다 못할 거다. 게다가 이대로 떨어지면 네놈은 무사할 성싶으냐?"

주변에 떠 있는 배들을 빙 둘러 가리키며 드레이크가 눈을 번뜩였다. 그러면서 기척 없이 몰래, 배를 조금씩 물 위로 내렸다. 언제 눈이 뒤집혀 밧줄을 자를지 모르는데 이대로 기다리고 있을 수만은 없었다. 어떻게든 대화를 지속하며 시간을 끌어야 했다. 끼리릭. 조심스레 배를 내리던 중 쇠가 긁히는 소리가 났다. 다행히 배 위의 놈은 아직 눈치채지 못한 듯했지만.

"그래, 배가 박살 나서도 살아남은 질긴 생명인데 어디 쉽게 죽겠어. 하지만 자네가 나를 죽일 수 있는 건, 부르군트에 복수할 기회를 잃은 다음 아니겠어? 지금 생사를 걸고서라도 이루어내고자 하는 그 기회 말이네. 그리고……."

눈이 움직였다. 어둠 속이지만 시선이 마주친 게 똑똑히 느껴졌다. 순간 소름이 돋았다.

"과연 내가 네놈을 산 채로 바다에 빠지게 내버려둘까?"

"미친, 미친놈."

그제야 잘못 걸렸다는 생각이 들었다. 어떻게든 빠져나가야 한다. 그 절박함에 떠밀려 끼릭거리는 소리가 크게 날 정도로 빠르게 배를 내렸다. 조금만 더 내리면 된다. 조금만 더.

"미치진 않았어. 단지 남들보다 거리낄 게 없을 뿐이지. 그리고 남들보다 조금 더 예민해서 자네가 아까부터 배를 내리고 있었다는 걸 눈치챘지."

순간 몸이 붕 뜨는 느낌이 들었다. 이내 귀를 긁어내는 바람 소리. 밤하늘 속에서 그가 들고 있는 단검, 그리고 밧줄이 끊긴 채 휘날리는 게 보였다. 끝내 배를 추락시킨 것이다. 젠장, 젠…….

드레이크가 무엇이라도 붙잡기 위해 손을 뻗은 순간이었다. 쏜살같이 날아온 무언가가 그의 팔을 낚아채고 날아올랐다. 아아악! 정신을 놓고 비명을 질렀다. 다시 한 번 몸이 붕 뜨는 느낌과 함께 바람 소리가 잦아들었다.

찔끔찔끔 눈을 떠보자 한 남자가 보였다. 밧줄을 끊어낸 단검이 손끝에서 빙글빙글 돌고 있었다.

"약속해. 앞으로 왕의 명령에 복종하겠다고."

이게 어떻게 된 일인지. 드레이크는 혼비백산하여 고개를 들었다가 또다시 비명을 지르고 말았다. 고개를 완전히 젖혀도 한눈에 담기 힘들 정도로 거대한 독수리가 제 팔을 붙들고 날고 있었다. 사람을 가볍게 찢어발길 것 같은 검은 발톱에 눈이 완전히 돌아갔다. 조금만 힘을 주어도 팔이 잘려나가는 건 무척 간단해 보였다. 제가 타고 있던 범선은 이미 바다가 삼킨 지 오래다.

눈앞이 핑 돌았다. 허전한 발밑이 까마득하다.

"내가 없으면 너희도 꽤 곤란해질 텐데!"

"아니, 그렇게 벌벌 떠는 꼴을 보아하니 그렇지만도 않은 것 같군."

"젠장, 젠장, 저 정신 나간 새끼. 한다고, 한다고! 보, 보, 복……종……."

그가 입을 벌벌 떨었다. 혀가 뭉그러져서 제대로 발음이 되지 않았다. 하지만 배 위의 남자는 태연했다.

"잘 안 들리는데."

"복종해! 복종할 테니 그만 내려줘!"

"비올라."

훅. 까마득한 밤으로 순식간에 들어올려졌다. 바람을 차고 오르던 날갯짓소리가 잦아들면서 순식간에 갑판 위로 패대기쳐졌다. 판자 위를 수없이 구르던 드레이크는 거친 기침을 쉼 없이 토해냈다. 조금 전 생사의 문턱을 몇 번이나 오간 것 같았다.

제게 다가오는 발소리가 들렸다. 드레이크는 얼른 몸을 일으켜 기겁하며 물러섰다. 반대편 난간이 등에 턱 닿을 때까지.

"그 말, 꼭 지키도록 해."

"허억, 헉……."

"난 역시 절박한 자가 좋다니까. 협박할 거리도, 빼먹을 거리도 많거든."

얇게 좁혀지는 눈은 빛 한 점 들지 않는 까마득한 구렁텅이 같았다. 히이익. 악마를 본 모양으로 드레이크가 끝까지 물러났다. 도대체 무슨 괴물을 달고 있는 건지, 그를 수호하듯 날갯짓하며 떠 있는 새는 정체가 뭔지 보이지도 않았다.

"왜, 왜 이렇게까지…… 하는 거지?"

"유감스럽게도 발루아의 왕에게 너를 이용하자 말한 게 나라서. 그런데 그녀를 곤란하게 만들면 후회스럽지 않겠어? 곤란하기도 하고, 면목도 없고."

그가 주변을 밝힐 것처럼 환하게 웃었다.

"그러니까 잘 좀 부탁해, 해적 양반."

✤ ✳ ✤

바스티안은 스스로가 치사하거나 야비하다고 여겨본 적 없었다. 적당히 남을 이용해먹고 적당히 모르는 척하고 적당히 타협할 줄 아는 인간 정도. 하지만 그날 밤, 드레이크가 얌전한 사냥개로 돌변한 이후부터는 생각을 달리하게 됐다. 악명 높은 바다의 응징자조차 미친놈이라고 하는 걸 보면 정말 나는 미친놈이 아닐까. 그러한 의문을 가지게 된 후 얼마 안 있어 에셀레드가 지나가는 말처럼 한마디 던졌다.

「폐하를 처음 뵈었을 때 정말, 무척 외람된 표현이지만, 정말이지 미친놈인 줄 알았다니까요.」

「미친, 미친놈.」

천연덕스럽게 말하던 에셀레드와 입술을 벌벌 떨던 드레이크가 겹쳐 보였다.

오, 맙소사. 그래, 좋아. 내가 어쩌다가 여기까지 오게 된 거지?

바스티안은 두 손에 얼굴을 묻고서 한참 고민했다. 아무리 거슬러 올라가도 딱히 계기를 찾기 힘들었다. 왕으로 즉위하기 한참 전, 그러니까 어렸을 때조차 이런 방법을 썼었다는 걸 떠올리고 이내 자아성찰을 포기했다. 태생을 뒤엎을 수는 없는 법이다.

"요즘 드레이크 경이 꽤 얌전한 듯싶은데, 짚이는 게 있으십니까?"

어느 날 에르완이 물었다. 바스티안은 빈둥거리며 딴청 피웠다.

"특히 폐하만 보면 그러는 듯싶습니다만."

"흠, 글쎄. 내가 막 험악한 인상은 아닌데, 이상한 일이야. 그렇지 않느냐, 비올라."

사냥해온 물고기를 갑판에 늘어놓고 하나씩 삼키고 있던 비올라가 고개를 끄덕거린다. 원래라면 에르완을 더 따랐을 비올라지만, 열렬히 간호해준 다음부터는 그 또한 못지않게 대우해주었다. 대답 잘했다는 뜻으로 눈을 찡긋해 보이자 비올라 또한 어색하게 따라 했다. 잘 키운 독수리 하나 열 보좌관 부럽지 않은 순간이었다.

비올라마저 바스티안을 비호하고 뚜렷한 증좌마저 없으니 에르완 또한 더 캐물을 순 없는 일이었다.

다행히 드레이크는 단독행동을 더 하거나 참모진 앞에서 난동을 피우지 않았다. 직접 움직이지 못하는 상황이 되자 도리어 입을 열었다.

「부르군트 함대는 단거리 조준이 가능한 중포요. 그에 비해 발루아는 원거리 발사가 가능한 경포. 이를 최대한 활용하는 게 중요할 거요.」

「해적질 하면서 사실 가장 피하기 쉬웠던 게 부르군트 함대요. 새로 입단한 놈들의 담력을 시험하기 위해 가끔 정찰을 보내곤 하는데, 뱃멀미하는 초짜들도 한눈에 알아보고 돌아왔다니까. 그런데 그 무식한 몸집을 더 키웠다고? 그 선체로 항해할 수 있을지 의문이군. 항해란 물고기처럼 유연하게 방향을 틀어야 하는 것인데…….」

「지금 목표로 잡은 접점도 나쁘지 않지만, 그 근처, 조류가 훨씬 심하고 풍랑이 거센 곳으로 놈들을 끌어낼 수만 있다면 무조건 승리요. 바다가 알아서 놈들을 집어삼켜줄 거거든. 부르군트 놈들은 보통 조용한 대양을 오가며 그 위용을 자랑하기에만 바빴으니 우왕좌왕할 게 뻔하고. 원한다면 알려줄 수는 있지만…… 그곳으로 유인하려면 발루아도 많은 걸 감수해야 할 거요. 나 정도 되는 항해사 아니면 회오리에 금세 빨려 들어갈 테니까.」

또 무슨 획책을 꾸미며 머리를 굴리는지 알 수 없는 일이지만, 그를 감안해도 설득력이 있는 말이었다. 몇십 년 바닷물만 보며 살아남은 이의 경험은 무시할 것이 못 될뿐더러, 발루아가 이겼을 때 그의 복수 또한 이루어진다는 점은 신뢰할 만했다. 그를 깊이 믿지는 말되 적정한 선에서 이용해야 했다.

에르완은 자주 갑판에 나갔다. 낮에도 밤에도 말없이 서서 하늘을 보았다. 쏴아아…… 고요하게 휩쓸리는 바닷바람 속에서 한없이 바라보고 있었다. 촘촘하게 박힌 별과 바람 한 자락 놓치지 않고 세고 헤아리는 눈이었다. 그럴 때에는 모두가 약속이라도 한 듯 조용히 물러나 혼자만의 시간을 방해하지 않았다.

바스티안은 난간 어디쯤에 기대어 그녀를 보곤 했다. 밤하늘보다 더 짙은 고요, 밀려오는 어둠보다 곧게 선 여인. 그 머릿속에 흐르고 있을 수많은 생각에 불을 밝히고 그 뒤를 좇았다. 한 걸음, 한 걸음 따라가다 보면 어느새 그녀가 그를 보고 있었다. 촛불처럼 환하게 빛나는 눈을 마주하며 바스티안이 빙그레 웃었다.

"오늘은 생각할 게 많았나 봐. 이제야 날 발견한 걸 보면."

그녀는 소란스러운 시장 속에서도 그를 정확히 찾아내곤 했다. 유난히 시끄러운 숨소리 때문이라고 하는데 사람의 귀가 그런 것을 잡아내는 능력이 있나 싶었다.

그런 그녀가 지금은 사람이 다가온 걸 한참 알아채지 못했다. 극도로 집중해 있었단 뜻이었다.

"밤바람이 차갑습니다."

수많은 사람 사이에 파묻힌 바스티안을 정확히 찾아내는 능력이 그녀에게 있다면, 그에겐 무표정한 그녀의 속마음을 읽는 능력이 있었다. 그녀는 지금 그를 걱정하고 있었다. 그가 상냥하게 웃었다.

"언제든 당신이 날 발견하기만 하면 됐지. 참 조용한 전장이야."

가라앉은 바다를 보며 그가 말했다. 그녀가 옆에 천천히 앉았다.

"전쟁을 끝내고자 먼 길을 돌고 돌았는데, 그 끝은 결국 이곳이군요."

"헛수고가 아냐. 돌고 도는, 그 길목에서 나와 당신이 만났잖아."

"……."

"당신은 나와 내 나라를 구했고 당신은 전쟁을 끝내야 할 이유를 다시 확인했어. 충분히 의미 있어."

손 위로 또 다른 손이 포개졌다. 바스티안이 기분 좋게 웃었다.

사람은 필연적으로 고독하다. 그 사실을 가르쳐주는 건 보통 사람들에게는 세월이지만, 그들에게는 왕의 자리였다. 누구도 믿어서는 안 되고, 믿을 수도 없는 자리. 죽을 때까지 사방을 경계하며 의심해야 하는 길에 동반자가 생겼다.

그녀가 없었다면, 그가 없었다면, 그들은 이 자리에 있지 못했을 것이다.

며칠 밤을 새웠을까. 하늘이 유독 어두워지면서 풍랑이 거세졌다. 발루아 전함 중 가장 큰 배조차 위아래로 오르내리는 폭이 대단했다. 선상 생활에 제법 익숙해진 바스티안이 뱃멀미에 살짝 시달려야 했을 정도로.

루에이리 대양을 수없이 건너본 드레이크조차 이만한 파도는 드물다고 혀를 내둘렀다. 바다가 밀어내는 어마어마한 힘을 견디기 위해선 상당한 집중력이 소모되었으므로, 군함을 조종하는 키가 가끔 그에게 넘어가기도 했다. 드레이크는 가끔 다른 생각을 하는 듯했지만, 그럴 때면 바스티안이 귀신같이 나타나 그를 감시했기 때문에 별다른 수작을 부리지 못했다.

대양에 흩어져 있는 수많은 전함은 시시각각 부르군트의 동태를 전해왔다.

소함선들을 거느리고 거침없이 진격하던 군함이 돌연 속도를 늦추어 근처 항구에 정박했다. 출항 시 실어두었던 식량 대부분이 무슨 이유에선지 소실되었다는 소식이 들려왔다. 잠시 정박한 항구에서 구할 수 있는 모든 식량을 모조리 사들였지만, 전함에 태운 사병이 만 명이 넘으니 그조차 충분치 못했다.

"이미 사병들이 배를 곯는 일이 많아 내부적인 불만이 상당하다고 하던데. 이건 완전 우리에게 유리한 상황 아닌가?"

"그들은 이미 우리보다 우위인 전력이 많습니다. 속단할 수 없습니다."

에르완은 모든 불확실한 요소를 챙겼다. 드레이크의 말에 귀를 기울였고, 매일 밤 날씨와 풍향을 살펴 발루아가 유리한 고지를 점할 수 있는 지점을 찾았으며, 병사들을 돌아보고 기력을 북돋워주었다.

루에이리 대양에 배를 띄운 지 보름. 마침내 부르군트 함대가 해협에 모습을 드러냈다. 백 척이 넘는 전함이 하늘과 땅을 가득 메우며 밀려들어왔다. 그들은 상상 이상으로 빨랐고, 커다란 닻은 바람을 집어삼키며 펄럭였다. 함선이 일으키는 높은 물살에 파도가 더해지면서 해면이 더 거칠어졌다. 주인이 제 땅을 찾은 듯한 당당함이다.

바람을 타고 전해진 죽음의 냄새가 발루아에 멸망의 그림자를 드리웠다.

"에르완."

바스티안은 신음처럼 이름을 뱉었다. 코앞에서 맞닥뜨린 거대함선의 위용은 대단했다. 깎아지른 절벽마냥 거대하고 위압적이었다. 저들을 상대하여 살아남을 수 있을까? 아니, 그런 존재가 지상에 존재하기는 할까? 본능적인 두려움이 머릿속을 갉아먹는다. 보이지 않는 힘이 어깨를 내리눌렀다.

프리드리히 왕은 미친 게 분명했다. 이런 괴물 같은 함대들을 어느새 구축했단 말인가. 이것들을 상대로 어떻게 이겨? 싸우기도 전에 전의가 꺾였다. 그레더니어와 연대장, 병사 모두 똑같은 절망을 맛보고 있었다.

"전열을 정비하라!"

거친 바람 소리를 가로지르는 커다란 호령. 찬물을 끼얹은 듯 정신이 번쩍 들었다. 목소리의 주인은 이미 가장 위에서 병사들을 내려다보고 있었다. 희망이 없는데도 그녀를 보면 믿고 싶어진다. 가장 어두운 길을 밝혀줄 것만 같다.

스멀스멀 속을 좀먹어가던 좌절이 뒷걸음질 치고 물러났다. 다시 백지가 되었다. 뒤늦게 이성을 찾은 연대장들이 하나둘씩 목소리를 높였다.

"전열을 정비하라!"

"화포를 준비해!"

"그들의 몸집에 당황하지 마라! 전투는, 전쟁은 병사 수와 전적 같은 숫자로 판가름 나지 않는다! 물러서는 자가 있다면 즉시 벨 것이다!"

"발루아!"

"발루아를 위하여!"

우레와 같은 함성과 함께 전쟁의 서막을 올리는 뱃고동소리가 널리 퍼졌다.

부우우-.

먼 곳으로부터 불어오는 바람에 파도가 크게 휘몰아쳤다. 발루아군이 일사불란하게 움직여 화포를 장전하고 노를 저었다. 귀를 채우는 바람 소리가 더욱 거세졌다.

　부르군트의 움직임을 보기 위해 닻 기둥을 껑충 올라왔던 바스티안은, 갑자기 높아진 속력에 휘청 넘어질 뻔했다.

　발루아는 기동력이라 했다. 루에이리 대양으로 오는 내내 꽤 빠르다고 느끼긴 했지만 지금엔 턱없이 못 미쳤다. 함선들은 마치 잘 훈련된 수달처럼 물살을 가로질러 올라갔다. 부르군트 함대의 형상이 성큼성큼 커져갔다. 끝도 모르고 커다래져, 어느새 한 시야에 담기도 어려울 정도였다.

　바스티안은 바다에 떠올랐다 내려앉는 파도, 그리고 닻을 치고 지나가는 바람을 들여다보았다. 투명하고 매섭게 치고 간다. 서풍인가? 운이 좋지 않았다. 대부분이 바람을 등진 방향이었다. 발루아가 조금이라도 유리한 고지를 점하기 위해선.

　"서쪽으로 틀어라!"

　에르완 또한 바스티안과 같은 판단을 하고 있었다. 그녀가 탄 전함이 가장 먼저 방향을 바꾸자, 양측에 호위하듯 뻗어 있던 전함들도 따라 움직였다.

　사나운 파도와 바람을 역행하며 움직이는 건 항해사들에게는 고도의 조종기술을 요한다. 몸집이 클수록 오히려 스스로의 무게를 이기지 못하고 기울어져 수몰할 위험이 크기 때문이다.

　끼기기긱!

　선체가 깊이 기울어졌다. 바스티안은 닻에 기댄 채 열 발가락에 잔뜩 힘을 주고 버텼다. 선박 위로 나무통 두어 개가 데구르르 구르는 소리가 들렸다. 철썩, 철썩. 노가 바다를 내리치는 소리 간격이 짧아졌다. 속도가 빠를수록 바람과 저항이 거세졌다. 보이지 않는 손이 얼굴을 마구 짓뭉개는 듯한 압박이 가해졌다. 바스티안은 고개를 반대편으로 돌리고 간신히 호흡했다.

"계속 서쪽으로 향한다! 적의 포탄이 닿지 않을 만큼 충분히 거리를 벌려야 한다!"

좌아아, 좌아아. 물살을 가르는 소리만이 귓가를 메웠다. 바스티안은 살갗을 긁는 것처럼 펄럭거리는 옷깃을 단단히 잡고 시선을 들어 올렸다. 부르군트 함대는 여전히 거대한 몸집으로 수평선을 장악하고 있었다. 그들 또한 이쪽을 발견하고 예의주시하는 모양이었다.

발루아 함대는 계속해서 최고 속도를 내며 서쪽으로 향했다. 이대로라면 십 분 안에 자리 잡고 전열을 가다듬어 준비한 작전을 펼칠 수 있을 것이다.

그에 가만히 지켜보고 있을 부르군트가 아니었다. 어지러이 움직이는 함선들을 앞에 두고 부르군트 선체에 일정한 간격을 둔 검은 구멍이 드러났다. 화포를 뱉어내기 위한 포문이었다.

"대포 공격이다!"

"놈들이 대포를 쏜다!"

"거리를 벌려! 노를 빨리 저어, 거리를 띄워! 최대한 멀어져라!"

낌새를 눈치챈 발루아 함선들이 더 재빠르게 움직였다. 새하얀 물보라가 사방으로 뻗어나가는 중, 부르군트의 포문이 붉게 달아올랐다.

퍼엉! 첫 번째 포성과 함께 바다에서 물기둥이 높게 솟아올랐다.

퍼엉, 퍼어엉, 퍼엉! 두 번째, 세 번째, 네 번째…… 셀 수 없을 정도로 수많은 포성이 울려 퍼졌다. 북을 내리치듯 바다를 사납게 두드렸다.

발루아 함선들이 크게 기울어졌다. 화포가 바다로 떨어지면서 일어난 파도는 작은 선체에 부담스러울 수밖에 없었다. 함선들의 방향이 크게 틀어졌다. 물의 흐름을 거스르고자 하니 속도가 점차 떨어졌다. 물자를 실은 소함선들은 뒤뚱거리며 힘겹게 따라붙고 있었다.

발루아가 빠르게 멀어지자 화포 소리도 함께 잦아들었다. 아무리 쏘아도 적에게 맞지 않으니 부르군트는 유효범위를 어림잡을 필요가 있었다. 숨을 돌리는 짐승마냥 화포가 검은 연기를 침처럼 흘렸다. 과연 들었던 대로 엄청난 위력을 발휘하는 포탄이었다. 조금만 더 가까웠어도 일찌감치 발루아 함선들은 구멍투성이가 되어 수몰되었을 정도로.

그때 거세기만 하던 바람이 조금씩 가라앉았다. 쉼 없이 파르락거리던 돛이 부드럽게 바람을 싣고 흩날렸다. 바람은 더 이상 적이 아닌 아군이었다.

"일제—"

에르완의 검이 깃대처럼 솟았다. 기다렸다는 듯 일제히 화포가 열렸다.

"발화!"

폭죽 터뜨리는 소리가 났다. 단 한 발만으로 선박을 부술 수 있는 위력을 자랑하는 부르군트 중포와 달리 발루아는 원거리용 경포다. 가볍고 비교적 약한 대신 멀리 쏠 수 있었다. 포탄은 빗나가거나 채 닿지 못하고 떨어지기도 했지만, 대다수는 함선을 제대로 타격했다.

"부르군트가 가까이 오기 시작했습니다!"

정찰병이 크게 외쳤다. 발루아의 포탄이 자신들에게 닿자 상황의 불리함을 뒤늦게 깨닫고 접근하려 드는 것이다. 거리를 좁히려는 적군에 반해 발루아는 반대 방향으로 물러났다. 닿을 만한 거리가 되면 멀어지고, 또 멀어지며 미꾸라지처럼 쏙쏙 빠져나갔다. 거대한 몸집의 그들에 비해 발루아 함선은 부담이 없었다.

"다시 쏴라!"

펑, 펑!

작은 함선들이 얼음 위를 타듯 민첩하게 미끄러졌다. 몸체가 무겁고 느린 부르군트가 역풍을 맞아 더욱 느려졌으므로 그들의 포위망에서 벗어나는 건 무척 쉬웠다.

"폐하, 그들이 다시 대포를 준비하고 있습니다. 후퇴할까요?"

"아니, 지금과 같은 대형을 유지하며 계속 포격을 가한다. 그들의 포탄은 예상대로 우리 전함에 닿지 않아. 더 가볍고 멀리 쏠 수 있는 포탄이 있었다면 일찌감치 썼을 터. 우리는 예정대로 작전을 진행한다."

퍼어엉! 다시금 퍼부어지는 포격에도 발루아는 조금도 동요하지 않았다. 포탄이 닿지 않는 걸 알면서도 계속 과시하듯 쏘아대는 이유가 무엇이겠는가. 따라잡았다 싶으면 멀어지고, 포격을 맞아가며 가까워지면 또다시 멀어지는 발루아의 움직임에 잔뜩 약이 오른 것이다.

바람이 더욱 거세졌다. 발루아에게는 순풍이었으나 부르군트에게는 역풍이었다. 부르군트 군함의 속도가 느려질수록 발루아가 쏘아올린 포탄은 더욱 쉽게 그들에게 닿았다. 계속 떨어지는 물방울이 바위를 뚫을 수 있듯, 소형 선박은 대다수 중상을 입고 물러난 채였다. 가라앉은 선박이 몇인지 맨눈으로 셀 수 있을 정도였다.

"어떤 전함도 앞서가지 마라! 전열 유지, 전열 유지!"

흥분해 앞으로 나가려는 전함을 향해 세베르가 소리쳤다.

발루아가 쏘아대는 포탄 소리가 점차 빨라졌다. 바스티안은 잔뜩 들뜬 함선 분위기를 피부로 느낄 수 있었다.

처음 발루아를 나설 때의 공기는 이와 정반대였다. 짙은 패배감이 만연했으며, 절망적이었고 모두가 죽음을 예감한 얼굴이었다. 무거운 중압감에 숨이 막힐 지경이었다. 폐하께서 직접 출정하는 것이니 패배할 리는 없다는 믿음과 부르군트에 대한 현실적인 두려움 사이에서 다들 갈팡질팡했다. 그러다 마침내 부르군트의 거대한 함선들을 눈앞에 두었을 때 멸망의 그림자를 보았다.

두려움과 절망의 밑바닥이 깊을수록 고양되는 것도 한순간이다. 제대로 된 전투가 이루어지지 않을 거라는 예상과 달리, 오히려 부르군트가 고전을 면치 못하자 사기가 솟아올랐다. 그들에 비하면 장난감이나 다름없는 전함들이 그들을 농락하니 흥분을 금치 못했다.

사병과 포탄을 잔뜩 실은 저 어마어마한 전함들이 쫓아오지도 못하고 우왕좌왕하는 꼴이라니! 그들은 급기야 퇴각을 준비하고 있었다.

꼼짝없이 죽으리라 생각했던 전투에 희망이 보이기 시작했다. 승리는 손만 뻗으면 움켜쥘 수 있을 것만 같았다. 질질 끌 것 없이 바로 이곳에서 끝장을 보면 되지 않은가. 아군은 자유자재로 오가며 괴롭힐 수 있고, 적군은 갈피를 못 잡는 이때.

"폐하! 부르군트가 후퇴하고 있습니다!"

거대한 함선들이 속수무책으로 떠내려가는 모습은 초라하기 짝이 없었다. 사방에서 목소리를 드높여 외쳤다.

"폐하! 진군 명령을!"

"명령을 내려주십시오!"

"명령만 내려주신다면 부르군트를 박살 내고 돌아오겠습니다!"

적군은 이미 포탄이 이르는 범위 밖까지 도망쳐 있었다. 하지만 발루아의 기동력이라면 충분히 따라가 공격할 수 있었다. 연대장뿐 아니라 전 병사들이 명령이 떨어지기만 기다렸다. 아이구, 저거. 저 자식들. 꽁지 빠져라 도망치는 꼴 좀 보게. 저것들을 쫓아가서 확 다 죽여버려야 하는 건데. 발을 동동거리며 애를 태우는 이들도 있었다.

발루아 인이라면 누구나 부르군트 군에 의해 가족과 친구, 이웃을 잃었다. 먼 조상으로부터 이어져온 피에 그들에 대한 울분과 복수심이 새겨져 있었다. 손아귀에 들어온 부르군트 군을 살려 돌려보내고 싶은 이는 아무도 없었다.

패배하는 게 당연했던 전투에서 우위를 점했다. 그들의 왕은 다가온 기회를 쉽게 놓쳐버리는 이가 아니니, 곧장 쫓아가서 확실한 승리를 굳힐 거라 생각했다.

마침내 그녀가 입을 열었다. 모두가 숨죽여 진군 명령을 기다렸다.

"전군, 발포 중지. 공격을 멈춘다."

공기가 멈추었다. 의아한 시선이 쏟아졌다. 이렇게 유리한 상황에 적을 쫓지 말라니.

"발포 중지. 공격을 멈추고 회군하여 다음 전투를 대비한다."

차분한 목소리가 오히려 충격으로 다가왔다.

축제처럼 떠들썩하던 분위기가 조금씩 가라앉았다.

다시금 떨어지는 명령에 연대장들이 멍한 표정을 지었다. 더욱 거세게 몰아칠 공격을 대비하여 포탄을 잔뜩 실어 옮기고 있던 이들도 멈추었다. 정적이 찾아들었다.

누구도 감히 왕에게 반문을 제기하지 못하는 사이 그녀가 자리를 떠났다. 하나둘씩 아쉬워하며 제자리를 찾아가고 있는 사이, 왕의 결정에 의문을 품은 연대장 몇몇이 세베르를 찾아갔다.

"대장님, 도대체 왜 공격을 중단하는 것인지요? 저들을 충분히 당황케 했으니 손실을 더 입힐 수 있을 텐데요."

"절호의 기회 아닙니까. 이번만큼 유리한 고지를 점하기 쉽지 않을 텐데, 지금이라도 쫓아가는 게……."

"아, 거참. 시키면 시키는 대로 할 것이지 쫑알쫑알 참새처럼 무슨 말들이 그리 많아! 야! 니들은 우리 폐하께서 그리 생각 없어 보이냐? 그래서 이렇게 철수 명령이 떨어지자마자 쪼르르 달려와서 그 이유를 묻는 거냐? 그런 거야?"

에셀레드가 참지 못하고 짜증을 냈다. 상명하복이 원칙인 군대, 그것도 전장에서 상관의 명 하나하나에 의문을 표하는 건 서열을 흩뜨리는 행위였다. 세베르는 날카로워진 그를 먼저 다독이고, 시선을 떨어뜨린 연대장들을 쭉 둘러보았다.

"글쎄. 내 짧은 소견으로 폐하의 깊은 생각을 어찌 다 헤아리겠냐만, 내 눈에 저들은 도망치는 게 아니라 역풍이 잠잠해질 때까지 시간을 끄는 것처럼 보이더군. 그들에게 유리한 접근전으로 유도하면서 말이야."

"저, 그럼 그 전에 끝내버리면 되는 것 아니겠습니까? 우리 전함이 훨씬 빠르니 혹 함정이더라도 포위망을 빠져나오는 건 어렵지 않을 겁니다."

"이 사람들아. 부르군트는 바보가 아니네."

세베르가 측은한 눈빛을 보냈다.

"저들을 동요시켰다 하나 단지 그뿐이야. 우리는 그들을 괴롭히면서 소소한 손실을 입혔지만, 봤다시피 심각한 타격은 입히지 못했네.

쫓아가도 마찬가지였을 거야. 오히려 가까워지면 우리가 당했겠지. 폐하께서도 아마 그를 염두에 두셨을 거네.”

세베르는 잔뜩 실망한 연대장들의 눈앞에서 손바닥을 짝 마주쳤다.

“자, 이제 그만하고 돌아가 병사들을 살피게. 폐하의 명대로 다음 전투를 준비하는 게 우리들의 소임 아닌가.”

첫 전투는 끝났다. 퍼엉, 펑. 펑. 끝까지 적을 쫓아 마무리하지 못했다는 분기를 참지 못하고 쏘아진 대포 소리만이 해안에 가득했다.

✤ ✻ ✤

“피해 규모는 어떻게 되나.”

“소모된 포탄은 삼백육십여 개. 포탄을 맞은 소함선 열두 척이 수몰하였습니다. 인명피해는 없지만, 주로 식량을 실었던 소함선이 피해가 큽니다.”

“그래서, 남은 식량은.”

“거의 없습니다. 하루 한 끼씩 급여한다고 해도 겨우 한 달 버틸 정도⋯⋯.”

“이 멍청한 새끼들!”

고성과 함께 재떨이가 날아들었다. 미처 피하지 못한 보좌관의 이마에 정확히 꽂히고는 그대로 바닥으로 떨어져 깨졌다. 머리 어디쯤에서 흘러내린 피가 눈앞을 붉게 적셨지만, 그는 차마 닦을 생각조차 하지 못했다. 이토록 참담한 결과가 믿기지 않는 얼굴이었다.

페드로. 부르군트의 부장교이자 이번 작전의 총사인 그가 거친 숨을 내뱉었다.

"누군가 놓고 간 불에 소함선이 모조리 타버린 게 바로 엊그제다! 아무리 갑작스럽게 공격을 당해도 식량만은 사수했어야지! 가장 먼저 지켰어야지! 겨우 항구에 정박해서 끌어 모은 식량을 모조리 잃어버려? 한 달! 발루아에 도착하는 데 한 달은 족히 걸릴 텐데, 돌아가는 길엔 갑판을 뜯어 먹을 생각인가 보지?"

"그게, 워낙 포탄이 빠르게 날아들어 대비하지 못했던 데다 빠져나오는 데 경황이 없어……."

"멍청한 놈들! 당장 바다에 뛰어들어서 하나라도 건져냈어야지! 제 몸 하나 살리자고 목숨보다 중요한 식량을 모조리 두고 나와? 차라리 지들이 뒈졌어야지! 지들이! 무슨 낯으로 기어들어와!"

"면목 없습니다."

"없는 줄 알면! 입만 나불거리지 말고 나가서 식량이라도 구해오란 말이야!"

재떨이가 하나 더 날아오자 보좌관은 끝내 허둥지둥 달아났다. 페드로가 분을 참지 못하고 한참을 씨근거렸다. 잠자코 있던 젊은 하장교가 입을 열었다.

"총사, 폐하께서 바로 오늘 오전에 상황을 물으셨는데, 조금 전의 격전을 보고해야지 않겠습니까. 발루아가 끌고 온 함선의 규모로 봤을 때 단순히 정찰이나 견제의 목적이 아니었습니다. 사실대로 보고 올려야 합니다."

"그럼 저들이 우리와 전투라도 벌이려고 한단 말인가? 무적이라는 부르군트 군함을 상대로? 그런 멍청한 짓을!"

"얼마 전 버팅엄으로 가던 길목에서 육군이 대파당한 상황에서 저들은 어떻게든 틈을 찾아야 했을 테고, 전력상 무리라는 걸 알지만 해

상전으로 답을 냈겠지요. 용기가 놀랍긴 하지만 영 말이 안 되는 작전
은 아니었던 모양입니다. 조금 전 증명되지 않았습니까. 저희 군대는
속수무책이었습니다. 이곳에서 전초전을 치를 거라 전혀 예상하지 못
했고…….”

“헛소리!”

끼이익. 함선이 크게 기울어졌다 되돌아왔다. 탁자 위에 있던 잉크
통이 떨어지며 바닥을 시커멓게 물들였다.

전투에서 헤어 나온 지 얼마 안 되어 지휘부는 가능한 한 빨리 정박
할 수 있는 항구를 찾아 헤매었다. 하지만 드넓은 대양에서 찾기란 그
리 쉬운 일이 아니었고, 겨우 찾은 항구조차 선체가 너무 큰 탓에 대
부분 정박하지 못하고 빙빙 돌고 있었다. 무적함대라는 이름이 무색
하게 속수무책에 아비규환이었다.

“예상치 못한 급습이었지만, 바뀐 건 없다. 식량을 소실했으나 병력
은 보존했으니 큰 문제가 되지 않아.”

페드로는 이러한 사태를 인정하지 않았다. 조금 전의 전투에서 발
루아 함선들이 그들을 철저히 농락했다 할지라도, 작은 물고기 떼가
강물의 흐름을 바꿀 수 없는 법이다. 부르군트가 바로 세계를 이끌어
가는 큰 흐름이며 나머지는 곁가지일 뿐이다.

이번 전투도 그렇다. 지금 와서 부르군트에 치명상을 입힐 수 있는
건 아무것도 없다.

쾅! 페드로가 다시 책상을 내리치며 씨근거렸다.

“문제가 아니라뇨, 총사. 보셨잖습니까. 그들은 서풍을 등에 업고
먼 거리까지 경포를 쏘아댔습니다. 풍향과 조류, 우리 함대의 특성까
지 완벽히 파악하고 있는 듯했습니다. 반면 우리 군은 이런 난폭한 바

다 위를 항해해본 적이 없습니다. 앞으로의 전투도 유리하다고 할 수 없습니다.”

“감히 의견을 내자면, 저 또한 그렇게 생각합니다.”

또 다른 준사관이 입을 열었다.

“아무리 근접전으로 이끌려고 해도 통하지 않았습니다. 마치 우리 군에게 경포가 없다는 걸 꿰뚫어 본 것처럼요. 설마 저쪽에서는 왕이 직접 나선 게 아닐지…….”

전부 속으로 품고만 있던 짐작을 처음으로 언급했다. 지휘부가 크게 술렁였다. 발루아에 부르군트가 위협적이듯, 그들에게 발루아 또한 그랬다. 특히 발루아 왕은 비견될 자가 없을 정도로 뛰어난 전략가다. 절대적으로 불리한 전투의 판도를 뒤집길 수십 번이라, 부르군트 군 누구도 그 이름을 함부로 대하지 못했다. 그녀의 존재로 전투의 향방이 크게 갈리니 부르군트는 항상 왕의 움직임부터 파악하려 애썼다.

그런데 지금 이 바다 위에 실드베르 4세가 있다는 건, 군함 전체 뱃머리를 돌려야 할 정도로 중대한 일이었다. 순식간에 어수선해지자 페드로가 탁자를 쾅쾅 내리쳤다.

“입 닫지 못해! 확인되지 않은 추측이나 내뱉으라고 이 중요한 작전에 자네들을 끼워넣은 줄 알아! 이 바다 위에 왕이라니! 가당키나 한 소린가!”

말끝에 페드로는 침을 삼켰다. 발루아 함대의 움직임이 머릿속에 새겨진 것처럼 떠오른다. 자유자재로 오가면서 원거리 사격을 퍼부으면서, 그들의 유인책에는 침착하게 대응했다. 어떤 상황에서도 흥분하고 무리한 수를 두지 않는 숙련된 지휘관이 있는 것 같았다. 진짜 실드베르 4세가 저 배에 타고 있는 게 사실이라면…….

상상만으로 소름이 돋았다.

하지만 그럴 리가 없지. 고작해야 왕에게서 명령을 빠르게 하달받는 정도일 것이다.

페드로는 곧장 고개를 저었다.

"길게 말할 것 없다. 우리는 출정할 때 받은 작전 명령을 그대로 수행한다. 지금 바다 위에 있는 그들과 꼭 담판을 지을 필요가 없어. 놈들은 따돌리고 발루아 땅에 정박한다. 이건 누구도 어겨선 안 되는 폐하의 명이고, 우리는 따를 뿐이다."

"그 말씀은 옳습니다. 하지만 금일 우리 군이 입은 손실은 결코 무시할 정도가 되지 못합니다. 그러니 폐하께 상황을 보고하고 명령을 다시 내려주실 때까지 대기해야 합니다. 작전을 물릴지, 수정할지……."

"헛소리! 우리가 대기하는 동안 그들은 넋 놓고 지켜만 보고 있을 것 같은가? 폐하께는 아무 이상 없다고 보고한다. 거짓 보고는 아니지. 전력에 큰 손해를 본 건 아니니까."

"총사!"

"내 말에 토 달지 마라. 이건 명령이야. 지금 발루아는 육군이 전멸하다시피 해 휘청거리고 있어. 이번 상륙작전은 위태한 숨통을 끊어버릴 절호의 기회란 말이야. 그러면 우리 부르군트는 더 넓은 그다음 세계를 향해 나아갈 수 있어. 때론 대의를 위해서 진실을 묻어두는 것도 필요한 법."

"발루아가 해군을 저리 크게 움직였다면 육군에도 변화가 있을 겁니다. 필시 폐하께서도 이상한 낌새를 알아채실 겁니다. 최악의 경우

아예 작전을 물리고 귀환하여 후일을 도모해야 할 수도 있습니다."

"후일을 도모하긴! 이 지옥 같은 전장에서 후일은 무슨 뒈질 놈의 후일!"

"총사, 도대체······."

"시끄러워, 입 닥쳐! 리산더 놈을 제치고 이제야 공을 세울 기회를 얻었는데 이렇게 돌아가라고?"

흥분한 나머지 진심이 튀어나왔다. 하장교가 잠깐 말문이 막힌 채 입을 벙긋거렸다. 순식간에 몰려드는 시선에 머리가 달아올랐다. 출항을 선포하러 모습을 드러낸 지휘관을 보며 병사들이 지었던 실망스러운 표정이 생생히 떠올랐다. 부르군트 함대를 쏟아붓는 대규모 전투이니 틀림없이 리산더가 지휘관으로 나설 거라 생각한 모양이었다. 말 한마디 듣지 않았지만 피부로 느껴졌다. 심지어 그를 지휘관으로 내정한 프리드리히 왕조차 그랬다.

「이번 작전에 대해 짐은 큰 성과를 기대하고 있네.」

왕이 어깨를 움켜쥐었다.

「누구를 내보낼지 마지막까지 고민이 많았네만, 전혀 새로운 이에게 기회를 줘보는 것도 나쁘지 않다고 생각해서 자네를 고른 거야. 거기다 리산더에게 노골적으로 적의를 보이는 자는 꽤 드물거든.」

「폐하! 소신만 믿어주십시오! 반드시 승리를 쟁취해 부르군트가 나아갈 길에 빛을 비추겠습니다!」

「아, 그것 참 원대한 꿈인데.」

「승리를 위한 만반의 준비를 했습니다. 꿈이 아닙니다, 폐하.」

「아니, 그 전에 한 말 말이야. 아쉽지만 짐은 사람을 믿지 않거든.」

프리드리히가 숨죽인 웃음을 흘렸다.

「대신 사람이 가진 욕망은 믿지. 이번 작전에 짐이 가진 믿음은 이
것이네. 이 기회에 리산더를 제쳐보겠다는 자네의 욕망. 그리고 혹여
작전이 실패했을 때, 자네가 살아 돌아올 정도로 뻔뻔한 자가 아니라
는 믿음.」

「…….」

「이런, 막 출정하는 사람을 너무 긴장시킨 모양이군. 어쨌든 모쪼록
임무를 완수하길 비네. 그저 군사들을 발루아 땅으로 옮겨 내려놓는
것뿐이니 그리 어렵지 않겠지?」

프리드리히는 맑은 공기를 한껏 들이마시고 그를 보내주었다. 그
말을, 그 장면을, 왕이 보였던 미소를 두고두고 되새겼다. 그는 왕에
게 인정받은 것도, 신뢰를 받은 것도 아니다. 중대한 전투임과 동시에
시험이었다. 페드로는 이 전투가 일생일대의 위기이자 기회임을 안
다. 가까이 왔을 때 손을 뻗지 않으면 금세 날아가버릴 어떤 것.

"리산더라면! 리산더가 왔다면 상황이 많이 달랐을 것 같나? 갑자
기 우리 배에 날개가 돋치기라도 한다던가? 응? 그래서 단번에 발루
아 배를 쫓아가 박살 낼 수 있다던가?"

"총사, 그런 뜻이 아닙니다."

"그놈은 하이에나야! 사자 옆을 맴도는 하이에나!"

그가 크게 씩씩거렸다.

"폐하의 신임을 독차지하고선 공을 쌓을 만한 전투를 앞서서 죄다 가로채왔지! 업적? 뛰어난 지휘관? 전쟁영웅? 하! 이 머저리들 같으니! 그런 게 아냐! 그 짐승이 수많은 전쟁에서 승리를 거머쥔 건 부르군트 군대가 뛰어나서이지, 지휘관이 탁월해서가 아니란 말이다! 승리할 만한 전투만 골라 나가는데 지는 게 머저리지!"

페드로는 그때 왕의 눈빛이 병사들과 달랐다고 단정할 수 없었다. 사실 왕 또한 리산더를 내보내고 싶은 마음으로 가득 찼음을 안다. 다만 잘리어에서 저지른 실책에 대한 벌을 주어야 했기에 차선을 택한 것이다.

그들은 사실상 왕이 풀어놓은 사냥개다. 아무리 이빨이 강하고 발톱이 날카로워도 주인이 재갈을 물리고 목줄을 잡아당기면 복종해야 할. 하지만 이왕 사냥개로 길들여진 것, 주인이 가장 먼저 찾는 사냥개가 되고 싶었다.

"그러고 보니 자네 좀 이상하군. 마치 이 전투가 엎어지길 바라는 것 같아."

"그런…… 그럴 리가 있겠습니까. 아닙니다. 오해십니다. 저 또한 승리가 간절한 상태인데요."

"이 소식이 폐하의 귀에 들어가면 내가 경질되고, 대신 네놈이 자리를 꿰차 군을 이끌 수 있을 거라고 생각하는 거냐? 아니면 설마 너, 리산더가 보낸 첩자냐? 작전이 실패하도록 방해하라고 했지? 바른대로 말해!"

급기야 페드로는 하장교의 멱살을 잡고 흔들어댔다. 생각지도 못한 방향으로 이야기가 흘러가자 하장교가 서둘러 고개를 저었다.

"아닙니다! 아닙니다! 저는 그저 부르군트를 위하여!"

"그럼 나는 부르군트를 위하지 않는다는 건가? 그래?"

"죄송합니다, 제가 주제를 넘었습니다! 용서해주십시오!"

"넙죽 엎드리는 걸 보니 내가 어떤 명령을 내릴지 잘 알고 있는 것 같군."

검은 동공이 두려움으로 확장되었다. 페드로는 씩 웃으며 멱살을 내팽개쳤다. 그러곤 자비 없이 몸을 돌렸다.

"총사령관의 명에 불복한 병사는 군에 큰 혼란을 가져오는 법. 끌고 가서 목을 잘라."

"총사!"

"그 목과 몸은 분쇄하여 물고기 밥으로 주도록."

대기하고 있던 병사들이 하장교의 양팔을 포박해 끌고 갔다. 총사! 총사! 제 말을 들어주십시오! 공허한 외침이 문밖으로 사라져갔다. 또다시 찾아온 침묵. 바로 옆에 있던 이가 끌려가는 모습을 보고도 입을 열 수 있는 자는 없었다.

"자, 다시 작전을 짜볼까."

지도를 향해 서서히 내려가는 눈에 핏발이 섰다.

"아까 말했다시피, 우리는 구태여 해상전을 치를 필요가 없어. 발루아 땅에 우리 군대를 상륙시키면 그만이야. 그러니 이제부턴 발루아 해군이 우리 함대에 덤비지 못하도록 총력을 쏟아야만 해."

"저, 총사. 그 전에 식량 문제를 해결해야 하지 않겠습니까."

"참, 그렇지. 식량이 없으면 바다를 건너지 못할 테니까."

페드로가 곧장 수긍하며 지도를 훑었다. 부르군트로부터 이어지는 기나긴 항로. 그들은 이미 절반 정도를 와 있었고 그 끝엔 발루아가 있었다. 버팅엄에서의 손실이 대단했으므로 지금 발루아 수도는 텅 빈 집이나 다름없다. 이 거대한 함대에 실은 병력 모두가 발루아 땅 위에 쏟아진다면 제아무리 뛰어난 전술가일지라도 속수무책일 것이다. 살아생전 발루아의 검은 성을 눈에 담게 되는 순간이 올 줄이야.

항로를 끊임없이 되짚던 손이 우뚝 멈추었다.

"하늘이 무너져도 솟아날 구멍은 있는 법."

페드로가 비릿한 미소를 지르물며 고개를 올렸다.

"항로를 수정한다. 전 군함, 플랑드르로 진격할 준비를 해라. 지금 당장."

플랑드르는 루에이리 대양으로부터 가장 가까이 위치한 부르군트의 협력국이다. 전력에 크게 도움이 되지 않아 매번 작전에서 배제되었던 국가인데 이렇게 도움이 될 줄이야.

페드로는 이대로 발루아로 직행하는 것보다는 연맹국의 항구에 정박해 지원을 받는 길을 택했다. 식량뿐 아니라 소함대를 지원받아 병력을 늘릴 생각이었다.

플랑드르는 부르군트의 원조 요청에 쌍수를 들고 환영했다. 식량뿐 아니라 함선과 병력까지 얼마든지 내어주겠다고 했다.

그들은 돌아가는 정세를 정확히 파악하기라도 한 것처럼 빠르게 움직였다. 항상 배제해왔던 자신들에게 도움을 요청할 정도면 얼마나 상황이 급박할지 으레 짐작한 것이다. 그만큼 그들이 얻을 이익도 재빨리 셈할 수 있었다.

플랑드르는 전령을 통해 병력이 함대에 승선 중이라는 소식을 전했다. 식량을 충분히 싣느라 시간이 조금 더 필요하다고도 했다. 기다리는 동안 부르군트 함대들은 정처 없이 바다를 떠돌았다. 몸집이 거대한 함대들이 동시에 정박할 수 있는 항구를 찾지 못했을뿐더러, 속도를 늦추기만 하면 발루아 소속으로 보이는 함대들이 불쑥불쑥 나타나 포를 쏘고 사라졌다. 부르군트 함대는 어쩔 수 없이 안전하게 정박하지는 못한 채 연안에 머물렀다.

"이 정도 거리라면 발루아 놈들이 나타났을 때 곧장 대응할 수 있을 거다. 플랑드르의 병력을 맞이하기도 쉬울 테고."

페드로가 저 멀리 항구를 건너다보던 망원경을 내리며 말했다. 뒤에 선 두 연대장의 얼굴에 짙은 그늘이 졌다.

"총사님, 현재 조종사와 선원들의 피로도가 상당합니다. 병사들도 마찬가지입니다. 부족한 식량과 연일 길어지는 항해 기간에 사기가 많이 꺾였습니다."

"걱정 마라. 곧 플랑드르 병력이 도착하면 이전처럼 소함선들에게 농락당할 일은 없을 테니까 항구에 정박할 수도 있을 거다."

자신만만한 말투에 연대장들의 낯빛이 더욱 창백해졌다. 이전에 진심 어린 조언을 올렸던 하장교가 참수당한 후로 누구도 제대로 말을 꺼내지 못하고 있었지만, 배 안에 탄 모두가 알고 있었다. 이대로라면 그들은 죽은 목숨이라는 걸.

굶어 죽든, 싸우다 죽든 승리는 요원하다.

플랑드르의 원조? 계획대로 된다면 좋겠지만, 항구와 부르군트 함대 사이 연안의 얕은 여울을 건너오는 동안 공격을 당하면 꼼짝없이 당할 형세다. 그런 상황만은 방지하고 싶었던 군은 작은 어선만 지나가도 화포를 장전했다. 그들 모두, 발루아 함선에게 당했던 열패감과 충격을 잊지 못하고 있었다.

총사는 이 작전을 밀어붙여야 한다는 데 집착한 나머지 다른 것들은 전혀 보지 못하고 있었다. 심지어 연안에 어슬렁거리는 발루아 함선들마저 보고도 보지 못한 척했다. 우리가 싸워야 할 대상은 바다가 아니라 육지의 발루아라고 고래고래 소리를 치면서.

흉흉한 공기가 지속되면서 점차 칼끝은 바깥이 아닌 안쪽으로 굽어지기 시작했다. 발루아를 향해서 전의를 다지던 이들이 식량이 부족해지자 점차 서로에게 눈을 돌렸다. 말다툼은 칼부림으로 이어졌고, 본 목적은 잊고 대신 이 함선에서 어찌 살아남을 것인가에 더 주력하게 되었다. 엄격한 부르군트 군법에 따라 즉결처분 되었지만, 그 후에도 크게 달라지지 않았다.

세상을 호령하던 함대에 균열이 간 건, 단 엿새 만이었다.

플랑드르에서 보낸 소함선들은 새벽에 모습을 드러냈다.

"우리는 살았다! 살았다!"

환호하는 병사들을 업은 채 페드로가 크게 손을 흔들었다. 이제 됐다. 식량이 보급되기만 하면 발루아로 진군하는 건 시간문제였다. 소함선들이 점점 가까이 올수록 희망 또한 같이 커졌다. 그는 전 함대의 닻줄을 내리게 한 다음 대기하도록 지시 내렸다. 그는 친히 플랑드르를 맞이하러 갈 생각이었다. 소국이라면 왕에게조차 예를 차리지 않는 부르군트로서는 파격적인 예우였다.

페드로가 함선 아래로 내려가기 위해 채비를 할 때였다. 누군가 의문 어린 목소리를 냈다.

"플랑드르가 화공선(火攻船, 불로 적을 공격하는 배)을 보낸다고 했습니까?"

"아니, 플랑드르엔 화공선이 없어. 우리가 요청했지만 분명 그리 대답이 왔었다."

소국은 어쩔 수 없다며 혀를 차기도 해, 똑똑히 기억하고 있었다. 그런데 화공선이 왔다? 페드로는 내려가다 말고 얼른 망원경을 다시 들었다. 크기는 분명 소함선이었다. 총 여덟 척. 플랑드르의 병력은 얼마 되지 않으니 납득할 만한 개체 수였다. 바람을 품은 하얀 천, 기다란 기둥을 지나 뱃머리로 시선을 끌어내렸다. 언뜻 보기엔 대포와 비슷하게 생겼지만, 조금 더 길고 얇은 모양의 화포가 시커먼 입을 벌리고 있었다.

몇 번이고 확인하였으나 화공선이 확실했다.

"연대장."

"예."

"발루아가 플랑드르의 원조선을 격파하고 약속된 장소에 위장하고 나타날 가능성이 얼마나 되지?"

"희박합니다."

"……."

"……하지만 우리의 움직임을 감시하고 있었다면 그리 어려운 일은 아닌 듯싶습니다."

플랑드르 원조선으로 보이는 선박들이 적당한 거리를 두고 멈추었다. 탁, 타닥, 탁. 검은 입구에서 일제히 불씨가 튀었다. 먼 거리지만 모두가 보았다. 그것이 새빨간 화염 기둥을 토해내는 것을. 바다 위인 것도 잊을 만큼 강한 열기에 델 것처럼 달아올랐다. 플랑드르가 배신을 한 것인지, 발루아의 선박인지 파악할 여유조차 없었다. 화공선이 쏘아댄 불기둥이 이미 함선에 옮겨붙고 있었다. 선원이고 병사고 할 것 없이 모조리 첨벙거리며 바다로 뛰어들었다.

"닻줄을 끊어! 닻줄을 끊고 도망쳐라! 이대로라면 모두 타죽는다!"

페드로가 내린 명령은 간단하게 묻힐 만큼 아비규환이었지만, 용케 알아들은 몇몇이 서둘러 닻줄을 끊었다. 닻으로부터 자유로워진 함선은 하나둘씩 발진하여 도망치기 시작했다. 페드로는 가장 높은 기둥에 발을 딛고 올라 아군 상황을 파악하려 했다. 불붙은 함선은 이미 가라앉기 시작했지만, 나머지는 다행히 공격 범위로부터 차츰 벗어나고 있었다.

"멍청한 놈들. 이 좁은 항구에 화공선이라니!"

잔뜩 짜증이 난 채 고함을 내질렀다. 화공선은 분명 위협적인 전투 선박이지만, 상대를 조준하고 쏘는 대포와 달리 불이 아군에게도 번질 수 있어 움직임이 그리 자유롭지 못하다. 운이 없어 역풍이 불면 스스로에게 불이 옮아 붙기도 해 진형 짜기가 더욱 까다롭다.

코앞의 화공선들 또한 마찬가지였다. 미친 듯이 뿜어내던 불기둥을 잠시 멈추고 슬금슬금 천천히 다가와 범위를 좁히기 시작했다. 최대한 정확하게 목표를 노리기 위해서였다.

페드로는 얼른 퇴각명령을 내리며 그들을 크게 비웃었다.

"멍청한 놈들 같으니라고. 누가 저들이 공격하기를 기다려줄 줄 알고!"

"초, 총사! 저길 보십시오!"

기세등등하게 외치며 바다에 침을 뱉자 경악스러운 비명이 뒤이었다. 이번엔 또 뭐냐. 페드로가 이를 갈며 시선을 돌렸다.

하얀 초승달. 수평선을 휘어진 곡선으로 길게 메우며 다가오는 함선들이 보였다. 함선 위에 거칠게 펄럭거리는 백사자 깃발을 본 순간 깨달았다. 화공선은 그저 닻을 끊고 달아나며 대열을 흐뜨리기 위한 유인책일 뿐이었음을.

✤ ✳ ✤

"적군이 흩어집니다!"

"이거 완전 우리 예상대로 완벽하게 흘러가는데. 그렇지 않아, 에르완?"

혼비백산하여 흩어지는 부르군트 군함을 보며 바스티안이 휘파람을 불었다. 그들은 첫 번째 충돌부터 지금까지 쭉 연안지역을 순항하며 부르군트를 지켜봐왔다. 발루아가 해상전을 전개하리란 생각은 꿈에도 몰랐던 그들은 병력 피해가 없는데도 크게 우왕좌왕하며 떠돌아다녔다.

발루아는 더 이상 물러날 데가 없었으므로 그들을 공격할 시기만을 조율했다. 다행히 부르군트가 예상대로 움직여준 덕에 플랑드르의 원조를 차단하고 화공선을 발진시킬 수 있었다.

"적잖이 당황했나 보군. 닻줄까지 끊고 도망치는 거 보면 말이야."

거대한 함선들이 작은 선박들의 등장에 놀라 뿔뿔이 흩어지는 광경은 장관이었다. 급하게 도망치려던 부르군트 함선들은 앞을 막아서는 발루아에 막혀 멈출 수밖에 없었다.

발루아는 마치 초승달처럼 둥그렇게 휜 진형으로 적 함대를 포위하고 있었다. 사실 이 진형은 부르군트를 상대로 써서 대승을 거둔 적이 있는 육군식 전술법이었다. 적을 초승달처럼 감싸며 포위해가며 전진하고, 후퇴할 때에는 양측 날개로 방어가 가능하다. 기동성을 갖춘 보병에게 특화된 진형이니만큼 발루아 함선의 이점을 십분 살릴 수 있

372

었다.

거리가 조금씩 가까워지자 부르군트 함대에서 쏟아지는 고함도 생생히 들렸다.

"포위진! 포위진을 뚫어!"

"어…… 어렵습니다! 뚫으려 하면 견제가 들어옵니다!"

"공격 진형을 펼쳐! 화포를 준비해!"

"항구가 좁아 펼치기가 어렵, 어렵습니다!"

"화포를 쏘면 적과의 거리가 짧아 저희 군에게도 피해가 올 가능성이 큽니다! 거기다 저희끼리 빽빽하게 밀집되어 있어서 자칫하면 아군 함대를 맞힐 수도 있습니다!"

"그럼 활을 준비해! 궁수! 장궁병들은 모두 갑판으로!"

거대한 함대들은 올가미에 발이 묶인 사슴처럼 옴짝달싹하지 못했다. 어떤 함대에서는 급한 대로 화포를 굴려 장전하고 있었는데, 그를 보고 다른 함대 병사가 "거기서 쏘면 우리가 맞잖아! 다 같이 뒈지려는 거냐, 병신들아!"라며 크게 고함쳤다.

우왕좌왕하는 부르군트와 달리 발루아는 침착하게 다음 작전을 진행하고 있었다. 유리한 고지를 점했으나 아직 승리한 게 아니다.

검이 솟았다. 해역을 모두 비출 만큼 눈부신 황금빛이었다.

시위를 당긴 채 대기하고 있던 활이 일제히 검을 따라 하늘을 향했다. 그리고 이내 검끝이 부르군트를 향해 기울어지자, 수많은 화살이 솟아올랐다. 휘이잉. 바람을 가르고 올라간 수많은 활촉은 적군의 심장을 노리며 곤두박질쳤다.

"화살이 쏟아진다! 피해!"

"방패를 들어라!"

난장판이었다. 갑판에서 활과 화살을 받던 병사들이 선실로 뛰어들어갔다. 좁은 입구에 막혀 우왕좌왕하다 다리에 걸려 넘어지고, 손에 가지고 있던 화살로 서로를 찌르기도 했다. 몸을 미처 피하지 못한 이들은 화살을 맞고 쓰러졌고, 방패를 가지고 나오려던 병사들은 시체에 가로막혀 갑판으로 나오지 못했다.

"뚫어! 목숨을 바쳐서라도 뚫어! 이대로라면 모조리 죽는다!"

총사의 명이 떨어지기 전에 한 함선이 난폭하게 움직이기 시작했다. 화살받이로 모두 이 자리에서 죽든 선체끼리 충돌하여 침몰해서 죽든 마찬가지 아닌가.

그 갑작스런 움직임을 견제하기 위해 발루아 함선들이 모여들었다. 그 바람에 생겨난 빈자리로 또 다른 함선이 무리하게 파고들었다. 갑작스러운 발진과 회전으로 인해 물보라가 높게 일었다.

우우우웅.

함선끼리 부딪치지 않기 위해 방향을 무리하게 틀다 보니 선체가 반 이상 기울어졌다. 쌓여 있던 물건들이 요란한 소리를 내며 바다로 떨어졌다. 조종사가 급발진을 걸면서 발루아 함선들 사이를 뚫고 나가려 했으나, 무리하게 낸 속력과 무게를 감당하지 못한 선체는 그대로 바다에 잠겨들어갔다.

"피해!"

함선 하나가 침몰하는 게 문제가 아니었다. 양옆으로 빠듯하게 밀고 들어오던 다른 함선들에게까지 피해가 간 것이다. 선체가 서로 부딪치며 불이 붙었고 돛대에 걸린 천이 힘없이 찢어졌다. 선체를 떠받들던 기둥까지 와드득 부서지자 갑판 위에 있던 병사들이 바다로 뛰어들었다.

쿠웅, 쿠웅.

한 순간의 판단 착오는 크나큰 피해를 낳았다. 연쇄적으로 넘어진 함선은 총 네 척, 기름이 쏟아지면서 옮겨붙은 불길에 간접적인 피해를 입은 건 무려 스무 척이나 되었다. 전투할 준비가 돼 있던 함선조차 이 소동 때문에 해안 기슭까지 밀려나고 말았다.

"일제 사격!"

적들이 허우적거리고 있는 동안에도 발루아는 방심하지 않았다. 끊임없이 쏟아낸 화살 세례로 입힌 피해가 만만치 않았다. 바스티안이 까치발을 들며 휘파람을 불었다.

"스스로 자멸해가는군. 이 정도면 승리했다고 봐도 되지 않겠어, 에르완?"

"아직입니다. 지휘관이 투항의지를 밝히지 않았습니다."

"응. 그래. 그렇게 신중해야 당신답지."

그와 그녀는 동시에 같은 곳을 보았다. 검은 표범의 깃발을 치켜든 거대한 함대. 그 안에 있을 지휘관을.

페드로는 이 상황을 타개할 어떠한 계책도 내놓지 못하고 있었다. 진형을 정비하자니 함선들을 펼칠 공간이 없고, 공격하자니 그 또한 여의치 않았다.

"총사, 명령을."

"명령을 내려주십시오!"

다급한 목소리가 사방에서 쏟아졌다. 마음 같아선 닥치라고 윽박지르고 싶었지만 그럴 여유도 없었다. 손은 떨리다 못해 흔들리고 있었다. 하얗게 질린 손끝을 말아쥐고 그는 생각을 쥐어짜냈다. 마지막 희망이나 다름없었던 플랑드르의 원조가 무산되고 오히려 역습을 당했다. 최대한 반격하고 돌아간다 해도 작전에 실패한 것뿐 아니라 함대와 병력을 잃어버린 책임을 면치 못할 것이다.

「그리고 이 작전이 실패했을 때, 자네가 살아 돌아올 정도로 뻔뻔한 자가 아니라고도 믿네.」

머리가 제대로 된 사고를 하지 못했다. 정말이지 말도 안 되는 상황이었다. 꿈이라고 해도 믿을 수 있었다. 어떻게 백 척이 넘는 거대함선들이 화포 한 번 쏘아보지 못하고 이렇게 속수무책으로 당해. 젠장, 제기랄.

「살아 돌아올 정도로 뻔뻔한 자가 아니라고…….」

"총사, 어서 명령을!"
"시끄러워, 입 닥쳐!"
제 앞에 모인 참모들을 모조리 밀쳐내고 냅다 뛰어간 곳은 조종실이었다. 밖에서 날아다니는 화살과 죽어나가는 비명에 조종사는 어찌할 바를 모르고 키만 잡고 서 있었다. 인기척에 휙 돌아보는 그는 오줌이라도 지린 표정이다.
"초, 총사."
"비켜!"
떠미는 손길에 조종사는 바닥을 굴렀다. 페드로가 키를 잡은 채, 핏발 선 눈으로 주변을 돌아보았다. 시커먼 연기 너머로 고고하게 진형을 지키고 있는 발루아 진영이 보였다.

물러날 곳이 없다. 그럼 돌진하는 수밖에.

"혼자 죽을 수 없지. 억울해, 이렇게 억울해서라도."

목표는 지휘부. 뒤로 살짝 빠져 있는 저 함선.

작게 중얼거리며 그가 조종키를 돌렸다. 핑그르르 돌아가는 키와 함께 함선 또한 페드로의 시선을 따라갔다. 지휘부가 타고 있을 함선 앞에는 다른 함선 두 척이 호위하듯 서 있었다. 귀한 분이 바로 저기 타고 계신가 본데, 그 낯짝 한번 볼까. 페드로가 입꼬리를 올리며 배를 급발진시켰다. 움직임이 심상치 않다 여겼는지 호위선 두 대에서 궁병들을 전진배치시켰다. 빗발처럼 쏟아지는 화살은 무시한 채 속도를 끝없이 올렸다. 그가 노리는 건 두 호위함 사이 작은 공간이었다.

이대로라면 충돌을 피하지 못할 테지만 어차피 이판사판이었다. 이리 죽으나 저리 죽으나 똑같았다. 두 함대와 치일 듯 가까워졌다. 망설임 없이 밀어젖혔다.

쿠웅! 쿵!

발루아 함선과 양쪽에서 부딪친 충격으로 선체가 크게 흔들렸다. 병사들은 죄다 몸을 가누지 못해 갑판을 나뒹굴었지만, 페드로는 고집스레 함선을 전진시켰다. 발루아 지휘관이 탄 함선이 바로 코앞까지 다가와 있었다. 목숨을 내건 맹목으로 내달렸다. 무리하게 틈을 파고들자 선체가 삐걱거리며 부서지기 시작했다.

"막아! 절대 가까이 가게 두어서는 안 된다!"

연대장들이 급하게 고함쳤으나 선체가 박살 나는 것도 불사하고 돌진하니 별다른 수가 없었다. 몸집도 몸집이라 밀어내는 힘이 엄청났다. 급발진으로 인해 일어난 물살에 발루아 함대들이 속수무책으로 멀어졌다.

"최대한 빨리 빠져! 이대로 충돌하면……!"

"물살 때문에 가까이 갈 수 없습니다! 급회전하겠습니다!"

"장궁병!"

"적 함선이 지휘부 함선으로 빠르게 돌진하고 있습니다! 막을 수 없습니다, 뒤에서 지원하는 길밖에 없……!"

콰앙!

함선과 함선이 들이박는, 거대한 굉음이 울렸다. 거대한 파도는 폭포가 되어 쏟아져 내렸다. 때마침 일어난 소용돌이와 함께 두 함선은 그 자리에서 몇 번이나 돌았다. 구르고, 부서지고, 넘어졌다.

뒤를 돌아본 연대장이 눈을 부릅떴다.

"폐하께서 타고 계신 함선이다! 뱃머리를 돌려!"

"연대장님, 저길 보십시오!"

전열을 흐트리더라도 지원하러 나서려다 우뚝 멈추었다. 자욱하게 피어오르는 먼지연기 속, 지휘부에서 피워 올린 것이 분명한 붉은 불꽃이 타닥타닥 일정한 간격으로 번쩍이고 있었다. 그 뜻을 알아차린 연대장이 낮게 으르렁거렸다.

"연대장님, 저 신호는……."

"그래, 진형을 유지하고 전투를 속행하라는 명이시다."

"괜찮을까요? 폐하께서 계신 함선 아닙니까."

"우리는 명을 받았으니 따를 수밖에."

그렇게 말하면서 연대장은 끝끝내 시선을 떼지 못했다. 진형이 무너지면 판이 다시 뒤집힐 수 있다. 어떤 변수도 허락지 않을 왕이기 때문에 그 명령 또한 따라야 했지만, 부르군트는 그 이상으로 질긴 자들임을 안다. 끝까지 내몰리면 어디를 물어뜯을지 모를 일이었다. 별일 없으셔야 할 텐데.

"화포를 발사하라!"

포탄과 화살이 쉼 없이 날아드는 전장을 뒤로하고, 자욱한 안개 속에서 바스티안은 비척비척 몸을 일으켰다. 파도가 한바탕 휩쓸고 간 덕에 물에 빠진 생쥐마냥 꼴이 우습다. 바닷물을 잔뜩 삼켜 입안이 짜기도 했다. 설마하니 그렇게 무식하게 돌진해서 박아대다니, 이게 같이 죽자는 거 아니면 뭐란 말이야.

"에르완!"

바스티안은 몸을 채 다 일으키기 전에 그녀부터 찾았다. 그리고 그녀가 피워올린 것이 분명한 불꽃을 향해 허겁지겁 다가갔다. 거뭇한 먼지 속에서 눈에 익은 윤곽을 발견한 순간, 세상이 내려앉는 듯한 안도의 한숨을 내쉬었다.

"괜찮으십니까."

고저 없는 단단한 목소리였지만 그 안에서 또한 안도감을 발견했다. 바스티안은 하마터면 그녀를 껴안을 뻔했다.

"난 괜찮아. 당신이야말로 괜찮아?"

"저는 아무 문제 없습니다."

"다행이다, 다행……. 아, 무식한 놈들. 배를 박다니 이게 대체 무슨 짓거리야?"

그가 뒤늦게 뻐근하게 아파오는 목덜미를 감싸 문질렀다. 탁, 타닥. 봉화대엔 아직도 불씨가 남아 번쩍거리고 있었고, 부딪친 선체는 반쯤 기울어져 버티고 있었다. 함선에 잔뜩 타고 있을 부르군트 병사들이 곧 갑판으로 쏟아져 나올 것이다. 바스티안이 흘끗 곁눈질했다.

"저쪽에서 어떻게 나올지는 뻔한데. 싸울 생각인 거지?"

"피하지 않을 생각입니다."

"좋아, 당신은 뒤에 있어. 이번엔 내가 나설 테니까."

바스티안이 의기양양하게 검을 뽑아들었다. 가라앉는 연기 속에서 세베르가 급하게 뛰어왔다.

"폐하, 무사하십니까!"

"상황은 어떤가."

냉정하고 침착한 목소리에 그가 크게 한숨 돌렸다.

"우리 군은 폐하의 명에 따라 전투에 집중하고 있고, 적군 함대 중 소함선들은 대부분 침몰했고 거대함선들은 서로 발목이 붙잡혀 있습니다. 방금 저희에게 부딪쳐온 건 지휘부 함선으로, 마지막 발악인 것으로 보입니다. 폐하, 지금 그들이 사다리를 놓아 이곳으로 건너오고 있습니다. 잠시 피해 계시면 상황 종료 후 다시 모시겠습니다."

"제가 모시겠습니다, 폐하."

세베르의 말끝에 사이러스가 당장 나섰다. 함대가 부딪치는 긴박한 상황에서도 그들의 왕을 피신시키기 위한 만반의 준비는 미리 해둔 모양이었다. 바스티안은 그들이 갸륵하고 기특했다. 그들의 말을 따라주길 진심으로 바랐지만, 아쉽게도 그녀가 내놓을 답을 이미 알고 있었다.

"갑판으로 나갈 것이다."

"폐하, 제발."

"폐하께선 저희의 심장입니다. 해전에서 아무리 대승을 거둔다 해도 폐하께서 다치신다면 아무 의미가 없습니다."

"살고자 나온 전투가 아니다. 죽음은 다가온다면 싸우지 않는다고 해서 피할 수 있는 것도 아니다. 매 전투에서 그러했다면 이 자리까지 오지 못했을 터.”

“…….”

“적군이 몰려온다. 두말 않겠다.”

가차 없이 검이 뽑혔다. 눈을 찌르는 듯한 금빛이 휘몰아쳤다. 그레더니어가 아무리 간청해도 그녀는 앞으로 나아갔다.

“돌격!”

커다란 고함과 함께 기울어진 함선으로부터 적군이 건너왔다. 병력은 많지 않았다. 하부가 부서지면서 쏟아져 들어온 물에 대부분 익사했으리라고 어렴풋이 짐작했다. 쏟아지는 병사 중에는 미처 무기를 챙기지 못한 이들도 있었다. 순전히 살기 위해 침몰하는 배에서 도망쳐 나온 것이다.

갑판 위로 올라온 발루아 병사들이 검을 세웠다. 콰르르르! 가파르게 몰아치는 물살에 병사들의 함성도 가볍게 묻혔다. 기우뚱거리는 선체 때문에 검을 휘두르기는커녕 몸을 가누는 것조차 힘든 상황이었다. 경황없이 칼을 맞대다가, 휘청거리며 난간 밖으로 떨어지기도 했다.

바스티안은 에르완 곁을 엄호하고 있었다. 그녀가 피라미들과 검을 겨루기보다 지휘관으로서 전장을 넓게 지켜보기를 바라는 마음이었다. 뛰어나다기보다 치사한 검술을 구사하는 그로선, 흔들리는 배 위가 훨씬 편했다. 눈을 찌르고 다리를 걸고, 넘어지는 척하다 물을 뿌리며 빈틈을 만들어내어 거침없이 찔렀다. 그녀 근처로 오려는 병사들은 모조리 그렇게 처단했다.

거대하게 일어난 파도가 또다시 머리 위로 쏟아졌다. 흠뻑 젖어 내려온 머리를 쓸어 올리고 눈을 비볐다. 따가워서 제대로 뜰 수 없었다.

"죽어라!"

그리고 그러느라, 검을 치켜들고 돌진하는 그림자를 보지 못했다. 아차. 급하게 검을 세워 공격을 받아내었지만, 물에 젖은 바닥이 미끄러워 발이 엉기고 말았다. 엉덩방아를 찧은 아픔을 느낄 새도 없이, 머리 위로 드리우는 은색 날을 먼저 보았다. 눈을 질끈 감는 순간 검날이 부딪치는 날카로운 소리가 울렸다. 밝은 섬광이 빛처럼 산란하며 어둠을 찢었다.

어, 살았나? 반사적으로 눈을 치뜨자 그의 머리 위로 무거운 천이 덮였다. 에르완이 씌워준 망토라는 건 뒤늦게 알았다. 압도적으로 적의 검날을 받아치는 소리가 선명하게 귀를 꿰뚫었다. 몇 번이나 울리는 비명 중에 여자 목소리는 들리지 않았다.

그는 슬그머니 망토를 들춰보았다. 주변에 어슬렁거리던 병사들은 모두 피를 흘리며 바닥에서 꿈틀거리고 있었다. 그런데 그녀는, 에르완은, 흠뻑 젖은 머리카락이 이마에 들러붙어 있음에도 고귀함으로 주위를 환하게 밝히고 있었다. 입이 저절로 벌어졌다.

"……와, 순식간에 몇을 해치운 거야?"

"……."

"나 방금 또 당신에게 반한 것 같아."

그녀가 말없이 내민 손을 잡고 일어섰다. 갑판 위는 천천히 정리되어가고 있었다.

"지휘관이 보이지 않습니다."

"그러게, 나도 찾았는데 보이지 않더라고. 배가 부딪치면서 떨어져 죽은 걸까?"

"폐하, 저기 보십시오!"

그때였다. 발악과 같은 고함이 시선을 잡아끌었다. 챙챙거리며 검날이 맞부딪치던 소음도 차츰 가라앉았다. 모두가 싸움을 멈추고 한 지점을 바라보았다. 부르군트 지휘관, 페드로가 포탄을 옆구리에 끼고 서 있었다. 천을 둘둘 말아 불씨를 옮겨놓은 조잡한 나무토막은 다른 한 손에 들고서.

"실드베르! 실드베르 4세! 발루아의 여왕 폐하! 여기서 뵙게 되니 더없이 영광스럽고 기쁩니다! 이런 기회를 맞이하게 될 줄은 꿈에도 몰랐는데 말입니다!"

광기 어린 웃음소리가 울려 퍼졌다. 그가 한 발짝 내디디며 다가올 때마다 병사들도 똑같이 물러났다. 페드로를 중심으로 형성된 원이 점점 커졌다. 누구도, 심지어 아군조차도 그를 자극하려 하지 않았다. 페드로는 살아 있는 화약이나 다름없었다.

"지휘관, 어서 그 횃불을 내려놓으시오! 이 배가 부서지면 부르군트 군은 물론이고 그대 또한 무사치 못할 것이오!"

세베르가 경고하며 나서자 그가 핏발 선 눈으로 주위를 돌아보았다.

"하하, 그거 좋지. 본국으로 돌아가 죽으나, 여기서 죽으나 뭐가 다른가 말이야. 하지만 폐하, 저뿐만 아니라 이 배에 있는 모두를 살릴 수 있는 방법이 있습니다."

"그게 무엇인가."

"폐하가 조용히 저와 함께 가주시는 겁니다. 아, 제 소개가 늦었군요. 저는 페드로, 부르군트의 부장교입니다. 폐하를 아주 공손하게 모실 수 있다는 뜻이죠."

"……."

"그렇게만 해주신다면 이 포탄에 불이 붙는 일은 절대 없을 것입니다."

횃불이 위협적으로 일렁거렸다. 세베르와 사이러스가 이를 갈며 에르완 앞을 막아섰다. 여차하면 달려들 심산이었으나 움직이기 쉽지 않았다. 페드로는 완전히 눈이 뒤집혀져 있었다. 죽을 각오를 하고 벌인 일이니 대응 또한 신중해져야 했다.

"에르완, 말 들을 필요 없어."

"……."

"알지? 저놈 절대 불 못 붙여. 갈 생각 같은 건 하지도 마."

바스티안이 필사적으로 속삭였다.

덜컥 겁이 났다. 분명 어처구니없는 상황인데도 그녀가 스스로를 희생하지 않으리라는 확신이 들지 않았다. 그녀가 가면 안 되는 이유와 가지 않아도 되는 이유를 머릿속으로 수백 개 만들어냈지만 입 밖으로 낼 수 없었다. 아무리 합당한 이유를 읊어대더라도 중요한 건 에르완의 생각이었다. 바스티안이 바라지 않는 방향일지라도 그녀가 정한 바가 있다면 끝내 행할 것이다. 그녀는 오로지 나라와 백성을 위하는 왕이었으니까.

그렇다 해도 이건 아니다. 애원하듯 그녀를 보았다. 제가 얼마나 절박하고 처량한지에 대해선 굳이 듣지 않아도 잘 알고 있었다.

무심코 페드로 쪽을 보았다. 여차하면 그녀를 안고 바다로 뛰어드는 수까지 계산했지만, 그 뒤로 살금살금 다가가는 그림자를 발견하고 생각을 멈추었다. 아주 의외의 인물이 보였다. 위험해지면 제 살길부터 찾을 것 같았던 드레이크가 무기 하나 들지 않은 채 페드로에게 다가서고 있었던 것이다.

바스티안은 재빨리 페드로의 주의를 끌었다.

"이봐, 페드로 부장교라고 했나? 이쯤 됐으면 어설픈 협박놀이는 그만하고 발루아에 붙는 게 어때?"

"무슨…… 말도 안 되는 소리냐?"

"자네 아까 배를 몰고 들어왔던 배포가 범상치 않아서 그러네. 진심이네. 우리 폐하께서도 자네를 눈여겨보셨을걸? 프리드리히 왕 아래에 두기 참으로 아까운 자라고 말이네."

분명하고 명백한 헛소리다. 얼굴을 일그러뜨린 페드로는 물론이고 지금 이 자리에서 듣고 있는 이들 전부가 그렇게 생각할 것이다. 하지만 그렇게 주의를 끌어준 덕에 드레이크는 그에게 가까워질 수 있었다. 다리를 굽혔다, 덤벼들었다.

부지불식간에 뒤를 덮친 남자 때문에 페드로가 크게 휘청거렸다. 손에 든 횃불이 아슬아슬하게 포탄을 스쳤다. 치이익. 심지 끝에 살짝 불이 붙었다 금방 꺼졌다.

"크윽……."

드레이크가 억척같은 힘으로 목을 조르자 짓이긴 이 사이로 신음이 흘러나왔다. 보통 사람이라면 금세 질식해 쓰러졌을 괴력이었지만, 페드로도 여간내기가 아니었다. 포탄을 고집스레 쥔 채 몸을 마구 돌렸다. 하지만 들러붙은 파리는 좀처럼 떨어지지 않고 목을 짓누르는 힘만 악착같이 강해졌다.

둘만의 싸움이었다. 페드로에게서 포탄을 뺏지 않는 한, 제삼자가 끼어들면 더 위험한 상황이 되었다. 페드로의 고개가 점점 꺾였다. 부상당한 짐승처럼 씨근거리며 그는 돌연 난간을 등진 채 빠르게 뒷걸음질 쳤다. 쿵! 난간에 등을 세차게 부딪친 드레이크는 하마터면 바다로 떨어질 뻔했다.

"윽!"

이대로 놓으면 끝장이다. 끈질기게 페드로의 목만 붙들었으나 난간에 뼈가 짓이겨지는 아픔이 엄습했다. 떨어뜨리려는 발버둥과 떨어지지 않으려는 모진 힘. 격한 몸싸움이 이어졌다.

한참 그렇게 허우적거리던 페드로가 끝내 허리춤에서 단검을 뽑아들어, 그대로 내리찍었다.

"아악!"

두꺼운 허벅지가 피로 물드는 건 순식간이었다. 힘이 느슨해진 틈을 타 페드로가 도망치려 할 때, 드레이크가 어디서 솟았는지 모를 힘으로 일어나 단검을 뽑아들었다. 칼날은 조금의 망설임 없이 페드로의 목에 내리꽂혔다.

그 눈과 선명히 마주쳤다. 동공이 힘없이 풀려가는 동안 그가 입술을 움직였다. 목소리는 나오지 않았지만, 귓가에 숨결을 불어넣는 것처럼 분명하게 들렸다.

'부르군트여, 만세.'

늪 가장 밑바닥에서 건져 올린 것처럼 끈적하고 어두운, 그리고 맹목적인. 귀에 들러붙은 것마냥 검질기다. 깨지 않는 악몽처럼 기나길었다.

피가 분수처럼 솟았다. 매섭게 소용돌이치는 파도가 순식간에 비명을 삼켜버렸다. 지휘관이 절명하는 모습을 눈앞에서 확인한 병사들은 더 이상 싸우는 게 불가능했다. 챙, 챙강. 날붙이들이 나무갑판 위로 쏟아지는 간격이 빨라졌다.

"의무병!"

휘청거리는 드레이크를 보고 에르완이 소리쳤다. 뒤로 빠져 있던 병사들이 우르르 달려나와 그를 부축하려 들었다. 드레이크가 험하게 뿌리쳤다.

"놔라. 나는…… 이놈들의 끝을 봐야겠으니."

허벅지에 입은 자상이 깊었다. 쉴 새 없이 흐르는 핏물로 이미 동공이 풀려 있었다.

"놔라…… 놓으란 말 안 들려!"

몇 번이나 도움을 주기 위해 뻗어오는 손들을 호되게 쳐내며 그가 부르군트 병사들을 향해 걸어갔다. 휘잉, 휘이잉. 갑판에서 주운 칼을 대중없이 휘두르자 병사들이 주춤주춤 물러났다. 아무리 항복했더라도 아무렇게나 춤추는 칼을 맞고 있을 수는 없었다.

세베르가 한숨처럼 나섰다.

"……의무병."

"부르군트 놈들은, 내가, 다…… 어억!"

그가 드레이크 뒷목을 쳐서 깔끔하게 기절시키고 병사들에게 눈짓했다. 축 늘어진 거대한 남자를 데려가기 위해 의무병 여섯은 족히 들러붙어야 했다. 여왕은 그들이 드레이크를 데리고 사라지기 전, 단단히 당부했다.

"그는 이 배에 탄 모든 발루아 군을 살린 공을 세웠다. 왕도로 돌아가면 경에게 치하할 기회를 마련할 것이니, 그때까지 걷는 데 지장이 없도록 각별히 신경 쓰도록."

"명을 받잡겠습니다, 폐하."

빠르게 사라지는 의무병들의 뒷모습을 에르완이 끝까지 눈으로 좇

앉다. 바다에서의 전투가 마무리되면 감사의 표시를 하리라. 간결하지만 정중하고 충분한.

"나 참, 정말 무모한 놈이야. 페드로가 눈이 뒤집혀서 홧김에 불을 붙였으면 어쩔 뻔했냐그래."

곁으로 다가온 바스티안이 바닥에 나뒹구는 포탄을 보며 혀를 찼다.

"까딱하면 우리 전부 이 자리에서 죽을 수 있었어. 아슬아슬한 상황을 몇 번이나 넘겼는지 모르겠다고. 뭐, 그래도…… 당신을 지켜주어 고맙긴 해."

한숨처럼 흘려내며 그가 고개를 돌려 보았다. 부르군트와의 전투는 막바지에 이르고 있었다. 거멓게 피어오르는 연기 사이에서 몇몇 부르군트 함대가 빠져나가고 그 뒤를 발루아 함대가 빠르게 쫓고 있었다.

"바다가 온통 핏빛이군. 들어봤어? 어떤 부족은 계절마다 고래들을 몰아 창살을 던져 학살을 하곤 그 고기를 먹으며 축제를 벌인다더군. 소문으로 전해 들은 바다가 이런 게 아니었을까."

"크게 다르지 않겠지요. 전쟁이야말로 인간이 자행할 수 있는 가장 야만적 학살이니."

의외의 대답이 나왔다. 바스티안은 에르완을 보았다. 그녀는 대체로 무미건조하고 감정변화 없는 얼굴이었지만, 오늘은 유달리 다르게 보였다.

패배자들의 시체로 가득한 바다 위에 선 승자들의 왕. 누구보다도 평화를 갈망하지만, 누구보다도 피를 많이 보아온 왕. 아군을 최소한으로 내어주고 적군을 취하는 법을 천재적으로 파악한 여자.

"전쟁은 사람의 피를 빨아먹고 삽니다. 패자에게는 충분한 고통을, 승자에게는 달콤한 이득을 쥐여줍니다. 승자는 그로부터 오는 권력에 취해, 또 다른 전투를 반복하게 되지요. 애매한 각오를 하고서는 죽음의 굴레에서 살아남을 수 없습니다. 이번 전투 또한…… 다음 전투의 시작일 뿐이겠지요."

"당신이 그런 말을 하니 무게가 다른데."

"하지만 진짜 아군을 가려낼 수 있는 것도 이 전장 아니겠습니까."

의외의 말을 들었다는 듯 바스티안이 묘한 눈빛으로 돌아보았다. 그러다 픽하고 웃었다.

"그래, 그러네. 아군을 믿고 등을 맡길 수 있는 유일한 곳이 전장이군. 생각지도 못했던 이가 아군이 되기도 하고 말이야."

그들은 말없이 바다를 내다보았다. 뒤엉킨 핏물, 무릎 꿇은 적군, 침몰하는 배, 피비린내를 덮는 바다 냄새.

이 기적적인 승리를 마냥 단순히 기뻐할 수 없었다.

만약 그럴 수 있었다면 에르완의 슬픔에 대해 충분히 이해하지 못했다는 뜻일 것이다.

전투는 또 다른 전투의 시발점이다. 기뻤다가, 다시 허무해진다. 냉탕과 온탕 같은 두 간극을 그녀는 몇 년 동안 수없이 오갔을까.

리상드르의 그늘에서 벗어날 수 없었던 나날들 속에서, 그는 세상에서 자신이 가장 불행하다고 생각했다. 왕권이 굳건한 나라에서 왕녀로 태어난 에르완은 자신의 고통을 겪어볼 수 없었을 것이라며, 불행으로 겨루곤 매번 홀로 이겼다.

그런데 그보다 더한 지옥이라니, 이거야말로 참담한 승리가 아닌가.

✦ ✳ ✦

    소수의 함선만이 포위망을 뚫고 도망쳤다. 그 뒤를 쫓아가던 발루아는 포탄과 보급물자가 떨어지자 추적을 중지하고 항로를 틀었다. 오직 몇몇 정찰선만이 해상에 남아 부르군트의 움직임을 감시하며 본국으로 소식을 전했다.

    만신창이 부르군트 함선들은 서풍에 밀려 떠내려갔다 다시 항로 찾기를 반복했다. 동맹국 병력과 합치기를 여러 번 시도했으나 지휘부가 온전치 않아 불가능했다.

    그들은 거센 물살과 바람을 최대한 피해 대륙 북단을 빙 둘러가는 길을 택할 수밖에 없었다. 세찬 바람과 추위, 오랜 항해, 그리고 보급품의 부족으로 피해는 더더욱 커졌다. 악천후, 기근, 항해 실수, 까마득한 항로가 부르군트를 난파시켰다. 배가 하나하나 침몰해갔고 그 처참한 흔적으로 그들의 항로를 추측할 수 있었다.

    그렇게 부르군트로 귀환한 함선은 고작 서른 척. 그중 다수가 크게 파손되어 대대적인 수리를 거치지 않는 한 물 위에 뜰 수 없을 정도였으며, 위풍당당하게 떠난 이만삼천의 사병은 고작 팔천으로 줄어 있었다. 발루아는 수백 명이 부상을 당하긴 했으나 전투 시 입은 피해 규모는 무시해도 될 정도로 경미했다.

    해전 역사에 다시없을 대승리다. 해상을 지배하다시피 한 부르군트의 함대가 역사적으로 이런 참패를 겪은 적이 없어 온 나라가 떠들썩했다. 여왕이 이끈 함대가 귀환하자 백성들은 맨발로 나와 환영했다. 흡사 승전고를 울리기라도 한 듯 축제 분위기였다.

"이번 전투에서 우리 군이 대승을 거두었다지? 그것도 무적이라는 부르군트 해군을 상대로 말이야."

"대단하시지, 우리 여왕 폐하 말이야."

"이대로라면 정말 전쟁이 끝날 수도 있겠어. 내 평생 그 끝을 보리라고는 생각도 하지 않았는데!"

"척박한 이 땅에도 드디어 평화가 찾아오는 건가?"

"여왕 폐하 만세!"

환희에 젖은 목소리가 여왕의 군대를 맞았다. 잔뜩 들뜬 분위기가 타국의 왕인 바스티안까지 고양되게 만들 정도였다. 맨발로 뛰쳐나와 손을 흔드는 백성들을 지나자 거대한 환영회가 기다리고 있었다.

에르완은 승리를 거둔 건 그저 수많은 전투 중 하나일 뿐이며 아직 종전 선언이 되지 않았으니 일을 과하게 벌이지 말라고 주의를 주었다. 하지만 육지전에서 패배하며 겪은 밑바닥이 깊었던 만큼, 기뻐하는 민심을 이해하고 내버려두었다.

"발루아에 온 이후로 오늘 밤만큼 아름답고 풍요로웠던 적 없었고, 앞으로도 없을 거라고 장담하지. 이것 좀 봐. 세상의 모든 술이란 술은 다 모아둔 것 같지 않아?"

"……."

"아이베르크 사십 년산, 리데르흐 팔십칠 년산…… 귀동냥으로만 들었던 이 고귀한 술들이 여관에 있는 것처럼 굴러다닐 줄은 몰랐군. 발루아는 식사 전에 항상 술 한 잔씩 마시며 입가심을 한다지. 레이첼이 어쩌다 술고래가 되었는지 알겠어."

발루아는 군사적인 우위와 불어닥치는 혹한뿐만 아니라 술로도 유명하다. 발루아산 술은 매서운 추위를 잊을 만큼 독하지만, 뒤끝이 깔끔하여, 심지어 프리드리히 왕조차 즐겨 마신다고 알려져 있다. 주류 산업이 활발한 만큼 세계 각지에서 술이 다양하게 모여들어, 심지어 발루아의 부와 권력은 군사적 우위 때문이 아니라는 우스갯소리도 떠다닐 정도였다.

떠들썩한 분위기 속, 바스티안은 기분 좋게 취할 수 있는 향긋한 술을 골라왔다. 비록 남의 나라지만 육지전에서 참패를 겪고 추락한 밑바닥이 얼마나 깊고 어두웠는지 알기에, 승리가 덩달아 반가웠다.

에르완은 왕좌에 앉아 즐거워하는 신하들을 묵묵히 바라보고 있었다. 바스티안이 옆에 앉으며 또 하나의 잔을 내려놓았다.

"자, 당신도 한 잔 들지. 마음고생 많이 하다가 거둔 승리인데 기분 좀 내야지."

"괜찮습니다."

"아니, 왜. 아직 전쟁이 끝난 게 아니니 지휘관이 이성을 놓을 순 없다, 부하들의 기강이 흐트러질 거다, 설마 그런 생각을 하는 건 아니겠지?"

"반은 맞고 반은 틀립니다. 저는 그들의 기강을 염려하지 않습니다. 다만 만약의 사태를 대비할 뿐입니다."

"에르완, 당신 성격은 누구보다 더 잘 알지만 말이야. 충분한 휴식을 취했으면 좋겠어. 큰일을 치렀으니 그럴 자격도 충분히 있고."

"폐하께서 곁에 계시지 않습니까."

"……"

"저는 그걸로 됐습니다."

숨 쉬는 것조차 잊은 채 그녀를 응시했다. 전방을 곧게 향하던 시선이 돌아와 이내 마주치게 될 때까지 순간순간이 영원처럼 길었다. 칼에 찔린 듯 멈춰 있던 숨이 한 번에 풀어졌다.

"그렇게 갑자기 들어오지 말라니까……. 사람 놀라게."

"폐하. 대화를 방해하여 송구합니다만, 급하게 올릴 말씀이 있습니다."

세베르의 목소리였다. 둘만 존재하던 세계가 찢겼다. 에르완을 따라 시선을 내리기 전, 숨을 들이마셨다 뱉었다. 길게, 짧게. 표정을 수습했다. 그녀에 의해 조각된 얼굴을 남에게 들키기 싫었다.

"무엇인가."

"드레이크 경이……."

세베르는 다소 민망해하며 고개를 떨어뜨렸다.

"드레이크 경이 보이지 않습니다."

"행방은?"

"송구합니다. 아직 묘연합니다. 그리고…… 항구에 정박해 있던 배 한 척이 갑작스레 사라졌는데, 드레이크 경과 관련이 있는지는 파악 중입니다."

부르군트와의 해상전에서 드레이크는 단연 돋보이는 공을 세웠다. 그 공을 치하하기 위해 에르완은 직접 그에게 작위를 내리기로 하였고 이와 같은 성대한 작위식이 열렸다. 얼마 전 거둔 대승을 축하하며 그레더니어뿐 아니라 추밀원 또한 참석했다.

아무리 세운 공이 있다 하나, 공을 인정하는 것과 그에게 공식적인 작위를 내리는 건 또 다른 문제였다. 그는 과거에 어찌할 도리 없는 해적이었고 노략질을 일삼으며 선량한 백성에게 피해를 입혀왔다. 부르군트 해군에게 최후를 맞이했다는 소식이 전해졌을 때 두 팔 벌려 기뻐한 나라가 많았다. 바다의 응징자라는 별명은 괜히 붙은 게 아니었으니까.

그런 그에게 작위를 내리기 위해선 국제적인 비난을 감수할 각오를 해야 했다. 가볍게 내릴 수 있는 결정이 아니었으나 그 이상으로 그의 공을 치하하고자 했던 뜻이 컸다. 그런데 당일에 당사자가 사라지다니?

"역시 그곳으로 간 건가?"

놀라운 건 두 군주의 반응이었다. 드레이크가 사라졌단 소식에 놀라긴커녕 오히려 예상한 것처럼 반응했다. 바스티안이 일어나자 에르완 또한 따라 일어났다.

"말 두 필을 준비해주게."

약속이라도 한 듯이 두 왕은 말이 준비되자마자 곧장 성문을 나섰다. 그레더니어가 뒤따르긴 했으나 속도를 조절하지 않고 박차고 나아가는 통에 놓치고 말았다. 이윽고 에르완과 바스티안만이 남았다.

두 사람은 목적지를 특정 짓지 않았는데도 같은 곳을 향하여 달려가고 있었다. 구불구불한 골목길을 벗어나 드넓은 평원으로 접어들었다. 방해물이 사라지자 속도를 더욱 낼 수 있었다. 바스티안은 말 옆구리를 차면서 몸을 앞으로 기울였다. 견딜 수 있는 최고 속력까지 올려야 겨우 그녀와 나란히 갈 수 있었다.

이윽고 평원의 끄트머리가 시야에 걸릴 때 즈음 천천히 늦추었다. 얕게 가빠오는 호흡을 가다듬으며 바다를 넘겨다보았다. 멀리서부터 불어오는 바닷바람, 잔디가 쓸리는 소리. 하늘빛깔 잔잔한 바다는 땅으로부터 이어진 것처럼 푸르고 평화로웠다.

그 고요한 직선 속에 불순물처럼 자리 잡은 깃발을 발견했다. 깃대에 매달린 천이 흩날렸다. 꼭대기에 내걸린, 처형당한 적군의 머리가 깃대를 붉게 적시고 있었다. 먼 발치였지만 모자에 박힌 검은 표범 인장은 또렷이 보였다.

"페드로의 시신을 그에게 내어줬어?"

"아뇨, 그렇지 않습니다."

"자신의 전리품이다, 이거군. 배와 함께 잘도 빼돌렸어."

머리만 잘라 걸어놓은 걸 보니 몸은 육지나 바다, 어딘가에 아무렇게나 내던져버린 모양이다. 그에게 가해진 야만적인 가학은 그 자체로 부르군트에 대한 모독이다. 드레이크는 저렇게 전 해역을 돌아다닐 것이다. 처참히 살해당한 부하들을 기리면서.

바스티안은 붉은 깃발에 선명히 그려진 흰 상어를 응시했다.

"저러다 부르군트 해군에게 발견되어 해코지당하지나 말았으면 좋겠는데. 저런 조악하고 남루한 배에 태워 보내는 게 마음이 쓰이는군. 이왕 훔쳐갈 거면 버젓한 배를 가져갈 것이지."

"그가 마음에 드셨습니까."

"꽤 흥미로운 자였거든. 하지만 당신도 나도, 그가 육지에 오래 머물리란 생각은 하지 않았잖아. 발루아에 남았으면 재밌는 일이 더 생겼을지도 모르지만, 저 또한 그가 가는 길이겠지. 조금 거칠고 험난하더라도."

"언젠가 인연이 닿지 않겠습니까."

"그때는 적으로 마주치지 않기만을 빌어야겠군. 사실 저자에게 꽤 원한을 샀거든."

홀로, 외롭게 노를 젓던 남자가 그들 쪽으로 고개를 돌렸다. 표정을 알아볼 수 없는 까마득히 먼 거리였는데도 가까이서 마주하고 있는 착각이 들었다. 그 또한 왕을 알아본 것일까? 노질이 멈추고 잠깐 그

자리에 머물렀다.

에르완이 검을 뽑았다. 하늘로 뻗어가는 곧은 금빛. 그녀가 보일 수 있는 최고의 예의이자 예우로, 왕은 한때나마 아군이었던 해적의 앞길을 축복해주었다.

드레이크는 멀어졌다. 꿈결처럼 느리게, 바닷물에 젖어들 듯 천천히. 자줏빛으로 번져가는 하늘이 바다까지 물들일 때까지, 그들은 그를 오래도록 배웅해주었다.

✤ ✳ ✤

이윽고 완연한 밤이 내려앉았을 때 그들은 함께 성으로 돌아왔다. 세베르를 포함한 기사들이 앞서서 드레이크의 행방을 물었지만, 에르완은 작위식은 없던 일로 할 것이며 드레이크는 더 이상 발루아와 아무런 관련이 없을 것이라고 못 박았다. 긴 설명은 아니었으나 그들은 빠르게 납득하고 물러났다.

바스티안은 에르완과 단둘이 방에 남았다. 그녀는 허리춤의 갑옷을 풀어내리며 찬찬히 시선을 돌렸다. 바스티안은 녹아들듯 바라보았다.

"도와줄까?"

그녀는 말없이 뒤로 돌았다. 갑옷의 연결부는 대부분 뒤에 있었고, 잠그고 푸는 게 익숙하겠지만 편할 리도 없다. 손을 뻗어 하나하나 풀어주었다. 신성한 의식이라도 되듯 경건하기도 했다. 차칵, 차칵. 쇠가 긁히는 소리가 차갑게 울렸다. 이내 드러나는 몸 위로 달빛이 검은 윤곽을 덧그렸다.

"이번 해전이 이례적이긴 한가 봐. 온 나라가 떠들썩하더군. 전엔 초상집이 따로 없었는데."

허리를 감싸던 갑주를 벗겨내자 탄탄한 근육이 자리 잡은 선이 드러났다. 툭, 올려 묶은 머리를 풀어내자 기다란 금빛 폭포가 그 위로 쏟아졌다.

"폐하 덕분입니다."

"나?"

"해전도, 드레이크의 등용도, 폐하께서 처음 조언해주셨습니다. 저 혼자서는 이루지 못했을 승리입니다."

"나야 뭐, 입만 나불거렸지 실질적으로 한 건 없는데. 전략도 전술도 지휘도 전부 당신이 했지. 나와 당신이 힘을 합치면 프리드리히가 그렇게 하고 싶어 하는 세계정복도 할 수 있을지도 몰라."

말끝에 낮은 웃음소리가 새어들었다. 이번만큼은 에르완 또한 희미하게 웃어, 그를 훨씬 더 들뜨게 했다.

"이제 어쩔 생각이야?"

"……."

"모두가 국경을 넘어서 당장 부르군트와 그 우호국들을 쳐부수자고 말하고 있어. 사기가 하늘을 찌르고 승리의 흐름을 탔을 때 밀어붙이자는 거지. 하지만 당신은 그들과 생각이 달라. 그렇지?"

그렇게 물으며 배를 감싸고 있던 갑옷을 벗겨냈다. 뒤에서 껴안듯 가까워져 체취를 마음껏 마실 수 있었다. 그는 그녀의 목덜미에 오랫동안 입술을 묻고 있었다.

먹물이 번지듯 스며들었다. 그는 금세 흠뻑 젖었다.

"휴전 협정을 제의할 생각입니다."

"하지만 당신이 원하는 건 종전이잖아. 휴전이 아니라."

"예. 종전과 다를 바 없는 휴전을 원합니다."

"그래, 그럴 줄 알았어. 추밀원들 불만스러워하는 얼굴이 벌써부터 눈앞에 선한데. 그들은 길고 험난한 전쟁 끝에 마침내 고귀한 평화를 이룩한 승자가 되려고 할 거야. 하하, 참 신기하지. 같은 나라, 같은 백성을 두었는데 각기 다른 마음을 품고 있다는 게."

"반발이 클 것은 익히 예상하고 있습니다."

"반발을 뚫고 프리드리히에게 당신의 제안이 닿았을 때는? 그가 받아들일 것 같아? 왕의 자존심이 무너졌어. 부르군트의 주춧돌이나 다름없는 함대가 완전히 박살 났어. 정복왕이 과연 제정신일까? 아니. 그는 끝내 거절하겠지. 악수 중의 악수를 둘 거야. 그럼에도 발루아는 휴전협정을 제의해야 해. 그래야 외부에서 보기에 바람직한 그림이거든."

"큰 전쟁이 벌어지겠지요."

"겁이 나?"

팔등을 감싼 갑주를 벗겨주다 멈추고 시선을 올렸다. 빛이 뚝뚝 떨어지는 얼굴이었다. 그녀의 온기는 단지 얇은 천 너머에 있을 따름이었다. 갑주가 사박사박 옷 위를 스치는 소리가 잦아들었다.

"부르군트는 발루아가, 발루아의 여왕이 잔뜩 겁을 먹었다고 떠들어대겠지만 실은 그게 아니지. 당신은 전쟁을 두려워하지 않아. 다만 얼마나 더 많은 피를 봐야 할지, 그 희생이 슬픈 거겠지. 아군뿐만 아니라 적군까지도, 당신은 그렇겠지."

다정하게 말하며 한 걸음 더 다가갔다. 이제는 기다란 속눈썹이 드리우는 그림자 한 줌까지 들여다볼 수 있을 만큼 가까워졌다. 갑주로 뒤덮여 있던 팔을 더듬어 내려가 그 끝에 닿았다. 손가락 하나하나, 얽어 넣었다. 손바닥 가득 온기가 녹아들었다.

"그래서 나는 가끔 상상해. 왕이 아닌 당신을. 왕으로 살지 않는 평범한 에르완을."

"어떤 이유로 그러십니까."

"부르군트 지휘관이 터무니없는 요구를 했을 때 나는 당신이 그쪽으로 갈 줄로만 알았어."

페드로가 여왕을 협박했을 때를 말하고 있었다. 바스티안의 눈매가 좁혀졌다. 눈앞을 아른아른 흐리는 건 비단 안타까움만은 아니었다.

"그럴 리가 없다고 생각하고 있었는데, 머리로는 생각했는데, 자신할 수 없었어. 당신은 더 큰 희생을 막기 위해 스스로를 내던질 수 있는 사람인 걸, 내가 잘 아니까."

지휘관의 죽음은 큰 혼란을 초래한다. 그녀가 페드로에게 갔더라도 그가 폭탄을 터뜨리지 않으리라는 확신도 없었다. 에르완이 스스로를 버리는 선택을 할 리 없다. 이보다 더 많은 계산이 머릿속에 스쳐지나갔지만, 확신을 주는 건 아무것도 없었다. 비참하게도 바스티안 그 자신조차 확신이 되지 못했다.

"이미 지나간 과거라 당신이 어떤 선택지를 골랐을지는 몰라. 하지만 나는 진심으로 바라. 당신이 조금 더 이기적이고, 살고자 하는 욕심이 많았으면 좋겠어."

그녀는 제 원칙에 따라 목숨조차 초연하게 버릴 수 있을 것이다. 그가 있건 없건 상관없이.

이게 과연 신의인가? 이것 또한 불신 아닌가?

"당신이 있어 제가 조금 더 무리하는 것 같습니다."

"아니, 무리하지 말라니까 그러네."

그녀의 손을 끌어올려 손바닥 안쪽에 깊이 입을 맞추었다. 정확히는 잘리어에서 그를 지키느라 남은 기다란 흉터 위에. 숨을 흠씬 들이마신다. 살갗 냄새에 흠뻑 취해 어지러워졌다.

그의 인생에서 단 한 번도 사람에 대한 진심으로 충만해진 일이 없었다. 신뢰니, 믿음이니, 죄다 물정 모를 인간들이 지껄이는 말 아닌가. 그는 그런 것들을 믿지 않았다. 누군가 내뱉은 한마디로도, 그 말을 내뱉기까지의 수많은 회로를 생각하고 검토하고 계산하며 검증했다. 숨을 쉬는 듯한 습관으로 불신했다.

그런데 그녀가 하는 말이라면 검증 없이 믿게 되었다. 그녀가 아픈 걸 보느니 차라리 제가 아팠으면 했다. 생소하고도 낯선 감각. 낯간지러울 정도로 맑고 순수한 감정이었다. 처음엔 토할 것같이 거북하고 스스로가 미친 것처럼 여겨지곤 했는데, 이젠 화가 났다.

그래, 화가 났다.

불같은 노여움이었다.

남을 위한다느니 남을 믿는다느니, 아무것도 진심으로 느껴서는 안 됐는데. 이러면 나라를 위해 자신을 희생할지도 모른다는 그녀를 이해할 수밖에 없게 된다. 차라리 모르지. 몰라버리지. 그렇게 끝까지 모르면 그녀를 탓하기라도 할 수 있었을 텐데.

평생 이기적이었던 그는 이제 잔해가 없다. 그녀를 이해하려는 그만 남았다. 우습다. 자취마저 없다.

"안심하십시오."

무슨 생각을 하는지 아는 것처럼 그녀가 말했다. 딱딱하고 건조한 목소리가 어쩐지 더할 나위 없이 따뜻한 위로처럼 느껴졌다. 자칫 무너질 뻔한 균형이 간신히 맞춰졌다. 위험천만하게 불이 지펴진 심지가 다시 꺼져간다. 그는 그녀에게, 그녀는 그에게 지지대나 다름없었다. 신기루라도 되는 것처럼 꼭 붙들었다. 어깨를 감싼 갑주는 뜯어내어 내팽개쳤다.

매달리듯 끌어안았다. 끌어안듯 매달렸다. 순간순간이 돌아오지 않을 꿈 같았다.

그녀가 슬며시 손을 내밀었다. 애매하게 이마에 닿아 슬슬 문질렀다.

그가 숨을 내쉬었다.

비로소, 그가 숨을 쉬었다.

"나한테 바라는 거 있어?"

뭐든 들어줄 생각이었다. 손끝이 살짝 떨렸고, 그는 그 흔들림을 온전히 느꼈다.

"이곳에 머물러주십시오."

짧은 말에 눌러 담은 진심이 보였다. 같은 마음임이 기뻤다.

기꺼이 대답했다. 응.

"밤새 계셨으면 좋겠습니다."

다시 대답했다. 응.

"제 곁에."

낮고, 깊은 속삭임으로.

Chapter 3

　발루아가 휴전을 제의했다. 표면적으로는 휴전이었으나 알맹이는
종전이었다.

　패배하고 귀환하는 함대를 맞이한 후, 이성을 채 되찾기 전에 받은
제안이었다.

　프리드리히 왕은 분노했다. 살아 돌아왔으나 전투를 하지 못하는
부상병들의 목숨을 거두었다. 수리비용이 현저하게 높은 함선은 보란
듯이 불태웠다.

　그들은 발루아를 노골적으로 힐난했다. 협정은 적을 방심시키기 위
한 전략일 뿐이며 지금도 착실히 전쟁을 준비하고 있을 발루아야말로
세계 평화를 부수는 적이라고 비난했다. 그들은 절대 악의 무리에게
굴할 생각이 없으며 이번에야말로 담판을 짓기 위해 왕이 직접 나서
겠다고 선언했다.

　"프리드리히 왕이 저리 나올 줄 알았지. 평화는 안중에도 없는 인간
이 우습기 짝이 없어."

　"……."

　"이제 어쩔 거야, 에르완? 예상치 못한 사태는 아니잖아."

　오히려 가능성이 크다고 점치고 있던 일이었다. 하지만 조금이라도, 아주 실낱같은 희망을 애타게 기다리고 있었다. 전쟁에서의 진정한 승리는 승전이 아니라 평화. 명분을 붙여 싸움터를 만들기는 얼마나 쉬우며, 평화를 수호하고 유지하기는 또 얼마나 힘겨운가.

끊임없이 일어나는 전쟁, 불가항력적인 시대의 흐름이 신의 뜻인가 여긴 적이 있었다. 하나의 전투를 끝내면 또 다른 전투와 희생이 기다리고 있다. 부르군트에게 짓밟힌 나라를 구하면 그 나라가 또 다른 나라를 짓밟았다. 싸움과 전투는 과연 인간의 본성인가?

그럼에도 에르완은 싸워야 했다. 보이지 않는 손이 세계를 전쟁으로 끌고 간다 해도 거대한 흐름에 저항해야 했다. 끝내 전쟁이 이어지더라도 대항하는 사람이 하나라도 있다는 걸 알려야 했다. 평화를 바라는 군주, 그를 지켜보는 백성은 분명히 존재했다.

"저쪽에서 왕이 직접 나선다고 하니 담판을 지으려나 보군. 양쪽 다 전력으로 나온다면 이번에야말로 전쟁이 끝날 수도 있겠는데. 어느 쪽으로든 말이야."

바스티안이 턱을 매만졌다. 사실 전쟁이 이어진 기간에 비해 대규모 전투는 비교적 적은 편이었다. 그 이유는 두 나라가 서로 엇비슷하여 함부로 전력을 쏟아부으려 하지 않았고, 전시 상태를 유지하며 얻는 정치적 이득이 더 컸기 때문이다.

근래 들어 큰 전투가 빈번해진 이유는 전쟁을 끝내려는 에르완, 발루아와 담판을 짓고 다음으로 넘어가려는 프리드리히의 목적이 묘하게 일치했기 때문이다. 프리드리히는 중앙대륙을 넘어선 동북대륙, 그 미지 너머를 넘보고 있었다.

바스티안은 애써 침착했다. 이번에 내릴 결단의 무게는 잘 알았으므로 충분히 생각할 시간을 주고 지지하고 싶었다.

"친정을……."

바스티안은 말없이 그녀에게 다가갔다.

"나가겠습니다."

"나도 함께 가."

"바라지 않습니다."

"그래도 함께 가."

에르완은 몸을 돌렸다. 말려도 따라붙을 것은 거듭 겪어 알고 있었다.

그녀의 친정 소식이 전해지자 연맹국들이 앞뒤 다투어 병력을 내놓았다. 수만의 군대가 맞부딪치는 전쟁에서 고작 한 명 더해진다 해도 크게 달라질 것이 없었지만, 그게 실드베르 4세라면 달랐다. 그녀는 연맹국들을 결집시키는 핵심이었다.

그렇게 모은 병력이 이만에 육박했고, 그중 대다수는 발루아 병력이 차지했다.

제국력 1556년 11월 30일, 에르완은 역대 가장 많은 육군을 이끌고 그리젤다 성을 떠났다. 부르군트와 맞붙을 곳은 커다란 강을 낀 평야, 솔렘니아였다. 숲이 형성되어 있지도 않은데다 경사도 완만해 오로지 전술과 병력 간 싸움으로 전투의 향방이 정해지는 지역이었다.

그곳으로 가기 위해선 여러 산맥을 타야 했기 때문에 병사들의 피로가 누적되지 않는 게 중요했다. 에르완은 선봉에 서서 그들을 이끌며, 야간에는 충분한 휴식을 취하도록 배려했다. 제빵병, 취사병들이 적절히 따라붙어 끼니를 챙겼다. 그들 행렬이 그리는 선이 멀리서 마치 쌓아올린 성벽처럼 보였다.

아흐레가 지난 밤, 유난히 큰 폭설이 쏟아졌다. 에르완은 눈이 올

것을 익히 예측하였으므로 일찌감치 너른 평지를 찾아 진지를 펼치고 몸을 따뜻하게 녹이도록 했지만, 뒤이어 불어닥친 혹한까지 어찌하지는 못했다. 굵은 눈덩이와 우박이 사흘 내리 쏟아졌다. 언제까지고 산 위에 머물러 있을 수는 없었기에 에르완은 조금씩이라도 행군을 해나가는 선택지를 택했다.

"발루아에 와서 평생 겪을 추위를 다 치렀다고 생각했는데 아직도 남아 있을 줄은 몰랐어. 안 그래, 레이첼?"

털망토에 얼굴을 반쯤 묻은 채 바스티안이 눈만 빼꼼 빼내어 물었다. 레이첼이 힘겹게 발을 옮기며 힘없이 웃어 보였다.

"예, 그러네요. 폐하."

"힘이 많이 없어 보이는구나. 왕도에서부터 쭉 걸어와 발이 아픈 것이냐."

"아닙니다. 신경 써주셔서 감사해요, 폐하."

바스티안은 혀를 쯧쯧 차며 하얗게 질린 시녀의 얼굴을 걱정스럽게 보았다. 마지막 접전을 치르기 위해 왕도를 떠날 때 레이첼이 바리바리 짐을 싸들고 따라나섰다. 힘들고 고된 길이 될 거라고 말리고 또 말렸다. 더군다나 과거의 충격으로 말도 못 타지 않나. 단련되지 않은 몸으로 따라나서는 건 어불성설이었다.

"정 힘들면 수면제라도 먹는 게 어떠냐? 네가 잠든 사이 내가 감쪽같이 말에 태워 옮겨주마."

"……아니어요, 정말 괜찮습니다."

"네가 괜찮다고 해도 지금 에르완 속이 말이 아니라서 그런다. 나나 네 오라비 또한 걱정되는 건 마찬가지고. 지금이라도 돌아가도 아무도 뭐라고 할 사람 없어."

"돌아갈 수는 없어요. 우리 폐하 수발은 제가 반드시 들어야 해요."

시든 잡초처럼 힘없던 목소리가 처음으로 단단해졌다. 한 줌 같은 시녀가 제 주군에 대해 이야기를 할 때는 죽창처럼 완고하다. 전장에 따라나서겠다는 말을 처음 듣고 사이러스가 뜯어말렸을 때도 이랬다. 혼내고 어르고 달래고 화를 내도 꼿꼿했다. 에르완 곁은 자신이 지켜야 한다고 했다.

바스티안은 그때까지 별로 걱정하지 않았다. 만만찮은 고집의 소유자, 앞뒤 꽉 막히고 고지식하며 융통성 없는 대표주자가 바로 그녀의 오빠 아니던가. 버티는 여동생을 기어이 꺾고 바리바리 싸둔 짐을 제 손으로 풀게 할 것이라 생각했다. 하지만 결국 사이러스마저 백기를 들었고 어디 멋대로 해보라며 고함치고 내팽개쳤다. 그 뒤로 코빼기도 비치지 않았다.

아니, 말리랬지 누가 깽판을 치라고 했나?

바스티안이 난감해하는 사이 레이첼은 더욱 완고해졌다. 그렇게 결국 따라와 지금 이 지경이다. 종잇장 같은 여자아이가 하루가 다르게 송장이 되어가고 있었다. 피부 아래까지 비칠 정도로 하얗게 질리고 다리는 후들거린다. 제 말이라도 내어주고 싶을 정도였지만, 말을 탈 수 없으니 여의치 않았다.

바스티안은 조금 더 독해지기로 마음먹었다.

"고집부릴 일이 아니다. 에르완이 하루에도 몇 번이나 너를 살피는지 아느냐? 더군다나 지금 병사들 상태가 심상찮다는 건, 너도 들어 알지 않느냐."

전에 없던 추위와 회오리가 몰아치자 병사들 사이에서 유난히 기침 소리가 퍼져나가고 있었다. 단순한 고뿔인가 했는데 슬슬 피가래를 뱉는 모습을 보고 심상치 않다고 여겼다. 오늘 밤에 에르완에게 진지하게 이야기해볼 생각이었다.

"사실 너도 몇 번인가 기침하는 걸 우연히 보았다."

"아……."

"주군 곁을 살뜰히 지키고 싶은 충정은 충분히 이해한다. 하지만 이건 에르완을 위해서도 좋지 않다. 그녀가 너를 걱정하느라 정작 중요한 전투에 집중하지 못하기를 바라는 것이야?"

"아니어요! 그건 정말, 절대로!"

"그래, 안다. 알아. 그 마음이 갸륵하여 입을 다물고 있는 것이다만, 더 이상은 무리다. 내 입으로 그녀에게 말해야 하는 일이 없기를 바란다."

레이첼의 고개가 죄인마냥 뚝뚝 떨어졌다. 안쓰러운 마음을 억누르고 대열로 복귀했다. 그녀가 보여주는 충정이 갸륵하기에 더욱 돌려보내는 게 맞았다.

그날 밤, 에르완이 수뇌부를 불러모았다. 상황이 심상찮은 만큼 분위기도 숙연해졌다.

"응급치료를 받은 환자들도 차도를 보이지 않고 있습니다, 폐하."

"기침 외에 다른 특이한 증상이 있는가."

"피가 섞인 객담(喀痰)을 토하거나 주로 야간에 열이 오릅니다. 하루종일 미열이 지속되는 자도 가끔 있습니다. 식욕이 없어 야위고 무력감을 느끼게 되는 경우가 다반사입니다."

"폐하의 용단이 필요합니다."

세베르가 신중히 입을 열었다.

"이는 단순한 감기가 아닌 것 같습니다. 기침이 번져나가는 속도가 심상치 않고요. 아직까진 이만 중 쉰 명 정도일 뿐이지만, 전염병일 경우 미칠 파장을 무시할 수 없습니다."

"쉰 명은 모두 파악 중인가."

"예. 세 등급으로 나누어 주시하고 있습니다. 가벼운 감기 정도로 증상을 보이는 의심군, 진단이 확실하게 내려진 확진군, 목숨을 위협할 정도로 심해진 중환자군입니다. 병이 더 퍼지기 전에 이들을 본국으로 돌려보내야 하지 않겠습니까."

"의심군도 함께 말씀이십니까?"

한 연대장이 끼어들어 물었다. 세베르가 간격을 두고 끄덕였다.

"철저하게 관리하기 위해선 그래야 합니다."

"의심군은 말 그대로 가벼운 증상만을 보이는 자들 아닙니까. 오히려 확진군과 함께 장기적으로 이동하다가 애꿎게 병에 걸릴 수도 있습니다."

"하지만 그들이 정말로 병에 걸린 거라면요? 남은 병사들에게까지 전염병을 옮겨야 성에 차시겠습니까?"

"좀 더 지켜볼 수는 있지 않습니까! 병사 한 명 한 명이 귀중한 시국에 인원을 차출하는 결정은 신중히 해야 합니다."

"저희에게는 시간 또한 중요한 자원입니다. 부르군트에 대한 분석이나 앞으로 있을 전투를 대비하기에도 바쁜 시기에, 이 사소한 논의가 쓸데없이 되풀이되지 않기를 바랄 뿐입니다."

"양쪽 다 일리 있는 주장이네."

과열되려는 목소리를 에르완이 차분히 잠재웠다.

"하지만 지금은 군 전체를 고려한 결단을 내리는 것이 옳아. 진단조차 여의치 않은 환경에서 버티는 것보단 왕도로 돌아가 적절한 휴식과 치료를 받는 것이 병사들에게도 또한 이롭네. 세베르, 지금 즉시 그들을 차출하여 왕도로 돌려보낼 준비를 하게."

"명 받듭니다, 폐하."

발루아에서 왕의 명령이란 그 자체로 법이고, 철퇴였다. 군림하는 제왕의 말에 토를 달 수 있는 이는 이 나라에 존재하지 않았다. 연대장은 반대 의견을 개진했다는 걸 스스로 잊어버린 듯 곧장 막사를 나가 병사들을 차출하기 시작했다.

의심군과 확진군, 중환자군을 모두 포함하면 예순일곱 명. 쉰 명으로 셈하였던 것이 최근인데 그사이 열일곱 명이나 늘어나 있었다. 왕도로 돌아가라는 명령에 예순일곱 명의 병사들은 긍정적으로 반응했다. 병 때문에 끼니도 못 들 지경인데 전투에 합류해봤자 동료들의 발목만 잡을 뿐이라고 끄덕거렸다.

사람을 전력으로만 셈하는 곳이 전장이다. 다친 팔은 치료하지 않고 잘라내야 하는 이곳에서, 치료받을 기회가 생긴 것만으로도 크게 감사해야 했다.

이 소식을 반기는 건 병증이 없는 병사들도 마찬가지였다. 그들은 병이 옮을지도 모른다는 두려움에서 벗어나 더욱 빨리 진군할 수 있었다.

그들은 왕의 결단을 칭송했다.

마지막으로 차출된 인원이 본국으로 돌아가기 전날이었다. 에르완은 어두운 막사에서 유난히 파리해진 레이첼을 발견했다.

"레이첼, 안색이 좋지 않구나. 어디 아프기라도 한 것이냐."

미처 살피지 못한 사이 레이첼은 눈에 띄게 말라 있었다. 처음 전장에 따라오겠다고 할 때부터 걱정이 컸다. 가뜩이나 말을 무서워하는 아이가 말과 병사로 가득한 전쟁터에 오겠다니. 솔렘니아로 이르는 험준한 길을 도보로 걸으며 버틸 수 있을지 노심초사할 수밖에 없었다. 제빵병들과 함께 걸어오는 그녀가 신경 쓰여 몇 번이나 뒤돌아보았던가.

그런데 가까이서 본 레이첼은 훨씬 지쳐 보였다. 눈 뜨기도 힘겨워 보였다. 마치 병이라도 걸린 것처럼.

걱정스러운 마음에 한 발짝 다가서자 레이첼이 소스라쳐서 물러났다. 까무러치게 놀라는 그 모습에 에르완이 반사적으로 멈추었다. 긴장된 숨소리가 정적 속에서 흘러다녔다. 소녀는 어찌할 바를 모르며 눈을 굴렸다.

"죄, 죄송합니다. 폐하. 하지만 가까이 오지 마시어요. 혹시라도……."

"무슨 말이더냐, 레이첼. 어찌 그리 두려워하는 얼굴을 하는 건지 말해보렴."

"송구합니다. 죄송합니다. 폐하."

거듭 고개 숙이며 사죄하는 시녀를 빤히 바라보았다. 생기발랄하던 뺨은 창백해진 지 오래고 쇄골이 앙상하게 드러난 어깨는 심하게 말라 있다. 어디서 구해왔는지 모를 장갑을 끼고 있었는데, 여왕의 물건을 다룰 때 직접 접촉하지 않기 위한 목적으로 보였다.

에르완이 입을 열었다. 제 짐작이 틀리기만을 간절히 바라면서.

"레이첼."

"용서해주세요. 어떻게든 곁에서 제가 직접 모시고 싶었는데 그러지 못하게 되었어요."

"전염병에 걸린 것이냐?"

"의원께서는 아직 모른다고 하셨습니다. 얕은 기침일 뿐이라서…… 하지만 작은 증세더라도 가볍게 넘어갈 수는 없어요. 특히 폐하의 곁을 지키는 시녀라면, 더욱 그래야겠지요."

말이 잠깐 멈추었다. 온통 가시 박힌 무언가를 끄집어내는 것처럼 힘겨워했다.

"……저는 왕도로 돌아가는 인원에 합류할게요, 폐하."

"……."

"이곳에 따라오겠다고 철없이 떼를 부려 죄송하여요. 너무나 걱정되는 마음에, 이 험한 길에 힘겨우실까 봐, 익숙지 않을 잠자리를 편하게 챙겨드리고 싶은 욕심에 앞뒤 분간을 못 한 것 같아요. 하지만 폐하께 누를 끼치며 있을 생각은 아니었어요. 소녀는 어찌 되든 상관없습니다. 전염병이든 혹한이든 견뎌내면 그만이지만, 그게 폐하께 누가 된다면 소녀는……."

"레이첼."

울음 섞인 목소리가 멎었다. 장갑 너머로 느껴지는 온기에 눈을 떴다. 에르완은 어느새 가까이 다가와 레이첼의 손을 잡아주고 있었다.

"네 마음은 누구보다도 내가 잘 알고 있다. 그래서 더 안타까워. 울음을 그치고 말해다오. 증상이 언제부터 있었는지부터."

눈가에 가득 차오른 눈물을 부드럽게 닦아주었다. 차게 식은 몸을 따뜻하게 감싸안아주는 안온함. 내내 절벽 끝까지 몰린 것처럼 겁에 질려 있던 레이첼은 그만 울음을 터뜨리고 말았다. 제 철없는 행동을 따스하게 안아주는 여왕이 너무나 고맙고 죄송스러웠다.

"증상이 처음 시작된 건 열흘 전……이었어요. 병사분들이 서로 빨래를 하라며 빨랫감을 두고 다투고 있었는데 거기에 환자들이 썼던 수건이 섞여 있었던 모양이에요. 제가 손빨래를 도맡아 한 사흘 후부터 기침이 나기 시작하였어요."

"그래, 그랬구나. 뒤에서 그런 허드렛일을 하고 있었다니, 내가 너를 충분히 살피지 못하였어."

"아니어요, 폐하. 폐하께서는 저만의 왕이 아니신걸요. 물론 그렇게 생각했던 적이 있었지만……."

레이첼이 고개를 내젓다가 돌연 웃었다. 티 없이 맑고 평온한 미소였다.

"샤겐에서 뵈었을 때부터 그랬어요. 부르군트 군사들로부터 구해주시고 약속해주셨죠. 식민지가 된 고향을 부르군트로부터 되찾아주겠다고, 어릴 적의 기억이 깃든 땅을 다시 밟게 해주시겠다고. 그때 제게 폐하는 은인이자 유일한 왕이셨어요."

"그 약속이 또한 내가 여기에 있는 이유 중 하나다, 레이첼."

"예, 폐하. 그래서 저 또한 자진하여 왕도로 향하는 행렬에 합류하고자 요청한 것이어요."

무례한 행동임을 알지만 레이첼은 거듭하여 왕에게서 멀어졌다. 욕심이다. 왕도로 돌아가기 전 에르완의 침소를 손수 정리하려 든 것도, 병이 의심되는 중에도 인사를 올리기 위해 기다린 것도. 만약 저 때문에 에르완이 병에 걸린다면 스스로 자결하고도 남을 테지만, 그를 불사하고서라도 인사를 건네고 싶었다.

대체 왜 이게 마지막이라고 느껴지는 걸까?

폐하께선 분명 큰 승리를 거두시고 돌아오실 테고, 자신 또한 큰 병증을 보이고 있진 않으니 왕도로 돌아가면 회복하여 건강한 모습으로 맞을 수 있을 텐데. 다시 고향의 흙을 밟을 수 있으리라고 믿어 의심치 않는데, 어째서 이토록 불안할까.

하지만 레이첼은 제 사소한 불안을 내비쳐 왕의 마음을 불편하게 하고 싶지 않았다. 조금도 아프지 않은 듯 맑은 유리알처럼 웃어 보였다.

「지금은 군 전체를 고려한 결단을 내리는 것이 옳아. 진단조차 여의 치 않은 환경에서 버티는 것보다 왕도로 돌아가 적절한 휴식과 치료 를 받는 것이 의심군 병사들에게도 또한 이롭네.」

한편 에르완은 낮에 부하들에게 내린 명을 되뇌고 있었다. 실은 그 녀를 붙잡고 싶었다. 아직 가벼운 기침만이 있을 뿐이고 병이 전염성 이라는 것조차 확정적이지 않으니 조금 더 지켜보자고 하고 싶었다. 의심군과 함께 장기적으로 이동시키다가 병환이 더욱 심해질 수도 있 다는 우려도 있었다. 곁에 두고 보살피고 싶었다.

하지만 그럴 때마다 군통수권자인 왕이 대답했다. 지금은 군 전체 를 고려한 판단을 해야 한다. 전염병이 군 전력을 조금이라도 잡아먹 지 않는 대비책을 가장 우선시해야 하며, 아무리 미약한 반응을 보였 더라도 철저히 격리하는 게 맞다. 개인적인 감정을 끼워넣을 사안이 아니다. 지휘관은 군의 전력을 어떻게 보전할지를 최우선으로 생각해 야 한다.

"허락해주실 거지요? 폐하."

우는 것처럼 웃는다.

에르완은 도저히 그 청을 거절할 수 없었다.

레이첼은 이틀 후 본국으로 돌아가는 행렬에 합류했다. 마지막으로 에르완의 짐을 챙기고 오늘 밤을 보낼 침소를 정리하고 제 일을 이어 받아 할 시녀에게 여러 당부를 하다 보니 시간이 꽤 지체되었다. 귀환 인원은 총 백여 명으로, 환자들과 그들의 귀환을 도울 인력으로 구성 되어 있었다. 환자의 등급과 동일하게 세 개의 행렬로 나뉘었으며 비 교적 건강한 의심군이 앞장서기로 했다.

"조심히 돌아가거라."

바스티안은 조그만 봇짐 하나를 들고 서 있는 레이첼을 안쓰럽게 바라보았다. 오는 길 내내 제 몸보다 더 큰 짐을 이고 다니더니 그게 전부 에르완이 쓸 물건들을 챙겨왔던 모양이다.

"에르완은 발루아 해안에서 심상찮은 움직임이 있다는 전갈을 받아 급한 회의에 들어갔다. 너를 살뜰히 챙겨달라 어찌나 부탁하던지."

"괜찮아요, 폐하. 폐하께서 저 같은 것을 배웅해주시니 이만한 영광 이 없는걸요."

"에이, 그런 소리 마라. 짐이 너를 스승으로 모시기로 하지 않았느 냐. 술 스승 말이다. 하지만 돌아가서는 좀 자제하고 건강을 회복하는 데 최선을 다하거라. 내가 지금 보는 게 사람인지 마른 나뭇가지인지 모르겠으니."

"아이 참, 폐하께서도."

발랄한 웃음소리가 한동안 공기를 메우고 떠다녔다. 안색은 좋지 않지만 전보다는 훨씬 맑은 미소에 불편한 마음이 조금은 사그라졌 다. 바스티안은 레이첼이 웃으면서도 아까부터 연신 누군가를 찾고 있는 걸 깨달았다. 그 상대가 누구인지 눈치채고 몰래 훑어보았지만, 그녀가 찾는 이는 머리카락 한 올 보이지 않았다. 아까 같이 가자고 했을 때 완강히 버티던 그를 멱살이라도 잡고 끌고 올 걸 그랬다. 바스티안은 속으로 슬쩍 후회했다.

"네 오라비도, 흠흠, 배웅은 나오지 못한 모양이다. 알잖느냐. 네 오라비 성격 말이다."

"예, 잘 알고 있지요. 그 화를 푸는 데 오래 걸린다는 것도요. 전쟁이 끝나 돌아오실 때는 조금이나마…… 풀려 있을까요?"

기운이 쭉 빠진 미소가 안쓰러웠다. 바스티안은 과장되게 가슴을 통통 쳤다.

"그럼. 많이 도와줄 테니 걱정 말거라. 요새 내가 사이러스 경과 말도 안 되게 친해졌지 않느냐. 발루아에서 만났을 때는 외려 속 좁게 굴어 미안하다고 사과하게 만들 테니 두고 보아라."

"네, 폐하."

"그리고…… 이것 좀 두르거라. 몸도 좋지 않은 아이가 그렇게 변변찮게 입어서야 원."

그가 성큼 다가와 목에 무언가를 휙 둘러주었다. 왕의 목이 훤히 드러난 것을 본 레이첼이 화들짝 놀라 도로 벗었다.

"아니에요, 제가 어찌 감히 폐하의 목도리를!"

"하고 있어라. 어허, 하고 있으래도."

당황하여 허둥지둥하고 있자 그가 단호하게 다시 둘러주었다. 이번에는 두세 번 더 감은 다음 단단하게 여며주기까지 했다. 손끝이 다 떨렸다. 이 불경을 어쩌면 좋지.

"아녜요, 제발 가져가주세요, 폐하. 폐하야말로 저보다 추위를 더 많이 타시잖아요. 제게도 목도리는 있는걸요. 보세요."

"너구리가 다 잡아뜯어놓은 것 같은 너절한 천 쪼가리로 뭘 하겠다는 소리냐? 없던 병도 생기겠구나. 짐이 준 목도리는 죽은 토끼 털을 모아 직접 만든 것이니, 잔말 말고 가져가라. 사람은 자고로 목이 따뜻해야 하는 법이야."

"예? 이걸 정말 직접 만드신 거여요?"

이번에 그녀는 다른 부분에서 놀라버렸다. 조금만 살펴보아도 외교관 같은 국빈이나 지급받을 법한 특등품이어서 직접 만들었을 거라곤 생각지 못했다. 깔끔한 손질과 마름질, 적당한 길이와 폭을 보면 보통 솜씨가 아니었다. 손재주도 좋으셨구나. 순수하게 감탄하고 있자 바스티안이 어깨를 가볍게 으쓱했다.

"이 정도 권했으면 성의려니 하고 받아가거라. 아니면 혹시 목도리가 마음에 들지 않는 것이야?"

"아뇨, 그건 정말 아니어요! 그런데 이렇게 귀한 물건을 소녀가 받아도 되는 건가 하여서."

"물건이 아무리 귀해봐야 사람만 할까. 물건은 자고로 쓰여야 가치가 있는 법. 마음에 든다면 더욱 사양할 필요가 없다. 하고 가거라. 시간이 있었다면 따뜻한 신발 한 켤레라도 더 지어줬을 텐데 안타까울 뿐이지."

발치에 머무르는 시선을 느끼고 레이첼이 발가락을 한껏 오므렸다. 창피하고 수줍었다. 잔뜩 해지고 구멍까지 난 신발이어도 지금만큼은 발을 잘 가려주기를 바랐다. 왕은 진심으로 아쉬워하는 눈치였다. 아랫것들을 진심으로 굽어살펴주시는 건 세상에 에르완 폐하뿐이라고 생각했는데, 한 분 더 계셨다니. 이런 분들이 세상에 많았다면 전쟁 따위 일어나지 않았을 텐데.

"이제 가보겠습니다, 폐하."

"그래, 발루아에서 다시 보자."

레이첼은 공손히 예를 차린 다음, 에르완이 있을 막사를 향해 거듭 인사를 올렸다. 미련처럼 잠시간 머뭇거리다 몸을 돌렸다. 행렬에 합류해서도 그녀는 몇 번이나 돌아보았다.

귀환하는 부대는 예상하던 것보다 훨씬 침체되어 있었다. 저들이 병에 걸렸다는 절망뿐 아니라 전투에서 무기 한번 쥐어보지 못하고 돌아서야 하는 패잔병의 패배감 때문이다. 특히 중환자들은 하루가 다르게 병세가 악화되어 거동 못 하는 자들이 생겼으며 그들이 토하는 피와 가래는 다른 환자들에게 닿지 않도록 철저히 격리하고 있었다.

"가망이 없는 자들을 우리가 힘들여 데리고 갈 필요가 있을까?"

"버리고 가자는 말인가?"

"현실적으로 따져보자고. 힘겹게 귀환해봐야 그들이 치료받고 살아날 확률이 얼마나 되겠냐는 거지, 내 말은."

"사실 입 밖으로 내진 못했지만, 내 생각도 그랬어. 병세가 심해진 자들은 앞으로 점점 많아질 텐데, 그들을 어떻게 다 실어 옮긴단 말이야? 환자들을 살리려다 멀쩡한 사람들이 죽어나게 생겼어."

"어젯밤에 병사들끼리 수군거리는 소리를 들었네. 아무래도 가망 없어 보이는 이들은 일찌감치 포기하고 두고 가는 게 어떻겠냐고 말이야. 우리끼리만 입을 다물면 누구도 모를 일 아니겠냐며."

"자네들 대체 무슨 소리를 하는 건가? 우리는 지금 여왕 폐하의 명을 받고 일부 병력을 본국으로 이송하는 중이네. 명령을 무시하는 건 곧 반역이야. 정말 너무하는군. 내가 내일 갑자기 쓰러지면 자네들은 나 또한 산속에 버리고 가겠군? 살아날 희망이 없다면서 말이야."

"아니, 말이 그렇다는 거지. 우리 사이에 편을 가르겠다는 건 아니었네. 자네가 쓰러지면 내가 설마 모르는 척하겠나."

"나와 저 중환자가 다른 게 뭔가? 이런 말 그만하지. 자네가 분탕질 치지 않아도 충분히 흉흉하니까."

자박자박. 수풀을 밟는 발소리가 사방으로 퍼져나갔다. 나무 뒤에 숨어 있던 레이첼은 기척이 완전히 사라진 다음에야 안도의 한숨을 풀어낼 수 있었다.

"휴우우. 빨랫감을 널러 왔다가 이게 무슨 일이람."

굳이 알고 싶지 않은 내용을 엿듣고 말았다. 피를 쏟는 환자들이 많아질수록 서로를 바라보는 눈초리가 달라졌다고 생각했는데, 설마하니 저런 이야기가 오갈 정도일 줄은…….

에르완 폐하가 보고 싶었다. 곧고 온화하며 자비롭지만 강하고 단호한 그분. 그분이 여기 계셨다면 어떻게 하셨을까. 자꾸만 떠올리게 되었다.

"휴우우."

고요한 공기 속에 들리는 한숨은 제가 쉰 것이 아니었다. 하나가 더 듣고 있었어? 깜짝 놀라 고개를 돌렸다. 바스락. 엉겁결에 밟게 된 잔디 소리에 눈이 마주쳤다. 또래 여자아이였다. 둘은 동시에 입술에 손가락을 갖다 대고 쉿 소리를 냈다가, 눈을 굴리며 주변을 살폈다. 여기 있는 사람이라곤 둘뿐이라는 사실을 확인하고서야 동시에 숨을 내쉬었다. 둘은 동시에 웃었다.

"빨래 널러 오신 거여요?"

"네."

"대단하세요. 요즈음 서로 다 안 하려고 하는 일인데."

환자가 뱉은 침과 가래로 병이 전염된다는 사실이 퍼지자 사람들은 서로 가까이 있으려 하지 않았다. 그들이 입은 옷과 병을 치료하며 쓴 천은 더더욱 그랬다. 닿지 말아야 하는 벌레처럼 취급되었다.

레이첼은 그것들을 빨고 햇빛에 소독하는 일을 도맡아 했다. 애초에 병에 걸리게 된 원인인 만큼 두려웠지만, 이렇게 멀리서나마 최선을 다하고 싶었다. 왕에게 도움이 된다면 진심으로.

"폐하를 모시는 시녀님이시죠? 반가워요. 내 이름은 지클린데예요."

"앗, 저를 아셔요?"

깜짝 놀라 물었다. 지클린데가 배시시 웃어 보였다. 눈꼬리가 접히며 주근깨가 더욱 도드라졌다.

"그럼요. 모를 수가 없죠. 폐하를 그림자처럼 따라다니며 정성껏 모시는 모습을 항상 보아왔는걸요. 저희 언니들도 시녀님을 뵈면 신기하고 부러워할 텐데."

"언니들이라면……?"

"같은 제빵사 언니들이에요. 부르군트를 피해 쫓겨 다니느라 가족도, 동생들도 모두 잃고 굶주려 죽어가던 저를 거두어주신 고마운 분들이죠. 지금은…… 전부 병 때문에 정신을 못 차리고 있지만요."

"그래서 빨래를 하고 계신 거군요."

"남들은 언니들 근처에도 가려고 하지 않아요. 군에 중요한 전력으로 취급받지 못하는 제빵병이니 더 그렇죠."

"저런……."

듣고 있는 자신이 더 미안해져서 레이첼이 시선을 떨어뜨렸다. 폐하께서는 제빵병이든, 취사병이든, 실제 검과 활을 들고 싸우는 병사든 모두 자신의 백성들로 귀하게 여기는데, 어째서 자기들끼리는 이런 차등과 차별을 두는 건지 알 수 없었다.

"하지만 수도로 돌아갈 수 있으니 다행일 뿐이죠. 곧 치료도 받을 수 있겠지요. 살아 돌아가기만 한다면…….."

"살아 돌아가다뇨?"

"못 들었어요? 중환자군에 가지 않기 위해 병증이 위급해졌는데도 숨기는 환자들이 늘고 있대요. 그 말은 즉."

잠깐 말을 끊고 그녀가 주변을 둘러보았다. 아무도 없는 걸 확인하고 나서야 목소리를 잔뜩 낮추었다.

"우리 사이에도 중환자군에 있어야 할 병자가 섞여 있다는 뜻이죠."

목소리가 쉿쉿 낮아지자 귀에 소름이 돋았다. 다리가 여럿인 벌레가 손끝에서부터 빠르게 기어오르는 듯했다. 레이첼이 어깨를 움츠렸다. 지클린데는 말을 멈추지 않았다.

"그만큼 전염병이 번지는 속도가 빨라질 수밖에 없고요. 내부 분위기가 점점 흉흉해지고 있답니다. 기회만 있으면 모조리 내버리고 뿔뿔이 흩어질 기세들이에요."

"그런…… 폐하께서 아시면 슬퍼하실 거예요."

"저희 폐하는 자비로우신 분이니까요. 하지만 살아남아야 하는 당사자는 우리이니, 함께 힘내요. 알게 되는 정보가 있다면 공유하기로 하고요."

"저는 별로 아는 것이 없어요. 그저 의원님의 말을 따르고 빨래를 하는 일밖에는."

"아이 참. 겉보기에는 아무것도 아닌 것이 실은 아주 귀중한 정보일 수 있답니다. 예를 들어 저 산더미 같은 빨랫감 사이에도 누군가 은밀하게 숨겨놓은 피 손수건이 있을 수 있죠."

지클린데가 약지를 내밀었다. 레이첼이 멀거니 바라보고만 있자 먼저 손을 잡아 올렸다. 단지 손가락을 얽었을 뿐인데, 어길 수 없는 맹약이라도 나눈 것처럼 뿌듯해졌다.

그 후로 그녀는 이따금 레이첼이 궁금해할 만한 소식을 들고 왔다. 본대 상황이라든지 귀환행렬 내부 분위기 소식을 참새처럼 물어다 주었다. 레이첼이 생각보다 약삭빠르지 못해 실망스러웠지만 그래서 더 친구처럼 느껴진다고도 했다.

어느 날은 산에서 누군가 발견해 먹고는 전염병 증세가 나왔다는 열매를 가져다주었다. 주먹만 한 녹색 열매는 반으로 쪼개면 썩은 치즈 맛이 고약하게 났다. 조리하지 않고 먹어야 효과가 좋다고 하여 속는 셈 치고 몇 입 먹었더니 밤에 속이 좋지 않아 잠에서 깨버렸다.

"후우……."

레이첼은 곤히 잠든 사람들을 깨우지 않으려 조심조심 나왔다. 짙푸른 밤하늘엔 별이 모여 찬란했다. 얼마 전 또 폭설이 내리는 바람에 한동안 발목이 묶이고 말았는데, 끊임없이 피워댄 모닥불 흔적으로 곳곳이 시커멨다. 눈으로 하얗게 덮인 세상은 풀벌레소리와 그녀가 잔디 밟는 소리만으로 가득했다. 자박자박. 레이첼은 오랜만에 찾아온 혼자만의 시간을 충분히 즐기고 싶었다.

하얗게 부르튼 발을 꽁꽁 싸매고 걸음을 옮겼다. 얼마 가지 않아 허리를 숙이고 꽃을 들여다보았다. 간밤에 내린 서리가 눈물처럼 꽃잎에 맺혀 있었다. 종종 혹한의 추위가 들이닥치는 발루아에선 이렇게 살아남는 꽃들이 있었다.

"우리 폐하도 꽃과 풀, 나무를 돌아보는 걸 좋아하셨는데⋯⋯."

정원을 거닐다 걸음을 멈추고 한참을 들여다보실 때면 그녀도 덩달아 같이 보곤 했다. 그러다 방으로 돌아가시면 정원사에게 그 꽃을 한아름 꺾어 폐하의 침실에 장식해달라 부탁했었지.

그때를 떠올리며 행복한 미소를 짓던 레이첼은 조금 더 밑으로 내려가보기로 했다. 혹여 산짐승이라도 나올까 살금살금, 발소리는 죽였다. 밤은 어둠과 늪을 섞어 만든 것처럼 까마득하고 조용하다.

갑자기 유독 조용해졌다. 멀리서 들려오던 늑대 울음소리와 잔잔하게 공기에 깔리던 풀벌레소리가 멎었다. 정적과 침묵. 레이첼이 저도 모르게 발걸음을 멈추었다. 까마득한 어둠 너머에 보이지 않는 무언가가 있는 것 같았다. 하나가 아닌 여럿. 사람이라고 확신했다. 산짐승이라면 이렇게 영리하게 기척을 숨길 수 있을 리 없었다.

갑자기 주변이 밝아졌다. 불빛이 너무나 환해 눈 안쪽이 쨍하니 아파왔다. 가차 없이 꾹 짓누르는 것 같기도 했다. 눈을 찌푸리며 시선을 돌렸다. 천천히 돌아오는 시야에 펄럭이는 깃발이 들어찼다.

안개처럼 엎드린 검은 표범.

고향을 무자비하게 지배해가던 붉은 이빨.

레이첼은 그 지옥을 기억한다.

✦ ✳ ✦

프리드리히 왕의 분노가 극에 치달았다. 기세등등하게 출정한 함대가 손쓸 도리도 없이 박살 나 돌아왔을 때, 책임을 져야 할 지휘관이

자폭소동을 일으키다 홀로 죽었다는 소식을 들었을 때.

"폐하, 최근 우리 채권이 대량으로 시장에 쏟아져 나와 심각한 사태입니다. 화폐 가치가 심각하게 떨어져 군수업자들이 죄다 외화로만 거래하겠다고 말을 바꾸었습니다⋯⋯."

"때문에 부서진 함선들을 수리하기에도 무리가 따릅니다. 부속품들을 장만하는 비용이 함선을 새로 만드는 비용보다 더 드는 실정입니다."

"이번 작전은 실패라고밖에 할 수 없습니다. 발루아 함선을 발견했을 때 일찌감치 함대를 돌렸어야 했는데, 전적으로 지휘부의 판단 착오입니다."

엎친 데 덮친 격이다. 함대가 출정한 걸 발루아에서 어떻게 알았는지에 대한 의문에서 출발하여 부르군트 군부 내에 불신이 팽배했다. 대량으로 팔린 채권은 매수할 이가 없어 길바닥에 휴지조각처럼 나뒹굴었다. 군수물자를 들일 자금이 현저히 부족했다. 세계를 공포에 떨게 하던 무적함대뿐 아니라 함선에 타고 있던 수만의 군사들을 한순간에 잃어버렸다.

프리드리히 왕은 거의 이성을 잃어버리다시피 했다. 보고를 올린 신하들에게 잡히는 대로 물건을 집어 던졌으며 이를 타개할 해결책이 있지 않은 한 집무실에 발을 들일 생각조차 하지 말라 했다.

노여움을 견디지 못한 왕은 너덜거리며 항구에 들러붙은 함선들을 모조리 불태우라 명했다. 염치없이 목숨을 보전하고 돌아온 이들은 목을 잘라 보란 듯이 효수해두었다. 부르군트 전역이 공포로 뒤덮였다.

왕은 며칠간 누구도 만나려 하지 않았다. 은둔하려는 게 아니었다.

분노가 포탄이 되어 누구라도 쏘아버릴 걸 알고 있기 때문이었다. 눈에 보이는 대로 날려버린 장교의 머리가 벌써 셋은 넘었다. 더 이상 죽일 장교도 남아 있지 않았다.

그는 마침내 리산더를 불렀다. 따로 명령이 있지 않았지만 보르본도 따라 들어왔다. 리산더가 염려되어서가 아니라 그의 목까지 날려버리면, 곧 있을 발루아와의 전투에 쓸 수 있는 카드가 적어지기 때문이었다.

어둠이 가득 자리 잡은 방으로 들어섰다. 아직 채 가시지 않은 피비린내가 코끝에 희미하게 닿았다. 왕은 뒷짐을 진 채 서 있었다. 잔뜩 웅크린 채 빈틈을 노리는 짐승이다.

"부르셨습니까."

리산더가 겁도 없이 입을 뗐다.

보르본이 흘끗 곁눈질했다. 잘리어에서 눈 한쪽을 잃어버린 후 그를 제대로 마주한 일이 없었다. 온갖 소문이 다 돌았지만, 보르본만은 알고 있었다. 한눈으로도 무리 없이 검을 휘두를 수 있도록 피 터지는 훈련을 하고 있을 것임을. 곰 앞발만 한 손에 두툼하게 자리 잡은 굳은살이 증거가 되었다. 우월한 신체에 짐승 같은 직감은 일찌감치 그를 외눈 검사로 단련시켰을 것이다.

"전장으로 돌아갈 준비가 되었나."

프리드리히가 뒤도 돌아보지 않고 물었다.

"물론입니다."

리산더가 깊숙이 고개를 숙였다. 전쟁터는 떠나지 못한다. 떠나느니 차라리 남아 있는 나머지 눈 한쪽마저 바치는 길을 택할 것이다.

"이번엔 짐도 나선다."

"폐하께서 직접…… 말씀이십니까?"

"발루아와의 전쟁을 언제까지고 끌 수는 없으니까. 승리를 한 번씩 사이좋게 나누었으니 이제 마지막 수를 두어야지."

"폐하, 조금 더 준비하심이."

"발루아에는 이미 발목을 잡힐 대로 잡혔어. 더 지체할 수는 없네. 우리 부르군트가 걸어가야 할 영광된 길이 앞에 뻗어 있기 때문이야."

이를 갈아붙이며 그가 몸을 돌렸다. 검은 어둠 속에 안광이 형형하게 빛났다. 단단히 마음먹으신 모양이군. 보르본이 고개를 떨어뜨렸다. 경험상 저런 왕은 아무리 말려도 소용이 없었다.

"그 길에 신이 함께할 수 있다면 무척 기쁜 일일 겁니다. 소신의 검이 닳아 부러질 때까지 마음껏 쓰십시오."

"경은 그렇게 말할 줄 알았네. 보르본 경은?"

"폐하, 저희는 폐하께서 가실 길을 선택하시오면 따를 뿐입니다. 다만."

"다만?"

"이번 발루아와의 전투에서는 반드시 변수가 필요합니다."

리산더는 검을 휘두를 수 있는 곳이면 어디라도 따를 테지만, 보르본은 달랐다. 그는 남이 건넌 돌다리라도 서너 번은 거듭 두드리고 나서야 건너는 성미였다.

"변수라니."

"실드베르 4세, 여왕은 영민하고 치밀한 자입니다. 캐번 남작이 이끄는 대군을 몰살하였을 때 두 나라 간 전쟁은 사실상 종지부를 찍은 것이나 다름없었습니다. 소신은 그쯤에서 협상을 제의하고 발루아를 실질적인 식민지로 만들기를 바랐으나, 부정할 수 없는 완전한 승리를 이루겠다는 폐하의 뜻에 찬동하여 해전을 추진했습니다. 저희는 그저 잘 차려진 정찬을 들기만 하면 되었지요. 하지만 발루아는 예상 외의 전력을 보여주었고……."

"지금 경이 짐 앞에서 발루아의 우수성을 설파하기라도 하려는 것인가?"

"그게 아닙니다. 발루아에게 있어서 해전은 선택하기 싫었던 가장 마지막 수였을 것입니다. 폐하께서도 잘 아시지 않습니까, 발루아가 보유한 해상 전력이 부르군트에 비해 한참 뒤떨어진다는 것을. 그들은 그런 불리함을 보완할 수 있는 준비를 철저하게 진행했습니다. 무사 귀환한 병사들의 이야기를 들어보니, 글쎄, 죽은 줄로만 알았던 해적, 드레이크의 얼굴도 보았다더군요. 고상한 체하기 급급한 그 왕실에서 해적과 손잡을 정도면, 이번에도 이기기 위해서 무슨 수를 쓸지 알 수 없습니다. 우리와 달리 그들은 절박했습니다. 그 절박함이 승리를 부른 겁니다. 그러니 저희 또한 이제 수단과 방법을 가리지 않아야 합니다."

"생각한 수라도 있나."

"먼저 솔렘니아로 친정을 나선다 선포하십시오. 솔렘니아는 그쪽 연맹국들 사이, 가장 가깝고 수월한 통로입니다. 우리가 그곳을 장악하면 발루아는 크게 곤란해지지요. 여왕 또한 직접 나설 수밖에 없을 겁니다. 발루아에서 솔렘니아로 이르는 길은 꽤 험준하지요. 반드시 틈이 생길 것입니다. 아주 작은 것이라도 좋습니다."

"만일 틈을 찾지 못한다면?"

"그럼 책임을 물어 신을 크게 벌하십시오, 폐하. 달게 받겠습니다."

"……"

말없이 의자로 돌아와 앉은 왕이 생각에 잠겼다. 손가락이 손잡이를 두드리는 속도가 점점 빨라졌고, 이내 멈추었다.

"곧 승부를 걸어야 할 때가 오리라 예상했네. 지금이 바로 그때인 것 같군."

"결정을 내리신 겁니까."

"부르군트 앞을 막아서는 게 있다면 그게 무엇이든 뚫고 부수고 여기까지 왔네. 부르군트는, 짐이 통치하는 이 나라는 앞으로 나아갈 길이 훨씬 많아. 여기서 멈춰설 수는 없지."

굳은 결심을 내린 프리드리히가 턱을 당겼다.

"발루아는 곧 짐이 보낸 선전포고를 받게 될 것이네. 그리고 죄의 대가를 치르겠지. 그러기 위해선 자네들의 도움이 절실해."

"명을 받잡겠습니다, 폐하."

"……."

"리산더 경은 왜 대답이 없나. 페드로 경을 대신 보낸 데에 아직도 화가 나 있는 건 아닐 테고."

말은 그렇게 했으나 실은 떠보는 의도가 강했다. 리산더가 해전에 경험이 없다고 둘러댔지만 실은 아니라는 걸 모르는 사람은 없었다. 독기 품은 야수는 땅이든 바다든 송곳니가 건재했다.

프리드리히는 항상 리산더에게 아쉬움을 가지고 있었다. 저 타고난 강함에 진중함이 더해졌더라면 발루아가 무에 대수겠나. 들끓는 투쟁과 의지로 이 자리까지 기어올라왔대도 달라질 때가 되었다. 리산더 개인이 더욱 뛰어나게 활약하는 건 친우로서 보기는 좋은 일이다만, 왕으로서는 아니다.

리산더 또한 지휘관으로서 더욱 경각심을 가져야 한다. 자리는 사람을 만들기도 하지만 사람 또한 자리에 걸맞게 변하는 게 맞다. 그렇지 않으면 군을 짊어질 책임 또한 줄 수 없었다. 못난 자식은 귀엽지만, 믿음이 가지 않았다.

"알잖나. 짐은 경이 얼마나 용맹하고 능력이 뛰어난지 알고 있어. 하지만 다른 이들은 잘리어에서의 큰 패배 때문에 의문을 품기 시작했단 말이네. 평소에 자네의 출세를 마뜩잖게 여기던 이들도 하나둘씩 튀어나와 말을 얹었지. 적군과 싸우는 데 아군끼리 균열이 생기는 걸 지휘관으로서 좌시할 순 없는 노릇 아닌가. 피를 쏟는 심정으로 자네가 아닌 다른 사람을 내보냈어. 결과는 더 처참했지만 말일세. 이왕 이렇게 된 거, 자네가 많은 생각을 한 기회가 됐기만을 바랄 뿐이지. 그러니까……."

"전부 신의 불찰입니다. 패배한 장수를 기용하지 않는 건 당연한 수순입니다. 폐하께서 변명하실 필요가 하등 없습니다. 신은 그저 원통할 따름입니다."

"원통해?"

"두 번이나 있었던 기회에서 여왕의 목숨을 끊어내지 못한 것이, 그럼으로써 부르군트와 폐하께서 겪었어야 할 치욕이 원통합니다. 제가 쟁취해오지 못한 승리가 아쉽습니다. 또한, 후회스럽습니다."

프리드리히는 하마터면 넋을 놓을 뻔했다. 리산더는 인간의 형상을 뒤집어쓴 짐승이나 다름없었다. 주인과 아군이 아니라면 무엇이든 물어뜯는. 승리를 위한 갈망과 투지만이 그의 행동을 결정짓는 요소였다. 그렇기에 오히려, 강하지만 안심하고 곁에 둘 수 있었다. 어떤 행동을 하든 어떤 생각을 담고 있는지 뻔히 보였기 때문에.

짐승은 후회하지 않는다. 후회하는 법을 모른다. 리산더의 강점이면서 약점이기도 했다.

그런 그가 생애 처음으로 그 말을 입에 담았다. 돌을 씹는 질감으로 낯설고 생경했다.

"······후회한다고? 자네가?"

이번만큼은 보르군트 또한 잔뜩 놀란 눈치였다. 부르군트 왕가에 충성을 바쳐온 역사만큼 리산더와도 시간을 보내었으니, 처음 보는 그의 모습에 기함할 만했다.

"틈을 찾겠습니다."

"허어."

"수단을 가리지 않고 승리를 쟁취해오겠습니다."

고요가 찾아왔다. 언제나 정면돌파만을 고수했던 전사가 스스로 뒤를 치고 빈틈을 찾겠다 했다. 평생 지켜온 신념을 꺾었다. 프리드리히가 한참 만에 입을 열었다.

"누군가는 경에게 이기지 못하니 치사한 수를 쓴다고 입을 털어댈지도 몰라. 신념을 지키지 못한 기사라고 말이야."

"고려할 바 되지 않습니다."

"또 누군가는 패배자나 비겁자라고 비난할지도 모르네. 과거의 자네가 그랬던 것처럼. 미래의 역사 또한 그렇게 기록할 수도 있겠지."

"······."

"하지만 짐은 그렇게 생각하지 않네."

프리드리히가 신중한 눈을 빛내며 턱을 괴었다.

"자네는 타고난 힘과 기량으로 한참 앞에 있는 출발선부터 시작했지. 누군가는 평생 달려도 닿지 못할 그 선에 처음부터 있었단 말이네. 그런데 그뿐이었어. 자네는 거기서 조금도 움직이지 않았지. 전진하지 못했지만 그렇다고 후퇴하지도 않았어. 그건 우리 부르군트에도, 자네에게도 그다지 문제가 되지 않았어. 자네만큼 강한 인간은 이제까지 없었기 때문이야. 하지만 이제는 아니네. 선을 넘어야 할 때가 왔어."

"그 선은 여왕을 일컫는 것입니까."

"그래. 짐은 경의 능력만큼 오만함 또한 안다. 타고났기에 어쩔 수 없는 강함으로 인한 자만, 그로부터 오는 방심. 지금 살아 있는 여왕은 과거 자네가 뿌려놓은 자만이며, 그녀에게 빚진 패배와 눈의 부상은 방심이다. 사람은 바꾸기 어려운 존재야. 고쳐 쓰는 데 시간과 노력을 들일 바엔 새로운 이를 찾는 게 낫지. 하지만 그와 동시에 인간은 바꾸기 어려운 만큼 의외로 쉽게 바뀌기도 해. 누군가는 사람을 바꾸는 게 사랑이라고들 하지만, 짐은 그렇게 생각하지 않아. 사랑, 희망…… 그딴 것들일 리가 없지. 사람을 바꾸는 건 후회네. 과거로부터 온, 후회. 바로 지금 경이 느끼고 있는 것들이지."

프리드리히가 입술을 끌어올렸다. 승기를 쥔 정복자의 미소로.

"짐은 솔직히 기쁘네. 경이 뿌린 오만과 방심을 거둘 때가 됐다는 걸 비로소 알게 된 것 같아서 말이야. 또한, 그와 마주할 용기를 가졌다는 데 조금은 질투도 나는군."

"기회를 주십시오, 폐하."

"필요한 건 이미 모두 주었네. 이제 경이 받아들일 일만 남은 셈이지."

프리드리히는 무장한 사냥개를 풀었다. 그들이 무엇을 물어올지는 두고 봐야 할 일이었다.

리산더는 왕이 진군하는 데 합류하는 대신 발루아 군의 후방을 노렸다. 소수의 발 빠르고 실력 좋은 정예군만 뽑아 거느리고 은밀히 움직였다. 만나기만 하면 원수처럼 으르렁거리던 보르본과 긴밀히 연락을 유지하며, 발루아 군에 치명타를 입힐 수 있는 부분을 찾았다. 작전이 실패하더라도 여왕이 이끄는 군의 규모와 소지하고 있는 무기, 대포를 파악하는 것만으로 상당한 수확이었다.

"상당한 대군이군요. 이번에야말로 단단히 각오하고 나온 모양입니다. 전쟁을 종결할 생각이 아니고서야 저리 쏟아부을 리 없겠지요."

발루아 군은 여러 산맥을 이을 정도로 대규모로 움직이고 있었다. 아득한 너머를 넘어보던 리산더가 이내 망원경을 내렸다.

"하루만 더 지켜보도록 하지. 별다른 움직임이 없으면 철수한다."

"예, 장교님."

그들이 부르군트 본행렬에서 떠나 단독으로 움직인 지도 벌써 스무 날이 넘었다. 비축해둔 식량이 점점 줄어드는 상황에서 마냥 죽치고 있을 수만은 없었다.

그로부터 이틀 뒤였다. 발루아 정찰을 접고 돌아가려는 순간 리산더가 우뚝 멈추었다. 부장교가 슬며시 다가왔다.

"장교님, 왜 그러십니까?"

"왜 행렬이 멈추었지?"

그 물음에 부장교 또한 망원경을 들었다. 한참을 관찰하다가 그가 멍하니 말했다.

"정말인데요. 앞으로 진군하는 것처럼 보이나 여왕이 머무는 진지는 이틀 전 그대로입니다. 행군을 못 할 만큼의 일이라, 무슨 일이 생긴 걸까요?"

"저들도 군수품 보급 문제가 있는 만큼 어지간해선 지체하려 들지 않을 거다. 그만큼 심각한 일이겠지. 조금 더 지켜볼 필요가 있겠군."

리산더를 필두로 한 정찰인원은 짐을 다시 풀고 밤낮으로 발루아 군을 지켜보았다. 다음 날도 움직임이 없음을 확인한 후 그는 발루아 내부에 분명 큰 문제가 있다고 확신했다.

며칠 더 지켜보았을까, 행렬이 다시 움직이기 시작했다. 그러나 특이하게도, 진군하는 인원 중 소수를 빼내어 왕도로 귀환시켰다. 분명 무언가 있을 터다. 리산더는 왕도로 돌아가는 몇 안 되는 행렬을 쫓아갔다. 본대와 충분히 멀어졌을 무렵, 새벽에 덮쳤다.

백도 안 되는 인원이었다. 전투를 할 수 있는 병력은 기본적인 호위만 가능하도록 붙여두었기 때문에 제압하기도 쉬웠다.

"장교님, 모두 포박하여 모아두었습니다."

"총 몇 명이지?"

"산 자는 예순네 명입니다."

리산더는 보고를 들으며 대수롭지 않게 걸음을 옮겼다. 사로잡힌 발루아 인들은 밧줄에 묶인 채 무릎을 꿇고 있었다. 그는 주위를 한 바퀴 빙 돌며 그들을 눈여겨보았다. 상태가 극심하게 좋지 않은 이들이 열 명 남짓 눈에 띄었다. 무엇 때문에 왕도로 회군하는지 알겠군. 리산더가 걸음을 돌려 가장 앞으로 걸어갔다.

"왕도로 회군하는 이유가 뭐지?"

"저희는…… 저희는 웨일즈 인들입니다. 수개월 전 일어난 봉기로 피난을 온 것일 뿐……."

군의관으로 보이는 자가 몸을 떨며 대답했다. 터엉. 그와 동시에 목이 땅에 떨어졌다. 눈앞에서 동료의 목이 달아나는 걸 목격하자 비명이 터졌다. 곧 개처럼 얻어맞아 조용해졌지만, 숨죽인 울음소리는 여기저기서 흘러나왔다. 목을 잃은 몸뚱이가 바닥에 널브러지자 부르군트 병사들이 아무렇지 않게 발로 차 굴렸다. 포로 옆에 쌓아둔 전투병들의 시체에 한 구 더 추가되었을 뿐이었다.

"나는 지금 너희들에게 질문하는 게 아니다. 확인하는 거지."

"흐윽, 흑……."

"대답해라. 왕도로 회군하는 이유가 저들 때문인 게 맞나?"

리산더가 가리킨 건, 후열에 모아둔 중환자들이었다. 기습을 받아 함부로 굴려진 후 그들은 곧 죽어도 이상치 않아 보였다. 제빵병 하나가 대답은 하지 않은 채 숨죽이고 울기만 하자 또다시 목이 잘려나갔다. 그가 검을 털며 다시 입을 열었다.

"우리도 언젠가 한번 전염병이 돈 적이 있었다. 체액이 아니라 숨만 쉬어도 전염되는, 아주 악질이었지. 병의 증상이 얕은 자부터 중한 환자까지 모두 걸러냈지만, 본국에 돌려보내주진 않았어. 가만두어도 죽을 놈들에게 돈과 인력을 쏟는 것 자체가 손실이거든. 그래서 모두 목을 베고 불태워 없애버렸지. 전염병 또한 깨끗이 사라졌고 말이야. 하지만 발루아는 그만한 결단력이 없는 모양이군, 이렇게 귀환시켜 왕도를 위험하게 만드는 걸 보면 말이다. 이봐, 이들을 연행할 준비를 해. 빼낼 정보가 많을 거다."

"병세가 중한 환자들은 어쩔까요?"

"그놈들까지 끌고 갈 여력은 없다. 병세가 얕은 자들만 적당히 꾸려내. 돌아가는 도중이라도 피를 토하는 증세를 보이면 곧바로 처단한다."

말이 떨어지기 무섭게 부르군트 병사들의 걸음이 바빠졌다. 터엉, 텅. 가장 뒷줄, 눈으로 가늠하기 쉬운 중환자들의 목부터 먼저 떨어뜨렸다. 그러고는 천천히 앞을 돌아다니며 포로들을 훑었다. 가까스로 참아내던 기침을 뱉어내기가 무섭게 목이 잘려나갔다. 시체가 산처럼 쌓였다.

그리하여 남은 인원은 고작 열다섯, 겉으로 보기에는 정상인이나 다름없는 이들이었다. 리산더는 그들의 병증을 가려내야 한다며 반나절의 시간을 지켜보았지만, 누구 하나 기침 소리조차 내지 않았다.

해가 저물 즈음 그가 다시 입을 열었다.

"좋아, 이들을 데려간다. 시체에는 전부 불을 놓도록 해."

"예? 그러면 발루아 본대가 알아차릴 텐데요."

"협상을 쉽게 하려면 그편이 낫다. 이 산을 넘으면 곧장 우리의 연맹국이니."

리산더가 몸을 돌려서 가려던 때였다. 무릎 꿇은 무리 중 유독 아까부터 눈에 걸리는 이가 있었다. 한 손으로 뼈를 으스러뜨릴 수 있을 것 같은, 작디작은 계집애. 그는 그대로 가려다 발길을 돌려 그녀에게 다가갔다. 한 걸음, 한 걸음씩. 군화의 철걱거리는 소리가 들릴 때마다 그 작은 몸도 흠칫거렸다. 그 앞에서 걸음을 멈추자 몸이 더 잘게 떨렸다. 경련하는 것처럼 보이기도 했다.

"무서워서 그런 것이냐? 유독 떨고 있군."

레이첼은 눈앞에 와 있는 다리를 보며 필사적으로 이성을 유지했다. 기침을 참아. 기침을 참아. 기침하면 나는 죽는다. 나는 부르군트인을 알지 못해. 평범하게 떠는 거야. 평범하게, 무서워서…….

"아니, 무서워서 그런 게 아니었군. 너는 우리가 누군지 알고 있어. 심지어 나조차도."

쑤욱 내려오는 눈에 비명을 지르고 말았다. 마주친 시선은 무엇이든 부숴 씹어 삼킬 포식자의 눈. 레이첼은 그 눈을 알고 있다.

고향을 짓밟던 부르군트의 흉검.

"여왕의 측근이기라도 한 건가?"

손끝으로 모든 힘이 빠져나가는 듯했다. 온몸이 차게 식었다. 온기가 한 점 남아 있는 목도리로 얼굴을 묻었다.

제발, 신이시여, 제발.

우악스러운 손아귀가 목도리를 잡아뜯었다. 아, 바스티안 폐하께서 주신 목도리가. 애타게 뻗은 손을 누군가 콱 붙들었다. 얼굴이 쑥 내려왔다. 심연처럼 어두운 눈과 마주치는 순간 등허리로 소름이 올라왔다.

"꽤 쓸 만한 물고기가 걸려든 모양이군."

눈앞에서, 악마가 미소 지었다.

✦ ✳ ✦

환자가 차출되어 나간 후 발루아 본대가 행군하는 속도는 눈에 띄게 빨라졌다. 접전지인 솔렘니아까지 불과 이틀도 채 남지 않은 지점까지 당도했다. 조금 더 속도를 내어 예정보다 이르게 도착한다면 충분한 휴식을 취할 수 있었다. 하지만 여왕은 그렇게 하지 않았다. 오히려 접전지에 가까워질수록 행군속도를 늦추고 진지를 구축했다. 측근들이 이유를 물어댔지만 여왕은 딱히 답해주지 않았다. 침묵을 지켰다.

바스티안은 요즈음 에르완이 이상하다고 느끼고 있었다. 원래 잠이 적다는 걸 알고 있었지만 요즘은 더욱 적어졌다. 자는 모습을 거의 한 번도 보지 못할 정도였다. 새벽에 뒤척거리다 잠이 깨 일어난 그는 에르완의 막사에 불이 밝혀진 걸 보고 안으로 다가갔다.

"에르완? 또 전술을 훑고 있는 거야?"

"······."

"이미 열 번도 더 검토했잖아. 옆에서 보고만 있던 나조차 죄다 외울 정도인걸."

바스티안은 크게 하품하며 곁으로 갔다. 두 팔을 죄다 벌려도 품지 못할 만큼 커다란 지도에는 수많은 점과 선으로 가득했다. 아군과 적군의 움직임, 일어날 수 있는 모든 경우의 수에 관한 대처였다. 왜 이걸 강박적으로 보고 있는 걸까. 처음에는 완벽한 승리를 위해서라고 생각했는데 시간이 갈수록 아님을 알았다. 그녀는 전술과 전략에 함몰돼 있지 않았다. 오히려 무언가를 잊기 위해 전술서를 보는 편에 가까웠다.

"대체 왜 그러는 거야, 에르완? 그렇게 불안해하는 건 당신답지 않아."

두 팔을 그녀의 어깨에 올리곤 뒤에서 안았다. 몸을 바싹 붙여도 그녀는 미동조차 없었다. 어라, 정말 이상한데.

"혹시 레이첼 때문인가?"

"······."

"그렇구나. 혼자 보낸 게 마음에 많이 걸린 모양이야. 레이첼은 떠나는 마지막 순간까지 당신을 걱정하던데, 당신은 떠나보내고 나서도 그 아이를 걱정하는군. 이거야 원, 내가 질투가 날 지경이잖아."

"몸이 많이 허해져 있었습니다. 왕도까지 무사히 돌아갈 수 있을지 염려됩니다."

"말을 못 타는 몸이니까 말이야. 당신과 함께해도 타지 못하는 거라면 도저히 극복할 수 없는 거겠지. 그렇다고 해서 산길에 마차를 태워 보낼 수는 없는 노릇이잖아. 호위병들에게 단단히 일러두었으니 힘들어하면 업거나 들것에 태워 옮길 거야. 너무 걱정하지 마."

애써 위로했지만, 바스티안 또한 슬슬 불안감에 잠식되고 있었다. 평생 염려나 근심이라곤 귀찮고 번거로워서 하지 않던 그인데도 두 여자가 번갈아가며 불안해하니 전염병처럼 옮은 것이다.

전장으로 떠나기 전 레이첼이 보였던 모습이 불현듯 떠올랐다. 그녀는 발루아가 유례없을 승리를 거두었는데도 불안을 숨기지 못했다.

'그냥, 두려워서요.'

'뭐가 말이야?'

'전쟁이…….'

그 아이는 식민지에서 컸다고 했다. 고향이 부르군트의 발아래 밟혔으며 그리하여 옮겨온 곳이 발루아다. 생애 내내 전장에 발붙이고 살았으며 전쟁을 가까이에 두었다. 평소에 밝게 지내는 성격을 생각해보면 새삼스레 두려워할 이유가 없었다. 유독 두드러지는 불안에 실은 전쟁에 대한 공포가 아닐지도 모른다며 넘겨짚게 되었다.

"폐하, 폐하!"

그때였다. 막사로 급하게 다가오는 수많은 발소리가 들렸다. 바스티안이 팔을 풀기도 전에 에르완이 먼저 움직여 밖으로 나섰다.

"폐하, 저기 좀 보십시오!"

"뭐야, 무슨 일인데…….."

막사를 나서다 말고 그가 말끝을 흐렸다. 대답은 굳이 듣지 않아도 됐다. 거대한 연기가 피어오르고 있었다. 새벽으로부터 쏘아올려진 붉은 꽃, 그 위를 덮은 회색 연기.

산불인가? 아니다. 연기가 시작되는 지점을 제외하고는 어디서도 연기나 불길을 발견할 수 없었다. 사람이 놓은 불이라고 여겨야 맞았다. 그렇다면 누가, 왜?

"아무래도 왕도로 돌아가는 귀환병들에게 일이 생긴 모양입니다."

"세베르 경, 당장 귀환병들의 뒤를 따라가. 짐 또한 뒤따를 테니."

"명을 받듭니다."

세베르가 즉시 자리를 뜨자 에르완 또한 뒤따라갈 준비를 시작했다. 바스티안은 급하게 말을 몰아와 그녀가 채비하고 나왔을 때 곧장 타고 떠날 수 있도록 했다. 속도를 따라잡을 수 있는 소수 정예만이 함께했다. 거친 산길을 개의치 않고 헤치고 뛰어갔다. 바닥을 내리치는 말굽 소리와 바람 소리가 귓가를 가득 메웠다. 누구도 방향을 지시하지 않았지만 모두가 한 지점을 향해 뛰어가고 있었다. 연기가 피어오르는 바로 그곳.

"헉, 허억, 헉……."

몇 시간을 휴식 없이 달려나간 끝에 겨우 말을 멈추었다. 출발할 때와 달리 연기는 거의 멎었고 대신 지독한 냄새가 코를 찔러왔다. 비위가 약한 바스티안은 코를 틀어잡고 인상을 찌푸렸다. 뭐야, 이건 마치 시체 타는 냄새 같은데?

"폐하, 불이 난 지점은 바로 여기입니다."

먼저 와 있던 세베르는 이미 현장을 모두 돌아본 모양인지 곧장 왕을 안내했다. 여왕은 숨을 몰아쉬면서 말에서 내려 걸음을 재촉했다. 세베르가 안내한 길 끝에 이르러, 멈추었다. 바스티안은 코를 틀어막으며 구역질을 참을 수밖에 없었다.

커다란 공터에 가득 쌓인 검은 잿더미, 타다 말고 굴러 떨어진 시체, 수습되지 않은 목.

"돌아가는 길에 급습을 당한 듯합니다."

"파악된 인원은."

"모조리 불에 타버려 알 수 없습니다. 하지만 이미 전력에서 빠진 인원을 습격해 죽이는 것은 향후 아무런 도움이 되지 않습니다. 데려가기 번거로운 중환자들은 따로 차출하여 죽인 후 이렇게 불태우고, 제 다리로 걸어갈 수 있는 인원은 따로 빼내어 데려갔을 겁니다. 어디까지나 추정뿐이지만, 정보를 수집할 목적이 아니라면 굳이 이런 일을 벌일 이유가 없지요."

에르완이 보고받는 사이 바스티안은 주변을 돌아다니며 여기저기 널려 있는 목과 몸을 살펴보았다. 눈도 채 감지 못하고 죽은 얼굴을 확인하는 것은 상상 이상으로 비인간적이었다. 형체가 남아 있는 건 죄다 살펴보았지만, 어디에서도 레이첼은 발견되지 않았다. 절망적인 동시에 희미한 희망의 빛을 보았다. 시체더미 속에서 찾지 못한 건 적어도 살아 있다는 뜻이니까.

백여 명 되는 귀환인원이 모두 발루아 인이었는데 개중 레이첼이 살아 있는지를 확인하는 행위에 잠시 환멸이 일기도 했다.

귀환병들을 공격한 건 부르군트일 가능성이 컸다. 거리를 두고 발루아 군을 계속 지켜보고 있었던 모양이다. 그렇지 않고서야 꼬리가 잘리자마자 곧장 급습해오는 건 불가능했다.

한참 이를 갈며 주변을 돌아보던 바스티안이 무언가를 발견하고 우뚝 멈추었다. 토끼 가죽과 털을 모아 정성스럽게 짜놓은, 줄곧 안쓰러워하던 아이에게 얼마 전에 직접 씌워준 물건이었다. 추우니까 끝까지 하고 가라고 했더니 기어이 떨어뜨리고 만 모양이구나.

가슴이 점점 세차게 뛰기 시작했다. 불길한 예감은 확신이 되어 머리를 둥둥 두드리고 있었다. 바스티안은 목도리를 꽉 쥔 채 숲길을 살폈다. 동료 대다수가 눈앞에서 죽는 모습을 보았다면 육신은 멀쩡해도 제정신일 리 없다. 끌려나간 자국이 어딘가 남아 있게 마련이다.

수풀이 잔뜩 짓눌린 흔적을 더듬어나가자 또 하나의 자취가 눈에 띄었다.

"신발⋯⋯."

이걸 어떻게 신고 걸어다니는 거냐며 못마땅하던 목소리가 떠올랐다. 정말이지 칠칠찮은 여동생이 아닌가. 억지로 씌워준 목도리는 떨어뜨리고, 변변찮게라도 발을 보호해주던 신발은 내동댕이치고 가버렸다.

"바보 같은 녀석. 칠칠찮은 녀석. 이러니 제 오라비에게 매일같이 혼나는 게 아닌가 말이야."

이를 꽉 틀어문 바스티안은 그녀가 남긴 자취를 쥐고 뒤돌았다. 세베르가 선행 정찰한 내용을 모두 보고받은 에르완은 직접 움직여 사방을 돌아보고 있었다. 바스티안은 그녀가 누구를 찾는지 알고 있고 그래서 더욱 걸음이 무거워졌다. 조심히 다가갔다. 돌아보는 표정에 가슴이 묵직해졌다.

"에르완, 이거."

심연처럼 깊은 시선이 그가 내민 목도리에 머물렀다. 혀가 철근처럼 둔했다.

"레이첼이 떠나기 전 둘러주었던 목도리야."

"틀림없습니까."

"응. 이 나라에 하나뿐인 물건이거든. 내가 직접 만든 거니까."

"……."

"그리고 옆으로 난 저 숲길에서 이 신발도 한 짝 발견했어. 족적을 대강 살펴보니 포로로 끌려간 인원은 스무 명 정도야. 아마 그중 하나가 아닐까…… 생각해."

에르완은 한동안 목도리와 허름한 신발을 응시하고 서 있었다. 이야기를 듣는 동안 눈썹 한번 까딱이지 않고 냉정을 유지하고 있었으나 그 속이 어떨지 도무지 가늠되지 않았다. 가늠할 엄두도 나지 않았다. 그녀가 얼마나 레이첼을 살뜰히 아꼈는지 알기 때문에.

인간적인 정뿐만은 아니었던 것 같다. 언젠가 폐하가 제게 한 약속이 있다고 말한 적이 있었는데, 아마도 그와 관련된 애착이 아닐지 넘겨짚을 뿐이었다.

"더 이상의 단서는 없으니 정찰은 끝입니다. 이제 돌아가도록 하죠."

"에르완, 당신…… 괜찮아?"

"물론입니다."

바스티안이 물끄러미 그녀를 바라보았다. 가라앉은 심해, 너른 망망대해. 레이첼이 봤다면 섭섭해할 만큼 침착했다. 잘 모르는 사람이라면 정이라고는 모르는 인간으로 보일 정도였다.

"레이첼은 강한 아이입니다."

말에 올라탄 그녀가 담담히 입을 열었다.

"저는 레이첼에게 고향을 되찾아주겠노라 약속했습니다. 그 아이는 제 맹세의 증거이며 결심의 징표입니다. 제가 지키지 못한 백성들이 흘린 눈물입니다. 맹세를 지킬 때까지 왕인 저는 무릎을 꿇을 수도, 저항을 멈출 수도 없습니다. 그 아이 또한 그 순간을 기다려주리라 믿습니다."

"……."

"그러기를…… 바랍니다."

찰나의 순간 손끝이 떨리는 것을 보았다. 손끝을 말아쥐어 숨기고 몸을 돌렸다. 작은 손짓 하나에 담긴 수많은 의미가 바스티안에게로 쓸려왔다. 과연 그 아이가 살아남을 수 있을지에 대한 의문. 여왕의 측근이라는 사실만 알려져도 입에 담기도 힘들 만큼 잔인한 고문이 이어질 것이다. 잔혹한 부르군트는 소녀의 입에서 아는 것, 알지 못하는 것, 구별 없이 뱉어내게 할 수 있었다. 그들이 궁지에 몰린 딱 그만큼의 회유와 협박으로.

악착같은 욕망은 사람 하나쯤 쉽게 죽인다. 죽이고도 남는다.

만약 살아남더라도 온전한 꼴이겠는가? 수많은 고행을 넘어 귀환한다 해도 후유증은 평생 안고 가야 할 것이다. 다리를 쓰지 못할 수도, 눈과 귀가 멀 수도, 신체 일부가 없을 수도 있다.

그럼에도 돌아오길 빈다.

아무리 심각한들 낫지 않는 상처는 없다. 눈이 없다면 대신 풍경을 말해줄 것이고 손이 없다면 책장을 넘겨주리라. 그러니 산 채로 돌아오기만 해라. 레이첼 그녀뿐 아니라 에르완을 위해서라도 그렇게 되기를 간절히 바랐다.

"전군…… 이대로 진군한다. 우리 정보가 어떻게 흘러나갔을지 모르니 전술은 전면적으로 바꾼다."

그가 고개를 들어 여왕의 등을 보았다. 조금 전 보았던 떨림은 흔적도 없었다. 그저 그를 동요시키고 흩어졌을 뿐이었다. 잡혀간 포로들에 대해선 사이러스를 시켜 뒤를 쫓으라 했다. 산 채로 잡혀간 이가 총 몇이며, 정보가 어디까지 누설될 수 있는지 신원을 파악해오라고 도 명령했다.

사이러스는 앞뒤 가리지도 못할 만큼 혼비백산이 된 채 떠났고 그 들을 위해 충분한 지원병력을 내주지 못한 채 본대는 다음 날부터 다 시 접전지로 향했다.

✦ ✳ ✦

본대가 솔렘니아에 도착한 건 그로부터 이틀 후였다. 그레더니어는 여왕 주변을 철통같이 방어하며 접전지까지 안내했다. 부르군트와 전 투를 벌일 곳은 경사가 심하지 않은 너른 평야였다. 개천이 흐르는 습 지가 바다로 연결돼 있고 서쪽은 잡목이 가득 들어차 막혀 있었다. 경 사에 따라 적군이 뒤에서 돌아 기습해올 가능성이 보였지만, 그런 만 큼 진형을 넓게 펴고 공격을 전개할 수도 있었다.

"주변에 부르군트 군의 자취는 없습니다. 저희가 먼저 도착한 모양 입니다."

선발대로 먼저 나서 접전지 근처를 정찰하고 온 세베르가 그레더니 어 기사 서넛을 대동하고 돌아와 보고했다. 에르완 뒤를 잠자코 따라 온 바스티안이 눈을 좁혔다. 어, 그러니까 좌측에 있는 게 기네비어, 로건, 그리고 우측에 있는 게 최연소로 기사작위를 받았다는 베로니 카인가. 쓸데없는 정보는 절대 머리에 담아두지 않는 주의였지만 그 레더니어는 예외였다. 여왕과 그녀의 기사단 그레더니어에 대한 경애 가 나라 전체에 짙게 깔려 있어, 꽤 인상적으로 남아 있었다. 세계적인 위명에 비해 그 수가 얼마 되지 않아 더욱 경탄스러웠다.

여왕의 기사단답게 그들은 주군의 뜻을 든든하게 지지했다. 에르완의 명이라면 언제라도 목숨을 걸 수 있도록 매일같이 각오를 다지는 것처럼 보였다. 두려움은 결코 신뢰를 이길 수 없다. 그런 면에서 프리드리히가 가장 탐내는 게 실은 그레더니어일지도 모른다는 생각마저 들곤 했다.

"부르군트는 아마 해안을 통해 들어오지 않을까요? 이 주변은 부르군트 연맹국이 없으니 육로로 오는 멍청한 짓은 벌이지 않을 겁니다."

"제 생각도 그렇습니다. 헤이거 백작과 충돌했던 병력 모두를 끌고 진군하기엔 번거로운 요소가 지나치게 많습니다. 해로를 통해 곧장 향해올 겁니다."

세베르가 신중히 덧붙이자 에셀레드가 갑자기 손뼉을 짝짝 쳤다.

"하하, 하! 이거 참 고소한 일이죠. 바다 위에서 처참하게 깨진 게 불과 몇 주 전 아닙니까? 남은 함선을 고쳐 타고 오는 프리드리히의 가슴이 얼마나 아플지, 하하, 하하!"

"쓸데없는 소리 삼가게, 에셀레드 경. 경망스럽게 좀 굴지 말란 소리야. 경은 대체 언제 철들 건가?"

"네이네이. 어련하시겠습니까…… 악! 왜 때려요!"

에셀레드가 검집에 후려 맞은 머리를 감쌌다.

"폐하, 보셨습니까? 네? 발루아의 인권을 바로 세우기 위해선 그레더니어 단장부터 바꿔야 합니다. 자기 마음에 안 든다고 검집으로 사람을 패질 않나!"

"검집으로 끝낸 것에 감사하세요, 에셀레드 경. 군대는 군기가 생명인 곳이에요. 채신머리없는 행동으로 동료들의 사기를 저하시키는 기사는 본래 중죄로 다스려져야 해요."

지켜보고 있던 베로니카가 옆에서 한마디 거들었다.

"아니, 내가 언제 사기를 저하시켰다고 그래? 내게 죄가 있다면, 적들의 움직임과 심리상태를 날카롭게 분석한 죄밖에 없어."

"세상에, 폐하 앞에서 어떻게 저런 오만한 허풍을 칠 수 있는지!"

"……베로니카 경. 경이 그레더니어에 들어온 지, 기사 작위를 받은 지 얼마 안 되어 모르는 모양인데."

"아서게, 경. 베로니카는 작위를 받은 지 얼마 안 됐지만, 우리 그레더니어에서는 세 손가락 안에 들 정도의 실력자라네. 얼마 전에 열렸던 결투전에서 당당히 우승을 차지했지. 자네와 부단장이 빠진 데다 약식으로 진행된 훈련이었지만 기세가 대단했어. 거기다 신중하기까지 해. ……자네와는 달리 말이야."

"와, 은근슬쩍 말 얹는 거 보라지. 그게 무슨 우승입니까? 제가 참석했다면 베로니카 경은 일찌감치 질질 짜며 눈물로 갑옷을 적셨을 겁니다."

"저는 경께서 검을 채 내기도 전에 결투를 끝낼 수 있을 것 같은데요?"

"야, 검 꺼내. 꺼내보라고."

"못 할 줄 아십니까? 다만 경께서 후회하실 텐데요."

"……자자, 어린애들처럼 그만들 치고받고 싸우고. 그러고 보니 폐하, 인사시키는 게 늦었습니다. 베로니카 경입니다."

에셀레드를 향해 이를 드러내던 그녀가 에르완에게서 시선을 받는 순간 표정을 싹 바뀌었다. 평생의 우상이라도 만난 것 같은 감격이군. 애들 싸움을 멀리서 구경만 하던 바스티안이 생각했다.

"첫 출정인가."

"예? 예, 예. 그렇습니다, 폐하."

이제 갓 스물을 넘겼을까. 잘리어에선 막 사교계에 데뷔했을 법한 나이였다. 에르완은 잠깐 그녀를 물끄러미 바라보았다.

"몸을 상하지 않게 하라. 전장에서 그만큼 중요한 일은 없으니."

"……깊이 명심하겠습니다, 폐하."

조금 더 사명감을 다지는 말이 돌아올 거라 생각하여 의아했지만, 그 의아함을 뛰어넘을 만큼 에르완의 존재는 컸다. 그야말로 절대적인 경외가 아닌가. 소문으로만 전해 듣던 발루아 왕의 권력은 실제로 더 대단했다. 에르완은 살아 있는 신이며, 나라 전체가 마치 신을 모시기 위한 신전처럼 존재했다. 발루아 왕정은 전쟁이 이어지는 오랜 세월 동안 이러한 권세를 누려왔을 것이다.

전쟁이 어째서 끝나지 않은 채 지지부진하게 이어져왔는지 알겠군. 전쟁이 끝나지 않은 게 아니라 실은 누구도 끝내고 싶지 않았던 거다. 에르완과 프리드리히가 왕위에 오르기 전까지는. 그리고 지금은 각기 다른 이유로 종전을 맞이하려 하고 있었다. 더 큰 전쟁, 혹은 처음 맞는 평화. 어떤 결말을 맞을지 알 수 없었지만, 어느 쪽이든 바스티안은 끝까지 에르완 곁을 지킬 생각이었다.

"저, 그런데 잘리어의 폐하께서도 전쟁에 참여하시는 건지요? 그러니까, 잘리어도 저희 연맹국 일원이 되는지……."

베로니카가 조심스레 꺼낸 말에 시선이 죄다 쏠렸다. 바스티안이 잘리어의 왕이라는 사실이 알려지면서 자연스러운 의문이 따라붙었다. 평화의 상징인 잘리어를 떠나 왕이 전쟁터에 발을 들인 이유가 무엇인지, 그리고 발루아의 왕과 어떤 관계를 맺고 있는지, 사적인 감정이 포함된 사이인지.

　모르긴 몰라도 둘의 모습을 본 모두가 품고 있을 호기심일 것이다. 에셀레드는 급기야 바스티안을 찾아와 멱살을 잡고−이젠 왕으로도 보이지 않는 것인지−알려달라 채근하기도 했다.

　「폐하, 외람되오나 저희 폐하와 대체 어떤 사이십니까? 폐하께선 그래도 잘리어의 왕이신데 저희 내정에 너무 깊이 연루되시는 것 같아 말씀드리는 겁니다.」

　「외람됐다면서 멱살은 참 잘 잡는군. 그게 왜 갑자기 궁금해?」

　「갑자기가 아니에요. 잘리어에서부터 작은 의문이 모이고 쌓여 이제야 펑 터진 겁니다. 정말로요. 저희 폐하께서도 유난히…….」

　「유난히?」

　「유난히 다르게, 희한하게, 드물게, 신기하게…… 대하시잖아요.」

　「그렇게 말하는 자네야말로 유난히, 다르게, 희한하게, 드물고 신기한 표정을 짓고 있는데.」

　「알려주세요, 폐하. 설마 저희 폐하와 사랑하는 사이세요? 진짜 설마 했는데, 저희 폐하께서 혼인 이야기를 물린 것도 그렇고 석연찮은 구석이 한두 개가 아니에요. 정말 그러실 분이 아니시거든요. 저뿐만 아니라 모두가 그렇게 생각하고 있을 겁니다.」

　「사랑하는 건 아니네. 난 그녀에게 가진 마음을 그렇게 표현한 일이 없어.」

　「아니, 연모하시는 게 아니라면…….」

　「그 말에 내 마음 전부를 담기가 어려워. 어떤 때는 너덜너덜 찢어진 뒷면 같고 어떤 때는 모든 걸 다 가진 왕이 된 것 같거든. 내 세계가 그 사람 하나를 향해 축소되고 확대되는 일을 사랑이라고 표현하면, 고작 그 정도밖에 안 될 것 같아.」

「와, 진짜, 와.」

「그러니 앞으로도 내가 그녀에게 사랑한다고 말할 일은 없을 거네.」

그 대화 후, 에셀레드는 찬물을 통째로 뒤집어쓴 얼굴을 하고서 며칠간 충격에서 헤어 나오지 못했다.

바스티안은 회상에서 벗어나 베로니카에게 웃어 보였다.

"잘리어가 연맹국이 되면 좋았겠지만, 유감스럽게도 그건 아니네. 도움을 줄 수 있는 게 없어서 차여버렸거든."

"아, 예에……."

"그래도 짐은 발루아가 좋아. 나라와 백성을 지키기 위해 검을 아끼지 않는 모습이 경탄스러울 뿐이야. 두 나라가 친선국으로 가까이 지내기를 바라고 온 것이네. 내 몸 하나 간수 못 해 민폐 끼칠 일은 없을 테니 걱정하지 말게."

베로니카는 꽤 놀란 눈치였다. 왕이라기엔 너무나 허물없는, 오히려 날것 같은 어투뿐만 아니라 그녀의 속을 정확히 꿰뚫는 말을 들었기 때문이다. 사실 그녀는 내심 옆 나라 왕이 어째서 여기에 있으며, 괜히 어슬렁대다가 방해만 되는 건 아닐지, 전쟁통에 다치기라도 하면 왕을 보필하는 예우 운운하며 트집 잡지나 않을지 염려하고 있던 차였다. 뜨끔하여 눈을 내리깔자 바스티안의 미소가 짙어졌다. 보진 않았지만, 피부로 느껴졌다.

"우리가 먼저 도착했으니 유리한 고지를 찾아 점령하면 되지 않겠습니까."

448

"눈여겨본 곳이 있는가."

"저희가 선 바로 이곳입니다."

세베르가 말 머리를 틀어 해안을 가리켰다.

"부대를 총 세 개로 나누어 언덕을 가로질러 배치하면 해안이나 가파른 언덕을 통해 들어오는 병력에 유연하게 맞설 수 있습니다. 부르군트는 가장 강력한 부대를 중앙에 배치시키는 전술을 자주 쓰니 중앙은 그레더니어가 맡을 것입니다."

"다행히 땅은 굳어서 말라 있군."

아스트리드에게서 훌쩍 뛰어내린 에르완이 흙을 만지며 질감을 느꼈다. 그러더니 별안간 고개를 젖혀 하늘의 흐름을 살폈다.

"비나 눈이 내릴 기미는 보이지 않아. 세베르 경의 말에 따르기로 하지. 이곳에 진지를 편다. 전방에 목책을 설치해 방어진을 펼 것이다. 수뇌부는 또한, 기밀이 부르군트에 새어나갔을 상황을 대비해 다시금 전술을 점검하고 연합군이 도착하면 맞아야 할 것이다."

"명을 받듭니다, 폐하."

깊은 충성심으로 고개를 숙인 세베르는 곧 연대장을 불러모아 명을 하달했다. 언덕을 빼곡하게 채운 병력들이 일사불란하게 움직이는 모습은 가히 장관이었다. 발루아를 상징하는 새하얀 갑옷은 마치 거대한 파도 위에 일어난 물보라처럼 보였다. 병사들이 기거하기 위한 막사와 방어형 목책이 설치되기까지는 한 시간도 채 걸리지 않았다.

가장 앞 열에는 궁수와 석궁수, 중앙에는 예비대와 중장보병, 맨 뒤에는 기마병이 섰다. 그들 모두를 든든하게 이끄는 기사단, 그레더니어까지.

사람이 거대한 물줄기가 되어 쏟아진다. 아름답고 진귀한 광경이었다.

이것이 프리드리히도 탐낸다는 발루아의 육상군인가. 바스티안이 감탄을 금치 못하고 입을 벌렸다. 병사들의 표정에 드러난 비장함이 바람마저 가라앉게 했다. 식상한 표현이었지만 그들 모두가 목숨을 버릴 각오를 하고 있었다.

각 연맹국에서 출발한 병력들도 속속들이 접전지로 도착했다. 전력에 크게 도움이 될 만한 나라는 셋으로 추릴 수 있었다.

아르세니, 아히발트, 마르티누스.

아르세니는 기동성이 뛰어났고, 숙련된 척후병이 많았으며, 백병전의 전문가라는 지휘관이 참가했다. 그들은 또한 치고 빠지는 식의 기습전에 능통하여 부르군트를 여러 번 골탕 먹인 바 있었다.

아히발트는 정기적인 급여를 받는 직업병사로 이뤄진 전문가 집단이었다. 기병대가 주를 이루는 그들은 주변 국가들로부터 보병들을 지원받아 이번 전투에 참여했다.

마르티누스는 대규모 보병부대를 보유하고 있었다. 보병 대다수가 궁병과 창병, 휴대성이 좋은 방패를 소지하고 있어 전투에 큰 도움을 줄 수 있었다.

하나둘씩 차례로 도착한 연합군 지휘관들은 직접 여왕을 알현하기를 청했다. 연합전투에 있어서 국가들 간의 협력과 믿음이 가장 중요했으므로 에르완은 기꺼이 그들을 맞아주었다.

"발루아의 위대한 여왕 폐하를 뵙습니다."

"전장에서 해후하게 될 줄 미처 몰랐네, 휴고 경."

"장수는 전장에서 나고 죽을 운명 아닙니까. 늙은이지만 조금이라도 보탬이 되고자 늦게나마 이렇게 달려왔습니다."

"잘 왔네."

휴고는 깊은 주름으로 미소 지어 보였다. 휴고는 자국의 독립을 이
끈 백전노장으로서, 왕보다 더 큰 존경을 한 몸에 받는 이였다. 그뿐
만 아니라 연맹국의 지휘관들은 전부 그 위명을 세계적으로 떨칠 수
있는 자들이었다. 그들 모두가 연맹국 각국이 발루아에 보일 수 있는
최고의 예우였다.

에르완은 그들을 맞이하고 전술을 가다듬는 한편, 사이러스가 보내
오는 소식도 틈틈이 살폈다.

사이러스가 이끄는 정찰대는 발자취를 따라 습격대를 따라갔다고
전해왔다. 건강이 좋지 않은 포로들이 함께 있으므로 그 속도를 따라
잡기에 큰 무리가 없었다. 그러다 늪지대에 이르러 자취가 끊기는 바
람에 한동안 지체할 수밖에 없었다고도 했다.

부르군트에게 끌려간 포로는 총 열다섯. 비교적 증세가 가벼운 이
들만 추출되어 끌려갔지만, 악화될 기미가 보이면 그 즉시 목이 베이
고 불태워졌다. 불태워 죽인 흔적은 총 여섯, 얼굴이 모두 지져진 상
태이므로 신원 파악은 불가능했다. 혹시 몰라 부르군트로 향하는 배
들을 추적했지만, 포로들은 찾을 수 없었다.

[……그러다 적국 국경에 이르러 추격을 멈추었고 즉시 귀환토록
하겠습니다. 그리고 목격자들의 진술에 따르면 레이첼은 아직 살아
있는 듯합니다.]

사이러스의 편지는 간결하고 애절했다.

옆에서 함께 읽던 바스티안은 복잡한 마음을 감출 수 없었다. 레이

451

쳴이 살아 있는 걸 다행으로 생각해야 할지 도무지 알 수 없었다. 사이러스가 더 쫓아갈 수 없는 지역으로까지 넘어갔다면 살아 돌아올 가능성이 더더욱 낮아졌기 때문이다. 차라리 병으로 죽어 고통을 길게 늘이지 않는 게 낫다는, 냉소적인 목소리마저 떠돌았다.

"에르완."

에르완은 편지를 든 채 꼼짝도 하지 않았다. 그녀가 지키는 침묵이 새끼발가락을 지지는 듯했다. 오늘따라 허리에 찬 기다란 검이, 일상처럼 걸친 갑옷이 유난히 무거워 보였다. 며칠간 단 한숨도 자지 않은 에르완뿐 아니라 그녀를 지탱하는 그레더니어 및 수뇌부 또한 지독스러웠다.

매일같이 목숨이 경각에 달린 전쟁터에 와서야 비로소, 그녀가 지고 있는 책임의 크기와 직면할 수 있었다. 그녀에겐 지켜야 할 게 많았다.

"당신 잘못이 아니야."

"……."

"어쩔 수 없이 자책하고 있을 걸 알아. 하지만 포로들이 죽임을 당하고 부르군트 군에게 잡혀간 건 당신 잘못이 아니야. 판단이 잘못되지도 않았어. 전염병이 군 전체에 퍼질 수 있는 상황에선 어떤 지휘관이라도 똑같았을 거야."

단단한 얼음을 두드렸다. 깨뜨리려는 것이 아니었다. 그렁그렁 고여 흘리지도 못하는 눈물을 안고 싶었다. 견디고 선 사람을 지켜보는 게 상처가 나 아픈 것보다 힘들었다. 바스티안은 목에 팔을 둘렀다. 얇은 천 하나를 덧댄 듯한 가벼움이었다. 그녀는 키가 큰 편이었으므로, 정수리가 턱까지 닿진 않았다.

"전쟁이 끝나면 따뜻한 곳으로 가자."

그가 작게 속삭였다.

"아이비 넝쿨이 건물을 기어오르고, 푸르게 솟은 나무를 돌아보다 보면 어느새 하늘이 노을에 젖어 있는. 새들이 지저귀고 잎사귀가 춤추는 따뜻한 곳으로 같이 가자."

"……"

"당신과 나뿐만 아니라 레이첼도 함께."

그의 말이 얼마나 그녀에게 닿았을지는 몰랐다. 희망이 또 다른 고문이 되지 않을까 조심스러웠다. 하지만 바스티안은 그녀가 절망하고 아파하는 일이 없기를 바랐다. 남을 안아주느라 그 팔에 상처가 나지 않았으면 바랐다. 한심할 정도로 서툴지라도 위로가 되길 바랐다.

그는 그녀에게 제 절망을 보여주었다. 더없이 창피하고 수치스러웠다. 이상하게도 그녀는 절망이 없을 거라 생각했는데, 그게 아니었다.

당신은 처음부터 절망 위에 있었다. 내 절망을 온전히 들여다보는 중에도 당신은 아무도 모르는 고독한 절망 속에 서 있었구나.

그걸 이제 알아서 미안했다. 혼자만 위로받아 미안했다.

뜻 모를 설움이 억 겹으로 켜켜이 쌓였다.

바스티안은 제가 더 단단히 서야겠다고 결심했다.

✤ �֍ ✤

붉은 꽃이 넘실거리며 하늘로 향한다. 꽃이 토해낸 검은 연기는 고약한 냄새와 함께 코를 찔러댔다. 우웨엑. 시체 타는 냄새에 아직도 적응하지 못한 누군가가 연신 헛구역질을 해댔다. 종일 먹은 것이 없어 위액의 신맛만이 혀끝에 남았다.

새까맣게 타들어가는 시체를 레이첼이 텅 빈 눈으로 지켜보았다. 찬 바람에 움츠리던 발루아 인이자, 평화를 기원하며 함께 전장으로 나서던 동료이자, 어제까지 빵 쪼가리를 나누어 먹던 그녀를.

그녀가 죽임을 당한 까닭은 명백하고 간단했다. 재채기를 했기 때문이었다. 잔혹한 부르군트 인들에게 포로들은 기생충보다 못한 존재였으므로 목을 베기에 충분한 이유였다. 동료들 앞에서 처형을 당한 포로는 그대로 화형에 처해진다. 운이 좋지 않을 때는 산 채로 불에 타죽기도 했다.

이제 겨우 아홉 명이 남았다. 처음 출발할 때는 백, 부르군트 인에게 끌려간 게 열다섯, 그리고 지금 남은 아홉.

이시도르, 페거레스, 피터, 길버트, 다이앤, 이딜.

거멓게 타들어가는 시신을 물끄러미 바라보며 레이첼이 되뇌었다. 잊어버리는 일이 없도록 매일같이 되뇐, 죽어버린 자들의 이름이었다. 발루아로 무사히 돌아가면 그들을 위한 묘비를 만들어줄 것이다. 그리고 정말 운이 좋아 잘리어에 가게 된다면 폐하께 부탁드려 그들을 위한 화환을 만들 생각이다. 추운 설산에서 죽음을 맞았으니 따사로운 볕이 드는 곳을 더 좋아할 것이다.

꽃이 많이 피고, 사계절 내내 눈 한 줌 내리지 않는 곳.

잘리어가 번뜩 떠올랐다. 얼음으로 만든 발루아에는 없겠지만, 그곳이라면 찾을 수 있을 것만 같다. 바스티안 폐하라면 기꺼이 도와주시겠지…….

"어서 일어나! 출발이다!"

군화로 정강이를 걷어차이자 앞에서 앓는 소리가 났다. 남은 포로 아홉 명은 밧줄로 묶여 서로 이어져 있던 까닭에, 일어날 때도 걸을 때도 속도를 맞춰야 했다.

이딜, 이딜, 이딜. 잊지 말자. 이번에 타죽은 건 이딜이라는 이름을 가진 취사병이다. 적갈색 머리카락에 볼에 박힌 주근깨가 귀여운 여자아이. 웃는 얼굴이 정말 예쁜 아이였는데. 그 이름을 꼭 기억하고 돌아가 묘비를 만들어줄 것이다. 봄바람에 함빡 적신 꽃을 뿌려주면, 죽어서라도 그 애는 코에 주름을 잡으며 환하게 웃어주겠지.

"빨리 걷지 못해! 너희들이 발루아로부터 원조를 바라며 느릿느릿 걷고 있는 걸 누가 모를 줄 아나! 말에 묶여 끌려가봐야 정신을 차리지!"

딱히 원군을 기다리며 느리게 걷는 것이 아니었다. 다만 몇 날 며칠 제대로 먹지도, 말하지도 못하며 끌려가고 동료들이 하나씩 죽어나가는 모습에 정신을 놓았을 뿐이다. 레이첼은 특히 발에서 느껴지는 통증으로 잘 걷지 못하고 있었다. 경황없이 잡혀오는 중에 목도리와 신발 한 짝을 잃어버리는 바람에 발이 부르트고 여기저기 까진 것이다.

거기다 부르군트 인이 말을 탄 채 다가와 윽박지를 때면, 세상이 무너지는 것처럼 정신이 까마득해지곤 했다. 다각거리는 말굽 소리에 혼절하려는 걸 몇 번이나 겨우 가누었다. 부르군트 군이 약점을 알게 되면 보란 듯이 이용해먹을 테니까. 아마 죽을 때까지 말 등에 타고 있어야 할지 모른다.

"쿨럭쿨럭!"

그때였다. 두 번째로 걸어가던 포로가 크게 기침을 해대며 피가 섞인 가래침을 뱉어냈다. 전염병 증상이 심해지기 시작한 것이다. 포로들이 한껏 숨을 죽였다. 레이첼이 입술을 깨물며 필사적으로 고개를 저었다. 안 돼, 기침이 나오더라도 참아야 해. 그렇지 않으면…….

"전원 멈춰!"

앞에서 말이 달려왔다. 통솔자인 듯한 이가 바닥에 흩어져 있는 혈흔을 보더니 병사들에게 손짓했다. 금세 뛰어온 병사들이 피를 토한 포로를 빼내고 첫 번째와 세 번째 포로를 이어 묶었다. 퍼억. 세찬 발길질에 무릎을 꿇었다. 목을 베고 시체를 불태울 것이다. 체념하고 눈을 감으려던 레이첼은 무언가를 발견하고 멈칫했다.

그 포로가…… 웃고 있었다. 겨우 안식을 찾은 듯 평온하게.

그제야 깨달았다. 그는 피 섞인 기침을 참지 못한 게 아니라 참지 않은 것임을.

"더 지체할 시간이 없으니 불을 놓고 계속 행군한다!"

목을 베어내는 자비는 베풀지 않았다. 무릎 꿇린 포로에게 산 채로 불을 놓고 행군을 계속했다. 불타 죽어가는 이의 비명은 끔찍했지만, 이상하게도 레이첼의 귀에는 환희로 들끓는 것처럼 들렸다.

사실 레이첼은 그와 이야기를 나눈 적이 있다. 포로들이 의사소통하지 못하게 차단당하기 전까지만 해도, 가장 앞서 발루아로 돌아가자고 목소리를 냈던 사람이다. 다른 포로들이 고국으로 돌아가지 못한다는 절망에 빠져 있을 때 희망을 품자며 기운을 북돋곤 했다.

그런데 서로 교류가 끊긴 다음부터, 발루아 병력이 벌써 반이나 도망갔다는 부르군트 인들의 이간질을 듣고 나서부터 분위기가 급격히 바뀌었다. 하나씩 천천히 희망을 놓아갔고 발루아와 서로에 대한 믿음도 상실해갔다.

다각다각다각. 때마침 부르군트 병사가 말을 타고 지나갔다. 멀리서부터 가까이, 또다시 멀어지는 말굽 소리를 따라 귓등에서부터 귓

바퀴까지 소름이 돋았다. 후들거리는 다리를 겨우 가누어 한 발씩 옮겼다. 흙과 눈으로 덮인 돌길을 밟고 오느라 맨발이 만신창이였다. 곳곳에 굳은살이 붙고 상처가 나 까맣게 썩어들어가고 있지만, 돌아볼 새가 없었다.

"하루에 둘이나 죽다니, 이래서야 진지로 살려 데려갈 수 있는 포로가 있을는지 모르겠군. 리산더 장교님께서 보시면 화내시겠는걸."

"병증을 보이는 포로가 있으면 곧장 처단하라 하셨으니 어쩔 수 없지. 그러고 보니 장교님께선 어디 가신 거지?"

"우리보다 앞서 본대로 향하고 계신다. 지금쯤이면 도착하셨을 거야."

역시 그 사람이 리산더 장교였구나. 레이첼은 이를 드러내 웃으며 그녀의 머리채를 잡아 올리던 남자를 떠올렸다. 고개를 들게 하려는 건지, 머릿가죽을 뜯어낼 심산인지 알 수 없던 모진 힘이었다. 다시는 만나고 싶지 않은 잔인함이 그녀를 벌레마냥 짓눌렀다.

까마득한 절망을 견딜 수 있는 건 오로지 에르완에 대한 믿음 때문이다. 모든 희망이 사라져도, 심지어 부르군트까지 끌려가는 일이 있어도 그 희망만은 놓지 않았다. 폐하께서 구해주실 것이다. 그녀에게 레이첼은 그저 수많은 백성 중 하나이자 일개 시녀일 뿐이지만, 하찮은 저라도 그녀는 돌아봐줄 것만 같았다.

희미한 희망에 온몸을 기대고 레이첼은 기침을 참아냈다. 가벼운 증상만을 보이던 전염병은 몸이 고될수록 더욱 악랄하게 덮쳐왔다. 언제부터였을까, 비릿한 피 맛이 목과 코를 마비시켰다. 밤에 몰래 뱉어보니 전염병 증상이 분명한, 피가 섞인 가래가 보였다.

이걸 들키면 죽어도 안 돼. 레이첼은 남은 한쪽 신발로 흙바닥을 문질러 덮은 다음 기침을 참았다. 하루에도 수십 번 튀어나오는 기침을 억누르는 건 죽을 맛이었지만 시체가 되는 것보다는 나았다.

폐하께서 구해주실 거야. 우리를 이렇게 내버려두실 리가 없어.

하루에도 수십 번씩 곱씹었다. 스스로가 미친 사람처럼 느껴지기도 할 만큼 맹목적인 되뇜이었다. 오로지 그것에 기대어 다리에 힘을 주고 견뎠다.

"여기서 좀 쉬었다가 가지."

타들어가는 목마름을 참고 행렬을 따르다 보면 가끔 단비 같은 휴식시간이 찾아오곤 했다. 포로들은 밧줄에 묶인 채로 무릎을 꿇고 앉는 게 전부였지만, 상처 난 맨발로 돌바닥을 딛지 않을 수만 있다면 뭐든 참을 수 있었다. 잠시나마 걸음을 멈추면 바로 채찍이 날아오기 때문에 후들거리는 다리에 힘을 주어 참았다. 앉으라는 명령이 내려질 때까지는 버텨야 했다.

"쉬기엔 너무 이른 시간이네. 이대로라면 도착할 때까지 한세월 걸리겠어."

"시간이야 아무래도 좋잖아. 포로는 어차피 우리 수중에 들어온 지 오래고, 제깟 것들이 도망칠 수도 없을 테고."

"한가한 소리나 하고 있군. 발루아가 포로들이 잡혀가는 걸 멀거니 보고만 있을 것 같나? 그들도 곧장 뒤따르고 있을 거란 말이네. 착실히 시체를 태워 연기를 피워두었으니 흔적을 찾기 어렵지 않겠지."

"그러게 누가 그렇게 연기를 보란 듯이 피우자고 했냔 말이야. 다 됐고, 나는 지금 쉬고 싶네. 새로 바꾼 안장이 아직 길들지 않아서 엉덩이가 무척 아프단 말이야."

한동안 실랑이를 벌이던 그들이 마침내 "휴식!"이라고 외치자, 누가 먼저랄 것 없이 흙바닥에 쓰러졌다. 앞뒤로 끌어내리는 힘에 크게 기우뚱거린 레이첼은 가까스로 넘어지지 않고 앉을 수 있었다. 바닥에 닿은 정강이가 아팠다. 무릎이 시렸다. 발바닥은 두들겨 맞은 듯 아렸다.

레이첼은 저 멀리 서 있는 부르군트 병사들을 흘끔 보고는 손가락을 움직였다. 손목은 묶여 있었으나 팔을 최대한 쭉 뻗어 내리면 손가락 하나쯤은 간신히 땅에 닿을 수 있었다. 바닥에 닿은 손가락을 움직여 몰래 바닥에 글씨를 썼다.

[괜찮아?]

돌아보진 못했으나 뒤에 있는 포로가 지클린데인 건 알고 있었다. 포로들끼리 이야기 나누는 게 금지된 이후부터 레이첼은 이렇게 필담을 남기곤 했다.

"……."

그때마다 응답은 없었지만.

그녀는 내심 쓸쓸해하며 흙바닥을 문질러 글자를 지웠다.

처음에 필담을 남겼을 땐 가끔 헛기침이나 하품으로라도 대답하곤 했는데, 지클린데의 언니들이 모두 화형당한 후에는 그마저도 끊겼다. 고된 행군과 몸을 점령해가는 전염병보다, 그녀들이 타죽어가는 모습을 두 눈으로 본 것이 어마어마한 충격을 안겨준 듯했다.

레이첼은 지클린데가 조만간 자포자기하지 않을까 크게 걱정했다. 포로가 죽는 건 오로지 전염병과 부르군트 병사 때문만은 아니었다. 인간적인 교류를 차단당하고 절망적인 소식만을 접하자 모든 가능성을 포기한 포로들이 다음 날 죽은 채 발견되곤 했다. 부르군트 병사들은 이것을 '자포자기 병'이라 불렀다.

아무리 괴로워도 에르완이라는 희망에 기댄 그녀와 달리 지클린데에게는 아무것도 남지 않았다. 저 혼자 살아남은 끔찍한 죄책감에 시달리고 있을지도 모른다. 그런 그녀가 너무나 가여워 레이첼은 계속해서 필담으로 말을 걸었다.

[오늘은 햇빛이 났어. 춥지 않아 다행이지?]

[기침이 나진 않아? 나는 참느라 혼났어.]

[이번엔 연기를 꽤 요란하게 피우더라. 발루아 군이 발견하고 찾아오겠지? 우리 여왕 폐하는 대단한 분이니까. 조금만 기다리면 구하러 와주실 거야.]

빠르게 써내려간 위로의 말을 다시 지웠다. 지클린데가 보았을지 알 수 없었지만, 레이첼은 제 말에 외려 힘을 얻었다. 조금만 더 참으면 여왕이 올 거다. 광휘로 빛나는 검을 들고 달려와 포로들을 구하고, 이미 죽어 없는 목숨에 대해선 애도를 표할 것이다. 죄 없는 발루아 인들이 붙잡혀 목을 베이고 불태워진 사실을 알면 폐하께서 얼마나 슬퍼하실까. 상상만으로도 가슴이 갈기갈기 찢겨나갔다.

"에이씨, 젠장. 끈이 떨어졌잖아. 이러니 오는 내내 불편했지."

레이첼은 슬쩍 고개를 들었다. 마침 말이 투레질하는 소리에 오금이 저렸지만, 무언가의 예감에 이끌려 시선을 돌리게 되었다. 조금 전 휴식시간을 가지자 주장했던 부르군트 병사가 말을 살펴보다 말고 안장을 고정하는 끈을 들고 있었다. 그는 말 엉덩이 부근에 매인 주머니에서 실과 바늘을 꺼냈지만, 도통 어떻게 하는지 모르겠다는 듯 양손에 든 채 멀거니 보고 있었다. 그 순간 무슨 용기가 들었는지 레이첼이 입을 뗐다.

"저기요."

"……."

"저기, 여기예요."

음? 내가 잘못 들었나? 사방을 휘휘 살피던 병사가 설마 하는 얼굴로 이쪽을 돌아보았다. 그가 허리춤에 맨 검 손잡이가 햇빛을 반사하며 밝게 빛났다. 말 한마디 잘못 내뱉으면 저 검에 단칼에 베이겠지. 타들어가는 목 너머로 침을 넘겼다. 보이지 않았지만, 등으로 모든 시선이 꽂혀드는 게 느껴졌다.

"부르군트 어를 할 줄 아나?"

"조금…… 할 줄 압니다."

"어떻게?"

"부르군트의 지배를 받았던 샤젠에서 나고 자랐습니다. 어려운 말은 잘 알아듣지 못합니다."

일부러 어눌하고 너듬거리는 말투를 사용했다. 그들이 나누는 이야기는 알아듣지 못했지만, 간단한 대화 정도는 할 수 있다는 뜻을 전하기 위함이다. 그가 물끄러미 바라보고 있자 레이첼이 턱짓했다.

"그것, 제가 해드리겠습니다. 가죽이 두꺼워서 숙련된 솜씨가 아니면 실을 꿰지도 못할 겁니다. 저는 발루아에서 병사들의 갑옷과 입을 옷 따위를 기우는 사람이었습니다. 그런 일에 익숙합니다."

"네가 할 수 있다고?"

"네. 손만 풀어주신다면 단숨에 할 수 있습니다."

등 뒤에 묶인 손을 살짝 흔들어 보이자 병사의 인상이 순식간에 험악해졌다.

"요망한 년. 허튼수작 부리지 마라."

성큼성큼 다가와서는 뺨을 거세게 후려갈겼다. 목이 우두둑거리며

461

순식간에 돌아갔다. 너무나 갑작스럽고 대중없는 힘에 놀라 반사적으로 눈물이 나왔다. 안 돼, 울면 날 죽일 거야. 혀를 세게 깨물며 울음을 눌러 삼켰다. 입안이 터진 것인지, 혀를 깨물며 피가 난 것인지 비릿한 냄새가 코끝에 가득했다.

번쩍거리는 어둠에 가려 보이지 않았지만, 병사는 험한 욕설을 뱉어내며 다시 걸음을 옮겼다. 그는 실을 바늘구멍에 넣느라 한참을 낑낑거렸고 겨우 성공한 다음에도 매듭을 짓지 못해 시간을 보냈다. 몇 번 욕설을 더 뱉어낸 그가 휙 돌아보자 레이첼이 반사적으로 고개를 숙였다. 찬찬히 다가오는 걸음에 맞추어 심장도 쿵쿵 뛰었다.

"바느질을 할 수 있다고 했지?"

"예, 그렇습니다."

레이첼이 이마가 땅에 닿도록 굽실거리며 대답했다. 병사는 발을 몇 번 까딱거리더니 이내 한숨과 함께 무릎을 굽혀 앉았다. 밧줄을 풀어내는 손길이 거칠기 짝이 없다.

"바느질을 못 하거나, 혹여 허튼짓을 벌이면 목을 벨 테니 그리 알아라. 이 정도 말은 알아들을 수 있겠지?"

"네, 여부가 있나요."

"일어나."

병사가 발로 툭툭 차며 말할 때까지, 레이첼은 제 손목이 완전히 자유로워진 걸 알아채지 못했다. 밧줄에 꽁꽁 묶인 채 엄동설한의 땅을 맨발로 걸어다니니 감각이 완전히 마비된 것이다. 그녀는 조심스레 손을 들어보았다. 파랗게 부르튼 손바닥, 그리고 빨간 줄로 깊이 파인 손목이 도저히 제 것 같지 않다.

"빨리 고쳐놔."

병사가 으르렁거리며 말했다. 레이첼이 얼른 일어나 걸음을 옮기려다 말고 멈칫했다. 안장은 말 위에 놓여 있었다. 푸르르. 말이 내뿜는 더운 숨만 보아도 등허리가 꼿꼿이 굳었다. 레이첼은 다시 용기를 내어 입을 열었다. 얻어맞은 볼이 퉁퉁 부어올라 발음이 잘되지 않았다.

"죄송하지만, 각하. 안장을 내려주실 수 있을까요?"

"뭐야? 감히 누구에게 명령질이지? 바느질하겠다기에 풀어줬더니 왕관이라도 쓴 것 같더냐?"

바람을 가르고 올라간 손이 모질게 뺨을 후려갈겼다. 피 맛이 더욱 강해졌다. 레이첼이 공손히 고개를 조아렸다.

"그런 것이 아닙니다. 소녀가 안장을 말 위에 얹은 채로 바느질을 해본 적이 없어, 혹여나 바늘이 각하의 말을 찌를까 봐 걱정이 되어 드린 말씀입니다."

"흠, 각하라……."

"그리고 소녀가 어떤 일을 저지를지 우려하실까 봐 이 자리에서 한 발짝도 움직이지 않으려는 것입니다. 바느질만 끝나면 기꺼이 묶이겠습니다."

몇 대 더 얻어맞는 한이 있더라도 말에 가까이 가고 싶지 않았다. 죽을 각오로 입을 놀리자 병사 또한 묘하게 설득당한 것인지, 욕설을 내뱉으면서도 말안장을 손수 떼어 가져왔다. 레이첼은 최대한 순종적이고 얌전하게 손을 모으고 기다렸다.

"포로 주제에 말 한번 잘하는구나. 자, 여기 가져왔다. 이번에도 못한다 발뺌하면 즉시 목을 벨 것이다."

"명심하겠습니다, 각하."

병사는 각하라는 명칭이 꽤 마음에 들었는지 더는 토를 달지 않았다.

레이첼은 바늘과 실을 다시 연결하며 살포시 웃었다. 사실 처음부터 바느질을 잘한 건 아니었다. 갓 시녀가 되었을 때, 에르완의 정찬복을 비뚤비뚤 기워놓는 바람에 오라버니에게 얼마나 혼났는지 모른다. 해적질하다 검을 든 나도 너보다 바느질을 잘하겠다며 에셀레드에게서 놀림도 많이 받았다.

하지만 성에는 일감이 차고 넘쳐, 바느질 연습은 충분히 할 수 있었다. 에르완이 직접 건네는 바느질거리도 많았다. 손에 물집이 잡히고 바늘을 든 채 잠이 들어 찔리는 일이 허다했지만, 포기하지 않았다. 그 결과로 에르완이 입는 옷은 죄다 제 손을 거칠 만큼 실력자가 되었다.

내 모든 추억과 기억은 결국 그분에게 닿아 있구나.

레이첼은 에르완이 입었던 옷 한 벌 한 벌을 떠올리며 손을 움직였다. 안장과 끈을 연결하는 일 정도야 손쉬웠지만, 오랫동안 쓰지 않은 손이라 제 몸인데도 낯설어 움직이기 어려웠다.

꼼꼼하게 바느질하여 매듭을 지은 다음 완성품을 바치니, 병사는 꽤 마음에 들어 하는 눈치였다. 빠른 손놀림에 놀란 것처럼 보이기도 했다.

"손을 등 뒤로 돌려라."

안장을 대충 말 등에 얹어두고 그가 손수 레이첼을 다시 묶었다. 하지만 기분 탓일까, 처음보다 조금은 느슨하게 묶인 것 같았다. 피가 통하지 않아 손끝까지 저리던 느낌이 들지 않았다.

레이첼은 그렇게 다시 포로 중 하나로 돌아가 험난한 행군을 다시 시작했지만, 달라진 점이 하나 있었다. 안장을 이어붙인 솜씨가 마음에 들었는지 이따금 밧줄을 풀어주고 일을 시키기 시작한 것이다.

"옷이 찢어졌다. 튼튼하게 기워놔라."

"말똥을 밟아 군화가 더러워졌으니 시냇물을 찾아 깨끗이 씻어둬라."

"너, 요리도 할 줄 아느냐?"

레이첼은 비록 모든 걸 잘하는 건 아니었지만, 적어도 검만 쓸 줄 아는 병사들보다는 훨씬 나았다. 그녀는 어느새부턴가 요리와 허드렛일을 도맡아 밧줄에서 완전히 풀려날 수 있었다. 이 모습을 본 병사 하나가 기겁을 하며 말리자 저들끼리 말했다.

"아니, 장교께서 보시면 어쩌려고 포로를 저렇게 자유롭게 놔두는 거야? 거기다 저 여자애, 부르군트 어도 할 줄 안다며?"

"우리가 하는 자세한 이야기까지 들을 실력은 아니야. 그리고 괜찮잖아, 포로가 몇인데 하나쯤 부려도. 혹여 도망치기라도 하면 곧장 처단하면 그만이고."

"리산더 장교님도 너무하셨지 않나? 아무리 비밀리에 움직여야 해도 그렇지, 취사병 하나도 붙여주지 않으면 우린 어떻게 귀환하란 말인가? 솔직히 말해보게. 저 아이가 요리해준 다음부터는 우리 모두 생선과 고기를 날것으로 먹을 필요가 없어졌잖아? 우리가 잘 먹지 못해 병이 들어보게. 저 포로들을 누가 데려갈 거냐는 말이야."

"그건, 그렇지만……."

"이봐, 아직 음식 다 안 됐어?"

멀리서 윽박지르는 소리에 레이첼이 고기를 굽다 말고 대답했다.

"다 됐습니다! 지금 내어갈 테니 기다려주세요!"

레이첼은 노릇노릇하게 잘 구워진 고기만 골라 담아 그들에게 가져다주었다. 그들을 다시 포박해 데려가자고 주장했던 병사조차 입을 다물 수밖에 없는 솜씨였다. 고기를 먼저 한입 먹어본 병사가 혀를 내둘렀다.

"음, 정말 맛있단 말이야. 어이, 이보게. 자네는 왜 먹나? 포로에게 요리를 시킬 수 없다며?"

"마, 말이 그렇다는 거지. 어쨌든 장교님께는 비밀로 해야겠네."

"어차피 돌아오시려면 한참 멀었을 텐데, 천천히 가지. 빨리 가봐야 바로 본대에 합류해서 칼받이나 될 텐데."

부루퉁한 말에 모두가 침묵으로 수긍했다. 레이첼은 그들의 말을 알아듣지 못하는 체하며 묵묵히 주변을 정리했다. 유일하게 몸이 자유로워진 그녀를 같은 처지 포로들이 어떻게 바라보고 있는지는 몰랐다. 지클린데는 심지어 배신이라도 당한 것처럼 눈물 고인 눈이었지만, 레이첼에게는 그런 시선조차 감수해야 할 정도로 중요한 목적이 있었다.

부르군트 병사들의 비위를 맞추어 최대한 많은 포로를 살릴 것. 그리하여 에르완이 그들을 구해내고 마음 아파하지 않도록 할 것. 실제로 레이첼이 시중을 든 후부터 부르군트 병사들이 포로들을 가혹하게 다루지 않고 있었으니 소기의 목적은 이룬 셈이었다.

지금 살아 있는 포로들을 그대로 살려 돌아가겠다.

나라를 구하거나 왕이 되어 천하를 호령하지 못하더라도, 작은 가슴에 피어오르는 바람은 그 무엇보다 뜨거웠다.

✦ ✳ ✦

466

"솔렘니아에 부르군트 군대가 당도했습니다."

에르완은 즉각 막사를 나섰다. 연합군장들과 참모진, 그레더니어 기사들이 뒤를 따랐다. 무적함선에서 부르군트 병사들이 벌 떼같이 내리고 있었다. 까마득하게 먼 거리였지만 거대한 인원이라는 건 알 수 있었다.

무자비한 정복자 아니랄까 봐 무식하게 끌고 왔군. 저들이야말로 이번에 전쟁을 끝내려는 의지가 오히려 더 강렬할지도 모르겠어. 바스티안이 속으로 혀를 츳츳 찼다.

"부르군트 국기입니다, 폐하."

"칼 군나르 리카르도의 국기도 보이는군요. 그들의 연맹국도 이번 전투에 참전할 모양입니다."

"노누스도 보이는군요. 까다롭게 됐습니다. 한번 물면 놓지 않는 끈질긴 놈들인데……."

연맹국 국기를 발밑에 둔 채 검은 표범은 하늘을 지배할 듯 드높게 올라갔다. 어느 땅에든 솟으면 그들의 지배를 받게 된다는 절대적인 의미를 가진 깃발이었다. 일사불란하게 하선한 병사들은 대치되는 지점에 빠르게 자리를 잡았다. 막사와 목책은 한 시간도 되지 않아 뿌리를 내렸다. 마치 발루아 군대가 어디에 진지를 세울지 파악하고 있었던 듯, 철저히 계산된 움직임이었다.

"저것이 프리드리히 왕의 무서운 점이지요."

아히발트 국 소속 지휘관이 말했다. 그는 프리드리히와 직접 검을 맞대본 적 있는 숙련된 지도자로, 승리를 거둔 적은 비록 없으나 그 경험을 높이 평가받아 전쟁에 참여한 이였다.

"마치 모든 걸 예상했다는 듯이 움직이거든요. 우리들의 전략 같은 건……."

"하지만 저희 발루아의 폐하께서는 그 프리드리히 왕조차 한수 접고 들어오는 뛰어난 전술가 아니십니까. 짐승 같은 리산더 경과 검을 맞댈 수 있는, 극히 드문 전사이시기도 하고요."

"폐하, 노누스는 우리 아히발트에게 맡겨주십시오. 칼 군나르 리카르도는 기동성이 좋은 아르세니가 맡는 것이 좋겠습니다. 그런데 만약 프리드리히 왕의 '그림자'들이 모습을 드러내면 어찌하면 좋을까요?"

소문으로만 전해져오는, 프리드리히의 살아 있는 귀와 눈. 규모도 신원도 파악되지 않은 그림자가 모습을 드러내면 어떤 변수가 생길지 몰랐다. 세베르가 에르완의 기척을 살피며 입을 열었다.

"그림자는 숨겨두지 않겠습니까. 그들은 정체를 밝히지 않았을 때의 이득이 더 큰 자들입니다."

에르완은 잠깐 생각에 잠긴 듯 보였다.

"청한 대로 노누스는 아히발트 기병대가, 칼 군나르 리카르도는 아르세니 척후병이 맡는다. 그림자는 모습을 드러내지 않는 것을 전제로 한다. 이상."

에르완의 명은 빠르고 간략했다. 해가 중천에 오를 즈음 진지가 전부 세워졌다. 그레더니어 백여 명을 위시한 군대가 벌 떼처럼 평야를 지배했다.

이번에는 바스티안도 함께였다. 그녀 곁을 지켜야 한다며 우겨대는데 모두가 말리다가 포기할 고집이었다. 사실 이번 전투에서야말로 만나야 할 사람이 있어, 어쩔 수 없었다. 어디 숨어 있을까. 그 거대한 몸은 인파 속에 있어도 금방 눈에 띌 텐데. 한참 누군가를 찾아 적진을 훑던 바스티안이 언덕 위에 오른 여왕을 응시했다.

어렴풋이 상상만 하던 광경이 눈앞에 펼쳐졌다. 그녀가 선봉으로 서면 어둠 속에서도 길을 잃지 않으리라던 확신.

황금으로 빛난다. 백금발이 기나긴 여운을 남기며 흩날렸다. 하늘 위로 치솟는 황금의 날이 매섭고 날카로웠다. 수많은 피를 보았을, 승리를 쟁취했을, 하지만 누구보다 평화를 염원했을 검.

"발루아의 조력자들이여!"

눈 안쪽이 찡하게 아파왔다. 머릿속이 화해지는 목소리였다. 목소리만으로 바람이 얕게 일었다. 바스티안은 과거 발루아 왕들이 어떤 철통같은 권력을 유지했을지 몰라도 에르완이 쥔 것만 못하다고 생각했다. 그 목소리, 표정, 손짓, 눈빛, 그 모두가 권력이었다. 제 것과는 본질이 완전히 다른.

"우리가 싸우는 적은 부르군트가 아니다, 부르군트의 병사들도 아니며 그들의 우호국도 아니다. 부르군트 왕, 프리드리히를 향한 검도 아니다! 우리는 이미 너무나 많은 피를 흘렸으며 가족과 친구, 동료를 잃었다. 상대를 위협하고 죽이고 땅을 빼앗기 위한 검이 아니라, 지키기 위한 검을 들어라! 죽거나, 죽이는 순간에도 기억하라, 명심하라! 우리가 오늘 으스러지게 몸을 태우는 것은 다만, 염원하는 평화 때문임을!"

우레와 같은 함성이 쏟아졌다. 서슬 퍼런 기세를 등에 업고 에르완이 등을 돌려 적을 바라보았다. 궁수와 석궁수가 맨 앞으로 나섰다. 미리 준비해두었던 대로 예비대와 중장보병이 중앙을 채웠으며 기마병이 맨 뒤에 섰다. 용맹한 그레더니어가 횡렬로 늘어나 그들을 지지했다.

부우우-.

부르군트는 진지를 친 지 세 시간도 채 지나지 않은 지금, 철벽같은 방어진을 구축하며 나오고 있었다. 좌우익은 경보병과 중장보병이 위치해 있다. 단단한 철로 무장한 방패 벽이 무자비하게 햇빛을 반사했다. 방어를 위한 목책이 마치 창날처럼 날카로웠다.

선공에 나선 건 부르군트였다.

부우우-.

다시금 울리는 커다란 나팔 소리와 함께 기병대가 돌진해 다가왔다. 거대한 백사자가 발톱을 세우고 적에게 날아가는 듯한 형세다. 그들이 쏟아내는 함성은 나팔 소리를 다 덮고도 남았다.

바스티안은 이 장면 하나하나를 가슴속 깊이 되새기기 위해 노력을 어마어마하게 들였다. 비정상적일 정도로 전율이 일었다.

"일제 사격!"

선봉에 선 에르완이 검을 다시 치켜들었다.

여유를 둘 새가 없었다. 부르군트 군은 긴 다리를 가진 거인처럼 성큼성큼 다가왔다. 쇳빛으로 빛나는 방패가 일렬로 돌진해 다가왔다. 발루아 군이 쏘아올린 화살은 강철비가 되어 내렸다. 부르군트 군은 즉시 자리에 멈추고 일사불란하게 방패로 머리 위를 덮었다. 잘리어의 오합지졸처럼 당하지 않았다. 방패로 만들어진 방어벽 일부가 무너지면 기다렸다는 듯 배후의 열에서 나와 자리를 채웠다. 석공이 오랜 시간을 공들여 만들어낸 요새마냥 견고한 벽이었다.

"사격 중지!"

굳건한 목소리는 넓은 언덕을 모두 덮고도 남았다. 그저 사격 중지 명령만이 내려졌을 뿐인데도 맨 앞 열을 지키고 있던 궁수병들이 차례로 뒤로 빠졌다. 횡으로 뿔뿔이 흩어져 있던 그레더니어가 중앙으로 모였다. 부르군트의 기사부대가 중앙을 먼저 뚫을 생각으로 돌진하고 있었다.

"부르군트의 영광을 위하여!"

그레더니어가 적을 맞았다. 챙, 채쟁! 검과 검, 방패가 부딪치는 쇳소리가 크게 울렸다. 전장이 으레 그렇듯, 가장 말단의 보병이나 그럴듯하게 갖춰 입은 기사나 누구랄 것 없이 핏덩이 속에 엉겨 붙었다. 뒤엉켜 주먹질하기도 하고, 목을 베고, 고통스러운 비명이 번져가는 난장 속에서 바스티안이 말을 몰았다.

잘리어 내전은 감히 갖다 대지 못할 만큼 큰 전투였다. 허투루 움직이는 법이 없는, 잘 훈련된 정예기사들의 신중한 겨룸이다. 서로 다른 손에 쥐인 날붙이가 마치 한 몸인 양 딱딱 맞물리며 부딪쳤다. 양쪽 다 감탄이 나올 만큼 재빠르고 훌륭한 솜씨를 가지고 있는데 승패는 칼같이 갈렸다.

"앗, 실례."

잠깐 한눈판 사이 발루아와 부르군트가 맞붙는 경계에 서고 말았다. 히히힝! 앞발을 치켜들며 놀라는 말을 진정시키고 나서야 제게 집중된 시선을 의식했다. 부르군트, 발루아, 부르군트, 발루아…… 번갈아 바라보던 바스티안이 손을 흔들었다.

"진지하게 싸우는 데 끼어들어 미안하네. 자, 난 신경 쓰지 말고 계속들 싸우게."

그러고는 유유히 자리를 빠져나간다. 저거 뭐 하는 놈이야? 어이없을 정도의 태평함에 적군과 아군 할 것 없이 황당한 눈치였지만, 어수선한 분위기도 곧 함성에 휩쓸려 사라졌다.

"분명 이쪽으로 가는 걸 봤는데. 워, 워."

바스티안은 자꾸만 남매를 찾아가려는 말의 고삐를 당기며 방향을 다시 잡았다. 에르완을 찾으려 했다면 가만 놔두었겠지만, 지금은 아니다. 오히려 그가 찾는 사람은 그녀와 마주치지 않기를 바라는 대상 중 하나였다.

"그놈은 대체 어디 숨은 거지? 금세 찾을 수 있을 거라 여겼건만."

바스티안이 눈을 좁히며 사방을 둘러보았다. 아무리 야수 같은 자라도 사람이 개떼처럼 엉켜 있으니 찾기가 생각보다 쉽지 않았다.

물 만난 물고기처럼 전장을 휘저으며 다니는 에셀레드만 아까부터 눈에 밟혔다. 사실 그뿐만 아니었다. 그레더니어의 활약에 새삼 시선을 빼앗기지 않을 수 없었다. 그들은 충성스럽고 촘촘한 그물 같은 조직력을 갖추었음에도 개개인의 역량이 예상을 훨씬 상회했다.

단장 세베르는 사이러스처럼 정직하고 정석적인 검법을 구사했으나 한층 정교했다. 또한, 원심력이라도 작용하는 것처럼 부하 기사들을 끌어당겨 뿔뿔이 흩어지는 상황을 막았다. 에셀레드는…… 말할 필요도 없었고 베로니카는 상당히 희한하고 익숙한 검법을 구사하고 있었다. 암살자, 도적, 혹은 어두운 암굴에 속한 버릇들. 그레더니어에 사연 없는 기사는 없다더니 그녀도 만만찮은 모양이다.

참, 이럴 때가 아니지. 그는 목을 쭉 빼고 전체적인 진형을 살폈다. 이 드넓은 전장을 헤집으며 다니느니 범위를 좁히는 게 나을 터다. 에르완이 지키는 자리에서 발루아 군이 월등히 우세하듯, 그가 머무는 곳에서 부르군트 군 또한 그럴 것이다.

"어디 보자, 저쯤인가."

비교적 편평하게 유지되는 선이 유독 흐트러진 지점을 보았다. 바스티안은 엉겨서 전투하는 병사들을 뚫고 그곳을 향해 달려갔다. 칼날이 서로의 목줄을 물어뜯기 위해 날아다니고 유혈이 낭자하는 한복판을 물 흐르듯 누비고 다녔다.

막아서는 검이 있으면 밀어내어 튕겨냈다. 칼날이 다시 찔러올 때면 이미 자리를 뜬 후였다. 허공을 휘저은 적들을 뒤에 두고 오직 한 사람만을 향해 돌진했다. 리산더, 그에게 가까워질수록 입가의 미소도 짙어졌다.

바스티안이 말 옆구리를 차며 속도를 올렸다. 손에 든 검이 세찬 바람을 맞아 얕게 진동했다. 덩치가 짐승만 한 남자가 이미 상처투성이인 발루아 병사의 목을 베기 위해 팔을 떨어뜨리고 있었다. 그에게는 손가락 접는 것보다 손쉬운 일이리라.

바스티안이 검을 들었다. 펄럭거리는 바람 소리가 함성을 짓누르고 귓가를 가득 메웠다. 그는 조금도 속도를 늦추지 않았다. 상대가 기척을 알아차렸을 때 즈음 팔을 뻗어, 발루아 기사의 목 위로 떨어지는 검을 쳐올렸다.

채앵!

갑작스러운 방해에 상대가 조금 물러났다. 그 틈을 바스티안이 질주했다. 겨우 속도를 늦추고 말 머리를 틀어 그를 마주 보았다. 폭포처럼 찍어내리던 힘을 역으로 받아낸 터라 충격이 어마어마했다. 떨리는 팔을 겨우 부여잡으며 그가 입꼬리를 올렸다.

"외눈으로도 전쟁에 나와 이 난동이라니, 왜 다들 괴물이라고 수군거리는지 알겠어."

"너는……."

기억을 더듬는 눈으로 뚫어지게 바라본다. 하지만 좀처럼 떠오르지 않는 듯 침묵을 지켰다. 외스타슈에서 바스티안의 꼴이 어떠했는지 떠올려보면 당연한 반응이었다.

바스티안이 어깨를 으쓱였다.

"설마 못 알아보는 건 아니겠지? 이래 봬도 한번 보면 잊기 힘든 얼굴인데."

"……."

여전히 기억나지 않는 모양인지 리산더의 인상이 더욱 험악해졌다. 잃어버린 한쪽 눈은 안대로 가렸는데도 무시무시한 기운만큼은 건재하다. 발루아 병사는 아직도 무릎을 땅에 대고 떨고 있었다. 도망갈 시간을 벌어주기 위해 그 앞을 가로막고 서려 했으나 이번에는 말이 움직이지 않았다. 평소 같은 반항이 아니었다. 오로지 짐승의 육감으로 리산더를 피하려는 것이었다. 푸르르, 푸르르. 내뱉는 숨결이 평소보다 훨씬 습하고 뜨거웠다. 하긴 동물이니 더 잘 느끼지 않겠는가. 저 인간 같지 않은 놈과 싸웠다간 온전히 살아남기 힘들 것을.

"아직도 기억이 나지 않는 건가? 자네가 내게 소소한 용돈을 준 적도 있는데 섭섭하군."

"용돈이라고?"

언젠가의 기억을 더듬어보는 듯하던 리산더가 눈매를 좁혔다.

"잘리어…… 잘리어 놈이로구나."

그사이 발루아 병사는 비척비척 일어나 뒤로 빠졌다. 바스티안이 말을 끌어 제대로 리산더를 마주 보았다. 살벌하게 이 가는 소리가 들렸다.

"살바토레의 하인."

"이제야 기억나는 모양이군. 그간 어찌 지냈나? 안대가 꽤 잘 어울리는데."

"어떻게 여기 있는 거지?"

내뿜는 살기는 등골이 서늘할 만큼 그대로였다. 거친 숨을 몰아쉬며 그는 바스티안을 훑어보았다.

"망명이라도 한 것이냐?"

"어느 미친놈이 전쟁 중인 나라에 망명신청을 하나."

"반군 중 하나였으니 일찌감치 잘리어에서 적절한 처분을 받았을 텐데, 살바토레를 배신이라도 하고 살아남은 거냐?"

"배신이라니. 나는 애초부터 그들과 한패도 아니었다네."

"처음부터 간자였다는 말인가? 그렇대도 발루아에 붙은 건 여전히 납득되지 않는군."

살바토레의 하인이 그 난장에서 살아남은 것도 모자라, 먼 타국의 전쟁에 끼어들었다? 생각할수록 계산이 복잡해지자 리산더는 짜증스럽게 검을 내었다. 궁금한 것을 알아낼 수 없다면 죽여버리면 그만이었다. 그렇다면 더 궁금하지 않을 테니까.

째애앵. 무심히, 팔을 뻗듯이 낸 검을 온 힘을 다해 받아냈다. 칼날 끝부터 전해진 진동이 어깨까지 타고 올라와 몸을 흔들었다. 자신이 내지른 검이 막히자 리산더가 한쪽 눈을 치켜떴다. 바스티안은 거기에 한술 더 떠, 도리어 반격을 날리고 재빠르게 뒤로 빠졌다.

리산더가 검을 잠깐 내리고 주먹을 쥐었다 폈다. 제대로 힘이 들어가지 않은 건 아닌데.

"어째 균형이 잘 잡히지 않는 모양인데. 힘이 많이 죽었어. 그러니 조금 더 성의 있게 휘두르는 게 어때? 애들 장난에 장단 맞춰주는 느낌이 영 별로거든."

"여유로운 척은 혼자 다 하는군. 검이 성한 것만으로도 감사히 여겨라."

분하지만 맞는 말이었다. 에르완이 마련해준 검이 아니었다면, 조금 전 공격에도 산산이 부서져 목까지 내주었을 테니까.

이번에는 바스티안이 공격을 시도했다. 맹수의 털 한 올 건드리는 듯한 가벼움으로 맞붙었다. 상대 또한 쉽게 막았다. 이걸 언제까지 상대해주고 있어야 하냐는 따분함으로 가득한 얼굴이었다. 그리고 그 순간 바스티안이 소매에 숨기고 있던 단검을 꺼내 휘둘렀다. 검은 옭아매어둔 채 사각을 노렸으니 쉽게 먹히리라 여겼는데, 의외로 재빠르게 피했다. 단검은 허공을 휘저었다.

"와. 이걸 막았다고?"

"네놈이 손 빠른 건 익히 알고 있었지."

바스티안이 다소 놀라워하자 리산더가 입을 열었다. 그러고 보니 외스타슈에서 나무판자로 그를 두들겨 팰 때 그의 검까지 슬쩍 가로챈 적이 있었다.

"그래서 용건이 뭐지?"

"용건이라니?"

"네가 날 찾아온 용건 말이다. 멀리서부터 꽤 찾아 헤맨 것처럼 보이던데. 설마하니 이런 시시한 단검 하나 던져서 목숨을 노리던 건 아닐 테고."

머리 뒤에 눈이라도 달려 있는 게 아니고서야 저걸 어떻게 알 수가 있나. 정말 괴물 같은 새끼가 따로 없다.

"아니, 착각일세. 경을 만나면 죽는데 내가 왜 자네를 찾아?"

"그 혀부터 잘라내야 할 놈이군."

476

"전장에서 자네와 마주치다니. 아이고, 신께서 나를 버린 게 아니고 서야 어찌 이럴 수가 있단 말인가. 야속하시기도 하지."

바스티안은 다시 검을 내었다. 쩡, 쩡. 흡사 얼음이 금가는 듯한 소리가 났다. 리산더는 이제 전력을 다하기보다 적당히 받아주면서 바스티안의 정체를 가늠하고 있었다. 뭐야, 앞뒤 안 가리고 무식하게 달려들던 옛날과 정말 달라지지 않았나. 잘리어에서의 경험이 짐승을 꽤 잘 조련시켜놓은 모양이다.

"살바토레는 어떻게 됐지?"

그가 검을 밀어내며 물었다.

"살바토레라면 반역으로 나라를 분열시킨 죄, 거기에 외세를 끌어들인 죄에 대해 엄격히 벌을 받았네. 짐 밑에서 평생 노예처럼 일하기로 했지. 봉급도 받지 못할 거네. 어차피 성에서 먹여주고 재워주는데 돈 쓸 일이 어디 있겠나. 감옥이 아닌 것만 해도 감사히 여겨야지. 그렇지 않은가? 왕을 앞에 두고도 알아보지 못하는, 부르군트 국, 리산더 장교."

"⋯⋯."

"간사하기 짝이 없는 보르본이 자네 때문에 골치깨나 썩는 이유를 알겠어. 무식한 힘 말고는 아무것도 없지 않나."

"네놈이 잘리어의 왕이라고?"

"거기다 왕에 대한 예우도 모르는 얼치기이기까지."

예상치 못한, 적잖이 놀란 눈치다. 그로 인해 벌어진 빈틈을 노리고 들어가자, 손목에 커다란 흠집을 낼 수 있었다. 촤악. 상처가 꽤 깊었는지 벌어진 틈에서 피가 쏟아졌다. 바스티안이 기분 좋게 휘파람을 불었다.

"이야, 자네에게 상처를 입히다니. 에셀레드에게 잘난 척할 건수가 하나 생겼군. 자네와 검을 맞대고도 살아남은 사람은 에르완과 사이러스 경밖에 없을 거라고 했거든."

"잘리어 왕이 이 전쟁터엔 왜 있는 거지?"

"젠장, 상처를 거들떠보지도 않으면 짐이 뭐가 되나."

치명상인 줄 알았는데 아닌 모양이다. 금세 기분이 더러워져 투덜거렸지만 리산더의 시선은 오로지 하나의 답만 구하고 있었다.

"발루아와 손을 잡았나?"

"아니. 봤다시피 잘리어가 군사적으로는 영 부실해서 거절당했다네."

"그런데 왜 여기에?"

"이번엔 짐이 묻지. 왕도로 귀환하던 발루아 병사들을 포로로 잡아간 게 자네들 부르군트인가?"

"……."

"전투능력을 이미 상실한 이들을 데려다가 뭘 할 셈이지? 그들은 대부분 취사병이나 제빵병이라 군의 기밀 같은 건 캐낼 수도 없을 텐데. 알고 있겠지만, 그들은 전염병을 앓고 있다네. 본국으로서도 교환할 가치가 없단 말이야."

"아니, 그렇지 않다. 그들은 충분한 가치가 있어."

"뭐?"

"적어도 잘리어 왕이 신경 쓰는 걸 보면 말이다."

리산더는 제대로 상대할 생각이 아예 사라진 듯 보였다. 잘리어 왕을 섣불리 타국의 전장에서 건드리고 상처를 입힐 수는 없는 노릇이기 때문이다. 예전이었다면 왕이고 뭐고 거슬리면 모두 죽이겠다며 날뛰었을 텐데, 짐승이 인내심이라는 것도 배웠군.

"짐이 왕이라는 사실은 믿는 건가?"

"확신할 순 없다만 그렇다고 무시할 수도 없는 노릇이라."

"그런데 왜 자꾸 뒤로 가지? 이대로 물러날 건가?"

리산더는 대답 대신 고개를 돌려 좌익을 보았다. 마르티누스 연합군이 부르군트 군에 한참 밀려 고전하고 있었다. 그리고 그 중앙으로 금빛이 관통한다. 기병대 병력을 모아 나타난 여왕이 연합군을 구원했다. 말을 탄 기사들이 기다란 창을 앞세우고 돌진해오자 부르군트 보병들이 빠르게 밀려났다. 개활지에서 경보병은 기병대에게 무척 손쉬운 상대였다.

바스티안이 시선을 떼어 리산더를 보았다. 그가 그녀를 보았듯, 상대 또한 틀림없이 발견했으리라 여겼다.

그는 분명 에르완을 보고 있었다. 눈에 거미줄을 쳐둔 듯, 그녀를 가두고 있었다. 한 눈을 잃어버리게 한 상대를 향하여, 미움인지 증오인지 도무지 형태를 알 수 없는 감정을 품고 있었다.

들뜬 분노. 가볍게 숨이 차오른다.

잔물결처럼 손이 떨리고 있었다. 할 수 있는 한 온종일 검으로 맞붙고, 검날을 토해내고 싶었다. 그리하여 바라보고, 또 바라보고.

몸서리가 쳐졌다. 감정의 낱알이 하나하나 떨어져 제계도 그 파동이 미쳤다.

저 정도 미움이면 차라리 사랑이 아닌가.

"오늘은 전력을 다하는 전투가 아니다. 서로의 전력을 파악하기 위한 가벼운 부딪침일 뿐. 그건 발루아도 마찬가지겠지."

그는 시선을 떼지 못하고 입만 움직였다. 낮게 깔리는 목소리에 살기가 배어 있다. 마주하지 않아도 느껴지는 어마어마한 집착에 소름이 돋았다. 당장이라도 에르완을 노리고 달려갈 위세였으나 섣불리 움직이지는 않았다. 예전보다 조금은 더 지휘관에 걸맞은 모습이었다.

바스티안은 검을 내렸다. 반쯤 이성을 잃은 그에게 덤볐다간 대중 없는 힘으로 죽을 것을 직감했기 때문이다. 게다가 그와 만나 이루려 했던 바는 완수했으니 충분했다.

"곧 다시 만나지."

"짐이야말로 바라는 바네."

리산더는 검을 거두고 군을 몰아 후퇴했다. 자리를 뜨기 전, 단지 흘끗 바스티안을 뒤돌아보았을 뿐이었다. 그가 말한 대로 발루아와 연합군 또한 무리하지 않고 물러났다.

검은 표범이 멀어져간다. 전쟁 첫날이 그렇게 저물어갔다.

✤ ✳ ✤

밤.

기나긴 소모전이 있던 날이었다.

에르완은 베로니카와 로제, 이레네를 막사로 불렀다. 그레더니어에서 가장 날렵하고 발이 빠르며, 그림자 속에 녹아 숨어다닐 줄 아는 이들이었다. 그들은 여왕의 부름에 크게 황송해하며 달려왔다.

짙은 어둠이 내려앉은 막사 안, 에르완이 턱을 괸 채 한참 침묵을 짚었다.

"그대들에게 내릴 명이 있다."

여왕의 목소리는 유난히 무겁고, 어두우며, 가라앉아 있었다. 수하들 앞에서 사사로운 감정을 보이는 일이 드문 군주였기 때문에 그녀들은 크게 당황했다.

"부탁할 일이라고 해야 맞겠군."

"무슨 말씀입니까, 폐하. 발루아 땅 위에 폐하께서 부탁하실 일은 없습니다. 그저 명하십시오. 저희는 받들 뿐입니다."

충성으로 무장한 말이었다. 가만히 그들의 정수리를 응시하던 에르완이 다시 입을 열었다.

"부르군트 군이 우리 병사들을 포로로 삼아 데리고 갔다."

"익히 전해 들었습니다."

"이제까지 발견된 시체를 셈하면 많아야 열, 어쩌면 다섯도 살아남지 못했을지도 모른다. 전염병이 심해졌든, 고문을 당했든 몸이 성치 않을 것이다. 하지만 그들 또한 발루아의 보호를 받아야 할 백성들이다. 목숨을 잃었다면 가족들에게 알려 함께 슬퍼하며, 시신을 수습해야 할 의무가 있어. 그대들이 이 어려운 임무를 맡아주었으면 한다."

부르군트 적진 한복판으로 잠입하라는 뜻이었다. 간자로 잡혀 그레더니어 기사임이 발각된다면 후에 이어질 고통은 상상 못 할 정도일 것이다. 지금 잡혀간 포로들이 당하고 있을 고문은 우스울 테지.

로제가 긴장된 숨을 들이마시며 살짝 굳었다. 이레네 또한 마찬가지였다.

"발각되면 그대들 또한 목숨이 위태롭겠지. 만에 하나 붙잡히면 차라리 죽는 게 나을 고통을 겪어야 할 수도 있네. 하지만 짐은 자네들만이 이 임무를 수행할 수 있을 거라 판단했네."

"폐하, 소인이 원통한 건 오로지 하나뿐입니다."

베로니카가 비장하게 입을 열었다.

"폐하의 명이라면 언제든, 그 무엇이든 목숨을 걸겠습니다. 그레더니어에 입단한 순간부터 한시도 잊은 적 없는 맹세로 기꺼이 그리할 수 있습니다. 다만 임무를 수행하느라 전장에 계실 폐하를 보필하지 못하는 것, 그것이 원통합니다. 그러니 간곡히 부탁드립니다. 저희가 자리를 비우는 동안 부디 옥체 보존하소서."

"그래, 그리하겠다."

"하오면 금일 즉시 부르군트 진지로 향하겠습니다."

베로니카에 이어 로제, 이레네가 경건히 인사를 올렸다. 막사를 떠나는 길에 잘리어의 왕, 바스티안과 스쳐갔다. 여상하게 옮기던 걸음을 멈추고 바스티안이 그녀들을 돌아보았다. 사람인지 그림자인지 알 수조차 없게 사라져버렸다. 잠깐 생각에 잠겼다 그가 막사로 들어섰다. 에르완은 깊은 고심 속에 빠져 있는 듯 보였다.

"저들은 뭐야? 어디로 향하는 거지?"

"……."

"대답은 듣지 않아도 알겠어. 부르군트 진지로 가는 거겠지?"

앞으로 다가온 바스티안을 향해 에르완이 천천히 눈꺼풀을 들어올렸다. 완전히 새까맣던 눈이 물 위로 건져올려지는 것처럼 빛을 되찾아갔다. 바스티안은 그 눈에 깃든 슬픔을 읽었다. 그 슬픔이야말로 에르완의 인간됨이자 강인함이었다.

"포로들이 모두 죽지는 않았어. 어디다 쓸 수 있을지 모르니 일단 살려둔 거겠지."

"어떻게 알아내신 겁니까."

"리산더와 마주쳤거든. 나를 영 알아보지 못하더라고. 어떻게 그럴 수 있을까? 이렇게 잘생긴 얼굴은 드문데 말이야."

"……."

"한쪽 눈을 잃었는데도 여전히 건재하더군. 균형을 잃었을 거로 예상했는데 어째 더 강해진 느낌이었어. 이번에야말로 당신, 정면으로 맞붙지 말고 피해. 이번에 부딪히면 정말 몸 어딘가는 성치 않은 채 끝날지도 몰라. 뒤로 빠져서 명령만 내리라고."

"그와 저는 풀어야 할 매듭이 있습니다."

"매듭 같은 거, 꼭 다 풀 필요는 없어. 사람이 꼭 그럴 필요는 없다고."

"……."

"당신이 신념에 맞는 길만 걸어갈 거라는 거 알아. 이런 말 해도 통할 리 없겠지. 하지만 몸 좀 아껴. 당신도 사람이야. 다치면 아프고 베이면 피가 나는."

"제 몸을 그리 걱정하신다면 폐하께서도 조심할 줄 아셔야 할 겁니다. 리산더 경은 무슨 배짱으로 찾아가신 겁니까? 그는 그리 호락호락한 상대가 아닙니다."

바스티안은 다섯 가지 점에서 놀라고 말았다. 첫째, 그녀가 한 번에 세 마디 이상 말했다는 것. 둘째, 그를 걱정했다는 것. 셋째, 그 걱정에서 파생된 잔소리를 쏟아부었다는 것. 넷째, 그를 할 말 없게 만들었다는 것. 다섯째, 지금 그가 하려는 일을 알게 되면 이보다 더한 잔소리를 들어야 할 수도 있다는 것.

절대 들켜선 안 되겠다.

입을 달싹거리던 그가 눈을 슬금슬금 피했다.

"어, 어어. 그러게. 참, 그래서 말인데, 에르완. 내가 며칠간 안 보여도 놀라지 마."

"그게 무슨 말씀입니까."

"본국의 일을 급하게 처리해야 할 게 생겼거든. 며칠간 자리를 비울 수도 있고 기별이 없을 수도 있어. 하지만 오래 기다리게 하지 않을 게. 빨리 돌아올 테니까."

"약조하십시오."

피곤해 보인다 생각하며 뻗으려던 손이 꽉 붙잡혔다. 으, 응? 뭘? 바스티안이 자못 놀라 그녀를 보았다. 형형하게 빛나는 눈이 예사롭지 않았다.

"몸 성히 돌아오겠다고, 무모한 일은 벌이지 않겠다고 약조하십시오."

"어, 그건 장담할 수가…… 아, 아야야, 할게, 할게! 두 번째는 몰라도 첫 번째는 꼭!"

꽈아악, 손이 서서히 짓눌리는 힘을 이기지 못하고 바스티안이 백기를 들었다. 거 악력 되게 세군. 평화주의자인 그녀가 이런 폭력을 행사하다니 믿을 수가 없었다. 반대로 말하면 평화주의자인 그녀조차 폭력을 행사하게끔 만드는 이가 바로 자신이라는 뜻이었다. 왠지 특별해진 느낌이라 기분이 좋군.

누군가 들으면 어이없어할 결론을 산뜻하게 내렸다.

"당신도 몸조심해."

에르완은 다정히 속삭이고 떠나는 남자를 주의 깊은 눈으로 바라보았다. 본국의 일. 며칠 보이지 않을 수도, 연락이 되지 않을 수도 있는 일. 어떤 일인지 좀처럼 가늠이 되지 않았다. 또다시 리산더를 만나러 가는 등 터무니없는 짓을 저지를까 염려가 앞섰다.

하지만 거기까지였다. 그는 배짱이 대단했지만, 앞뒤를 헤아리지 못하는 어리석은 자가 아니었다. 비상한 머리로 상황을 누구보다도 잘 파악하고 예측했다. 그녀 또한 그의 도움을 많이 받지 않았나. 하나하나 제동을 걸고 제어하려 드는 건 전혀 어울리지 않았다. 그러고 싶지도 않았다. 그가 그녀를 믿는 만큼, 어쩌면 그보다 더 그녀도 그를 믿고 있었다.

그로부터 사흘 뒤에 큰 전투가 있었다. 부르군트 기병대가 예고 없이 거대하게 몰려들었다. 무지막지한 돌진에 발루아 군은 목책 뒤편까지 아슬아슬하게 밀려났다. 서로 입은 손해가 막심했다. 기병대를 따로 구분하기 민망할 정도로 양쪽 모두 군마와 병사를 잃었다. 날이 저물어갈 때 즈음 부르군트가 이성을 잃은 듯한 공격을 멈추었다. 기다렸다는 듯 우르르 물러나는 그들을 보며 세베르가 여왕에게 다가왔다.

"폐하, 무언가 이상하게 돌아가고 있습니다. 마치 손해를 감수하고서라도 우리 군대와 폐하의 시선을 돌리려는 것만 같았습니다."

"저놈들, 대체 무슨 속셈일까요? 이번 전투로 손해가 막심하지만 저놈들 피해가 더 커 보이거든요. 군량미가 부족해 자살특공대라도 보낸 걸까요?"

에셀레드가 도통 모르겠다는 듯 말을 보탰다. 에르완 또한 전투를 지휘하는 내내 적군의 움직임을 이상하게 여기고 있었던 차였지만, 억측으로 혼란을 가중시킬 필요는 없었다. 그녀는 세베르와 에셀레드의 입을 잘 단속한 후, 전체적으로 재정비를 하고 지휘부에 모이라는 명을 내렸다.

그녀는 경례하는 기사들을 뒤로하고 빠르게 걸음을 옮겼다. 평소

같으면 막사로 돌아가 오늘의 전투를 되짚어보고 앞으로의 전술을 살폈겠지만, 본능적인 예감이 그녀를 이끌어갔다.

그녀는 먼저 바스티안이 머무는 막사에 들러보았다. 텅 비어 있다. 다시 걸음을 재촉하여 지휘부로 향했다. 비치된 전술서를 가끔 들춰보곤 했었으니까. 하지만 전술지휘부, 임시연무장, 그 외 그가 있을 만한 곳을 이 잡듯이 뒤져도 머리카락 한 올 발견할 수 없었다.

"폐하?"

"……."

"샤른호르스트 폐하를 오늘 본 적이 있느냐."

불러도 보고, 지나가는 이를 붙잡고 물어도 봤으나 누구도 행방을 알지 못했다.

에르완은 느린 걸음으로 막사로 돌아왔다. 주인이 금방이라도 돌아올 것 같은, 아직도 따뜻한 온기가 남은 자리였다. 잠자리 옆에 비스듬히 세워진 검을 보았다. 에르완이 손수 챙겨 선물로 건넨, 푸른빛의 검. 그는 그것을 받을 때 크게 기뻐하며, 피치 못할 상황이 아니라면 어디든 챙겨 다닐 것이라 했다. 한마디, 한마디 가볍게 말하는 듯하지만 허투루 내뱉는 일은 없는 사람이었다. 검을 놓고 갔다는 건 즉, 피치 못할 상황에 놓여 있다는 뜻이리라.

"폐하, 사람을 풀어 찾아봐야 하지 않을까요? 혹여나 무슨 변고라도 당하셨으면……."

그가 사라진 지 사흘째 되는 날, 에셀레드가 큰 염려를 담아 말했다. 에르완은 잠깐의 고민도 없이 고개를 저었다. 그는 곧 돌아올 것이다. 약조한 대로 몸 성히, 다친 곳 하나 없이, 평소처럼 눈매를 해사하게 접고 웃으며.

이번엔 그녀가 그를 믿고 기다릴 차례였다.

✦ ✳ ✦

일은 잘 풀리는 듯했다.

레이첼은 바느질, 취사뿐 아니라 병사들의 온갖 허드렛일을 도맡았다. 부르군트 어를 구사할 수 있는 데다 손끝이 야무지고 눈치가 빨라 필요할 만한 것들을 미리 챙겨두었다. 이렇다 보니 처음엔 포로를 부리는 데에 거부감을 가지고 있던 이들도 하나둘씩 편리성을 인정하기 시작했다.

그러면서 발루아 인들이 죽어가던 일도 더는 일어나지 않았다. 만약 레이첼의 병증이 갑자기 심해져 죽어버리면 대체재가 필요해지기 때문이다. 운이 좋으면 며칠간 피를 보지 않을 수도 있었다.

"흐윽…… 아악, 악!"

다만 포로의 사용처는 하나 더 늘었다. 여자들이 성욕을 처리하기 위한 도구로 사용되기 시작한 것이다. 성행위로 인해 전염병이 옮을까 하는 두려움도 오랜 행군으로 쌓인 성욕을 이길 수는 없었다. 병증이 비교적 가벼운 포로들만 남았기 때문에 각자 취향으로 도구를 택했는데, 이국적이고 예쁘장한 외모를 가진 지클린데가 가장 자주 선택됐다.

"아아악! 제발! 제발 그만!"

수풀 사이에서 들려오는 비명에 레이첼이 질끈 눈을 감았다. 잠시 후 건장한 남자가 허리춤을 끌어올리며 걸어 나왔다.

"이봐. 가서 수습해."

강간이 끝난 후 뒤처리 또한 그녀의 몫이었다. 레이첼은 지클린데가 머리채를 휘어 잡힌 채 끌려갔을 때 준비해두었던 수건과 깨끗한 천을 챙겨 들고 일어났다. 벌레 등 껍질처럼 번들거리는 검은 눈이 그녀를 따라 움직였다. 성욕을 푸는 도구로 포로를 사용하기 시작하면서 부르군트 병사들 사이에서 암묵적인 규칙이 생겼다. 누구든 택해도 되지만, 레이첼은 예외로 할 것. 험하게 다뤄 몸이라도 상하게 했다간 일하는 데 지장이 생긴다는 이유였다. 그래도 탐욕스럽게 넘보는 눈빛마저 거둘 수 있는 것은 아니라 견디고 있을 수밖에 없었다.

레이첼이 후다닥 수풀 사이로 뛰어들어갔다. 옷이 다 찢겨 맨몸인 지클린데가 어깨를 들썩거리며 흐느끼고 있었다. 얼마나 쥐고 비틀었는지 빨갛게 손가락 자국이 남은 가슴이 힘없이 흔들렸다.

"우욱…… 우욱!"

줄곧 비명을 질러서인지 돌돌 말린 헝겊이 입에 재갈처럼 물려 있었다. 레이첼은 울컥 솟아오르는 눈물을 삼키며 얼른 천으로 몸을 덮어주었다. 목구멍까지 채우고 있을 천 뭉치를 조심스레 빼내자 짐승 같은 울음소리가 하늘을 빼곡히 채웠다. 울고, 울고, 또 울었다. 슬픔과 분노, 원망이 덕지덕지 묻어 듣는 이의 정신마저 무너뜨렸다.

아래에서 피가 흐르고 있었다. 누군가가 마구 범한 뒤 제대로 치료해주지 않은 채 계속해서 박아댔으니 성할 리 없었다.

눈시울이 뜨거워지며 눈물로 시야가 흐려졌다. 상처는 보는 사람이 더 아플 만큼 새파랗게 부르터 있었다. 입술을 꾹 깨물며 겨우 참아넘겼다. 준비해온 깨끗한 천으로 피를 닦고, 몰래 훔쳐둔 상비약을 꺼내 발라주려던 때였다. 죽은 듯이 늘어져 있던 손발이 움직였다. 순식간에 올라와 레이첼의 뺨을 후려쳤다. 비명 지를 새도 없이 넘어지면서도 약은 꼭 쥐고 놓치지 않았다.

"음식에 독이라도 타! 적어도 하나는 죽겠지!"

머리가 웅웅거리고 눈앞이 번쩍거렸다. 다행히 발길질은 더 하지 않아 비척비척 몸을 일으킬 수 있었다. 지클린데는 강간을 당한 후 항상 이렇게 악을 쓰곤 했다. 무슨 수를 써도 좋으니 독을 구해와서 저들이 먹을 음식에 섞어달라고.

"불가능해요. 독을 구할 데도 없고 저들이 알기라도 하면 우리 전부를 죽일 거예요."

"거짓말!"

아직 새까매진 눈앞은 돌아오지 않았지만, 상대의 형체는 어렴풋이 잡혔다. 몸을 일으킨 그녀가 자신을 죽일 듯 노려보고 있었다. 레이첼이 볼을 감싼 채 고개를 저었다.

"그들은 제가 만든 음식을 온전히 믿지 않아요. 꼭 포로들에게 한입씩 먹여본 다음 먹으니까요. 저도 다 같이 도망치는 방법을 계속 찾아보고 있지만……."

"네가 당하지 않기 때문에 태평할 수 있는 거잖아! 배신자! 배신자!"

"……."

"배신자! 사실 발루아의 비밀을 부르군트에 누설하고 환심을 산 거지! 여왕 폐하의 시녀였으니 이것저것 주워들은 게 많을 테니까! 부르군트! 찢어 죽일 부르군트! 우리 모두를 죽이고 저 혼자 살겠다고 전부 일러바쳤겠지! 입이 있으면 변명이라도 해봐! 배신자!"

분노는 방향 잃은 화살처럼 여기저기를 찔러댔다. 발악처럼 목소리가 커지자 레이첼은 그녀를 진정시키기 위해 쩔쩔맸다.

"지클린데, 미안해요. 내가 다 미안해요. 하지만 조용히 하지 않으면 그들이 올 거예요. 그리고 저번처럼 당신을……."

"뭐야, 왜 이렇게 시끄러워? 또 미쳐 날뛰는 거냐?"

성욕을 처리하는 도구로 전락했다지만, 부르군트 병사들도 지클린데의 상태에 대해선 충분히 인지하고 있었다. 부르군트 인이 나타나자 수풀을 쥐어뜯으며 고래고래 지르던 고함이 뚝 멈추었다. 지클린데는 군화에 시선을 박은 채 사시나무처럼 떨기 시작했다. 고약한 냄새가 아래에서부터 올라오자 병사가 눈살을 찌푸렸다.

"또 지린 모양이군. 그러게 물을 주지 말라니까!"

"죄송합니다. 제 불찰입니다. 잘 달래어 데려가겠습니다."

레이첼이 공손하게 조아리며 말하자 병사가 코를 잡고 사라졌다. 넋을 완전히 놓아버린 지클린데를 겨우 수습하여 데려갔다.

해는 땅거미와 함께 졌다. 부르군트 병사들이 마친 식사의 뒷정리를 하다 말고 레이첼이 고개를 들었다.

"병사님, 내일은 행군하나요?"

사실 산중턱 어디쯤 자리를 잡고 머문 지 벌써 며칠이 지났다. 무슨 생각에선지 그들은 시종일관 심심풀이 잡담을 하거나 느긋하게 검을 휘두르며 시간을 보냈다. 그러다 때가 되면 식사를 했고 해가 지면 자기 전 돌아가며 성욕을 풀었다. 본대에 합류하려는 생각이 아예 사라진 것처럼.

"왜? 빨리 부르군트 땅을 밟고 싶으냐? 너에게는 여기가 지내기 더 좋을 텐데."

"아니어요. 그저 내일 식자재를 얻을 곳을 생각하고 있었답니다."

레이첼은 공손하게 말하면서 눈을 내리깔았다. 굳이 수고를 들여 사로잡은 포로인데 쉽게 죽도록 하진 않겠지. 그럼 적어도 전염병에 대한 의료지원은 받을 수 있을 것이다. 포로를 무차별적으로 강간하도록 군에서 내버려두지도 않을 테고.

"전장으로 돌아가봐야 좋을 거 하나 없다. 여기서 어떻게든 시간을 끌어봐야지. 잔말 말고 이거나 닦아놔라."

그는 그렇게 말하면서 군화를 벗어 던졌다. 가죽 냄새와 땀과 발의 악취가 섞여 지독한데도 그녀는 귀중한 선물을 받은 것처럼 안아 들고 고개를 숙였다.

그가 사라지고 나서야 레이첼이 걸음을 옮겼다. 오늘은 빨래와 설거짓거리가 많아 밤을 새워야 했지만, 하루 중 더할 나위 없이 소중한 시간이었다.

"여기서 해. 이 이상 멀리 가는 건 안 된다."

보초병이 따라오다 말고 창끝으로 작은 시냇물을 가리켰다. 조금 더 내려가고 싶었는데. 레이첼이 속으로 아쉬워하며 빨랫감을 내려놓았다. 바닥에 쪼그리고 앉아 시늉만 하다, 보초병이 꾸벅꾸벅 졸기 시작하자 슬그머니 일어섰다. 살금살금 걸음을 옮겨 이른 곳은 깎아지른 절벽 끝이었다.

쏴아아. 밤바람이 무겁게 우거진 수풀을 스치고 지나갔다. 까치발을 들자 길게 뻗은 해안이 보였다. 다리에 단단히 힘을 주어 폴짝 뛰어오르자 겨우, 겨우 시선 끝에 걸쳐졌다. 곧게 솟아 낯익은, 발루아 국기가.

고귀한 백사자가 펄럭인다.

화인처럼 찍혀 상처처럼 남았다. 깊이 박혀 지워지지 않았다.

눈시울이 시큰 달아올랐다. 말릴 새도 없이 눈물이 흘렀다. 몸도 마음도 엉망진창인 그녀를 지탱해주는 것은 오로지 이 시간뿐인데도,

이 때문에 가슴 저미도록 아프기도 했다. 당장이라도 저기로 가고 싶었다. 보초병이 없었다면, 다른 포로들이 없었다면.

잔뜩 소리를 죽인 채 끅끅거리며 그 자리에 쪼그려 앉았다.

어둠이 덧그린 발루아 깃발 위를 더듬고, 또 더듬고.

어찌할 수 없는 그리움에 파묻혀 그녀는 오래도록 울었다.

✤ ✳ ✤

"누가 이런 걸 피워놓은 거냐!"

쨍그랑! 아침이 밝자마자 아수라장이 펼쳐졌다. 최고참으로 보이는 병사가 검을 뽑아 들고 포로뿐 아니라 같은 부르군트 인들을 위협했다.

"너냐? 아니면 너야?"

"아닙니다, 저희는 아닙니다!"

"터진 입이라고 잘만 씨불이는군! 그렇다면 감시라도 했었어야 하지 않나! 절대 불을 지피는 일이 없도록 신신당부하지 않았어!"

"송구합니다. 저희 불찰입니다."

"젠장, 이대로라면 본대에서 우리 위치를 확인했겠군. 당장 짐을 싸. 일부러 시간 끌었다는 걸 알면 우리 전부 죽을 수도 있다."

이를 갈며 뱉은 말에 모두가 일사불란해졌다. 물론 언제까지고 버틸 순 없었겠지만, 출발하는 날이 적어도 오늘이 아니었던 이들에게는 사형선고나 다름없었다. 아침부터 느긋하게 성욕 처리나 하던 병사도 헐레벌떡 일어나 짐을 꾸렸다.

나태하게 흩어놓은 식기 따위를 정리하는 데 반나절, 산에서 내려가 본대에 합류하기까지 한나절. 매일 밤 발끝으로 서서 발루아를 훔쳐보던 노력이 허무하기까지 한 가까운 거리였다.

"포로들을 호송해왔다고?"

묵직한 부르군트 어에 고개가 절로 떨어졌다. 이번에는 다른 포로들과 마찬가지로 묶여 끌려온 레이첼이 눈을 질끈 감았다. 이제 어떻게 되는 걸까. 본대는 별동대와 현저히 달랐다. 철저하고 엄격하며 탈출은 시도조차 못 하도록 삼엄할 것이다. 같은 공포를 느끼는 것인지 앞뒤로 이어진 밧줄이 심하게 떨렸다. 포로로 잡혀 이제까지 겪은 일들이 어쩌면 인간적인 편인지도 몰랐다.

"예. 본대에서 차출되어 왕도로 귀환하던 인원이었습니다. 리산더 장교께선 따로 나와 먼저 본대에 합류하신 것으로 압니다."

"그래. 그는 이미 한참 전에 당도했지. 그래서 물어보는 거네. 대체 왜 이렇게 오래 걸린 거지? 리산더가 아무리 범상치 않은 신체를 가졌다 해도 열흘 이상 차이 날 정도는 아니거든."

이곳에 와 처음으로 만난 보르본 장교라는 사람은 시선이 뱀과 같아, 몸속을 꿰뚫어 보기라도 하듯 샅샅이 훑고 있었다. 직접 마주하고 있지 않은데도 등줄기를 따라 식은땀이 흘렀다.

"그것이, 포로들이……."

"설마하니 포로들의 행렬이 늦었다느니, 자네들의 관리 태만을 고백할 생각은 아니겠지?"

준비해둔 변명이 막혀버리자 당황한 기색이 역력했다. 머리를 비스듬히 기울인 채 보르본이 입을 열었다.

"소식이 자꾸 늦어지니 나 또한 의심을 가질 수밖에 없더군. 일부러 시간을 지체하고 있는 것은 아닐지 말이야. 본대에 합류하여 또다시 전쟁에 차출되느니 포로들 앞에서 왕처럼 군림하고, 여자가 있다면 원하는 대로 취하기도 하고…….”

“자, 장교님, 오해입니다!”

“그래? 오해야? 정말인가?”

말끝에 웃음기가 묻어나오는 듯도 했다. 비밀리에 고발한 사람이 있는 게 아닌지 의심 갈 정도로 정확한 추측에 병사들의 말문이 막혔다. 가만히 그들을 점찍으며 돌아보던 장교가 입술을 말아 올렸다.

“아무튼, 이렇게 왔으니 된 것 아니겠나. 험난한 길이었을 텐데 저들을 여기까지 데려오느라 수고했네. 고생 많았어. 자네들은 재배치되기 전 간단한 신체검사를 거칠 예정이고, 포로들은 적절한 심문을 받게 될 거네.”

“신……체검사라 하시면?”

“오늘따라 질문이 많군, 경.”

목소리가 일순 차가워졌다. 병사들이 황급히 고개를 떨구자 다시 말이 이어졌다.

“뭐, 그래. 곧 당할 일인데 미리 알려줘봐야 나쁠 것 없겠지. 자네들은 꽤 오랫동안 전염병자들과 접촉해왔네. 못해도 보름 이상이로군. 그 시간 동안 꾸준히 살을 부대껴온 자네들을 뭘 믿고 본대에 합류시키나.”

“그…… 그렇다면.”

“면밀한 검사를 거친 후에 재배치에 대해 논의할 예정이네. 필요에 따라선 병자들과 닿은 부위를 잘라내야 할 수도 있겠지. 하지만 너무 상심하지 말게. 감염이 되지 않도록 주의를 기울이라고 당부해두었으니.”

그 말에 반사적으로 병사 하나가 제 사타구니를 가렸다. 행동으로 보이지 않아도 어쩔 수 없이 새하얗게 질리는 자들도 있었다. 보르본의 미소가 한층 짙어졌다. 무언가에 확신을 얻은 듯했다.

"혹여나 속이려는 시도는 하지 않기를 바라네. 프리드리히 폐하께선 얕은수를 쓰는 걸 무척이나 싫어하시지."

"장교님."

"검사는 곧장 진행하는 게 좋겠군."

명령은 자비 없이 내려졌다. 기다렸다는 듯 더 많은 병사가 쏟아져 들어와 그들을 에워쌌다. 레이첼은 다른 이들과 함께 포로수용소로 끌려가 갇혔다. 멀리서 짐승처럼 울부짖는 비명은 밤늦도록 귀를 괴롭혔다.

전장에 임시로 세워진 것이니만큼 수용소는 조잡하고 허름했다. 대충 나무판자로 칸을 나눈 모양이 견사나 다름없었다. 무거운 철제 수갑과 발목에 매인 쇠구슬이 아니었다면 건강한 사람은 얼마든지 도망칠 수 있을 정도로 허술했다. 건강이 좋지 않은 데다 고된 행군으로 체력이 떨어진 포로들에게는 꿈이나 다름없는 이야기였지만.

우습게도 레이첼은 산속에서 버티고 있을 때보다 여기가 훨씬 낫다고 느꼈다. 끼니때가 되면 적은 양이어도 먹을 것이 주어졌고 야만적인 강간이 발생하지도 않았다. 언뜻 듣기로 그 병사들은 성기가 잘리는 형벌을 받았다고 했다. 너무나 끔찍했지만, 마땅한 죗값을 치른 셈이었다.

본대에 합류한 첫날 새벽에 포로 다섯이 죽어 나갔다. 살아 있는 건 겨우 넷. 레이첼은 절망했다. 또렷이 기억하리라 다짐했던, 죽어버린 포로들의 이름은 흐릿해진 지 오래고 매시간 불려 나가는 동료들의 등을 무기력하게 보고 있어야만 했다.

　심문을 당하는 거겠지. 내 차례는 언제일까.

　역시 나로는 역부족이다. 그래, 나 주제에 누굴 구하겠다는 거야……

　레이첼이 무릎을 바짝 붙이고 얼굴을 파묻었다. 이대로 사라졌으면 했다. 고통 없이, 누구에게도 기억을 남기지 않은 채, 슬픔 따위 하나 없는 채로. 하지만 마지막으로 에르완과 바스티안, 사이러스를 보고 싶다는 소원이 미련처럼 남아, 도저히 스스로 목숨을 끊을 수 없었다.

　차츰 어둠에 익숙해졌다. 이대로 함몰해버리고 싶었다.

　"나와."

　문이 열리는 소리에 고개를 들었다. 희미하게 들어오는 빛줄기에 눈살이 찌푸려졌다. 제 차례인가 싶어 봤더니 부르군트 병사들이 지클린데를 질질 끌고 나가고 있었다. 그녀는 거듭된 자살 시도로 재갈이 물린 채였다.

　"지클……린데."

　속삭임에 가까운 작은 목소리였지만 온전히 닿은 듯했다. 죽은 듯 늘어져 있던 지클린데가 가까스로 고개를 돌렸다. 제대로 치료받지 못한 하반신은 연신 진물을 흘리고 있었다. 허공에서 시선이 맞았다. 그들은 같은 절망을 맛보고 있었다.

　그렇게 끌려나간 지클린데는 한참 돌아오지 않았다. 무슨 일이라도 생긴 건 아닌지 걱정이 들었을 무렵, 병사들이 수용소에 또다시 들이닥쳤다. 이상한 일이었다. 심문은 보통 한 번에 한 사람씩 진행했는데.

　"이번엔 너, 나와라."

이번에 지목된 대상은 레이첼이었다. 겁먹은 그녀가 가만히 있자 병사들이 다가와서 수갑을 풀어주었다. 무겁게 끌어내리던 무게감이 사라지자 손발이 깃털처럼 가벼워졌다. 이대로 하늘로 날아갈 수 있을 것 같다는 허무맹랑한 자신까지 들었다.

그녀가 두 팔을 잡힌 채 끌려간 곳은 구석진 데 위치한 막사였다. 희미하지만 피 냄새가 났다. 중앙에 놓인 의자에 강제로 앉혀진 채 잠시 기다리자 휘장을 걷고 누군가 들어왔다. 처음 보는 얼굴이었다.

"네 이름이 레이첼이 맞느냐."

"……."

"그렇게 입을 꾹 다물고 있어서 네게 이로울 게 없을 텐데."

"그렇…… 그렇습니다."

위압적인 시선이 내리누른다. 본능적인 두려움에 어깨가 움츠려졌다. 상대에게선 이 막사보다 더 짙은 피 냄새가 나고 있었다.

유심히 관찰하듯 한동안 그녀에게 시선을 두던 그는 별안간 낮은 웃음을 터뜨렸다.

"부르군트 어를 꽤 잘하는구나. 하긴 여왕을 모시던 시녀라니 옆에서 많이 듣고 배웠겠지."

"여왕을 모시던…… 시녀라뇨. 저는 그런 게 아닙니다……."

허리부터 목덜미까지 오한이 기어올라왔다. 목소리가 덜덜 떨렸다. 그에 남자는 턱을 문지르며 더욱 흥미로워했다.

"호오, 영리하구나. 그 사실이 밝혀지면 어떤 일이 벌어질지 짐작되나 보지. 하지만 아쉽게도 네 거짓말에 넘어가줄 순 없다. 네 정체를 밀고한 자가 있거든. ……데리고 와."

기다렸다는 듯 막사 입구를 열고 누군가 끌려 들어왔다. 그녀는 레이첼 맞은편에 마련된 의자에 패대기쳐지듯 앉혀졌다. 숨을 몰아쉬는 기척. 동료의 얼굴을 확인하지 않아도 되겠냐는 고문관의 물음이 이어졌지만, 레이첼은 묵묵부답으로 일관했다. 확인하지 않아도 알 수 있었다. 연행될 때부터 지금까지 내내 들어 친숙한 숨소리였으니까.

"봐라. 이 아이가 네가 누구인지 다 알려주면서 자기는 풀어달라고 하더군. 실로 멍청하고 가련한 여자가 아닌가. 부르군트 한복판까지 들어와 모든 걸 보았으면서 발루아로 살아 돌아갈 생각을 하다니. 네 생각도 그렇지 않나?"

"……."

"그에 비해 너는 퍽 똑똑한 모양이지. 거짓을 지어내봐야 소용없다는 걸 안 거다."

어조가 꽤 유쾌했다. 저벅, 저벅. 한 발짝씩 다가올 때마다 레이첼의 몸도 함께 움찔거렸다. 그가 허리를 숙였다. 그러곤 옆으로 흘러내린 그녀의 머리카락을 손가락으로 찬찬히 꼬았다.

"여왕을 가장 가까이서 모셨다면 아는 게 많을 터. 이제부터 전부 말해야 한다. 작은 것부터 큰 것까지, 보고 들은 전부를. 가치가 있는지 없는지 판단은 우리가 할 것이다."

"저는…… 저는 아는 게 아무것도 없습니다."

"오, 걱정하지 마라. 기억을 떠올리는 데 도움을 줄 만한 사람은 여기 널렸으니 말이야."

또 다른 인기척이 느껴지자 발가락이 움츠러들었다. 쇠로 만들어진 도구들이 구르는 소리가 들렸다. 겁에 질린 채 시선을 들자 웃고 있는 남자, 그리고 지클린데를 향해 예리한 집게를 들이대는 고문관이 보였다. 그들은 그녀가 움직이지 못하게 단단히 잡은 뒤, 손끝부터 잘라 피부를 벗기기 시작했다.

비명이 공기를 찢었다. 온전한 정신마저 뒤흔드는 처절한 울음이었다. 피부 아래에 숨어 있던 불그스름한 살이 불뚝거리며 모습을 드러냈다. 차마 눈 뜨고 보지 못할 광경에 외면하려 하자 억센 손이 볼을 쥐고 고정했다. 그러곤 감지 못하도록 눈알을 꾹 눌렀다. 극도의 공포를 이기지 못해 이가 딱딱 부딪쳤다.

"자, 기억하는 데 도움이 좀 됐나?"

"아, 아아······."

"이런, 아직 아닌 모양이군."

그는 혀를 츠츠 차며 소금물이 담긴 그릇을 들곤, 훤히 드러난 속살에 들이붓기 시작했다. 소금물이 바닥나자 쉬지 않고 다시 피부를 벗겼다. 손등부터 팔꿈치까지, 다시 뒤집어 안쪽 살갗, 그렇게 반대쪽 팔까지. 고통을 이기지 못해 혼절하면 고개를 젖히게 해 소금물을 눈에다 부었다.

"제발, 제발······."

맨 정신으로 볼 수 없는 광경에 레이첼 또한 엉망진창이었다. 눈물 콧물을 쥐어짜며 애원하자 고문관은 만찬을 앞에 둔 짐승처럼 만족스러워했다.

"아니지, 네가 할 것은 애원이 아니다. 잘 알지 않느냐."

미소가 짙어진다. 지옥이 점점 선명해졌다.

"여왕에 대해 말하면 목숨만은 살려주마."

빛이 조금도 들지 않는 밤이었다.

❖ ✳ ❖

발루아 군이 급작스러운 공격에 맞서기 위해 전장에 나갔을 때, 바스티안은 고요한 막사 안에 홀로 덩그러니 남아 있었다. 사락. 막사 입구 천이 살짝 걷히는 기척에 시선을 돌리려던 찰나, 서슬 퍼런 칼날이 목덜미에 와닿았다. 소스라치게 놀랐을 보통 사람과 달리 바스티안은 입꼬리를 비뚤게 끌어올렸다.

"생각보다 늦었잖아."

"……."

"대접도 영 별로고."

불쾌감을 여과 없이 드러내며 손가락으로 칼날을 쭉 밀어냈다. 그러자 멀어진 만큼 다시 다가왔다. 그 바람에 칼날에 손끝이 베이고 말았다. 바스티안이 인상을 찌푸리며 손가락을 빨았다. 몸 성히 돌아온다고 약속했는데 벌써 이러면 어쩌나. 돌아올 때까진 다 나아야 할 텐데.

"너희가 그 유명한 그림자인가? 어떻게 생겨먹었기에 왕인 나보다 더 보기가 힘들어?"

바스티안이 움직이려 하자 곧장 칼날이 허리 어딘가를 쿡 찔렀다. 그리고 염치없게도 그들이 말했다.

"정중히 모시겠습니다. 조용히 따라가시죠."

"정중하고 조용? 정말로 이게 너희들의 정중하고 조용한 방식인가?"

"모시겠습니다."

"잠깐."

그림자의 손은 왕에게 닿았으나, 우아하게 거절당했다. 털어내거나 밀어내지 않았으며 경멸과 노여움을 표하지도 않았다. 그저 스스로 물러나게 했다. 날카롭게 강압하는 자신들의 군주와는 현저히 다른 느낌이라 당황할 수밖에 없었다.

"내 발로 가겠다."

"혹 다른 생각을 품고 계신 거라면 부디 단념해주십시오. 최대한 안전하고 옥체 상하시는 일 없이 모셔오란 명을 받았습니다."

"꿍꿍이 따위 없으니 걱정하지 말게. 자네들이 이곳까지 도달할 정도라면 짐이 구원을 바랄 상황은 아닐 테고, 자네들의 왕도 유사시엔 짐에게 칼을 들이대도 된다고 명령했을 테니. 거기다 못 들었나? 생각보다 늦었다고. 도망칠 사람이 그런 말을 했겠어?"

그러고 보니 그런 말을 했었다. 마치 기다리고 있었던 것처럼, 목덜미에 칼이 들이밀어졌는데도 당황하지 않고 그들을 맞이했다. 거기다 프리드리히 왕의 은밀한 명을 마치 옆에서 들은 것처럼 정확히 말하기까지.

"알아들었으면 짐을 인도하게."

그림자는 더는 바스티안의 몸에 손을 대지 않은 채 막사 밖으로 인도했다.

아마도 그들이 숨어들었을 길을 따라가면서 바스티안은 속으로 감탄했다. 아무리 병사 대부분이 전투에 차출되어 나갔다 하나 이곳은 적진 한복판이다. 발루아 인의 눈을 피해 최대한 빠르게 숨어다닐 수 있는 길을 잘도 찾아왔다 싶었다.

전장으로 한창인 개활지를 돌아 해안을 통해 이동했다.

날카롭게 벼려진 목책, 모래에 잠긴 방패, 하늘로 솟은 창. 전장에 거대한 제국이 세워져 있다.

검은 표범이 이를 드러낸다. 무겁고, 무거운 쇠의 냄새. 들이마시는 숨에 코끝부터 부식된다. 부르군트 영역이군. 본능적으로 직감했다.

"잘리어의 대제시여!"

막사에서 누군가 나왔다. 프리드리히다. 태어나기를 왕이었던 자의 오만함, 자연스러운 정점. 당연한 듯 절대적으로 군림하는 그를 알아보지 않을 수 없었다.

"먼 길 오시느라 고생하셨습니다, 대제시여. 평화의 상징인 잘리어를 다스리는 분께서 전장에서 얼마나 노고가 많으셨습니까."

"폐하 같은 분을 이런 곳에서 뵙다니 저 또한 유감스럽습니다."

바스티안은 의례적인 인사를 건네며 프리드리히 옆에 선 자를 보았다.

"여기서 만나 유감스러운 자가 하나 더 있었군요."

"오랜만에 인사 올립니다, 폐하."

허리를 숙이며 예를 갖추는 모습에 그의 눈매가 웃는 것처럼 휘어졌다.

"잘리어를 떠날 때도 이렇게 인사를 나누었으면 좋았을 텐데 말입니다. 그렇지 않습니까, 보르본 경. 짐이 기억하는 그대의 마지막은 꽁지 빠지게 도망치는 모습뿐이니 말입니다."

"……."

"그래서 그런지 그대를 보아도 노여움이 느껴지질 않습니다. 외교 대신으로 와선 반군과 공조하고 끝내 도주해버린 장본인인데도."

"자아, 잠깐. 실례하겠습니다."

그때 프리드리히가 나서 시선을 차단했다.

"양국에 해결해야 할 사안이 생긴 것 같군요. 제 불찰입니다. 다만 폐하를 모시고 온 게 그러한 노력의 일환이라 여겨주시면 좋겠군요."

"노력의 일환이라."

"평화의 상징이나 다름없는 잘리어의 폐하께서 전장 한가운데 계시게 할 순 없지요. 이제부터 폐하의 안전은 저희가 책임지겠습니다."

얼핏 들으면 우호적으로 느껴졌지만, 부르군트와의 과거를 돌아보면 우스운 제안이었다. 애초에 잘리어를 침략하려던 것도, 발루아에서 머무르는 그에게 칼을 들이대며 끌고 온 것도 부르군트 아닌가. 세상의 모든 언어가 사멸한다 해도 그들만큼은 보호라는 말을 입에 담을 자격이 없었다.

하지만 이것 또한 강한 자만이 누릴 수 있는 뻔뻔함 아니겠나.

프리드리히는 그를 죽일 수많은 기회가 있었다. 심지어 이 순간조차 기회였다. 그가 말 한마디만 내뱉으면 막사 밖에 대기하고 있을 수만의 군사가 들이닥쳐 바스티안의 몸에 수많은 구멍을 낼 수 있었다.

하지만 부르군트의 왕은 그렇게 하지 않았다. 잘리어 왕이 발루아 군에 섞여 있었노라는 리산더의 말을 그냥 지나치지 않았고, 별동대를 보내어 데려왔다. 거기다 보르본을 옆에 두어 왕이 맞는지 확인시키기까지 했다. 전쟁의 승패에 조금도 영향을 줄 일이 없는 잘리어 왕을 상대로 대단히 수고로운 일이지 않나.

프리드리히가 내뱉은 말 중 진심은 거의 없었을 테지만, 이 마지막 전쟁에 잘리어가 끼는 걸 원치 않고 있음은 확실했다. 그들은 벌써 이 전쟁이 끝난 다음을 생각하고 있는 것처럼 보였다.

명분.

평화의 상징인 잘리어는 명분을 제공할 수 있는 좋은 도구였다.

"폐하께서 보호해주신다고 친히 약조해주시니, 이보다 더 안심되는 일은 없군요. 저 또한 양국에 어떤 오해나 앙금이 남지 않기를 바랍니다. 그래서 이렇게 뵙게 된 게 더 반가울 따름이지요. 과거는 과거일 뿐, 이제는 미래를 보아야 하지 않겠습니까."

"부르군트 어를……?"

"잘리어가 평화의 상징이긴 하나 또한 시대의 흐름에 따라야 하는 국가입니다. 부르군트 어를 모른다니, 말도 안 되는 일이지요."

프리드리히는 그의 입에서 자연스럽게 나오는 부르군트 어에 눈을 크게 떴다. 줄곧 잘리어 어를 쓰며 맞춰주고 있던 수고로움이 불필요했음을 깨닫자 조금 놀란 눈치였다. 거기다 바스티안이 한 말의 내용까지.

그의 입매에 미소가 잡혔다. 머리서부터 뒤집어쓴 도덕이 한 꺼풀 벗겨졌다. 잠시 후 흘러나오는 부르군트 어는 꼭 쇠처럼 견고하고 단단했으며 거칠었다.

"대제께서 그리 말해주시니 기쁨을 금할 길이 없군요."

"사실 이런 방식이 아니라도 폐하는 꼭 한번 뵙고 싶었던 차였습니다. 피치 못해 발루아에 머물러 있는 동안이라도 은밀히 연락을 주셨으면 외려 제 쪽에서 폐하를 대접할 준비를 했을 겁니다."

"피치 못하여."

"아아, 정말 아쉬운 일이군요. 이맘때 잘리어는 포도를 한창 딸 시기지요. 향이 좋고 품질이 좋아 와인을 빚어 마시면 그만한 맛을 찾을 수가 없습니다. 거듭 말씀드리지만, 언질이라도 주셨다면 성대하게 준비해두었을 겁니다. 아시다시피 발루아 왕은 그런 것에는 도통 관심이 없거든요."

바스티안이 혀를 차며 막사 중앙에 마련된 의자에 앉았다. 꼭 주인

인 양 자리를 권하자 프리드리히가 작게 웃었다. 밟아 죽이려던 벌레
가 발버둥 치는 꼴을 구경하는 눈이었다.

"그런 것에 관심이 없으신 분이군요. 아쉽게도 직접 만나 이야기를
나눠본 일은 없던 터라."

"그뿐입니까. 발루아는 강대국이지만, 그를 지탱할 만한 심력을 가
지진 못했습니다. 냉정하지 못하며 감정적입니다. 출중한 검술가이
자 전술가지만 나약한 심성 때문에 재능을 충분히 발휘하지 못하는
상황이지요. 얼마 전 왕도로 돌려보내던 전염병자들이 붙잡혔다고 얼
마나 흔들리던지, 실망스러운 광경이었습니다."

복잡한 술수는 다 내려놓고 단순하게 늘어놓았다. 프리드리히가 좋
아할 만한, 방심시킬 수 있을 만한, 환심을 살 만한, 궁금해할 만한.
남의 머리 위에 앉은 자들이 으레 그렇듯, 듣고 싶어 할 만한 말을 골
라 흘렸다. 그리고 그 말들은 꽤 효과를 발휘하는 것처럼 보였다.

"저명하신 실드베르 4세가 그런 분이실 줄 몰랐군요."

"잘리어에겐 미래로 나아갈 협력자가 필요합니다. 비록 처음엔 적
으로 만났다 할지라도 그에 연연하지 않을 우호적인 국가 말입니다."

"호오."

"그리고 그런 동료를 이제야 마주한 것 같군요."

"저 또한 그러한 제안을 하기 위해 모셔온 것이지만, 생각보다 이야
기가 빠르게 진행되는군요."

두 왕의 시선이 허공에서 맞닥뜨렸다. 프리드리히의 손가락이 탁자
위를 가볍게 두드리기 시작했다. 상대의 속내를 가늠할 때 그가 보이
는 습관이었지만, 바스티안은 그 특유의 알 수 없는 미소만 시종일관
유지할 뿐이었다.

"저는 결단에 시간을 지체하는 편이 아닙니다. 기개니 절개니 다 좋지만, 시대가 변하는 대로 몸을 맡길 수밖에요. 방파제를 두어 파도를 막아본들 거대한 바다의 흐름을 막을 수 없는 것처럼 말입니다. 이를 거슬러봐야 결국 손해를 보는 건 저이고, 제가 다스리는 잘리어와 백성들이지요."

"현명하십니다. 동시에 셈이 무척 빠르시군요."

"칭찬으로 듣겠습니다."

"하지만 괜찮으시겠습니까? 전쟁이 아직 끝나지 않아 어느 쪽이 승리를 거머쥘지 아무도 모릅니다."

"그만한 불확실성을 감수하지 않는다면 어떻게 함께하는 영광을 누릴 수 있겠습니까. 거기다 폐하께서는 어느 쪽이 승리할지 이미 확신하고 계시는 듯합니다만."

"흠."

"아닙니까."

프리드리히는 팔짱을 낀 채 한동안 그를 응시했다. 그러다 보르본과 눈신호를 주고받는가 싶더니 이내 자리에서 일어나 손을 내밀었다. 바스티안은 새삼 그가 지닌 기개와 성정에 비해 키가 작다는 사실을 깨달았다. 시선이 아래로 내려갔다. 그 손을 맞잡자 한겨울 서리 같은 차가움이 스며들었다.

"역시 문화의 중심국을 통치하는 폐하답습니다. 나누는 말 한마디마다 뼈가 있군요. 곱씹을수록 떫은맛이 나는 느낌입니다만, 즐거운 시간이었습니다. 저희 대화는 차후로 미루기로 하지요. 아랫것들에게 일러 지내시는 데 불편 없게끔 하겠습니다."

"이런 전장에서 편한 생활을 영위할 수는 없는 일이지요. 저에게 들이는 수고는 최소한으로 두어도 괜찮습니다."

"그럴 수는 없지요. 귀하신 분을 모셨으니 빈틈없이 수발을 들 자를 차출하겠습니다. 또한, 더욱 철저한 보호를 위하여 폐하께서 걸음 하시는 곳마다 제게 보고가 올라올 것입니다."

"하지만 아무리 그래도 부르군트 진지는 한 바퀴 둘러봐야 하지 않겠습니까."

"그럴 필요는 없으실 것 같군요."

"……."

"폐하의 안위를 위해서입니다. 이곳은 우리 부르군트뿐 아니라 다른 연맹국 병사들도 많습니다. 혹시나 몰라 뵙고 위해를 가할까 저어됩니다."

허튼 수작 말고 얌전히 지내라.

단단히 못 박은 프리드리히가 보르본을 대동한 채 막사를 떠났다. 숨 쉴 틈도 없이 시종들이 들어와 빈자리를 채우고, 명을 받은 경비병들이 막사 주변에 일정한 간격으로 서서 기척을 냈다. 개미 새끼 한 마리 얼씬 못 할 삼엄한 경계였다.

바스티안은 막사 너머로 느껴지는 기척에 픽 웃고 말았다. 레이첼의 생사부터 확인하고 싶었는데, 이거야 원. 포승줄에 묶이지 않았을 뿐이지 영락없는 포로 취급이다.

조금 전 왕이 머물렀던 자리를 보았다. 적을 간단히 집어삼킬 듯한 검은 소용돌이, 살아 숨 쉬는 권력, 부르군트의 당연한 오만. 그 열기가 여전히 남아 공기를 불그스름하게 달구고 있는 듯했다.

그에게서 느낀 것은 의외로 종전에 대한 의지였다. 오히려 에르완보다 더, 전쟁을 끝내길 바라고 있었다. 중요한 건 계기였다. 평화를 갈망하는 에르완과 달리 프리드리히는 더 큰 전쟁과 더 절대적인 지배를 원했다.

거대한 흐름은 바꿀 수 없다. 하지만 온몸이 흠뻑 젖고 번번이 빠지는 한이 있더라도 물살을 가르고 돌아갈 순 있었다. 그리고 두 눈으로 직접 보리라. 세계의 큰 흐름이라는 부르군트가 어떻게 생겨먹었는지.

바스티안이 서서히 움직이기 시작했다. 그는 거센 파도가 막는다고 막히는 사람이 아니었다.

✦ ✳ ✦

"하아아…… 하아……."

"이래도 버틸 셈인가?"

뜨이지 않는 눈을 억지로 끌어올렸다 감았다. 눈앞이 희뿌옜다. 얼굴을 핥아대던 놈들의 침이 아직 남은 탓이었다. 온몸에 덧발라진 여물이 덩어리째 바닥으로 툭툭 떨어졌다. 그것을 주워 먹기 위해 다시 다가오려는 말을 다른 고문관이 제지했다.

"네 팔을 잘라 말에게 던져주어야 정신을 차릴까."

레이첼이 말을 무서워한다는 걸 알아챈 후부터는, 고문에 효과적으로 사용하고 있었다. 그녀의 몸에 여물을 쏟아부은 후 거꾸로 매달아 말들이 핥아 먹게 한 지금도 마찬가지였다. 너무나 공포스러운 나머지 정신을 놓기 일쑤였지만 그런 사정을 봐줄 부르군트가 아니었다. 호되게 뺨을 맞아 깨어났고, 몸뿐만 아니라 정신까지 갈가리 찢겼다. 레이첼이 퉁퉁 부어오른 입술을 겨우 움직였다.

"저는, 저는 아는 것을 다 말했습니다…… 이제 더는 모릅니다……."

"오, 그건 동료에 대한 네 알량한 동정심이 불러일으킨 거짓임을 알고 있다. 확인해보니 맞는 게 하나 없더군."

"……."

"시간을 끌어 기뻤더냐?"

"……."

"조그만 머리를 어찌나 요망하게 굴리는지 가소롭기 짝이 없군. 하지만 네 동료는 그 덕에 더 가혹한 고문을 받게 되었으니, 충분한 교육이 되었으리라 믿는다. 네 거짓말이 아니었다면 저 계집의 열 손가락은 아직은 온전히 붙어 있었을지도 모를 일."

고문관, 알론소가 벽에 걸려 축 늘어진 지클린데를 눈짓했다. 채찍 자국, 벗겨진 피부, 학대당한 눈알, 깨끗하게 잘려나간 손가락. 차마 눈 뜨고 볼 수 없는 몰골이다. 그나마 목숨을 이어붙이고 있는 건 정성스러운 치료 때문이었다. 부르군트는 오로지 고문을 지속하기 위해 치료해주었고 아물어갈 즈음 다시 인두로 지지고 후벼팠다. 그럴 때마다 지클린데는 고통을 이기지 못하고 처절한 비명을 지르곤 했다.

"정말 부끄럽기도 하지. 몸집 거대한 장수들도 하루면 입을 열게 만든다는 부르군트 고문관들인데, 이런 작은 계집애 입 하나 털지 못해서야."

알론소가 거꾸로 매달린 레이첼의 얼굴을 가만히 들여다보았다. 거친 기침 소리와 함께 핏덩이가 한 움큼 토해져 나왔다. 그가 혀를 츠츠 찼다.

"증세가 점점 심해지고 있군. 어쩐다. 이대로 죽어버리면 다음에 거기 묶여 있는 게 내가 될 텐데."

"저는…… 아는 게 아무것도 없습니다……."

"앵무새처럼 그 말만 반복하는군. 차라리 다 죽어가는 자들을 데려올 걸 그랬어. 우습게도, 인간은 죽음에 다다를수록 더 악착같이 살고 싶어 해서 뭐든 쉽게 털어놓거든. 그런데 너는?"

"저는 일개 시녀 중 하나였어요. 무언가를 전달받을 만큼 대단하지 않습니다."

"너는 다 죽어가면서 무얼 믿고 버티는 거지? 설마 네 주인이 구해줄 거라는 희망이 남아 있진 않을 테고."

"……."

"단념해라. 발루아 왕이 이곳에 이를 일은 없을 테니까."

"그게 무……슨……."

"발루아 왕이 오늘 전투에 크게 패하면서 치명적인 상처를 입었다고 하더군. 목숨이 오락가락한 모양이던데."

"거짓……말."

현실인지 꿈인지 분간 못 하던 눈이 점점 또렷해졌다. 눈물이 차오르는 건 금방이었다. 알론소가 비뚜름하게 입술을 끌어올렸다.

"기억을 잘 떠올려보아라. 오늘은 이상하게 잠잠했을 것이다. 세상 어느 천지에 이런 전장이 있을까. 발루아에서 휴전을 제의했고 부르군트는 도덕을 모르는 야만국이 아니기에 왕에 대한 예우를 보였을 따름이라."

"거짓말, 거짓말……."

"너 또한 어디 붙는 게 유리할지 잘 생각해보는 게 좋을 거다. 끝내 병마에 지더라도 병상에서 편히 마지막을 맞이할 수는 있겠지."

나사 빠진 것처럼 너덜거리던 이성이 끝내 무너졌다. 쏟아지는 비웃음을 마지막으로 정신을 잃었다. 그 후 몇 번이나 뺨을 맞고 찬물을 뒤집어써도 눈을 뜨지 못했다. 그대로 침잠하고 가라앉았다.

그리운 얼굴을 보았다. 한 번이라도 더 뵙길 바랐던 분. 그럴 수만 있다면 악마에게 영혼이라도 팔 수 있었던 간절함. 녹아들도록 따스하게 바라보는 눈에 가슴이 미어졌다. 곧 깨어날 꿈인 걸 알고 있기에 더욱 소중히 눈에 담았다.

"폐하, 폐하께선 왜 전쟁을 끝내시려는 건가요?"

"너는 전쟁으로 부모와 나라를 잃었지. 나 또한 그렇다."

"예? 폐하께서요?"

"나 또한 네 슬픔을 알고 공감해. 그래서 더욱 네가 봐주었으면 한다. 왕이 한 맹세를 어떻게 지키는지, 산증인으로서."

멍하니 바라본다. 그녀가 손을 내밀었다.

"잡아라."

"폐하."

"잡고 일어서. 그리고 발루아로 가자, 나와 함께."

단단하고 누구에게도 지지 않을 손이었다. 온 마음이 기울어 흔들렸다. 매일 밤마다 기도를 올렸을 에르완이 떠올랐다. 혼자만의 맹세를 걸고 끝없이 되뇌었을 것이다. 잊지 않기 위해, 세월이 지나면서 빛이 바래지 않도록.

하지만 레이첼이 곁에 머문 이후로는 그럴 이유가 없었다. 같은 아픔과 같은 염원을 공유하여, 마주 보는 것만으로 그 시간들을 되새길 수 있었으므로.

"폐하…… 저는……."

입술이 파르르 떨렸다. 한 발짝씩 물러나 그대로 무너졌다.

"황송합니다, 폐하. 저는 더는 그 손을 잡을 수 없을지도 모릅니다. 그 맹세가 이루어지는 모습을 보지 못할지도 모릅니다. 죄송합니다. 염치 불고하고 용서를……."

꿈속의 그녀는 대답이 없었다. 그저 평안히, 어여삐 여기는 친동생을 보는 듯한 애정 어린 눈길이었다. 차라리 그것에 감사했다. 이 처참한 꼴을 보여드리지 않아도 되어 다행이었고, 더욱 마음 놓고 망가질 수 있어 다행이었다.

그녀는 끝내 다리를 붙잡고 매달렸다. 울고 또 울었다. 꿈이 만들어낸 허상이기에 더욱 비굴해질 수 있었다. 목 놓은 통곡이 치솟아 올랐다.

"폐하, 구해주세요. 저를 구해주세요. 저는, 전쟁이 너무나 싫습니다. 고통스럽고 두렵습니다. 저 자신이 커다란 파도에 속절없이 떠밀리는 작은 조각 따위로 변해버린 것 같습니다. 아니, 사실은 사람이 무섭습니다. 전쟁은 진정 온갖 재앙을 낳지만, 그보다 사람이 더 무섭습니다. 처음에는 전쟁이 사람을 잔인하게 만드는 줄로만 알았는데, 그게 아니었습니다. 사람은 본디 악랄하고 잔인한 존재였으며 전쟁은 그런 잔인한 본성을 보여줄 뿐이었습니다."

"……."

"무섭습니다, 폐하. 제가 저 자신이 아닌 다른 무언가로 변할까 무섭고 두렵습니다. 저 또한 악랄하고 잔인한 본성을 가진 인간일까 봐. 그렇게 나락으로 떨어진 채 최후를 맞이하게 될까 무섭습니다. 이런 산지옥에서 평생을 살아온 폐하께선 어쩜 아직도 사람에게 믿음을 주실 수 있는지요. 사람을 아끼고 가엽게 여기셨는지요. 어떻게…… 사람다움을 지켜내셨는지요. 제발 가르쳐주세요, 제발."

"……."

"그런 폐하께서 돌아가셨다니, 믿을 수 없어요. 믿기지 않습니다. 믿지 않을 거여요."

짜악!

골이 흔들리는 아픔에 에르완이 사라졌다. 강제로 현실로 끌려나온 레이첼은 악마와 눈을 마주했다.

그가 물었다.

"이제 모든 걸 토설할 마음이 들었나?"

그녀가 희미하게 웃었다.

"이미 아는 건 모두 말했어요. 이제 제가 아는 건…… 제가 아무것도 모른다는 사실뿐이죠."

더욱 잔인한 고문이 자행되었다. 신체적, 정신적으로 가할 수 있는 모든 종류의 고문이 행해졌다. 그들은 레이첼이 매달려 있는 마지막 희망의 끈을 잘라버리고자 모든 수단을 동원했다.

"네 주군은 이미 죽어 없다. 그 머리를 가져와야 믿을 테냐?"

"만약 그렇다면 왜 아직도 제게서 정보를 캐지 못해 안달이신 건지요?"

"너를 포함한 포로들을 걸고 협상을 제의했다. 하지만 네가 그리 지키고자 하는 여왕은 너희들을 헌신짝처럼 내치더군. 어차피 병중으로 죽을 이들이니 마음대로 처분하라는 답변을 받았다."

"거짓말이군요. 우리 폐하는 백성을 버리지 않아요. 외려 저희를 구해내지 못해 가슴이 아려 천 번이고 만 번이고 우셨을 분이에요. 만일 협상에 응하지 않으셨다면 우리보다 많은 백성의 목숨을 품어 안고 계시기 때문일 거여요. 저는 그런 여왕 폐하의 백성임이 자랑스러워요. 제 목숨 하나 구하고자 다른 백성들의 목숨을 담보로 내놓지 않아 더욱 자랑스러울 뿐이에요."

"보기보다 독한 계집이군. 그리고 상상 이상으로 멍청해. 여기서 고문받다 뒈지면 누가 알아줄 성싶으냐? 죽음이 두렵지도 않으냐? 아무리 여왕에게 충성한들 네가 죽어 없어지면 그만이다."

"무서워요. 두려워요. 사실은 하루에도 수십 번씩 공포를 이기지 못해 무너져요. 말씀하신 것처럼 저는 그리 독하고 단단하지 못해요. 그럼에도…… 한평생 모신 여왕 폐하께서 제 유일한 긍지가 될 테니까."

"그렇다면 네 유일한 긍지를 입에 올리지 못하도록 혀를 지져주마."

대체 며칠이 지났을까. 하루가 멀다 하고 고문실은 비명으로 가득 찼다. 손톱, 손등, 손가락, 발가락, 발, 뒤꿈치, 무릎, 귀, 입술, 눈알…… 감각이 살아 있는 모든 부위를 자르고 헤집고 찌르고 태웠다. 하루가 다르게 스스로 죽음에 다다라가는 걸 느끼며, 내일이야말로 다시는 눈을 뜨지 못할 거란 생각에 눈물 흘렸다.

살고 싶지 않으냐 했다.

살고 싶었다.

발루아로 돌아가고 싶지 않으냐 했다.

돌아가고 싶었다.

네깟 게 지킨다고 지켜지는 것이냐 했다.

그래도 지키고 싶었다.

부르군트 인들이 말하는 만큼 그녀는 모질고 독하지 못했다. 폐하께서 오래 침소에 들지 않을 때는 곁을 지키겠다고 큰소리쳐놓고 꾸벅꾸벅 졸기 일쑤였으며, 매번 덤벙대고 실수를 연발해 시녀장을 고민하게 했다. 성군이라 칭송받는 여왕을 가장 가까이에서 시중을 들기엔 여러모로 부족하기도 했다. 어쩌면 함께한 시간 전부를 두고 보면 여왕이 그녀 뒤치다꺼리를 더 많이 했을지도 몰랐다. 그런 그녀가 이 모진 고문을 어떻게 견디고 있는지 스스로도 알 수 없었다.

밤이 되자 고문관들이 자리를 떴다. 죽은 것처럼 축 늘어져 있던 레이첼이 느릿하게 고개를 들었다. 반대쪽 벽에 전시되듯 걸린 또 다른 여자아이가 희뿌옇게 보였다. 거멓게 변한 피가 덕지덕지 말라붙어 사람인지 고깃덩이인지 분간하기 힘들 지경이다. 며칠 전 물고문을 당하고 벽에 걸린 후부터 미동이 없어 살았는지조차 알 수 없었다.

그때 바깥에서 낯선 소리가 들렸다. 고문실 앞에서 작은 소란이 벌어진 듯했다. 언뜻 친숙한 목소리가 귀를 잡아끌었다. 환청일까? 이곳에 있을 리 없는데.

"겨우 하나 살아남았나?"

"여기까지만 들여다보고 가자. 레이첼이 없다."

"오는 길에 죽었을 가능성도 배제할 순 없다. 이곳에 오래 머무를 수는 없어."

"오래 걸리지 않을 거다."

귓바퀴는 이미 다 잘리고 없었지만, 목소리가 들려오는 방향은 알 수 있었다. 인기척이 가까워졌다. 무거운 눈꺼풀을 들어 어둠 속을 응시했다. 검은 복면 사이로 흘러나온 어두운 금발. 그녀가 레이첼을 보자 주위를 살피며 한달음에 달려왔다.

"잠깐만."

눈매만으로 알아보았다. 베로니카였다. 그레더니어 단원들과는 모두 가깝지만, 그중에서도 특별하게 기억에 남은 게 그녀였다. 최연소 기사이며 소대 하나를 이끌어 부르군트 대대를 격파하고 돌아온 공로를 쌓은 베로니카를 보며 내심 부러웠던 적이 있었다.

"혹시 너, 레이첼이냐?"

레이첼이 힘없이 눈을 깜박였다. 아는 얼굴이었다. 이게 진짜일까? 어쩌면 발루아로 돌아가길 바라는 강렬한 바람이 환각을 낳은 걸지도 모른다.

"너, 그 꼴이……."

잠시 굳어 있던 베로니카가 그녀를 위에서부터 살폈다. 채 다 내려가기도 전에 입술을 떨었다.

"미친놈들, 사람을 이 지경으로 만들다니, 대체 무슨 짓을……."

"우아……."

"말을 못 하는 것이냐? 혀라도 잘린 거야?"

"우아, 우아……."

우리 폐하께선 살아 계신가요? 부르군트 인들이 말한 것처럼 위독하신 건 아니시지요?

"됐다. 상황 설명은 나중에 하자. 폐하께서 널 많이 걱정하신다. 꼭 살려 데려오라고 하셨어."

폐하.

폐하께서 살아 계신다고 한다.

느닷없이 급소를 세차게 얻어맞은 느낌이다. 날카로운 가시에 찔려 심장에 피가 맺혔다. 뜨거운 무언가가 울컥 올라왔다. 어디가 고장이라도 난 듯 울음소리 하나 나오지 않고 눈물만 줄줄 흘렸다.

툭. 양옆에 무언가가 무겁게 떨어졌다. 돌아보고 나서야 둘 다 제 팔임을 알았다. 몸에 팔이 붙어 움직인다는 감각을 잊은 지 이미 오래였다. 그녀는 무게를 지탱하지 못하고 쓰러졌다. 얼굴을 돌바닥에 들이박은 데에 가까웠다. 베로니카가 기겁하며 부축했다.

"미안하다. 힘줄까지 끊어둔 줄 몰랐다. 얼른 업히거라. 시간이 없으니. 부르군트 군이 거의 다 빠져나간 지금밖에 기회가 없다."

두 팔이 붙잡혀 업히면서 레이첼이 큰 신음을 냈다. 그러고는 턱으로 지클린데를 필사적으로 가리켰다. 때맞춰 들어온 로제가 생사를 확인했다. 로제가 어두운 표정으로 고개를 저었다.

"이미 죽었어. 안된 일이야."

"……."

"안타깝지만, 사체까지 운반할 여유는 없어. 여기 두고 가야 해."

버둥거리는 레이첼을 꾹 눌러 진정시키고 서둘러 고문실 밖으로 나섰다. 밤바람이 훅 밀려들었다. 고문실의 피 냄새에 내내 마비되어 있던 레이첼은 맑은 공기에 놀라 뻣뻣하게 굳고 말았다.

"이쪽으로."

미리 빠져나갈 길을 망보고 있던 이레네가 어둠 속에서 손짓했다. 사람을 하나씩 업었다고는 믿을 수 없는 속도로 베로니카와 로제가 빠르게 달렸다. 레이첼은 눈을 감고 그 등에 기대었다. 아주 오랜만에 느껴보는 사람의 온기였다.

언젠가의 기억에 빠져들었다.

에르완을 따라 처음 발루아에 발을 디뎠을 때였다. 명목상 시녀였지만 아무 역할도 하지 못했다. 혹한의 추위를 견디지 못해 석 달은 앓아누웠고 접시 깨뜨리는 데 넉 달을 썼다. 도움이 되기는커녕 자꾸만 일을 늘리기만 하자 다른 시녀들은 눈엣가시처럼 여길 수밖에 없었다.

어느 날 레이첼은 다른 시녀들이 속닥거리는 걸 듣고 성 뒤편 산으로 향했다. 셋째 왕녀 전하께서 토끼가죽이 필요하다 하셨는데, 숲으로 직접 들어가 야생토끼를 잡아오기가 힘들다는 고충이었다. 성 뒤편의 깎아지른 산은 생명이 살 수 없을 정도로 혹한의 눈바람이 불었지만, 그를 알 리 없는 레이첼은 무작정 산을 올랐다.

그러다 해가 져서 길까지 잃어버린 그녀를 찾아낸 건 다름 아닌 에르완이었다. 자초지종을 들은 왕녀는 깊은 한숨을 내쉬었다.

「시녀 아이들이 장난을 친 모양이구나. 나는 그런 가죽이 필요하다 한 적이 없다.」

「그, 그런…… 죄송해요. 송구합니다. 면목이 없어요.」

「왜 네가 사과하는 거지?」

「저를 괴롭히는 건 제가 일을 잘못하기 때문이에요. 자꾸 사고만 치니까 미워하는 거여요. 제가 이럴수록 난처해지는 건 왕녀 전하이신데…….」

「그런 건 아무래도 상관없다. 다만 왜 뭔가 자꾸 하려는 것이냐. 나는 네게 일을 시키고자 데려온 것이 아니다.」

「아닙니다, 아니에요. 그런 생각으로 나서는 게 아니어요. 그저 저는 폐하께 도움이 되고 싶어서…… 저를 살려주신 분인걸요.」

「정 일을 하고 싶은 거냐.」

「네. 뭐든 좋아요. 뭐든 할 수만 있다면.」

「그렇다면 이 검집을 수선해놓거라.」

레이첼 다리 위로 작은 가죽이 툭 떨어졌다. 길어야 한 뼘 정도 될까, 똑같은 모양의 가죽 두 개가 서로 덧대어져 기워져 있었는데, 일부가 닳은 것처럼 뜯어져 있었다. 이게 검집이라고? 그녀가 의아해하며 여러 번 뒤집어 살피자 에르완이 말을 이었다.

「단검에 씌우는 것이라 작고 얇다. 가장자리만 마저 기워보아라.」

「네! 열심히 잘! 내일까지, 아, 아니, 모레까지 해두겠습니다!」

「서두를 것 없다.」

왕녀 전하께서 쓰실 가죽 검집인데 그럴 수는 없었다. 소중하게 받아든 그날 레이첼은 밤을 꼴딱 새워 바느질했다. 손끝이 여물지 못해 바늘로 가죽을 뚫는 데만도 시간이 한참 걸렸다. 비뚤비뚤 기워놓고 마음에 들지 않아 실을 자르고 다시 바늘을 들었다. 그렇게 이틀 걸려 가죽을 가져가자 왕녀는 무뚝뚝하게 수고했다고 하며 집어넣었다.

그리고 이틀 뒤 또 뜯어졌다며 가져왔다. 이번에는 튼튼함에 중점을 두고 두 번씩 기웠다. 그렇게 가져다드리니 단검이 들어갈 자리가 좁아져 뻑뻑해졌다고 했다. 레이첼은 다시 바늘을 들었다.

그렇게 두 달을 거듭하자 그녀는 그 어떤 옷감도 손쉽게 바느질해냈다. 심지어 시녀장보다 바느질을 야무지게 해내어 바느질거리를 혼자 반 이상 해치우곤 했다. 덕분에 레이첼은 시녀들의 괴롭힘을 더는 받지 않게 되었는데, 알고 보니 그녀를 훈련시키기 위해 에르완이 일부러 적당한 가죽을 마련해 반복해서 망가뜨린 것이라 했다.

오랜 시간이 지난 지금까지도 레이첼은 산에서 내려올 때를 잊지 못했다. 발을 접질려 제대로 걷지 못하는 그녀를 에르완이 업고 내려왔다. 감히 시녀 따위가 왕녀에게 업히다니, 목이 베여 효수되어 마땅한 무례지 않나.

「왕녀 전하, 정말 괜찮습니다. 내려주시어요.」

「그 발로 걸었다간 아침이 되도록 내려가지 못할지도 모른다. 밤의 추위를 견디지 못해 죽고 싶은 것이냐?」

「아닙니다. 걸음을 빨리하여 쫓아가겠습니다.」

「그런 발로는 내 걸음을 쫓지 못할 것이다.」

「그래도, 그래도 안 됩니다. 이건…… 하암…… 꺄악! 죄송합니다, 왕녀 전하. 제가 대체 무슨…….」

「졸리면 자고 있거라. 눈 뜨면 도착해 있을 테니.」

「안 됩니다, 아니 되어요. 이런 무례는, 대체…….」

온종일 산을 헤매고 다닌 탓에 피로가 어마어마했는데, 에르완을 만나자마자 긴장이 확 풀리면서 졸음이 몰려왔다. 안 돼, 잠드는 건 정말 안 돼. 이보다 더한 무례는 없어. 그렇게 생각하며 입술을 깨물고 볼을 꼬집어도 봤지만, 잠은 거대한 파도처럼 몰려와 발목을 잡아 끌고 들어갔다. 그때 기대었던 에르완의 등은 녹아들듯 따뜻했다.

「폐하, 언젠가 이 얼음이 봄으로 녹을 수 있을까요?」

「그러기 위해서 우리가 계속 전쟁을 치르는 거겠지.」

「그렇군요. 몸조심해서 다녀오세요, 폐하. 기다릴게요.」

매번 출정하실 때마다 폐하를 웃는 얼굴로 배웅했는데, 이번에는 제대로 인사도 드리지 못한 채 헤어지고 말았다.

그래도 폐하, 저는 평생 성에서 폐하가 돌아오시길 기다렸고, 차가운 산속에서 누군가 구해주기만을 기다렸지만, 부르군트 군에 잡힌 순간부터는 저 또한 누군가를 구하기 위해 힘을 내었어요. 제가 마지막까지 떳떳할 수 있는 건, 두려움에 패배해 폐하에 대해 누설하는 일이 없었다는 거여요.

폐하, 저는 혹여 폐하께서 일찍 오시지 않도록 하늘에서 버티고 있을 거예요. 그리고 나중에 세월의 풍파를 견디다 안식을 찾으셨을 때 마중 나갈게요. 그 전엔 근처라도 오시면 잔뜩 화내고 돌려보낼 거예요.

폐하, 서툰 제 말솜씨로는 폐하를 향한 마음을 모두 담아낼 수가 없어요. 온전히 폐하 곁에 돌아가지 못할지도 모르지만, 부디 자책하지는 마셔요. 발루아로 데리고 오지 말 걸 후회하지도 마셔요. 차가운 서리, 얼어붙은 왕국, 상아처럼 하얀 눈에 덮인 검은 성. 그 모든 아름다운 것들을 저는 무척이나 사랑했답니다.

가물가물 눈을 떴다. 하얀 사자가 햇살을 받은 듯 빛나고 있었다.

꿈결처럼 봄이 보였다.

단 한 번도 푸른 적 없었던 발루아에, 따스한 봄볕이.

하얀 새들이 광야 너머로 푸드덕 날아올랐다. 그들 같은 새가 되고 싶었다. 어디로든 자유롭게 날아갈 수 있는 새였다면 돌아가는 길이 이리 멀지 않았을 텐데.

검은 밤을 덮고 바다 위에 누웠다. 편안했다. 근래 이렇게 따뜻하고 편했던 적이 없었다. 잠이 들 듯 평온하게 눈을 감았다. 파도가 고요히 쓸려나가며 멀어졌다.

"저기 발루아 진영이 보인다. 곧 도착할 테니 걱정하지 마라. 조금만 더 버티면 폐하께서 맞이해주실 거다."

"……."

"레이첼? 듣고 있는 것이냐, 레이첼?"

✦ ✳ ✦

베로니카 일행이 귀환했다는 소식을 듣자 에르완은 한창 진행하던 전술 회의를 접고 빠른 걸음으로 맞이하러 나갔다. 최근 전투가 빈번해지면서 밤을 지새우느라 피로가 누적되어 있었지만, 그녀들에게 향하는 동안 전시상황인 것도 까맣게 잊었다.

"부르군트! 부르군트 개 같은 것들!"

사이러스가 울부짖는 목소리가 멀리서부터 들렸다. 심장박동이 걷잡을 수 없이 빨라졌다. 예감이 틀리기만을 바라면서, 걷고, 또 걸어…….

"폐하, 황송합니다. 저희가 잠입했을 땐 이미 대다수가 죽음을 맞이한 후였고, 동행했던 두 명은 돌아오는 길에 그만……."

"저, 폐하."

두 구의 시신은 새하얀 천으로 덮여 있었다. 천을 잡아 올리려고 하자 반대쪽에서 살며시 붙들었다. 아직 복면도 벗지 않은 베로니카가 잠시 주저했다.

"감히 막아선 무례를 용서하십시오. 다만…… 폐하께서 눈에 담으실 상태가 아닌 듯하여."

어떻게 그 아이의 상태를 설명할지 막막했다. 왕이 조용히 입을 열었다.

"……많이 상했더냐."

"수일간 고문을 당한 듯싶었습니다. 알론소 부장교가 직접 나섰는데 끝내 입을 열지 않았던지 제가 도착했을 때는 이미…… 혀가 잘린 상태였습니다. 눈도 제대로 뜨지 못했고 귀 또한……."

"……."

"송구합니다, 폐하."

할 말을 마친 후 손을 풀었다. 이 이상 의견을 제시하는 몰상식한 행동은 하지 않았다. 여왕은 아직 천을 놓지 않고 있었다. 가볍게 떼었다가 다시 쥔다. 천 위로 깊어지는 주름에서 망설임과 고뇌를 보았다. 고통을 마주할 시간이 필요한 듯싶었다.

마침내 천이 거두어졌다. 베로니카를 포함하여 주변을 둘러싸고 있던 이들이 고개를 떨어뜨렸다. 이루 말할 수 없는 처참한 몰골에 작은 신음을 흘리는 자도 있었다. 저 꼴이 될 때까지 버틴 자도, 고문을 한 자도 이 세상 사람이 아닌 것만 같았다. 세상에. 누군가가 기어이 말을 뱉었다. 모두가 경악하는 가운데 에르완은 천을 걷은 채 고요했다. 곧은 얼굴에는 그 어떤 표정이나 감상도 떠오르지 않았다. 그저 들여다보았을 따름이었다.

"사이러스 경은 이 모습을 확인했나?"

"예. 폐하보다 더 먼저 와서 보고는…… 부르군트에 홀로 가겠다 난동을 피워 구금해두었습니다. 도저히 제정신을 차리지 못하여."

"사이러스 경은 이번 전투에서 제외한다. 시신 또한 거두어 왕도로 귀환시키되, 동행하지 않도록 조치하라."

"명을 받듭니다."

베로니카는 고개를 깊숙이 숙이면서 여왕이 크게 동요하지 않는다는 사실이 기이하기까지 느껴졌다. 그녀가 자리를 뜨자 베로니카는 쓸데없는 감상을 지우고 왕의 명을 충실히 따랐다. 미쳐 날뛰는 사이러스를 진정시키는 건 쉽지 않았지만, 뺨을 몇 대 갈겨주고 폐하의 명을 전하니 잠잠해졌다. 그를 제외하는 건 전력상으로 큰 손실이더라도 감행해야 할 필요가 있었다. 개인적인 복수심에 휩싸였다가 아군 전부를 위험에 몰아넣을 수도 있기 때문이다.

시신은 허무할 정도로 쉽게 갈무리하여 귀환시켰다. 전장이란 본디 죽고 죽이기 위한 공간이다. 여왕의 시녀라 하더라도 죽음은 덧없고 예사로운 일이었다.

전투가 이어지면서 양측 다 크고 작은 손실을 보았다. 이대로는 지지부진한 소모전만 이어질 거라는 판단하에 에르완은 부대 배치를 전면적으로 손보았다. 사상자가 가장 많은 경보병을 보충시키기 위해 아르세니의 척후병들을 섞어 중앙에 배치했다. 그레더니어 기병대를 좌측에, 아히발트 기병대를 우측에 배치시켰다. 그리고 이번엔 조금 특이하게 보병대열을 좌우익보다 앞으로 전진시켜 적들을 향해 볼록 튀어나온 형태를 취하게 했다.

곧 해가 지겠군.

베로니카는 서서히 붉어지는 하늘을 응시하다가 적진을 바라보았다. 이제까지의 양상을 보았을 때 그들 또한 오래 끌 생각이 없어 보였다. 적군은 지평선을 서서히 빼곡하게 채워갔다. 까마득히 멀었지만, 언뜻 프리드리히 왕이 모습을 드러낸 것 같기도 했다.

"베로니카 경."

적진을 내다보는 데 몰두해 있던 베로니카는 소스라치게 놀랐다. 여왕이 바로 앞까지 다가오는 동안 알아차리지 못하고 있었다. 황급히 고개를 숙이자 그녀가 말을 이었다.

"피로가 채 풀리기 전에 전투에 투입되어 매우 고되겠군."

"마땅한 임무입니다, 폐하."

"잘 돌려보냈느냐."

명확하지 않았지만, 사이러스와 레이첼에 관한 이야기임을 알아챘다.

　　"예. 이르신 대로 따로 보냈습니다. 왕도로 이르는 길이 겹치지 않도록 동선 또한 철저히 지시해두었습니다."

　　"……오는 길에 레이첼이 눈을 감았다고 했느냐."

　　"예. 적진을 몰래 빠져나올 때까지만 해도 살아 있는 걸 확인했는데, 배에서 내렸을 땐 이미 명을 달리한 후였습니다. 돌아오는 길에 눈을 감은 듯싶습니다."

　　"……많이 고통스러워 보이더냐."

　　베로니카가 대답을 잠깐 망설였다. 그녀가 갔을 때 레이첼은 차라리 목숨을 끊어주는 게 나을 만큼 고통스러워 보였지만, 이를 사실대로 전했을 때 여왕이 받을 충격이 우려되었다. 말이라도 지어낼까 잠시 고민하다가 금세 마음을 고쳐먹었다.

　　"예, 그렇습니다."

　　"……."

　　"반대편에도 또래로 보이는 여자아이가 매달려 있었습니다. 부패 정도로 보아 죽은 후로 적잖은 시간이 지난 듯싶었습니다. 레이첼은 그보다 더 많은 고문에 시달렸을 테니, 아마도……."

　　"……."

　　"송구합니다."

　　베로니카는 더 할 말이 없었다. 줄줄이 감상을 덧붙이는 것 자체가 옳지 않은 일이라 여겨졌다. 에르완 또한 한동안 침묵을 지켰다. 시선이 천천히 먼 곳을 향했다. 어디를 보는지 가늠할 수 없을 만큼 까마득한 먼 곳을.

"레이첼은 부르군트 식민지 샤겐에서 데려온 아이다. 처음 성에 왔을 때 할 줄 아는 것이 없어 툭하면 괴롭힘을 당하곤 했었지."

"……."

"비슷한 신분, 거기다 또래 간 분쟁에 권력자가 끼어들면 상황을 더 악화시킬 수 있다. 하여 시녀아이들을 불러 혼내기보다 그들과 더 잘 섞일 수 있도록 레이첼을 도와주려 했어. 그 아이는 별것 아닌 바느질이었는데도 며칠씩 밤새우고 애쓰곤 했지. 결국, 해내는 모습을 보고 어느새부턴가 대견하고 흐뭇해졌지. 그래서 더 많이 가르쳐주려 했다. 부르군트 어와 잘리어 어도 곧잘 했지."

"그러셨습니까."

"그런데 이제 후회가 되는구나."

"무엇이……."

"조금 더 약게 사는 법을 먼저 가르칠 것을 그랬다."

"……."

"언어와 역사가 아니라 이기적으로 사는 법부터 가르칠 걸 그랬다. 쓸 만한 정보도 몇 개 쥐여주고 입바른 소리를 잘하는 법을 가르쳐줄 것을 그랬다. 이곳이 아닌 조금 더 평화로운 국가에 망명 보내, 전쟁의 두려움이 없는 곳에서 평범한 삶을 보내게 할 것을 그랬다."

"……."

"무엇보다도…… 짐의 밑에 두지 않을 것을 그랬다. 맹세 같은 건 그 아이에게 지나치게 무거웠을 것을."

"아닙니다, 폐하. 레이첼을 누구보다도 잘 아시지 않습니까. 폐하 곁에 머물러 평생 행복했을 아이입니다. 끝이 기구했다 하여 그 생각이 변할 리 없습니다."

526

베로니카는 저도 모르게 필사적으로 변명했다. 누구를 위한 해명인가 의아했다. 어쩌면 처음 보는 주군의 모습에 당황한 걸지도 모른다. 너무나 큰 슬픔을 꾸역꾸역 구겨넣다 비집고 흘러내린 것 같다. 그리고 그녀는 여왕의 자책과 괴로움을 최초로 발견한 사람이 되었다. 황송한 동시에 앞선 판단에 부끄러움을 느꼈다.

옆에 두고 아끼고 기꺼워하던 아이다. 저런 몰골로 돌아왔는데 분하고 슬프지 않을 리가 없는데. 하지만 오로지 왕이기에, 수만의 목숨을 책임진 총사령관이기에 흔들릴 수 없었던 것이다. 실은 사이러스만큼 슬프고 비통하지만 그녀에게는 눈물 한 방울도 사치다. 그저 내리누르고 분질러야 했다. 어떤 상황해서든 냉철하고 이성적이어야 하는 왕으로서.

눈앞이 핑 돌았다. 깊이가 짐작할 수 없이 까마득했다. 폐하는 대체 얼마나 어마어마한 책임을 짊어지신 건가.

에르완은 다시 정면을 보고 있었다. 깊은 슬픔은 씻겨내린 듯 흔적조차 없었다. 가슴에 맺힌 것들과 함께 묻혔으리라, 짧게 짐작했다.

"폐하. 아뢸 것이 있습니다."

돌아가려던 에르완을 다시 불러세웠다. 총사가 좌익에 오래 머무는 건 바람직하지 않기 때문에 그녀는 말을 빨리했다.

"잘리어의 샤른호르스트 폐하께서 자리를 비웠다 들었습니다. 혹 왕도로 돌아가신 건지요."

"그건 어찌하여 묻는가?"

"사실 부르군트 진영에 잠입했을 때 그분을 뵈었던 것 같습니다."

"……."

"어둠 속에서 급히 움직이느라 확인하지 못했지만, 운신이 자유롭지 못한 듯 보였습니다. 보급품이 보관된 막사 근처를 돌아다니다 삼엄한 경비를 뚫지 못해 돌아가셨습니다. 제가 본 건 이게 다입니다."

"……그런가. 잘 알았네."

말끝에 에르완은 말을 몰아 경보병 뒤쪽으로 향했다. 마지막으로 바스티안을 만났을 때 들었던 말이 떠올랐다. 본국에 일이 생겨 잠시 자리를 비울 수도 있다고 했다. 부르군트 적진에서 머무는 게 본국의 일인가? 이해할 수 없는 일이었다.

어찌 됐건 전투가 시작되었으므로 상념을 깨끗이 지우고 부르군트 진형부터 파악했다. 경보병 뒤를 중장보병이 차례로 잇는 전형적인 배치였다. 발루아 군은 전략대로 경보병들이 가장 앞서 싸우고 있었다. 전체적인 그림을 파악한 에르완은 마침내 앞으로 나섰다. 새하얀 백마, 환하게 빛나는 대검이 지나는 자리마다 적의 전열이 크게 흐트러졌다.

와아아! 자신들의 여왕이 나서자 발루아 군의 사기가 크게 치솟았다. 우레와 같은 함성이 쏟아지며 발루아 군은 조금 더 진격했다. 채앵, 채앵. 수없이 맞붙는 검들 사이를 여왕이 휩쓸었다. 자신 있게 검을 뻗다가도 그녀의 존재에 밀려 엉거주춤 물러나다가 목이 베였다.

"궁수병은 앞으로! 기병대는 돌격하라! 놈들이 물러나고 있다! 전열을 흐트러뜨려!"

앞으로 나아가는 그레더니어와 달리 우익의 아히발트 기병대가 무너지고 있었다. 무거운 방패로 찍어누르며 다가오는 부르군트의 힘에 크게 당황하며 주춤주춤 밀려나고 있었다. 그들이 무너지면 작전은 크게 실패한다. 에르완이 말 머리를 틀어 경보병들 사이를 휩쓸었다.

"궁수, 지원사격! 우익 기병대는 속도를 늦춰! 보병의 이동과 맞춘다!"

방패를 앞세워 진군하던 부르군트 병사들 앞을 순식간에 휩쓸었다. 몇몇이 다리가 베여 쓰러졌으나 금방 뒤에서 나서 보충하여 전열은 흩트리지 못했다. 당황하여 제 역할을 못 하고 있던 기병대장이 다시 열을 가다듬었다. 궁수들의 지원사격이 틈을 채웠다. 연합군은 다시 물러나지 않아도 됐다.

힘겨운 전투가 이어졌다. 이전 공격으로 지면이 미끄러워진 데다 병사와 말의 사체가 뒹굴어 양측 다 진격이 어려워졌다. 딱히 유리하지 않았으나 불리하지도 않았다. 하지만 이대로라면 또다시 소모전이다. 그렇게 생각하며 에르완이 검을 내었다. 용감하게 달려든 창병이 칼날을 맞고 고꾸라졌다.

어떻게든 방진에 틈을 내야 한다. 그리고 치열한 듯 전투가 이어지는 지금이 바로 적기였다. 에르완이 검을 드높게 올리자 발루아 군의 중앙을 차지한 경보병들이 조금씩 진군을 늦추었다. 좌익과 우익 기병들은 반대로 속도를 올려, 처음과 반대로 휘어진 초승달 모양이 갖추어지기 시작했다.

그때였다.

히히힝! 아스트리드가 크게 비명 지르며 쓰러졌다. 아군 진형을 살피느라 시선을 멀리 두고 있었던 에르완이 미처 방어하지 못하고 바닥을 굴렀다. 온몸이 형편없이 강타당했다. 어마어마한 충격으로 눈앞이 암전됐다.

"폐하!"

발루아 기사들이 놀라서 몰려오는 기척이 느껴졌다. 에르완은 본능적으로 검부터 찾아 쥐었다. 그리고 외쳤다.

"전열을 이탈하지 마라! 명령이다!"

"폐하!"

"전열을, 이탈하지, 마라!"

칼날이 맞부딪치는 소리, 비명, 온갖 난장 속에서 왕의 목소리는 쩌렁쩌렁하게 울렸다. 자신들의 여왕이 느닷없이 공격받는 모습을 목격한 병사들은 크게 동요했다. 그 모습을 보기만 했을 뿐 목소리가 닿지 않은 뒤쪽 열이 가장 크게 흔들렸다.

방금 여왕께서 크게 공격받아 쓰러지시지 않았나?

자네도 보았나?

여왕께서 활에 맞으시지 않았어? 내 분명 피를 보았네.

여왕께서 화살에 맞아 돌아가셨다고?

겁에 질린 목소리가 우글거리며 퍼져나갔다.

에르완은 황급히 수습하여 무릎을 대고 상체를 일으켰다. 핏자국을 따라 시선을 올려보니 바닥에 드러누운 채 발을 버둥거리는 아스트리드가 보였다. 어서 일어나 주인을 태워야 하는데 깊게 베인 앞다리가 움직이지 않아 당황하고 있었다. 푸르르, 푸르르. 두려움에 질린 숨소리가 하얗게 올라왔다.

경련은 곧 멎었다. 에르완은 채 감지 못한 말의 눈을 살며시 덮어주려 했다.

"폐하."

에르완이 손을 뻗으려다 말고 검을 들었다. 채애앵! 전속력으로 달려오며 휘두른 검에 맞부딪쳤다. 비인간적인 힘에 밀려 에르완은 또다시 뒤로 떠밀렸다. 이번에는 칼날이 목으로 쇄도했다. 상체를 젖혀 피하며 본능적으로 검을 들었다. 다시 튕겨냈다. 핏발 선 눈이 스쳐갔다.

"그간 강녕하셨습니까."

목소리를 듣기 전부터 알아차렸다. 걷잡을 수 없는 속도로 돌진하면서 정확히 말의 다리를 노려 벤 솜씨는 쉽게 가질 수 있는 게 아니었다. 거기다 이 대중없는 힘. 에르완이 이를 물었다.

"리산더 경."

풍향이 바뀌었다. 그가 휩쓰는 대로 공기가 이리저리 움직였다. 매서운 검날이 또다시 위협적으로 다가왔다. 그녀가 제정신을 차릴 여유를 주지 않으려는 의도였다. 전열을 지키라는데도 아직도 기사들은 당황하여 어찌할 바 모르고 있었다.

에르완은 즉시 물러났다. 무자비한 칼날이 간발의 차를 두고 허공을 갈랐다. 그 찰나의 순간 에르완의 검이 교묘하게 비틀어 올라갔다. 힘이 가장 무겁게 실린 아래쪽, 가장 옅은 부분을 찾아 가볍게 퉁 쳐냈다. 놀랍게도 검이 리산더의 손에서 떨어져 날아갔다.

"하하!"

호탕한 웃음이 터졌다. 그는 말을 몰아 부르군트 병사 하나를 무너뜨리고 검을 뺏었다.

에르완은 호흡을 가다듬으며 몸을 일으켰다. 넘어질 때 호되게 부딪친 어깨가 심하게 욱신거렸다. 멀쩡한 상태로 받아도 무자비한 검이다.

부상을 입은 채 상대했다간 승리는커녕 목숨을 부지하기 힘들 것을 안다. 그녀가 무너지면 발루아는 패배하고 연맹국은 와해될 것이다. 발루아를 주축으로 한 모든 권력이 붕괴할 터다.

여기선 물러나야 한다. 답을 알았다.

하지만 언젠가 리산더와 묵은 잔재를 청산해야 한다는 것도 알고 있었다. 그가 거둔 목숨 중 어느 것도 용서할 수 없었다. 방황은 짧았다. 에르완은 검을 고쳐들었다.

"기습이라니 경과 어울리지 않는 짓이군."

"지난번에 큰 교훈을 얻어서 말입니다."

날붙이가 다시 맞붙었다. 한층 더 강해진 힘을 그대로 받았다간 떠밀릴 것이 뻔해, 끝을 흘렸다. 그럼에도 바위로 내리찍듯 우세한 힘이라 부딪칠 때마다 손목과 팔이 비명을 질러댔다. 그가 계속 말을 탄 채라면 불리하다. 먹잇감을 갖고 굴리는 맹수처럼, 속도를 실은 검으로 힘을 한껏 빼놓을 수 있었다.

그는 다시 돌아 멀리서부터 돌진하고 있었다. 이번에는 놓치지 않겠다는 듯 검을 있는 대로 길게 내었다. 에르완 또한 이번에는 피할 생각이 없었다. 검을 쥔 손에 단단히 힘을 주었다. 그러곤 빠르게 질주하는 말 옆으로 아슬아슬하게 다가섰다. 예상치 못한 상황에 리산더조차 놀라는 와중, 에르완은 기회를 놓치지 않고 말의 옆구리를 길게 찢어냈다.

히히히힝!

말이 무너지기 전에 그가 바닥으로 몸을 내던졌다. 달리는 마차에서 떨어져 구른 것이나 다름없는데도 오래지 않아 산뜻하게 일어났다. 전혀 타격을 받지 않은 듯한 얼굴이 도리어 충격적이었다.

"우리들의 전장에서 뵙게 되니 기쁩니다, 폐하. 잘리어에선 쓸데없이 방해꾼이 많아 전투를 끝맺을 수 없었잖습니까."

그는 안대로 가린 한쪽 눈을 지그시 눌렀다. 그때 느꼈던 고통이 힘을 보태기라도 하는 것처럼 다른 눈이 붉게 달아올랐다.

"마음 같아서는 나머지들을 다 죽이고 둘만의 결투를 벌였으면 했지만, 머릿수가 많으니 여의치 않군요. 그래도 폐하와 겨룰 수만 있다면 전장이라도 상관없습니다. 오히려 영원했으면 좋겠군요. 이번에는 부디 제게 집중해주시겠습니까, 폐하."

"전장은 사사로운 원한을 풀거나 부질없는 호승심을 채우기 위한 장소가 아니네, 리산더 경. 덧없고 슬픈 장소야."

"또 그런 힘 빠지는 말씀입니까? 설마 아직도 신을 가엽게 여기고 계신 건 아니시겠지요. 신은 이미 폐하를 따르던 수많은 신하를 죽여 왔습니다. 대체 얼마나 더 그들의 목숨을 거두어야 분노를 느끼시겠습니까."

"아니, 이번엔 경이 알려다오. 얼마나 더 희생을 보아야 전쟁이 끝날지."

"……."

"얼마나 더 많은 목숨을 헛되이 잃어야 이 고된 싸움을 끝낼 수 있을지."

"신을 너무 과대평가하셨군요, 폐하. 그런 어려운 것은 모릅니다. 신은 단지, 폐하께서 거듭 나약한 말씀만 하시는지 의아할 뿐입니다."

여왕을 지키기 위해 몇몇 발루아 병사가 검을 세우고 달려들었다. 하지만 리산더는 인형을 집어 드는 것처럼 그들의 머리를 하나씩 움켜쥐고, 단지 손힘만으로 두개골을 으스러뜨렸다. 개중에는 용감하게 검을 휘두르는 자도 있었지만 잔인하도록 쉽게 쳐냈다.

"이곳은 벌레들이 많군요. 거슬리는데 모조리 죽여놔야 하나?"

그는 그렇게 기사 두엇의 머리를 더 빼앗았다.

기사도라고는 찾아볼 수 없는 잔혹함에 살며시 눈살을 찌푸렸다.

그 작은 반응에도 자극받은 리산더가 이를 드러내며 웃었다.

"폐하께서 진심으로 내는 검을 받을 수만 있다면 소신은 무슨 짓이 든 할 수 있습니다. 하지만 정말이지 쉽지 않군요. 질릴 만큼 평온한 폐하를 뒤흔드는 것은……."

"……."

"아, 그럼 이건 어떻습니까. 레이첼이라는 시녀 말입니다."

검이 움찔 흔들렸다. 동요를 읽은 미소가 늪처럼 짙어졌다.

"그 시녀를 사로잡은 게 바로 소신입니다. 질질 짜는 꼴이 보기 싫 어 분질러버리려다 꽤 쓸모 있을 것 같아 살려두었지요. 고문당하는 내내 참새처럼 파닥거리며 울었다지요. 폐하, 폐하, 살려주세요, 라 며."

그는 더는 말을 이을 수 없었다. 어디서 본 바 없는 거친 모양으로 칼이 쇄도했다. 팔이 베이지 않기 위해 병사를 패대기쳤다. 금세 피했 지만 움직임을 예상한 듯 검 또한 꺾였다. 기어이 베어냈다. 이번에 입은 상처는 꽤 깊은 걸 직감하며 리산더가 물러났다.

"이제야 비로소."

저를 노리는 여왕은 오싹하리만치 강하고 단단했다. 한시라도 빨리 검을 마주하고 싶어 손이 다 떨렸다.

"드디어 제대로 상대해주실 생각이 드신 모양이군요."

"……."

"아하하! 하하하! 그 계집이 기어이 해낸 것이 아닙니까! 드디어! 평 화를 논하던 나약한 거죽은 벗어던지게 하다니!"

에르완은 검을 다잡았다. 상태가 상태이니만큼 오래 끌어 좋을 것 이 없다.

"경을 죽일 수도 있네."

"당장 이리 오십시오, 폐하."

채애앵! 서로 망설임 없는 날이 부딪쳤다. 크게 밀어내고 다시 붙었다. 검끝이 향하는 곳에서 이미 기다리고 있었다. 보통 사람이라면 받아내는 것만으로 밀려나고 휘청거릴 힘인데도 반 이상 유려하게 흘려보내니, 거위털로 가득한 이불을 쑤셔대듯 푹푹 들어간다. 상대의 힘을 이렇게 빼놓고 기회를 보아 치명타를 날리는 특기를 이미 경험하여 알고 있다.

그렇다면 이건?

카아앙!

느닷없이 온 힘을 실은 공격에 그녀가 검을 두 손으로 잡고 버렸다. 틈을 주지 않은 채 리산더가 일격을 날렸다. 감쪽같이 소매에 숨겨져 있던 단검이 손잡이 끝까지 허벅지에 박혀들었다. 그녀의 입술에서 흘러나오는 신음이 짜릿했다. 아까 말에서 굴러떨어지며 다리 어디쯤을 다친 듯 걸음이 부자연스러웠는데 제대로 들어맞은 모양이다.

에르완은 비척비척 물러서 단검을 쥐어 빼냈다. 벌어진 구멍으로 피가 왈칵 쏟아져 한쪽 다리를 순식간에 물들였다. 숨이 점점 가빠졌다. 손에 쥔 것을 그대로 내던지려다 친근한 문장을 발견하고 멈칫했다.

"잘리어의 왈패 같은 왕에게 받은 단검입니다. 그쪽 폐하는 수작질에 능해 미리 회수했어야 했거든요."

"……그대가 폐하를 만났다고."

"예, 만났지요. 잘리어에서도…….""

"지금 어디 계신가, 폐하께서는."

힘겨움에 찌푸려진 눈살에 속이 쓸렸다. 무언가 마음에 들지 않았다. 리산더가 투덜거림처럼 칼을 내질렀다.

"분명 소신과의 결투에 집중하기로 하시지 않았습니까. 그러다간 정말 후회하십니다. 지난번에 기회가 있었음에도 소신을 살려둔 데 대한 후회 말입니다."

힘껏 쥔 검을 소나기처럼 내리꽂았다. 분명 움직일 수 없을 만큼 크게 다쳤는데도 에르완은 방어하는 틈틈이 반격을 가했다. 예리한 칼날이 군데군데 생채기를 내었으나 치명상은 입히지 못했다.

위기감에 흐트러질 법도 하건만 무섭도록 차분하다. 그녀가 내뱉는 숨결이 거칠어지고 검날이 가끔 떨리지 않았다면 멀쩡하다고 착각했을지도 모른다.

"이렇게 완벽한데."

"……."

"이렇게 강한데 어째서 약해지길 자처하시는 겁니까?"

누구든 겨루면 너무나 쉽게 죽었다. 따분하고 지루했다. 더 강한 자를 찾기 위해 끊임없이 방황해왔다. 그러다 나타난 게 여왕이었다. 심지어 과거에 리산더가 살려준 바 있었던 피라미가 그를 비웃듯 검으로 바람을 찢었다. 아무리 잡고 뒤흔들어도 심해처럼 잠잠하다. 발악하며 내질러도 그림자처럼 회수해갔다. 무엇보다 그 얼굴이 짜증났다. 더러운 전장 속에서 홀로 고고한 순백의 사자. 도무지 끝을 모를 잔잔한 호수.

그녀는 그가 추구하는 힘과는 다른 길을 걷고 있었다. 무력에서는 어떤지 몰라도 리산더와 다른 부분에서 그녀는 너무나 강했다. 그래서 더욱 안타까웠다. 더 강해질 수 있는데 평화를 원한다는 심약한 소리를 해대며 제자리를 맴돌았다.

평화라느니, 희생이라느니. 그런 소리를 들을 때면 어마어마한 살심이 돋았다.

살려둔 게 실책이니 죽이면 그만이지만 도무지 죽어주질 않았다. 죽이려 달려들수록 오히려 밀렸다. 얼마 전 결투에서 한쪽 눈까지 내주고도 목숨을 보전하려 도망친 건 그였다. 지고도 살아남았다. 패잔병으로 등을 보이고 바닥까지 곤두박질쳤다. 자신을 지탱하던 것들이 부서지고 무너지는 소리가 들렸다.

크나큰 수치를 견디지 못해 머릿속으로 수없이 그녀를 죽였다.

둘 중 하나는 반드시 죽어야 끝날 싸움이었다.

종말이 도래했을 때에는 반드시 여왕도 바닥으로 떨어져야 한다. 그래야 완벽한 승리다.

"도대체 왜!"

내지르듯 검을 찍었다. 그녀는 여느 다른 조무래기와 다름없이 쉽사리 밀려났다. 힘이 떨어진 모양이었다.

리산더는 비로소 끝이 다가왔음을 느끼고 어쩔 수 없이 실망했다. 짐승의 본능처럼 아로새겨진 맹세를 따라, 그는 착실하게 하나하나 상대를 무너뜨려갔다. 눈에 보이자마자 기습을 가했고 다리와 어깨를 노렸다. 공격이 꽤 잘 먹힌 모양인지 반격이 무디고 다리는 흔들리고 있었다. 서 있는 것만 해도 한계인 듯했다. 팔을 묶어두기만 하면 원하는 대로 형을 집행할 수 있었다.

그리하여 끝을 보리라.

뜻하지 않게 슬퍼졌다. 에르완은 움직임이 훨씬 느려졌다. 호각이라 여겼던 상대가 몰락하는 모습을 보는 일은 예상보다 더 씁쓸했다.

내지르는 검날이 순간순간 선명히 보이지 않는가. 우아하고 현란하게 휘두르며 그의 시선을 사로잡았던 움직임이 더는 없었다.

지금 당장 목을 벨 것인가, 아니면 조금 더 겨뤄볼 것인가. 상반되는 욕구가 격렬하게 충돌했다. 사실 그는 그녀가 전력으로 부딪쳐와 자신을 위협하길 바랐다. 더 큰 전율과 긴장을 느끼게 해주길 기다렸다.

당신만이 날 완성시킬 수 있으니까.

한동안 갈등하던 그는 그녀를 필사적으로 만든 선에서 그만두기로 했다. 모든 걸 불태우고 남은 하얀 잿더미라도 꽤 보기 좋지 않겠는가.

"평화를 향한 폐하의 의지는 존중하지요. 하지만 평화를 유지하기 위해선 힘이 필요한 법입니다. 힘은 또 다른 희생을 부를 테고…… 결국 무엇이든 잃게 될 수밖에요."

"아니, 잃지 않을 생각이야."

"무슨 말씀입니까."

"단 하나도 잃을 수 없네."

"이런, 과욕을 부리시다뇨."

에르완은 잠깐 숨을 돌리며 물러났다. 한창 겨루다가 틈을 보이다니? 리산더가 눈살을 찌푸리자 여왕이 검을 단단히 잡았다. 천천히 올라오는 검은 날개를 펼치듯이 근사했다. 피를 뒤집어쓰고 전신이 온전치 않은데도 전혀 비참하지 않다. 그녀는 여전히 함락하고픈 요새였다.

"사과하지. 이번에는 잘리어에서처럼 담소를 나누며 시간 끌 여유가 없어."

"그렇다면 지금 당장 죽어주시지요!"

마지막 발악처럼 검을 내었을 때다. 리산더가 재빠르게 다가가 팔을 옆구리에 꼈다. 그대로 부러뜨리고 검을 빼앗을 생각이었는데, 돌연 옆구리를 깊게 파고드는 칼날을 느끼고 멈추었다. 천천히 시선을 내리자 투구 사이로 보이는 여왕의 눈과 마주쳤다. 머리 어딘가에 상처가 났는지 흘러내린 핏물이 속눈썹을 적시고 있었다. 미치도록 마음에 들었다.

"단검은……."

여왕이 힘겹게 말을 뱉었다. 그녀의 눈 안에 비친 남자가 웃었다. 패배를 용납지 못하는 짐승이 패배에 미소 짓고 있었다. 이해 못 할 웃음이었다.

"돌려주겠다."

이가 부서질 듯 악물었다. 깊게 꽂은 단검을 온 힘을 다해 당겼다. 뼈 어딘가에 걸린 듯 와드득 부서지는 소리가 났다. 충격을 이기지 못하고 몸이 흔들렸다. 손목이 끊어지는 듯한 통증을 참아내고 그대로 당겼다. 마침내 칼날이 다시 내비치는 순간, 피가 폭포처럼 쏟아졌다.

폐부에서 숨이 터졌다. 거친 숨소리를 내뱉는 것이 그인지 그녀인지 분간할 수 없었다. 엄청난 소리를 내며 거대한 몸이 쓰러졌다.

"허억, 헉……."

그의 생사조차 확인할 수 없을 만큼 에르완은 만신창이였다. 온몸이 비명처럼 질러대는 아픔을 겨우 가누었다. 달리는 말 위에서 휘두른 검을 받아내느라 손목에서 어깨까지 욱신거리지 않는 곳이 없다. 악착같이 버티고 있던 다리가 느슨해졌다. 보이지 않는 손이 바닥에서 뻗어나와 온몸을 끌어내린다. 눈앞이 시커메졌다 하얘졌다, 몇 번을 점멸하다 흐릿해졌다. 거친 숨을 내뱉으며 무릎 꿇었다. 푹 박힌 검에 매달리듯 기대었다. 극도의 피로가 늪처럼 끌어당겼다.

가야 한다.

턱을 부스러뜨릴 듯 악물고 고개를 들었다. 전쟁이 아직 끝나지 않았다.

가야 한다.

이마에 난 상처에서 흘러내린 피를 닦아내자 눈앞이 점점 선명해졌다. 끝내고 싶었던, 하지만 결코 피할 수 없었던 전쟁. 평생 묻혀 헤어날 수 없는 무덤이 살아 움직이고 있었다.

매번 꿈을 꾸었다. 이 전쟁이 끝나면 평화로운 시대가 도래할 것이라는.

하지만 아직 꿈꾸기엔 너무 이르다는 듯이 전쟁은 계속되었다. 그녀는 누구보다도 뛰어난 전술가이자 검사이며 왕이었지만, 슬프게도, 억울하게도, 그녀는 작은 아이에게 불러줄 노래 한 소절 몰랐다.

그러다 평화의 땅 잘리어로 갔다. 그곳에서 맞은 바람에 온몸이 흠뻑 젖었다. 강 위에 떠다니는 자그마한 범선과 하얗게 피어나는 물보라, 시를 노래하고 악기를 연주하는 사람들, 창가에 앉아 책을 읽는 아이들, 소리 없이 흘러 흘러 가던 저녁 강.

새로웠다. 누군가와 나란히 앉아 아름다운 풍경을 본다는 것이, 메마른 손등이 덮이는 감각이, 흐드러진 꽃들과 지독히도 어울리는 사람이.

「관을 부수고 나를 꺼내준 게 당신이야. 나는 당신이 아니었다면 평생 어둠에 갇혀 있었을 거야.」

그렇지 않다.

당신으로 인해 세상이 바뀐 건 나다.

당신을 만나고서야 비로소, 내가 바라던 평화를 눈으로 보았다.

이번엔 반드시 이룰 것이다. 당신을 닮은 봄을.

피로 젖은 다리에 힘을 주었다. 검을 잡고 미끄러지기도 했으나 마침내 일어났다. 왕다운 강단이었다. 크게 한숨 몰아쉬고 아스트리드의 눈을 감겨주었다. 주변을 떠돌던 말을 잡아탔다. 우뚝 솟아오른 여왕의 모습에, 병사들이 하나둘씩 시선을 모았다. 불안과 함께 악몽처럼 번져가던 헛소문이 가라앉았다.

"여왕님이시다!"

"여왕께서 살아 계신다!"

그녀가 달리는 자리마다 환희에 찬 목소리가 따라다녔다. 금빛 검이 햇살처럼 치솟았다. 모두가 볼 수 있도록 투구를 벗고 땀에 젖은 머리카락을 쓸어올렸다. 그림처럼 서 있었다. 환한 고동이 북받쳐 올랐다. 숨을 쉬기나 하는지 미동 한 점 없다.

마침내 그녀가 적을 향해 검을 내리는 순간, 승리는 발루아의 것이 되었다.

❖ ✳ ❖

전쟁터에 있던 모든 사람이 말했다.

발루아 군이 부르군트 군을 에워싸는 장면은 그야말로 장관이었노라고.

에르완이 리산더와 해묵은 실타래를 푸는 동안 발루아 군은 작전대로 움직이고 있었다. 경보병들이 조금씩 후퇴하여 적들을 끌어내는 동안 좌우익 기병들은 전진했다. 중앙을 향해 끌려가는 그들은 자연히 밀집하게 되면서 칼을 휘두르기가 어려워졌다. 보병들이 진격하는 동안 넓게 퍼진 기병대가 포위하면서 전세가 완전히 역전되었다.

적군에게 둘러싸인 채 퇴로를 확보할 수 없게 되자 부르군트 군은 크게 흔들렸다. 그들이 자랑하는 철벽같은 수비가 뚫리면서 우왕좌왕 엉켰다. 리산더가 패했다는 소식이 전해지자 혼란은 극에 달했다. 이길 수도, 도주할 수도 없게 되자 하나둘씩 무기를 내려놓고 투항했다. 반 이상이 포로로 잡혔고 나머지는 전사했다. 발루아의 이례적 승리였다.

가장 앞서서 그레더니어를 진두지휘했던 세베르가 말을 몰아 에르완에게 다가왔다.

"폐하, 진격합니까? 아니면 재집결할 시간을 두겠습니까?"

"시간은 무슨 시간, 이대로 밀어버리시죠, 폐하! 오래 걸리지 않을 겁니다. 리산더도 쓰러졌고 주력부대가 패배해 제정신이 아닌 놈들인걸요!"

에셀레드는 한바탕 신나게 휘젓고 온 것처럼 악동 같은 얼굴이었다. 세베르는 철없는 부하를 검집으로 후려쳐주고 싶지만 에르완 앞에서 그럴 수 없어 간신히 참는 눈치였다.

"보십시오, 폐하. 저들도 저희를 맞을 준비를 하지 않습니까. 기대에 응해줘야죠! ……아악! 왜 때려요!"

"전장이 놀이터인 줄 아나? 그 입 좀 다물게."

"와, 방금 들으셨습니까? 우리 그레더니어 단장님이 이런 분이십니다. 개인 의견 따위는 이렇게 뭉개버리신다고요, 네? 폐하, 부르군트 폭군이 멀리 있는 게 아니에요! 방금도 막 때리고!"

"경, 그래도!"

"단장님, 끌어낼까요?"

급기야 베로니카까지 가세했다.

에르완은 티격태격하는 기사들에게서 시선을 떼어 적진을 바라보았다. 거뭇한 어둠이 묻어나기 시작하는 지평선 속, 검은 표범이 숨죽이고 기다리고 있다. 꼬리를 내리고 털을 잔뜩 세운 채로. 발루아는 분명 그들보다 상대적으로 여유가 있었다. 시간을 끌 이유가 없었다.

"돌진한다."

"……."

"마지막으로."

왁자지껄 떠들던 웃음소리가 뚝 끊겼다. 여왕의 명령은 그 어떤 법보다 강력했다. 그들은 그녀의 판단에 한마디도 토 달지 않고 즉시 대열을 정돈했다.

발루아는 석양을 등지고 부르군트를 향해 돌진했다. 부르군트는 그 사이 남은 병력을 모두 끌어모아 이빨을 드러내고 기다리고 있었다. 서로 물러날 의지 없이 온 힘을 다해 부딪치기로 했기에 오히려 어떤 전쟁보다 빠르게 전개되었다. 치열하게 이어지는 전투에서 이미 많은 군마를 잃어 양쪽 다 도보로 뛰어가 충돌했다.

"궁수 전진!"

전군이 똑같이 전진하는 대신 궁수가 후방에서 지원사격을 했다.

이번에 에르완은 활을 들고 그들 앞에 있었다. 활대를 제대로 들고 있기 힘들 정도로 부상이 심했다. 의무병이 가져온 기다란 붕대로 팔과 활대를 단단하게 묶었다. 매듭 끝에 달린 붕대를 입에 물어 당겼다. 팔이 자연스레 끌려올라왔다.

평소 당기던 활시위보다 조금 더 높게 끌어올렸다. 목표는 전면이 아니라 상면.

화살 하나가 시위를 떠나자 수백 개가 뒤따라 솟았다. 그것은 곧 비가 되어 부르군트 군 머리 위로 쏟아졌다.

"아아악!"

부르군트 군의 비명이 하늘을 메웠다. 에르완은 다시 침착하게 시위를 당겼다.

투웅. 무심하게 놓은 화살은 이번엔 수천 개가 되어 쏟아졌다. 특유의 단단한 방어에 구멍을 내는 게 첫 번째 목표였고 아직 말에 탄 기사들을 떨어뜨리는 게 두 번째였다.

머리 위로 쏟아지는 화살에 당황한 부르군트 군을 흔드는 건 훨씬 쉬웠다. 집중공격이 가해지자 방진에 서서히 구멍이 뚫렸고, 발루아 군이 밀려들어가면서 맹렬한 몸싸움이 벌어졌다. 치열한 백병전이었다.

"하하! 오늘 이후로 다시는 보지 말도록 하자, 지긋지긋한 부르군트 놈들 같으니!"

에셀레드는 그 속을 망나니처럼 칼을 휘두르며 휘젓고 다녔다. 대단한 실력의 소유자는 아니더라도 전장에서 날뛰고 다닐 정도는 됐다.

"이거 봐라. 괴물 같은 리산더 놈이 없으니 식은 죽 먹기잖아?"

한 번 휘두른 칼질로 병사 셋을 단숨에 제거해버리곤 에셀레드가 만족스럽게 웃었다.

"자, 그럼 다음은 어딜 들쑤셔볼까."

그렇게 생각하며 고개를 돌린 순간이었다. 날카로운 화살촉과 정면으로 마주쳤다. 활시위를 당기고 있는 이가 아는 얼굴이라 더욱 간담이 서늘했다.

아니, 폐하께서 왜 나를 향해 활을 당기고 계신 거지?

"폐……."

피잉.

그녀를 채 부르기도 전에 활은 시위를 떠나 그를 향해 달려왔다.

어, 폐하가 나한테 활을 쏘셨어?

잠깐, 이건 좀 잘못된 거 아닌가?

화살이 제게 내달리고 있는 순간순간이 느린 화면처럼 계속 정지했다. 피하기엔 이미 늦었다고 생각했을 때, 마침 바람이 불었다. 일직선으로 날아오던 화살이 바람에 떠밀려 살짝 휘는 것이 보였다. 화살은 팔 안쪽 옷깃에 이르러 찢어냈다.

"어억!"

반동을 이기지 못하고 말에서 굴러떨어졌다. 그러자 기다렸다는 듯화살이 쏟아졌다. 아직 말 위에 앉아 있었다면 그대로 맞아 온몸이 고슴도치가 되었을지도 모른다. 에셀레드가 어안이 벙벙한 채 입술만 움직였다.

"와…… 폐하께서 날 죽이시려는 건 줄 알았어."

에르완은 눈살을 찌푸린 채 적진을 응시했다. 서로 뒤엉켜 싸우는 전장 한가운데에 검은 구멍이 생겼다. 끝을 모를 그 구멍은 점점 커져 사람의 형상을 갖추었다. 그는 그녀에게로 똑바로 다가오고 있었다. 직접 이름을 듣지 않아도 그가 누구인지 단번에 알 수 있었다.

프리드리히 왕.

타고난 듯한 오만, 절대적인 군림.

리산더가 야생에 사는 왕이라면 프리드리히는 사람을 거느린 왕이다. 평생 가도 길들여지지 않을 리산더가 어째서 그 아래에 있는지 자연스럽게 깨닫게 되었다.

절벽 끝까지 몰려도 성급하거나 초조한 기색 한 줌 없었다. 그저 넘어야 할 관문 앞에서 한숨 크게 돌리듯 여유로웠다.

"발루아의 여왕 폐하를 드디어 뵙게 되는군요."

"프리드리히 폐하십니까."

"알아봐주시니 이보다 더한 영광이 없습니다."

전장에서 두 강대국의 왕이 마주했다.

프리드리히 주위로 삼엄한 경계가 펼쳐졌다. 그레더니어 또한 따로 지시하지 않았음에도 그 주변에 머물렀다. 특히 활대가 여왕을 향하지 않을지 주시했다. 그 속내를 읽은 것처럼 그가 가벼운 미소를 띠었다.

"폐하께 직접 활을 겨누는 일은 없을 테니 그리 경계하지 않아도 되네. 감히 어찌 그러겠나. 부르군트 제일가는 검사를 쓰러뜨린 게 폐하신데."

"……."

"솔직히 놀랐습니다. 리산더 장교의 벗이자 상관으로, 이토록 처참히 패배할 거라고 생각한 적이 없었는데 말이죠. 아주 넝마가 되어 돌아왔더군요. 일어나면 미친 듯이 부릴 패악질을 어찌 다 감당할까 벌써부터 걱정됩니다만…… 솔직히 인정하겠습니다. 비록 적이지만, 폐하의 대단한 실력만은."

단순히 게임에 건 판돈을 잃은 사람인 양 웃고 있었다. 그에게서 아무런 전의를 찾지 못한 에르완이 서서히 검을 내렸다. 그는 직접 나서 싸우는 졸이 아닌, 졸을 가지고 판을 흔드는 책략가였다.

"하지만 그는 괜찮을 겁니다. 오히려 더 강해질 발판이 되겠지요. 그 또한 어느 정도는 잃어가며 성장해야 하는 법."

"잃은 건 제가 더 많습니다, 폐하."

"……."

"아니, 제가 더 많이 잃었기 때문에 리산더 경을 이길 수 있었습니다."

"……이해가 되지 않습니다."

잘 꾸며놓은 얼굴에 금이 갔다. 에르완은 호흡을 정리하고 말을 이어갔다.

"그는 이전의 전투로 자존심이 크게 상해 있었습니다. 리산더는 얼마 전 잃어버린, 제 여동생이나 다름없는 소녀의 이름을 들먹이며 절 자극하려 들었고, 승패에 연연했습니다. 절 죽이려는 열망이 너무나 큰 나머지 본인의 이점을 스스로 버리기에 이르렀습니다."

"이점이라."

"리산더 경은 타고나길 강한 자였지요. 개인적인 결투에서 패배해 본 경험이 전무하다시피 했을 겁니다. 경은 계획대로 레이첼을 이용하여 절 흔들었지만, 그렇게 심리적 약점을 파고들어 상대를 공략하는 건 그의 장점이 아닙니다. 상대의 약점을 노려야 할 정도로 그는 약한 적이 없었습니다. 강자로서 굳어진 습관이지요. 당장의 승부에 사활을 걸었던 건 리산더 경의 자충수였습니다. 그는 강합니다. 너무도 강하기 때문에, 등에 나라를 짊어지고 소중한 사람을 잃어 이를 악물고 달려드는 사람이 된 적 없습니다."

"……."

"반면 저는 뼈저리게 느꼈습니다. 레이첼, 동생과 다름없었던 아이, 그 작은 아이 하나는 지킬 수 있을 거라 생각했던 스스로의 오만. 차마 슬퍼할 수 없는 위치와 위로해줄 말조차 찾기 힘든 인간적인 모자람…… 그 모든 것을. 왕이여, 이래도 제가 이긴 것입니까?"

"그건 잘못 생각하셨습니다. 폐하께서 더 강하셨더라면 그 아이를 지켰을 테지요. 폐하께선 이미 충분히 강하시지만, 아직 부족했던 게지요."

"……."

"리산더 경이 그러더군요. 강한 상대와 맞붙는 건 즐겁다, 하지만 그 상대가 스스로 약해져가는 꼴을 지켜보는 건 화난다고. 아마 폐하를 두고 한 말이겠지요."

프리드리히는 뻣뻣하게 턱을 들었다.

"하여 제안하고 싶습니다. 어떻습니까, 부르군트와 손을 잡는 것이."

"……."

"저 또한 폐하의 강함을, 발루아의 굳건함을 인정합니다. 그러니 우리끼리 손을 잡자는 겁니다. 서로 더 강해질 수 있도록 버팀목이 되어줄 수 있겠지요. 따지고 보면 부르군트와 발루아 간의 전쟁은 우리의 조상이 벌인 것이니 구태여 앞으로도 끌고 갈 이유가 없지 않습니까. 오래 묵은 적국의 관계를 청산하고 저 먼 세계를 넘어보자고 말씀드리는 겁니다. 중앙대륙을 넘어 저 먼, 미지의 동북대륙 말입니다. 강한 자들끼리 치고받고 해봐야 이득을 보는 건 호시탐탐 기회만 노리는 약소국들이지요. 강한 권력에 붙어 피를 빨아먹는, 기생충이나 다름없는."

옆에서 듣고 있던 세베르는 크게 놀라고 말았다. 동맹 제안이라니. 모든 걸 밟고 가겠다는 부르군트가 먼저 동맹을 제의한 건 즉, 발루아를 인정하겠다는 뜻이었다. 그리고 이런 작은 전쟁은 접어두고 대륙 간 더 큰 전쟁을 함께 준비하자고 한다. 어느 권력자건 솔깃할 제안이었다. 발루아와 부르군트가 연합하면 그에 대항할 수 있는 적은 어디에도 없으리라.

그에 에르완이 조용한 목소리로 대답했다.

"……따뜻한 나라를 보았습니다. 언제 전쟁의 포성이 터질지 가슴 졸일 필요 없이 평화와 문화를 마음껏 누릴 수 있는 나라였지요. 우리 발루아 백성들 또한 가족을 잃는 슬픔보다 삶을 누리는 기쁨 속에 살 수 있기를 빕니다."

"잘못 판단하고 계시는 겁니다."

"폐하, 저는 더없이 약합니다."

"그게 무슨 소립니까. 폐하께서 약하시다뇨."

"저는 이 오랜 전쟁을 끝내지 못했습니다. 그렇기 때문에 약합니다."

"……."

"수많은 희생과 죽음을 눈앞에서도 보아왔음에도 아직 가슴이 미어지기 때문에 약합니다. 이 순간에도 죽어가는 그들과 그들의 가족을 생각하면 슬프기에 약합니다. 제 가슴은 슬픔과 가여움으로 가득해, 폐하와 함께할 만한 야망이 들어설 공간이 없습니다. 이런 왕이 어떻게 폐하와 함께 대륙을 정복할 수 있겠습니까. 어떤 신의를 가질 수 있겠습니까."

에르완이 검을 들었다. 백성의 피를 빨아먹고 자란, 검.

"발루아가 언젠가 저 먼 대륙을 찾아 떠날 수도 있습니다. 하지만 오늘은 아닙니다. 부르군트와 동맹하여 약소국들을 무릎 꿇릴 수도 있습니다. 무언가를 이루기 위해 더 큰 전쟁을 일으킬 수도 있습니다. 그 또한 오늘은 아닙니다. 다른 날도, 아닐 겁니다."

완벽함을 추구하는 게 아니었다.

완벽한 승리를 거두어 영토를 넓히고 많은 식민지를 보유하기 위함이 아니었다. 간헐적인 회의감이 엄습했지만 이내 단단해졌다.

평화. 그녀가 바라고 믿는 모든 것.

검끝이 천천히 올라오며 그리는 선은 전혀 우아하지 않았다. 상대의 목을 노리는 투박하고 잔인한 모양이었다. 그 끝이 프리드리히를 향하는 순간, 그 또한 얼굴을 일그러뜨렸다.

"실망이 큽니다. 해일이 밀려오는데 모래성이나 쌓겠다는 말이군요."

"……."

"전쟁은 결국 인간을 아는 것이죠. 간파해내는 겁니다. 전쟁이야말로 약한 자들에게 통하는 유일한 언어입니다. 평생 사람의 추악한 면만 보고 산 폐하께서 평화가 가당키나 하시겠습니까. 폐하께서 보아온 피가 어디 한둘이어야지."

비웃음 가득한 눈에 에르완을 담았다.

"솔직히 가소롭고 안쓰럽기도 합니다. 이 거대한 전장에 서서, 평화를 지키겠다고. 전쟁에서 흘린 피로 쌓아올린, 발루아의 왕좌조차 부정하려 발악하는 게. 당신의 왕좌는 그 시작부터 자매들이 흘린 피를 굳혀 쌓아올렸던 것을."

"……."

"제가 예언 하나 하겠습니다. 폐하께선 이 전쟁이 끝나면 오래지 않아 또 다른 전쟁을 일으키게 되실 겁니다. 주변 상황이 그리되게 할겁니다. 폐하 또한 점점 약해지는 왕권을 견디지 못하고 또다시 전쟁을 갈구하게 되겠지요. 피의 감촉이 그리워질 겁니다. 전장의 살인귀는 그 잘난 껍데기 속에 끝까지 살아 있을 테니까. 우리가 선 판은 절대 바뀌지 않고, 평화를 바라던 성군은 그저 승리를 위한 디딤돌뿐이었음을 알게 될 겁니다. 그때가 오거든 부디 부끄러워 마십시오. 그게 인간의 역사가 쓰이는 방식이니까."

프리드리히가 시선을 내려 우글거리는 전장을 훑었다. 유사 이래 전쟁이 부재한 적이 있었던가. 전쟁은 인간의 본성이며 그것 없이는 어떤 혁신이나 변화도 이룰 수 없다.

평화는 현상유지에 지나지 않는다. 고인 물이 권력을 유지하기 위한 수단으로 쓰여, 결국 도태될 것이다. 그런데 부르군트와 어깨를 나란히 한 발루아 여왕이 평화를 원한다는 말이나 하고 있으니, 비웃지 않을 수 없었다.

"인간은 어리석으며 욕망을 탐하는 동물입니다. 믿고 싶지 않겠지만, 실제로 그렇습니다. 보십시오. 폐하께서 그토록 염원하는 평화의 상징인 나라의 수장이, 지금 어디에 있습니까? 전쟁을 끝내려는 발루아입니까, 아니면 더 큰 대의를 도모하는 부르군트입니까?"

"그게 무슨 말씀입니까."

"아직 모르고 계시는 모양이군요. 잘리어 폐하께서 우리 부르군트와 뜻을 함께하기로 하신 일을."

"……."

"양국은 과거 케케묵은 감정은 털어내고 미래를 함께하기로 했습니다. 부르군트와 뜻을 같이할 수많은 국가 중 하나가 되겠지요."

자신만만하게 말하는 프리드리히를 에셀레드가 다소 멍해진 채 바라보았다.

그러니까 누가 누구와 함께하기로 했다고?

실제로 바스티안이 발루아 진지에서 갑자기 사라지긴 했지만 쉽게 와닿지 않았다. 배신감 따위가 아니었다. 에르완에게 가진 마음이 그리 가벼웠다면 한 달간 배를 타고 대양을 넘어올 때 일찌감치 내려놓았을 것이다. 그때 폐하께서 드신 것들이 배 안에서 어떻게 소화되고 있었는지 하루에 몇 번이나 확인할 정도였으니까.

우욱, 역시 좋지 않은 기억이다. 속이 메슥거릴 지경이군.

"폐하께선 안전한 곳에 계십니까."

프리드리히의 말을 믿지 않는 건 자신만이 아니었던 모양이다. 에셀레드는 조금 복잡한 시선으로 왕의 뒷모습을 보았다. 심정은 이해하지만, 똑같은 생각이라도 누가 품는지에 따라 무게가 달라지는 법이다. 바스티안이 발루아를 배반했을 희박한 가능성마저 인정해야 했다.

폐하께선 배반을 부정하시는 걸까, 아니면 가능성을 인정하고도 개인적인 친분으로 걱정이 앞서시는 걸까. 어느 쪽이든 우려할 수밖에 없었다.

"올바로 판단하셔야 할 겁니다. 이 전쟁과는 아무 상관 없는 잘리어의 폐하께 직접적인 위해를 가했다간……."

"오, 아니죠. 폐하, 잘리어는 이 전쟁과 분명히 관련이 있습니다. 병사를 투입하거나 대대적인 선언을 해야만 동맹국이 되는 건 아닙니다. 샤른호르스트 왕은 자발적으로 발루아 진지에 머물고 있었습니다. 관련성은 충분히 입증되지 않았습니까."

"……."

"여왕께선 과연 인자하신 분이시군요. 발루아를 배신한 타국 왕의 안위까지 염려하시다니. 아니면 배신을 믿지 않고 계신 겁니까? 어느 쪽이든 왕이 하기엔 묘한 생각들이군요."

"폐하는 왕의 자질을 논할 자격이 없는 것으로 압니다."

"하, 실드베르 폐하께서 남을 웃길 줄도 아시는군요."

말에는 웃음기가 잔뜩 배어 있었으나 눈빛은 싸늘하다.

적의 우두머리이긴 하지만 에셀레드는 그의 말을 허투루 들을 수 없다고 생각했다. 프리드리히가 어떤 수로 바스티안이 발루아 진영에 머무르고 있었다는 걸 알아낸단 말인가. 거기다 바스티안은 얼마 전부터 행방이 묘연하다. 프리드리히의 헛소리라기엔 정황증거가 너무 많았다.

폐하, 정말 바스티안 폐하가 배반하지 않았다고 믿으시는 겁니까? 바스티안 폐하는 대체 무슨 생각으로 부르군트로 가신 겁니까?

답답해진 그는 가슴을 팡팡 두드리기까지 했다.

빼곡하게 늘어선 목책 뒤로 부르군트 국기가 솟은 막사들이 보였다. 바스티안 폐하께서 정말 저기에 계신다고? 눈을 가늘게 뜨며 적진을 바라보고 있는데 문득 이상한 게 밟혔다. 어라, 잘못 본 건가?

"연기가……?"

어둠이 이미 땅바닥까지 내려앉아 분간하기 어려웠지만, 막사 저 뒤편에서 뭉게뭉게 피어오르는 건 분명 연기였다. 불이 나기라도 한 것인지 붉은빛이 번쩍거리기 시작하면서 고함이 왕왕 울렸다.

"저기, 지금 여기서 잘난 척하고 계실 상황이 아니신 듯한데요."

프리드리히의 시선이 에셀레드에게 옮겨왔다. 어디 예의도 모르는 종자가 기사 행세를 하느냐는 눈빛이었다. 에셀레드가 난리 난 곳을 가리켰다.

"불난 것 같습니다만."

"……."

"다름 아닌 부르군트 진지에서요."

때마침 매캐한 냄새까지 바람에 휩쓸려왔다. 왕은 경멸하는 눈으로 잠시간 응시했다가 마침내 시선을 돌렸다. 생각지도 못한 광경이 그를 맞이했다.

"이게…… 어떻게 된 일이냐?"

이를 갈아붙이는 낮은 목소리. 목소리에 형태가 있었다면 그 이빨로 귀를 다 뜯어놨을 지경이다. 곁에 붙어 있던 그림자들은 황급히 알아보겠다며 움직였지만, 곧 그럴 필요가 없어졌다.

"콜록콜록. 연기 한번 지독하잖아…… 방화도 아무나 하는 게 아니군."

말을 타고 터덜터덜 나타난 이는 바스티안이었다. 손에 든 횃불이 그의 얼굴 여기저기 묻은 거뭇한 그을음을 비추었다. 그 또한 친숙한 얼굴들을 발견하더니 걸음을 멈추었다.

"폐하, 그 꼴이 대체……."

프리드리히가 인정사정없이 얼굴을 구겼다. 횃불, 어디선가 훔쳐 온 듯한 말, 얼굴에 묻은 그을음. 누구라도 방화범으로 의심할 꼴에도 간신히 분노를 억누르고 있었다.

"어라, 여기 다 모여 계셨군요. 덕담이라도 나누고 계셨습니까?"

"그 꼴이 대체 무어냐 물었습니다."

"아, 이거요? 아무것도 아닙니다. 쓸데없는 것들이 자꾸 눈에 밟혀 불을 좀 놓느라."

"쓸데없는 것…… 그게 저희 진지에 있던 보급품들입니까?"

"오해 마십시오. 전부 불태우려던 건 아니었습니다."

"어떻게…… 우리 진지에서 멀쩡히 나올 수 있었던 겁니까."

"무슨, 이 정도는 큰일도 아닙니다. 노예상이나 신체 포기 각서까지 쓴 채로 도박장에서 빠져나오기보다 훨씬 쉬웠습니다만."

바스티안은 친절하게 대답해주면서 손에 들고 있던 것을 바다에 던 졌다. 그가 들고 있던 것은 금세 꺼졌으나, 부르군트 진지 위로 피어 오르는 불꽃은 이 자리에 있는 모두를 비출 수 있을 만큼 환했다.

프리드리히는 화약 냄새에 도망치려는 말의 고삐를 당기며 이를 갈 아붙였다.

"이를 부르군트에 대한 선전포고로 받아들여도 되겠습니까."

"뭐, 선전포고까지야. 저는 그저 약한 사람보다 멍청한 사람이 훨씬 더 싫을 뿐입니다."

처음 만났을 때 그가 여왕을 두고 약하다 평했다. 멍청한 사람이 누 구일지는 굳이 따져 묻지 않아도 되었다.

감쪽같이 속인 거로군.

고삐를 쥔 손이 걷잡을 수 없는 노여움으로 떨리기 시작했다. 처음 부터 계획하고 움직였던 거다. 리산더의 눈에 띄어 잡혀오고, 발루아 를 깎아내리고 이쪽에 붙는 척하며 얌전히 감금되어 있었던 그 모든 게, 부르군트의 행동을 모두 예측하고서 한 행동이었다.

"노여움을 표하시는 게 기이하게 느껴지기까지 하군요. 포로들을 죄다 화형에 처한 부르군트 아닙니까. 이게 당신들의 예의인 줄 알았는데, 제가 잘못 짚었습니까?"

"조롱하지…… 마라!"

"어찌나 삼엄하게 경계하던지, 평소엔 도무지 보급품 근처에 가지조차 못하게 하더군요. 빠져나오느라 애 좀 먹었지요. 그럼 이제 어쩔요량입니까, 프리드리히. 물자가 소실된 지금, 전쟁을 더 끌 수도 없을 텐데."

"감……히, 감히! 약소국의 왕 따위가!"

"이런, 그보다는 더 현명한 답을 내놓길 바랐는데요."

프리드리히가 찢어 죽일 듯이 노려보는 가운데 바스티안은 가볍게 말을 몰아 발루아 쪽으로 향했다. 프리드리히는 분명 강인한 왕이었다. 거만하긴 하지만 그가 거느린 거대한 함대와 병력을 고려해보면 딱히 과하다고 할 수도 없었다.

"프리드리히, 당신의 판단은 너무 얕습니다."

바스티안이 딱한 눈을 들어 그를 보았다. 프리드리히는 당장이라도 달려들어 목을 베고 싶단 듯 무시무시한 얼굴이었다.

"사람은 그리 간단한 존재가 아닙니다. 속이 몇 겹이나 되는 사람을 단숨에 읽어버리려 하니 그리 탈이 날 수밖에요."

"폐하……."

넋이 나간 듯 바라보고 있던 에셀레드가 그와 눈이 마주치자 입을 열었다.

"오, 에셀레드 경. 그간 잘 지냈……."

"외람되지만, 정말 미치신 거 아닙니까? 저걸 불태우려고 적진으로

가요?"

"하하, 자네는 한결같이 허물이 없군. 허락조차 구하지 않는 무례함이 마음에 드네."

갸륵하게 어깨를 두드려준 바스티안이 에르완에게 향했다. 반가운 마음이 들 새도 없이 온전한 구석이 없는 몸 상태에 눈이 갔다. 도대체 어떻게 싸웠기에 이 꼴이 된 건지 물으려다, 그녀와 눈이 마주치자 입이 절로 다물렸다. 무표정한 얼굴이 저리 무서워질 수도 있다니.

"······폐하."

으, 응? 바스티안은 차마 대답도 하지 못하고 눈으로 대답했다.

"잠시 후에 뵙겠습니다."

"······."

"그때엔 충분한 변명을 하셔야 할 겁니다."

말끝에 험악한 기운이 묻어나왔다.

아······ 무리하게 움직여서 단단히 화가 난 모양이다. 죽일 듯이 노려보는 프리드리히보다 이쪽이 훨씬 무서웠다. 그냥 부르군트에 얌전히 있었어야 하는 거 아닐까.

바스티안이 그런 고민에 휩싸인 사이 프리드리히는 크게 불리해진 걸 느끼고 조금씩 물러나고 있었다. 그의 주변을 둘러싼 그림자들과 그레더니어가 첨예하게 대립했다.

프리드리히는 결국 퇴각을 결정했다. 등을 돌리기 전, 에르완을 향해 무언가를 속삭인 그가 후방에서 나온 지원병력을 두르고 함대를 향해 달렸다.

"돌격! 적들을 공격하라!"

승리를 예감한 그레더니어가 가장 앞장서서 그들을 쫓았다. 진지에 남아 있던 병력들이 모조리 쏟아져 나와 왕을 무사히 피신시키기 위한 방어진형을 펼쳤다. 뒷줄에 대기 중이던 궁수병들이 일제히 앞으로 나서 활시위를 당겼다. 어느 나라도 첫 줄 너머를 공격해본 적 없던 진형에 금이 가기 시작했다.

"적이 물러나고 있습니다."

세베르가 곁에서 고했다. 에르완은 먹먹한 눈으로, 덧없이 허물어져가는 검은 요새를 지켜보았다. 발루아 군은 개미떼처럼 요새에 올랐다. 물살이 되어 덮었다.

"이겼습니다, 폐하."

"……."

"이겼습니다."

험난한 길을 걸어왔다.

길 사이사이에 끼었던 수많은 희생이 슬펐다. 어쩔 수 없이 무시하고 밟아왔던 것들이 사무치게 아팠다.

에르완은 눈물 없이 울었다.

미친 듯 걸었던 길.

그 끝에 비로소 섰다.

❖ ✳ ❖

도망치는 부르군트 군을 발루아 군은 끝까지 추격했다. 끝내 프리드리히 왕은 생포하지 못했지만, 함대에 이어 병력 대부분을 소실시킨 이상 전쟁을 이어나가는 건 무의미했다.

무엇보다도 에르완의 부상이 당분간 운신이 어려울 정도로 심각했기에 발루아 측도 재정비가 필요했다. 바스티안은 에르완의 매서운 눈빛을 받으면서도 그녀를 치료하느라 곁에서 떨어지려 하지 않았다. 발루아 성내 어느 의원보다 솜씨가 뛰어난 그였으니 측근들조차 토를 달 순 없었다.

"대체 무슨 생각이셨던 겁니까."

"뭐가?"

"홀로 부르군트로 가신 일 말입니다."

"어, 그거. 잠깐, 이 약은 좀 아플 거야. 바람 불어줄 테지만 너무 아프면 말해."

"말 돌리지 마십시오."

"후우, 후."

바스티안은 과장되게 바람을 불면서, 그녀가 조금쯤은 엄살이 많아도 괜찮다는 생각을 했다. 이 약, 바르면 온몸이 배배 꼬일 정도로 따가운데 에르완은 꿈쩍도 하지 않았다. 심지어 생살이 찢긴 상처에 바르고 있는데도.

"프리드리히 왕이 마음을 달리 먹을 수도 있었을 상황입니다."

"그랬다면 잠입했을 때 이미 죽였겠지, 생포했겠어?"

"그러니 전장에 나오지 말라고 이른 겁니다."

"알잖아, 나는 다수를 위해서 하나쯤은 죽어도 된다고 생각하는 쪽인 거."

"……."

"그리고 그 하나가 내가 될 수도 있겠지. 지금은 아니더라도 언젠간."

"저는 하나도 버릴 수 없습니다."

더없이 딱딱한 목소리에 문득 웃음이 났다. 하지만 언제나처럼 날카롭고 속내를 감추기 위함은 아니었다. 가슴속에서 울새가 날갯짓하는 것처럼 울렁거리고 간지러운 미소였다.

"은근히 욕심 많단 말이야, 당신은."

"폐하는 더더욱 그렇습니다. 어디서든 죽게 내버려두지 않겠다고 약속하지 않았습니까."

"그래, 알지, 알아. 몇 번이나 목숨을 빚졌으니 말이야."

작게 웃으면서 그가 상처 위를 붕대로 감았다.

"당신이야말로 몸을 좀 아끼지그래? 왕은 가만히 앉아만 있어도 극한직업인데 허구한 날 다쳐오기까지 하니 속상해 견딜 수 있어야지. 이러지 말고 우리 다른 직업 알아보는 게 어때? 뭘 하더라도 입에 풀칠은 하지 않겠어? 이러다간 제명에 못 죽겠다고."

치료 때마다 바스티안은 유독 말이 많아지곤 했다. 그럴 때 한마디라도 붙였다간 몇 시간 더 늘어나기도 해 에르완은 도리어 말수를 줄였다.

"폐하께는 그 자리가 가장 잘 어울립니다. 왕의 의무, 무게, 책임감, 그 모든 게 이미 폐하가 되지 않았습니까. 다른 일을 하는 폐하는 알지 못합니다."

"하, 이것 참. 평생 일만 하다 죽으란 뜻이지?"

"그러니 폐하, 이제 그만 잘리어로 돌아가십시오."

"……"

"폐하."

미세하게 손이 멈칫했으나 잠깐이었다. 그는 마치 듣지 못한 것처럼 치료에 전념했다. 돌아가라, 따라오지 말라는 말 따윈 귓등으로 들은 지 오래였다.

"이번엔 무작정 돌아가라고 말씀드리는 게 아닙니다. 부디 곡해하여 듣지 마십시오."

"이제 막 전쟁이 끝났으니 발루아엔 해결해야 할 일이 산더미일 거야. 내가 도울 일도 있을 테고."

"예. 아직 종전선언이 이루어지지 않았으니 여전히 백성들은 불안해할 겁니다. 성공적으로 협상을 마치더라도 부르군트가 호시탐탐 빈틈을 노리려 하겠지요. 폐하께서 이곳에 계신다면 틀림없이 힘이 될 것을 압니다. 심적으로 많은 위안을 얻을 테지요. 다만 폐하를 그리워하고 있을 잘리어가 마음에 걸릴 뿐입니다. 그들은 이렇게 오래 왕을 그리워할 이유가 없습니다. 그러니 이번엔 제가 가겠습니다."

"당신이…… 온다고?"

"상황이 정리되는 대로 잘리어를 방문하겠습니다. 이전과는 다른 신분으로, 발루아의 여왕으로서. 그때면 저희와 양국의 앞날을 진중히 의논할 수 있겠지요."

"그 말은……."

"이렇게 평생, 서로의 나라를 버려두고 만날 생각입니까?"

바스티안은 숨이 모두 떨어져 나간 듯 그녀를 응시했다. 그 말 한마디에 담긴 수많은 의미가 떠올라 머릿속을 꽉 틀어막았다. 그가 눈을 깜박였다. 희망이 선명하게 부풀었다 가라앉았다.

"평생, 이라는 말은……."

"짧게 끝날 연이라면 아쉬운 소리를 했을 테지요. 끊임없이 붙잡았을 겁니다. 폐하께서는 매양 제 곁을 떠나고 싶지 않다 하셨는데, 저는 그러지 않았을 것 같습니까?"

"......."

"남의 마음을 그리 잘 읽으신다더니 거짓말이었던 모양입니다."

"잠깐만, 에르완. 나 좀 봐봐. 내 눈 좀 보고."

"실망입니다."

바스티안의 눈이 크게 벌어졌다. 얼마나 놀랐는지 정리하고 있던 도구들을 와르르 쏟고 말았다. 에르완은 무표정하게 그를 보다 몸을 일으켰다. 옆에 차곡차곡 정리해두었던 옷가지들을 빠르게 걸쳤다.

"오후에 정무가 있습니다. 나가시죠."

넋이 빠진 채 있던 바스티안이 얼른 일어나 그녀를 가로막았다.

"방금 한 말 잘 못 들었어. 다시, 다시 말해보겠어? 평생, 뭐?"

"잘못 들으신 게 맞을 겁니다."

"아닌데. 분명 들었는데."

"맞습니다."

"진짜 이대로 가는 거야?"

"예."

깔끔하게 답한 그녀가 빙 둘러 빠르게 걸어갔다. 바스티안이 그 뒤를 얼른 쫓으며 쩌렁쩌렁 외쳤다.

"목소리가 작았어, 작았다고! 내가 얼마 만에 들은 말인데, 한 번 더해준다고 입이 닳는 것도 아니고, 이건 너무 비겁하지 않나? 잠깐만, 진짜 이대로 가버리는 건가? 에르완!"

✦ ✳ ✦

제국력 1557년 4월. 가장 따뜻한 봄에 마침내 종전이 선언되었다.

발루아와 연맹국은 승전국으로서 전후담판 테이블에 앉았다. 승전국의 수장인 에르완은 패전국 모두에게 거액의 배상금을 청구했다. 그리고 여러 요구사항을 만들어 서명하게 했는데, 그중에는 연맹국은 물론이고 잘리어에 적절한 사과를 하고, 그들의 영토를 침범하려 들지 않으며, 식민지 중 샤겐을 포함한 다수를 반납하라는 조항도 포함되어 있었다.

에르완이 최후담판을 하러 떠난 동안 바스티안 또한 잘리어로 귀환했다. 그간 서신으로 보고만 받던 국정을 돌보러 온 것인데, 왜 이제 오셨냐며 후베르트가 붙잡고 늘어지는 통에 하루가 꼬박 갔다.

부르군트는 한동안 연맹국을 돌아다니며 전쟁에 대한 사과의 뜻을 전했는데, 잘리어에는 특별히 리산더가 왔다. 바스티안은 그 소식을 듣자 눈을 부릅떴다.

"누가 왔다고?"

"아, 저. 부르군트의 리산더라는 장교가……."

"벨뷰 성은 무사한가?"

"예?"

"그가 성이라도 부수고 들어오지 않았느냐는 말이야."

어리둥절한 후베르트를 스쳐서 바스티안은 리산더가 기다리고 있다는 알현장으로 향했다. 그는 여전히 기세가 대단했다. 옆에 선 후베르트가 시선이 마주친 이후 고개를 들지 못할 정도로. 바스티안은 무릎 꿇은 그의 뒷모습에 그만 크게 웃음을 터뜨리고 말았다.

"하하! 리산더 장교, 도대체 이게 무슨 인연인가!"

"……승전국 발루아의 요구와 프리드리히 폐하의 명에 따라 사과의 뜻을 전하러 방문했습니다. 부르군트는 잘리어 영토에 다시는 군사적

영향을 끼치려 하지 않을 것이며…….”

그는 잘리어로 오기 전 미리 외워두기라도 한 것처럼 배상안을 줄 줄 읊고 있었다. 누가 보면 암기시험이라도 보러온 줄 알겠군. 바스티안은 두 다리를 한쪽 손잡이에 건 채로 비스듬히 누웠다. 이 상황이 재밌어 미치겠다는 미소는 떠날 줄을 몰랐다.

“그런 따분한 소리 그만하게. 우리 사이에, 응? 살바토레는 만나보았나? 악연도 인연이긴 하니 소중히 여겨야 하네.”

“……일전의 침략행위로 인한 손해는 추계하여…….”

“에르완에게 크게 패배했다 들었는데, 상처는 다 나았나?”

고저 없이 기계적으로 이어지던 목소리가 뚝 끊겼다. 입은 꾹 다물고 있었지만 험악해져가는 기세가 형형하다. 바스티안의 미소가 짙어졌다.

“어때, 에르완과 다시 겨루고 싶나? 기어이 이기고 무너뜨려야 성이 찰 텐가?”

“……패전국의 장교로서 가질 수 없는 바람입니다.”

“거참, 답지 않게 대답 한번 잘하는군. 보르본이 극본이라도 써주던가? 이런 물음엔 그렇게 답하라고 말이야.”

그가 마침내 고개를 들었다. 웬만해선 움직일 일 없는 근위병들이 일제히 리산더 앞을 가로막았다. 그가 무릎 꿇은 채 한 발짝 움직이지 않는데도 그리했다.

“에르완은 아무리 이기려고 해도 져주지 않을 테지. 바늘 하나 들어갈 틈 없지만, 우린 둘 다 그 매력에 눈이 멀지 않았던가.”

“…….”

“하지만 지금 짐은 그녀 곁에 있고, 자네는 바닥에 엎드려 있지. 왜 그렇겠나. 짐은 그녀를 기꺼이 숭배했지만, 자네는 어리석게도 죽이려 했어. 죽이기를 아까워하지 않았지. 그게 자네와 나의 차이네. 어쩌면 전부일 수도 있지."

홀로 중얼거리는 듯하던 바스티안이 잠깐 그를 응시했다.

"짐은 무신론자지만, 신께 감사드려야겠군. 물론 자네의 어리석음에도 말이야. 남은 생 동안 자네가 얼마나 무지했는지, 주어졌던 기회들을 후회하며 곱씹도록 하게."

"숭배라 하셨습니까? 한 나라의 왕의 자존심과 무릎이…… 그토록 가볍습니까?"

분노를 머금은 목소리에 그가 끝내 혀를 찼다.

"아직도 모르고 있군. 자존심은 사실을 인정할 때 쓰라고 있는 게 아니네. 지지 않으려 일어설 때 필요한 거지. 솔직히 인정하지. 자네는 최강의 기사야. 하지만 멍청해. 자네의 주군과 다를 바 없이 말이야."

"저희 폐하를…… 모독하지 마십시오. 비록 패전국이나 폐하의 위상까지 저버린 것은 아닙니다."

"그놈의 자존심은 왕이나 신하나 똑같이 하늘을 찌르니 부르군트인들 습성인가 보군, 사과는 이만하면 됐네. 어서 내 나라에서 나가. 그리고 다시는 발붙이는 일 없도록 하게."

마치 환대하는 듯한 환한 미소로 알현실에서 추방해버렸다. 분기를 이기지 못한 리산더가 끝내 성문 몇 개를 박살 냈지만, 바스티안은 휑하니 발루아로 떠났다.

도저히 적응되지 않는 뱃멀미를 참아내고 마침내 도착했으나 마침 에르완은 이른 아침 성을 나섰다고 했다. 바스티안은 어렵지 않게 그녀를 찾을 수 있었다. 발루아가 전부 내려다보이는 높은 언덕.

레이첼이 묻힌 곳.

그녀는 홀로 바람을 맞으며 머물러 있었다.

"에르완."

그녀는 돌아보지 않았다. 아마 멀리서부터 기척을 느끼고 있었을 것이다. 바스티안은 말없이 그녀 곁에 앉았다. 이 언덕에 앉으면 종전 후의 발루아를 한눈에 내려다볼 수 있었다. 봄이 왔기 때문일까, 만년설로 뒤덮인다는 발루아라도 온기 어린 바람이 불었다. 전쟁의 공포에서 벗어난 나라에 조금씩 생기가 돌기 시작했다.

너도 보면 좋았을 것을.

무덤에 다가간 바스티안이 묘비를 쓰다듬었다. 그러다 그 밑에, 다른 땅과는 달리 짙은 고동색의 흙이 새로 덮여 있는 걸 발견했다.

"샤겐에서 가져온 흙입니다."

그녀가 뒤도 돌아보지 않고 말했다. 단박에 알아들었다.

"고향의 흙을 덮어주고 싶었나 보군."

"……."

"당신이 자주 찾아와서 기뻐하고 있을 거야, 레이첼은."

"……."

"울지 마."

"울지 않습니다."

"그럼 그런 우는 표정 짓지 마. 가슴 아프게."

"……."

"당신의 그런 모습을 보면 레이첼도 슬퍼할 테니까. 레이첼은 당신이 슬퍼하는 걸 바라지 않을 거야. 눈감는 마지막 순간까지, 그랬을 거다."

　패전국에 내건 배상조건 중 하나였던 샤겐에 모두가 의문을 달았다. 부르군트에게 황폐하게 짓밟혀 더는 사람도 살지 않고 착취할 거리도 없는 지대를 어째서 받아내려는 건지 이유를 알 수 없다는 거였다.

　또 에르완에게 있어서 이길 수 없는 게 생겨버렸군.

　바스티안은 얕게 한숨 쉬었다. 그는 레이첼보다 애틋해질 수 없고, 리산더보다 짙은 패배감을 안겨줄 수도 없다. 하지만 그걸로 얻은 게 눈물이면 애석해할 수도 없지 않은가.

　"잘리어에는 리산더 경이 직접 왔더군. 그런 싸움을 벌이고도 살아남다니, 정말 질긴 목숨 아닌가."

　"그랬습니까."

　"그는 아직도 담판을 짓지 못했다고 생각할지도 몰라. 당신이 어딜 가든 평생 따라다니겠지."

　직접 이야기 나누진 않았지만, 느낄 수 있었다. 리산더가 에르완에게 가진 감정이 자신과 다르지 않을지도 모른다는 것을.

　에르완은 역사가 추앙하는 왕이다. 그녀가 지닌 제왕적 기질은 바스티안과는 달랐다. 효과적인 지도력과 직구로 과감하게 승부를 보는 그녀는, 나라와 백성의 문제에선 한없이 인간적이었다. 바스티안은 무의식적으로 계산을 해버리고 마는 부분에서도 그랬다.

　그녀는 과연 그를 부러워한 적이 있을까? 천재적인 재능과 직관, 타고난 환경을 가지고 있으니 충분히 그럴 만했다. 하지만 그녀는 그를 존중하고 경애하되, 단 한 번도 부러움을 내비친 적이 없었다.

　반대로 바스티안은 가끔 그녀를 부러워했다. 스스로 그녀처럼 되기 어렵다는 걸 알면서도 그런 감정이 들곤 했다. 사랑하니 망정이지 그렇지 않았다면 그 또한 리산더처럼 에르완을 죽이고 싶어 했을지도 모른다. 그러다 모두 잃는대도 후회하지 않을 것 같았다.

리산더를 싫어하는 건 동족혐오에 가까웠으며 오히려 이해되는 부분도 있었다.

가지 않은 길을 간 결말.

그 끝을 마주한 느낌이라 묘했다.

"다시 전쟁이 발발하면 그럴 수도 있겠지요."

그녀가 조용히 입을 열었다. 그런 뜻은 아니었으나 구태여 붙잡지 않았다. 이 생각을 남에게 이해되도록 설명할 길이 없었다. 평생 찾지 못할 것이 분명했다.

"어쩌면 프리드리히 왕의 이야기가 모두 맞을지도 모릅니다. 전쟁은 인간의 본성이며 역사가 되풀이되는 방식일지도 모르겠습니다. 이기기 위한 욕망과 경쟁이 아니라 이 땅에서 같이 숨 쉬는 사람들을 들여다보고 싶어 전쟁을 끝내고자 했으나 그 과정에서 너무나 많은 피를 보았습니다. 평화를 쟁취하기 위해 피를 보다니, 모순이지 않습니까."

"하지만 되돌아가지 않을 거잖아."

선명한 목소리가 귀에 닿았다. 에르완이 답을 구하듯 바스티안을 보았다.

"우리의 적이 모든 악은 아니지. 부르군트 또한 나름대로의 선과 정의가 있을 거야. 그들이 무너지면서 또 다른 제국이 세워질 수 있고 해방된 식민지끼리 전쟁을 일으킬 수 있지. 지독한 지배 속에 겪은 설움을 어딘든 갚아주기 위해 악귀가 될지도 모른다. 하지만 그럼에도."

"……."

"우리는 되돌아가지 않아."

갑자기 세상이 환해졌다. 저 멀리 흐릿하게만 있던 것이 성큼 다가왔다. 그녀가 고개를 돌려 다시 세상을 마주했다.

따앙! 땅!

조금은 따뜻해진 볕 속에 발루아가 재건되어가는 소리가 들렸다. 화려하고 열정적으로 타오르는 불이 아니라 천천히 지는 석양처럼, 잔잔히 흘러가는 강처럼. 적당한 온기 속에서 그들은 서로 어깨를 기대고 의지했다.

진정 그녀가 바라던 평화였다.

❖ ✳ ❖

제국력 1561년.

발루아 여왕은 함선을 이끌고 다시금 바다로 나갔다. 종전선언 후 부르군트가 식민지를 반환하고 평화협정을 체결한 이후 처음 있는 출정이었다. 문화교류에 한창 힘쓰던 그녀가 이렇게 직접 나선 것은 다름 아니라 부르군트가 협정을 깰 기미가 보였기 때문이었다. 그들은 눈에 잘 띄지 않는 서쪽 해협에 자리 잡고 이백 척의 거대함선을 건조하고 있었다. 그들이 한창 자랑하던 무적함대가 최대 백오십 척이었다는 걸 고려하면, 군사력을 키우고자 하는 야심이 이전보다 훨씬 강해졌다는 걸 뜻했다.

상황이 좋지 않았다. 발루아가 해상을 장악하는 데 그리 오랜 시간이 필요하지 않았듯 이 소식이 퍼지는 데도 순식간이었다. 오랜 전쟁의 재연이라며 뒤숭숭하기 짝이 없었다. 이백 척의 거대함선이 빙산의 일각이라면, 더 큰 군대와 병기를 준비하고 있다면?

에르완이 타는 목마름으로 검 손잡이를 꽈악 쥐었다. 원하는 것을 가져본 자는 한 번도 가져보지 못한 자보다 더한 갈증을 갖게 되는 법이다. 어렵게 이룩한 평화가 깨어지지 않기를 간절히 바랐다. 그녀는 전에 없는 맹목으로, 오히려 집착적으로, 부르군트로 향했다.

발루아 함선들은 특유의 기동력을 발휘하여 예정보다 빨리 목표를 향해 다가가고 있었다.

"폐하, 함선들이 모여 있다는 곳에 곧 도착합니다."

"정찰선은?"

"아직 발견하지 못했습니다."

부지휘관이 깍듯하게 보고했다. 에르완은 눈을 좁히며 바다 멀리 내다보았다. 정찰선이 보고했던 위치에 가까워질수록 물안개가 층층이 짙어져 한 치 앞도 보이지 않았다. 세상에 경계선이 그어진 듯했다. 부르군트는 대형선박들을 몰래 건조할 수 있는 최적의 장소를 발견한 것이 틀림없었다.

검을 짚은 손이 살짝 떨렸다. 종전선언 이후 수많은 난관에 부딪친 게 사실이지만, 기실 이보다 더한 위기는 없었다. 또다시 발발할 수 있는 전쟁 앞에서 여왕은 최대한 침착해지려 애썼다.

"모든 함선에 전하라. 적 함선을 발견할 시 섣불리 공격하지 않고 대기한다. 적의 전력을 파악하는 걸 우선으로 하고 시간을 번다. 만에 하나 적군이 우리를 발견하고 도주한다 해도 이끌려가선 안 된다. 그 어떤 경우에도 군사적인 충돌은 없도록 한다."

"존명."

명령은 즉각적으로 하달됐다. 힘차게 물을 때리던 노가 멈추고 고요가 찾아왔다. 발루아 함선들은 어떤 추진력 없이, 이제까지 흘러온 방향대로 떠내려갈 뿐이었다.

에르완은 망원경을 들고 물안개 속을 탐색했다. 해안에 가까워질수록 안개가 점점 짙어져 마침내는 아군도 분간 못 할 지경에 이르렀다. 그녀는 희뿌연 장막 속에서 무엇이든 먼저 발견해내기 위해 기를 썼다. 피부에 선 솜털 하나하나까지 공기의 질감을 느꼈다. 이토록 모든 감각을 깨우고 극도로 경계한 게 얼마 만인가. 에르완은 차가운 검에 따뜻한 피를 덧씌웠던 그때로 완벽히 돌아가 있었다. 평화는 이룩하기 힘들지만 언제든 깨어질 수 있었다. 서글프지만 받아들여야 할 사실이었다.

"폐하, 저 앞에 뭔가 보입니다!"

분위기가 어수선해졌다. 에르완은 한 손을 저어 혼란을 가라앉히면서 더욱 눈을 좁혔다. 뿌연 안개 속에서 잔뜩 엎드려 있던 검은 표범이 이를 세웠다. 감추었던 모습이 하나씩 드러났다.

이윽고 부르군트 함대가 베일을 벗고 거대한 위용을 드러냈다. 이전에 치열한 전투를 벌였던 선박들도 대단했지만, 눈앞에 있는 전함에는 조금도 미치지 못했다.

부르군트가 기어이 다시 전쟁을 벌이려는 것이구나. 이전과는 비교도 못 할 더 큰 전쟁을.

하얗게 질리도록 꽉 쥔 주먹이 떨렸다. 노여움과 경악이 뒤섞인 흔들림이었다.

"폐하, 물러날까요?"

부지휘관이 황급히 다가왔다. 안개가 전부 걷히기 전에 도망쳐야 겨우 살아남을 수 있을 정도로 압도적이지 않은가. 퇴각명령을 내려 달라고 한 번 더 청하려던 순간이었다. 여왕이 다시 입을 열었다.

"잠깐, 저것 좀 보거라."

부지휘관은 그녀가 가리키는 대로 시선을 돌렸다. 안개가 자욱할 땐 보이지 않던 것들이 느리게 베일을 벗어갔다. 부르군트가 건조한 다는 대형전함들은 여전히 압도적인 위용을 자랑했다. 검은 표범의 깃발은 하늘을 찌를 듯 날카롭게 솟아 있고 선체 곳곳에 배치된 화포 는 발루아와의 전투를 고려해 경포와 중포 모두를 쏠 수 있도록 효과 적으로 개조돼 있었다.

이 전함들과 정면으로 맞닥뜨렸다면 어떤 전술도 요행 바라기에 그쳤을 터다. 어떤 선박도 손가락으로 벌레를 분지르듯 가벼웠을 테지.

하지만 지금 에르완이 이끄는 함선들은 완전히 안개가 걷힌 후에도 멀쩡했다. 놀랍게도, 부르군트의 거대선박들이 죄다 박살 나 있었다.

"이게…… 어찌 된 걸까요? 폐하. 설마하니 부르군트가 자처해서 전함들을 폐기한 건 아닐 테고요."

"……."

"설마 저희가 오기 전에 먼저 그들을 공격한 나라가 있는 걸까요? 만약 그렇다면 대체 누가 그런 걸까요? 이런 거대한 전함에 맞설 수 있는 해군을 보유한 나라라면 대체……?"

완전히 드러난 전함은 그야말로 처참했다. 부르군트 국기는 농락당 하듯 찢겨 있고 갑판은 부서져 있다. 산산이 조각난 나무판자들이 주 변 바다에 셀 수 없이 떠다니고 화포는 아무렇게나 굴러다녔다. 이백 척에 달하는 전함을 모두 둘러보았으나 물 위에 띄울 수 있는 멀쩡한 전함도, 자초지종을 물어볼 사람도 보이지 않았다.

"뭘까요, 폐하. 유령선도 아니고. 이것 좀⋯⋯ 으스스한데요."

부지휘관이 두 팔을 감싸며 부르르 떨었다. 나머지 병사들도 갑판으로 나와 웅성거리는 사이, 에르완은 부르군트 국기를 찢고 솟은 또 다른 깃대를 발견했다. 붉게 펄럭이는 새하얀 상어. 한동안 시선을 떼지 못하였다.

"아니, 부르군트 전함들을 이리 만든 건 나라가 아니다. 외려 떠돌이들이겠구나."

"예? 떠돌이들요?"

"바다 위에 눕고 파도를 덮어 잠을 청하는 자들. 그들이 돌아온 모양이다."

말뜻을 이해하지 못하고 한동안 눈만 끔벅이던 부지휘관이 깜짝 놀랐다.

"해적이요? 설마 해적을 말씀하시는 겁니까? 부르군트 함대를 찾아내어 저렇게 만들 수 있는 해적이⋯⋯ 지금 존재하기나 합니까? 옛날의 드레이크라면 몰라도."

에르완은 바다 너머로 멀어져가던 드레이크를 떠올렸다. 예전의 위명이 우스울 만큼 작은 배에 홀로 몸을 싣고서도 눈빛은 기름에 옮겨붙은 불꽃처럼 매서웠다. 죽지 않는 수룡. 발루아에 협력하여 부르군트의 견고한 벽을 무너뜨리고 전리품으로 그들을 모욕한 것으로 복수를 마무리 지었다고 여겼는데 외려 시작이었던 모양이다.

"저, 폐하. 외람되오나 한 가지만 여쭈어도 되겠습니까? 그들은 발루아의 적입니까? 발루아에 다시 전쟁이 시작되는 겁니까? 부르군트를 저렇게 만들 수 있는 자라면 저희 발루아에도 큰 위협이 되지 않겠습니까."

갑판에 나온 병사들은 누구랄 것 없이 똑같은 과거를 돌려보고 있었다. 그들이 가진 기억의 무게 중 가벼운 것 하나 없었다. 전쟁의 참혹함을 함께 나눈 이들이기에 에르완은 그들에게 거짓말을 하고 싶지 않았다. 번지르르한 포장으로 희생을 정당화하고 싶지도 않았다. 어떠한 위로나 선언도 알맹이 없는 껍데기일 뿐이다. 에르완은 솔직해졌다.

"어느 것도 확신할 수 없네. 분명한 단 하나, 과거 한때 그들이 우리 전우였다는 사실이지."

"그럼 다시 전쟁이 시작될 수도……."

"가능성을 배제할 순 없겠지. 아직 검을 적신 피에서 온기가 채 가시지도 않았으니까."

"그런……."

실망하는 목소리가 흘러나왔다. 에르완이 다시 입을 열었다.

"종전을 선언한 후 많은 것이 바뀌었지. 전쟁 속에 살던 사람들이 평화를 배워갔어. 우리는 더는 가족과 친구를 잃지 않아도 되며 척박한 땅에서 푸른 싹을 틔워내는 기쁨을 맛보았네. 불안에서 벗어나 행복을 추구하는 하루하루를 보낼 수 있었어. 증오 대신 사랑을, 경계 대신 우정을. 우리들에겐 퍽 낯선 것들이 누군가에겐 일상이라는 사실에 놀라워했지. 하지만 시간이 갈수록 자네들도 깨달았을 거야. 평화는 언제든지 깨어질 수 있는, 견고하지 못한 것임을. 우리는 모두 이름 없는 예술가, 문학가가 되었지만, 진정 원하는 대로 됐는지는 아무도 모른다는 것을."

몸을 돌리자 기다란 망토가 펄럭거렸다. 그녀는 부르군트를 품은 대륙을 바라보다가, 그보다 더 먼 곳을 응시했다.

"셀 수 없는 세월 동안 부르군트라는 숙적을 두었지. 그들과 다투는 동안 수많은 동맹국과 적을 두고 친구와 가족을 잃었네. 이윽고 맞이한 평화, 완전히 다른 삶 속에 내던져지면서 우리는 깨달을 수밖에 없었네. 전쟁과 평화, 삶은 그 두 개의 세계로 이루어졌음을. 역사는 그렇게 반복되어왔음을. 하지만 그렇기에 더욱더, 우리가 재건한 평화는 지켜야 할 가치가 있지 않겠는가."

"폐하……."

"발루아로 돌아간다."

✤ ✳ ✤

발루아는 여전히 새하얀 눈으로 덮인 사자의 왕국이었다. 일 년 내내 계절 변화 없이 혹한이 지배하는 발루아지만, 올해는 눈폭풍이 유독 오래 머무르는 바람에 피해가 컸다. 척박한 땅에서 어렵게 일구어 낸 농작물이 죽자 많은 백성이 세금을 내지 못하였고 일부 영주들이 그들을 죄인으로서 잡아들였다. 이 일을 암행으로 알게 된 에르완은 악덕 영주들을 엄격히 벌하고 백성을 풀어주었으며, 올해 조세율을 현저히 낮추었다. 발루아는 조금씩이지만 앞으로 나아가고 있었다.

에르완이 성에 들어서자 기다리고 있던 추밀원과 시녀들이 일렬로 따랐다. 파르암 공작에게 가장 먼저 보고받으며 계단에 오르자 머리 위에서 날카로운 포효가 맴돌았다.

피이이익ㅡ.

그림자는 기나긴 행렬을 덮을 만큼 거대했다. 거친 바람을 일으키며 날아온 짐승은 여왕 근처에 이르러 속도를 급격히 줄였다. 녀석은 그녀를 보자 반가운 모양으로 더 큰 질풍을 일으켰다. 에그머니나. 보통 독수리보다 월등히 큰 몸집에 지레 겁먹은 시녀들이 오들오들 떨었다. 에르완이 소리 높여 짐승을 불렀다.

"비올라, 반가운 마음은 충분히 알겠으니 이리 오거라."

비올라는 목소리가 들리지 않을 만큼 높이 떠 있었지만, 거리는 문제가 되지 않는다는 듯 즉각 날아들었다. 순식간에 돌계단 위에 내려앉은 모습은 마치 신이 강림하는 것처럼 위압적이었다. 이곳에서 지낸 지도 어느덧 사 년이 넘은 비올라는 미성숙한 티는 모두 벗어버리고 완전무결한 니세포르 뒤라스로 탈바꿈했다. 더욱 거대해진 몸집과 날카롭고 튼튼한 부리, 다른 어떤 종보다 뛰어난 시력과 후각, 청각은 압도적인 사냥꾼으로 군림하게 했다. 햇빛이 비치는 각도에 따라 금빛으로 빛나는 신비로운 깃털 색에 저도 모르게 탄성을 내지르는 이들도 몇몇 있었다.

"오랜만에 얼굴을 비쳤구나, 비올라."

꾸르르륵.

에르완이 부리를 쓰다듬어주자 비올라는 한껏 기분 좋은 표정으로 눈을 감았다. 전쟁이 끝난 후 비올라는 이따금 사라지곤 했는데, 야생에 살던 니세포르 뒤라스들을 만나 둥지를 튼 모양이었다. 사람의 발길이 닿지 못하는, 깎아지른 설산의 절벽 어디쯤. 성에 나타나는 시간은 점점 줄어들어 아쉬웠지만, 긍정적인 변화였다. 인간은 어디까지나 친구일 뿐, 가족이 되어줄 수는 없었으니까.

그녀의 손길을 한껏 느끼던 비올라는 별안간 날개를 펄럭이며 발을 굴렀다. 함께한 시간이 긴 만큼 그 행동의 의미는 곧장 알아챘다. 에르완이 성 위를 잠시 올려다보았다.

"네가 이렇게 재촉할 정도면 반가운 손님이 온 모양이구나."

꾸르륵.

"시녀장, 폐하가 와 계신가?"

대답을 익히 짐작한 물음이었다. 시녀장이 눈을 도르륵 굴렸다.

"저, 그것이⋯⋯."

"입단속을 시키신 모양이구나. 언제 당도하셨느냐?"

"이틀 전에 도착하셨습니다. 폐하를 깜짝 놀라게 해주고 싶으시다 며 하도 당부하셔서. 송구합니다. 배에 싣고 오셨다는 선물은 아직 전 부 옮기지도 못하였는데⋯⋯."

"그래, 알 만하다. 정말 못 말리는 분이 아닌가. 떠나신 지 얼마나 되었다고."

짧게 대답한 에르완이 비올라를 한 번 더 다독거리곤 성문을 들어 섰다. 거대한 날개를 펼치기에 인간의 성은 지나치게 작았으므로 비 올라는 곧장 성 위로 날아올랐다. 포효가 하늘을 경이롭게 울렸다. 신 의 사자가 있다면 저런 목소리를 낼 것이라는 생각마저 들었다.

이윽고 스치듯 보이는 여왕의 얼굴.

언제나처럼 감정 한 점 느껴지지 않았지만, 그녀가 어느 때보다 기 분 좋게 웃고 있는 것처럼 느껴졌다.

바야흐로 평화였다.

정사
正史

비사(祕史)는 별표(*)로 표기한다. 비사란 세상에 드러나지 않은 역사적 사실로서, 당대 성군으로 추앙받았던 실드베르 4세와 샤른호르스트 2세에 대해 사적인 기록이 많이 남지 않아 사족처럼 달아두도록 한다. 비사를 쓴 이는 '에셀레드'이며 후일 그레더니어 부단장에 올랐으나, 내용으로 미루어 보아 썩 믿음직하지 못하고 허풍이 있어 보인다. 이를 참작하여 읽기 바란다.

1557년 부르군트가 발루아 연맹국에 사과의사를 전하고 샤겐을 포함한 식민지를 반환하다. 전쟁이 끝나면서 가족을 찾는 백성들이 급증하고 이를 위해 발루아는 우편사업을 확충하고 지원을 아끼지 않았다.

*비사. 전쟁이 끝났다. 나는 오늘부터 일기로 기록을 남기기로 했다. 워낙 일이 많고 바빠서(유능하면 어쩔 수 없다) 착실하게 남길 수는 없겠지만 되도록 잊어버리지 않고 쓰기로 한다.

1558년 종전을 선언한 발루아에 교황청 사절단이 방문하다. 대관식이나 다를 바 없는 성대한 행사가 열렸는데, 초대한 적도 없는 잘리어의 샤른호르스트 2세가 참석하여 사절단이 크게 당황하다.

＊교황청이 방문하면서 축제가 크게 열렸는데, 우리 폐하께서는 당연히 완벽하게 빼입고 계셨다. 머리부터 발끝까지 새하얀데, 머리에 달린 보석이 자그마치 천 개가 넘는다 했다. 저거 팔면 얼마일까 생각하던 중 갑자기 바스티안 폐하께서 쳐들어오셨다. 다짜고짜 우리 폐하 손목을 잡고 밖으로 뛰시는데 그걸 우리 폐하는 또 따라가시더라. 어딜 다녀오셨는지 한참 있다 돌아온 두 분의 손에는 웬 꽃이 들려 있었다. 발루아에 봄이 왔다며 감상적인 말씀들을 나누셨다. 우리 폐하는 썩 감동한 것 같지 않았다.

1559년 발루아를 주축으로 한 평화협정 체결을 체결하다.

＊우리 폐하들은 왕이기 때문에, 두 나라를 합치지 않는 한 같이 살 수 없다. 대신 폐하들은 서로의 나라에 가끔 방문하곤 했다. 서로의 성에서 짧게는 몇 주, 길게는 몇 달 머무르다 돌아가는 식인데 어쩐지 바스티안 폐하께서 더 자주 오시는 느낌이다. 때로는 약속하지 않은 순간에 나타나곤 해, 우리 폐하께서 번번이 난처한 상황에 놓이시곤 했다. 이렇게 자주 잘리어를 비우는 건 좋지 않다고 했다. 하지만 바스티안 폐하는 솔직히 좋아하라며 폐하의 입에…… 도저히 더는 못 쓰겠다.

1560년 발루아 일부 지역에서 평화협정에 반대하는 소규모 봉기가 일어나다. 그 가을, 곳곳에 분산돼있던 극단주의자들이 뭉쳐 진지를 구축하다.

1561년 전쟁을 바라는 극단주의자 무리와 전투를 지속하다. 발루아와 잘리어가 연대하여 두 나라 중간에 위치한 무인도에 교류도시 건설, 그 도시를 주축으로 의학/문학/무술의 교류를 활발히 하다.

＊바스티안 폐하께서 큰 근심이 있다 하셨다. 그래도 나는 꽤 의리가 있는 편이기 때문에 편하게 의논해보시라 했다. 에르완(실드베르 4세의 존함이다)을 자주 볼 수 없어 속상하다고 하셨다. 에르완 또한 말은 하지 않지만, 자신을 보고 싶어 자주 잠 못 이루는 것 같다고 하셨다. 우리 폐하는 철저하게 규칙적인 생활을 하고 계셨지만, 굳이 말씀드리지 않았다. 오늘도 선행 하나를 했다.

＊그로부터 몇 달 뒤일까, 잘리어에서 발루아와 교류 도시를 만들자고 제안을 했다. 기술교류가 목적이라는데. 어쩐지 그날 밤 바스티안 폐하께서 하신 말씀이 머릿속에 스쳐지나갔다. '두 나라가 교류하는 명목으로 중간쯤 뭐라도 지어놓으면 에르완을 더 자주 만날 수 있지 않을까? 합법적으로 말이야.' 국제적으로는 평화와 교류의 상징이라고 하지만, 내게는 사랑을 나누기 위한 밀회의 장소로 보일 뿐이었다.

1561년 겨울, 부르군트가 인근 해협에서 몰래 이백 척의 거대함대를 건조하던 것이 발각되어 발루아와 해상전을 벌이고 크게 패배하다. 부르군트가 쇠락의 길을 걷기 시작하다.

＊부르군트 주변은 해적들이 자주 출몰하는 구역이었다. 하지만 그들은 주로 부르군트 소속 함선들만 괴롭혔고 타국, 특히 발루아 주변엔 얼씬도 하지 않았다. 고기잡이배 사이에서는 해적에게 잡혔을 때 발루아 어로 말하면 무사히 놓아준다는 소문도 돌곤 했다. 이에 관해 발루아는 어떤 공식적인 입장도 내놓지 않았으며 부르군트를 소탕할 때 해적의 원조를 받았느냐는 질문에도 입을 다물었다.

1563년 극단주의자 무리가 완전히 소탕되다. 협력도시가 상당히 발전하여 두 나라의 교류를 상징하는 평화의 도시로 도약하다.

＊우리 여왕님은 웬만한 수작이 통하지 않는 분이셨다. 왕으로서 빈틈이 없었고 인간적으로는 더욱 빈틈이 없으셨다. 항간에선 바스티안 폐하를 근엄한 성군이라며 칭송했지만, 그런 평가와 달리 사실은 온갖 수작을 많이 부리곤 하셨다. 우리 폐하께 그런 수작이 통하는 건 세어보니 천 번에 세 번쯤 됐다. 성공률이 벼락 맞을 확률보다 낮았는데도 바스티안 폐하는 크게 만족하셨다. 에르완 폐하는 최강의 방패, 바스티안 폐하는 최강의 창이랄까.

신기하게도 우리 폐하의 화를 푸는 법을 알았다. 잘리어 얼음과자가 그 비결이라고 하셨다.

＊이런 이야기를 다른 이에게 하면 나더러 허풍쟁이라고 한다. 위대하고 근엄하신 왕들께서 그럴 리가 없다며 아무도 믿지 않았다. 그러나 언젠가 진실은 밝혀지리라 믿는다.

추운 날이었다. 두 분은 함께 외출하셨다. 곧 봄이 올 테니 맞으러 가겠다는 거였다. 알다시피 발루아엔 봄이 없다시피 하다. 엄동설한뿐인 발루아에서 두 분만의 봄을 찾으신 것 같았다. 함께 있어 행복해 보이셨다. 세상은 역사에 남을 성군이라며 높이 추어올렸지만, 두 분께는 단지 그것으로 충분하지 않은가.

1565년 월헬미나 실드베르크 르 블랑, 발루아 후계자 봉.

시릴 샤른호르스트, 잘리어 후계자 봉.

참고문헌

군주론(마키아벨리 저 / 권혁 역 / 돋을새김, 2015)
위대한 전쟁 위대한 전술(양욱 저 / 플래닛미디어, 2015)
빅투스(알베르트 산체스 피뇰 저 / 정창 역 / 들녘, 2017)